朝内/166 人文文库 1：中国当代长篇小说

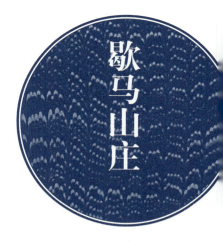

歇马山庄

孙惠芬 = 著

人民文学出版社

图书在版编目(CIP)数据

歇马山庄/孙惠芬著. —北京:人民文学出版社,2012
(朝内166人文文库.中国当代长篇小说)
ISBN 978-7-02-009447-9

Ⅰ.①歇… Ⅱ.①孙… Ⅲ.①长篇小说—中国—当代 Ⅳ.①I247.5

中国版本图书馆 CIP 数据核字(2012)第 192755 号

责任编辑　脚　印　王清平
装帧设计　刘　静
责任印制　苏文强

出版发行　人民文学出版社
社　　址　北京市朝内大街166号
邮政编码　100705
网　　址　http://www.rw-cn.com

印　　刷　河北新华第一印刷有限责任公司
经　　销　全国新华书店等

字　　数　406千字
开　　本　880×1230毫米　1/32
印　　张　16.25　插页3
印　　数　1—8000
版　　次　2000年1月北京第1版
印　　次　2013年1月第1次印刷

书　　号　978-7-02-009447-9
定　　价　32.00元

出 版 说 明

　　以"文库"形式荟萃本社历年出版物之精华，是国际知名品牌出版企业的惯例和通行做法。作为新中国建社最早、规模最大、读者知名度最高的国家级专业文学出版机构，人民文学出版社在自己六十余年的历程中，已累计出版了古今中外文学读物凡一万三千余种，沉淀下了丰富的精神资源，出版我们自己的"文库"不仅生逢其时，更是为了满足广大读者精品阅读的需求。

　　有必要对"朝内166人文文库"这样的命名予以简要说明："朝内166"是我们赖以栖身半个多世纪的所在地，从这里走出了一位位大师，沁透着一股股书香，这里是我们的精神家园与灵魂地标；"人文文库"似已毋须赘言；而随后还将对文库该辑所集纳之图书某一门类予以描述，我们的描述将是客观的、平实的，诸如"经典"、"大全"、"宝典"一类的炫丽均不是我们的选择。

　　"文库"将分门别类推出，版本精良、品质上乘是我们的追求，至于门类的划分则未必拘于一格，装帧也不强求一致。总之，我们将通过几年的努力，为广大读者奉上一套精心编就的、开放的文库。恳请广大读者不吝赐教。

人民文学出版社编辑部

二〇一二年五月

第 一 章

　　月月结婚正是一个风暖河开,地头青草返绿的初春时节,这时节,爬行在辽南歇马山庄旷野上的日子,经历一个古老节日"年"的引渡,由忙腊月、耍正月、闹二月的热闹,再次走向平常的空落、孤寂,出民工的男人们纷纷收起与家人相聚的欢颜,打点行装等待那个心底谋定的时辰的到来。月月的婚礼,事实上为她娘家婆家所在的歇马山庄的男人女人创造了一个以酒话别的氛围。他们以"赶人情"为借口,在八人一桌的宴席上,大碗地喝着酒,大声地喊着话。男人们原本告别的是妻儿、土地,他们在酒桌上却不看自家婆娘,个个贼贼地睃着月月,好像他们告别的是月月;女人们原本几天来就烦乱不安,无事找事地骂鸡骂狗,这一天却扯耳抓腮地朗朗大笑,好像她们恨不得男人们快一点滚蛋。歇马山庄的男人女人,在青草返青的阳春三月,借一对青年男女的结婚喜庆,把他们对家园的留恋,对丈夫的依恋,以一种外人不易察觉的方式,倾洒得淋漓尽致。而月月,则用乡村女子特有的敏感和聪慧,自觉自愿地配合他们,与新夫亲嘴,给公公点烟,给客人倒酒,一跳一跳地飘动在人群中间,一直闹到日头滚进谷底。

　　当泥坯垒就的锅灶里的柴火燃尽了最后一星火苗,当赶礼的人终于吃饱喝足,留下一串让人脸红的戏弄新娘的疯话扬长而去,歇马山庄林家大院里哄嚷了一天的喜庆氛围也仿佛锅底里的火苗消尽,余韵余热涟漪似的被大院外面汪汪的狗叫声扯散。月月站在新家的门口,粉红的脸蛋汪着一团迷人的红晕,她微笑着,细眯着化了妆的眉眼,满怀柔情地看着新家里正在打扫庭院的公公婆母、小姑子小青、火花和新夫国军。她是执意要参与的,可是婆母坚决不让,说新媳妇结婚这天干活都是不可以的。为了表示顺从听话,月月就一直袖着手站在木杆举着的灯下。灯光在每一个人的脸上闪烁、跳动。每个人的脸上都有一团红晕,这红晕既像火爆、喧闹的白昼充足了底色,又像厚重、沉寂的夜晚凝结了白昼的浮色。这光辉一刹那融化了月月,罩住月月,使她感到一种从未有过的与这个原本陌生的家庭的亲近、亲切。月月走近正在扫院的公公,轻轻地叫了声爸,走近正在擦桌的婆母,轻轻地叫了声妈。月月说,爸妈,你们太累了,这些活留明天干吧,明天换了衣服,我来干。这句本是月月融入陌生人家的体己话,却对症下药似的一下子起了另外的作用,月月婆母马上停住手里活计,抬头说,真是的他爸,当是没有明天,赶紧睡觉吧。

听了婆母的话月月顿然醒悟,可是解释或者改口已经没有必要,好在婆母并没马上停活进家。月月的脸唰拉拉红到脖的同时,与国军四目相对,月月一咧嘴露出一副娇态,转身回到香气四溢的新房。

月月回到新房不久,小姑子小青和火花也随之进来。小青进门冲月月诡秘地一笑,灵动的飞眼儿电光似的打在了月月的眼仁里。小青只比月月小两岁,但对男女婚事的了解和理解并不比月月少,她少女的目光里有一种难以用语言说清的调皮。月月会心地笑笑,心说调皮鬼你也快了。月月知道两个小姑子这个时刻走进屋来的具体任务,若不是国军有两个妹妹,村里的女人们早就争抢着把自己的女儿留下来"放被"。这个使女人一生真正发生关键性变化的道具是必须由局外人布置的,而这局外人必须是未婚女人。自古以来,辽南乡村歇马山庄的女孩对男女婚姻的觉悟是从给新婚人放被这一情节开始的。小青和火花,早在两天之前,就被母亲摊派了给新婚哥嫂放被的活,并交给她们歇马山庄说了几百年几千年的古话:花被一铺儿女满屋,花被一放儿女满炕。这些老掉牙的旧话小青听后捧腹大笑,说都什么年月了,还儿女满炕,计划生育不罚死你。小青是县卫校学生,暗自编了两句新词:窗帘一遮只生一个,被褥一碰亲密无缝。专等哥嫂结婚这天来让他们吃惊。可是不知是因为正欲放被时母亲走了进来,还是见窗帘早已拉上,临了还是别无选择地说出了老掉牙的古话:花被一铺儿女满屋,花被一放儿女满炕。

未婚女孩巫师一样的话,让月月一瞬间感到了由女孩到女人的庄严和庄重。月月的新婚之夜,就是在这样一种庄严的时刻开始的。

国军进门时,母亲和放被的妹妹已经离去,光彩照人的新房里,月月正在那里归弄母亲放在犄角旮旯的压柜钱、面鱼儿。国军轻轻走到月月身后,合抱揽住月月柔软的腰肢。国军高大魁梧、臂长胸宽,月月被他抱进怀里的情景就像一只大熊抱住一只小熊。月月开始做挣扎状,两手抓住国军的手坚硬地抵挡,嘴上连说等等嘛等等。国军一股热乎乎的呼吸雾似的喷上月月脸庞,月月彻底松弛下来,舌头蛇信子一样舔进国军下腭,嘴唇被国军死死地咂住,整个身子仿佛一只气球,在颤栗中飘浮起来。

国军抱着月月,在屋里连转几圈,老鹰叼小鸡似的在旋转中一口一口啄着这张粉中透红的脸,当转到最后半圈,国军特意放松手上的力度,让月月有被甩出的感觉。月月嗷叫一声,猛力抓住国军臂膀,国军开心大笑用足力气将月月死死箍进怀里,约两分钟,雕塑一样一动不动,而后突然的就将月月抛进绵软的床上。

国军将月月抛了出去,抛得很重,很有力度,但并不显得粗野。国军的心情是急切的,动作却是优雅的。他远远地看着小鸟一样瑟缩着的月月,眉头微蹙,刚才灯光下放浪痴迷的神色隐匿起来,变得难以琢磨,扑朔迷离。月月平息着激动,慢慢翻转身体,仰面向上,将优美的曲线挑战似的划进国军的眼睛。月月感受着国军将神情隐匿起来的时刻,她知道这是他激情爆发的前奏,他们第一次在南山姑嫂石篷幽会,他亲她吻她之后,就这么一下子把她推远,神情突然由热情变得阴冷。当时月月以为他有什么恐惧症,惊吓得面色苍白腿肚发软,两分钟之后,他猛虎似的将她掠进怀中疯狂地撕扯她,边撕扯边呻唤着月月我的月月。月月知道这静止的两分钟正是激情如脱缰的野马在体内凶猛狂奔的两分钟。月月得意而深情地看着他,水红麻纱内衣托着丰满的乳峰,在那里静静地扇情,两条滚圆的大腿于欲拢还张的情景中诉说着无尽的语言。默默中月月听到洪水裹挟山石从屋外滚滚而来的咔嚓声,这声音如同外边剧团来演出的摇滚乐,让人头晕心跳。然而国军并没像往常那样立时疯狂,他一步步走到月月跟前,两手在她衣扣上轻轻弹动,动作优雅而缓慢,就像在粮种场工作时搞种子检查,月月水红的内衣和洁白的乳罩被他剔除坏种子似的褪到床边,两只粉红的乳头立时裸露在透着红色的灯光下。国军小眼睛依然隐在深深的眼眶里,脸上看不出欣喜和激越。他给月月脱了上衣,手又在她的裤腰上动作。当袒露着上身的月月感到下身一点点凉到脚底,她蓦地爬起来抱住国军,先是在国军脸上狂亲狂吻,而后松开他,一双机灵的小手一瞬间就除掉了裹掩国军躯体的衣衫。

歇马山庄人人皆知的好小伙好姑娘就在这一刻全部暴露在彼此的目光下。这一刻,他们彻底的震撼了。其实他们一年以前就走到一起,可是那时是在漆黑的野地里,在说不出的紧张中,而眼前他们完全不同,他们因为有了一个仪式,可以光明正大,可以肆意放纵。月月长久地望着国军,嘴唇花瓣遇到微风似的翕动着,国军把月月的身体放在床上然后躺下来偎着她,手臂的交合和大腿的相触不是疯狂的撕扭而是轻轻的抚摩——当月月真正彻彻底底属于国军,他居然一改以往的急躁火爆,手悠悠地抚摩着月月的脖颈、后背、乳房。国军始终不去理会那个生命交合的关键部位,他亲遍她的全身惟独漏下那块芳草地。他用短暂的冷落积蓄着自己的热情，就像一个馋嘴的孩子把一块鸡肉叼在嘴边而不吞咽。月月受不住蛊惑，动作有了某种暗示，这时国军痴迷的眼神终于亮开来，国军说月月你知道吗？你可终于属于我了，是我生命里的了。

月月说我早就是你的了。

国军说，不，你不知道歇马山庄，歇马镇有多少双眼睛盯着你，我可从来没有踏实过。

月月说林国军这一回你踏实吧，我向你正式宣布：一只白鹅飞出鸟（我），西下美女长得好（要），君人单尔一世宝（你）。

不待月月说完，国军再也控制不住一直束在体内的狂动、野蛮，他把宽阔的胸脯紧紧压下月月酥软的胸脯，任那曾被有意冷落的部位肆意撞击。许是前奏太悠长太曲折，关在门外的激情在压抑中不自觉地升腾；许是被冷落的时刻里蓄积了冲天的爆发力，两具光洁的、沉醉的、癫狂的躯体严丝合缝绞到一起，男人女人，都感到了天撼地动、五雷轰顶。

月月和国军在一股难耐的潮热中品尝着至高无上的人生滋味的时候，国军的父亲林治帮和母亲古淑平正在东屋灯影里数点白天收下的礼钱。一张大红方纸上飞翔的姓名、钱数像一排排报春的雁阵。看着这些雁阵，多天来疲劳不堪的古淑平荡着满脸喜气。屋里屋外炕上地下忙活的一个月来，她无时不在盼望睡觉，可是那雁阵后边托着的结果让她没有丝毫睡意。如果说在辽南乡下，在歇马山庄，儿女结婚的喜庆，是串在漫长的没有变化的日子间的一个金坠，让乡下人昼里夜里打发时光有了盼头，那么在喜事上回收的礼钱便是这金坠上的宝石，使乡下人时而的能够看见庸长凡俗日子的光辉。在城里人为人情的烦乱抱怨，并极力为挣脱这种烦乱做出冷淡举动的时候，歇马山庄仍然被一股强大的相互往来的风气密不透风地裹挟着。广阔的土地，日头连着月亮没有变化的苍郁和寂寞，实在需要人情的搅动，到别人家去搅动是出礼钱，把别人唤到自家来搅动是回收礼钱，一出一收，便是乡村相对永恒的生活主题。古淑平看着丈夫算账的目光就像她的儿子看儿媳的目光，生动中蕴藏着激情。一些年来，他们赶给乡邻的礼钱已无法计算，她早就盼望儿子结婚这天一网打尽回收转来。六年前，一个晨光透明的早上她从墙头上拣回一个女婴，丈夫说是天降大福，搞了一次隆重的庆贺，可是那次庆贺丈夫决定不收任何人礼钱，目的是为让全村人知道林家的福门福地，顺便也好在村人的意念里给拣来的孩子报上户口。自从拣来这个女婴，林家的好事接连不断，丈夫当村委会主任，小青上了县卫校，国军找了好媳妇。那次五千块钱的付出把古淑平对收礼的期盼发掘到极致。林治帮一手指着飞翔的人名、钱数，一手在一张写有中共歇马山庄村委会的稿纸上，记着二十元五十元不等的数字，四个一组四个一组。

山乡的夜晚没有一点响动，夜籁在笔尖嚓嚓的划动中于屋内低徊，偶尔伴有里屋小青和火花匀细的鼻息，偶尔伴有隔着厨房的西屋一对新人碎碎的细语。当林治帮把最后一组钱数写完算完，挥笔在稿纸底端写下合计一万二千元，古淑平眼睛突然瞪大，她用粗糙的大手使劲刮着丈夫的后背，说你个老东西真有本儿。

一万二千元钱在林治帮眼里还是一个很有分量的数字，它的分量绝不是林治帮没有见过大钱，十年前，他作为第一批基建队的包工头从山里杀出去，赚过几十万元，虽然几年来大手大脚，盖房子，为儿女办工作折腾一些，手头礼钱的十倍还是有的。林治帮看重这一万二千块钱的分量，是因为它展示了山庄人对村主任的尊重，展示了他作为一个农民儿子办事过日子的宽阔道路。在歇马山庄，谁家喜事收五千块钱都是少有的，一万二千元绝对是天方夜谭，那些自己曾恩典过的、镇里来的、过去的好友，礼钱都是一百二百。林治帮把钱往柜里装的时候狠劲揉了揉发涩的眼睛，之后眼仁里含定一丝知足瞅准老婆。然而就在这时，他看到一缕红红的火光在挡着窗帘的窗外鬼火似的闪动，林治帮一愣，揉揉眼睛，再瞪眼去看,一个可怕的事实已经清清晰晰打进了林治帮的脑际。林治帮大喊着火了……

林治帮大喊着火时,国军和月月正在那里忘我地向那个极乐世界攀爬,汗水和潮气雨雾一样包围着他们。那时那刻,世间的一切都离他们远去,肌肤的交合所生发的癫狂便是他们的一切。可是不知为什么,那个并不很高的声音却穿透雨雾滑进他们正激荡不已的神经的中枢,林国军突然球似的弹起,月月惊愣一瞬也一跃爬起。他们顾不得那个温热而凶猛的搏击是怎样的形状,迅速穿上衣服跑到院外。

火是在院外苞米秸垛上燃起的,三月的雨水未到,干脆的草捆一瞬间噼噼啪啪跳起欢快的舞蹈。尽管是夜里九点,屯里人却在林治帮挑来两桶水时就纷纷赶来。好在白天操办喜事在院子里设了水缸,余下的大半缸水挑起来十分顺手。火势很快减弱,一股焦糊的气味和浓密的烟雾很快罩住林家大院。

火浇息之后,帮忙救火的人们悄声离开现场,没有任何人去议论起火的原因。分产到户之后,在辽南乡下,在歇马山庄,小队队长、村长村干部家草垛起火、庄稼被砍、菜苗被拔已不是新鲜事,只要你有机会为征粮或分地得罪了谁,或者你路数不正贪赃枉法,一根火柴就发泄了所有的情绪。去春后川队长扣了一个村民一袋化肥给自己小舅子,这村民口吃不能争辩,夏天苞米苗刚长一尺高,一夜之间,就被拦腰砍断在田垄上,让人目不忍睹痛心疾首。这种发泄因为是暗地里的行为,人们叫它"黑眼风"。在辽南乡下,黑眼风是法律威慑不到的非法行为,即使每个人心都十分清楚是谁所为,也不会有人举报。在现代乡村,再好的村干部,只要你天天走门串户收费收税,总会有人生气和嫉妒。黑眼风于是在乡下就像一个只可意会不可言传的事,他们嘴上骂着放风者缺德,多日来积压的微妙的情绪却会得到平衡平和——当干部真是没什么好处!

林治帮也没有向散去的人们道别，相对的静默其实是在昭示人们猜测和思考。他走回家去就当着惊魂未定的家人们打开礼单，他朗朗地念着上边排列有序的名字，念完后看看国军、小青和老婆，说，咱屯有谁没来吗？众人想一想，都摇着头。林治帮马上合上礼单，自嘲地笑了笑，妈的，我也真傻，能不来就是和你明着来了。

后半夜家里人谁也没睡，小青蒙在被里捂着咚咚跳的心口，慌乱的心跳使她身子抖动不止。火花瞪着亮亮的小眼睛，侧脸向窗外看着，没靠枕头那边的耳朵竖着，警觉地搜索着夜籁。林治帮则和衣坐在炕沿，双喜烟一支接一支地抽，为了不使老婆瞎乱叨叨，他关了灯。闭灯的时候，林治帮眼前立时撞进一个人，那人小脸盘，大眼睛，一口黄黄的牙齿，满脸横肉，活生生站在自己跟前，正龇口黄牙冲着自己哧哧发笑。林治帮吸一口烟就用拿烟的手向空中触去，突然那人消失，眼前又涌来另一个人，这人刀把脸，柳梢眼，肩膀佝偻着永远低着头……林治帮在脑里过电影一样一个一个过着，都像又都不像，那些面孔总是在黑咕隆咚的空间里冲着他笑。

国军和月月新婚之夜的大好时光让一场大火给搅了，但他们并不气馁，他们关上屋门相互都做出再次冲刺的姿态，月月这次自己脱光衣服钻到被里，在那里静静等待国军的动作，而国军此时仿佛一个欲上战场的士兵，火的骚扰已经使他失去了初夜时的耐心，三下五除二脱光衣服就掀开被子。他大山似的一下压下去，两手紧紧抚住月月光洁的臂膀，嘴咬着月月冰凉的唇。他用半疯半痴的语调说，我要给翁月月下种子了，多少人想给翁月月下种偏偏轮到了我，我可是专搞良种研究的，月月你听着你是我的地。然而，两个躯体蛇一样扭动半天，疯话痴语说了半箩筐，终是不见那个下种的器具深入土地，它在那里没头没脑的乱窜，怎么也硬不起来。月月虽然没有经验却无师自通地用力配合，可是，他们花样翻新扯烂了新婚的被子,终是没有奏效,两个人同时爬起来紧紧搂到一起。国军宽宽的肩膀在灯光下反着肌肤的光亮却再也没有了初夜时的抖动,他几乎是直声地叫着,月月,月月,我……我完了。湿湿凉凉的东西于是同时濡湿了两人的肩膀,月月抚着国军水洗似的面颊,失声说,我爱你国军,你不会完的,你是吓的,肯定会有办法的……

歇马山庄村主任林治帮家在儿子结婚的夜晚遭了黑眼风,这是外人谁都知道的不幸,而林治帮的儿子林国军因为一场大火,没能尽尝人生滋味,便没有任何人知道。他们紧紧地拥在纤尘不染的新被褥里,用重复一万遍也不厌倦的体己话打发着漫长而凝重的深夜时光。一对新人的心疼被时光分分秒秒冲淡,当晨曦爬上地面抹上了贴着大红双喜的窗帷,当他们从渐亮的窗帷上看到新的一天的来临,他们怀抱一定能从老人那里讨回偏方的希望,相拥着睡去。

新的一天到来的时候,林家又发生了一件意外的事,小女儿火花不见了。小青说后半夜她其实一直没睡,傍天亮时眯了一觉,醒后就没看见火花。林治帮老两口也觉非常奇怪,火花出门必经他们的屋子,而一晚他们自觉没睡怎么就毫无感觉?火花失踪的事他们没让任何人知道,一场大火已让他们喜庆的一天罩了阴影,不能再让大家说三道四,他们相信太阳出来之前一定能够找到。林治帮说,定是失火吓毛愣了,看看厕所和厦子里,还有东墙根儿,她不就爱睡墙根儿?古淑平看了一通,摇摇头,说猫娘养的孩子就是怪,能上哪儿去?古淑平上厕所找时,顺便蹲下撒一泡尿,当撒完尿提裤站起,她看见西南冈梁姑嫂石篷的东坡,有一个猫一样的小东西在向家的方向蠕动。

火花其实是在大火熄灭、一家人重又躺下很久以后,才蹑手蹑脚走出家的。夜重又归复平静之后,她的神经清醒异常,满耳朵都是白天与小花猫一起捕捉蝴蝶噗啦噗啦的声音。她一直是侧棱耳朵,那噗啦啦的声音开始在窗根底响动,那声音不像小猫抓蝴蝶,而是用唾沫洗澡之后用力晃耳朵,不久,就变成了大人鞋底磨擦地面的声音,噗啦啦变成喊嚓嚓。火花轻轻爬起来,她想是不是有人点了草垛再点房子,她要跟出去看看究竟是谁。她尽管很小,但跟着爸妈天天在屯子转,屯子里的人她都认识。火花穿过爸妈屋里时看到爸爸躺在那里抽烟,火星一闪一闪,吓得她差点绊倒。火花轻轻推开风门,在一股焦糊的气味中走进院里。院里什么声音也没有,白日办喜事用的大锅在那里仰望黑洞洞的天空,大锅下的黑影比天空还黑。火花走过去,跷脚去望大锅,看是否有人躺在里边。正跷脚时,她发现声音原来不在院子里,而在屋子里,在哥哥结婚的屋里,不过这声音不是噗啦啦也不是喊嚓嚓,而是哭泣。她不明白白日欢天喜地的哥嫂为什么会哭泣,于是趴到窗前去看,窗纱是遮严的,没有缝隙,但她透过薄薄的纱幔能够看出,两个人是在光着身子打仗。这样的场面她曾在南梁姑嫂石篷里见到过,那是一个要过吃粽子节的日子,她跟邻居伙伴于冰冰用槐叶夹了湿泥学包粽子,包好后假装往邻居家送,姑嫂石篷是他们假设的邻居家。就在她和于冰冰气喘吁吁蹿上山梁钻进石篷,一个女人蓬乱着头发被一个光脑袋男人压在身底,石篷边一束阳光照在男人光光的腚蛋上,恍如地里裂瓣的大蒜,她几乎是一露面就被那人身底的女人骂了出去。那女人她不认识,那光头男人她知道是常到家里串门的治亮老叔。当她跳跃着穿过田边的草地直奔老婶家要把事情告诉老婶,治亮老叔一呼哧从后边撵上她,一把把她抱起,一边亲着她的脸蛋一边说,火花,那个女人偷过你婶手表,让我抓着揍了一通,你可千万别告诉别人。老叔光光的脑袋从此就给了火花有力气的大好人的印象。她只是不知道男人打女人为什么要光着身子,衣服里的力气是不是只有脱下后才能使出来?火花看着哥哥嫂子,心里涌出一股说不出的滋味,新嫂子刚进门怎么就偷哥哥的手表,重要的是,为什么要在结婚这天里又要起火又要打仗。

火花想到起火,夜晚出来的初衷就又回到了她的心中,她走出墙根儿向远处望去,院墙外的远处是一片隆起的山梁,山梁的黑与天空的黑不一个样,是什么颜色她也说不清楚。火花想那点火的人怎么就不怕大山看见他呢?她是一直把夜里对面的山当成一个人来看的,就在这时,一个念头撞击了火花小小的心灵,她想那坏人会不会藏在南梁的姑嫂石篷里呢?坏人也许都要躲到石篷里,专等治亮老叔这样的好人发现,去把他打个稀巴烂。她站在门口静静地往姑嫂石看了一会儿,就决定摸黑到山梁上去看一看。

这时东边已经现出微微的光亮,老天好像专门为了不让她害怕为她壮胆,其实她从来就不知道什么叫害怕。她沿着门口的街道向西边水库坝边的大道上走去,那大道通着山梁的坡地,在坡地中间有一条绒草铺成的小道,火花因为步小走得很慢,当一里半路走到,晨光已经能够使人辨出哪是房子哪是树。石篷里空空的什么也没有,一堆乱草,露水洇湿石篷使篷屋充满凉气,火花失望地站在那里,心里再次涌上一股说不出的滋味。她原以为她还会抓着坏蛋让老叔来打,之后让治亮老叔抱她下山,那种被大人抱着一蹿一蹿的感觉真好。然而,就在火花刚要转身时,她看到乱草里有几根火柴棍和几颗烟头,这一发现令她大喜过望,她证实坏蛋真的在这里呆过,只是她晚来了一步。

火花一步一步从山上走下来时,屯里已有好多早起送粪的男人在那里惊诧地观望。这个墙头上拣来的野种曾使许多人不拿正眼看她,虽然林治帮把她当成大福的迹象向全村人展示,但她那大白天躺在墙根儿跟狗猫混在一起的毛病,一双鱼一样圆圆的小眼,从无畏惧的冷冷的目光,尤其长到六岁了还说不清楚话的事实,都让人想到她的来历。许多人传讲她是水库上边仙人洞庙里尼姑生的,那尼姑跟了广宇寺的和尚。老辈人说凡是庙里跑出来的,都是阴道儿上偷跑出来的不吉之物。关于火花的传说伴着她的成长铺天盖地,起初人们真的相信是谁家大姑娘生的,看上林治帮做包工头有钱,希望送他托个福地。后来就演绎出许多离奇古怪的枝节,人们从火花爱睡墙根儿的毛病推演出她是人狗交合之物,从她冷漠无话的毛病推演出她是人鱼交合之物。人们把姑嫂石篷当成她的出生地一遍遍传讲她的怪异她的不祥。可是这些话在林治帮那里毫无作用,他总是抿嘴窃笑,说大家是眼馋他不劳而获。

一个大喜之日被人放了黑眼风的人家,不劳而获的六岁的孩子,天刚蒙蒙亮时从姑嫂石篷翩翩而下,村人不禁有些毛骨悚然。送粪的男人们远远的相互传达着眼神,心说看吧,不是什么好兆头。

看火花在南梁姑嫂石篷往下走,一夜未睡的古淑平感到一种惊惧袭来,她只觉得头皮一阵阵发紧,肌肤一阵阵起栗。几年来,人们的传讲并没有影响她对收养这个私生子的看法,她喜欢女孩,重要的是火花非常懂事,从拣回家那天她就不哭不闹,九个月会走,十二个月会哼歌,惟一缺欠是不爱说话,如果不是同与她同龄的孩子一块玩,她几乎从不说话。与猫狗睡墙根儿其实是孩子两岁那年,古淑平与村里女人上水库洗衣服将她扔在院里的缘故,那次回来她发现孩子哭累了睡在墙根儿,从此她有事没事都去墙根躺上一会儿。而现在的举动却让她不寒而栗,一个六岁的孩子居然夜里上了歇马山梁,关键是这个夜晚发生了黑眼风,这个夜晚又是林家的大喜之夜。

把这个女孩拣回家的情景古淑平至今历历在目。那是六年前正月初八的早上。那年正月,男人在外面做基建队包工头五年,突然抛出不再出去,守一家老小过日子的决定。古淑平过够了一个人的日子,听到男人这个决定她从心里往外欢喜,就是这个持续着欢喜的正月初八的早上,朝霞普照,歇马山梁满坡银雪锃亮,古淑平早晨起来怀着山里女人不易多得的美好心情,上外面送一早起来的第一泡尿,她在厕所刚刚蹲下,就听东边墙头传来婴孩的哭声,起初她以为是谁家出远门串亲戚因为早起委屈了孩子,后来哭声越来越大，越来越像就在眼前，一泡尿尿完，古淑平提着裤子走了出来，一个彤红彤红的布包打进她的眼帘。那布包在又高又宽的东墙头上被初升的霞光照着刚入眼时，恍如一束火苗。哭声透过彤红的火苗清脆而又响亮地震动着歇马山后坡。古淑平三步并成两步跑过墙头跷脚抱下孩子，当时她把孩子抱进家里送到男人跟前，男人看都不看，他说咱都快五十的人了，哪有精力伺候孩子。古淑平说，你说那话，放在咱家墙头还能不拣？男人说你不拣肯定有人愿意拣。可是不一会儿他就改口，说既然是女孩，你又欢喜，也中，这是瞧得起咱，没准是咱家的好兆头。古淑平因为看重她到来的时机，又看重第一眼看见时那红彤彤的感觉，便真的觉得上天是送福送贵来了。为了让人记住这个火红的时候，他们给她起名火苗，后来觉得苗叫起来有些飘忽，不响亮，就改叫火花。

　　火花夜里出走的事情在林家只有林治帮和老婆知道，他们没有把惊异转达给其他人。当古淑平用笑容迎回山梁归来的女儿，她什么没说领回火花，在堂屋里为她烤着冻红的小手，之后烧火准备这一天的早饭。

第 二 章

　　夜里发生的事情并没影响早饭的气氛,古淑平满脸带笑话语不断,边吃饭边用眼睛盯着月月和小青,说她们俩那么像姊妹,都是大眼睛,尖嘴巴,都是柳眉麻秆腰;说就是月月个子比小青高,月月笑和说话慢条斯理,不像小青愣头愣脑。为了不使家人感知婆母是在有意无话找话,月月噗哧一声笑了,月月说妈可真是不知道,人家小青这叫口齿伶俐,反应机敏。古淑平说可别像季敏,那老季家敏子说起话来像狗咬仗似的汪汪直叫,可别像她。全家人于是一阵哄笑。一早一直没话的国军也笑了起来,他用肩膀捅了一下月月,谁知这一捅月月愈发憋不住,咯咯咯笑个不停,端着饭碗的手一个劲颤抖。月月的笑一团火似的烘热了新家的气氛,所有人脸上都荡开了笑意。

　　这种火热的气氛是林家很少有过的。很长时间以来林家吃饭很少有话,先是国军在外边念中专,国军回来到歇马镇粮种站上班,又是小青上县卫校念书。村里人眼热有儿女在外,他们却不知道一家人到不了一起的空落。现在一家人都全了,国军娶回了月月,小青从卫校请假回来,关键是有了媳妇,家里有了媳妇的日子就是不一样,以往国军不但没有笑面,说话的时候也是并不多见的。以往古淑平要说起小青如何,不管是夸是贬,他会转身就走,惟一的反应就是一句愚昧!只因有了一个媳妇,每个人都有了另一种面目,古淑平的眼角边绽出菊花瓣样的笑容。

林家从未有过的和乐气氛令火花感到非常奇怪,饭桌上她边吃饭边冷冷地看着大家,她觉得哥哥和月月嫂子真有意思,他们夜里打架哭成一个团,早上又有说有笑,一定是哥哥找回了手表。火花想到哥哥找回了手表,月月嫂子没做坏事,就对她生出好感,火花直直地看着月月,她的动作非常好看,伸筷收筷都像小猫在玩耍蜻蜓,关键是她那笑,她笑的时候叫人心里发亮,就像水库里的水被日光照着一样亮。

　　吃罢早饭,趁一家人在外边继续收拾东西的工夫,月月把小青叫到西屋,月月先是翻厢倒柜拿一些新衣服给小青看,而后瞅准一个合适机会,启齿说话。月月话没出口脸先一红到脖,原本红肿的眼皮蓦地变成深红。月月说,小青,想跟你说一个事儿,这事按理不该跟你说,可我觉得你学医你懂。小青突然警觉,说是不是达不到高潮? 月月说不是,你哥他……昨晚起火时,你哥他……吓回去了,再硬不起来了,可怎么办? 小青马上轻松下来咧咧嘴,我以为什么呢,你以为那是自来水,担一千遍都不完,你们做的次数太多了还不累的。月月狠擂小青后背,你个鬼妹子,哪是呢,我们一次都没做完。小青一听,眼睛当时瞪圆,我的妈呀,那是多长时间呀,从睡觉到起火,那是一个多小时,一个多小时没做完一次,那是你让人硬挺着,人家生气了。

　　见总也引不起小青的重视和同情,又不愿把床上的事说得太细,国军毕竟是小青的哥哥,月月深沉下来不再说话。见月月无话,小青说嫂子,你说的是真的? 月月点头,眼泪唰一下滚珠子似的滚下来。月月说其实我倒不在意,不管怎样我都爱他,可他老说这很重要,压力很大,他说听说惊吓得的病最不好治。小青说不会的,我后天假满上学,给你找县里大夫打听,不过一定要再试试,你要多用一些方法,要有耐心,要动手去操作,懂吗? 月月蒙住泪花的眼睛充满了感激,她羞怯地看着小青——向一个未婚女子诉说房事让她羞怯。

第二天早上，小青趁哥哥不在屋的时候钻进西屋，看见月月一双美丽的大眼肿成樱桃一样透明的红泡泡，小青明白事实已经不可逆转。

小青没有等到假满，当天下午就起程返回县卫校。

月月回家"沾酒"这日，是结婚之后的第三个早上。乡间俗规，姑娘婚后第七天，必须双双回娘家给爹娘送酒，重视孝道的祖先为让出嫁女子永远记住孝敬父母，特意用一个规矩加以强调。不知是如今孩子少，父母初送女儿过于想念，有意改了规矩，还是刚出嫁的女儿太想父母，不想备受熬煎，不知不觉就变七日为三日。婚后第三日，月月和国军带着八瓶酒一条四斤重的大鱼，带着新婚获得的满腹抑郁，踏上了通往水库下游下河口的山路。

月月家是辽南有名的大户人家，祖上曾经出过朝廷里的御史，出过大学士。翁氏祖宗翁占鳌明末清初以小舢板起家，四十岁时就成为海上巨商。康熙年间，海外贸易发达，他驶一艘帆船，贩苏州纺织品、景德镇陶瓷周游东南亚各国，会七国语言。传说翁占鳌四十五岁时穿过马六甲海峡，从印度岛贩回一个居住在印度的古巴女人。他独占这个洋女人，在茫茫无边的海上疯狂地挥洒了二十八个昼夜之后回到半岛海岸。因为孤独，因为雄心，因为海天茫茫一色，被爱和欲而彻底吞没的男人，无法体会家人长年望海盼望的心情，当他兴致盎然将一碧眼女郎领出船舱，一岸族人一哄而上，欲将洋女人驱向海底。为了逃命，他上船重新启航一直北上，在一个夜深人静的时候，来到黄海北岸一个叫红崖子镇的地方登陆。从此，一个高男人领一个洋女人常常在小镇的染坊、货栈上露面，勾来众多小镇人的目光。后来翁占鳌在红崖口给洋女人盖了座三出三进的中国式洋房，十几年间，生下了五男三女八个混血孩子。于是，一个洋女人和八个半洋不洋的孩子，从此成为红崖镇的一道风景。乡下人每到集日赶上马车满街吆喝，走哇，去看翁古人。后来人们知道那洋女人叫古丽丝。翁占鳌和他的古丽丝在红崖山上作古。他们的八个孩子有三个成了红崖镇的大商人,一个搞金融、一个开染坊、一个倒烟丝,两个考中进士,祖业的兴旺令全镇人震撼,交口称赞杂货水的优良。据传,红崖镇被翁氏兄妹的商品和名气大包围时,红崖镇从此一点点被演化成翁古城。一百五十年后,翁占鳌的后人因为贩卖鸦片再创祖业辉煌,可是不过几十年,到了月月爷爷的爷爷,翁氏的家道被大烟一口一口吞没,败落的家族已经无法住进镇上的老宅,携儿带女一路逃荒北上。穷途末路的乞讨者走到水绕山过、树围路长、凄迷苍郁的歇马山庄突然再不动步,他们先是露宿街头草垛,在这里吃草穿草盖草,而后蓄满了力气打基造屋。

月月爷爷的爷爷沦为农民之后,从零做起。到月月爷爷这辈,已略微有了点家业,已经供得起儿女上学。月月的爷爷老实巴交,奶奶却伶牙俐齿说一不二。爷爷因为娶了奶奶这个辽南东沟县城基督教教徒的长女,从此威风大振。奶奶重家教讲排场讲体面,勒紧裤带也要将四儿一女供上私塾学堂。自此,人们看到讨女人对光宗耀祖有多么重要。月月也因此在妙龄时期,在歇马山庄身价倍增,那些日子平平从无起色的草房人家,都曾被月月牵动过热辣心肠。高考落榜之后,歇马镇中学在数十名落榜生中留下月月做代课教师,校长在支部会上一再提到翁氏家族人的修养,说做教师知识重要,修养也很重要,它能使学生耳濡目染。家族使月月十几岁起就在心底有种无形的依托,无声的骄傲。即使后来父亲被斗,叔叔被打成黑五类,哥哥们因为社会关系问题当不上工人,那种无形的支撑也从未削弱过。

初春时节的山路上黄草已微微返绿,野地里间或冒出的羊奶子探头探脑,显出一种小心翼翼的神情。下河口在一派暖暖的春光中很快映入眼帘。月月手搭在国军后背上,凹凸不平的土路使自行车一颠一颠像小兔子蹦高。月月自己有自行车的,结婚那天随陪嫁的车一同拉来,可是一早国军执意载月月走,那个说不出口的病症带来的恐惧,使他一刻也不愿离开月月。月月一路一个劲儿地咯吱着国军,中指一会儿伸到他的腋窝,一会儿伸到他的腰间,宽阔厚实的身躯仿佛一架五弦琴,让月月弹出喝喝嘿嘿的声响。

这具膀大腰圆的躯体最初来到月月生活中她并不是十分接受。月月喜欢高个,但必须是瘦削的身材,属于宽肩细腰那一种,类似美国电影中的西部牛仔。过早发胖的男人总给月月油滑黏腻的感觉。然而那些宽肩细腰的追求者最终没一个打动月月的心。月月后来发现,她是那种不喜欢用语言和行为追求的女子,她对殷勤有一种本能的拒绝。国军从不和她说话,上班下班路上相遇目光总是冷冷的,他总是撵上她后,一声不吱超过她给她一个后背,不像那些人蚊子似的嗡嗡营营在她前后左右。国军的冷漠让她大大生出兴趣,使她的目光常常透过身边小伙子的缝隙盯上国军的后背。国军是用冷漠的方式进攻月月的,让月月反过来用尽一个女孩全部的聪慧追赶国军,让他变冷漠为火热。国军一路迎着风尘气喘吁吁,在月月灵动手指弹拨下,他心情变得开朗、轻松。骑到下河口河套小树林的时候,他下车陡然转身盯着月月,说都怪你弹拨,我现在就想要你。月月眯眼看着国军的眼睛,一缕霞光暮地飞上三天来日渐瘦削的面颊,说,那怎么办,这树又没长叶。国军说咱就在这光天化日之下。月月狠劲向国军捅去,喝喝的笑声豆腐脑似的,一颤一颤随溪水流去。当两人以婚后几天来最好的心情回到翁家老宅,一个奇异的景象使他们目瞪口呆——

一只单轮车上放着老母碎花布面被褥,一个老式麻织的包袱打着蝴蝶样的扣结放在被褥上面。老母坐在门口,目光直直地盯着回门的女儿,眼里盈满泪花。

三哥三嫂都不在家,只有大哥的儿子凤卜木然地坐在小车车杠上。见到老母面容苍黄,月月和国军赶紧蹲下。月月喊妈。国军喊妈。老母笑了,凄楚地笑笑,而后翕动嘴唇,说分家了。没事。我轮着过。老母低缓的语言在笑容中渗出,有一种石头落井的感觉。这感觉在月月心头蔓延时,三嫂秀娟从屋里走到月月面前。

秀娟告诉月月,是在昨天上午,下河口队长厚运成领人在前坡量地,按一年里婚丧嫁娶生老病死登记,搞每年一次土地调整时,才使她生出与婆母分家念头的。厚运成是秀娟的表哥,月月三哥兴安不爱下地又不爱出民工,每天在家聚一伙人泡天泡地做发财梦。秀娟管不了去找表哥,要他帮忙劝劝,劝兴安出工到外边挣钱。表哥厚眼皮裹着黑黑的眼球,看一眼秀娟,说叫你当初攀高枝,你以为翁家都是好种,我那么追你你都不干,躲我像躲瘟疫。秀娟低下头去,说谁能走到前边看看,这都是命。看秀娟可怜兮兮的样子表哥动了恻隐之心,说就兴安那样子挣一个花俩,逼出去你就放心? 月月结婚,地我就不收了,他能老老实实种地就不错。谁知昨天量地厚运成一口否认许诺,说三百号人六百只眼睛我可不能有偏有向。如果不是表哥答应,如果不是因为还有更多的地值得男人留在家里,秀娟准备月月婚前就提出分家,让老人轮着养活的,她要在婆母不在身边的日子里放心大胆吵嘴打仗,叫兴安知家顾业惜力做活。秀娟得知被表哥耍了的结果没吵没闹,当即找到正在屯街上悠荡的兴安,告诉他她要分家,要哥仨轮着养活老妈。

虽然刚刚送走小姑子就提分家不是什么光彩事情,可秀娟已经义无反顾。讲虚荣已经让她大吃苦头,结婚十二年她从来没像别家女人样充充裕裕花钱,婆母疼她,分家故意提出和老三一起过,把月月和两个哥哥给的养老费交给她花,这种姑息迁就,使一个大壮男人从来不知过日子的难处,伸手花老人的钱已令秀娟在翁家哥嫂面前丢尽面子,她宁愿丢了孝顺儿媳的名声,也要要回自食其力的体面,这也算对老人尽了真正的孝道。可是,秀娟想不到的是,当从下街找来队长表哥,找来大哥二哥大嫂二嫂,丈夫兴安头撞南墙以死相挟,说要分家我就去死。这种靠威胁来充当孝顺儿子的方式并没引起人们的同情,分家人当机立断:老人从此以后,由三个儿子轮着抚养,每月逢一搬家,大月小月摊谁是谁,轮到谁处,谁必须主动去搬老人行李,老人的两间房子作价五千,老三抚养十年,作掉两千,其余三千三份均分,现房由老三来住,必须在一年内返给老大老二各一千块钱。娶了秀娟的队长厚运成,见到秀娟没有流露半点惭色,坐在人群中间念着契约的样子,好像正是他成全了一桩好事。

月月的母亲,是一个性格温良的老辈女人,同秀娟一样,她的父母就是冲着翁古家族在辽南地区的响亮名声,从东城子远嫁过来的。与秀娟不同的是,她嫁过来时正赶上翁古家族做三代农民,日子在土地上大有起色的时候。咬紧牙关供完四儿一女读书的婆母四十几岁当上婆婆,家规家业就现出了与百姓人家不同的风范,大儿子当国兵,二儿子在沈阳读美院,三儿子在安东跑买卖,四儿子在兴城做铁路工人。四个儿媳,除了月月母亲是山里地主的女儿没有文化,其它三个全部读过国高。月月母亲嫁给经商的父亲,便全权承担了翁家大家族的日子,养活老人,供奉在外面工作的兄弟媳妇回乡下的衣食住行。多少年伺候公婆,月月母亲是辽南乡下极有名望的好媳妇,她贤惠的名望是跟婆母当家立业强女人的名望比翼双飞的。并且在婆母的引领下,省吃俭用供四个孩子读完高中。然而,极少有人知道她的忍耐她的包容她的付出。看上去她是那样娇小懦弱,但关键时是那样坚强无比。她的坚强同婆母不同,不是血气上的冲动语气上的尖锐,而是打进骨头揉进肉的那种冷静。那年月月父亲因倒大布被土匪绑架,屯里人传过话来说要零割活埋,号称强女人的婆母在冈梁上手抓泥土大哭不止,好像她的儿子已经埋在地下,月月母亲却把孩子牵到山坡,撸一筐槐花,回家蹲在灶坑蒸槐花窝头儿。“文革”期间月月父亲被定为投机倒把分子回乡种地,一有雷雨就坐在炕上大叫,完了,你听这雨,完了,庄稼完了。月月和哥哥们听到父亲大叫,用被蒙头以为真要大祸临头,她却无声无息若无其事,但如果是晚上,与母亲一个被窝的月月会发现她的身上洗了澡一样汗水淋淋——谁不晓得庄稼对庄稼人日子的重要。多年之后,月月懂得这个世界上有一种女人,她们从不把怕和疼表现出来,她们的坦然是做为母亲大怕大疼之后的责任的外化。而这个从不流泪,对日子从不气馁的乡下女人,面对让儿女来为自己负责,却无声地流出眼泪。

其实自从月月父亲去世,自从儿子分家那天定出养老费,不管她还能做多少活路,都证实了她已是被儿女负担着的。然而,只要没有离开睡了五十多年的大炕,她都还觉得自个有根基,有力量。在那并不明亮的屋子里,有挂在墙上五十年不坏的俄式挂钟,日伪时期丈夫买回家来的铜制梳妆台,景德镇陶砖镶嵌的迎面柜,檀色枣木立柜、太师椅,还有说不清楚哪个朝代留下来的花瓶。有它们在,她就觉得身后有一大群人站在远远的地方看着她,伴着她。面对三个儿子和分家人、队长,月月母亲说:想叫俺活下去,俺这屋就别动,兴安秀娟谁嫌碍事,就吱个声,把俺和它们一块儿埋掉。

老人混浊的泪水在月月白皙的掌心上滚动,月月母亲说,妈就是要等你回来再走,妈怕你扑了个空心里难受。说到这里,老人又鼓了鼓腮帮希望鼓出一丝笑来,好久,笑终于和泪花一起淌了出来,老人说,不难受,都是儿子家,其实一样的,走,咱上你嫂子家吃饭。说着老人一手撑地用力站了起来。走哇凤卜,走。脸上的笑淌得更欢。

月月没有当即反身,她起身时走进住过二十八年的老屋。枣木立柜老式挂钟桌椅花瓶,张扬着一种强烈的陈旧的气息把她包围,这气息与上河口林家的新婚居室很不相同,然而它和新婚居室一样叫她感到是生活中不可缺少的一部分。在月月母亲那代,媳妇永远是受命于婆母之下,在月月嫂子这代,媳妇则永远是婆母的权威,因为时代给乡村生存结构带来变化。上学的时候,月月用少吃饭少说话多干活这种一般女孩少有的懂事,找寻着在这个家庭中的位置,上班之后,她用交给嫂子乡下女孩所没有的丰厚的工资,维系着她和母亲寄生哥嫂家中的踏实。父亲去世以后,这个房间的物件无论多么沉重,她都时时感到她与母亲分量的飘浮。在辽南乡下,只要婆母把操持生活的权力交给媳妇,做小姑子的,就不再拥有主人的感觉。为了让母亲永远感受自己的分量,她几乎付出了几年来做代课教师工资的全部,外加对嫂子姐姐似的体贴关照,对日子主人似的操心⋯⋯

却不想结了婚,嫂子就不再相信自己。

月月看着三嫂,脸上没有丝毫抱怨的意思,她从兜里掏出三百块钱放进三嫂掌心,说春天买化肥用吧,三哥那样,我知道你的难处。三嫂一边推脱一边挂不住眼泪。

母亲、侄子、国军、月月一行四人推着一辆三轮车来到长街拐弯处大嫂家的时候,大嫂正在一只偌大的菜板上切着酸菜,腐烂的酸菜水弥漫着刺鼻的酸臭气息。月月刚入门口就喊了一声嫂子,我们来了,故意用略显随便的话语打破母亲在她回门这天改换门庭的尴尬。几年以前,妯娌分家的时候,大哥大嫂曾以长子身份要过母亲。母亲却用大嫂家孩子多为由,执意跟了三哥,当时谁都晓得母亲心中的小九九,是想替小儿子分担生活困难,如今年岁大了,干不动活了,月月结了婚无人往家送钱了,才想起三个儿子轮着养⋯⋯走进大嫂院子最初一瞬,敏感的月月就像小时候弄坏了黑板怕见老师一样紧张,她实在不愿一生忍耐付出的母亲在年老之际自尊心受到半点挫伤。还好,大嫂是个无论心底想什么,面子上都会叫人过得去的女人,她一边喊,正安,妈来了,一边逗着月月和国军,说大嫂正给你们包回门饺子呢。

大哥马上要出民工,正在屋里收拾瓦工器具。月月把婚礼选在初春就是为了哥哥们能够在家,却想不到出发的日子这么快就来到。

月月掏出一百块钱,差只比自己小五岁的侄子凤卜上集买肉买菜。因为大哥加入歇马山庄汹涌的民工潮,给家庭带来了一年收入几十张嘎嘎新大票的希望。大嫂的情绪同三嫂大不一样,那长年在山地干活晒成栗色的脸皮,在灶坑的蒸汽里随便一抖,都能见出恍如少女正值初恋似的甜蜜。大嫂的欢欣由大哥开始,借了大哥出走这个主题,却发挥在婆母的到来和小姑子回门的内容上,使她女主人的姿态体面而又有光彩。然而,正在一家人因为女主人的营造而沉浸在过年一样欢快的气氛中时,墙头上飞来了一个尖刀划破玻璃似的声音。

这声音快捷,且又一波三折地在翁正安家院里着落,将月月刚刚有点好转的心情打翻在地,它全面而详尽地描述着村书记林治帮家大喜之日如何遭到黑眼风,墙头拣来的女孩如何夜闯姑嫂石篷,它干脆就断定这个有权有势的林治帮好日子已经到头,那个火花就是山神庙里派下来给林家送灾送难的怪物。墙头那边的讲者本是冲着大嫂一人,墙头这边却有大嫂之外的好多双耳朵。月月的心情一下子就由母亲的遭遇回到自己的遭遇上,使她一整晌午和下午,胸口都塞了乱麻一样憋闷难受。

大哥闻声先是将老婆臭嚼烂骂一顿,说熊老娘们舌尖比马鞭还长,而后瞅机会把国军叫到一边,正颜厉色地说,治帮叔弄到这般好光景也就可以了,我看那主任不易再当,天下民众哪个不恨官,你治帮叔再公平,也有不周正的时候,你就是周正了,也有人看中那位子,说你坏话……大哥说你回去转告你爸,就说我说的,退下来过两年安闲日子。国军殷殷点头,说谁愿意他干?他愣是贪恋吆五喝六一呼百应,还张罗着搞什么村办企业。

一双新婚夫妇从下河口返回上河口时,已是下午四点多钟。可怕的谣言,使月月想从母亲和嫂子那里讨问治疗男人阳痿偏方的念头彻底消失,她决心将自己的遭遇守口如瓶,不在任何人跟前流露半句。如果有人知道事情真相,说不定自己也会被说成灾星四下流传。然而临近门口,治亮老婶心直口快的一席话,叫他们又在心底铸定了另外一番打算。

林治亮女人是村里有名的万事通，谁家男人外面有手儿，谁家儿子在学校偷看女生厕所，以至谁家牲口交配时叫了几声她无所不知。她的通晓世事不是纪实，而是通过自己脑袋加工和创作了之后的故事，如果听人讲某某男人赶集拉着某某女人，这个男人在她那里，就一定是在后山小树林里扒了女人裤子干了坏事。她通晓和创作的故事全跟裤带下有关，却永远不知道自己男人裤带下有什么故事，那副乐天的态度，就像全歇马山庄所有人都在受罪，只有她大富大贵。她在门口站了一下午了，等来月月和国军，眉眼低低地看着两人突然就笑个不停，笑够了上前堵住月月，说那天哪，那场大火肯定是惊了你俩，是不是正欢畅着就……咯咯咯……月月蓦地两颊飞红，国军也在一旁局促不安地站也不是走也不是。她说，有什么差头可全是火花那小鬼头造的孽，你治亮叔说他亲眼看见你们新婚第二天早上，天还没亮她就从姑嫂石篷下来，走道火苗似的一颤一颤，你们可一定要躲着她点。

做着中学代课教师的月月坚决不信村里人的谣言，广大的空间没有尽头的时间，是谣言产生的最好土壤。然而当她走进家门，与火花冷冷的目光突然相对，她不禁打了一个冷战：火花偎在墙根，一双小手不住拍打地面，直直地审视月月，样子就像在心里许着什么诺言。

夜里十点，伸手不见五指，月月和国军轻手轻脚走出家门直奔姑嫂石篷，他们每人手捧一只装有信纸的信封，两手合抱，行为端正步履轻快。两年来他们在这里做过无数次只有夫妻才做过的事，每次月月给学生补课，让国军晚上接她，他们都要在姑嫂石篷亲近一番。是不是过早地享用了女孩子不该享用的东西触怒了俗规，或者不该那样忘形忘我，或者不该在姑嫂石篷里，姑嫂石篷是唐代一个将军的坟的传说歇马山庄大人孩子无人不晓。说心里话，如果不是在歇马镇上教书，做着妇联主任的宫玉兰偷偷送她一盒避孕套,再忘我她也会保留最后一道防线。在姑嫂石篷里亲昵做爱的远不止他们,他们常常在走近时听到有人便反身走开。可是是不是别人都没有达到他们那种无与伦比的高峰?他们在石篷南面跪下,两封信每人背诵一遍,然后划火点着,然后三拜九叩。月月说,老天爷,我们错了,不要以这种方式惩罚我们,我们发誓再也不疯了,我们发誓。只要你还我们自由,我们肯定不疯了,肯定不。说到后来国军随上,肯定不,肯定不疯了。

两人烧完纸许完愿磕完头,挽着手一起往回走的时候,月月给国军讲了一个从母亲那里听来的故事。说古时候有一对新人婚后如胶似漆,结果没到一年女人就得了痨病死了,在给女人出殡的时候,只见对面过来一个白胡子老翁,老翁走近棺木,鼓乐声奇异地戛然而止,这时只听老翁说,夫妻本是一对冤家,不是冤家不到头。男人听了直摇头不信,再娶妻时还如胶似漆,一年以后又死,再娶妻时,一天吵三遍,没事也要找事来吵,结果活到八十多岁。国军说那今后咱就吵架,月月说倒不是让你信这故事,是说,信点什么会使咱们解脱出来。

这晚,他们没有再试,他们因为有了那个愿,踏踏实实睡了一宿好觉。

第 三 章

　　遭了黑眼风之后,林治帮人前打招呼说话和以前一样,调转头回到家里就变了模样,默默地像有了重重心事。林治帮一想到黑眼风心口就有些慌乱,有些做了坏事似的不安。谁都知道当个村头,得罪人实属正常,大可不必往心里去,可是他怎么劝自己都作不到。这使他想到那年竞选村长,十四个代表得十二票,所有人都为他庆贺,他也高兴得不得了,可是没有多久,他就被到底谁没投自己票缚住了心情,因为十四位代表都当面向他表过态。当然这一次缚住和上一次不同,这一次好像勾起了他封存多年的往事。

　　歇马山庄三百多户人家,林治帮确实记不住当村长以来得罪过哪户,一年前为了一桩地边纠纷罚过动手打人的愣头小伙子。过后那小伙子负担不起伤者医药费他帮忙交齐。倒是另一桩事情让他一次性得罪过几十户人家,那是大前年春天,省外贸来镇里推广葫芦菌种的种植技术,说葫芦条是日本特需蔬菜,一年下来一户农民可赚五千元。他们大张旗鼓宣传种植出口菜是乡村致富的好途径。他因为在外边闯荡过,知道这些出口日本的蔬菜曾发过一批又一批城郊农民,就在镇长无论怎么向各村宣传都无动于衷的情况下,他没经商量大胆上报二十户,之后回村苦口婆心动员歇马山庄农民。结果,那年秋天省外贸下来一个红头文件,因为对日贸易关系的暂时紧张葫芦条一律不收。因为相信公家,春天没有合同,秋天无据可依,一辈子精明强干的他没想到一阵脑热上了公家的当。在外面个人承包基建的时候,他是从不会上这样的当的。那时他以私对公,格外小心,现在做了村干部,做的是公家事,以公对公,就放松了警惕。后来他当众人作了检查,许诺由他个人赔偿大家三年损失。这次的教训使他再不敢大手大脚做事,他开始懂得,改革开放,公家事因为不像私人事那样含有浓重的感情色彩将愈发难做,然而正是这事使他林治帮的为人品格在歇马山庄得到张扬光大,使更多的人了解到,他在外面赚够钱之后回到村里当村长的目的,是真心为大家做事。应该承认,最初他回来竞选村长有许多人抵触,认为他会像当年的大地主一夜之间把歇马山庄变成他个人的天下。几年来他利用他的活络通达为歇马山庄安了自来水,每家每户上了电磨,做了许多好事,他与大家的磨合,几乎有些严丝合缝,他对自己暗自里是非常满意的,可是……

月月"沾酒"那天午后,林治帮的三弟林治亮一路哼着小曲来到林家大院,他好像十分清楚哥哥心病似的,进门就把火花擎到脖上玩耍,一会儿往后仰一会儿往前倾,腰身前后扭动暴露着粗糙的猪皮裤带和白白的肚皮,动作灵活一点不像五十多岁。逗完玩完踱到正在院里拆锅灶的哥哥跟前,佯装帮忙,悄声对哥哥说,烧把草垛,正常事,想开就是。见哥哥没反应又说,我也喜欢这孩子,可是她真是太怪了,你得想个法子,不能让她祸害了咱林家的日子,你说你当六年村干部,哪一点不好?这不眼看着是一场鬼火。

林治亮尽量把声音压得很低,语气调得温和自然,可是还是触怒了哥哥。林治帮突然抬腰,把一块土坯砸到脚下,鸡巴胡言乱语,尽听些胡言乱语,你能把一个活条条的人扔了,杀了,还是怎么着?林治亮知难而进,送人呗。林治帮重重干咳一声,吐了一口唾沫,语气比刚才更重,像把土坯砸进锅里,我告诉你林治亮,别叫老娘们儿天天瞎巴乱讲无事生非,火花怎么了你们?硬跟她过不去,那是一个人。人还有没有点血性?

哥哥的话火柴头触了脸腮肉似的让林治亮感到脸皮火辣辣

疼。二十年前一个新月皎洁万籁俱寂的夜晚,林治亮送给老婆接生的潘秀英回家。正值初夏,空气里溢满黏腻和燥热。潘秀英只穿一件黄色短袖小褂,旧式家茧丝裤子紧绷腰臀凸着滚圆的屁股,潘秀英走路胳膊前后摆动,胯骨也仿佛吊豆腐布包似的来去乱扭。他俩一前一后,不时有微香的汗味从扭动的腋窝散发出来,明晃的月光映着她前后突出的部位一颤一颤。一路走着,看着,林治亮听见自己身体内有一股水一样的东西在流。他已经四个月没跟女人有事了,当走到歇马山庄后坡,潘秀英因为害怕慢下来牵住他的手,林治亮就抱猪崽一样一把把她抱进怀里。潘秀英与想象不同,猛力地不迭声地骂着流氓臭流氓我要告你。许是夜晚和四个月没有靠近女人的缘故,他如入无人之境似的扭她绞她直到她终于息声敛气,她的肉体在他的奋力争取之后荷花一样绽开时,给了他从未有过的销魂。临近末尾,潘秀英竟偎住他的下体厉声地哭泣起来。她说臭流氓你败坏了俺你这是强奸。林治亮说你早就不是什么好东西。啪,潘秀英狠狠一巴掌打下去,而后奋起身,却被林治亮光身抱住,我错了,你是个好女人,我还想要你。那一夜,他们在歇马山后坡忘乎所以,到最后两人一摊泥似的偎躺在潮湿的草地上。潘秀英说了句让林治亮一生不忘的话,你是有贼心又有贼胆的男人,我喜欢,我愿意为你当破鞋。从那以后,他们不知又有过多少次,二十年来一直没有中断。林治亮知道,潘秀英因为给整个歇马山庄女人接生,又是五十多岁女人中最风流的一个,与别的男人肯定云雨过,包括自己的哥哥,但他只要跟她在一起从不过问,他只相信一点,二十年前他是她的第一个野男人,这就足够。

作为歇马山庄一个无职无权的男人,他希望他和潘秀英的事被所有人知道,只是不希望他的老婆知道。自从火花发现他那勾当,他一直害怕火花通风报信儿,可是今天来劝哥哥绝对是为了他好,几乎全街人都在诅咒火花。

为了哥哥,却遭到一顿训斥,林治亮悻悻地离开林家大院。然而他的脚步刚刚迈过两家中间的墙界,就看见哥哥抱着火花走出院子,迈着方步往街西走去,似乎故意让大家看到他对收养火花信心的坚定。

从来没有抱过火花的男人,抱火花在大街上走了一个来回。被两个胳膊托起的火花,看见太阳变成了一个彤红彤红的火球,屯街上的瓦房明光锃亮。火花感到万分惊奇,这个男人自她记事儿起,大多的时候一直是冷着她躲着她,只有在没人看见的时候,他才朝她点头,摸摸她的手或抓抓她细黄的头发,好像她是苞米稞上结的一穗苞米,好像他是传说那个动辄没有粮吃的小偷。他在没有人的时候,脸色和平常大不一样,在村人面前和在哥姐跟前,他的脸就像成熟的苞米粒,外皮紧绷而油亮,而一在没人的时候,他的脸就成了苞米粒爆成的苞米花,白花花地放光。为了这张脸经常能白花花地放光,她就经常躺到墙根边、树阴里,躲到一般人看不到的地方等他来找。他有时真就不声不响地找来,直直地看看她,咧咧嘴一笑。她一直认为这个叫着爸爸的男人是这个家里最爱她的人。可是,他从来没有抱过她,她曾想过,他若能像治亮老叔那样抱她多好,为了这一点她曾在着火的夜里作过努力,可是她的努力并没成功。她发现起火之后,即使在没人的时候看见她,他的脸上也不再有苞米花一样的光亮。这让她感到像丢了糖一样难受。然而现在,想不到他会突然之间将她抱在怀里,会在屯街走上一圈,会用他那短短的胡须在她额上又扎又蹭……火花在走回门口那个瞬间,小嘴高高努起来,感激地亲了这个男人一下。

人们无法想象,那场只烧了草垛的当代乡村司空见惯的黑眼风,会使歇马山庄村委主任林治帮陷入深深的忧虑之中。他的忧虑好像并不为是谁放的火,而是由放火事件引起的另外的什么东西。他似乎真的相信,那火并不是人为纵火,而是冥冥之中的事情。一星期之后,他召集全村各小队队长开会,研究征报化肥和布置庆国庆文艺汇演,对于黑眼风的事他竟只字未提。

不管林治帮怎样自我琢磨、折磨，不管闲暇里人们有多少猜测和议论，歇马山庄村民还是没有忘记庄稼人在春天里的主题。留在家里的老男人们牵了牲口到库区边遛马饮水，因特殊情况不能离开的年轻的男人们则在房前屋后挖土翻地，在院里地里收拾农具晾晒粪土，年富力强有手艺有力气的泥瓦匠则纷纷收衣打包，准备出发。这时节，正是歇马山庄的人们刚刚从对土地的迷醉中醒悟过来的时候。才几年以前，林治帮还是一个好吃懒做游手好闲的人，他当小队会计，田边地头走走站站总有脱产的机会，分田到户则一下子显了原形，比庄稼还多的山辣椒细甜谷三夹菜在地里隆重聚会，使能过日子的村人谁见谁笑。然而笑到秋天人们发现，林治帮并不在家，小年那天一辆小解放拉了一车年货驶过水库大坝，在上河口林家门口停下，鞭炮米面啤酒搬个不停——那时歇马山庄刚刚兴起喝啤酒，人们知道在歇马山庄外边，在翁古城或更远的什么城市，有着庄稼人可去赚钱的地方，只要肯去就能赚着大钱。可是，尽管人们对小解放上卸下的东西不无羡慕，却依然以为庄稼人只有种地才是人间正道，私下里对林治帮并不正眼相看。林治帮第二年带走了几个不愿干农活的小青年，第三年又带走一群。从泥瓦工到包工头，他干了六年，他用六年时光将歇马山庄山民对土地的认识翻了个个儿，当他不知什么原因一气之下打道回府，民工潮已经滚雪球一样势不可挡。这雪球荒芜了山庄的土地却芳草萋萋地成长着庄户人的希望。男人们由喝自酿的黄酒改为喝马尿味的啤酒，女人们小花棉袄上套出了质地略差的羊毛衫。在歇马山庄，一年四季活跃在山里田里的其实只剩三八六○部队——女人和老人，而活跃在人们心底里的，却是掩饰不住的热滋滋的过日子的希望，就像雨天过后歇马山山头上缭绕的白雾，怎么也掩不住山尖明亮的日光。

月月婚日之后，整个歇马山庄又恢复了惯常的孤寂。男人女人的分手只是风门闩与门轴吱扭一声转响，没有打锣敲鼓，没有难舍难分。走不了的男人则在田里静静地张望，耐心等待某个时辰，有人在门口高喊，他叔，租一天牲口，之后大摇大摆赶着牲口前去。出民工的人家将家里的活路留给了不出民工的人家，自然给不出的人家带来零星赚钱的机会。那钱尽管廉价，常常租了牲口配上人，却也多少平和着，黏合着乡下的日子。然而就在人们无声无息告别的时候，歇马山庄传出一个震梁动谷的消息，前川在歇马镇开理发店的厚庆珠掉进水库灌死了。

发现庆珠的是水库灌区管理处保卫人员，五十岁未婚的刘青山。他每晚十点早六点，都要沿水库堤坝巡视一遍，这水库保卫人员应尽的职责，已经成为他多年不动的生活习惯。他先是大步流星走到坝堤东端，而后掬一把水洗头洗脸，洗完后，脖梗儿鸭子戏水似的轻轻一甩时，一个气球一样圆圆的东西一下撞入他的眼帘。他初始一愣，以为上游谁洗的衣服不小心冲了下来，揉揉眼细看，只见绿色的气球前端飘着一绺黑黑的头发。刘青山蓦地毛孔起栗，他赶紧返到东侧的树林间劈一枝树杈，而后走入坝边水中，用树杈绞住头发慢慢往外牵引，一张乌紫的脸随之露出水面，上面沾着黏黏的泥巴。当看清是张女人的脸，从未沾过女人的刘青山本能地撸一把自己刚洗过的头发，忽悠一下，一股压不住的恶心顺五脏六腑一涌而上。

买子一早听街上人喊水库里灌死一女子，起初并没在意，一晚的失眠折腾得他脑里像装团浆糊，一股没能畅通的气流在他腰部背部心口来回窜着堵着。他在街脖上愈发混乱的呼喊声中导引着气流，想也许自己过于敏感，或者太小心眼儿，原本一切都很正常，昨晚实在不该闹小性子让庆珠自己走山路，当然是她太气着他，也是她见他生气自己挣着要走。当买子躺在那里追忆起那个挣脱了自己的黑长的背影，忽的，一只受惊的马似的一高蹿起，他三下两下穿上衣服跳下炕，脸都没洗就顺街脖往水库跑去。

歇马山庄的人们一瞬间就将堤坝东侧的平地围满，几个女人的哭声清亮亮地震撼着山谷。买子蓬头撒野拨开人群,直奔人群中心,当他看见一具软软的女人体上罩着一层水绿的色彩,他那曾经为这水绿无数次掀动的心窝蓦地蹿到嗓眼儿,他扑嗵一声扑到在尸体旁边,大声叫着庆珠,你这是怎么了庆珠……

厚庆珠的爸妈几乎跟买子一同赶到,他们看到是自己女儿,一声没哭出来就气绝倒地。年岁大的女人们这时陷入一阵忙乱,掐人中啃脚跟,呜噢喊着叫着。许久,才见两老人喘上一口气。老人醒过来,场上突然间陷入寂静,几个号哭的女人几乎是戛然而止,突然的寂静衬着买子粗犷的哭声,一阵阵揪人心肺。

昨天下晌,林治亮女人从歇马镇街烫头回来,直奔在门口摆弄砖头的买子,说买子你怎么还不结婚呵?再不结婚不怕媳妇飞啦?买子抬头看看满头羊卷的女人,惊诧地眨着眼没有搭话。林治亮女人吱吱扭扭停了一会,欲言又止欲止又不肯的样子,最后终是憋不住,就坦坦荡荡地说,买子你可得留心眼儿,我今儿个在庆珠那烫头,看见一些戴墨镜流里流气的小伙子在那里里出外进,那些人倒不怕,庆珠不是那样人,要知道那里离镇政府近,要是有些头头常去……

许是见自己没有说明白,她打个顿后接着说,我今儿个在那坐了仨钟头,就有一个什么镇长的去剪头,庆珠跟人家可亲热呢。镇长刚走,那些小流氓就来找庆珠岔,说些难听话……

林治亮女人走后买子骑车一口气儿蹬到镇里理发店,进门一言不发坐在那里看着庆珠。庆珠见他来旁若无人,继续迎客送客继续干她手中的活,直到天黑下来屋里断了客人,才转过身冲买子笑笑,示意帮她关门。两人关门从店里出来,就一直奔向通往歇马山庄的山路。买子一路无话,不像以往接她时扯东拉西说个没完。买子故意以不说话的方式让她警觉他在生她的气——生她跟镇长套近乎的气。可是买子无话庆珠也不说话,好像完全明白买子在想什么故意置之不理。庆珠的置之不理使买子心里的气越来越盛，临到庆珠家前川的岔道时，见庆珠并无下车的意思，买子猛蹬一阵超过庆珠在前边挡住她，之后依然一言不发，将庆珠往以往每回都要在那亲近一会儿的小树林拽。庆珠没有强扭，顺从地跟到小树林，只是脸上始终没有现出平常治气之后的娇嗔和温柔。到了小树林，买子沉着脸，心底因嫉妒和气愤欲火中烧，神情却是异常冷静。他盯着庆珠长睫毛下阴郁不动的眼睛，盯着她开理发店以来在屋里捂得有些发白的脖颈，想象她一笑起来就如喇叭花一样明媚的脸庞，再加上格外的亲热是怎样的楚楚动人。买子这么看着想着，心里一阵阵灼疼，像被火苗燎了心尖一样灼疼。这灼疼一点点烧着升腾起来的欲火，使他直直站着就顺庆珠白皙的领脖解开衣扣。一条饿了多时的狗遇到生肉似的贪婪地将头拱入庆珠怀里，舌尖在两乳间胡乱舔着，正当买子体下一股潮湿的洪流让他欲猛力掼倒这个让他又爱又恨的躯体，另一股湿湿的东西流进他的脖子。他从游移的醉态中惊愣镇定下来，而后抬起头来重新盯住庆珠。这时，他发现她的目光蓄满委屈和一种难以表达的跟孤傲相近的东西，当他用感觉触到这份孤傲，刚刚被灼疼的心尖再次疼痛起来。他突然推开庆珠，在呼哧直喘的不平中喊着，厚庆珠你说话呵……

这一声喊像广播的开关，一下子真的打开了庆珠的话匣。她一边哭一边说，买子，你已经不是以前的买子，一个月前，是你鼓动我到镇上开理发店，你珍惜我心灵手巧不愿我下地做活，我发誓为你挣钱，为你多病的老母治病，为了这些我在镇上忍受那些地痞流氓欺负，可是你倒好，看我就是另一种眼光，好像我天天在外边做坏事儿……我实在受不了，我真的受不了了买子，你现在变得像电视里的醋罐子。

庆珠说着说着泪没有了，话语清楚而柔和，目光渐渐的有了娇嗔。买子握住庆珠手，说庆珠我爱你，我没想到情况会是这样，我不知道会是这样，咱不干了，咱马上结婚，回家来干点别的好吗？

当买子听到庆珠说出了憋了多少天的话,买子发现,庆珠目光中的娇嗔抽丝一样消失了,她重新恢复刚才的委屈和孤傲。她的表情几乎呈现一种躲避灾难的冰冷,这种含在庆珠表情里的冰冷蓦地划出一道距离。庆珠缓慢地摇着头,她的摇头说不上是对买子的做法感到意外,还是在回答买子的话。她没有接上买子的话,倒是过了许久,她才文不对题似是而非的补了一句,你为什么不是镇长?!

这句话究竟表达了什么意思买子一无所知。这句话却那样猛烈地撞进买子一直不平的心绪,这句话刚一出口,就被买子阴冷的笑声击个粉碎,他扔下庆珠扬长而去。

整整一夜买子火烧火燎辗转反侧,庆珠刺伤他心窝的话长了翅膀的老鹰似的,一整夜里都在他黑暗的屋子里盘旋。在歇马山庄,不管翁姓古姓厚姓李姓,每一姓氏都有自己的根系家族,都有不下五户以上的堂兄堂弟,那些家族过年请年鬼节送灯,成帮结群声威一家家比着,只有他单枪匹马形单影只可怜兮兮。买子的父亲程御业是一个脑瓜活络不安于现状的庄稼人,十几岁时,每到夏天,歇马山庄人多地少没活干,村民们在家闲着下五福,他领妹妹到野地里刈草沤肥,向小队卖工分,当村人发现一车车绿肥拉到公家的粪场,也催促儿女涌向山野,他竟突然停止刈草,自制鱼竿和鱼钩,到村民们从不认为会有什么收获的河套里垂钓,每天竟能有一二斤地瓜鱼上钩到集上卖钱。冬天封冻大家猫冬的时候,他又让母亲烀几个大饼子挂在车把上,领妹妹到八十里外的翁古城海港扫空船上的化肥、煤炭或米粒。因为动作和收获总是出其不意,村人们叫他"脑后眼"。二十二年前,买子四岁的时候,翁古县发生了几十年不遇的水灾,全县人饥不饱腹,觅食的人们把脚印踩到了任何一个能够踩到的地方,他便携儿带妻逃到黑龙江鸡西市梨树镇,在那里安然地生活下来。十五年后,他得了肺病,嘱托他的妻儿一定回到辽南乡下,说程家的香火在辽南乡下,便撒手人寰。母亲遵父亲遗嘱带买子回到歇马山庄之后,才知道爷奶去世、姑姑嫁进翁古城,身边没有任何亲人。分田到户尽管没有淡化乡亲的情谊,人们收留暂住,送白菜土豆猪大油,可间隙的也能听到一些抱怨。人们看到一对受难的母子,纷纷把责任推在他的父亲程御业身上,说不叫他的不安分老婆孩子哪至于这样。买子的父亲是一个脑瓜活又责任感强的男人,可也确因如此而最终失去家园。为了给父亲争气,为了重建家园,他用队里挨家挨户抽出来的一份平原好地还回歇马山庄一块陡坡,然后就山坡陡崖深挖下去,挖出一个可供居住的窑洞。与现代乡村极不和谐的窑洞是他建在歇马山庄的一个新家,亦是他挖在心中的一块创痛,他每看见它就心口难受,它的孤立总让他想到黑龙江野地一只无路可走的狼,洞开着大嘴目光哀怜。因为仅有的一点土地换了山崖,他最先跟林治帮到外面做活,三年挣了六千块钱,又在窑洞下盖起两间土房。土房盖成,老母却得下类风湿病不能走路。因为老母有病,他一年一年留下来不能外出做活。留下来他没有游手好闲,而是一年到头拖土坯到镇上去卖,一车土坯能赚十几元,而一车土坯要挥汗如雨连日带夜大干四五天。有天他夜里身心疲惫,睡在偌大一块野地上,张望黑森森的窑洞,突然就有了新的创意:把土坯装进原来做家的窑洞里,在洞下挖出深坑点火来烧,他就真的烧出砖来。几个月工夫连出几窑砖,使他仿佛山顶洞人似的长发垂肩。山庄村民把他传得神乎其神,说他是遵了父亲遗嘱回乡挖窑的,说他父亲临死回光返照叫来妻子和儿子,告诉他们一定回到辽南乡下,母亲说没房怎么办?父亲说好办,歇马山庄东山口有一个陡崖,就在那里挖洞当家,那里是块金银宝地,它会主咱程家兴旺发达。因为有了这种传讲,于是又有人传说买子总是夜里干活,定是怕光天化日破了风水祥和。当然也是这时,人们又把买子的创造归于他那不安分的血脉,他的父亲年轻时的故事在村里得到空前的播送。

买子大白天披着长发走进厚家大院无疑带着满身神秘气息,

人们一哄涌向大院。厚老爷子因为多年没见男人留着长发，无处下剪，手指不住地颤抖，庆珠就是在这时，在给男人剪了一辈子头的爷爷无处下剪时，在买子的生命中毅然登场的。她要过爷爷剪子三下五除二露了买子原相。如其说是给爷爷解围不如说是满足好奇心，当老式穿衣镜映出的那张桑枣一样紫黑的脸上闪出洁白的牙齿幽蓝的眼睛，当那口白牙和那双蓝眼透过镜子，现出一丝乡村人少有的坚毅和倔犟时，厚庆珠从未开窍的少女的心扉，一下子被撼动。

这种撼动二十六岁的买子看在眼里不敢相信，到有一天她穿一身素色外衣来到窑前，仙女似的站在月光下，他才知道，他从此将因一个女孩的走近不再孤独，他的家族将由他和女孩的开始有所光大。为了表达对庆珠不嫌自己无根无底的感激，他一开始就摆出大男人的架式，大张旗鼓鼓动她到镇上开店——一直没有家族感的买子，把厚家家族当成自己家族，他希望庆珠把厚家老爷子的手艺带到镇上去。庆珠走后他才知道，别人的永远是别人的，庆珠代表着的永远是厚家家族，没有任何人会把她跟他联系起来。尤其重要的是，她随时可以和任何人联系起来，却并不牢固地属于一个没根没底的打土坯烧窑的他。

你为什么不是镇长？这话让买子一夜眼里发亮。他却怎么也想不到他对一句话的认真竟会酿成如此大祸。

因为同时从水库捞出自行车，又从坝基上看到车子滚落的痕迹，人们普遍认为是下坡时没下车一不小心掉下去的。买子也这么认为。庆珠的死跟他有关，他没有送她，而只要送她，他们注定是步行过坝的。庆珠一定是一赌气蹬上自行车拼力加速，一鼓气儿钻到水底。出了人命人们自然通知库区派出所，他们把惟一可疑的对象程买子从现场找去，程买子复述了头天到镇上接庆珠的时间，说因为不放心家里老母，只送她到上河口村口就让她自己走。他隐去了两人赌气和为那句话分手的全部细节。买子在厚家大院守灵时,照样复述在派出所里复述的话,人们没有一点怀疑。只是买子在哭殡的人群里,看见林治亮女人忽闪的眼神时,他的心口忽的灸痛了一下。

月月得知这个不幸的消息是和国军一同上班的路上。前川和上河口交叉而过,从通往歇马镇的大道上看,前川是上河口甩在肩下的一只手掌,水库堤坝是伸出去的胳膊,月月和国军骑车半路上坡的时候,前川在镇棉织厂上班的邹华忠追上告诉了他们。月月初听以为听错了人名,再问一遍,邹华忠仍说前川老厚家庆珠掉水库灌死了,月月就感到一阵轰鸣随发梢、头皮、胸腔鱼贯而下,月月扶车站在路上,含泪的眼睛把同自己一样惊愕的国军幻成鳞鳞碎片。许久,她抹了下眼睛,说国军,我上午有课不能请假,只得等下午再回去看庆珠了。国军说人死不能复生,你别太激动,下午就下午吧。月月告别国军,在学校宁静的操场上嚓嚓嚓前行时,满脑子都是庆珠的笑脸和声音。

她们是中学最要好的同学,双双高考落榜,毕业后学校留了月月而没留庆珠,月月好像自己欠了庆珠,每到周日都走过大坝去找庆珠说些安慰话。而庆珠总是金鱼眼一眯,说你别以为当教师好就想我也爱干,那根本不是我的理想,我喜欢自由自在。一个乡村女子,考不上大学,却说当教师不是自己理想,月月一直以为是善解人意之后的推托之辞。可是一天夜里,她却突然小马驹似的,一跳一跳跑到下河口翁家老宅,把月月拽到幽黑的月光下,直言不讳地告诉月月,说我越来越发现,咱俩心里追求的东西很不一样。

月月当时就像摸不到空中月亮似的摸不到头脑,耐心等下来,庆珠自言自语地说,你喜欢当教师和你爱上林国军是有联系的,是一码事,你喜欢有规有矩。

你难道不是?月月问。

庆珠说念书时我以为咱俩差不多,毕业后我越来越觉得我喜欢散漫、随意，比方我就不可能爱上林国军那种人。

月月说林国军是哪一种人？

庆珠说中专毕业一下子就没了纯朴，举止优雅显得很有修养，四平八稳。

月月说那么你喜欢哪一种人？

我喜欢随意散漫、不拘小节，不管是在深渊还是在天堂，都能泰然自若。

月月笑了，说那是电影里的人物，那种人咱歇马镇里没有。

有！庆珠斩钉截铁，在上河口窑洞里。

月月蓦地仿佛发现奇异怪物似的盯着她。月月的惊讶，绝不是因为庆珠有根有底有模有样，而买子是个住过窑洞的粗野人——当初听说有人住山洞，都传是个野人，而是因为她对那个粗野人和林国军的对比、评价。在月月心中，买子无论如何不能和国军类比。

庆珠令她刮目相看。这个时候月月知道，庆珠不想当教师或许是真实的，人和人其实很不相同。那个住过窑洞后来又烧窑的买子与国军一个屯落，国军曾拿他当故事来讲，说他如何蓄着长发，如何吃饭不用筷子，窑洞如何没有窗户，门口钉着塑料布如何漆黑一片，村里的小孩们又是如何动辄跑到洞口去拉屎撒尿。月月见过买子一次，惟一的印象是黑黑的肌肤上有一口白白的牙齿。如果村里人知道庆珠拿国军和买子比，大家会一瞬间当成笑话传扬出去。这么说绝不意味月月或村里人是势利眼，是以貌和地位取人，绝不是。人们无法不看重一个人通过自己的努力切断了跟土地的联系——国军通过自己的努力切断了与土地的联系，乡下人奔着奔着，倘若还有梦想，便无不是飞出土地。

走火入魔的庆珠却一见她就对比国军和买子，或者说见她的目的就是为了对比国军和买子。她说买子血管里装的是苦水，国军血管里装的是甜水，苦生涩，涩才有味，甜生糖，糖最腻人。月月说你不能拿生活条件比较,依你看外国人都是又黏又腻的大糖包。月月的反驳使庆珠大为激动,一再强调她说的不是这个意思,可是是什么意思她一时又说不清。直到有一天,庆珠在镇上开了一个理发店,她才从买子支持鼓动她干这件事的事实,试着说清买子与国军的不同。她说在买子那种不拘小节的随意和散漫里边,有一种不顾一切的忘我,这忘我火一样自顾自地烧着,以至于能烘烤别人,而国军的优雅平稳,恰是将这种火浇灭,他身边不会有任何人受他任何心情的感染。

因为看清庆珠是被买子爱情的火焰烧得痴迷,月月不再认真对待庆珠的评价。只是结婚那天,月月怂恿当伴娘的庆珠,说还不快把你那火炉喊来,让我也烤一烤。庆珠却脸一红摇摇头,眼圈顿时布上红晕。月月不知半月不见,庆珠心里在想什么,但她敢肯定庆珠有了重重心事,因为吃过午饭临分手时,庆珠贴月月耳边小声说,也许你是对的,等你过完婚假,我去找你。就这么月月自从上班,就一直等着庆珠,却一直没有等来。

午后月月来到前川厚家大院时,奔丧的人前呼后拥堵住了门口。因为是春天,更多的男人出外不在家,院子里攒动的大半是女人的脑袋。不管谁家有丧事都走在头里的大嫂队长潘秀英见有人来,就扶着庆珠家的人陪着哭丧。显然庆珠的母亲已经因为过于悲痛起不了炕,被潘秀英扶着的是庆珠的姐姐。潘秀英的角色在乡下丧事中叫"扶丧",这是丧事中最最硬性的一种事体,三天三夜不能合眼,陪着亡者亲属守灵,亡者亲属可以交替着休息,惟"扶丧"不可以休息,熬三天三夜,还要哭三天三夜。对于"扶丧"的付出俗规中设有重奖——孝布和礼物。"文革"前,一般是七尺白布和两袋草子糕,"文革"后则变成十二尺白布,或四样八样不等的各种白酒和罐头,人们没有因为这个丰厚的礼遇而抢着去做,因为人们认为此人必须是大家公认的有影响的人物。潘秀英三十年前刚结婚时就在歇马山庄做着接生和"扶丧",多少年来已在村人心中培植了比礼物更重的威望,到后来即使她有一些风流韵事,也被村人视为天经地义。他们向后代传讲,说"扶丧"的人必须是与常人不同的风流人物,只有这样的人传送播放的哭悼才能被已踏上阴间大路的鬼魂收听。至于为什么是这样没有人关心。月月无法像村里人那样一入门口,哭声就招之即来有声有调,她先是无声地抽泣,而后受到无比壮大的嚎啕声的蛊惑,发出一种细细的,只有自己才能听见的哭韵。

在辽南乡下,哭丧是女人无师自通的一种抒发感情的方式,谁家死人,不管是否沾亲带故,只要自家成员曾经与亡者家庭成员有过倒进倒出借借换换之类交往,就毫无疑问要前去哭丧。哭作为一种形式的存在,既交流了两家人的情谊,又抒发了哭丧者自己打发日子的艰难和伤感,嘴上哭是他爷你死得好惨,心里骂的是他爸你活得好窝囊。什么儿媳不孝顺,儿子不听话,什么田里庄稼遭了害虫,队长逼着交税钱,不拘各种内容只要不顺心全可以表达。有的哭着哭着竟忘了亡者,边哭边将委屈说了出来。当然也有日子过得舒坦或无论多难都不知愁的人家,这样人家女人哭丧则更有趣味,她们唱唱儿似的号嘹,调子没有抑扬没有起伏,下河口一对女人哭丧时表达的语言竟被大家讲成笑话。那是给下河口一范姓老人送殡,浩浩荡荡一群女人带着孝帽跟在灵柩后边,前边女人发现道上有牛屎,就边哭边说,她二婶呀,地上有牛屎呀,留心别踩上呀。后边的女人边哭边接上,他大妈呀,俺听见了,谢谢你呀。大家虽讲,却并没有诋毁的意思,只是当成一段生活趣事。

一个年轻漂亮的女子突然的过世,在人们心中产生了强大的悲痛和震撼,为庆珠家哭丧的女人没有一点浪声浪气。她们特别投入,她们的泪融合着鼻涕,每一声哭喊都揪着人心让人心口发疼,她们将心比心,投入而痛切地体会着做母亲失去女儿的滋味,体会着白发人送黑发人的难过,她们在门口随来人一遍一遍走近庆珠尸体,观瞻她那已经完全走了相的容颜,哭已经融会了乡下女人情感里最最无法表达的语言。

买子一直跪在庆珠灵堂旁边,失魂落魄的样子仿佛一尊泥佛。月月撕心裂肺地哭过之后,走到泥佛一样僵直的买子身旁。这是月月与听到过许多描述的买子的第一次走近。作为庆珠的朋友,月月觉得她有这个义务,她走近来当然不是为了说些安慰话——这种时候,说什么话都是雪上加霜。月月是想让买子感到,她是庆珠好友,在这个世界上,她会同庆珠一样来关心他,照顾他,这也一定是庆珠所希望的。月月走近买子,伸出手来轻轻触动他的肩膀,然后慢慢跪下来,伸手去握买子的手。

买子木然地握了握月月的手,目光露出一丝活泛和悸动,跟着,就恢复了原来的僵木。

庆珠出殡那天天阴沉得很,云翳叠成丝织布一样的纹路隐匿了从不疲倦的太阳。十几个年岁大的男人,抬着一只紫红棺木缓慢蠕动在歇马山山脊上,恍如搬家的蚂蚁。因为同庆珠没有结婚买子进不了坟地,他只有退出送葬的队伍跪在村头地边远远地目送。月月请了假传了课一直送庆珠安息到地下。她同许多人一样不想返回厚家大院去吃午饭,潘秀英一路带着小跑撵上月月,要月月无论如何也要守一会庆珠母亲和爷爷。听主事人相劝,月月真的去见了庆珠母亲和爷爷,两位老人握住月月的手嘴唇发抖,眼看月月却喊庆珠。月月见她留下对老人并无好处,就说下午学校有课坚持走掉。月月走出厚家大院时,感到太阳恍如一汪血水。

第 四 章

　　庆珠出殡之后，歇马山庄下了一场透雨，人们在跟着经受了一场天灾人祸的洗礼之后，大自然也经历了一场春雨润物的洗礼。一场透雨使田间地头原来微绿的青草和野菜突然之间冒出嫩芽，阳光下等待耕种的泥土喷着浓烈的粪香。随着雨水的降过，大面积耕种季节已经到来。因为春耕的繁累，人们传讲庆珠的死已经不是主要话题，偶尔有人提到，也皆因了外乡人路过歇马山庄即兴过问，或在外边工作学习的山庄人回乡来需要讲起。事情就是这样，在歇马山庄，任何一件大事的震动都只能是三天五天十天八天。节气的变化，时光的推进，会使许多人认为过不去的事情过去了，并最终消失得没有一丝痕迹。

　　耕种季节，山庄平地坡地均撒种子一样稀落地撒着播种苞米的人们，如蚁的人和牲畜相互牵引走来走去。山旷地阔，田野上除了偶尔传来哦哦哒哒吆喝牲口的声音，相邻的人家在地垄上错过时间一问种子和肥料的多少，没有任何声响。乡村的田野，如果不是秋深草高，永远都有一种寥廓的宁静。正是在这春天的宁静之中，在县城翁古城念书的小青走回山野。

　　小青在姑嫂石旁坡路上冒头时，扭腰摆臀的样子好像一只下过蛋的母鸭，过了冈梁来到后坡，她的形状才发生变化，才由墩实的母鸭变成苗条的仙鹤。她长发披肩，牛仔裤紧绷屁股，两条细腿筷子似的颠来倒去。刘麻子在田垄上瞄过一眼马上扭头，跟在后头捻种的女人意会男人的心理,于是嘟噜一句,都叫当官的爹宠的。小青的每次回来,都能给寂静的山野带来一丝躁动,她冬天里的超短裙,夏天里的大膀头儿,总要激起人们一些议论。她的奇装异服,除了让人想到她有权有钱的爹,没给她带来任何好处。当然她从来就不在乎人们怎么说她。治亮老婶见她冬天里穿起超短裙,街脖子上远远就喊,光腚多利落,穿个裙子不嫌麻烦?她听了不恼不怒,咧嘴一笑好像吃了甜枣,依然大摇大摆走路,依然叔呀婶呀打着招呼。

小青这次下山却没有了以往的兴致,对路上人也是不顾不看,一路目不斜视耳不旁闻。临近家门看见火花,也不像往常那样立马摸兜掏糖,当进了院门看到蹲在灶坑做饭的母亲,竟哇地哭出声来。古淑平极少见小青哭,以为是刚刚知道庆珠的事心里难过,说都快十天了,真可怜。小青说什么十天才就昨天的事儿。见两人说的不是一码事,古淑平直腰仰脖,眼睛直直冲着小青盯着,昨天甚么事?小青把包往里屋一甩,坐在木凳上肩膀不住抽动,看样子十分委屈。母亲了解女儿脾性,越敬越歪歪腚,就假装埋头不理,伸头去看灶坑里的火。然而刚瞅见一星火苗儿,想到小青极少有头晌回来的时候,事情一定不小,就故意胡猜乱猜引小青讲话。小青开始绝不就范,到后来母亲说是不是被学校开除?她才忍不住开口。

事情原来非常简单,昨天下午下班之后,卫校校长苗得水打发办公室主任将小青找到校长室,拿出万分心焦的样子告诉她,毕业分配的事彻底泡汤了,因为有人告状,从今年开始,卫校代培生一律不予分配,如有谁以权谋私,以党籍处分,小青只有到家乡所在村卫生所谋职。而这个道貌岸然的卫校校长,曾让小青失去女孩的全部。

小青向母亲诉说时,隐去了自己失身的事实,因为跟校长发生关系的每一步骤,都是小青自觉设计操作,她一上学那一天就在心底做定了以女儿身换取毕业分到好工作的计划，一步一步用感情的方式打钓校长的过程是兴奋而快乐的，她的委屈并不在于自己失去女儿身，而在于学了两年最终还得返回乡下。

听了小青诉说母亲非但没有难过，且得了大好事似的眼睛一亮，说这样再好不过，俺早就稀罕你回来，当潘秀英那个角，不愁吃不愁穿，人见人敬……不待说完，小青嗷地大叫，短见识我才不当，那尖锐的话音像玻璃碴子划在了铜片上。

林治帮上镇上开会中午没有回家吃饭，小青在难耐的等待中扒几口饭就到东屋蒙被躺下。其实她毫无睡意，她只想寻找一些方式来尽快地消磨等待的时光。可是一间小屋里，蒙被放躺确实不是什么好招，她的大脑，竟在幕布一样的大被下上演着两年来她亲手导演的打钓校长的一幕一幕。电影的上演是从她读重点高中时就开始了的，那是县重点高中第一年设立自费生，渴望儿女成才的林治帮为小青花了四千块钱送她上县读高中。因为懂得父亲心情，也因为懂事后从没打算在乡下做一辈子干家务活的女人，她刻苦学习，常常一夜只睡三四个小时的觉，学校不让十点以后学习，她就抱书到操场路灯下。半年不到，她的学习成绩名列中上，一年以后，林小青这个名字竟经常出现在各科成绩排行榜的前三四名。于是，操场路灯下的学习成了全校学生人尽皆知的事情，老师校长抓成绩一举例都要提到小青，说歇马山庄来的一个自费生撵到了比录取生还好的水平。为了张扬她的肯学，老师校长故意提到乡下来的自费生，小青也丝毫没有因为这种提法而感到伤害自尊，反倒觉得提气。可是第三学期末，小青学习成绩急剧下降，令所有师生感到惊讶。看到那些惊讶的目光小青躲瘟神一样躲着，只有小青知道自己成绩下降的原因所在。她不知不觉恋上了新分来的语文教师房一鸣，他那一梗脖一甩发的昂扬的情态几乎一夜之间摧毁了她建筑一年之久的学习意志，她坐在哪里都能看到一张昂扬的面孔，并无时无刻不在盼望上语文课。这盼望像蝗虫似的吞噬着她在其它课堂上的认真和耐心,而当语文课真的到来,她又如饥似渴地欣赏他的举手投足,全力灌注地吞噬着他带进教室来的奇异气息,所讲知识充耳不闻。初恋由一个人的一梗脖一甩发开始,一瞬间就变成了滋生少女春潮的汪洋大海。小青眼看着被无岸无际的大海吞没毫无自救的办法,小青不但不能自救,且常常鬼使神差走到房一鸣办公室和宿舍门口堵他——她在心里从不叫他老师而叫他房一鸣。一次见办公室只有房一鸣一人,小青走进去,小青说房……房老师,我有话跟你说。房一鸣赶紧让坐,为一个成绩下降的学生不找班主任而找自己谈心而感到高兴。小青坐下来,直直地看了一会昂扬的面孔,而后低垂眼睑,长长的睫毛扇动着羞怯:房老师,我学习下降跟你有关,你走进我心里怎么也清除不掉。

房一鸣先是一惊,而后突然变脸,昂扬的面孔几乎有些扭曲,你知道不知道你是学生? 你是一个乡下孩子,你这样会毁了自己。

小青的诉说遭到训斥却并没削减她对这个人的相思。几天以后,她被调到另外班级,语文课换了另外一张面孔,这对小青是一次致命的打击,她的焦灼几近精神分裂,她在走廊里的来回走动被学生们看成病态。但慢慢的,她从大洋里渡了上来,不再如疯如痴,不再神经兮兮,可回头一看,一切都来不及,高考已经临近,落榜显而易见。正在她焦头烂额时,房一鸣把她找去,对眼前一个戴着眼镜,同房一鸣一样有着昂扬面孔的中年人说,苗校长,这就是我向你推荐的学生,她家住翁古城北歇马山庄,素质相当好,肯定比你卫校从基层招来的生源好得多,她上不了大学挺可惜,你就信我留下她吧。苗校长当即记下了她的学年、姓名、住址,没等高考开始,她就得到通知,被录取为当年度卫校代培生。

房一鸣曾没鼻子没脸地训斥了自己,最后又有模有样地帮了自己,小青琢磨几日终于悟出其中道理——没有男人拒绝爱情,不管相差层次多高。这道理一经被小青悟出,立时变成了一个乡下女子占领城市世界的有力武器,她从不在乎个人出身,经常大摇大摆出入校长办公室,有时去问人体各个部位构造,重复讨教白天课堂上的问题,有时买一支雪糕送去说,这雪糕真好吃,我一吃好东西就想起校长。她发现校长开始对她有点厌烦,说话时眉头挤在镜片里一个劲看表,后来脸上就露出笑容,说她是个调皮的女孩。当他对她的经常串动习以为常。小青突然打住,一个月不去串动。一个月之后再去校长办公室,小青就噘着嘴不说话,眼睑低垂着,任校长一再问一个月跑哪去了,就是不吱声,最后,猛一抬头,含情脉脉,小青说不能再见你,我……我爱上你了。小青因为说的不是真话,头皮有些起栗,但话语的音调、节奏都把握得极富羞涩感。与小青想象大相径庭的是,苗得水和房一鸣很不相同,房一鸣是刚分到学校的高才生,事业与婚姻都在高高的台阶上向他招手;苗得水人过半百,因为失意才落进卫校,婚姻这桌宴席被回荡的老风吹成股股馊味,正需要一股清新剂来充添他乏味的生活,他已用尚存不多的权力在卫校女子情感这湾水里搅动过无数次浪花,玩赏过许多自愿上钩的女孩。他的老道就在于他会让对方觉得他老朽无知他在上当,他会一直按兵不动地等你说出那句话,而后戏剧开始。听完小青的表达苗得水马上挪过身子,将小青搂到怀里,说林小青是他卫校学生中最最机灵的女孩,毕业一定设法将你留进城,最低也安排乡卫生院。搂抱的动作小青始料不及,心里隐隐有些反感,可当那始料不及的动作后边跟出一串比想象还到位的话,一股感激之情与兴奋相携,汇成一种勇气让她渐渐偎依在校长怀里。

这在小青是没有准备的,她从未想过她要依偎在一个老男人的怀里。苗得水很快就将毛绒绒的大手伸进小青胸间,在那里轻轻抚动,一边抚着一边说人体的这个部位是性器官,是男人最喜欢的地方,这里边有——小青感到一阵不设防的窒息,这只大手在她胸前抚摩弹拨让她感到一阵喘不上气的窒息,接着,就开始不住地颤抖。这颤抖不是痛苦而是难以说清的愉悦,既不像被老师表扬又不像考试得了满分,它好像跟过年发纸时听到全街都放鞭炮时的感觉相似，但又完全不同，它使她的整个心跳到嗓眼儿，渴望整个躯体都嵌到另一个躯体上去。她闭上眼睛，一任躯体向另一个躯体靠近，胡楂扎疼了脸腮，嘴唇压疼了嘴唇，当她感到一股水似的潮水在自己体内汹涌撞击，苗得水将她重新放到椅子上，两手捂着欲醉的眼睛，连连支吾我混我混，我这是怎么啦？苗得水作出十分痛苦的表情，眉头挤成绳头样的疙瘩，低头说林小青你走吧，我不能害你，你以后再也不要来了。谁知这句话刚刚出口，小青便奋不顾身偎进苗得水怀里，我要来嘛我要来，我就要你害……

小青知道只用语言表达根本达不到她想要的结果，那结果需要漫长的行动才能完成，那结果在一个行为结果后边，而他们刚才所做的一切都只是刚刚开始，这结果在意念里等待着延伸着激荡着，这结果引援着一老一少……校长抱着小青开了门锁，来到办公室里屋床上，小青终于在初尝禁果的同时满意地看到了结果。

失去少女贞操不是小青本意，可是失去少女贞操没给小青带来丝毫阴影，她不爱他，但他让她快乐。她在接近一年的快乐里，一直以为那个结果是确定无疑不可更改的，所以当校长告诉她一切都不可能，她难过极了。夜晚她几乎一夜没睡，她恨他也恨那个党籍，但她从没有起过告他的念头，她不是那种气急败坏的女孩……

小青被大被捂出一身热汗，被窝里的回想让小青突然觉得自己太窝囊太不走运，她忽地起身把被团成一团，狠狠地把它扔到墙角，好像那被就是苗得水就是房一鸣就是窝囊就是不走运。然而这一扔好像真的扔掉了小青的委屈，她突然生出一个念头，出去走走，适应一下山庄环境，好好看一看山庄的山山水水。

小青出门时，火花正躺在墙根边，她大白天躺在墙根听地底下的声音已经是日子里必不可少的事情，她只要耳朵触到地面，就能听到大风摇晃树枝似的吱吱声，每当这时，她都闭上眼睛，她的眼睛里就出现一些柔软的物体，这些物体从空中的大气中伸展下来，既像蜻蜓的翅膀又像猫狗的腿,被风一吹它们搅动着碰撞着,叽哇乱叫。它们发出了火花熟悉的所有动物的叫声,而后瞬间变幻出一个活灵活现的动物世界,小猫小狗在她身边疯耍嬉闹,蝴蝶和蜻蜓在她头上狂飞乱舞。火花与土地的亲近,小青一向十分反感,然而这天小青出门时,到墙根拽起了火花的手。火花的小手凉凉的,沾着一些黄色的沙土,见姐姐牵手她警觉地扑撸扑撸,而后甩着苞米缨似的稀发跟出门口。暮春的斜阳挥洒着燥人的赤热,水库西边的远山山脊泛着刺眼的白光,山脊下边的山坡则被湛蓝的库水映出粼粼波痕,歇马山许是因为太近,倒显出一种灯光下的暗淡,姑嫂石篷被暗淡影射,恍如一座神秘的迷宫。小青牵着火花直奔歇马山上的迷宫。歇马山庄几百年来每一代儿童,都在懂事的时候听到过大人们讲关于歇马山的故事。唐朝末年,一位名薛礼字仁贵的名将,为了平定盘踞在鸭绿江一带的土寇盖苏文,风餐露宿日夜兼程,当走到辽南腹地山区,一座东西横起的无名山挡住了去路,这时日已偏西,人困马乏,薛礼下令歇马造饭,次日赶路。可是刚刚下马,山林里突然窜出两股兵马,薛礼立时迎战,可是战刀刚刚对准匪寇,只见刀下的匪寇突然化作一缕烟雾。他冲出烟雾登上山坡,只见高峰上有一座石篷,石篷前的阴坡上,立着三个死板的石头人,身长七尺开外,腰围两抱有余,满面汗水漉漉。薛礼见有汗水,突起疑心,抢刀就斩,三个脑袋登时落地。就在机智的薛礼刚刚胜利之际,再望山下,匪寇已是众志成城,众兵压境无力还击,薛礼焦急如焚满头大汗,正在这时,只听战马突然嘶鸣长啸而后一跃而起,踏上山峰的石篷飞向九天。从此,这个无名山就因薛礼在这歇过马而叫歇马山,可是歇马山上的石篷却不知为什么叫歇马石而叫姑嫂石。人们在讲着歇马山传说的同时也讲着姑嫂石的故事。是说有一个小姑和嫂子,同时爱上一个染坊的染工,可是染工只爱嫂子。哥哥不在家的夜晚,嫂子捎信让染工来家偷情。月黑风高染工偷偷钻进门楼从窗户爬进西屋,因为怕人发现不能点灯,染工进屋之后,就摸黑脱掉女人的衣服自己的衣服,就爬上女人身子,事毕之后,女人体下潮湿一片,女人扳过男人的脸,告诉他我不是嫂子,我是小姑,我爱你。染工说为什么是这样?这是为什么?小姑说我说出来你定要原谅我,我想你想疯了,就把嫂子骗回娘家,又冒充嫂子给你捎信。染工听后大怒,为自己的耻辱大怒。他大怒没对戏耍骗局的小姑子怎么样,而是回染坊后一头栽进染缸自杀。嫂子回来后,听到染工自杀,悲痛欲绝,可是男人已经回来又不能哭出声来,就一个人跑到歇马山石篷,她去后见小姑子已在那里滚来滚去。小姑子看见嫂子,不再滚动,说明真相,两人于是抱头大哭,哭够了,天黑下来,到了回家的时刻,嫂子说你回吧,我不回了。小姑子说你干什么?嫂子说我跟他一块儿走。小姑说不能呵嫂子,你不能丢下哥哥不管。就在这时,小姑子发现嫂子头碰石壁鲜血四溅,小姑子上前阻止,狠抓一把却什么也没有抓到,嫂子化作一团烟雾飞出石壁。小姑子当场吓昏,待她苏醒过来,已是第二天天明。她醒后发现身后一堆白骨,想起是自己害了两个人,想起无法面对自家哥哥,便爬到石篷顶端一跃登天。两个传说并不矛盾,这个石篷既拯救了薛礼又拯救了一对姑嫂,只是那石壁上的战蹄印又被人们说成神马蹄印时,带着一股巫气。然而正是这种神秘的巫气,使歇马山庄一代一代流浪逃荒来的乡下人有了根源感有了历史感,向外人讲时有一种根深蒂固的骄傲。薛礼征东为什么在这里歇马?姑嫂为什么在这里登天?关键是石篷为什么坐落在这个山头而不是别的山头?老辈人在传讲故事时总要跟着问几个为什么,以造足山庄的奇特。

也像火花这个年龄,或比火花大一点的时候,小青对歇马山庄的热爱简直无与伦比,那时的眼里山川秀美,绵长的地垄就像做衣服的条绒布,山上的野花和树林全生着蜡笔样鲜艳的颜色,这些布和颜色因为有了一位威武大将歇马时的观赏,使她能够嗅到空气里流溢的迷人的气息,她和孩子们常常将自己装扮成大将在山上舞刀弄枪，只是那刀枪都是树杈做成，一点都不锋利。然而自从读完小学，到山前的镇子去念中学，自从树杈再也不能在心灵里充当刀枪，歇马山庄便一夜之间失去了原有的神奇。从镇子里繁华的集市回来，从书本里丰富多彩的故事中出来，姑嫂石的孤寂、荒芜、空旷、单调，突然的就从裸露的土黄和深绿中显示出来，就像老人臂上的血管。原来心中的神奇竟然晨露似的无风自散，从那时起，她就作定将来肯定不回山庄的打算。这打算当然有母亲和婶子动辄就蓬头垢面钻进鸡窝往外拣蛋的形象作为铺垫，可是从初中到高中到卫校，六年的铺垫足以使理想沸腾百丈千丈……最终却还是断不了打道回府，且不知道父亲肯不肯把那个潘秀英拿掉换上自己。

闻着空气中土腥的气味，看着山庄四周从小到大从未变过的山川坡地，小青说不出心中是什么滋味，她的步履尽管很慢，还是不一会儿就爬上山坡挨近姑嫂石。因为占据高位，斜阳下的颜色已没有了刚出门时的明暗之分，脚下的山峰和远处的山脊统呈一派浑厚的明亮。小青爬上石篷石壁，在传说的马蹄印上站定，之后拽上火花，两臂向上，一脚抬起做了个登天的姿势。可是脚和身子都很沉，不但没能飞起且差一点跌落下来。小青说登天真难。小青虽然语音很轻，可带着叹息，好像是对火花说，又像是自言自语。

小青下山时遇到一个人，这个人从水库坝堤过来，神情慌张，步伐零乱，他手里提着一串鱼网和一只巨大的胶皮袋子，一入眼小青就知道是上水库偷鱼的。当擦肩而过，那曾被一堆城里的事情隔开已久的事情清楚起来，她想起二十天前家里那场大火，她突然就认定这人肯定就是纵火者。

每天都在心底盼着小青回来的月月，门口第一眼看见小青，双眼便笑成了月牙。她赶紧拽住小青，问怎么才回来？虽然情绪不爽，但小青还是跟嫂子诡秘地笑了，说方子讨回了一大堆，就是不知道哪个好使。月月见小青说话无遮无挡，就把她拽进西屋使个眼色，说小点声嘛。小青说妈是个愚人，听不懂的。小青见嫂子着急，就试着背诵讨来的方子，可是刚说到一碗温水一块绒布，就想不起来赶紧去找背包。小青从牛仔布包里掏出一个蓝皮笔记本，打开来上边记着十条方子。头一条是一碗温水一块绒布，月月说这哪里是药方这是魔术道具。小青说对，就这道具就能把那东西变硬，你今晚就试，先叫我哥用一碗温水把那东西浸进去，你在水里用绒布将它托起，来回在水里滑动，十几分钟保证变硬。第二条，是一根银针，一根头发，头发系住关键部位用手提起，然后用针尖轻扎。整个十条没有一条是药物治疗，最后一条竟然是找一个陌生女子行房事。月月有些生气，说小青你怎么糟治我和你哥，你糊弄我，你还卫校学生呢，简直是个巫医鬼神。小青说嫂子，我怎么能糊弄你，我问了许多大夫，都说哥哥受惊吓千万别相信西医中医，这是神经上的短路，而治这短路最好的办法是刺激它，这十条前七条是别人传的，后三条是我挖空心思想的，我敢保证要有女孩愿为哥哥做肯定会好。月月说你怎么就不想我愿不愿。

　　尽管听上去像是一派胡言，月月还是特别盼着夜赶紧降临，她在箱子里翻出了做旗袍剩的大红金丝绒放在枕边。可是夜晚好像与她作对似的迟迟不来。公公林治帮镇上开会回来，一进门就跟进村里几个老人，他们全不顾林家还没吃饭。老人们进门就问开会是不是为增收教育基金的事，问听说每人收四十是不是真的。林治帮闷声不响点头称是，几个老人就嗡嗡营营嘈吵起来，骂混账东西是谁规定的？旧社会念书拿钱不念书也没听说拿钱，这世道越来越花花，收钱肯定让老师贪了，这年头就发了老师。月月听后很想过去解释几句，说这是翁古县人大常委会根据全县校舍教具情况讨论决定的，功在当代，利在千秋，为改善全县的教育环境，专款专用，老师根本贪不了。可见公公都不发话自己又是新媳妇，话到嘴边又咽了回去。

这是一个对于月月和小青都是迟来的晚上。窗棂和风门被东南风推动得咝啦啦闷响，林家大院发着牢骚的老人月挂树梢才陆续离去，林治帮在大家七言八语时始终一言没发。许多时候作为一村书记都该说话，他却极有耐心地一味地抽着烟卷。月月结婚之后，发现公公和以往到婆家做客时的公公大不一样。以往也不说话，但以往的面部表情是和善的、轻松的，粗黑的胡楂上抖着一种喜气和威风。而现在的他眉目拘谨，表情凝重，胡楂上蓄着黄土似的重重心事。把来人送走，开始吃饭，林治帮坐在一家人中间，草草扒几口稀饭，放筷子时郑重其事地说，吃完饭先别睡觉，到东屋开会。

　　国军结婚前，家里开过一次短会，父亲把国军、小青、火花全叫到堂前，父亲说，月月是咱山庄有名的翁大家族的人，祖上有德行有教养，讲求礼节，不像咱林家这一支人粗皮潦草，到咱家来你们可都管严自个，别让人笑话。事隔不到一个月，又是当着媳妇的面，能说什么？小青狐疑地看看母亲，母亲没有吱声，便帮嫂子无声地拾掇碗盘。两人很快拾掇完毕，一起来到东屋堂前。许是新的会引起了火花对过去那个会的回忆，火花在月月身后一个劲地往炕里退着，月月坐定，顺手送上一只棉垫。林治帮和刚才有外人在时一样，拼命吸着烟，一支烟吸了，又点一支。古淑平忍不住，快说嘛拉屎念嗑嗑。林治帮扫了老婆一眼，目光的余辉里显然流露出不满。又停一会儿，灯光的光线无端地跳了一下，好像有意要给主人拉场，林治帮开始说话。他说，村长，我决定秋天退下了。

　　话音落下，一阵寂静。好一会儿，小青说，爸我知道是谁放黑眼风，肯定是虎爪子。

　　别瞎乱猜。林治帮说，谁放的并不要紧，要紧的是咱家喜日子里起了火，这是兆头……说到这里，林治帮停了下来，眼仁里有一缕机警的光点打在土墙上。他说，小青毕业眼看着得回到咱山庄，小青顶下潘秀英倒是顺理成章，潘秀英都快六十了，咱山庄又没有念卫校的学生,可是那结果可以想象。

你怕舆论?小青问。

我进进出出这么些年,什么话都听过,我怕甚!我是说两件事凑到一块,就起了火,而起了火,我就知道大势已去,那是天意不要我干了,天意不可违。我的风光已尽了。林治帮的话出口脆快、结实,既像石头落地咯啷有声,又像萤火虫消失在山洞,给人带来遥不可测的玄秘。

国军说,不干也好,只要小青安排了,也没了心思,那天去下河口"沾酒",正安大哥就说这话。

林治帮吸了一口烟,看定国军,说今儿个说给你们,就是让你们知道你们的父亲快没有权力了,快从山庄政坛退下来了,没有权力就没有光,当年国军毕业,要是不叫我当了村干部上县里开三级干部会认识农委主任,咱送礼都找不到门。现在你们自个照应自个,要小点脚步走路。

室内依然寂静,能听到电灯钨丝嘶嘶的鸣响。林治帮又说,月月,你翁家人可不能从此小瞧了林家人。早先,林家人游手好闲,日子过得不成样子,咱山庄人都知道,后来我赶上政策好,挣了钱,又当了村干部,把山庄踩得土平,我值了!得回去宣传宣传,我林治帮是自个不干的不是被谁整掉。

月月说爸看你说的,我嫁国军压根就没看重你是村干部。

林治帮说,那就好,那我就放心……不过记着,代课教师不是铁饭碗,该打点谁来家吱个声,咱打点打点,现时兴这个。小青我就不多说,乡下不是县城,穿衣戴帽太扎眼你就容易糟心,你得向你嫂子学。

不设防的会议给林家所有人带来不设防的沉重。如果要口供,国军小青都不会承认他们看重父亲的村干部;可是事实证明,在每一个人的心里,父亲的位置都曾作为他们无形的依托和支撑,月月也不例外。和国军恋爱之后,镇上教学遇到熟人,人们介绍她时不说是翁家的谁谁,而说是林治帮的儿媳。在乡下,一个村干部确实就是一个小小的灯塔,上传下达走门串户,收粮分地劝架分家,很是耀人眼目。重要的是,他因为肩负着上传下达的任务而知道歇马镇和翁古城以外的事,他会使他们感到,即使在乡下,也没有被国家遗忘。这对国军、小青这样一心向外奔着的年轻人尤为重要。

临散会时,月月提出一个想法,说我同意爸退,但应该物色培养一个年轻的,不能一下甩手。林治帮笑了,你们不懂,村这级干部,也是要经过选举的,要有村民代表投票。国军说候选人不也是你提,你看重谁很重要。林治帮说,也是,可是咱山庄谁行? 有点脓水的男人都出去了,虎爪子倒想干,潘秀英家的金水倒想干,那是根本不行的。

林治帮的话给林家的夜晚带来一股沉重而又恐怖的气息,兆头这个提法让每个人都陷入沉思,让每个人心头都像塞了一团乱麻。古淑平因为日里听到人们对火花的议论太多,心好多天都不能平静。那日之后,她几乎一见火花就莫名的烦躁,夜里枕边向男人诉说,却遭到男人好一顿训斥。她本以为男人是坚决不信兆头这种说法的,却想不到因为兆头他已经有了如此重大的决定。这决定不但没消除她心中的不安,反使她更加不安,因为她始终坚信一切都是火花带来的,而火花在林家生活里无所不在。

这天晚上散会之后,心情最坏的要数月月,林家的日子一直很好,为什么自己嫁过来就带来了可怕的改变? 其实黑眼风的事她并没在意,她在意的是吓坏了国军的身子。国军的病石头一样一直压在她的心上,无论上课下课,无论人前人后,她只要稍一凝神,就能实实在在清清楚楚触摸到它,它是那样坚硬那样有分量,又是那样的说不得提不得。那日姑嫂石篷许下诺言后,她一直没再去试那个地方,她不敢再试,她怕她彻底绝望——许下那个愿如果说是许下一份安慰,不如说是为了故意打消自己再试的念头,永远不去触摸绝望。每天白天,她最怕的事情就是夜里与国军在一起,那种因为肉体的接触而生出在血管里的渴望,那么强烈地折磨着她的感情,而要命的是她总得假装没事,假装说一些题外的话搅乱国军敏感的思维。可是事情往往适得其反,她越假装平静国军越不平静。他常常抚着月月的下体,眼对着月月的秀眼看着看着就无声地哭泣起来。多少天来,两人白天好人一样,一到晚上就是以泪洗面。月月心头一直琢磨着,到底是什么使林家的日子遭受不祥,今天公公公开说出对这种不祥的认识,她的心就一下子卤水点豆腐似的点出一团烦恼,公公如果知道儿子的一切,不把林家的不祥怪罪到自己头上才怪!

月月抚着国军凉滑的肌肤,微笑着把被蹬开,而后把水端给国军,让他跪下,将那个稀软的物体放进水里。国军自己端着水,月月从枕底翻出绒布,按小青教给的样子,泅到水里,托起那个物体,而后用手抻住绒布两边压向盆边——月月装水的器皿不是碗,而是一只比碗大不太多的盆子。从左到右,从右到左两边滚动,那物体仿佛一个装了一半水的球体在绒布上滚来滚去。国军感到一阵说不出的奇痒,端水的两手哆嗦不止。就在这时,就在国军哆嗦的时候,窗外传来哇的一声小孩的尖叫,吓得一盆水吭地扣到裤子上。月月惊慌地撒掉裤子,拖被盖上国军身子,之后猛着胆子掀开窗帘。月月掀开窗帘,看到一张小小的灰白的脸和一双比猫还亮的眼睛。

火花上炕睡觉的时候,觉在很远很远的地方一直不来,就像哥哥结婚那天觉一直不来一样。爸爸再次提起着火的事情让她再次感到这事有多重要。火花的耳朵里灌满各种声音,爸妈外屋炕上嘀嘀咕咕,窗外猪圈吭哧吭哧,还有身边小猫睡觉的喘息声。可是突然,她又听到了如着火那天晚上一样的大人脚步的踏踏声,这声音开始时沙啦沙啦,后来变成沙沙啦啦。火花推推小青,小青没反应,就又只身下地走到屋外。可是推门之后除了一股冷气吹来,夜幕黑糊糊一片,什么也听不清,那沙啦沙啦的脚步声根本就不存在,夜是那种瘆人的宁静。火花侧棱耳朵,细细辨听,就听见那声音原来是在地下,是白天在墙根下听到的大地里的声音,觉得有些泄气,火花愣愣地站着,可是就在火花六神无主的时候,她看见一只偌大的物体从天上飘落下来,那物体柔软,像白天睡墙根时看到的动物世界里的毛腿和狗脚,它们混乱地搅在一起,从天空飘荡下来带来一片骇人的黑暗,从不知害怕的火花于是大叫一声。

月月出门叫回火花。火花依然瞪着那双猫一样亮的眼睛。月月说火花你怎不睡觉?火花不语,月月说虫子已经捉出去了,你别害怕,哥哥一直肚子疼,是虫子咬的,嫂子用红布给引了出来。火花说虫子那么大,把天都遮住了。月月想可不把日子都遮黑了。月月说火花快睡觉去。火花两只小手在头上摸摸,然后小鸡奔窝似的往屋里走去。

月月没有马上回屋,她长吁一口气,之后任滚烫的液体在从喉口、眼窝涌出。她竭力压抑着,控制着,把已经蹿到喉口的声音压进五脏六腑,而后,张着泪眼,去看苍穹清冷的眨巴着眼睛的星星,月月在看到银河两旁眨巴着眼睛的星星时,浑身的毛孔放大了十倍。

这一夜,月月和国军试到天亮,那个吓坏了的物件一直没有挺立。

第　五　章

按着小青传回的十条办法一一操作,终是不见效果,月月便不再相信神经短路之说,亲自到医院求医拿药。大夫把此种病说得非常平常,不到十分钟就开了由十多种草药组成的"阳痿不举方":

> 熟地 30 克,山茱萸 12 克,远志、巴戟、肉苁蓉、杜仲各 3 克,肉桂、茯苓各 9 克,白术 15 克,人参 9 克。

开方简单,抓药却使月月跑遍歇马镇所有中药铺,一种叫着山茱萸的草药终是没有抓到,月月就在没有课程的午后,骑车到傍着歇马山的月亮山上寻找。因为刚入夏季,山茱萸的叶芽在地表上刚刚形成两片梳子形的齿片,做药材用的根部只是一个才刚坐胎的地瓜模样。月月等不及它长大,她用铁铲把手指粗的山茱萸挖了一兜又一兜。从此,歇马山庄上河口的林家大院,便被苦味糊味相混淆的难闻的气味充溢。月月隐去国军得病的过程,却无法隐去国军吃药的事实,她以国军患有阑尾炎的骗局蒙过公婆的询问。可是,只要是国军在吃药,公婆就无法不为娶了媳妇就得了病的儿子疑虑。月月已经不能顾及那么许多,她惟一能够做到的就是每晚和每早蹲在油炉前熬药时哼着节奏欢快的小曲儿。药在药吊里鼓泡的形态让她想起水库下游二道河的泉眼,于是泉水叮咚泉水叮咚泉水叮咚响的甜润的歌声,就让公婆感到吃药原来并不是多么不好和多么不祥的事情。可是只要离开林家大院,她的整个喉口和心窝就被又苦又糊的药味灌满,那肉体里的苦味和着衣服上的苦味,在学校的办公室里和课堂上经久不散。

月月忽略了药味的时候也有,那便是和学生一起朗读鲁迅先生的小说《故乡》,或给学生讲解日本作家水上勉的散文《母亲架设的桥》。故乡那个冰冷的早晨,那个站在门口细脚伶仃的圆规给她带来许多童年的回忆。月月每读《故乡》讲《故乡》,都能想到下河口老家的屯街和来回在屯街上挑水的锣匠媳妇。男人因为偷山被打进监狱的锣匠媳妇瘦得几乎就是一根圆规;而《母亲架设的桥》中的那个在小溪上架桥的母亲,又让月月想起自己母亲在她童年里的默不作声。月月的母亲没在自家与通往自家的谷田修桥,可是母亲在别人惊慌的、挺不住了的时刻的默默,是引渡她童年脆弱心灵走向坚强的一座巨形的桥。每到这时,月月的脸上就现出了结婚之前在学生眼中的明媚、恬静和温顺。课堂上,月月常常如一朵山芍药花似的,静静地凝望着窗外的天空,那天空透过玻璃,映现着细脚伶仃的锣匠媳妇,默不作声的小脚母亲;映现着或遥远或纷繁的往事——庆珠,秀娟,正安大哥……

就在一个课间,在月月忘了有病的国军和浸满苦味的药汤时,一张槐树皮一样灰黑的脸映在了她的眼前。月月乍一看到感觉有些恍惚,光线在玻璃上的闪烁迷离了她的认知能力。当月月躲开直射的光线,猛一定睛,月月便看清,那张灰黑的脸嵌着一双黑亮的小眼睛和一口洁白的牙齿正冲自己觑视。月月径直推开教室的屋门喊了一声买子。买子在教室门口的突然出现使月月心口无端地掀动了一下。月月说买子,你怎么来啦?找我有事?买子笑了,长满黑绒绒胡楂的上唇轻轻一咧。月月还是第一次见买子笑,庆珠葬礼上他的脸一直是阴着。令月月意外的是这张脸依然是阴着的,可那上唇轻轻一咧,就有阴雨过后,云缝刚刚开裂的亮丽,给人一种比阳光普照还透彻的悸动。因为买子就在门口,月月冲出门时离买子很近。买子后退一步,小眼睛看着月月,再一次咧一下上唇,说我在镇上卖花砖,路过这里,就……

月月笑了,月月第一次听买子说话。买子是黑龙江口音,语音很正,不像辽南话那么土,有种海蛎子味。月月想原因肯定不会这么简单,肯定跟庆珠有关,可是一时间月月不知道该如何面对这个已经死了的女友的未婚夫,又正在上课。

正在月月迟疑时,买子的笑收了回去,像云缝再度重合。买子收敛笑容,低下了头,稀黄的头发垂了下来,说,翁老师,我想跟你说说话。买子一口普通话真是好听,像电视里的播音员。月月看了看表,说好的,十分钟,在操场边,就等十分钟。

下课的铃声响起,月月夹着课本奔向操场边的买子。这时日光已在西天上给买子投下长长的影子。月月踩在影子上,看到买子那双无处可放的粗糙的大手,就想起一个多月前把自己的手握上去的情景,这一握使她和庆珠的友情得到延伸,延伸到与歇马山庄相距十几里外的学校操场边。买子的嘴唇又一次裂开一道云缝,露出一丝不易察觉的霞光。买子说翁老师,我想请你下饭店。

月月当了五年代课教师,与镇子上许多人有过交往,却从来没有谁单独请她吃饭。不是镇上人守旧,歇马镇这时节确实还没有人习惯这种消费,没有人习惯这种朋友交往的方式,就连国军挣工资和自己又是恋人也没这么做过。刚刚走出山洞没几年的买子居然提出请自己下饭店……月月在吃惊中露出一丝难为情,买子却毅然转过头,朝学校门口通往镇街的方向走去。月月只好被动地跟着,眼睛看着买子瘦得只剩骨架的身躯在那里挪动,心里猜测这个黑脸小子能向自己诉说什么。

一个简陋的叫做中街的小吃部里,买子要了三个菜。买子进饭店叫菜的样子很随意也很地道,没给月月带来一丝一毫的尴尬。他动作很快,一会儿就自己抹了桌子,重洗了筷子,拿来凳子,给月月递凳子送筷子都像一个周到的哥哥。真正坐下来,他冲月月笑笑,说,这地方,我和庆珠吃过好多次饭。月月看一眼买子,嘴角动了动。买子说，翁老师，你是庆珠的好友，我有话就想找你说。买子用异常平淡、平静的语气，开始了他要说给月月的一切。

　　庆珠离开人世之后，买子大病一场，高烧持续不退连日说着胡话，吓得瘫痪的母亲瞪着深陷的眼睛直喊买子。后来烧退，神志有些清醒，一个幻影里无处不在的穿着绿纱裙的庆珠渐渐隐去，空荡荡的屋宇间就一下子被痛悔和自责涌满——为什么要怀疑庆珠，为什么要折磨庆珠，是自己逼死了庆珠……痛悔和自责洪水猛兽似的一瞬间漫成一汪水域，吞淹着歇马山庄东崖口的草房小屋。买子挣扎着，游动着，粗粗的喘息旋动着气流，反复的辗转阻挡着母亲的亲近。母亲在儿子卧炕时拼力爬起，一匹折了双腿的老马似的，缩着身子在灶坑与屋子间慢慢蠕动，给儿子摊鸡蛋熬稀粥。买子对食物视而不见。他一次次战战兢兢爬起，又一次次颤巍巍躺下，他痛悔自己在最初时辰没有当着庆珠亲人实话实说。那时他若实说，庆珠的亲人会把他打成肉酱。而现在，他最盼望的事情就是有人把他打成肉酱。他的胸口压着铁锅似的憋闷，他的胸口积郁着一团气体直灌脑顶。他一次又一次地追问，为什么要逼庆珠，为什么怀疑庆珠？为了什么？是因为她的天地大了？因为她提到镇长？他回答自己。当买子的意识里一下子走进镇长，憋闷的心绪蓦地有了转化，自责和痛悔像露水似的咝咝蒸发，空荡的屋宇间蓦地飞进无数句"你为什么不是镇长"！买子嗷一声爬起，冲着窗外高呼，镇长顶屁！他的叫喊惊动了院子里正在晒太阳的狗，狗颠颠地跑到炕前摇头摆尾。和狗的目光相对，他突然就低下头来，钻进被窝。他的号叫只能惊动一条狗尾的摆动令他羞怯又失望，他蒙被三天三夜，死人一样一动不动。当他再度醒来，已经是个阳光灿烂的早上，他慢慢爬起来，穿了衣服，把母亲抱到炕上，母亲在他病重的几天里一直没能上炕，地下吃地下睡。当他贴着母亲的脸闻到一股柴草灰的气味，他的眼泪滚落下来，这是庆珠死后他第一次落泪。就在这时,买子感到,有一种东西,一种坚硬的有些可怕的东西,虫子似的爬进了他的心窝、血管、筋骨。

买子起炕后的第一天里,铲下山崖口多日不曾动铲的黄土,用小推车到河套里推了一车湿沙,在门口用缸里的剩水搅拌成黏稠的糕状,之后用扫帚扫平门前的一块平地,拿下雁尾形土坯坯挂,一个个脱造起来。因为身子虚弱,买子的动作战战兢兢,一蹲一起偶尔晃一个趔趄。买子在起炕后的第一天里只造了一小车沙土的雁尾形花砖。而仅能装上土窑四分之一的花砖丝毫没有影响买子一如既往的烘烤时间。柴火在暗夜里燃成一团铁水似的火龙,火龙滚动着向窑膛深处攀爬,火龙在买子眼前舞出无数缕缥缈不定的形态。火龙一棵一棵点燃柞木木桩,柞木桩一经点燃便发出呲呲的呻吟和哔哔啪啪的声响。买子日前爬行在血管里的意念便随这声声响动,铸成了一窑数量不多但足够拉到歇马镇街去卖的花砖。

买子一爬起来就投入小批量的生产,并非为了检验自己能力,而是为了尽快上镇。买子这天给母亲做好一碗肉酱面条放进盆里,就用单轮车推砖上路。因为砖少,省去了雇车的程序,锈红的花砖不等上镇,就在月亮山下荒地的路口上遇到买主。姚姓买主见到一小车花砖仿佛遇到亲爹亲娘,欢喜得一路喊着来啦来啦。原来姚姓人家为娶媳妇刚盖了新房,村中人家院墙千篇一律方砖垒成空心花,儿媳不中意,儿媳曾在集镇上见到过买子卖的雁尾花砖,偏要花砖。买主挖空心思地等待,买买子的花砖,并预订了三窑。因为车空,买子有些失望,卖不卖砖都不重要,重要的是他要到歇马镇去,空车使他没有了上镇的由头。不过,迟疑一会儿,买子还是推着空车继续前行。这回他可是直奔主题,他把空车放在镇汽车站门口的空场上,只身走到挂有"中共翁古县歇马镇政府"黑体字牌匾的镇政府,这里他经常路过却从来没有走近过,政府类地方好像与他这种吃苦卖力过日子的乡巴佬从来无缘。可是买子走进去时，并没有受到谁的阻拦。镇政府是个套院，前边一排瓦房，后边一排瓦房，瓦房与瓦房之间是一个平板水泥通道。买子在前排瓦房里转了一会，两个穿着蓝灰制服的人在写着"人大"字样的屋门里朝自己看了两眼，顺人大一溜排去是镇党委办、镇政府办、计生办、农业办、工业办、宣传办。正在买子袖着手，一牌一牌放眼细看时，一串清脆而悦耳的铃声响起，接着，就听有人喊喂，是我，是歇马镇，省里来五个人？知道了，五个人。买子听完电话，得意地笑了笑，而后走到后院，走到写有书记室、镇长室的走廊门牌旁。书记室没人，他看见镇长室里一个扁平脸男人在那看着什么材料，买子门口停停，迟疑一会，在衣兜里展开手中的纸条，心里默念着纸条上的话：镇长大人，小心你的乌纱帽，你等着，总有一天，歇马镇会有一个毛头小子顶掉你的狗尾巴官。买子越过镇长门前，朝书记室走去，他把一张写有十几个蝇头小字的字条塞进门缝随后大摇大摆走出后院。买子从后院往前院走动时，故意迈着方步，两手背着，脖子板得很直。从镇政府出来，买子去了一趟庆珠生前租下的理发店，那里边一切都没变，只是庆珠二字改成秀秀。那个叫着秀秀的女孩朝他笑笑，就听身后卖杂货的男人喊快看，这就是死了的那个庆珠的对象。买子没有回头，买子一直前行，绕过百货栈来到月月学校。

月月一直以为，买子请自己下饭店是要说说对庆珠的怀念，说说日子的艰难，烧窑的劳累，月月知道每个山里青年都有一旺火热的理想。可是买子要了两瓶歇马镇自制的汽水和月月对着喝，只问一些学校的事就什么也不说了，好像在他那里什么理想都不存在，什么艰难都被消化。他看上去很平静，并没有想象中的悲痛。买子不说，月月便不能挑起别人的伤痛。月月看着被庆珠说成一团火的买子，他人已瘦得不像样子，方方的下颏就像一只铲豆腐的木铲，木铲下喉节高高隆起。他一会儿关照一下月月，让月月吃菜,一会儿自顾自吃,那吃相好像好多天没有吃饭,一盘熘豆腐、一盘熘肝尖、一盘油煎土豆丸一会工夫就减少一半。月月细细地看着,从他身上寻找着庆珠传递给她的那种与国军不同的感觉。他吃一会儿,抬起头冲月月笑一下,之后拿起装有熘肝尖的盘子,也不管月月是否嫌弃,顺手倒到月月的碗里,翁老师,你吃,我请你来就是吃饭,我希望你能吃好。

小饭店里,他们不知道坐了多长时间,月月在买子带动下吃了一碗小豆米饭,打扫了菜底儿。买子给母亲要了一包猪头肉后坐在离她很近的对面。月月发现,买子确实与国军不同,国军不会请她吃饭,这不重要,重要的是他不会让一个异性朋友毫不尴尬地把饭桌扫劫一空。买子身上确有庆珠说的那种随意流淌的热情、散漫、不拘小节,并且这种不拘小节让人感到熨帖、舒服,有种舒心的暖意,有种热热的气流,只是月月不知道这热情后来怎么就使庆珠产生痛苦。买子吃完喝完,看着月月吃完喝完,重重抹一把脸上细密的汗珠,拉开洇有砖红污渍的旧秋衣拉链,说,翁月月老师,今天对我很重要,我能请出你来对我很重要,我永远不会忘记你……那天庆珠葬礼上你握住我的手,我就知道我永远不会忘记你,你和别人不一样……

月月不知道买子说的不一样,是说她大方、开放,能够跟他出来吃饭,还是指她没把他当成粗野的人看待把他看重。其实如果不是通过庆珠,她是不会这么对他的,当然这么对他她没有丝毫后悔,他确让她感到是一个与众不同的人。分手时,买子没有回头,他提一包猪头肉很快消失在百货栈门前的拐弯处。月月目送他,心上突然涌出一个灵感,买子——接公公班的最好人选。

一个靠烧几窑花砖维持没有土地的乡村生活的农民,竟然能够请客吃饭,给月月心灵带来了巨大的震撼,这震撼在当时并没显现它的全貌,当月月离开饭店返回学校,想到自己镇上工作五年,与国军恋爱四年,却没有真正做一次镇街的主人,一种说不出的感慨便由反思起始往心底深处下沉,形成一种久久的波动。当然震撼的不是吃饭本身,而是导致这种行为方式的意识,而是对生活的另一种安排,歇马山庄的日子早就该有另一种样子的安排。

月月震撼之余,忘了为丈夫国军熬药的苦味,恨不能赶紧回家见到公公。可是事情偏有不巧,月月刚回学校坐回自己办公桌,就发现桌上放一纸条:翁老师,你妈捎信让你下班后回娘家一趟。这是学生笔迹,半楷半草,没落姓名。月月把纸条团起来,问对桌李老师谁送的?李老师说好像是四班的学生。月月又把纸条展开,重读一遍,目光在回娘家几个字上打住。月月不知道下河口家里究竟发生什么事情,她好久没有回去了,可能是老母太想自己,那种串门似的轮着抚养一定让老母深尝了老来无家可归的滋味,月月不由得心底发酸,眼圈放红。结婚之后,一触及母亲,她的心里就有一种说不出的难过。

因为有下河口在呼唤,月月在心底把买子的事情放在后边,她给国军打了一个电话,告了假便一个人回娘家去了。

夏风扇动着热浪一涌一涌从歇马山的余脉流淌而来,田野以它不尽相同的绿色向月月敞开胸怀。因为好久不曾像以往那样下班直接回家,走进前川屯街时,心上涌出一种既陌生又熟悉的气息,这气息就像歇马山草丛里无论花开花谢长年飘香的五香草,恍惚间能够闻到,当你细心找寻,它又不复存在。走过屯街,是一条小河,小河对岸,是一片葱郁苍翠的树林,小树林后边就是下河口。月月脱鞋趟过小河,而后放下自行车,在河对岸的一块石板上,脱下袜子蹲下洗脚。然而就在月月蹲在石板上时,只听有人趟着河水哗啦哗啦走来。月月回头,一个庞大的身影抓起自行车推起就走,月月立马站起,来不及穿鞋连声喊道,干嘛推车干嘛推车?月月喊出两声,那人停了下来转回头,冲月月诡谲地一笑,一双虎牙龇出阔大的嘴角。月月说是你,你想偷车?那人说不偷车,偷你。月月不再说话,低头穿鞋,当月月穿好鞋跟了上来,那人已经走进小树林。

那人走进小树林，突然的就停下来，把车子推给月月，让月月来接。因为欲接车必走过靠近那人的一侧，月月迟疑着不动。那人说，翁月月你别怕，我不会动你一指，给你推一会儿车就是一种享受。

月月勇敢地抬头，大大方方迎上对方于黑暗中射过来的目光，虎哥，我已经结婚，你这是何必？

那人却不看她，说这说明什么？你和林国军其实并不幸福，会越来越不幸福。

听到这话，月月脑袋嗡的一声，仿佛一个闷雷炸在脑壳深处，之后浑身肌肉缩紧，嘴唇发抖。这句很概念的话让月月一瞬间触到了一个可怕的具体的灾祸，这灾祸发生在她和林国军的新婚之夜，这灾祸跟眼前这个男人有关，是这个男人在她新婚之夜的关键时刻种的火。一股怒火蓦地在月月胸口燃起，她上前从左侧拽住车子往男人身上撞，边撞边骂，虎爪子你个不学好的虎爪子，老天会报应你。

虎爪子不火，也不说话，任月月用车撞他。许久，他一把按住车子，说翁月月，你骂吧，我偷鸡摸狗无恶不作，你骂吧……你当年要是理我我不会坏了自个名声的，我要是有个好名声，我不会放你给林国军……我想沾你轻而易举，可是我没沾你，你得感谢我，我爱你五年没沾你你得感谢我呵——虎爪子将嗓音压得低低，每个字出口，都给人野狼大口大口吃肉的感觉。

月月再次拽回车子，大声说道，我告诉你，就你这样的甭想动我一根毫毛，你名声在歇马山庄臭成什么样你不会不知道！虎爪子说，知道，我知道，翁月月，我今儿个捎信叫你回来，就是想告诉你一件事，那场大火绝不是我有意，你嫁国军我实在气不过。

听说火果然是虎爪子种的，并且今天的信也是他捣的鬼，愤怒在月月胸里已经和屈辱相接，一种受污辱受欺负的屈辱，使月月恨不能冲上去用手指抓他的喉口。这个恶魔亲手毁坏了她的生活还要幸灾乐祸地告诉她！屈辱的泪水混合着愤怒的泪水，瞬间顺脸腮奔涌而下。月月强忍住哭声，像那个受到火花惊吓的夜晚一样，将一个升腾的声音拼力压向胸腔，她的肩膀不住地抖动。这时，虎爪子抓起自行车重重一放，说对不起翁月月，我实在不是有意，可是，可是我想不到会吓坏国军，这也大概是天命，老天不让他得到你。

虎爪子说完，朝小树林扬长而去。月月推起车子，翕动的胸口让她呼吸不畅，月月冲虎爪子背影大声喊道：老天也要报应你——之后转身，背对小树林的方向，再次摸黑穿过河套，走上返回上河口婆家的路。

受到极大伤害的月月此时特别急于回到国军身边，她要把事情真相告诉丈夫，告诉公公以及林家所有人。这个歇马山庄有名的恶棍得不到重重的惩治曾使多少人摩拳擦掌，他一直想当队长却一直没有当上，两年前为了报复现任队长厚运成，在厚家杀完年猪的当夜，钻进厚家偏厦偷走所有猪肉，偷完后在厦门口写一纸条：

　　千瓢食万瓢糠
　　该留猪肘你尝尝
　　念你挨家挨户收小钱儿
　　吃与不吃都一样

所有人都意会是他干的，却因找不到证据任他逍遥法外。他不偷贫困户不偷亲戚邻居，偷对他只是一种情感抒发。如果偷不能解决问题，他就故意挑起事端动手殴打。那年水库下游市里修引水第一期工程，剩下十二包水泥让库区治安主任拉回家中，他领一伙人去把主任烂打一顿，拉回水泥私下分赃。最激起民愤的是，在歇马山庄民工潮兴起之后，他不外出做民工，也不在自家地上干活,专拣男人不在家的女人家串门,他用帮助女人挑水拉车借犁的承诺,使许多女人受骗上当被他占有。这民愤起初来自山庄的老男人老女人,后来渐渐蔓延到出民工回来的男人。可气的是,男人们听到此风组织起来要去打他杀他,女人们在家呼天号地阻止不让。为了不使自家女人丢人现眼,最终只有将自家女人毒打一顿了事。人们对虎爪子的行恶,就像眼看着蚊虫在脚背上吸血却够不着打一样难受。他在山间土坎上行走,人们见他像见到鬼怪,一些老人哄孩子管不住孩子,就大声叫喊,虎爪子来啦!因为大人们平时里咬牙切齿的传讲,孩子一听虎爪子来了立马乖乖老实。

虎爪子成为山庄有名的鬼怪人物还因为他有一双能提二百斤粮食的长手臂,这手臂偷东西打人无不让人惧怕。几年来月月一直躲他,月月躲他不是怕他偷抢,而是怕他那双虎视眈眈的眼睛,他总用充满色情的虎视眈眈的眼睛看她,并时常去月月上河套洗衣服或下地薅草时半路拦住她,向她说一些让她听来似懂非懂却让她脸红的混话。有一段时间,他几乎天天到学校门口等她。应该承认,他最初名声并不很坏,只是月月不喜欢直追直上那种类型。是不是因为月月一直对他不予理会才使他破罐子破摔,月月根本无法知道。因为论辈分,他是舅母的外甥沾着远亲,月月从未感到他对自己有什么威胁,然而想不到他竟这般恶毒伤害了月月。

月月在漆黑的山路上踽踽独行。月月发誓一定把他告进监狱为山庄除害。她只要告诉国军国军绝不会饶恕他。上河口刚刚亮起的灯光引发着她的愤懑,林家大院房檐下蒸腾着的热气远远地熏陶着她的信念。可是刚一走上屯街,月月又被一个意外的念头改变了主意,告状没有任何证据。这不重要,重要的是,国军已经变得特别敏感,如果让他知道是一个男人亲手毁了他的幸福他的自尊,他会气得发疯发狂直至不能安生过好每一分钟,更重要的是,国军失去的自尊不能让大家知道。月月在临近家门时鼻子一酸立时扭头,月月深一脚浅一脚再次走回回娘家的路。她不知自已走了多长时间,也不知双脚在土路上崴了几次,当她满身风尘回到三嫂院子时,母亲的炕上已经放好被子。

最大的幸运是母亲正好轮到三嫂居住的翁家老宅,月月在情急之下已经忘了母亲的游历生涯。见月月回来母亲乐得眼角一抽一抽,叶脉一样的抬头纹骤然抻平。许是母亲刚刚轮回来的缘故,老屋里有一种日久不透空气而捂出的朽浊气息,俄式挂钟的钟摆仿佛一个十字架悬在那里。三嫂秀娟见到月月格外热情,赶紧烧火热饭。回门饭没吃上和三百块钱化肥钱积蓄的歉意叫她里里外外忙个不停,并一直盯着月月在灯光下曾被泪水濡湿过睫毛的眼睛询问,怎么才回来? 月月温和地笑着,月月说这些日子课程太紧,早就想回来看看,上边又收教育基金,我知道家里没有钱。

信口拾来的理由一下子从西屋唤出三哥。三哥兴安大嚷着说,不是咱家没有钱,谁家都抗不住,一人四十,五六个人的家就得二三百。月月说,咱妈和侄子的份儿我拿。三哥说大伙都说不合理,咱凭什么拿? 月月说了一些外面听到的关于翁古县兴起教育基金的决定。正讲着,风门打开,二哥二嫂大嫂和凤卜侄儿一轰隆走进来,显然是三嫂的儿子凤龙报的信儿。

不管他们为日子对养老有过怎样的计较,关键时候,一奶血统还是流淌着挥之不去的亲和,除了出民工的大哥,翁姓父亲这支人的后人全因月月的回来而聚集在母亲膝下。他们要月月把教育基金的事再讲一遍,然后讲屯里小队队长厚运成挨家征收不受欢迎的情况,说收到虎爪子家,虎爪子竟然放狗咬他。没有人发现提到厚运成时秀娟眉梢的蠢动,也没有人发现提到虎爪子时月月脸色的变化。大嫂后来把话题引到庆珠,非要月月讲讲庆珠死时的模样,说村人都传庆珠是镇上开理发店变了心,让买子给推到水库害死的。不待月月开口,大嫂的话就被付安、兴安挡了回去,说你准又是听那西院讲的,这话可不能乱讲,人命关天。二哥浇灭了闲谈的话题,渐渐又引出另一个话题,二哥说如今在家种点地确实不行,庆珠他爷讲庆珠开那理发店不到一个月赚了一千元。月月说,咱家谁能去烫头?兴安说咱不烫发干点别的,我就不信非得抛家舍业上城里去挣钱。月月没有吱声,月月终于明白见她回来大家一轰隆涌来的内在原因,他们想让月月帮在镇边想点买卖。付安说,月妹,你三哥没有手艺,又不能出力,我想用我这点木工手艺带带他,你认识镇上人,看能不能在镇边租个房子,办个小家具店儿……

月月一时间没有作出任何反应。"文革"之后,他们家多少年来一直忌讳说"买卖"二字,是父亲的跑买卖,让翁家人多少年来做农民都没有光彩。分田到户,允许工匠单干,上河口的林治帮挣了大钱,他们却从不认为这于"买卖"有什么关系,付安会点木工活,前村后店串着挣点手艺钱,从未想过做"买卖"……月月尽管心里没有一点思路,但她还是掩饰不住高兴,她终于从哥哥身上看到一点父亲的遗传,月月没说行与不行,只说这想法很好,容她慢慢托人。

这一夜月月心里缠了一团乱麻,买子、虎爪子、买卖,放电影似的反反复复播放在她眼前,然而最终一气贯到天亮的还是二哥三哥的买卖。月月发现,只要回家,回到母亲身旁,听到母亲不再均匀的带有微鼾的呼吸,看到由母亲生养的一奶同胞,她个人的遭遇、情感,都污渍见到洗衣粉似的一洗而光。月月知道这是奶奶的遗传,母亲的遗传,是性格也是命运。

第二天一早,月月早起将窗户打开,给母亲的老屋搞了一次结婚后的第一次彻底清扫。母亲在月月擦洗瓷砖镶嵌的迎面柜时,将迎面柜底层抽屉里的一个红纸包拿出放在月月手中。月月惊诧地看着母亲,以为是三嫂退回买化肥的三百块钱。一张厚厚的黄表纸一层一层叠着,月月慢慢展开,折叠的地方已露出破损的痕迹,映入月月眼帘的是一幅画,一幅画着古宫式三进三出宅院的画图,那上边有一行隶书书法,月月仔细辨认,才一点点认清,是红崖镇翁占鳌庭房草图。

　　母亲在夜里儿女相聚的时候，一直没有开口说话。大家走后剩下月月自己，母亲也没像以往那样问长问短，月月一直以为母亲初回老屋心情踏实，睡了一宿好觉。不曾想，她的踏实是因为哥哥终于讲到"买卖"，母亲能在儿女们谈到买卖之后的早晨，将保存多少代从未拿出的、翁氏祖宗翁占鳌在红崖镇给洋女人盖的中国式庭房草图拿出来，月月再次看到母亲储蓄在那屠弱瘦小的躯体里的博大胸怀，亦领悟母亲对自己寄予的希望。

第 六 章

　　庆珠开理发店不到一个月赚了一千块钱的消息,如庆珠死后那场透雨,一夜之间润透歇马山庄每一寸土地。山庄女人因为丈夫一年在外,一个人孤单地种庄稼,孤单地操持家务,孤单地供孩子上学,听到这个消息心里极不平静,她们恨不能搭上汽车,到城里把出一年民工只能赚三四千元的丈夫找回来,让他们在家种地自己去开理发店。这个消息在山庄女人内心深处产生的躁动就像几年前山庄民工潮引起的躁动。她们相互传递时的语音黏滞、晦涩,缺乏已往拉呱讲古时的流畅。"听说,人家一个月就挣一千块钱。""谁?""死的那个庆珠。"她们在话语的间歇里,注入了只有山里女人自己才能懂得的眼气、羡慕和背后里对眼下日子的哀怨。她们在电视上见过许多赚钱的能人,可是自己山庄的年轻女子轻而易举就赚了大钱,让她们对在土地里与泥坷垃厮混的日子,有了一点点的动摇或惶惑。在一颗颗担负着庄户人家过日子的艰辛的心灵,皆因白昼话音与耳朵的碰撞而夜里暇想与梦幻碰撞的时候,林治亮女人和林治亮度过了一个险些打出人命的夜晚。这个绰号万事通的女人听到山庄人可在镇上挣钱的消息,风风火火从豆子地里走出,一路小跑冲回家中的小卖店,一股野地里的气息和一阵咬豆一样脆快的辱骂一瞬间灌进小店。林治亮女人指着男人脖领,你个熊完蛋的,成天弄个小店隐身子,地里活丁点儿不干,挣几个臭钱?你个熊完蛋的,我说过多少遍,你上镇上租个地方,一月里多往家进些,你偏不听,像个老娘们儿似的守着家门口,你怕你老婆在家偷贼养汉呵?

林治亮正在一爿小店里跟张守山的父亲老面叔下五福,女人劈头盖脸泼水似的辱骂让他突然张开的嘴好久无法闭上。他不知是谁招惹了她叫她回家撒气。林治亮以为,让她骂一通,就会自消自灭,可是自己屁话没有,她更加肆虐,说我倒了八辈子霉找了你这么个好吃懒做的熊完蛋的。根儿是大事,老林家哪有一个勤快的,嗯?你哥你哥也是那样,不知老天怎么瞎了眼让他发了一笔大财又弄在村上游手好闲。见老婆的骂声吸引来了店外玩耍的一帮孩子,见老婆骂的内容里无端地扯进哥哥,林治亮粗糙的脖子上蓦地跳起一根青筋。他站了起来,右手食指轻轻勾住老婆衣服纽扣间的豁口,之后使劲捏住衣服往外拽。老婆没有执拗,趾高气昂地跟出来,一直跟到后院家中。当老婆跟到后院家中关了风门,林治亮便一把薅住老婆头发向灶坑扔去,老婆刚刚倒地,头撞锅台咚一声,林治亮又抓起来再扔。老婆一声不吭,男人从未有过的勇敢让她猝不及防,自从跟男人进了屋子,女人的大喉咙仿佛被谁割断似的一声不吭。当林治亮第三次抓住女人头发,欲在推搡之际用手扇上两个巴掌,老婆腾一下从灶坑跃起扑向林治亮前胸,趁男人来不及改变动作疯狗似的一口咬了上去。林治亮哇的一声,两臂顿觉发软,而后倚向风门,直到老婆松口还叫个不停。

老婆松口林治亮没有还手,默默看着胸膛上殷红的血和汗洇到一起。因为打了老婆,出点血受点伤他情愿自作自受。多少年来,除了老婆骂他闹他,他从没惩治过老婆,老婆在被窝里絮絮叨叨逼他到镇上开店的话说过无数遍,可是她从没敢提到过林家的根儿,从没敢提到过哥哥,这两句话像往伤疤上撒了盐似的让他感到疼痛。他的父亲林罗锅年轻时是辽南海边有名的央子,所谓央子就是明知自个是个窝囊废还要充大爷,要饭吃还要坐上热炕头。四十年代跟父亲从河北曲阳要饭要到辽南海边,在海边安营扎寨后跟渔民出海打鱼,可是由于经不住出海的劳累,没过几天好日子又拎起饭筐。一个恬恬静静的男人领着四个孩子穿着一身要来的衣衫,不把谁家吃烦绝不离开。人怕没脸树怕没皮,那时山庄人谁远远地看见一个男人领一群孩子从屯街上走来,便赶紧插门。因为一小就跟父母乞讨为生,他们兄弟姐妹从不知道操心和出力。长大以后,两个妹妹生有姣好的脸蛋十七八就嫁了出去,剩下他和哥哥二十六七岁娶不上媳妇,有人保媒,见面还好好的,一打听就没了戏。这结果使他们渐渐懂得庄稼人多么看重惜力,看重脸皮。可是懂得绝不意味着能做,多少年来他一寻思出大力就像要他下地狱一样。哥哥出去挣大钱之后,受哥哥启发,也是哥哥指点,他在门口办起杂货店,虽然是歇马山庄第一个杂货店,却因为歇马山庄的日子均为女人把持,女人们极少舍得花钱,即使有钱,也因为她们种地过日子太闷,把日间仅有的消费变成逛集的理由送到歇马镇去。除了年节他的日卖钱只有几十元。他也不是不可以上镇,有人提出过到镇上开店,可是屯街上那种不争不抢的闲散和清静,已让他像每年找一次潘秀英样习惯。林治亮自己清楚,一切癖性都是父亲的遗传,可他从不愿老婆提到父亲,他不愿意日间在小卖店里获得的那点脸皮上的光彩被父亲抹掉。林治帮在外边挣了钱回来当村干部,林治亮更是十二分充足地获得了昔日不曾有过的光彩。哥哥为林家在歇马山庄争得的光彩盖过了父亲留下的灰痕,盖过了他们年轻时留下的灰痕,庄上人在提到下河口翁古人家这一代不行了的同时,马上就会有人提到林治帮。翁月月能嫁给侄子国军,这本身就说明了一个很重要的问题。老婆愣是用那张臭嘴笆子似的揭开覆盖在林家这座山皮上的绒绒草叶,不打她像狗一样疯狂怪自个手懒。真的动起手来,史无前例地站起来维护林家祖宗的脸面,林治亮在女人面前找到了一种顶天立地的男人的感觉。

老婆咬破男人胸口之后,一直没有话。她在灶坑磨了半圈,手按锅台站起腰身往里屋走。林治亮以为从未挨过打的老婆被他打服了，系好上衣扣子心安理得走回杂货店。老面叔已经不在，玩耍的孩子们见店里没人，把葵花籽、糖块之类好吃的东西抓得乱七八糟。林治亮悉心收拾着见少的物品，想熊老娘们最是破财的主。正哈腰在地上拣，林治亮感到门被拉开，一束短短的影子从门口打进来，抬头一看，是火花。火花手里捏着一只已经咽了气的蝙蝠，一进门就举到头上，眼睛里有烟一样的东西在流动，上唇下唇不住地将唾液粘合又抻开，抻成咕噜咕噜的泡泡。不知是火花口中的唾沫粘成一串大小不等的泡泡启发了灵感，还是火花那怪怪的目光传递着一种不祥的征兆。林治亮看定火花，他呼的一下感到后背透凉，他扔下手中糖果，老骡炸脚子似的几大步蹿到后房里屋。当他走进里屋，老婆已经口吐白沫两眼发直。

老车把式温胜利把马车赶得惊马一样奔跑，歇马镇卫生院里一阵猪灌肠似的上下通涮，终于使那个揭了男人伤疤的女人睁开眼睛。看到女人睁开眼睛，曾在推搡女人那一刹获得一种顶天立地做男人光彩的林治亮，当着一群人的面立时顺床跪下，一双比庄稼人细腻白洁的手握着老婆裂有干口子的手声泪俱下，桂云，我对不起你，我对不起你呀……

不管这种醒悟是否彻底，不管这种悔改是否发自内心，能够治出男人这么一句话来的女人，在歇马山庄乃至辽南乡下并不多见。并非这里的男人不怕老婆，这里的男人视话语为男人的筋骨、精血一样贵重，话语上服输了就等于抽了男人的精血和筋骨，怕老婆的男人宁愿给女人跪下。治亮老婆用她寻死的勇敢抽了男人的精血，马车拉回村子，迎着屯街上的乡亲，竟英雄凯旋归来似的又说又笑。几小时之前与死神的会面好像是她为山里女人创下的业绩。镇中学念书的两个儿子放学回家，得知真情却不像母亲那样得意，老大国威走进家门，见母亲正当几个前来探望的女人细心描述下晌与父亲交战的场面，厨房里喝一口凉水把瓢摔得直响。当女人们陆续离去,国威走到母亲身旁沉沉着脸嘬着嘴巴说,妈,用不用把全村人都召集来让你作个报告,好好讲讲你是怎么喝的药。母亲说你个死鬼,我还以为有什么好话。进门一直站在里屋柜前面对墙壁的老二国风,闷闷地甩出一句,我不念了,我上镇开店。

由庆珠鬼魂搅起在林治亮夫妻间的战事,在两个儿子带有气恼的戏言中告一段落,林家的日子恢复了以往的平静。可是林治亮的心却没有平静。第二天一早,他打开店门,就将手伸向窗外,招呼着正在哥哥家门口独自跳格子的火花。火花见他招手,把通向小店的距离当成格子一蹦一蹦跳了过来。火花今天的目光是清冽而明亮的,霞光在她眼仁里凝成一个红红的珠体,治亮递过去一块高粱饴软糖,之后从窗口轻轻一抓将火花抱进怀里。治亮说你是一个很怪的孩子,你救了老叔,你怎么就知道你的老婶服药了。火花像是听懂了,摇摇头。治亮说,那只蝙蝠从哪弄来?火花挣脱出老叔怀抱,跑出屋子往前指,治亮一望,是姑嫂石的方向。林治亮一看火花指姑嫂石,身上汗毛蓦地站立,他直直地盯着火花,浑身关节嘎吧嘎吧直响。有一会儿,他竟觉得火花眼里凝住的通红的珠体突然变成一只蝙蝠飞了出来。

治亮老叔对自己的态度让火花感到非常奇怪,他总是在抽冷子的什么时候不给防备地把自己抱起,给她亲热,从前的亲热火花永远不懂因为什么,而这次她似乎朦胧知道是那只蝙蝠救了治亮老婶。她从老叔那里知道那鸟叫蝙蝠。

蝙蝠怎么能够救了治亮老婶?火花无法知道,那场大火之后,好久了,她就觉得生活没有一点意思,小花猫肚子大了一天天赖着不动,邻居家常和自己过家家玩的于冰冰一见自己就躲,母亲上山下田从来不领自己,她无事可做就一个人偎在墙根听地底下的声音,那风扫树林似的沙沙声和猫狗叽叽哇哇的嘈叫声好听极了,好听的声音穿织着鲜艳的色彩使火花感到无比热闹。一连几天,火花都以这种自己最最熟悉的方式消除着孤单。可是,昨天下午,她偎在墙根一下睡着了,她睡着之后做了一个奇怪的梦,梦见一直躲着自己的于冰冰在院外大喊火花火花,听到喊声她兴奋起来,跑出去,她跟着于冰冰往姑嫂石跑着,可刚到山坡,冰冰不见了,火花喊冰冰——怎么喊也喊不出声,后来梦醒,见还在墙根,就爬起来往山上去。走到姑嫂石篷,她藏猫猫似的蹑手蹑脚绕着,最后绕进石篷,不见冰冰,却见一只怪怪的鸟在地上打扑噜。火花静静看着,鸟的嘴里吐着白白的泡沫。一会儿,鸟不动了,火花知道它已死了,就顺手拿起,学着鸟的样子一个劲鼓泡泡。开始时她怎么鼓也鼓不出来,一鼓就发出扑扑的声音,当走到家里,看见于冰冰和几个孩子围在治亮老叔门口喊喊喳喳,一见自己撒腿跑散,她嘴中的泡终于鼓出来,一串一串生了灭灭了生十分有趣,她很想让于冰冰他们看到她嘴上的泡泡,可是他们蜻蜓遇到追赶的蛛网似的,一会儿工夫跑得无影无踪。就在这时火花看见治亮老叔,治亮老叔脸上冷冷冰冰,眉梢缩着只豆虫,火花不知道治亮老叔能不能喜欢她的泡泡,但全街上没有一个人,她太想太想让人看到她嘴上的泡泡,就一撒野撞进了憋闷的小店……谁知……

林治亮放下火花之后,关了店门,回家告诉老婆他要进货,就骑车走出屯街一颠一颠地上路,到前川路口,林治亮跳下车子,调回车头,没有往镇上去而是拐进通往前川后街的小道。

每次挨老婆骂,沾一身污浊之气,林治亮都以上镇为借口到潘秀英家刹一头,不是故意用不忠的行为在意念里报复老婆,而是老婆的絮叨、野泼、不懂事,常让他想起潘秀英的沉稳、顺和、善解人意。潘秀英能跟他好,恰恰因了他不像山庄那些就知种地过日子的庄稼人那么古朴老实,那么满身土腥味,老婆看不惯他的一切,却正是潘秀英喜欢他的地方,比如指甲里没有灰尘,穿衣服没有褶子,嘴里没有大葱味,潘秀英说他不像一个庄稼佬。不像庄稼佬的理由,是不是他无权无势却可以多年与她风流云雨的重要因素,林治亮不敢承认,但有一点应该肯定,潘秀英和他偷情是无比快乐的,平时顺和的潘秀英跟他偷情时比老婆跟他打架时还要野泼。尽管这次挨骂导致了很严重的后果,尽管在那后果之后他曾痛切地悔过自新,林治亮还是抑制不住迈向前川潘秀英家的脚步。在这个有过许多男人的山庄风流女人那里,有林治亮在老婆面前,在村里所有女人面前找不到的、却真正属于他的作男人脸上的光彩。

可是,在潘秀英家与屯街远离的独门瓦房门口,林治亮看到了一个熟悉的男人的身影。那男人的侧影透过比一般庄户人家明亮的玻璃印进他的眼仁时,林治亮不由得停下脚步。他细眯双眼认真辨认银灰色上衣上那张面孔,当他确定无疑在潘秀英家炕头坐着的是自己的哥哥林治帮时,林治亮心头一阵悸动,转身朝院外走去。林治亮返身上车后,心里的感觉不是吃苍蝇不是碰壁,而是一种难以说清的心乱。

此时林治帮正安然坐在潘秀英炕头的炕沿边,吐着烟圈同潘秀英悉心唠着歇马山庄四五十年来的故事。林治帮当村书记以来,从没到他的大嫂主任家来过一次,如果不是开会,如果不是有情况需要商量,平时他总有意无意躲着她。潘秀英是歇马山庄出众又神奇的女子,说她出众,是说她面皮清白好看,聪明伶俐识书达理,村里不管谁家男女不和,婆媳不和,婚丧嫁娶,大事小情,她都能料理得妥妥帖帖;说她奇,是她不论跟多大干部在一起都会成为中心人物。那一年农业学大寨修水库,省里领导下来检查工作,潘秀英在堤坝上遇到领导,只说了句各位领导你们好,就被领导拽着让她来讲两天两夜修坝工程进展情况,把做了缜密准备的库区工程领导晾在一边。水库修好,作为参战民工,她代表民工上台讲用,下台不到一小时,就被省军区一个军官拉走,说要把她配给军区司令。潘秀英坚决不干,不到一个月就执意返回山庄,她的出众更因军区司令的介入传为佳话。从此在流言中,看上她的男人一个排一个连地增多,沾过她的男人也一个连一个营地增多,她却嫁给了一个当时村里最窝囊最老实的金得义。真正神奇的是,不管她与多少男人相好,都不影响她在群众中的威信。林治帮二十来岁,刚刚夜里做梦胯下一片潮湿,就朦胧记得那梦里拥着的柔软的女人是潘秀英。在月亮山后坡穿行要饭时,他曾趴在草丛里偷看过她一走一扭的臀,她对他却从来没有直视一次。多少年以后,时光游移,生活发生了意想不到的变化,他从外边携着乡下人想都不敢想的几十万存款回到歇马山庄,振兴林氏家族。村部砖房里,潘秀英一改过去对他的态度,把由温和的目光和熨帖的话语作成的气息肆意倾洒,林治帮却故作粗心从不经意闻吸。林治帮拒绝温润气息的浸入并不单对潘秀英,是因为几年以前那次进城的经历,那次经历他不敢回顾,每回顾都有一种莫明的惧怕,那次说不出口的经历铁环一样深深箍进他的骨骼他的肉体,让他对女人有一种本能的恐惧。然而自从那天晚上,在家里开了那样一个意义重大的家庭会议,林治帮完全变了一个人,潘秀英上村部开会,他主动上前跟她搭话。有一天需填一张计划生育表,厚得拴的拴字不会写,潘秀英拿表过来找林治帮,林治帮看看表又看看人,说你三十来岁就给小孩拴气带不会写拴?潘秀英说,我五年前就想拿东西拴住你那玩意儿你老躲我怎能会写?!以往逢上这时林治帮会蓦地变脸默不作声,这一会他不但不变脸,且咔一声笑了,说我那玩意儿你潘大娘们儿拴了还不抹了你的脸。潘秀英见村长接话,有些受宠若惊,得了吧,不知道怕抹了谁的脸呢,有种你试试。同村长把玩笑话说到这种地步,潘秀英得意得眉飞色舞,都五六十岁了,胸脯还皮球似的在林治帮面前一弹一弹。林治帮没睬那一对弹动的暄肉,却把话往纵深引进一步,他说是呵,相处五年了,也该有个纪念,你在家等着,改天我去试试。潘秀英做梦也没想到,这平素一本正经的老东西说来就真的来了,也不管她男人在不在家。

　　林治帮完全一副公事公办的派头,进院同潘秀英男人金得义哥呀弟呀寒暄几句,说我找潘秀英有事商量就弃下正准备下田的金得义大摇大摆进屋。因为有三天前那句玩笑话，潘秀英看见林治帮时，慌得小女孩似的东一手西一脚，两人照面她竟满脸通红，平时流利的口齿顿时变得嗫嚅，你……你，你来了快坐。

林治帮久经沙场的大将似的泰然自若毫无惶悚，他进门稳稳当当坐下来，而后摸出随身带的红双喜，说还不招待火柴，怎么麻了爪了，俺又不是虎豹。潘秀英足足十分钟没有说出一句得体的话，炕上一把地下一把打扫卫生，说来也不提前告一声，让我把家收拾得干净一点。林治帮笑了，说你当我来相亲看家，只你人干净就中。这么说潘秀英更没了言辞，很久才缓过神来，用一种极柔和极迟疑的口气说，书记，你，你真想作个纪念？林治帮说，我什么时候也没说过假话。潘秀英说，那咱……我一点没有准备。林治帮说，什么准备也不要，咱开板就来。潘秀英惊诧地看着老书记，心想你怎么变得这么凶猛，是不是吃错了药？这时，林治帮掐灭烟头，吁一口长气，说潘秀英可千万别当真，你真以为我是圈里那猪，我今天找你来，是要跟你说些掏心窝的话。

潘秀英目光柔和下来，刚才那片紧张中闪出来的羞怯的云朵立时隐了回去，她说你可从来没跟我掏心窝子啊。

林治帮说我其实从来都想向你掏心窝子，可是你知道你是谁？你是咱山庄三十多年来众手捧出来的月亮星星，我是谁？我是翻上几页就漏了白板的劣质书。

潘秀英说可别那么说，我也是明日黄花，我都老成什么样了。

林治帮说你是老了，三十年前你那两条大辫在山上一甩，多少男人被缠倒啊，可你现在在咱山庄威信不老。这几天我就寻思，威信是什么？是咱水库里流不完的水，是咱姑嫂石篷上挖不走的马蹄印儿，你在咱山庄蓄了水，踩下了蹄印！可我什么都没有。

潘秀英说这说哪去了，你是咱山庄书记，你的威信是顶在帽沿上明摆着的。

林治帮说你说得对，是顶在帽沿上的，可是帽子摘了就什么也不是了。潘秀英,这些天我就寻思,我不要了这帽沿上的东西,我不干了,我也像你那样,不靠权力,靠一副热心肠,在歇马山庄这块地上踩上自个的脚印。

潘秀英被林治帮劈头盖脑一番话说得心里滚热。林治帮这么看重自己她一点都不知道。三十多年,她确是靠着一副热辣辣的心肠走门串户帮东帮西,那年为姑娘,前川刘春茂的儿子难产死了,她夜里偷跑到二十里外一个叫崔接生的女人家跟学接生,从此,山庄所有女人生孩子她都包下来,不分昼夜。她帮大家从不计较得失,年岁一长山庄人感情上过意不去,三斤糖二斤果子送上门来,她也从不让人空着回去。为村人"扶丧"得过一些孝布,赶上谁家孩子百日生日她又自制一件兜兜绣上红花送出去,祝贺孩子好养活。她这么做着,没想得什么威信踩什么蹄印,只是一种情愿一种快乐,她在这么做的时候是无比快乐的。这些年田分给个人工归了自己,她给大伙做事的人情厚了,许多人街上撞到,送来眼气的话语,说潘秀英比谁都好,不出山庄,就能混上好日子,她没高兴也没不高兴,这是命,是老天给了她这份东西没有办法。经林治帮一说她才知道,这是蓄来的水踩出的印,这是修来的威信。潘秀英感激地看着村书记,心想到底是见过世面的人,对世事有自己的眼光和看法。她说你的意思是想不当村干部了? 林治帮说是,你是第一个知道我想法的人,我想倒给小青年干吧,老早倒位子没准也是往水库里蓄水,这水自个受益大伙也受益,你说是吗?

潘秀英看着言语平实却句句真话的林治帮,说老哥你说的有理,这么说我也不想干那个大嫂主任了,倒给别人干吧。我原先还怕你家小青回来顶了我的角,其实就应该让她顶,你说呢? 她学的招法新,定是比我强,干脆别让她留在外边,回咱山庄。林治帮叹了口气,语调突然变重,说我可不希望她回来,那孩子娇性,干不出你那影响,再说啦,她要回来,山庄人还不说我以权谋私? 潘秀英急了,说,这是往咱水库蓄水,大伙受益,什么以权谋私,到时我去跟大伙讲。

说着日影升上房顶，室内明亮开来，不似一早那么羞涩。见已近晌午，林治帮慢慢站起来，看着脸上挤满皱纹的潘秀英，说看来这些年我跟你话说得太少咧，不过也好，出不了动静……老了老了，我还是把心窝话掏给你，你就知道你在我林治帮心里的位置，就像你脸上的褶子，是日子刻下来的。

见林治帮要走，潘秀英有些不舍，说吃过饭走嘛，听你讲话心窝里热火，你不说作个纪念吗？在这吃饭留个纪念。林治帮说和你说话就是纪念，你不用拴住我那玩意儿，拴住我的嘴巴比那玩意儿值钱。潘秀英挤满鱼尾纹的脸漫上一丝不好意思，她说其实什么纪念我都想要。林治帮突然想起什么似的，说哎唷差点忘了，国庆节咱村出节目，咱俩上镇唱个歌儿，扭个秧歌。

林治帮一步步挪出院子。当林治帮走出潘秀英家院门，走进地边的林子里，看见潘秀英还在门口直直的张望，一种胜利的喜悦蓦地水似的流遍他的全身。这多少天辗转反侧运筹在胸的计划终于由一句玩笑顺利起始，一句真话圆满完成。那个拴字的介入实在是天意的成全。然而，当他走上歇马山坡，看到洼处一片一片绿油油的田野，他的心上有种乱糟糟塞了草须似的感觉。他不知道是因一桩计划的顺利实施，让他真正看到了自己在歇马山庄威风的落地，还是因为他再度看到自己六年以前在城市那些年来的狡猾再度显现。

吃过午饭，林治帮省去了午间小憩，紧锣密鼓实施他计划的第二个步骤。他到治亮小店买了两瓶酒两盒罐头——他在买罐头时没有注意治亮那暗淡的眼神儿，自顾默默地打包默默地记账默默地离开。通往目的地的路线必经歇马山庄村部，林治帮上路恍如平时上班一样走道。坐落在库区东北凹地的村部和村小学毗邻，被一排绿树怀抱，远望好像城里孩子玩的积木，这就是歇马山庄的上流社会。好些年以前文化大革命、知青下乡，批这个批那个，这里作为国家的末梢神经，曾经没衷一时地喧闹、翻腾，那时村里人觉得进出这里的大队干部像有好几个妈的孩子备受宠爱，而平民百姓则是没妈的孩子。因为大队干部掌管着招工、当兵、批地等一应热门权力，山庄人敬大队干部就像敬宗谱上的祖宗。这些年地分了，权力下放了，原来叫作大队的村部没有了往日的喧闹翻腾，却因为分地分义务工收税收费一些与国家血脉有关的琐事，更因为一年下来还有几千块钱工钱，依然是山庄人嘴里念着心里想着的上流社会。林治帮能在弃城返乡之后，一步踏入山庄的上流社会，与一个人的相助有着秘不可宣的联系，那人是歇马山庄的铁杆贫下中农，叫唐义贵。唐义贵一小讨饭出身，七岁给地主扛活，他的讨饭与林治帮的讨饭因为有着解放前解放后背景的区别，"文革"前后一直受到党的信任和重用。十几年受压迫，脸朝黄土背朝天，十几年受重用，昂首挺胸。十几年脱产的大队书记一下子分产到户，自己需要下地，一张生着疮疤的紫茄老脸满是阴霾，但他一辈子听党的话，相信党总是对的，对党没有半句牢骚。只是他的地比别人的地杂草多，他的谷子比别人谷子米粒浅。林治帮欲从城里返回相中村书记这个位置之后，把唐义贵从家史到革命史横里竖里翻看，终是没有翻出丁点毛病，情急之下拿出城里闯天下的本事走动乡政府乡人大。出乎意料，乡人大主任上村上找唐义贵谈，老人痛痛快快让位，说中，只要苦孩子出身，我认。

一个老人因为对时代背景的模糊，也因为对党的深信不疑让位给林治帮，召集老党员和参政意识并不很强的群众代表开了一天的会，强调只有贫苦人才能翻身做主人的意义。而事过之后，林治帮当选，他提着礼物到唐义贵家，白昼里义正辞严的唐义贵，竟把头低进裤裆半晌不语，林治帮以为他已知道此前做的手脚，心情十分不安连声叫着老哥，却只见他缓缓抬起头来，布满血丝的双眼已被老泪淹没成雨后的湖泊。林治帮从混浊的湖泊掩映的那弯月牙中，看到的是对故去的人生光景的留恋，对退出歇马山庄上流社会的挖骨剜肉的疼痛。这个时候,林治帮知道,解放前的讨饭和解放后的讨饭本质的不同在于,解放前的讨饭是为了活命,解放后的讨饭是为了不出力活命,他们有着智慧的差异。在一个解放前深受地主压迫的讨饭出身的老革命那里,永远不会知道林治帮获取党的信任的简捷办法。他从裤裆抬起头来,抬起那双湖泊一样汪着泪水的老眼,泣不成声地说,老弟,年头月尽,多开几回党员会;年头月尽,路过这儿咱,进门瞧俺一眼,党只要还关心俺,俺就知足。只这一席话,便使林治帮得意中掺杂了愧疚的心情,徒然生出怜悯和感激,使他日后每到节日,都提上两瓶酒两盒罐头让儿子送来。开始是亲自去送,后来就派儿子去送。林治帮之所以不亲自登门,是不愿看到老人兴奋后追惜往日光景的眼神,那眼神会毫不费力气就勾起他的愧疚。如今自个也要走下歇马山庄上流社会,沦为同类会使唐义贵从此找到心里平衡的自信,使他挨近唐义贵家门时,前脚后脚的节奏开始加快。

林治帮在院门口干咳一声,而后缓慢而沉着地唤着老哥老哥——老哥没有出门,出门的是只剩几颗当门牙说话漏风的老嫂。如今乡村再有资格的老人也免不了与儿女分家另居。与一对儿女分了家的唐义贵女人穿着被猪食水沤成花朵的灰色衣裤,站门外愣愣瞅上好一会儿,才引进林治帮。进门之后,老女人又告诉林治帮,唐义贵在后坡地里挑水浇地。林治帮说,大晌午也不歇一会儿?老女人说,他现在恨不能和庄稼一块儿过。

林治帮在一块叶子打柳的苞米地里,找到了光着脊梁的唐义贵。春末夏初,庄稼才只齐腰,唐义贵在地里露着半截腰肢,嶙峋的肩胛骨被日光熏烤得犹如炭火里的鸡翅,灼红处浮着星星点点油亮,与干燥的苞米叶形成色彩与水分的反差。林治帮瞅他浇完一桶水抬腰拿扁担的工夫,喊一声老哥。唐义贵闻声眯起眼睛,朝林治帮睨视。林治帮见还没认出自己,就说老哥,我是上河口林治帮。老人依然眯着眼睛,寻思一会儿,淡淡地点一下头,没有半点兴奋地又挑起扁担往地头走。走到林治帮跟前,唐义贵停了下来,沾满泥巴的脚丫在地边草梗上一勾一勾。说早了,俺浇地,不想开会。林治帮说,老哥,不开会,我就想来看看你。唐义贵根本没有放下扁担与林治帮说话的意思,说俺一点不想知道村上的事,俺就想浇地。林治帮说我也想浇田,来,水桶给我。林治帮说着就拽过唐义贵肩上的扁担,什么不说顺坡路向水库支流的库眼走去。唐义贵呆呆地瞅着林治帮的后背,被汗溪包围着的眼睛在苇篾编织的草帽下面久久也不眨巴。许久,他在草丛上蹭蹭脚丫缝的泥巴,就地坐了下来,摸出腰上别了一辈子的旱烟袋,撮了半锅,又在地上掐几根被太阳晒焦的苞米叶搓碎,掺合进去,就着吸了起来。烟末燃烧得迟缓,唐义贵伸着脖颈深吸一口,让烟在喉口和鼻孔间久久回旋。寥寥一点烟雾一经鼻孔呼出,就与田野间覆盖的热气融为一体。

唐义贵吸完一袋烟的工夫,林治帮挑水回来,人影在坡地冒头时,唐义贵以为是只被孩童打折翅膀的老鹰。近了,唐义贵咧嘴笑开来,说还不如俺一个老头子,干部越当越稀拉。

林治帮也笑了,说我再过几天就和你一样,就不稀拉了。

唐义贵表情平和,并没感到意外,说是嘛,早晚的事。林治帮说不当了,我就是来告诉老哥一声,我也当不了了。

唐义贵说,那好,到俺这年龄你就会知道地和人是多么亲和,俺一辈子干革命,心漂浮在地皮上面,没什么觉悟,我现在干自个的,才知道只有地能让你活得踏实,活着不漂浮,活着亲和。庄稼人一遭觉悟了人和地的亲和,你就什么什么都不会想了,你就是地地道道的劳动者了,吃自个打的粮你就觉放个屁都不臭了,即使臭你也会觉那声调像唱歌。

林治帮说,老哥,你说这些我懂,我这些天也有一些觉悟,好像心是往下沉的,不是年轻那阵往上飞,那沉的样子就像才刚挑水脚跟往地里扎。

唐义贵听了,眼眶里有一丝光亮,好像终于接通线路亮了灯,他说你也有这觉悟? 你怎么会有这觉悟? 这觉悟好像是老了的缘故,可是有时在地里干活累了斗蛐蛐,又觉自个像小孩,那年扛活给老朱家间豆苗,地当中朱管家看不见,斗了一头晌蛐蛐,结果晌午没捞着饭吃,那晌是粳米捞干饭,馋得俺呀。

　　林治帮见拉开了唐义贵的话匣,有些扯远,就切回话题,说老哥,你说咱山庄还哪个年轻人能行,能够当家作主人。唐义贵陷进馋粳米饭的感觉里,一时没反应过来,当林治帮又重复一遍,他眨眨眼睛,捏捏烟袋,说你去问你的波罗盖吧,俺可不知道,俺就知道俺是地的主人,你自个琢磨吧。

　　应该承认,唐义贵的行为、话语对林治帮的计划是一个不设防的破坏和歪曲。这破坏和歪曲并不因为他没有提出候选接班人,而在于他对自己的让位没有半点惊喜的态度,他找唐义贵掏心窝话,一个很执着的念头就是听听老革命对他让位姿态的夸奖,让他从老辈人的夸奖中,看到让位并不是消没威信,而是增加威信。唐义贵离位痛惜的是往日风光,而林治帮在乎的是人们心底里对自己的评价。从唐义贵家山坡地出来,想到他一再强调的与土地的亲和,林治帮对自己的未来突然升出一种前所未有的惶恐和不安。

第 七 章

　　干旱，一日一日在晴朗的天空下展现开来。歇马山庄村民对于干旱的认识，是从唐义贵浇地时水桶吱吱扭扭的声音开始的，苞米、大豆、高粱、谷子，一些身体细弱的农作物一经人们认识到干旱，便一个个羞于见人的山庄女孩似的袖起手耷下脑袋。其实它们早就挺不起头来张不起叶子，只是人们贪恋晴日的干爽、明亮，一时间忽视了庄稼的情态。歇马山庄山地田垄，满山遍野响着水桶吱吱扭扭的摇晃声，这声音在傍晚时分尤为响脆。日落之后，田地里消退了火烤一样的赤热，人们的精神格外抖擞。干旱使山庄女人、老男人、懒男人纷纷倾巢出动。月月的三哥兴安和林治亮歪歪扭扭挑担水桶在田垄边大喘气的样子，给上河口下河口女人们偶尔在水库边的相遇增加了不少谈资，瞧，厚兴安都下地了，可见干的程度。什么呀，林治亮不比厚兴安懒，人家今晚小衬裆上还染了泥水。干旱也使在小镇上班的人们下班后走进土地，月月和国军换了衣服挽了裤腿完全一副庄稼人的样子。就在歇马山庄男女老少所有心思都用在抗旱浇地的傍晚，一直没有地种也没有地浇的买子撞入林治帮家家门。

　　这个很少被上河口人想起，每每想起都是当作故事来讲的买子走进林家大院引来一阵狗叫，古淑平听见狗叫赶紧推开风门。刚刚推开风门，买子就一阵风似的放下手中挡狗的槐条，一溜溜进林家屋子。

初见买子林治帮以为是来要地,以为入夏以来顶不住脱坯烧窑的燥热突生要地的念头。五年以前,林治帮在歇马山庄当政不久,还真想过住窑洞的一对母子没地种如何处理。山里地薄人多,庄稼人指地为生,抽了谁的都仿佛抽了骨血,曾经费尽心力抽出来的一块地还让他换了山崖挖了窑洞。令林治帮惊奇的是,这位黑不溜秋的毛小子自从有了窑洞从未找过政府一回。买子提了两瓶酒,一进门就龇口白牙朝古淑平和林治帮笑了。见他提些礼物,古淑平一时有些惶悚。村里人常来串门,为地为化肥为种子也为娶媳分家,从没有谁拿礼上门,纵是男人帮了谁给谁有些好处,都是赶上年节拣上鸡蛋或猪肘作为回报,山庄人的人情账全写在年节上。买子的到来非年非节不说,在古淑平的印象里男人没帮过他任何大事小情。买子将酒放在里屋镶有油画玻璃的高低柜上,之后笑盈盈在沙发上坐下。林治帮习惯有人拜访就像习惯火花在墙根睡觉,眼神和表情都显得木然。他说来了?买子说来了。他说地的事儿,你没找我,我就没用心,赶明儿我找队长研究研究,歇马石后坡有块柞林,看看能不能割一块山。买子手一扬说林叔我不要地,我根本不会种地……买子正说着火花推门进来,并引进了刚刚停止疯叫的狗,狗一进门就汪汪叫了两声,让买子一机灵吞回了后边的话。古淑平忽地从灶坑奔过来,拽出火花,骂你个兔崽子越来越祸害人,快滚。火花将狗领出,买子干脆站了起来,走到林治帮坐着的炕沿边,直言直语的样子,说林叔,我有一个念想可能要冲犯你,可是我明人不做暗事,我要和你竞选村干部。买子将这样一句林治帮乃至整个山庄人都会觉得大逆不道的话说出时异常沉稳、平静,就像向买雁尾砖的人讲述砖的制作过程,小眼睛平和地瞅着林治帮。

　　林治帮盯着买子,初时他像在野地里突然发现一条黄鼠狼似的,目光蓦地凝住,脸腮肌肉下意识抖了两下,少顷,他凝住的目光游动起来。林治帮开口,你有什么家什?

买子说,两个,第一,铁匠炉变成雁尾砖场;第二,留下出民工的男人搞庭院经济。

林治帮说,谁都会这么说,你拿什么叫大伙信,村干部可是大家选的。

买子说,我当大家许愿,用人格担保。

林治帮和买子的对话是痛快而流利的,但在林治帮思想里就如同在冰上打滑,没留丁点痕迹。一个没根没底不懂庄稼人的黄毛小子争当村长让他想起虎爪子,虎爪子当初的许诺比买子声势浩大,说保证不到两年让歇马山庄家家建起沼气,人均收入达到一千二百元。与买子不同的是他跑到村部与他叫号,而不像买子客客气气来到家里还备了礼物。林治帮再一次将笑漫上胡须,那笑的肤浅和轻慢就像浮在水面的泡沫。买子坐回沙发,说林叔,今儿个来不是求你什么,只是想提前向你打个招呼,怕你到时候怪我小辈无礼,我是和你竞选。买子说完站起来,朝门外走去,一阵狗叫蓦地响彻整个院子。

林治帮做梦不曾想到,就在这个晚上,他的思路发生了关键性变化,这关键性的变化首先缘于他的老婆古淑平。买子走后,古淑平扔了灶坑的火,直接奔到里屋打开塑料编织的网兜,见是两瓶尖庄两瓶德惠大曲,便兴奋得直问男人买子作甚送这么大的礼? 林治帮说作甚,想当村长! 古淑平顿然眼角皱纹扯平,唉哼一声,他也敢想。少许,老婆就缓下话来,说也别说,这黑小子没准儿有些脓水,人家一个上北大荒讨饭的,回来一分地没有,脱土坯就过起了日子,咱山庄还没这么一个。老婆讨饭的说法仿佛雨打蛛网,一下子给林治帮木讷的大脑打开一个透亮的洞,是的,讨饭的,唐义贵讨过饭,自个儿讨过饭。林治帮的神经这时节不经意地抖了一下,难道歇马山庄团弄在讨饭出身的人身上已是命定?! 那场大火之后,林治帮对兆头,对冥冥之中潜来的事物已经过分敏感,这敏感让他的思维晒蔫的生菜突然浸进水里似的在买子身上滋润开来。而恰在这时,国军和月月浇地回来,他们一进门古淑平就通报了信息,古淑平说完月月兴奋地大叫一声,这是真的?我早就想向爸爸推荐我怎么给忘了。

一段时间以来,月月上班忙于在镇上给哥哥租房,下班忙于给国军熬药,忙于参与婆家园里地里的活路,买子那天在饭店里给自己的启发让她早已忘在脑后。婆母的通风报信令月月异常兴奋,她想不到她竟那么准的与买子思路相撞。月月点上柴油火炉,把草药泡在水中坐上去,来到公公房内。因为有儿媳妇,林治帮一夏天不敢光膀,他见儿媳进来欠了欠身抹了一把额上的汗。月月说爸,买子是死了的庆珠的对象,庆珠是我朋友,我了解他,他接你班最合适。月月没提那天吃饭的事,为了表示郑重其事,为了不用谈自己对买子的感觉就能把语言的分量加重,月月又重复了一遍刚才的话,我了解他,他接你班最合适。

自从知道儿子身体有病,古淑平在月月跟前总是故意找寻机会依顺,古淑平甩着浸了水的手进屋来,说我和月月想的一样,我倒不是因为他拿了贵重的酒,你想那厚庆珠的爷爷在咱山庄多有根底,他能看中,准不是一般人。就在半年之前,林家人讲到厚庆珠嫁给买子,古淑平还说老厚家笑话人丧了天良,出了个疯痴女看上一个野人。如今突然改口,古淑平感到有点别扭,她说完话赶紧离开。林治帮思谋半天,回答儿媳,说山庄人可不一定认他,太嫩。

月月说爸,我只是提个意见供你参考,一切都由你自个来定。

儿媳的话在林治帮那里起到了推波助澜的作用。他不是一个头脑简单的人,一个刚过门的儿媳向他推荐人选他不能不考虑,这与他喜欢儿媳的懂事有教养没有关系。关键在于,在这个晚上,林治帮却从各个角度分析了买子,这个平素从不被注意的年轻人一旦引起注意,便玻璃球放到日光下似的浑身见光。那些年跟自己出民工,阴雨天大伙休工,民工们都在工棚睡大觉,只他一人往漏雨的工棚上上水泥;谁都以为他换了山崖挖洞住还会向大家要地,他却从未吱过一声;那些土坯一块只卖二分钱,居然也让他挣出三间房屋;在窑洞里烧砖,人们传说他头发长得像野人,那和花砖一起传到歇马镇市场的知名度竟然就没掺半点"五马六混"之类泥沙;就是今晚上门送礼,也不是希望通过送礼买通什么,而是情理之中的尊重……

林治帮于夜半十二点时,在老婆刚刚入睡的鼾声中爬起来写了一纸辞呈。林治帮写完辞呈,点着一颗烟,对自己满意地笑了。多亏自己对一场大火之后冥冥之中的东西有着超然的领悟,使自己提早做着准备,变年末的被动为现在的主动。他还感激老天,天命不可违,老天让自己早早把握了命运,使原本是恶运的结果变成好运的开始,他料定自己主动举推买子会使买子大为惊讶和感动,而后永念自己恩情,这也是往水库里蓄水的一种方式。

七点半钟,镇政府刚刚上班的时候,林治帮骑车来到歇马镇政府后院。镇党委王书记见他来老远在走廊里打招呼。王书记前年从万里乡刚调来时对林治帮并不是很好,开会见面脸子冷冷,也很少过问歇马山庄的情况。自从去年年初,省外贸来商量歇马镇为日商种植葫芦条,镇长反复鼓动宣传只有歇马山庄一村报了二十户,王书记再看林治帮就有了笑面,说他为他在发展庭院经济上拿来关键一分,后来不知是日商变卦还是外贸出尔反尔,葫芦加工成条上边却一斤不收,酿成全县有名的葫芦条事件。林治帮又立时承诺歇马山庄的损失全由他个人负担,不给镇里添半点麻烦。王书记对林治帮的感激便更加无以言表,他亲自在镇招待所请了林治帮一顿,说最初以为一个包工头靠钱买通职务心里总觉不对头,现在才知道一个农民能成为包工头挣了大钱,绝对是度量和胸怀的体现,才知道林治帮绝对是大有可为的人物。王书记酒干话稠热心话说了很多,就是没有说定林治帮到底是不是靠钱买的职务。不过林治帮有一大堆好话垫底灌顶,已经没了更多的计较,他们相搀着走出招待所时,王书记竟改了村长的称谓直呼林老弟。尽管酒醒之后王老兄依然变成高高在上的王书记,他对林治帮却有了永远不变的真挚的微笑。

林治帮报以微笑,大概是夜里睡眠太少的缘故,发沉的眼皮有些浮肿。在书记办公室坐下,林治帮二话没说就掏出一张纸条交给书记。王书记见有纸条,迅速收回笑容,展开来细读,读到末尾,抬头瞅着林治帮,陌生人似的,说怎么,就一场黑眼风就打消了气焰?林治帮摇头,说那算屁事儿,我看中一个年轻人比我有作为,想早点儿倒位儿。

这……显然王书记被林治帮的高姿态吓住,有些不信。不管镇干部还是村干部,大小都是官场中人,据王书记近十年的官场经验,没有一个人培养接班人是为了自己提早让位儿,都是组织要求下的无奈而为。作为村级干部,上边还没有提出培养接班人的要求。王书记放下辞呈,表情由惊讶转为沉思,而后叹了口气,有些焦虑地说,老林,这可不是小事,你寻思好,你的年龄再干两届没问题,你在歇马山庄又没有什么反映。林治帮没有回话,只是摇头。这时王书记有点沉不住,说老林,你是不是又想了什么新道道,干够了村长想去干点别的,我可知道你脑瓜后边长眼。林治帮急了,手抓着头皮,顿了顿,极严肃地说,王书记,咱俩的交情,有什么事儿我能瞒你,我真是想倒位儿给年轻人,程买子是我推荐的人选,就是镇街上独一份卖雁尾砖那小子。这小子没有毛病,又有本事,镇党委要同意,我真就倒给他,我负责回庄做大伙工作,我保证扶上马送一程,我拿人格担保。王书记见林治帮十分坚定,说既然是真的,让组织委员下去考核考核,党委可是信任你。

王书记和林治帮被突然说定的事情推到了一个语言的荒野,谁都不再说话,两人直直地看着隔在他们中间的桌子。很久,王书记张开嘴,好像终于在荒野上看见了什么,叹口气说,哎,这一气儿咱歇马镇挺邪性,你遭黑眼风倒没什么,有人还上县告我呢,说我拿水库里的鱼行贿。

从镇政府出来,林治帮自觉一阵轻松、高兴,就像卸下了一个包袱,他想他要继续干下去,说不定也会有人编造什么告自己呢,见好就收绝对是明智之举。也只有他林治帮才会这么说上就上说下就下来去轻松。

乡上来歇马山庄的考核在唐义贵、潘秀英和几个村委委员中秘密进行,考核从旱季进行到雨季,毛毛细雨使人们几乎无法在山上或田里谈论买子。雨过天晴,关系到林治帮和买子命运的日期商定下来了,林治帮以智者的口气支使儿媳去叫买子,一件关系到儿子和儿媳的命运,关系到林家大院是否一如既往安泰的事情已颤巍着冒出须芽。

那是买子来林家大院送礼的第三天,那是干旱已经到了尽头雨云渐渐密布天空的傍晚,月月下班回来拾掇满满一盆衣服奔向屯西水库。虽然结婚刚过三个月,她走在屯街上完全是一种老媳妇感觉,一些婆娘同她打招呼都问国军的病怎么样了。为了不使屯人闻到满街的中药味胡乱猜测,月月婆母到处声扬儿子是阑尾炎,本是没事,自从来了媳妇过于疼爱就逼着吃药。许是婆母的口气里尽量夸张着对儿媳的满意,许是翁家女子懂理懂事早有相传,女人们在街脖上跟月月说起国军的病一点没有责怪月月小题大作,月月也习以为常地应着,没有丝毫假话真说的感觉,这感觉来自于她对国军的病已经没有了初始的性急、慌张,许多大夫都说肯定会治好只是要有耐心。月月一路说着笑着赶着街上的鸡鸭,当她来到水库下游小溪,晚霞也把小溪波波的鄰光作成了一幅画。歇马山庄女人洗衣大半都在午饭之后的下响,只有上班的女人或跟婆母一起过的年轻媳妇才在傍晚下河。水流很小,但因没人搅扰,异常清澈。月月搬来一块石头坐下,脚一瞬间就没进了清冽的水流,月月将所有衣服都泡进河底踩着,之后动作麻利地一件件搓洗,哗哗的溅水声是月月耳边惟一的声音,哗哗的溅水声交汇着三个月来许多混乱且清晰、断续又完整的场景映在溪水上,让月月边洗边在心底静静地审视、观看。在辽南山乡，女人在洗衣时心情是最沉静最恬适的，它和哭丧既相同又不相同，它们的相同之处在于哭丧和洗衣都能调动大脑贮存的繁杂、纷乱的经验和往事，那些经验和往事流动的状态溪水似的湍流不停，而它们的不同在于，哭丧会使女人在这湍流不停的经验往事中抽动出最危难最动情那一部分输入心底让你动情，而洗衣会使任何危难动情都如水一样潺潺流掉，让你局外人似的静观自己。洗衣的女人也恰因了这一点而有一种超然的生动，不以物喜不以物悲的沉静。月月并不知道自己的此时此刻是什么样子，只知专注地将衣服搓出五光十色的泡沫，在泡沫里读着那生生灭灭的往事。然而，当她最后一件衣服洗完抬起头来，坝堤上一个光着脊梁的小伙正站在往事的一端冲他微笑。

买子到大坝来其实是在怀念庆珠，一段时间以来他动辄就来到大坝，没在水里静静地想一会儿，他此时的思念不是折磨自己也不是责怪庆珠，而是一种淡淡的思念。买子在淡淡地思念着庆珠的时候，看见在下游洗衣服的月月。

见月月看见自己，买子一溜小跑走下坝堤，来到月月跟前，他显然是刚从库水里出来，黄黄的头发一绺一绺滴着水珠，紫色的胸肌拱出凹凸不平的色块，在晚霞中泛着水湿的光亮。月月第一眼看见买子心头猛的一动，有一种莫名的亲切感。月月来不及想，这亲切感和多天以前的小饭店有关，还是和三天以前登门造访袒露了和月月巧合的心情有关，还是与他那纯朴的、没有任何包装的笑有关，反正当买子带着一股缓缓的晚风挨近月月，月月感到了一股缓缓的被一种坦荡荡的流风包围了的感觉。买子说，翁老师，我看见你真高兴，就像看见我姐。买子立在水里一边撸着打绺的头发一边说，嘴角显出刚毅。买子的爽快使月月感到心里很舒服。月月说你有姐？买子说有，在黑龙江。月月说那你就把我当成你姐吧。月月也学着爽快，边说边洗脚穿鞋。买子一直自家人似的看着月月,粗粗的喘息着。月月一只脚穿好鞋踩在石板上,另一只刚伸进鞋里,便晃了一个趔趄,买子慌忙伸手去扶,当买子粗糙的大手握住了月月纤细的胳膊时蓦地一泓温水在月月心间弥散开来。月月故作自然地哎哟一声,说你抓痛了我。买子却难为情地说我这脱坯的手,太重。

黄昏吞没了溪流上粼粼的波光,买子端着月月满满一盆衣服与月月并行着向屯街走来,买子调皮的孩子似的一忽儿把盆顶在头上,一会儿把盆夹在腋窝。月月一直想说话却一直找不到什么话,思路的堵塞让月月对自己大不满意。她狠狠甩了甩脑袋,渴望让思路爬上一个什么藤蔓,可是那思路东撞西撞总是找不到路子,快近屯街的时候,买子说翁老师,我是个粗人,今后有什么事,还望你多包涵。

买子抓痛了月月,使月月再不说话,令他有些意外,买子不知道怎样挽回这意想不到的局面,他一时间想到庆珠,你就是把庆珠胳膊剜一块肉只要不是恶意,她也不会生气,翁老师毕竟是翁老师,而不是庆珠。月月噗哧一声笑了,看你说的那算什么?因为买子再一次提到粗人,月月的思路一下子爬到那双手烧的雁尾砖,月月说真是的买子,我什么时候去看你烧雁尾砖?无话找出来的一句话,像一个安了很久却一直没有通电的灯突然一亮,照在了上河口黑下来的屯街泥道上,令月月买子眼前一片开朗。买子说对呀,你什么时候去看看,去看我那时像个灰耗子。月月恨不能现在就去,她想这么长时间,怎么就想不到去看看。买子说现在跟我走吧。月月说,不了,再去吧,婆婆等我。一旦打开话匣,月月又想到买子竞选村长的事,可是刚想出口,火花已从大街迎过来,亮亮的小眼睛透着她等待的焦急。月月转身欲接过脸盆,买子递过去,月月很自然地扫了一眼买子,说谢谢。买子露出一口洁白的牙齿,细眯的眼睛和黑黑的瘦脸相互团结着,再一次释放出一种纯朴亲切的气息。月月轻轻点了点头,走出这气息,月月说什么时候去看你烧砖。

回到家里，一家人正围在桌旁等月月吃饭，林家人对儿媳的重视让月月多日来深受感动。在娘家的时候，什么事都是她为母亲、为哥哥嫂子想着，干活在前吃饭总是在后，做了媳妇就大不一样。月月为了不让大家等她，衣服没晾就去吃饭。

吃了饭，晾了衣，月月开始给国军熬药。月月给国军熬药时，婆母走过来，说你把方法教给我，我就熬了。月月说你不会。月月其实是不愿给婆母添麻烦才谎编了理由。婆母说，国军那阑尾到底强没强？月月说强多了，再喝一个疗程就差不多了。

不知为什么，月月这晚熬药有些性急，她特别想快一点熬完上床睡觉。当药终于熬完看国军喝下去，月月就拉了窗帘关了门，上前抱住国军。因为屡屡尝试失败，好长时间他们都回避着如胶似漆的亲密。国军不知月月为什么毫不掩饰自己的主动和性急，像只发情的小猫。国军呼应着月月，使劲拥住她将她舌尖含在嘴里，月月的手指狂乱地在他胸膛上抚摸，在他的腹部和腰间抚摸，月月的手在摸到国军腰间时打开了国军的裤带，随后等待国军像惯常那样脱下自己的裙子。国军褪下月月的裙子，月月蛇似的绞上国军的躯体，嘴里连连说道：我要你，国军我要你。月月的声音像蒸锅里冒出的气儿，有一种被蒸发又被压抑的扭曲感。国军吻着月月的嘴唇、脖颈、乳房，之后将下体用力往月月的下体里揉，汗水浸没了两个饥饿的小兽，让他们拼命地翻动撕扭，可是他们浑身黏湿精疲力尽，那个柔软的物体终是没有挺进一湾池塘。他们不无绝望地停下动作，月月被火烧的发红的眼睛仿佛一个已经看到丰盛的宴席却愣是被赶出去的饥饿者。看到月月的样子，国军扑向身边的枕头呜呜地哭了起来。国军的哭声低沉、空洞，像从深渊里传出。听见国军哭，月月一点点收回痴痴的发红的目光，爬起抱住国军，迭声说着都是我不好，都是我不好，国军你别这样。

月月的检讨是真心而痛切的，她真的不该流露自己的渴望让国军着急，她更不该主动去揭国军的痛处，即使是尝试，也要等待国军的主动。可是自己今儿个怎么就变得这么不通人情呢？月月抱住国军，一边用国军的泪洗自己的脸，一边在思想里追寻着自己不同以往的原因。今儿个好像一切都没有什么不同，只是傍晚她见了买子，买子抓了她的胳膊，那一抓给她带来一点别样的感觉，可是那感觉很快就消失掉了，根本没有带到家里来的。月月懵懂地追寻着，一晚上都毫无所获。

月月的命运已被一只魔掌握于掌心她却懵懂不知。即使这个夜晚的后来，国军焦渴、焦虑的心随深下去的夜晚潜入睡眠，月月没有半点睡意的眸子里再度走进买子，她对即将发生的一切也没有丝毫预感。月月再次想起买子，好像与那一抓无关，是在她看着国军时，想起庆珠拿买子和国军的比较，于是她就把傍晚河边的事想了起来，她想庆珠说的不错，换成国军，绝不会光着膀子就去见一个并不很熟的女子，国军是个有修养的人。国军尤其不会直截了当地说出看见你真高兴，国军说话向来讲究分寸。当然这不重要，重要的是买子让人感到有股热热的气息，买子的没有修养不讲分寸恰恰造出一股热热的气息。月月想这大概就是庆珠说的，他自顾自地烧着，却能让你跟着发热。月月对比来去，还是在关键的一抓上停住——此时，月月发现，她前边那些残缺不全的比较，正是为了对后边那被抓了的感觉的体悟，而这体悟，使在傍晚水库边被抓时心里涌进的水流有不招即来的意味。

接下来的日子，歇马山庄乃至整个辽南地区都下起了农历六月的第一场雨，由开始的淅淅沥沥到后来的铺天盖地。在这连阴雨的季节，一个念头仿佛雨水浸入土地一样侵扰着月月的心情。她每早起来，都想晚上下班如果天好，去买子的窑炉里看看，晚上下班天仍阴着下着，就想等待明天；明天一早还想，晚上下班如果天好，去买子窑炉看看。有时天偶尔在头晌和半下午的时候，突然露一露笑脸，可不一会儿就又收了回去。月月在雨季里盼望天好的情景就像庄稼人春天在地里拉犁,而去买子窑炉看看的念头并不像庄稼人等待秋收那样一直是明显的、赤裸的、呈高高悬挂的姿态,它是时隐时现的,忽远又忽近的,它是一歇息下来就如鲠在喉,一忙活起来就消失若无的。这念头从那个不眠之夜袭来,让她每一看到都会生出会有什么好事发生的新奇。月月在雨季里于心头反复回转的念头不是焦渴的熬煎,也不是等待的折磨,它完全是一种好事多磨由它而去的状态。至于看一看买子的窑砖到底算什么好事她并没细细去想。

云彩终于知趣地四散开去,太阳仿佛庄户人总也逃不脱的平淡日子,一如既往地照射下来。不管日子多么平淡,有喧闹、繁累作着比较,这最初的日子都叫人无比地轻松、欣喜。日光晒干了泥泞的道路,照亮了肥润的庄稼,给人带来无与伦比的喜悦。月月在这一天里终于看到她的那个念头呈出的赤裸的、悬挂的姿态。这天晚上,月月回家急急帮婆母烧火做饭,做饭间歇时点上油炉熬药。就在她刚刚点上油炉,揣想晚上出去领不领火花时,公公在屋子里发出了让她始料不及的命令:月月,你去把买子叫来。

其实林治帮完全可以自己亲自登门拜访,几年的包工头和几年的村长使他在小辈人面前有些顾忌。支使月月而不支使国军也因为最初是月月向自己推荐了买子,让月月去叫就等于向儿媳有了交待,并也让儿媳向买子有个交待。还有一个原因就是表示他对月月的看重。种种原因铸就的机会使月月堂堂正正走入命运的歧途。

苗条的月月领着瘦小的火花在街东铺满绿草的沟谷边前行时,恍如一幅淡雅的水墨画,雨后的黄昏有一种让人心悸的光色。火花一路引着月月,先是穿了苞米地边的沟坝,而后从沟坝上拾坡而上,当月月走到坡顶,顺火花的指向向下望去,三间草房傍着一方锈红色砖地呈在了月月眼前。这是一片崭新的领地,这是一个与整个歇马山庄都不和谐的有着工业色彩的地方,一座土窑面房而卧,侧壁嵌有厚厚的铁门,铁门外边有两个二尺多高的木槽,中间安有一条滑轮,与院子相通的开阔地上便是石绵瓦覆盖的沙土和水泥袋子。月月在挨近草房时,心底有种莫名的激动,那个与买子前途相关的事由她亲自传达,让她激动,当然比这更重要的是,这方领地斑斓的色彩在落日时分有种神秘的气息。月月站在门口,草房屋门静静洞开着,院内院外没有一点声音。见没有声音,月月突然有些失望,买子是否又在水库洗澡或到了别的什么地方去?正当月月往屋门走去,准备问问买子卧床不起的老母的时候,只听身后一声脆响——翁老师。月月立时转身,窑门侧面,挨着崖口一个长廊一样的胡同口,买子席地而坐,比晚霞还红的火苗映着那张瘦削黧黑却是神采奕奕的脸。月月第一眼看见买子,先是一阵惊喜,而后,不待欣喜推动月月将公公的嘱托说出,就转成一种肉体的疼痛。月月在看定买子席地而坐满面草灰时,肉体的某个部位狠狠的疼了一下。这令月月始料不及。当一股由疼汇成的气流涌向喉口,月月竟感到有一种委屈的情绪,一种为什么好多天不得见面的委屈情绪。

月月先是笑笑,轮廓分明的嘴唇咧成一个弧形,之后径直走过去,收拢咧开的嘴唇,眼睛不看买子,而是去看炉膛里的柴火。月月静静地看着,不说话,急得火花直摇月月手指。一会儿,月月调整了自己——她觉得自己的样子像小孩而不像一个已婚女人。月月再次笑了,目光转向买子。这次,当月月率真地把目光转向买子,看见买子裸露的、砖地一样开阔的胸脯上滚动的肌肉块,看见小眼睛眯成一条缝射出一丝坦荡的兴奋、欢喜,她刚才疼的那个地方被谁嵌了一道缝似的豁然开朗,月月的笑发自心底地荡了出来,仿佛亲人久未相见,仿佛憋得太久太久,月月一经笑开,再难收回。

买子说我天天盼你来。买子从来不知掩饰自己,声音是欢快而跳跃的。

月月无话,月月被突如其来的欢喜浸泡得忘了回话,也忘了公公要她来的目的。那目的原本也并不是她的目的，她的好像就是痴痴的无遮无拦地傻笑。晚霞在两张脸之间落上一束耀眼的光带，刺得月月有些不自然。许久，月月说，我并不是来看砖，并不是。买子目光不易察觉地暗淡下来，说是的，其实这破砖，真是没什么看的，就是小孩和泥玩。一句言不由衷的话使买子产生了误解，月月肉体里某个部位又疼了一下，她连说不……不我……月月语无伦次，脸涨得通红，买子撸着沾有草灰的头发，喉节在脖子上滑动，但没有运作出声音。月月立在窑坑前，说我想看砖。买子终于又兴奋起来，领月月看了装有滑轮的坯芯和模型，说最初是手工往地上脱，就和小时和泥捧娃娃一样，后来一步步改进，就成了有点科技含量的生产。买子又领月月上窑门边伸手触摸，说过来烤烤看，能烤成肉干，说雁尾砖正在里边说悄悄话。月月说，说什么？买子说，它说你好你好翁老师你好！月月朗声笑开，说你往里装时告诉它我今儿个能来？买子说那可不，早就告诉了。

他们说着笑着，月月又自动走进买子院子，拉开屋门。屋里并没有常年居住病人的霉味，三间草房倒是异常空旷，水缸和锅灶卧在地上显得很沉重，像一个垂头丧气的老人。买子跟上月月，进门叫起母亲，把母亲抱着坐起来依在炕头，说妈，翁老师，这是庆珠的朋友翁老师。

月月是因为庆珠才认识买子才有了今天的见面，可是月月发现，此时此刻，买子提到庆珠，就像浇花的人故意掐了花心去浇花根，有种事与愿违的别扭。月月愣了一下，上前握住老人的手。月月说大妈，买子要当村干部了，我公公要退下来了。显然是为了安慰形容枯槁的老人才想起公公的支使，而这件事一经想起，月月神经猛的一抖，说，快，买子，咱们该走啦。

老人火星一样闪了一下的目光随着他们的离屋委顿下去。买子舀了一盆凉水，站在院子里从上到下泼下来，而后不顾短裤的黏湿，搭件背心就颠颠地跟出来。他大步流星跟上月月，上坡时走在前边,欲拽月月上坡,月月的手刚伸出就又缩回。买子说对不起我忘了我这粗手叫你疼。买子的话和他的一连串动作一样,是随意而随便的,可月月却感到又一种心疼。她迟疑一会儿,伸出手来,与买子粗大的手相握,一盆早已装满的水强烈地晃动起来,上次河边的一抓因为没有铺垫,那感觉是心里边的水在溢漫,而现在历经了一个雨季一个黄昏的铺垫,月月心湖盛满的渴望一下子倾如雨柱,胸脯和心窝噗噗直跳,一股热热的血顿时涌遍全身。月月看着买子,目光执着、率真。许久,她低下头来,说你不是抓疼我的手,你抓疼了我的心。买子初始以为听错了话,伫立着细嚼一遍,当确认一字一句没有半点差错,他小眼睛大放异彩,像庄户人旱季里看见第一片浓云。他不顾火花在场一把抓住月月双手,目光炉膛里的火似的烧着月月,翁老师我谢谢你,我刚才见到你出现在院子里就像见到庆珠,我不敢想让你疼我,你和庆珠不一样。

哪里不一样? 月月信口问道。

买子被问住,嗫嚅好久才说,你好像是一个讲身份的人,庆珠不是。买子的话如何刺伤月月的,他毫无所知,就是这种刺伤月月的话,使月月在后来的日子里,几乎是大踏步地走出道德的庄园。

第 八 章

林治帮打发月月叫来买子说了极简单的几句话,大意是咱爷俩不搞竞选,我现在就让位给你。你要搞清是我让位给你,要竞选你未必选得上。买子说不,林叔我不要你让我,我选不上情愿。林治帮说不必再说,咱爷俩有这情分,不是几瓶酒,是我看重你白手起家的本事,也是天意,当真等到年底男人回来,这位儿搞不定是谁的。

为别人做了如此大事却没有絮絮叨叨,林治帮对自己特别满意,他不想让年轻人看到自己对山庄上流社会的留恋。六年以前,唐义贵退位时的可怜相留给他太深的印象,关键是这符合他的性格,他在所有决定形成之后,都毅然决然斩钉截铁。只是买子走后,林治帮想起唐义贵上台,有十几年革命家史的铺垫,自己上台,在歇马山庄酒馆花掉几千块钱,而轮到买子,竟只是几瓶酒启动的念头,三代讨饭出身的人走上歇马山庄上流社会的历程,一个比一个简捷通达,一代一代大不一样的光景使林治帮充满感慨。

虽然国军对歇马山庄的事从来不感兴趣,可是送走买子,看着买子长着稀黄头发的脑袋,国军有了一丝反感。国军走进父亲屋里,说爸,这小子挺傲,你不该强调天意,你应该让他知道你是他的恩人。林治帮泰然地摇摇脑袋,说是杂水你就是用钉子钉他也钉不住,是好种你放他千里他也会找到家门。父亲的超然姿态让国军的认真走了断桥,月月用另外一句话接续那半截桥板,月月说,买子不是那种人，买子绝不是国军想象那种人。

夜晚上床，国军扳过月月，说翁月月同志，你的判断不一定准确，我看那个瘦猴一样的野人挺傲慢。月月有些不高兴，月月说国军，你怎么说人家瘦猴？国军说我向来都说他瘦猴，我早给你讲过瘦猴的故事。国军认真地端详着月月，继续说，真有点奇怪，你能向爸推荐他？爸居然就能真用他？月月说，你这样的人永远不会懂买子。国军愣愣地看着月月，那么说你懂？月月一时无话。国军说，我也承认他有脓水，可是他那粗里粗气的样，我就觉得登不了大雅之堂，也就庆珠抬高了他的身价。提到庆珠，月月刚刚有些沉稳的心口又有些捣腾。从东崖口买子家回来，她心底一直翻腾着，买子说的自己和庆珠不一样的话让她心底很不平静，她怎么就和庆珠不一样呢？在买子眼里，自己是否就像国军在庆珠眼里那样优雅平稳？可是，买子怎样看自己又有什么重要的呢？她就是她，她当然和庆珠不一样，她为什么要和庆珠一样呢？月月看看没有睡意的国军，说也许你是对的，他其实没什么了不起，都是庆珠抬高了他的身价。国军手抚弄过来，翁月月，记住，我的话永远不会错。自从认识国军，每争论什么问题，最终都是以月月的服从而告终，这使国军有种习以为常的自负。此时此刻，因为买子那句话的伤害，月月特别愿意国军表现自负。

突然得到的信息并没使买子有多么兴奋，他不但没有兴奋，且有一种前方战火正急，自己马上就要告别家园奋勇出征的紧张。几年以前，把土坯在窑洞里变成第一批雁尾砖时，他曾高兴得手舞足蹈，觉得全世界的阳光都照在自己身上，而现在他没有了这样的感觉，他觉得自己像一个征战的士兵。在此之前，他是为了活着而活着，从此之后，他将为了追逐庆珠的追逐而活着，为了庆珠死前让他恼火的那句话而活着——他为了那句话设立了一个跟自己以往的追求完全相反的目标。现在那个目标吸引自己启动脚步，他竟生出一种牺牲之前的悲壮感觉。出笼的又一批雁尾砖散发着烟熏之后的土香,买子戴一副手套,一行一行码着花砖,就在他码砖的时候,那些铸定已久,却一直因为时机不到,只能在心灵这个窑口烧着的计划,便如这雨季之后第一窑花砖,一块块搬动出来被他码成一个雁阵样的方队。

第二天上午,买子到温胜利那里租来马车,和温胜利一道把一批花砖装进车上,奔向歇马镇。尚未干透的土道压出胶皮轱辘印。歇马镇街道口,早有一群岁数偏大的男人在那里等待花砖。日子逐渐改进的歇马镇人们对整治院落修门扩院的热衷,就像刚分地时每家每户对犁杖车马的重新置办。买子卖完花砖就把花砖的钱变成一串猪下货一兜青菜一箱啤酒。温胜利说,庆珠死了,你小子又想娶谁?买子说娶她的魂。

下午,买子分别到下河口和后川走了一趟,去找虎爪子和潘秀英的儿子金水。这两个歇马山庄最不安分的青年一般很少在家,金水到翁古城去了,潘秀英说晚五点左右才能回来。买子说大婶,金水回来叫他到我那去一趟。虎爪子父母正在地垄边薅草,看见买子有一种本能的敌视,四只混浊的老眼离开草梗,把买子上下好一顿打量,当买子自报家门,说是上河口烧雁尾砖的买子,做母亲的低下眼睑,咕哝说在家躺着,一双无奈的眼睛露出惆怅。买子在走进虎爪子家零乱不堪的草房小院时重重地咳了两声,然后径直走进里屋,拽住虎爪子熊掌似的脚板,说操,你还是爹娘揍的,让老人在那薅草,你膀大腰圆在家睡觉。虎爪子翻了个身,没有反应,买子就用手挠他的脚心,虎爪子终于经不住痒,睁开眼,瞅是买子,愣了一下又闭上眼睛。买子说哥们儿来请你去喝酒。

一听喝酒,虎爪子一高跳起,真的?操,你请我?虎爪子的目光仿佛一个一直未能得逞的窃贼突然拣到一堆钱币。买子说我请你,但你必须帮你爹妈把草薅完再走,到时你手上要是没有染上草绿,就别登我家门。

买子回头忙了一整下晌，他烀了猪下货又一样样炒菜，一头锅上一头锅下累得满头大汗。每样菜炒好之后，买子都先盛出一盘送给母亲。因为没有菜园没有土地，他的生活和庄户人家的生活有着本质的区别，不用细水长流的计算，没有下来土豆总吃土豆下来茄子总吃茄子的重复。买子用花砖换回的一日三餐量不大，却有日所不同的丰富，用那些歇马镇上流行的新鲜菜肉充实了胃口的同时，也区别着他和那些有根有底庄户人对水一样平淡日子的感觉，他觉得他的日子是充满色彩的。当然这感觉只能是关起家门某一时刻锅爆油香的瞬间，一旦走向田野，大块的绿或大块的黄映满整个视野，心中那点虚妄的涌动便自消自灭。当然他从没因为没有土地而不踏实过，在买子心中，双手就是土地。

　　虎爪子几乎和金水一同进院，因为他们常在集口转悠，买子曾请他们下过小馆，有时虎爪子馋了涎着脸非要买子请。买子在歇马山庄无亲无故，就宁愿损失钱财讨取虎爪子金水之流的欢欣。这是歇马山庄能同买子沾点酒桌情分的两个青年，也是和买子一样，心中永远没有土地的两个青年，高中毕业，他们就从来没有下过大田。三人一同坐定方桌，虎爪子不拿筷子就伸手抓菜。买子阻止他，说不要这样，我有话要说。虎爪子还是叼了一口肥肠，腻亮的白油登时挂住嘴角。买子说哥们儿，今儿个是鸿门宴，哥们儿想当歇马山庄村长。买子看定大家，目光很严肃。金水不以为然，说操，快喝酒，喝了再讲。虎爪子愣了一下，眼珠蓦地瞪圆，好像刚才那口肥肠噎在喉口。买子说，这位从前你俩想过我知道，金水想是想光彩你妈的门面，虎爪子想是想收拾山庄所有女人，哥们儿想是想让山庄男人都回来，让山庄热闹起来。买子说的不是真话，可是他觉得他说得很贴切，很像那么回事。这至少比说白自己的目的要好。他说谁同意哥们儿干，就举杯喝酒。金水马上响应，金水说操，你翻的是老皇历，我早就不想村长那位，我想在镇上办个放像点，今儿个已拿了执照。虎爪子眼珠一直瞪着，闷闷着不说话。

买子说看来你不同意。许久，虎爪子说，你是想把歇马山庄男人招回来看住女人？买子点头。虎爪子说，你是说我现在还干那勾当？买子没点头也没摇头，虎爪子突然拿出酒杯，作往桌子上摔的姿势，但迅即又送到嘴边，咕咚咕咚喝下去。喝完，大张着嘴，说操，你程买子有俩钱请得起酒，就压我威风，就敢瞧不起我。买子说，不敢瞧不起，你虎爪子还是有腕，要不能占了别人女人还挨不了揍，我服你。

　　这句话作为真正鸿门宴的开场白时，大抖了虎爪子威风，金水附和着说，服你，我也服你。虎爪子就连连喝酒，讲他玩女人的点金术，说他不用眼神就会把女人魂勾出来，女人魂出来了还不知自个是咋回事。说着，他伸出一只手，说就凭这只手就可把女人侍候得舒舒服服。买子说你真行，我勾出了庆珠魂，却又把那魂弄跑了，我不行。买子说到这节，眼窝潮了，说，你们不知道，庆珠死前魂已不在我身上了，我就恨这！见买子伤感，金水和虎爪子一同将杯盏举过来，说喝，哥们儿，喝！又一杯酒下肚，虎爪子眼也红了，虎爪子说，不过，你们也别学我，玩女人上了瘾不是什么好事，那段时间我就像你脱坯，脱这个想那个，我成天像个大烟鬼。金水说你真行，你能稀罕山庄女人，我不行，我对山庄女人不感兴趣，我看山庄女人就像看贴在门上的门童。这句话，好像一个弹片打中了正在飞动的树叶，虎爪子翻飞的嘴唇蓦地停止嚅动，他痴痴地看着金水，厚厚的眼皮上下翻着，少顷，他亮开嗓门，你小子这是瞧不起我，你知道我真正稀罕谁？下河口的翁月月——虎爪子几乎是在喊叫，那口气好像翁月月可以压倒所有城里女人。买子惊愣地睨着小眼睛看着虎爪子，虎爪子接着喊，我他妈的对所有山里女子都没兴趣，我走下坡路都因为翁月月不理我，我想她都想疯了，她嫁了白面虎林国军，我就不服他上过什么中专。买子插话，说哥们儿，要紧的并不是什么中专，是你那名声，不过，你现在就是正过来，月月也是人家的了。虎爪子说那可不一定，我没死心。村长的事我早死了心,翁月月我没死心。你瞧着我吧。买子说你可不能对月月起歹心,我告诉你你决不能对月月有歹心。虎爪子说我要有歹心,翁月月就不是现在这成色。买子说,那么,你是说你不跟我争村长?虎爪子说,谁争谁是王八。买子说不和我争,是我今儿个要的一个结果,还有一个,我想让你俩帮我办厂,办雁尾砖厂。金水摇头,虎爪子思谋一会儿,也摇头,说我不坏你事就是成全你,想让我帮你卖命,没门儿。买子说,不是卖命,是想让你们跟我挣大钱,走正路,找老婆。虎爪子眼又瞪起来,说又瞧不起我是不是,你就等着看吧!买子最后举起酒杯,来,哥们儿,为我们心里边没有土地,为我们用自己的本事开垦另外一块土地干杯!

　　三个青年在东崖口草房里喝得烂醉一夜昏睡之后,一个人在窑前坡草丛里高声大喊姑嫂石篷被人砸啦——姑嫂石篷被人砸啦——买子初听,以为是隔几个月就窜到乡间那个吆喝塑料换碗的小老头,仔细一听,是说有人要砸姑嫂石篷。他捅虎爪子和金水,说不好啦,有人要砸姑嫂石篷。虎爪子金水似醒非醒毫无反应,一会儿,只听金水哧的一吸鼻子,说,砸了才好,省得那歇马山上鬼鬼神神引人烧香念佛。买子说不对,那是文物,那是很重要的文物。买子匆忙穿上裤子,不顾虎爪子金水,一溜小跑直奔姑嫂石篷。只见村长林治帮,村委刘海,和一个买子不认识的矮个子站在姑嫂石篷前,吵嚷着怎样安排炸药才能炸得彻底。村民陆续从四面赶来看光景,有年岁大的说石篷是歇马山庄的风水可不能乱动,被村长林治帮一句话呛了回去,林治帮说歇马山庄风水在哪?男人不在家女人被占,大喜日子放黑眼风,好端端女子掉水库灌死,炸!那个穿一身灰制服的矮个子看看四周,说大家隔远点,炸药一会儿就拿来,别伤着。这时买子疯了似的蹿到林治帮跟前,指着林治帮鼻子大喊你犯罪你破坏文物。林治帮不动声色,说,什么文物不文物,炸!

　　买子见说已没用,就顺姑嫂石的前臂往上爬,边爬边喊,今儿

·106·

个谁要炸就连我一块炸，我绝不下去。女人们喊喊喳喳，说石篷里常年养奸藏贼，炸掉最好。人们愣愣地看着林治帮，看着面色黑红满脸怒气的买子，这个被称为野人的买子以这种方式站在众人面前时，给大家更加粗野的印象。一会儿，后川承包果园的古本来也跟买子爬上石顶，说要炸还有我一个。这时，只见林治帮缓下气来，面上闪出诡秘地一笑，说二位下来吧，歇马山庄有一个不同意炸我们也不能放炮，二位请跟我们到村部。

　　来到村部之后买子才恍然大悟，这是乡里忽发奇想考核他的方式。昨天下午，市文物保护单位请来考古专家，这些专家已经来过两次，这是最后一次要给姑嫂石篷定为省级文物保护。当时镇组织委员在场，说大家都说程买子太嫩，没有行政意识，我们可否进一步考核一下。大家说怎么考核？组织委员说，其实只需明天造个假相，一个想在歇马山庄当政的人如果不知保护姑嫂石，就是一个败家饭桶，再有本事也不行，谁都知道那是有历史传说的物件。林治帮听后有些不安，他已向买子提前有了承诺，倘若买子对炸姑嫂石没有反应，这些天的工作就等于白作。但为了取信于村委，他还是硬着头皮答应下来。想不到程买子没有辜负他。林治帮在看到买子往石篷上爬的一瞬，感到的不是买子的不负众望，而是自己的不负众望，他当时确有一种往水库蓄水的感觉，他仿佛已经听到了哗哗的流水声。

　　买子刚刚离开歇马山冈，两个陌生人就引来了几个村民抬来一块石碑，上边写着省级文物保护　某某某某年。石碑在几个人挖出的深坑里刚刚站起，围观的人群里就爆出一阵哄嚷声，说野人还真不熊，让他说中了。

　　这忽发奇想的考核，给买子走进歇马山庄上流社会铺垫了基石。八月十八号，当一个由十名妇女代表、五位小队队长、三名村委委员参加的选举大会结束，买子竟以满票当选通过。

　　买子当选那日，好几个妇女缠着他让他讲怎么知道姑嫂石篷是文物。买子说，六岁那年，父亲带他和姐姐到黑龙江逃荒之前，领他到姑嫂石来过一次，父亲拿着香纸引他跪下一拜再拜。买子说父亲当时向他讲了许多话，但因为年龄太小，他只朦胧记住两句，一句是父亲的爷爷告诉他，这是唐朝末年的一位名将的坟，买子问唐朝是什么时候，父亲说一千多年以前。父亲说记住，我不一定回来，你要回来，你一定记住这是歇马山庄最有价值的文物。

买子的回想让人想起几年前人们对他父亲遗嘱的神秘传讲，这传讲加了一个将军坟的传说，使当了村长的买子仿佛爬满墙壁的青藤，终于有了根系有了株蔓，有了郁郁葱葱的叶芽。

林治帮在歇马山庄一步步成功地实施退下政坛计划的时候，他的女儿小青在县城一步步实施着撤离县城的计划。小青的撤离计划其实仍然以占领为目的，她一方面续继和苗校长保持联系，假装并没对他的失言生气，拿出就要分手恋恋不舍的情态让他为她延伸最后一线希望；一方面向一个从不理会自己，家住县城的男生许强发起猛烈进攻。小青和苗校长在一起时，既是一个清纯女孩又是一个荡妇，她会把重复不变的相见作得花样翻新，今天捧出一枚贺卡，贺卡上写着亲爱的老师，永远记着你；明天拿去一只袜子说这就是老情种的避孕套。而在进攻许强时，则完全是另外一种法则，许强已经有了女朋友，是小青卫校同学名叫吕晶晶。班里人对小青和校长的关系早有传闻，吕晶晶一向对小青爱搭不理。小青懂得，一个人只有让人同情才会博得别人的好感，于是在吕晶晶跟前哭诉别离的难过，几次之后，吕晶晶立时改变态度，陪小青散步、看电影，她在陪小青时总是叫着许强。小青用眼泪浸没了自己的污渍，与吕晶晶恍如亲姊热妹。吕晶晶同许强约会，本是不用小青传话，却要特意增设过节，让小青在友情中打发难耐。因为毕业迫在眉睫，进攻速度必须抓紧，汪国真的诗和暗送秋波都是慢性中药。小青第二次到许强家替吕晶晶传约，就在楼道里搂住许强脖子，娇嗔而忧伤地细语道，许强你让我多痛苦你无法知道。小青说着就把正待丰满的乳房贴上许强，说我的整个青春都在为你燃烧。许强恋吕晶晶恋了半年，梦里千万次呼唤也没有撞过她的肌肤，小青颤巍巍的乳房使他一阵眩晕。许强一边向外推着，一边情不自禁地拥着，当小青热辣辣的小嘴陡然贴近，他竟战栗了一下马上拥她入怀。在恋了半年吕晶晶的许强不由分说拥小青入怀的刹那，小青心底又一次响起一个声音，没有男人拒绝爱情。但是许强毕竟是青年男孩，梦醒之时能够审视自己情感的分寸，当他发现吕晶晶开始疏远他，他竟痛骂自己疯狂地向吕晶晶追去。

歇马山庄林家的小青，不管骨子里有多么强烈的现代意识，终是没有像她父亲在乡下那样步步成功。好在缕缕伤痕对小青只能算作一道风景。她一直认为受伤的是对方而不是自己，因为卫校校长在她毕业那天目光明显有些阴郁。

为了拖延回乡的脚步，为了在校长那道阴郁的目光里刻下深深的印迹，小青临行之前在校长办公室约见了一次苗得水。这是一个星期日，整个大楼空旷寂静，九点一刻，小青咔嘟咔嘟的脚步声犹如放大音倍的钟表秒针的走动。校长的门虚掩着，小青轻轻一推，就被一双大手揽进怀抱。小青的脸被一张干燥坚硬的老脸抚擦着，乳房被一只干燥坚硬的手逗弄着，两脚顺应着弹拨的节律时而绞扭时而分开。苗得水的手一只老鹰似的隔着小青衣服山里海里一次次滑翔，在那蓬勃潮湿处筑一个深深的巢然后高高飞起，在光洁柔软的峰顶风快地舞蹈。一只老手在最后时辰里的弹拨滑翔，焕发出小青阵阵兴奋、阵阵吟叫，小青亢奋的吟叫反弹出蓝绿相间的火舌，使陷入欲望深井的苗得水抱着小青走向屏风后的床板。然而刚刚走到屏风后边，小青腾一声翻跃下地。小青翻跃之迅速快捷就像鲤鱼跳龙门，她站在苗得水对面咯咯地笑着，冲着他眼中迷醉在半路无法返回的火舌，高高亮一嗓子，我尊敬的苗校长，拜拜啦——话音刚落，咔嘟咔嘟的脚步声便跨出了她在县城最后的分分秒秒。

小青以为,她对苗得水最后的伤害会使她返乡的心情不会有半点沮丧,可是,当她坐上通往歇马山庄的汽车,一颠一颠由柏油路驶入尘土飞扬的乡级公路,当她在土路边看见一个个蓬头垢面的乡下女人,一股说不出的酸楚顿然涌出她的眼角。

许是有了充足的时间难过,那分难过的情绪被水一样汩汩流淌着的时间丝丝流掉。小青回到家后倒变得异常平静,异常冷静,真正长大了似的跟父母对话,问今年庄稼的长势,问父亲退下来有没有失落,问火花几时上学,说马上她要在村部上班,她可同火花一起走路。傍晚,哥嫂回来,她又问哥春播结束,菌种站是不是空闲下来。当小青最后看见嫂子,竟惊讶地叫了一声你怎么这么……刚说一半,脑里立刻浮现出一桩往事,便随即打住,马上转换内容,说你怎么就一点都不想俺。月月笑了,说俺想你你也不知道,你可把家忘了,一走不回来。小青说这回回来还不走了,人都说嫂子小姑一台戏,没准常在一块能闹翻天。随后味味大笑起来。

晚饭后,小青约月月出去走走,两人就顺街脖来到水库坝堤。小青说嫂子你瘦得厉害,你脖上的筋都看出来,好像被胸脯上那两个玩意给抻了。月月不说话,痴痴地看着库水,小青说俺哥的病肯定会治好,我带回好些中药,你别太熬煎。月月说不是,我没熬煎,我知道会治好。小青说是不是上课太累,现在初中课程太紧?月月摇头,我就愿意上课。小青说那你怎瘦成这样?月月说我苦夏,一到夏天就瘦。

她们在坝堤上站一会儿,又往回走。月月提议往东崖口走走,那里幽静。她们一路走着,小青就不间断地讲着人生呵理想呵什么的,月月敷衍着,羡慕地看着小青,心想自己像小青那样没有结婚时,也是总跟人谈人生理想,那时看未来是那样美好,她们私下里谈着人生的苦恼,理想的不易达到就像饥饿时玩赏一个刚刚到手的热馒头,而一经结婚,那憧憬就仿佛装在沉船上的空瓶,咕噜咕噜一会工夫就灌满水沉入海底。问题是月月心里灌进的水是别人无法体会的,是歇马山庄任何新婚女人都无法体会的。她初始以为只要有爱情,那个瞬间的快乐可以不要。那个时刻那么短暂,却不知为何一旦没有,就一点点掠去她的快乐,许多个夜晚,月月不敢深想也不敢正视自己,她看着国军厚敦结实的肩膀,竟然怎么想象从前那样弹拨他咯吱他也伸不出手去,那个冷漠的后背似乎无论怎样宽厚都释放不出热量,都无法叫自己激动。月月好像一个母亲眼看着自己的孩子被一只不知去向的船载走,一点点揪心地远离了与国军的粘合和赤热。粘合和赤热的行为时常温习,而那粘合和赤热当中因为缺少一个令人颤栗的接触、沟通,使她渐渐感到国军和自己关系在扯断。常常的,看着国军后背,月月就会产生一种同情,那同情是理念的东西,月月陷入深深的迷茫,因为那时她会想到另一个人。月月说不清是因为有了另一个人才使她和国军断开,还是因为她和国军断开,才有了另一个人的加入。这个人通过简单的一抓一只绿蚕爬上桑叶似的爬上了她的心叶,一口一口噬咬她的心,让她日日憔悴。他蚕噬月月往往要在夜里国军睡去之后,她望着国军坚挺板板的后背,那个粗糙的躯体就在她眼前蠢蠢欲动。那躯体每晚必到,展露着白白的牙齿,黑黑的膀臂。那躯体因为衬在国军洁白的背上,有一种模模糊糊的印象,可是每当月月想到自己在这个躯体面前的价值和庆珠不一样,她就用感觉拼尽全力地掳抓他,搏捉他,将他向自己拉近,向自己的肉体拉近。适得其反,当一种感觉告诉她她在向他走近,另一种感觉又告诉月月他离自己很远,他其实什么都不知道。夜晚的折磨一旦过去,晨光把它的光色挥洒在大院挥洒在并没褪去簇新的新房,托举着一个与自己同样不轻松的面孔,月月的心又被另外一种虫子样的东西噬咬。这噬咬从天亮开始,一直到走进小镇教室。只有走进学校教室,那个夜里噬咬她的躯体才隐在远远的歇马山,在那里默默等候。这昼与夜的轮换,让她觉得,国军和买子,就像母亲拔牙之后,牙龈还没愈合就戴在嘴里的两具假牙,只要轻轻咬动,上下的牙龈就钻心地疼痛,而两具牙齿却永远不会知道。与母亲假牙不同的是,牙龈会随时光的推移渐渐愈合,月月的疼痛却是越来越深越来越重……一日下班,治亮婶一见月月,就讲买子在姑嫂石篷的神奇表现,说嘿哟那野人可了不得,不怕死,弄了归齐,你猜怎么样,让人说对了,那是什么文,文物,还是省里的。治亮婶一提野人,月月的心就敏感地提溜起来,就像汽车快速下坡将心悬起来,而后久久地弥漫着惶乱、不安。三天前回一趟娘家,大嫂告诉她,说那程买子当选村长后,她在街口看见一回,穿一件新衣裳,扎活得像个人样,还是真不错的一个小伙。一股炙心烙肺的炽热不觉间就蒸热了她的整个身体,她长时间看着大嫂和母亲,说不出一句得体的话。

她们不觉间走出屯街,来到东崖口的坡路,小青感到嫂子对自己的话有些敷衍,知道哥哥的病还是深深地笼罩了嫂子的心,就不再说话。走到崖口的时候,月月抬头说话,月月说小青,再说说你那理想吧,你理想找个什么样的人呢?

小青说我的人生理想特别空洞,我只想找一个好的工作环境,那环境能有许多许多朋友,至于找一个什么样的人,我现在还不能把理想打在一个人身上。

月月说那你其实是假话,咱山庄女子哪个不嫁人?

小青说跟你说吧嫂子,我没有一句假话,我想等玩够了再结婚。

怎么玩?

小青噗嗤一声笑了,说嫂子其实我们很不一样,你是天生工工整整、一笔一画写出的字,我是天生龙飞凤舞的狂草,不管一笔一画还是龙飞凤舞,都是字,只是写法不同,咱俩的活法很不一样,你是不会想象我早已不是处女。

月月说这没什么不能想象,我婚前也和你哥有了关系。月月在此时说到关系感到一种久违了的亲切。

小青说我和一个五十多岁的人有了关系,我这样的人不会把同谁有了关系看成是种关系,我同多少人有了关系也不会决定终生与他有关系,这是咱们的不同。

小青一再强调不同,一时令月月思维有些拥挤,买子说她和庆珠不同,自己究竟与庆珠与小青有什么不同呢? 是的她当然不会像小青那样在两性关系上随随便便,翁家人近年来在歇马山庄的影响、威望,都因为有了奶奶和母亲这样正派、正直、重教育重家法一丝不苟任劳任怨的付出。月月对翁家传统的操守、把持,不是一种理性的选择,是已经深入了血液铸成了性格。如果让月月同许多男人胡搞乱搞,她会觉得自己不是人而是狗和猫并因此无颜亲近人类,小青却把这当成玩,当成跳格子踢键打扑克一样轻松的事体。月月说,小青,咱们是有不同,但那在我看来绝不是楷体和草体的问题,那是汉语和鸟语的不同,是人与兽的不同。

小青说,或许真的不是楷体和草体的不同,你教书不会不知道外国人的性解放,性解放就是性自由、不压抑。

月月说咱们毕竟不是外国人。小青说好啦嫂子,你是教书先生,我不一定能讲过你,但我想告诉你,我的理想就是不压抑自己,当然,这也许不是理想,是性格,我生就了跟歇马山庄格格不入的性格。

月月不再说话,月月想小青竟然有这样的理想,不压抑,这会成为一种理想吗? 人不压抑自己怎么会使别人快乐,比如她若去找买子,那会是一个怎样的结果呢? 然而就在月月寻着小青的思路往下走又七差八落走不下去的时候,小青突然停下来,小青停下来看定月月阴郁的目光,小青说嫂子,你是不是不爱哥哥?

好像正在台上入迷地讲课突然有人抽了讲台的底板,月月一个激灵,眼皮跳动两下。月月说这是哪跟哪? 你这不是瞎说嘛?!

小青说嫂子你别吃惊,这不是不可能的事,你的目光,我刚才一转头看到你的目光。

月月说告诉你吧小青,我活着是林家的人死了是林家的鬼,你放心好啦。月月在起誓时出了一身冷汗。

小青仍然盯住嫂子,一种复杂的心绪使她再也说不出轻松的话。

第 九 章

　　买子上任的第一件事是收到村大嫂主任潘秀英的一纸辞呈。辞呈上写:我因体老年迈不适走门串户,申请辞掉大嫂主任和村卫生员职务。并在呈纸上提议让林小青接班。买子拿着辞呈在村委会上念时,在座的村委全都作出早已知道不用讨论的姿态。村委刘海说老村长已跟我们说过,只要潘秀英同意。刘海还说,咱村早该有个年轻卫生员,老村长闺女出去学了还能回来,是咱歇马山庄的好事。因为买子不是党员,村支书仍由林治帮兼着仍得参加村委会,林治帮在场一言不发,林治帮的表情同买子以前见过的两次大不一样,完全是一种平和、和蔼的样子,没有一点辈分和身份的威严。他的这个样子反而让年轻村长倍生尊敬和爱戴。
　　买子当日拜见潘秀英时,潘秀英正在家里系一块大红绸布扭二人转,录音机里播放的二人转小调清脆悦耳。买子说婶子这是干啥嘛?潘秀英说,镇上今年国庆节要搞汇演,林支书给我报了节目,叫我和他扭二人转,也算我俩退出政府的一次汇报演出,林支书说他严严肃肃好几十年,老了老了要潇洒一回。潘秀英说你不知道我二十岁时大秧歌扭火了歇马镇,不过那个时候林支书还是穷光棍,站在边上心里直抖眼里干看。买子说潘婶,你这辞呈村委已经同意,你盖个印就中。潘秀英从柜里取出一方木盒,从里边拿出旧木印章,呵了呵气,将呈纸摁到柜顶,用力压去,之后买子告辞。买子在离开潘秀英家院子时,看到一个男人正在耳房搓绳,他灰灰的面孔正在那里一扬一扬,好像对二人转的曲调特别喜欢。

从后川出来,买子向一个女人打听,古本来家在哪,之后顺着女人指的方向跨过两道地沟直奔一片果林。这是歇马山庄第一片果林,古本来当年用一千元钱租定这片荒山时,没有任何人感到他的英明。三年之后的秋天,这片荒山几千棵果树结出红彤彤的苹果,并一车一车往外拉卖出好价钱,山庄人才对山外人对苹果的需求引起兴趣。然而,因为三年才能结果,不似出民工一年一收获,谁也没去发展。古本来家在山坡下边一个石罅旁。买子进院时古本来正在那里跟女人铡牲口草料。几天前姑嫂石篷不期而遇的相通,并没使两人一见如故,他放下铡刀甩着汗珠,结在眼角的两团肉疙瘩同阴霾的目光一起审视买子。买子走过拴有两匹马两匹骡子的马厩,说古叔,我叫程买子,我来看你。古本来脸沉沉着,鼻孔轻微吭出一声,似表示知道,继而,就又抬起铡刀,示意女人续草,一铡刀喳喳喳铡下去。随着铡草的喳喳声,古本来说程买子,可不要占茅坑不拉屎,那村干部可不光是收收费啊税啊管管女人生孩子。买子点点头。又一铡刀喳喳喳铡下去,说你毛头小伙,知道歇马山庄日子应该是甚么过法?买子没点头也没摇头。又一铡刀喳喳喳铡下去,这时买子觉得那飞出去的草秸是自己脑袋,古本来的力气里好像有一股又冲又猛的什么情绪。买子说古叔,你是咱山庄惟一靠地发家的人,我找你是……

铡刀轻轻地放下,古本来长吁一口气,离开草堆向外走去,买子紧跟了出来。马厩墙外边,古本来拽把稻草坐下来,买子就地坐下,古本来依然用审视的目光瞅着嫩头嫩脑的买子,眼角的肉疙瘩被日光晃得有点发亮,他说你找我有事?买子说老叔没事,就来看看你。

其实即使没有石篷上的相遇,买子也要在请完虎爪子金水之后拜见古本来,只因林治帮的早退,使他任职前的拜访的滞后有些故意摆谱的味道。在辽南乡下,古本来几乎与林治帮齐名,在买子印象里,人们只要讲到林治帮在城里如何赚大钱必定同时提到古本来。当然人们在传讲时,心底里真正羡慕的还是林治帮。人们之所以把他们放在一起比较,是说同是赚钱,在地垄上累死累活远不如在城里动脑使嘴——不知为什么,歇马山庄多少辈指地为生的人们,一旦走出土地,即使赚很少的钱,对指地为生的人们也都报以可怜,就像一个有了一大帮孩子的男人又见自己老婆隆起肚皮,收获总与繁重相连,繁重即是宿命。买子佩服林治帮,任何一种不安于土地的拼挣他都报以叹服、理解,哪怕结果是失败,哪怕方式是虎爪子那样的无恶不作。但他更佩服古本来,能在庄户人与土地永扯不断的宿命里挣扎、拼力,这是又一种骨气。父亲在临去之前说过一句话让他永志不忘:人想好,先得认命!你只有认命,才能改变命运。这句话乍听上去,好像与只有不服输才能是赢家的说法自相矛盾,可是买子却认为,父亲的话说的是从头做起从一点一滴做起。回到辽南,能在山崖上挖基造屋当然依仗父亲九泉之下的激励。正因为既理解妄想型的人,又佩服实干型的人,买子在立志竞争村长时心里作定三桩计划:一是拜见林治帮,让一个有过一段辉煌的庄稼人通过四瓶酒看到他对一个智者的尊重;二是宴请金水和虎爪子,让这两个心一直漂浮在土地之上的刺儿头,心平气和地看着他如何一步一步走上庄稼人心灵的舞台;三是拜见古本来,让他通过自己彻底的交心来了解自己的雄心壮志——他愿意一个能在地垄上玩出花样的庄稼人了解自己的雄心壮志。

　　买子随古本来刚坐下来,他的女人就从屋里端出一瓢去年的苹果。身后的牲口打了重重两声响鼻,粗闷的声音顿然搅动了深远的空间。买子团着手里那纸辞呈,说本来叔,有件事想跟你商量。这件事刚才还模糊不清,现在买子觉得它如鲠在喉。买子说,鱼头嘴有片沙地,十七亩,这几年上集上卖砖我看谁也没有用心种,你能不能包了去种蔬菜。古本来说,我想过,可我没有那么多人手,本昌、本盛和举满他们都在果园。买子说,本来叔,你有一定势力,不一定限于自家人,可以在村里雇嘛,你多雇几个,咱村男人就少出去几个。古本来听完买子的话,眼角的肉球蓦地由淡红变为紫红,你说什么? 雇工?

东北沦陷时期,家住歇马山庄的马凤山与侵华日军勾结,认日军头目大古田亲爹,改名姓古,在其保护下种植罂粟贩卖鸦片,获取暴利后大肆兼并土地,成为歇马山庄头号大地主。太平洋战争爆发后,改叫古凤山的马凤山又以大古田作后台,把第三个儿子古兴田送到劳工大队当队长,统管翁古城、岩城、凤城、安东等县的劳工大队。这个被当地百姓暗称黑霸手的古兴田,靠延长劳工的劳动时间获取资本囤积粮食兼并土地,在歇马山庄凹凸不平的土路上,发起一起又一起殴打的劳工事件,到东北光复前夕,古兴田用各种手段兼并土地一百一十多亩。光复之后,古兴田被活埋,文革期间,古兴田的儿子,古本来的父亲古万泉被打死,古氏家族所有男女都遭批斗,使古本来一谈雇工一谈包地就满脸乌紫。几年前承包荒山,是眷恋女人的悲壮之举——因为遭受迫害,古本来四十娶妻,对女人一直有着火炭一样的感情,一天不愿离开女人,好像要在余生将耽搁的青春拼命捞取回来。那些沙地,古本来早就看在眼里,那是种山芋种根芹的最好地块,如果有人手,将沙地拌上碱泥,种出的山芋对山楂在锅里熬酒,一定能买出好价钱。然而这念头只能像鬼火似的在夜里一闪一闪,他从未认真仔细地想下去。那念头鬼火一样一闪一闪的时候,古本来常常有一种莫名的、对于自身的恐惧,他看着自己干裂的皮肤青筋暴起的胳膊,常想这里怎么就淌着这么古怪的血?!

古本来惊愕地看着买子,买子小眼睛执着地看着这块僵硬的肌肉,好一会儿,古本来说,苗头瞅得挺对,那是一块大粒沙地,不过我可是坚决不包,我不想再雇人。买子说,本来叔,包这地就你行,你把歇马山庄这湾水搅活,我再把雁尾砖场办起来,家里有活,男人不外流,咱山庄的日子才是真正的红红火火。古本来眉眼顿时活泛起来，说你小子和我想到一处去，男人真的不一定非得出去。他边说边撑起来，伸手指向外边园墙，说你看这排榆树，长成一扎卖橡头一棵树卖一百元，五年就成材，我这房前屋后一共六十棵，咱山庄山地多房屋稀，哪家房前屋后不止栽五六十棵？按五十棵算，五年五千元一年就是一千元，还有这沟边这地边，我那是二百棵树，这沟边地边埋的都是钱，要紧的不是那块沙地谁包，是赶紧发展果树，我这果树三年坐果，一个庄稼人有一百棵果树，一年弄万八千不成问题。到外边出民工，那是苦力，前几年我上城里送果，亲眼见到那些民工住的吃的，那不是人过的日子。咱山庄女人常年守寡，那不叫日子！改革开放，庄稼人就非得往外奔？我看不一定。林治帮脑瓜活，咱山庄可不都是林治帮。

古本来话越说越多，越说越来劲，那情形好像是他请买子来训话。他说你林治帮有种赚钱我服，赚了钱回来守女人我也服，你回山庄当村干部，可没为山庄做什么大事，那年葫芦条出差儿，就再不敢伸膀，不伸膀不行！我看透了，林治帮回山庄其实是图虚名，图门面堂皇，他对庄户人并不看重。古本来话语不重，却让买子感到瓦片划破心尖一样的利锐。他心里装着一个不被任何人知道、与庆珠有着联系的隐密的目的。那目的正是有个堂皇的虚名在前边引路。买子局促起来，胳膊卡住腰肢，喘了一口粗气，说本来叔，我记着你的话，我找你来就是想听你指教，你是咱山庄最有心数的庄稼人。那块沙地，还请你琢磨琢磨。

从古本来家出来，买子心中生出一些杂芜的、一时无法理清的感受，几天来抖落在山路上的自信好像细弱的稻苗遇到急雨，嫩嫩的苗杆有些倾斜。跟古本来这样多年研究乡村日子的老人相比，自个算个甚么？关键在于，把歇马山庄搞好确实不是他的目的，他的目的隐在无人知晓的暗处，搞好山庄只不过是他的一发子弹，一个打法。

买子回到村部，村部旁边的小学校已响过放学的铃声，一群孩子燕子似的一呼涌出教室冲出操场。村委刘海还在村部等着买子，买子进门时他坐在椅子上笑了笑，一动没动。早先和林治帮在一起，刘海说话总是站着点头哈腰，眉眼下垂，尽管他比林治帮大着三岁。如今换上买子，刘海再也不用站起，头和腰昂扬了许多，他将一本稿纸从桌上推过来，说程买子，咱林书记可能已跟你讲过，他要你把这表和申请一块填写好，下晌交上来。买子拿过稿纸，见是写着入党申请书眉头的信纸和一张入党志愿表。选举那天，乡组织委员鞠同新跟他说过，要他尽快向党表达个认识，好把支书村长两个职务一肩挑起来。买子说我还不知如何表达，鞠同新说，让林书记给你写好，你抄一份。看到林治帮已替自己写好的入党申请书和那份醒目地印着籍贯、成份、家庭成员的表格，买子心口噗噗跳了两下，浑身一瞬间就潮热起来，那感动好像不光因为林书记，而是因为一个"党"字。他从来没有思考过对党的认识，也从没和党走到过这么亲近，几个月前，他并不知道自己的将来会同党有什么联系，他当时躁动在心底的，其实只是神奇而神密的探求什么的愿望，是一种带有悲壮意味的冲动。当然他在偷偷溜进镇政府，看到张张门牌，听到悦耳电话声的刹那，曾感到了一种他至今也说不清楚的什么东西，可他从不知道这说不清楚的东西后面，会有这么一件清楚的事情发生。

刘海说，程买子，我有句话想问你。买子抬头，刘海说，你认林治帮干爹啦？买子愣住，没有！绝对没有！刘海坐在座位上一动不动，大伙都传你认了林书记干爹。买子没有吱声，他感到潮热一丝丝退却。刘海说，要不是你小子有章法，就是林书记心里有鬼，他退位退得太急，让人犯琢磨。买子静静地看着信纸上的"党"字，看着日光把"党"字晃出一叠叠重影，买子特想说几句什么，可是此时此刻他什么也说不出，只觉得又一个坚挺的念头虫子似的爬进他的血管。

在村委刘海询问买子是否认了林书记干爹的时候,一个消息早就传遍歇马山庄沟沟岔岔:买子当村长之前,上林治帮家送了厚礼。这消息最初是由林治亮老婆播放的,说那天傍黑,买子在她家小店买去四瓶酒直奔了她的大伯哥家。人们最初并没在意,以为林治帮暗里帮了什么忙要作答谢,只喊喳说一阵当村长还是有好处,生儿长大就叫当干部这类话了事。买子当上村长之后,四瓶酒便仿佛是四颗炸弹,一下子炸乱了山庄人心里的平静,它先是滚雪球一样由四瓶酒变成八瓶酒,而后由八瓶酒变成送给干爹的厚礼,再后,由并非"答人情"变成"浇油"。在歇马山庄,事成之后答人情送礼是一个亘古不变的风俗习惯,买子的四瓶酒,让他们突然发现了在他们惯常不变的生活机制里,潜藏着一种他们一直未曾觉悟的方式,那便是"浇油"。浇油工程是车行之前的工程,是先于目的的工程,浇油的灵感也许来自于某一个赶车人偶尔的联想。"浇油"风鼓噪着歇马山庄,水库两岸的所有人家都被一种欲望滋润着,就像春雨复苏了土地,家家户户都在毫不相干的村干部乡干部身上收索着希望。在歇马山庄的新时期里,"浇油"事件其实早就有过,林治帮从镇基建队队长手中敲下第一个工程,古本来为了两个儿子,每年下苹果时把老师请来家吃一顿而后载走一筐苹果,包括那些年想出民工的男人年底杀猪请林治帮到家里吃猪肉,都属"浇油",只是有的进行在暗里,不被乡亲知道,或者即使知道,也因为那目的太遥远,浇的油太少太不起眼,而阻隔了大家的思索。买子由一个野人似的窑民一跃而为村长,"浇油"这种无中生有的魔力便如歇马山庄生命力顽强无比的爬墙虎,在曲折的街脖上伸展、攀爬。

　　八月的歇马山庄格外宁静,高粱、大豆、苞米、水稻在宁静中的茁壮成长,使人们无论在田野里还是在树荫下,都能听到时光流动、游移的声音。经历一场喧嚣和议论之后,山庄男人女人在街面和田间相撞,不再一见面就喊喊喳喳,也不再有人闲暇时走门串户,他们自顾自地干活的情景好像浇油和他们压根就毫不相干,他们的心从来就没受到骚扰。然而只要有人留心注意,就会发现这青藤其实已从墙外悄悄爬进墙内,爬进了玻璃门窗内,在每一个草房人家或有声或无声的茁壮成长。林治亮老婆在走门串户妈呀爹呀以惊讶的口吻传播了她的发现后,回家里同男人又撒了一通泼,她先是骂男人无能,从来想不到给哥哥送酒,一奶骨血也是需要浇油的,愣是让自家的水流给别人的田,而后骂大伯哥缺德,说大伯哥从来没把一奶兄弟放在眼里,这些年什么光也没沾着,再后就缓和语气,改骂为讲,同男人商量要不要给买子送酒,老大国威眼望考不上高中,叫他回来跟买子烧砖,听说买子要在村子办个砖厂。

男人有过前一次打仗服输的经验,一直默不作声,到后来见女人缓和下来,才跃跃欲试,说给买子送酒还不如给大哥送,大哥扶了买子,说话总会好使。老婆说去你个熊马脑子,那个妖气闺女昨个回来了,还不指定在咱村当卫生员,你以为你哥是为谁才扶了买子?男人见自个怎么也没有老婆通达,就顺水推舟,说送就送。一向老实无话的温胜利女人,回家把旧木老柜打开,拿出里面年年过年走人情攒下的所有酒瓶果盒,细心看着那上边有些褪色的商标,心想要是能给儿子在镇上找个工作,不叫他年轻轻外出做民工,就是把这些酒都送了也认。虎爪子父母夜里唉声叹气,说儿子没有出息成人,都因为没有本事浇油⋯⋯

浇油风在歇马山庄的兴起,使山庄地道的庄稼人对自己过日子原则开始迷失。也使他们周而复始一成不变的日子有了一些活泛气息和新的希望。

浇油风由街巷吹入室内在每个人心田里,搅出一圈圈亮锃锃的希望的时候,月月在学校里被他的三哥兴安找了回去。自从母亲从一只木箱拿出翁氏祖先三进三出房子构造图之后,月月在小镇上到处求人打听,寻找地点好又租金低的可做家具生意的地方,可是几经反复终是没有找到。后来听对桌李老师说,在歇马镇下街河岸,镇供销社有两间代销点常年不用,租下来搞家具加工是个好地方,那两间房外有一个挺宽的平地,只要走通供销社主任,一月五十元租金保准拿下。又经几番探究,得知供销社主任跟镇政府文教助理扣世军是亲戚,而文教助理扣世军是国军中学同学,国军结婚时他还来赶礼祝贺。谁知道月月回家去求国军国军勃然大怒,你叫我求他? 求那洋洋得意的小子? 国军的恼怒月月第一次发现,就像在灰白色的纸张上涂抹雪的痕迹,肤浅中含着不易察觉的冷意。月月不知如何才能阻止扑面而来的冷意,支吾着说不出话来。国军却并没有收回的意思继续释放:我不是饱汉不知饿汉饥,我知道哥他们着急,翁家后人不该是现在这个样子,该争取点机会。可是你知道扣世军那小子结婚之后什么成色,脸溜光,肋巴骨上都是笑,你叫我求他? 国军说着眼睛转向墙壁,好像那里正有一串肋巴骨冲他微笑。月月终于知道自己错在哪里,知道自己该怎么做了,她说国军对不起,我不该……月月没再说下去。

国军婚后的阳痿不举,使他做男人的自尊在自信的逐渐削弱中愈发水落石出,月月感触到这冰冷的自尊就再也没敢提过一次,她一连多天动回家的念头最后都迟疑没回。三哥兴安在学校操场打发学生喊月月,那口信里有一种不可违抗的执拗:翁老师,你哥哥捎信叫你今晚回家。兴安瞅见月月看他,转身蹬上自行车。

母亲又轮回三嫂家,又是二哥三哥大嫂凤卜凤英们围她而坐。月月说路子探清了些,就是……不待月月说完,付安赶紧接话,好,只要有路子就好,咱浇油,咱马上浇油。二哥说着,从兜里掏出二百块钱甩到炕沿边,说买两条烟,明天就送上。二哥钱甩得非常慷慨,好像只要能够慷慨甩钱,就再没有难事,一点都没考虑月月往一个陌生的车轮上浇油的心理负担。月月没提国军和扣世军,当她感到这件事情在翁家只有她能冲上去并且必须冲上去,她伸手推回二百块钱,也借机掩盖了那心中的伤痕,说钱我有,我明天就办。月月在说这话时,有一种挺身而出的感觉。

第二天是临放暑假的前一天,月月早早告别母亲哥嫂往歇马镇奔去,月月买下两条烟放在包里时,心像做了什么坏事似的有些慌乱。七点十分,她来到镇政府门口,站在一个不显眼却能看到所有上班人的地方,她做出漫不经心的表情,如果发现不是扣世军,她就赶紧背过身去。月月在几次再三的转动中缜密地编织着语言。如果说送烟本身是浇油,那么这送时的语言便是浇油油缸的喷嘴,嘴大嘴小直接影响到浇油的水平。月月在编织语言时并不像教学那样坦然,心里一忽悠一忽悠往上蹿着无法预知的焦急、燥热。而就在这时,国军和扣世军从政府侧门的小道上一同走来,月月赶紧躲到一个摆地摊的摊位上蹲下,隔着地摊,月月看见国军那张灰蓬蓬的脸和扣世军那张闪着油光的脸,月月来不及对比它们的不同挖掘心中的伤痛,她机敏地在丈夫国军快步走进政府东院之后,冲向扣世军。她在冲出去的刹那大脑一片空白,她彻底忘了初衷而嘴里一遍遍呼唤着扣大哥扣大哥。扣世军停了下来,当他回头见是国军媳妇翁月月,脸上闪现出蓦然簇拥的兴奋。

翁月月你找我?

月月走过去,说大哥我找你有事。

扣世军跟出来,一直跟到政府东边油脂厂的大墙外。见月月挺神秘,扣世军停下时探头向四处望了望。

月月说扣大哥,我想托你办宗事儿,我想求你把这条烟送给供销社王主任,租他下街两间房子,在河岸边。

扣世军愣了一下,脸上的兴奋继而变成一种思索,但没有丝毫惊讶。扣世军说,他现在知道?

月月说不,不知道,他什么都不知道,还得托你给说过去。

扣世军说,你怎不让国军找我?这小子不知为甚老是躲着我。

月月笑了,两条柳眉轻轻一扬,月月说是我娘家的事,自然自己说好。

扣世军说行,你翁月月瞧得起我我肯定办。扣世军走时,对月月说,你明天来找我听信,明天中午吧。

第二天中午月月如期来到政府办门外,此时扣世军已经候在门口,油亮的脑门上闪烁着急不可待的找寻。他一见月月就欣喜地大张着嘴,说妥了,租金让我压到三十,一周以后就写合同。月月心里恍如久封不散的云彩突然散去,说太好了大哥,我该谢你。扣世军直直盯了一下月月,说翁月月求我,什么也不用谢。

月月用目光将扣世军送到政府院里,而后掩不住内心的喜悦转过身子。就在月月转身的刹那,月月看到一个熟悉的背影从政府东院的房子里一闪而过,月月不由得心里格登一下。

因为有了一个后背在心中作梗,月月下班没有回到娘家向哥哥通风报信。她在通往下河口的岔道上迟疑了一下,最后还是拐向上河口。公公和火花正在墙外的街巷上绕着,婆母和小青则在菜园里侍弄菜地。月月第一次见到公公和火花在人面上近乎,也是第一次见到婆母和小青在一起干活。公公的退位,小姑子的回乡,使家里的人际关系呈现了全新的格局。在这格局里,她和国军也发生了微妙变化,他们好久就上班下班不再一起走路,这种分离没有什么直接原因,好像都是自然而然的事情。国军越发贪恋睡早,没有了起早陪月月早走的积极性,月月也没有叫国军陪自己的积极性。月月只在期末最后一天进家看到家里人全新组合的时候,对国军和自己目前的状态才偶有感觉。月月同园里的婆母和小青笑笑,之后放下自行车直奔西屋。听到月月进屋,国军一张冷色调的脸,翁月月,你,你心里根本没有我林国军,你根本不拿我林国军当回事。钝器撞击的声音透过银灰的冰面扇出一股料峭的寒意,在夏秋之交的温热中弥漫,一层层包裹住月月刚刚还在歉意地笑着的瓜子脸。

你不能这样对我,国军。月月依然柔和地说。

你，你现在瞧不起我，你和扣世军一样瞧不起我。

钝器再次撞击冰面，驱逐着夏秋之际的温热。这时，月月镇静下来，月月收回冷却在脸上的笑，平静地看着国军，说国军，其实我们都是受害者，你有病我就好受？我怎么能瞧不起你？

国军说，说的正是，你受害，你不愿意受害，就找着理由整治我，就背着我去取悦扣世军，我早就发现你心里没我。

月月知道国军说的全是气话，上前抱住国军，可是当她从镇静中松弛下来，用滚烫的舌头去吮吸他的脸他的唇，月月知道，国军气话中蕴含的那层意思，已经是个不可否认的事实，只是与那事实深切相关的人物不是扣世军，而是另外一个人，因为此时此刻，当月月像以往那样将舌头触到国军脸上唇上时，她感到她触到的不是肉体，而是一个厚厚的铁皮一样的外壳，这外壳让她的身体毫无反应，不但如此，她的唇触上他的脸的时候，心里涌起了一层淡淡的负罪感。

国军木楞一会儿之后，冷色调的脸染上一层晦涩的、凄楚的暖意，说我知道我冤枉了你，可是你不了解男人，我吃了多少服药了，还不见好，我怎么能是这样？月月说你发火吧，我了解男人，你火吧。月月眼角顿时潮起一汪泪水，肌肤上的感觉没有了，可感情里的东西还在。这东西由婚前的吸引、激动变成一个生命对另一个生命的怜惜、同情。月月推开国军，换上一件在家穿的水红衣裙，说我明天放暑假，我想陪你上市里去治治。国军说，我也想过，可那么兴师动众爸妈会怎么想？月月说就说一同去开会。国军说不，我自个去，暑假你回下河口去陪陪咱妈，你结婚后很少回去。我把这一批菌种发酵计划拿出来就走。月月点点头，说好吧，爸妈进来了，咱们吃饭吧。

第 十 章

国军编了一个开会的理由,在月月放假第五天就独自起程了。从歇马山庄到歇马镇的山路国军骑车载着月月,这是他们丢失已久的默契。然而在为婚姻生活作着不屈努力的新婚夫妻,永远不会知道他们的分手将意味着什么。月月之所以作着努力,是在奋勇地向自己的命运发起挑战,月月希望那个暗涌在心底的事实会被国军重新崛起的疯狂彻底捣碎,他们在车站分手的刹那,月月深情地看着国军,那深情却有做的成份,然而致志去做一种深情不能不说是月月的良苦用心。当然月月不会知道,仅在三天之后,这深情的目光就不可阻挡的自然而然地爬进另一个人的心灵。

送走国军第二天,月月回到家中,带二哥三哥和供销社主任在扣世军的引见下接头,而后找车拉了二哥的所有木工工具。在镇上干木匠活,搞木材加工,在月月看来,实在不算什么能赚大钱的活路,月月的兴奋,只在看到翁氏家族终于有了做生意的意识。千里之行始于足下,这就像万里长征的第一步。月月没有久住。老母正在大哥家,而大哥家只有一铺炕,关键是后川娘患病误课的学生张小敏和治亮老叔的二儿子等她去补课。第三天下晌,月月帮大嫂拆洗完被褥衣服,带着大嫂从院边拔下的一捆茴香回到上河口家中。

这是一个空旷寂寥的夜晚,这又是一个灵魂自由飞翔的夜晚。结婚之后,月月还是第一次在夜晚独处。她没开电视,她草草地收拾了国军换下来的衣服就上炕躺下。一个人静下来的时候,月月感到灯光无限幽秘。月月的思绪好像月色下两棵相挨很近的树,憋闷、压抑。月月一层层放纵着自己的知觉,她先是在床上翻来覆去地滚着,任性地收腹伸腿,任性地躬腰曲背,背弯曲时,腿贴近着温柔的乳胸,腿伸展时,便呈一条曲线急转直下,使整个肢体有种轻飘、放松的感觉。月月动着动着,停止下来。窗外万籁俱寂,夜晚的空旷、宁静和身体的渴念在幽秘的灯光下会面,相互送着秋波给着暗示,月月再次收腹、伸腿、躬腰曲背,然而这一次跟上一次大不相同,这一次在交替、交错的动作中,月月感到刚才那种肢体的轻飘和轻浮,气球遇到重压似的向地面拽去。这气球不是一个,不是两个,是无数个,它把重心缚在月月体内,在一种看不见的外力的作用下打捞着月月,使月月仿佛既不是在天上,又不是在地上,有一种悬浮的、无处抓摸的、无处依靠的感觉。这感觉让月月十分难过。月月静静地体验着难过,任难过在心灵里穿针引线。然而,月月没能让难过在心灵里打基筑巢,她猛然翻身,这时,月月突的由被打捞变成掌网人,她是那个操纵一切的掌网人,她打捞着浮在空中的气球,一丝一丝地拽着,一缕一缕地收着,希望它们变成一种压力,一种很重很重,能将自己压偏挤小的压力。可是,压力终于没有走近躯体,难过的情绪历经艰难险阻终于爬出石缝的小树似的,昂首屹立在月月的感觉里、触觉里。月月的思绪由难过作着导引,一点点呈出了未婚时才有的向前的,向着未知方向爬行的状态。一棵簇新的小树爬出心穴的石缝,在月月眼前展出了一个久已不见,却从没有忘记过的形象。他起初很不完整,只是一个木讷的剪影,一双粗糙的手,而后是操场上突然走近的一口白牙,再就是大河里流动的身影,火窑前静止的眼神,再就是一个生动的、具有某种侵略性的男人的形象……

月月身体彻底平静下来,以一种平和的姿态让位给思维的前行。月月穿上了一件碎花蓝布褂,那是她婚前最愿穿的一件衣服。

她站在买子跟前,那地点是河岸,又是草房小院,最后变成开阔的操场。他深情地看着她。不,是她深情地看着他。不,是她有意躲闪着他。月月最初与国军约会都是她有意躲闪着他。可是买子和国军不同,买子也许不希望躲避,买子那纯朴的亲切和随意容不得躲避,目光一开始就泊在了一起,而后牵引着,走出操场,或者走进草房,他们说着什么,或者什么也不说,就这么直直地看着,他们的目光有火炭一样的热度,让她体验生吞活剥似的感觉。后来,他说,月月,你真好。不,那是国军的话,买子应该说我真喜欢你。月月侦探似的,探出一条迷雾蒙蒙的幽径,不,不是幽径,简直是铺满绿茵的康庄大道。大道上买子和国军交替登场,他们有时并肩而行,却丝毫没有因为同时挤在一条道上而抱怨、恼怒,他们相处得那么和谐融洽,几乎堪称同胞兄弟。月月痴痴地盯着买子,他个子不算太高,但肩膀很宽,腰肢很瘦,他的胸脯有隆起的肌块,他的喉节鼓张着深深的激动,使月月身体里流出奔腾的溪流。这溪流潺缓溢漫,一会儿就潮动了静静地躺在炕上的月月,月月感到身内身外通体湿透,月月再次翻搅着,眼睛瞅准墙壁上的买子,轻声呼唤着买子……买子……

一串细碎的脚步声从东屋响起,接着是轻微的开门的声音。门开了又是一串细碎的脚步声。买子从屋外走过来,动作沉稳而麻利。这时,月月看到,买子的面孔变成了小青的面孔,变成了一张小鼻子小脑袋小眼睛笑眯眯的面孔。

小青说,想什么呢还不睡?月月痴迷地看着小青,没有反应。小青突然的撞入使月月走远的思维一时拉不回来。小青说,我睡不着,就过来陪你。月月还是没有反应。见月月没有反应,小青紧跟句,你不爱俺哥是吗?这回月月有了反应,她眨眨眼,咬紧下唇,说我说过那样的事不会发生。但月月发现,这语调已经苍白得没有半点力度。

如果不是小青夜半的撞入打断了月月飞奔的思绪,月月会不会在细腻而漫长的想象中把一腔的渴念消耗殆尽,从而推迟事情的发展进程?无法预知。第二天早上吃罢早饭,送走第一天上班的小青,收拾完碗筷,帮婆母喂完猪鸡,月月就穿着蓝碎花衣服拿着两本教材向婆母告假,说上后川给张小敏补课。婆母笑着点头,说去吧,晌午早点回来吃饭。月月七点不到就推着车子走出屯街。晨光挂在东天油炸饼一样爆着油花,月月直把车子推到街头才骑上车子。月月上车刚骑不久,就在墨绿的苞米围就的沟坝上跳了下来。月月下车没有丝毫迟疑就拐上了往东崖口去的小道。白昼的明丽,热水融化冰块一样消融了月月夜里向纵深发展的思维,辽阔而深邃的夏秋之交的乡野却又发育着一颗不安分的躁动的心灵的嫩芽,嫩芽在微风中生长、伸张,无拘无束,那随风摇动的恣肆特像夜里思绪的恣肆。正是一颗骚动的心灵恣肆飞扬在深邃的野地边,一个新奇、崭新、有着印象里西方牛仔特征的形象,一段时间里无数次拼接却总得不到印证的形象撞入月月面前。

买子从崖口深处的小道向月月走来。看到穿戴整洁、讲究的买子,月月几乎有些不能自制,旧的白衬衣扎在蓝色的牛仔裤里,给人一种清冽冽的感觉。很久以前,还是借书本知识和电视故事勾画青春梦想的时候,那种宽肩细腰、长腿长臂的西部牛仔形象就占据了她的心,现在这形象竟山倒显平地似的蓦然来到自己面前,月月激动得心口涨潮似的一掀一掀,深情的目光无遮无拦地爬向买子的双臂、双肩、双眼。买子也异常惊喜,当选村长之后,他一直没有见到月月,为了避开村人们对他和林治帮之间关系的猜忌,他多次萌动去看看翁老师的念头,临了又改变主意。那日他第一次上镇上开会,散会后本想到学校请她出来吃饭,却被邻近两个村的老村长叫了去,要他与他们一块儿去向镇书记反映黑眼风不治村干部没法干的情况。买子叫一声翁老师,之后就感受了对方通过羞红的脸迷乱的目光发射出来的信息。买子兴奋而不安地接受着这信息,似不敢相信,又坚定不移地相信。买子的不信一方面因为月月已经结婚,因为月月的出身、教养——月月给他的印象是那样工整、雅致、有板有眼,而自己则是那么毛糙、粗粝、无拘无束;买子坚定不移地相信,是因为她羞怯而执着的神情从工整和雅致中卸却出心旌摇荡,那摇荡让他不能逃避,给了他强烈的想拥抱的感觉。

当月月带着一种咄咄逼人的气息突然的来到买子跟前,买子与翁老师之间的距离瞬间缩短,买子露出洁白的牙齿,买子脸上也布满了纯朴的一览无余的真诚。我挺想你的。这是月月一直叫响在心底的话,却让买子率先说了出来,而买子一旦说出来就像划着的火柴扔进干草堆,月月的心猛烈地荡开了,月月心疼地看着买子,恨不能一下子扑进他的怀抱,恨不能让他把自己揉裂揉碎。可是买子没有抱她揉她,买子只是动情地盯住她。月月的目光由炙烫变为阴郁,月月低下头。而就在这时,买子上前轻轻抱住月月,一股潮热的气息从买子瘦小的体内缓缓包围过来,月月眼前一阵眩晕,月月在眩晕中将那双焦渴的唇抚向买子。买子于是推倒自行车,两手紧紧扎住月月的腰部,黑粗的脸腮贴上月月细滑的腮时,牙在嘴里有力地咬了一下月月舌头,那意思好像是在强调快乐的程度,欣喜的程度。月月此时却变得虚无了弱小了,烟雾一样虚无缥缈了。月月几乎是晕倒在买子怀里,月月心里说,天呵,这是怎么了呵?那声音近乎一种哀叫、呻吟。然而,蓦地,月月又真实起来,强大起来,月月被一种强大的东西支撑着突然挣脱出买子怀抱。她低着头,但她能觉察出对方那迷蒙而疑惑的寻视。她说晚上我来看你烧砖,好吗?买子俯视着月月在柔软中挣扎的发丝,颤巍地嗯了一声,说我等你。就放开月月,像放飞扑进窗中的蝴蝶。他帮月月扶起车子,看着月月依依的离去。

留下一句相约的话月月其实毫无准备。一整天月月都在为这句话欣喜着,激动着,甜蜜着。临近傍晚,一家人都回到院子里,月月才为这句话感到恐惧。然而,这一点儿都不影响她为这句话负责,为自己负责。那样一个发自骨髓里的呼唤、推动,使月月无法抗拒。为了不让小青缠她夜里散步,月月在太阳还没落山时就谎称为张小敏补课走出家门,并骑着自行车。月月拐进沟谷小道时,西下的日光为她的后背染了一层绚丽的、迷人的色彩。推车走上山坡再走下山坡,色彩便变成一滴滴汁液,唱着美妙无比的歌。买子想不到月月会真来并来得这么早,灶坑里发现时欣喜得一时说不出话来。他将月月径直引进西屋,简陋的、只有一张炕席一床被褥的大炕向月月展示着无限的诱惑。月月羞涩地低下头,说我先过去看看老人。买子会意地努着嘴,堵着那个言不由衷的发声渠道,买子疯狂地吸吮着那里的汁液那里的朝露,而后绕住月月脖颈,小眼睛细眯着看着月月,好像在看一手令人骄傲的扑克牌,好像在牌中悉心找寻与上一把牌局的差别。月月确实同庆珠不同,月月欢喜时目光也是阴郁的,并总用眼睛说话,那深潭一样的眸子有一种不可测的秘密,不像庆珠,语言总是走在情绪前边,所有的心事都写在眼里,清澈见底。月月几乎什么都没跟自己说就大胆地闯进家门。

买子尽管并不知道月月对他的感情有多深,他却懂得他们将要发生的一切已经在劫难逃。其实这一天里买子的心情极不平静,他一方面一幕一幕闪现着与月月接触的过程,月月的家庭、丈夫,一些混乱的缠绕搞得买子大脑疲惫不堪;一方面又一刻一刻地等待夜晚时刻的降临,一个清晰的盼望搞得买子神魂颠倒。月月与庆珠不同,庆珠起先看重他,进了小镇就对他两样,而月月不是,月月在镇上工作四五年,月月找了一个有学历、有教养、有根底的丈夫,月月的所有现状都让买子为月月的举止感动、激动,让他看出月月的品质。他这么说并不是说庆珠品质不好,这只是说买子从中看到自己的优秀,自己的价值和魅力。买子一早在沟谷边看到含情脉脉的月月时,心底里的兴奋多半来自于对自己的肯定,月月的友爱像一面镜子,让他照见自己。而这一天里的下半晌,买子便由兴奋转为焦急的等待。买子在焦急地等待着并怀疑那一刻是否会来时，自己是否优秀是否有魅力已经不再存留心中，从村部回家以后，买子已经没有理智，完全被一种感情占有。在他二十六年男人生涯中，庆珠是他的第一个女人，庆珠只让他领略了焦渴、领略了孤独，却并没给予他女人的全部。月月在慌乱中走进他的家门的刹那，买子血管里奔涌的是做男人的幸福与骄傲。

买子迷醉地看着月月，粗粗的喘息声仿佛胡同口的西北风，呼哧呼哧。一会儿，就把月月搂进怀里，说，你是一个多好的女子。买子本是为自己的骄傲寻找着言辞，却不经意地刺疼了月月的心窝——这么好的女子却要遭遇不幸……因为心疼，那不可抗拒的诱惑突然被撕扯了一下，似有些面目全非。少许，当买子把月月抱上炕沿，那面目全非的诱惑又恢复了原来的模样。月月从炕沿上委下来，两手狠抓着买子的下颏、脖颈、肩膀，月月在抓紧它们时心底里回荡着烫心炙肺的语言：爱你，爱你呵买子——月月一双匀细的手指越过买子肩膀向胸前走来时，狠抓变成了轻轻的抚摸。月月的手指在买子健壮的肌肉块上抚摸，月月对男人的身体从来不感兴趣，既使当初与国军相爱，身体接受了国军那富有节律的疯狂，她也从来没有主动爱抚过国军的身体。现在不同了，现在她那么想将买子全身亲吻个遍，那么想将他所有的存在都变成自己的，自己的一部分。这种抚摸的快乐，这种令人心疼的抚摸的快乐，简直令月月不能想象。顺着买子下移的手指，买子脱掉上衣，又解开裤带，裤子咚一声落到脚下。月月的手却在买子腰间停下来，月月沉吟地唤一声买子，就坐在炕沿任买子摆布。

焦灼的渴念轻而易举就打破了残余在心灵边缘那点理念，事实上那理念在这间草房屋从来就不曾存在过，他们年轻的身体全方位融在一起，他们在炕上来回滚开。火本燃在他们心里，燃烧在他们相互挤压的肌体里，却仿佛火烧在了他们裸露的背上、臂上、腿上，因为他们在床上滚动的样子像要扑掉身后的火。火终于将他们烧成一个球体。买子对男女之事毫无经验,月月的牵引和配合却使他畅通直入勇往直前。买子平生第一次体验那种快乐,那种让人有些绝望的感觉,买子一次次颠簸着身躯,一次次在迅猛的冲撞中险些流离失所。不知是感情这个看不见摸不着的东西攀附了身体,还是身体这个具体的物体攀附了感情,得以让生命进入神化之境,月月顺从着颠簸,冲撞时,感受了一千次一万次的毁灭。月月呻吟着,为这满目焦土满身洪水,为这一切的不复存在的毁灭。然而,当那最后的颠簸和冲撞终于浇铸成一个结局、一个美丽的瞬间,月月感到一个女人,一个完整的女人,在毁灭中诞生!

月月哭了,月月的泪水珠子似的一串一串。他们并躺着,买子用嘴亲吻着月月眼角的泪水,亲吻着她的额,她的鼻,她的脖子和胸脯。买子说,你给了我骄傲,月月老师。

月月抚着买子肩膀,边哭边说,不,不是这样。

买子说月月老师,你不是可怜我吧?

听到这话,月月泪水流得更欢,月月说,我爱你,爱你,你懂吗?

买子点头,再一次俯身拥住月月:你怎么能瞧得起我?歇马山庄谁想你我都不敢想你。

月月用手梳着买子头发,连连说不,不,这么说对你不公平,你和别人很不一样。

是的,没有根底,没有家教,没有……

不待买子说完,月月打断他,不,不是,你不能这么说,你的根底不在祖威里,在你自己的血管里。

此时此刻,月月最想听到的话和最想说的话不是这个,而是我爱你。可是她的柔情,并没得到买子的准确领悟,买子的话表明了买子并不知道她对他的爱有多深,这令她有些难过。月月突然有些难过,放下手,幽暗中静静地看着买子,不再说话。见月月脸和眼睛一同忧郁下来,买子有些惶悚,他不知道自己说错了什么,错在哪里。买子把手放在月月圆润的肩膀上,摇晃着月月,说怎么了？你有什么不开心？你，你觉得我不值得是吗？月月不说话，眼角的泪再一次涌出，月月感到一种说不出的委屈，为他，为她。她轻微侧了侧身，静静地看着买子，看着买子身后的墙壁。屋内已经彻底黑下来，视野昏暗一片，突然，在这混浊的影像里，月月感到窗玻璃上好像有个物体在闪动。月月蓦地爬起，寻找衣服，月月说我要走啦。买子抱住月月肩膀，说还会来吗？月月先是点头，而后摇头。月月迅速地穿上衣服，好像大梦初醒似的，慌忙地亲了亲买子的额，走出西屋。当月月走出西屋，走进黑黝黝的院子，月月初始知道，她在这一天里做了一件对自己是多么重大多么了不起的事情，她才知道她所做的事情是多么可怕。刚才窗玻璃上那一团闪动，其实不是什么真实的物体，是被遗忘了的现实在向她发出警告。

　　黑夜是实实在在的黑夜，旷野是实实在在的旷野，空间里到处弥漫着野生的庄稼的气息。因为现实的提示，月月执意不让买子送她，顾不得分手的痛疼，她头也不回带着小跑推车上坡下坡，在切入屯街街头的岔路口，月月险些被土坎绊倒，那并不很高的坎基挡了车子后轮把她使劲往后拽了一下，当月月终于在仓皇的心跳中走上屯街，月月脑袋嗡一声涨大，浑身毛孔往外起栗——就在她近前路旁，站着一个幽灵一样的小兽——火花。

　　很少说话的火花见到她清悠悠叫了一声嫂子，使寂静的路口顿然升腾了无数个回音。月月伫立在火花跟前，月月想到她在那间草房屋里模糊的感觉，火花分明不可能去到那里，可她偏认定那团闪动就是火花。一种恐怖，对于冥冥之中操纵着人的命运的那个东西的恐怖，一瞬间袭遍她的心里身外，月月好像已经看到一个清楚的可怕的现实。她把火花抱到车上，与火花肉体相融时她的心脏无端地紧缩了一下。月月说小妹真是个懂事的孩子，知道出来迎嫂子，嫂子去给学生补课，那学生很笨。火花说，嫂子的学生是个小偷偷了嫂子东西吗？月月说是，嫂子的学生是个坏学生，打他也不学。月月说完这话脖颈一直发热，她觉得自己可怜又可笑。月月无法知道她的话在火花只有六年的经验阅历的小小心中，会激起怎样的反应，月月只在用滑稽可笑的对话稳定情绪，强作一种泰然的姿态走进灯光晃晃的院门之后，默默在心底下定一个决心，永远不再去找买子。

　　林治帮退位之后度过了一段清静、闲散、无牵无挂的时光，歇马山庄村部成为他人生永恒的背景，衬托在生命中的山坳里，他极少再去亮相，并不苍老然而绝不年轻的面孔一改以往的冷峻、若有所思。他没有像唐义贵那样经历一场灾难深重的失落之后全身心融入土地，也没有像潘秀英那样积极地为最后的出演劳心费神，林治帮完全是一种出世的泰然。每日里除了帮女人端端猪食、扫扫院子，就是夹一本薄薄的小册子，牵着火花，到门前菜地南头的合欢树下翻看。那种清闲、散淡既像个解甲归田的士兵，又像一个看透世事的智者。林治帮突然散淡下来的样子现出一种老态，这老态是林治帮半年来早已设计好了的。林治帮与唐义贵潘秀英的不同在于，他能在自己设计的道路上走得心安理得泰然自若，换一句话说，只要没有偏离他的设计，不管未知的一切怎样，他都会心安理得泰然自若。那本薄薄的小书是关于土匪许二马棒的故事，林治帮自从退下来迷上了两样东西——小书和火花。那本小书是十几岁要饭时，从一位老翁手里要来的。那里的故事充满了传奇色彩，昨天还是穷途末路的许二马棒，在被乡客埋进雪海之后被一黑瞎子救下，又路遇腰缠万贯的独行者；刚刚住进茅草屋，一夜之间又被马贼掠掳；尤其引人入胜的是，许二马棒当着几百号土匪枪杀一对通奸的父女时，竟突然得知那父亲是自己的叔叔，那女子是自己的女儿。林治帮很早就读过这本小书，如今还要细细品读。重新点燃的对于传奇故事的兴趣使他在退位之后的日子里，对火花的感情发生了显而易见的变化，他读书之后就是逗弄火花。他把火花牵在手里揽在怀里，他与火花之间的亲密是断续而持久的，他常常逗弄一会儿火花,又马上移目遥远的天际,好像在火花和远天之间,有一段比小书的故事还精彩的文字。林治帮移目远天时的表情常常变化多端,有时眼眶骤然的就罩下了阴影;有时腮帮则在瞬间闪出一星爆米花一样的笑容。林治帮对火花态度的明显变化,引起村里人广泛的议论。关键是,以往几年,人面上他对火花从来置之不理,就连老婆古淑平都觉得林治帮有些过分,男人好像故意把她半年来消失掉的对火花的热情拾掇起来扔给火花。你这是发贱!古淑平在林治帮身后咬牙切齿时,这句话是不吐不快的。思想简单的村人说林治帮退下来掉了威风没了念想,团弄火花是没事找事;爱绕圈子的人便说失火之后,林治帮找土门沟张瞎子算过命,算命先生一见林治帮就说六年前他拣回家来一个小兽,是举世无双的灾星,弃掉已不可能,只有退下位来哄她三七二十一年才会免遭横祸。林治帮弃老婆咒语和一切议论于不顾,对火花的亲密毫不收敛,有时走到弟弟林治亮的小店,一买就是一板娃哈哈酸奶在大街上招摇过市,好像故意招惹村人眼目让人们咬牙。

　　这是一个夏秋之交的午后,微风把炎热的气流冲积在上河口屯落的房前屋后。林治帮吃罢午饭,就引火花向菜地南头的合欢树走去。火花对林治帮的牵引心有灵犀,只要他斜睨一眼,就赶紧扎撒着小脚扯着衣襟跟在身后。林治帮在小店里拿了一盒烟一板酸奶,而后越过自家门口向屯西走去。屯街上一高一矮一跳一荡的样子仿佛一匹老马领着刚刚出世的马驹。过一个小沟,前面就是遮天蔽日的合欢树,那上边尖尖的蝉鸣不绝于耳。走到合欢树下,林治帮没有停步,他迟疑了一下,突然想起什么似的向侧拐去。齐腰深的庄稼将田间小道围成迷宫似的长廊,庄稼凝住一股闷闷的气流,使一老一少满脸是汗。火花不知道林治帮要去什么地方,只是欣喜满怀地跟着前行。一些天来她孤单的生活发生了意想不到的变化,她几乎每天都有机会坐在爸爸腿上,几乎每天都能蹭到爸爸脸上的胡楂。这个平素待他冷冷的男人的脸整天都是爆开的苞米花,给了她睡墙根听大地里的声音不一样的快乐。每当天快放亮的时候和快入睡的时候,她都能听见心窝有一种闹嚷嚷的笑声在那里抓她,她都能看见自己在同伴跟前噘着小嘴美滋滋的样子。火花扯着衣襟向前走着,她不知前面是什么地方,她不管前面是什么地方,只要跟一个人在一起她就高兴,那人肥大的裤腿里扇动着一股温暖的气体让她欢欣。走过一个慢坡的山冈,火花明白,要到姑嫂石篷了。这时林治帮突然停下转过身子,斜睨一眼火花等她走近,火花走近林治帮一把把她抓起,悬在半空的飘浮让她快乐极了。林治帮擎住她的双腋,大步流星向山顶走去,粗粗的喘息仿佛灶坑的小吹风机,当跨上一块光秃秃的山尖,见到平坦、阔大的石篷,林治帮喘息舒缓下来,吹风机变成一个留声机,播放出浪细浪细的小曲。林治帮从来不哼小曲,这小曲火花却好像曾经听过。直到把火花丢进石篷干枯的须草上,小曲戛然而止。火花小猫似的被丢在石篷里,她的小眼睛直直地瞄着林治帮,就在直直地瞄着的刹那,火花的眼睛里、耳朵里重温了与眼下特别相似的场景。那时好像也是庄稼齐腰,火花记不清是头晌还是下晌,只隐约记得天气很热,粗粗的喘息、浪细浪细的小曲,丢包袱似的猛力一丢,她因为才会走路差一点跌倒。一切一切都那么相似……火花移动了目光,火花发现林治帮土黄色的老脸现出一丝得意,他得意地看一会儿火花,而后从裤腰里掏出那本小书,小书里夹着一张白纸和一支笔。林治帮在下午剩下的时间里用心做的惟一一件事情是在白纸上写字。蚂蚁一样的黑字一个一个往白纸上爬着,一会儿就爬成密密麻麻的一片,火花摘下林治帮头上的凉帽,用尽全力给他扇风。扇着扇着,自己也是一身水湿了。不知道过了多长时间,林治帮站起来,把小书和写有黑字的纸掖进裤腰,把火花手中的麦秸凉帽扣到头上,向山下走去。火花以为林治帮写完字能抱她亲她,因为她从来没有给他扇过风。可是,林治帮离开石篷时,不但没有抱她,且大步流星把她落下挺远。想象和现实的差距使火花心里升出隐隐的失落，然而火花不知更大的失落还在后边，当他们走下山坡走入屯街，遇到温胜利飞燕似的马车，林治帮一高跳上去，坐稳之后冲身后的火花高喊，回去吧你……我上镇上去一趟……

连日来林治帮无论上哪都带火花，这使火花对林治帮的突然离去很不适应。火花一个人在屯街上没着没落失魂落魄，小嘴再也噘不起来。她没有直接回家，在门口玩一会儿睡懒觉的狗尾巴，玩得很是没趣，就去找于冰冰。谁知于冰冰生了火花的气，堵住门口坚决不让进去，连说臭酸奶你滚你滚。火花喝了多日的酸奶顿时对自己有些不满，自己喝了酸奶于冰冰没喝，是酸奶隔开了她跟于冰冰。火花急了，她一遍遍把鼻子贴到胳膊上闻吸，她真的吸到一股酸奶味，火花顿时想哭。可就在这时，她看到嫂子月月，嫂子正推着车子往东走去。备感失落委屈的火花在屯街上一眼看到嫂子，注意力马上铁屑遇到磁石似的被她吸去。火花顿时打起精神跟上月月——多少天以前，嫂子曾经牵手领她出来走过，她想让嫂子再次牵手领她。可是月月一出屯街就骑上车子扬长而去，火花焦急地跑着，撵着，嫂子已经消失了踪影。岔路口上，火花停了下来，不知该往哪去，少顷，就奔着曾经走过的沟坝向东崖口走去。当看到草房院门口放着的自行车正是嫂子的车子，一股温暖的气息蓦地托起火花小小的身子。她跳跃着走进小院，她一直在小院里磨蹭着等着嫂子，可是天一点点黑下来，嫂子终是不出，她就爬上窗户。东屋里一个老人在炕上虫子似的慢慢蠕动，她又趴上西窗，西屋里嫂子和另一个男人马蛇似的缠绕。火花吓了一跳，嫂子遭受欺负使火花吓了一跳，她转回身来的第一个念头是回家叫母亲，结果不等见到母亲她就美滋滋地坐在了嫂子的身上。

月月载着火花回到院中时，正在焦急等待的古淑平一把薅下火花，骂死鬼怎坐你嫂子车你爸哪去啦？火花突然想起走下歇马山爸爸跳上马车之后那声呼喊,赶紧告诉母亲,爸上镇上去了。古淑平没有吱声,一段时间以来古淑平对男人的样子很是担心,他对生活的漫不经心,对火花的过分关心。林治帮虽然体格健壮无病无灾,他的反常却让古淑平暗生忧虑。其实这反常几个月之前就已露出蛛丝马迹,比如他大可不必为一场大火生出退休之念。古淑平娘家二哥扶犁趟了三天地,地垄刚刚备好,他就在夜晚回家,往槽里拴牲口的时候猝死在马槽底下。林治帮的夜晚不归让古淑平腋下一阵阵渗汗,她做好饭就和小青街脖上分头寻找,她们甚至去了姑嫂石篷,有人说看见林治帮一晌和火花一前一后奔了姑嫂石篷。又是姑嫂石篷!古淑平不禁在热天打了个寒颤,火花与姑嫂石篷的联系再一次在她脑门罩上一片阴云,使她把男人的反常再一次推到火花身上。

古淑平从车上拽下火花其实是发泄着一股无名的怨怒,为这女孩她付出了太多的心血,到头来却是养活了一个祸害。谁知她的少有的家长风范,竟打骒惊马似的让月月心慌意乱,使她刚进家门的泰然丝毫不见。月月在见到一向笑脸的婆母严肃气恼时,对自己下午走出家门做下的永远对不起林家的行为产生后怕。这后怕因为有火花在时时提醒,使她在国军离家的余下时光里不敢再有非分之想。为了掩饰自己,为了让独处的时光被一些现实的东西占有,她故意叫过小青和火花与自己同床,将电视开到最大音量,并在白天自觉自愿地给火花上课。

第 十 一 章

　　小青终于以崭新的面目在歇马山庄村部卫生所上班。尽管许过诺言绝不在歇马山庄长治久安,上班的日子她还是神采奕奕神清气爽。她身穿红花短袖衫削着短发,乳房挺得高高,她的与山庄极不和谐的装扮使许多人不敢看她又想多看两眼。引她打开卫生所屋门的是村委刘海,刘海看见小青眼睛里闪出一团阴霾的雾气。潘秀英到来之后,买子才从村部过来。这是小青和买子的第一次见面,小青对替换爸爸的村长并不太感兴趣,他们没有对话没有握手只是相对一笑。买子要潘秀英领小青下屯走走,熟悉熟悉情况。潘秀英是个明理之人,没有丝毫推迟,她先是打开抽屉,交出计划生育一览表、全村节育妇女情况登记表、怀孕妇女生产日期登记表,而后领小青走访了下河口、前川、后川和岭水。小青和潘秀英的下乡,原本就是一幅招贴画,向全村报告一个新的潘秀英的出现,让大家生儿育女不要找错了家门。小青却觉出大家对她并不是情愿接受,下河口怀孕妇女吕桂桂是小青同班同学,见到潘秀英欢喜得又说又笑,一见后面的小青便露出不悦之色,当听说一个月以后要小青来为她接生,吊吊的眉梢顿时滑下,像耷拉的兔子耳朵,隆起的肚皮恨不能一下子缩回去。不过小青的心情并没有受到太大的影响,她的性格更像林治帮——不管遇到什么情况,只要心里认定,就不会被任何人左右。

　　小青在潘秀英引领下在歇马山庄走下了一圈,解开了林治帮退休以来一直团在山庄人心中的一个谜——退是为了进。人们不去过问小青最初上县卫校读书是不是林治帮的作用，纷纷认定这一步绝对是林治帮的手腕。在讲到手腕时人们再一次表示着对林治帮的服气，人家一个要饭出身的，竟把歇马山庄山地踩得吭吭直响，想做什么就做什么。一些留恋潘秀英的女人当着小青面不好表达对潘秀英的留恋，闲暇爬山过岭来到潘秀英家里，以一种挑拨的方式说潘婶你怎么能倒给小青，你上了林治帮的当。月月大嫂家的西院的女人指着潘秀英说：你个臭养汉的一准跟了林治亮又跟了林治帮，要不怎痛痛快快舍了那位儿。潘秀英说妹妹哎，可是短见识，政府哪条政策也没规定生孩子非得找谁，再说啦，我的位儿在大家心中，谁能推了大家心中的位？挑拨的人一时愣住，咂舌惊叹，还是潘秀英高明——她虽在卫生所的位儿没了，她在歇马山庄人心中的位儿依然存在，接生时完全可以找她。见大家琢磨，潘秀英又接着说，人记着，多做好事就是往水库里蓄水，小青毕竟年轻，我这是往咱歇马山庄水库里蓄水。潘秀英的前言不达后语叫山庄女人对这个一向聪明伶俐能说会道的女人大为不解，大家仍把一个扣子系在潘秀英和林治帮的关系上，理由是潘秀英没有放过一个有职有权的男人。

先是潘秀英上了林治帮的当，后又觉得林治帮上了潘秀英的当，到最后人们又觉得大家都上了林小青的当。这个妖里妖气的小女子在屯街上走路目不斜视从不正眼看人，住了几天县城就眉眼上纹出两道黑虫，最最顶眼的是她走路的姿势，脚跟一垫一垫，腚蛋子在半空扭动的样子好像放在风轮车上的鹅孵石蛋。这么一个目中无人的黄毛丫头能为山庄带来什么好事？一个风骚张狂的黄毛丫头这么早就去接触女人下面肯定出息不了好东西！山庄人对歇马山庄新生事物的议论是过了电带了风的，就像议论黑眼风，议论浇油风。然而这一切林小青压根就没在意，她一道风景似的出现在歇马山庄大街小巷，从此便持久地搅活了山庄人平淡而孤寂的日月。

跟潘秀英走完歇马山庄之后,小青在卫生所里迎来了第一个漫长而孤寂的日子。前来拿药扎针的人寥寥无几。山庄女人男人不在家的时候,即使有病也要等到她们的男人回来再治,因为男人在遥远的外面舍命赚钱,她们从不忍心在家里放手花钱,等到男人回来病情加重,才知道这么做简直是背着石头倒上山。然而等下一个年头来临,她们依然如故。小青懂得山庄女人,从来不会向男人要宠却能处处宠着男人,到最终落下一身病患。

一整上午,卫生所的屋门只响了一下,下河口厚明远女人领着十四岁的儿子前来看病。那个干瘦的男孩一张小脸像泡了黄疸水,小青扒扒眼睛就断定是黄疸性肝炎,叫他赶紧到乡卫生院治病。厚明远女人听后立即变了脸色,说怎么会是肝炎?她一甩门离开小青的样子仿佛小青是在咒她。小青目送一对母子灰蒙蒙的背影消失在小学校房后,心里有一种说不出的滋味,那滋味再一次告诉她,绝不要在乡下呆得久长。

送走一对母子,卫生所的门就再也没有响过。日光静静地射进来,透过玻璃照在铝制高压锅上,照在破旧的槐木案板上。歇马山庄卫生所的日子是寂寥而漫长的,它因为与村部、铁匠炉和村小学比邻,那不相干的又时时侵扰过来的喧闹像河流对岸的群山,时时映现着情景中的孤寂。小青对打发乡村日子有着充分的准备,比如绝不与家庭妇女同流合污,绝不在乡村找对象结婚,可是当那一片片丛山里、野地里延伸过来的漫长、孤寂的时光袭扰而来时,小青心底里便不时涌出烦躁、烦闷。这烦躁和烦闷是不期而至的,是她在县城里用想象的触须抓摸不到的。在县城里想乡下,就像一朵在枝头的花蕾俯视着它那粗劣的黑黝黝的根部,只知其丑陋,并不能体会其每时每刻最本质的承受;而在乡下想城市,就像一个做了好梦的人醒来之后意识到梦的美妙,想重新续上却怎么也无法再续,到后来竟连好梦是什么样子都难再追忆。小青的烦躁、烦闷,发源于一种不能追忆的遗憾。当然她要追忆的不是苗校长、房一鸣和刘晶晶,而是那曾经莫衷一时的、走出山庄的自信和理想,那种推动自己一再冲撞的内在动力。漫长的寂寥的现实是那梦醒之后的长夜,小青不知如何打发这长夜。她常常推开屋门,站在门口,看村部几个村干部煞有介事地出来进去,看那些锤打农具的不刷牙的铁匠龇着黄牙在那里开怀大笑。这些人与她毫不相干,小青看他们时,常想若能同他们同流合污没准是件快活的事情。

这是小青心底烦闷却又无比空洞的日子。买子因为一连几天没有见到月月心情开始烦躁,他在村委砖场筹建方案结束时,趁大家走出村部的当口笑着来到小青跟前。小青看到买子就像看到天边一朵云彩,没有一丝反应。买子说林小青怎么样?

小青斜睨着这个黑黑的男人,什么怎么样?

买子说听庆珠讲过你。买子的话不连贯,听出并不是非要小青回答,只是一个见面礼,像城里人的握手。买子瞥一眼小青,轰隆隆开门进屋,说,这活其实干好不容易。

小青说你以为你容易,你更不容易。买子说的是普通话,这给小青带来了意想不到的兴致。早在县里上学时就有这种感觉,普通话像一件漂亮的外衣,能够无形中给人带来一种档次。买子的普通话刺激了小青的说话欲,小青说你可是出尽了风头。

买子说,那多亏了你爸,还有翁老师。

小青噗哧一声笑了,假话,你这种人不会感谢别人。

买子说,我是什么人?

小青说,自以为是,苦大仇深。

买子说,越苦大仇深越能记住别人的好处。

小青说,那是记给别人看的,其实心底里觉得全世界都欠你的。

买子愣住,好像在说你这女孩目光真毒。你是怎么知道的?

小青说,从我爸那里,他就是那种人。

买子不说话,一边想这女孩挺有意思,一边去寻走岔了道的话题,停一会儿,买子说,翁老师是哪一种人?

小青瞅一眼买子,不假思索,和你恰恰相反,出身优越,却偏觉得自己欠所有人。

你了解她?买子问得很投入。

小青说,当然,她是我嫂子。

买子陷入沉思,黑脸上透出一丝不易察觉的红晕。

小青见买子在嫂子身上停下话题,似有所悟,说你也恋过我嫂子?

买子摇摇头,脸上的红晕渗得更透。他站起来,往外走着,说林小青,谢谢你对我的评价,从来没有人这么评价我,你是一个很特别的女子。

小青抖抖肩膀,拿出一副娇嗔的样子,那还用说!

买子走后,小青的烦闷和空洞里有了一丝恬淡的情味。这种对话小青在歇马山庄很少有过,它好像与乡村土地不很谐调,有着金属样的光泽,使小青有机会在寂寞中领略一分刺激。

后来小青知道,买子找自己的整个一席对话都是为了她的嫂子;后来小青知道,就是在孤寂中的一席对话,使她后来走入一个惊心动魄的故事。

像一粒种子浸进温热的池塘,国军在市里经历了人流、车流滚热的气流的浸泡,经历了一家又一家医院的一个又一个名师名医的探询的目光的浸泡,国军在打游击一样的四处游动中,原来在城里念书曾经有过的优越感消失殆尽。那个羞于诉说的病需要一遍又一遍复诉,大夫那每每欲言又止的神态需要一次又一次回味,从中推理对病是轻是重的判断。国军在异常懊恼、颓丧的情绪中加增着各种中药药方的剂量。走一家医院一个药方,每一个药方要开七付到十付药量,他在农业局上班的同学的帮助下走了最后一家医院,拿了最后一种药物,在秋林招待所门口,国军遇到一个意想不到的老乡——虎爪子。

当时国军正拖着疲惫的双脚爬上招待所台阶,只听身后一声粗粝的喊声,国军回头,见虎爪子在一辆货车上坐着冲他招手。国军转回身子,将提在手里的药塞进背兜,朝前动步。你干什么?虎爪子跳下车,抹着脸上的汗,说押货。国军心下狐疑,是谁这么胆大,敢让虎爪子押货。国军说,给谁押?虎爪子没有直接回答,走到驾驶室旁叫道,老牛,给你介绍一下,这是歇马镇种子站的林国军,我哥们儿。老牛爱搭不理斜睨一下,似笑非笑。虎爪子见没有唤出对方热情,又补充一句,他爹是工头、大款。老牛从摇下的车门里伸出手来,国军也伸出手去。两手相握时,虎爪子说国军,老牛是咱县里有名的人物,养着一个车队。国军完全不知该作如何表示,平素在村里在镇口,与虎爪子见面互为路人,谁知道换了地点,就亲切得像是哥们儿。握完手国军知趣地退出来,虎爪子跟着说,操,就不能给咱哥们儿壮壮腰,吹咱几句。国军说,你做了黑保?虎爪子不置可否。虎爪子望望对面车塞得满满的,见一时走不了,就从头讲起他的来路。

一个月以前,在买子家喝完酒后,虎爪子用心想了一下自己的后路。几年来,他从没觉得金水买子比自己强多少,金水和自己一样,一下学来就一摇三晃不务正业,买子整天黑不溜秋窑里集上转,虽挣了点钱却像个野人似的毛毛糙糙。在心底他从来都没瞧起他们,可是一顿烧酒照出两个臭小子的野心,虎爪子竟然受到很大刺激,他们都可以有野心我怎么就不可以有?于是便在不久之后的一个日子,打点行装离开家门来到县城。他不知道他能干什么,他就这么轻而易举来到县城。然而,想不到他会遇到另外一桩事情,是这桩事情划定了他的离家之后的生活道路。汽车站刚刚下车,他不小心踩了一个刀鞘脸人的脚遭到泼骂,虎爪子和颜悦色地走到跟前,手在刀鞘脸的肩上轻轻一动,那小子就空翻倒地。虎爪子闪出虎牙笑了一下看都没看,扬长而去。谁知刚走不远,刀鞘脸追上前来,迭声叫着大哥大哥交下吧。虎爪子虽然多年来无恶不作,却不懂这黑道上的话是何用意,愣怔地站住。刀鞘脸说,我是个体户老牛的黑保,我看你人高马大,刚才是故意试你的拳脚,老牛让我请回一个保镖,一个月两万元。虎爪子问这么多?刀鞘脸说是黑保,有风险。虎爪子长这么大什么都怕,就是不怕风险,二话没说就跟到老牛跟前画了押。几天前,老牛抢了县城一公家运输车队运输蛤蜊的活,公家车队不服,每天在半路设障,虎爪子和这位刀鞘脸的任务是保证货物安全运到。虎爪子说,操,不出来永远不知道,黑道比白道还义气。因为几次仗都打得非常漂亮,老牛天天啤酒鱼肉供他,且当场就甩近千元的辛苦费。可是有一天刚刚离开县城,虎爪子在后斗上看到在路旁赶集的舅舅,手指突然发痒,脱下衣服兜一包蛤蜊扔下去,被老牛发现,三天没有请他吃肉喝酒。

国军听完没有言声,慢慢移动脚步向车前走去,走到车门口,国军从腰里掏出一包烟,甩进两颗给司机和老牛,说朋友,我这老乡是地道人,放心用就是啦。老牛将烟点上火,深吸两口,吐出一缕烟雾,缓慢地点了一下头。这时,国军决定撤退,国军转向虎爪子,说可要保住性命。虎爪子猛虎一样的身板挺出一个"半"字形,伸出簸箕一样的爪子握住国军,重重地说,谢谢。国军的细手被虎爪子强有力地握住时,感到自己体下的那个半年来被当成了主题的东西萎缩了一下。不知为什么,告别虎爪子,国军在这个一向没拿正眼瞧瞧的人面前生出了隐隐的悲哀。这悲哀情绪一直笼罩着国军回到歇马山庄。

离家一周的国军背着一旅行袋中草药走进家门时,一家人争先恐后向他表示欢喜。母亲一边锅上锅下忙着,一边说,什么会开这么长时间?天天望,都快把人急死了。平素在家很少说话的小青,嗷一声跑出,夺过国军背包说,怎么像个偷地雷的?月月压一盆水端到院里石台上,让国军洗脸。其实国军刚一走进门口,月月就发现他瘦了一圈,腰围明显变细,下颏由方变尖,长满胡楂。月月什么也没说,月月没说一方面为了瞒过婆母,国军的病她一直蒙在鼓里;一方面为了掩饰心中的凄苦,她有感觉,一旦由自己说出国军的消瘦,她会流出眼泪。然而为了掩饰更深的、说不清楚的惧怕,月月沉默不久,就开始说国军,说你准是不舍花钱吃饭就瘦成这样,看裤带都松了。月月眼里真的有泪。月月说完话就去帮国军搓背,全不顾公公、婆母、小青和火花的眼目。月月在看到火花那双小眼睛时,手上的动作更柔更欢,手在盆与背之间舞动,溅得满院水花。

林治帮一个人在屋里看电视,他已从一家人厨房里的忙乱中感受到儿子的回来,但他一直没动。退下位来,在村人面前的确掉了村干部的威风、威严,在家里边做父亲的长辈人的威严永不能失却。国军洗完身子,走进屋来,说爸,我回来了。算是礼节性的报到。林治帮没有言声。见父亲无话,国军站一会儿反身要走,林治帮开口说话,月月对你到底怎么样?国军一激灵,心底翻了个劲儿,以为父亲知道自己有病,他支吾说,挺好呵。你瘦了。国军不吱声,林治帮说,你爸退下来,她可不能借由对你使威风,咱林家人没根底可不能受欺。国军终于明白父亲的意思,说月月不是那种人就转身离屋。

因为一周的奔波愈加平添了颓丧的心绪,也因为父亲那句对儿子备加关心的忠告,国军心情一直不畅,月月几次再三用手抚弄他的身体都被他轻轻推下。国军不想和月月亲密是不愿把心情搞得更糟,而月月却以为丈夫对她的变化有所察觉。直到被她再三抚弄国军没了睡意,讲起在城里几天的境遇,以至于跟虎爪子的相遇,月月才心安地闭上眼睛。在国军讲到替虎爪子讲好话时,月月不失时机地插上一句,我爱你国军。月月说完这话仿佛爬过一座高山,浑身一阵冒汗。

暑热仿佛乡级公路上刚刚浇淋的柏油,稠厚而黏腻地滋养着歇马山庄山野,时光走在酷暑盛夏,仿佛是一渠清水流进沟谷深潭,再也不肯向前流动。在歇马山庄,只要到了夏季,女人们便统统变得放松、闲散。地里的活路透了亮,上学的孩子放了假不再催逼做饭的时间,日里除了一日三餐无须太多的投入,一个活脱脱的人都可坐进水库下游的河套里。这时节女人们袒露着肚皮和丰乳的同时,也毫无保留地袒露出各不相同的心事。时光的滞浊,日子的单调,虽然摊派给每一个庄户女人是一样的,可因为每家每户境遇不同,每个人的心事也就千差万别。女人们在河套里,只要脱了衣服,就无法不脱掉曾是暗藏着的、怕别人知道的所有心事,什么男人不顾家,儿子学习稀熊;什么婆家没有一个好亲戚,什么娘家的弟媳跟了野男人……上河口林治亮女人平时最怕见到温胜利女人,这个从不多言多语的女人备受男人娇惯,温胜利从不让她下地干粗活,治亮女人一见她就像一个脸上长着疥疮的怪物走进一方镜子,抬手动脚都浑身的不自在。然而,这时节她看到温胜利女人却要脱光了大义凛然走到河套里,毫不掩饰地说,大妹子我真眼气你那命。温胜利女人眯着眼笑,说这有什么眼气,我倒眼气你,娘家没有破烂事来缠你,你不知道,俺姐十二岁瘫了,现在五十二岁,兄弟媳妇侍候不耐烦,就冲我撒气,我回一次娘家就惹一肚子气。胜利女人有个瘫姐姐,治亮女人早已知道,只是日常眼气人家男人护女人,便记不起那身后的烦恼。治亮女人就说,也是的,总是个心事,不过这心事终究是娘家的,隔得远,十天八天回一次,也还有十天八天好时候,哪像我天天炕上一把,地下一把,眼看着男人负不起责任活气死人。下河口厚运成女人,因为男人当队长被虎爪子占了,平素很少往女人堆里凑,女人们私下里喊喊喳喳,她就耳根放红,这时节却不管不顾,拥进女人堆里,女人们说为甚么不让厚运成去揍虎爪子,叫人欺了还能坐得住?厚运成女人说那么做是傻瓜,厚运成根本不是虎爪子对手,叫他打死打伤日子怎么过?

说着眼圈红了。女人们便蓦地止住话语,各自往自己身上溅着水花,许久才说,也是的,叫他揍成肉饼不知咋回事儿。平素对厚运成女人的愤怒一下子就让女人心底里的话语冲成一溜水花。女人们心事的争相流出,汇成河水一样的溪流,浸泡着她们肌肤的同时,润滑着她们的心。裸露了心事就像一个小心翼翼踩着石头过河的人一不小心掉进水里,再也不用顾忌鞋子的干湿无拘无束地踏水。她们不加任何掩饰地讲自家的男人自家的日子,使几个季节以来所有心灵的负重,都被屯积的水一样的时光漂净。

同是山庄女人,月月却无法像她们那样袒露自己。月月无法袒露自己并非因为她是与乡间女人不同的代课教师,而是因为心底里装下的心事就像草地里的蜥蜴,一旦袒露会吓坏所有人,会令人毛骨悚然。在婚后的第一个暑假里,月月怀着一份焦灼的思念,切肤的犯罪感,在滞浊的炎热里自相折磨,每当夜晚,国军的身影、目光、后背,就会缝制一个偌大的边部锋锐的皮壳切断月月所有非分之想,每当白日,国军上班,无限的光热驱走阴影,思念便沿着土街、草沟,沿着一片片庄稼爬行、飞翔。思念和犯罪感在白昼和夜晚,像投进水里的两只皮球,此起彼伏。让月月一天天消瘦,面色发黄。抵御两种东西最有效的方式是到后川给张小敏补课。张小敏是个可怜的孩子,刚上中学一年母亲得了肺病,为了给母亲治病她的父亲让她在家照顾母亲自己到外面出民工,张小敏自作主张没有退学,每天只上半天课,剩下半天在家做饭喂猪伺候母亲。月月像上班一样一天要去两次,张小敏母亲不住的呻唤会使月月一入张家家门就变成另外一个人——一个救同胞于水深火热的乡村教师,而不单单是山庄女人。

一个略有一些凉风的午后,月月拾掇完碗筷刚刚推车走上街脖,就在治亮老叔东院的张守山家门口遇到买子。这是分手之后月月第一次见到买子,如果也像山庄女人夏天坐在河套里或树荫下,月月会有许多机会见到他的。买子同林治帮一块儿从院里走出,买子看到月月欣喜地喊翁老师。月月几乎是在听到叫声的同时看到买子,月月看到买子的一瞬浑身蓦地过电似的,而后心口慌慌突跳,眼前一阵豁亮。然而随之月月看到了公公林治帮。看见林治帮,月月突然记起吃午饭时月月给公公拿双筷子,婆母说东院张守山今个分家,不回来吃了。那时月月就没想到买子是一村之长也一定在场。突跳在月月脸上的冲动在看到公公之后,马上变成一种不自然的讪笑,就像刚刚放苞的菊花遭了严霜耷拉脑袋。月月说哦,是……分家。买子不答话而是问话,你上哪去?月月说上后川补课。于是,林治帮向西,买子月月向东,在张守山醉眼惺忪的目光中走出街屯。

月月因为走在买子前边,迈步时腿像一个失灵的圆规,落点与想象有很大的落差。因为在一个人目光的包围之中,她还感到后背有种被火烧烤了的感觉。而买子却被月月穿着连衣裙的苗条身影吸住目光,买子起初很想说话,说从屯里过来好几回了都没见到你。可是当月月优雅、飘逸的身段装进他的眼仁,买子感到喉嗓暗哑,他的叙述过去的话语在马上就要跃过喉口时,被现时的激动生硬地抵了回去。自从当上村长,买子仿佛一个从浅水湾游进水库深处的鱼,整个身心被一汪厚重的水域覆没,讨论村工业、研究治理小流域、计划发展庭院经济,深游徜徉的沉实完全不似一缕孤烟在草房小院门口升腾的飘忽。月月的给予令他无比骄傲,令他做什么都有奔头。当他夜晚沉静下来,默默去打捞那个使他骄傲的形像,月月消失在夜晚里的身影就重叠了庆珠乳白色的身影,就成了买子白日走街串巷隐藏在灵魂里不被发现的追逐。月月随风飘动的裙裾在自行车的三角架间一舔一舔,为两人默契的哑言奏着无声的音乐。屯街的路伸进一排墨绿的苞米丛林间。乡路寂静无声,他们相互能够听见对方并不均匀的呼吸。到了通往买子家的岔路口,月月突然感到车子沉了下来,任她怎么推也推不动。月月没有回头寻找原因,她的身体里的战栗,让她清醒地预知即将发生的一切。自行车轻轻地离开了月月，像一只小燕子飞上了头顶。买子举着自行车，离开时脚步急促而迅速，让月月误以为一跃之间掠进了苞米地。停顿一会儿，见买子并没进苞米地，而是向东崖口家的方向挺进，月月才迈步跟上。

不再黏腻的流风拂动了歇马山庄山野田地间的庄稼叶子，润泽的闪亮响动着一派秋季的语言。此时此刻，在有庄稼密布的乡下，隐私仿佛裹进苞米叶里的米虫，正纵情地自语着爱、爱怜和欢愉。进到屋子之后，买子几次抱住月月都被月月猛力推开。月月推开买子并不是反对买子的亲近，而是故意压制着欲望的冲击，用长久的盯视来识别买子情感的质量——在犯罪感被意外的相遇驱逐出境之后，贮存已久的思念一下子洪水一样冲进月月心灵的土地，月月看到它们在过去的日子里如何翻滚着席卷着她的生活，而今又是如何深刻、强烈地震撼着她的灵魂，在跟在买子身后小狗一样踽踽前行的时候，她曾想到她宁愿为之死去。月月对自己的了解使她在向往已久的四目相对的时刻，突然生出一种丈量对方情感深度的欲念。痴心的月月无法知道，当欲望之火点燃男人，感情早已失去应有的真实，对于女人，爱情原本就是谎言，或者说，只有真切地表达谎言才是真正表达了爱情。月月端正着瘦成一溜长条但仍不失圆润的脸，久久地读书一样读着买子黑黑的肌肤上，那双黑黢黢的小眼睛。小眼睛诉说着激动、热情，小眼睛诉说着调皮和贪婪。因为月月制造了距离，买子不得不把热情的贪婪变成语言，我爱你月月，买子说。买子的脸上释放着原始的冲动，开阔的前胸汇聚一团浓浓的潮气，我真的爱你月月。买子又说。当月月看到火一样自燃自烧的买子将火苗猛烈地拨向她，天知道那叫人怎样的天塌地陷。月月闭上眼睛，集中精力向体内感受那股被火苗燎出的、回肠荡气的热流，感受心里身外的漂浮。买子跨越距离再次搂住月月，隔在月月买子之间的哪里是距离，简直就是一道岩浆爆发的豁口，月月任自跌落，任自同买子一起向深渊跌落。他们先是衔着嘴唇在地上打转,四只手臂仿佛四道锁链扎在双方腰间,恨不能将自己嵌进对方的肌体,或者将对方嵌进自己的肌体。月月的手伸在买子后背上抚摩。买子的手是在月月乳间,一个摘桃少年欣赏即将摘下的桃子似的轻轻摇晃。月月经不住摇晃的奇痒,绵软地坍倒在买子怀里,于是买子将月月抱起坐在炕沿上,月月顿时缩成一只小熊,月月的脸腮呈苹果一样的红色,朱唇被喘息拂动。买子痴痴地看着月月的脸,这个奇异的女子怎么就一下子来到自己怀中真是不可思议。在买子走南闯北的生活中,确是有着那么多的不可思议。买子在端详月月潮红的脸时,心中不由得一阵激动,他的手重新伸进月月乳间,在那里弹动,抚摩,而后慢慢下滑,滑到裙带时,手蓦地抬起纵腰跃过。而就在这时,月月陡地睁开眼睛,缩紧的肢体陡地支棱开来,月月挣扎着跳下买子怀抱,连连说不,不能这样,我不能。像一个走错院门的鸭子啄了几口食一下看到拿着荆条过来的主人,扑棱着翅膀撒腿就跑。买子惊诧地看着月月,以为自己的手带了刺长了钩。月月缩着肩,揉着手,眼睛怪异地看着买子,说我是个坏女人是吗?你把我当成坏女人是吗?买子不解地看着月月,胸脯一掀一掀,汇聚着喘息。买子说不,你是好女人,你是咱山庄没人敢比的好女人。月月说我不该来程买子,我是有夫之妇我不该来啊程买子。买子猛然了悟月月的矛盾心理,眼睛忽的一亮,上前拽住月月的手,月月,你不坏,你真的不坏,要坏那是我坏,我不该……话语刚出一半,两人仿佛同时受到一种力的推动又猛地拥到一起,这回他们相拥着谁也不再说话,好像每人都抱定一个坏就坏到底的信念似的,他们彼此在相拥中草率地为对方解除隔在他们中间的障碍。月月躺在凉涩的炕席上时,只觉浑身所有部位都开张着,蓬展着,月月感到整个身心都沉在了湿漉漉的草丛里,沉在清澈不安的池塘里,等待着那个柔软的疯狂的掠夺。月月呻吟着,细微的、柔弱的呻唤传达着无限的激荡,无限的痛楚。买子感受着月月的激荡和痛楚,嘴里不断呓语着我爱你，月月，我爱你。月月什么都能听见又仿佛什么都听不见，她只是跟着颠簸跟着撕扯，整个身体都化作了一派虚无，整个灵魂都在叫着一个声音：做女人多好多好……

月月沉入了无与伦比的平和、平静，好像瓶子几经沉浮终于落到水底。月月平躺着，沉静地看着买子，一条裙子盖了全身，沉静的表情带有几分凄楚又带有几分欣慰，月月一只手放在买子下颏，另一只向外扬开，作出一种放松的姿态，而就在这时，月月手指触到一样东西，一本书——就在卷着的行李边。月月抽过来，见是一本诗集，普希金的诗。你喜欢诗？

我是个过了时的人是吗？是它伴我生活二十多年。那里边有一个女子静静地、静静地骄傲，真像你。

你说我骄傲？

你和庆珠都属骄傲那种类型，只是她骄傲得活泼，不像你那么静，静得让人心底发慌。

咱都是乡下人，哪有什么骄傲，能够看出骄傲恰恰因为你自己骄傲。

不，不是的，我是自卑地说心里话，我因为自己无依无靠，心就常常对有根底的人生出敌视，如果不是庆珠和你主动走近，我永远不会主动走近你们。这其实正是自卑。

说着，月月收回扬起的那只手，捧住买子的脸。买子的整个身体都裸在外面，呈一种欢欣备致的表情。这时，买子突然套上短裤，走出堂屋把屋门闩上，反身回来时，龇着洁白的牙齿去告诉月月，我们够大胆的，门大开着，咱们当去把全村人都叫来看看。看什么？月月问。买子褪下短裤一下扑到月月怀里说，看程买子交了好运，亲了翁月月，这事儿咱山庄人没谁会相信。月月一噘嘴生起气来，推着买子沉重的身体，说你个坏东西，你把俺当成什么了？买子用嘴擒住月月乳头，用力吸一口，之后说，当成一个女水妖，女水妖你懂吗？

从前有一个老僧，
在密林里的湖边修行，
他从早到晚目不斜视，
劳作，祈祷和诵经。
老人已经用铁锹
为自己掘好一座坟，
他已经对神明默祝，
渴望圆寂，了此一生。

有一次，在夏天的黄昏，
老僧伫立于矮小的茅屋前，
真心地对着上帝祷念。
树林变得越来越暗，
暮霭在湖上袅袅飘散，
一轮月光穿透云层，
静静地滑过天廷。
老僧突然把目光透向湖面。

他看着，不自主地充满恐惧；
刹时间自己也不能理解自己……
他看见：波浪翻滚了，
转瞬又归于平静……
蓦地……轻快如夜影，
雪白，如山冈的初雪，
一个裸体女人走出来，
默默地坐在岸边。

买子诵着，感到体内的冲动再一次涌起，这一次涌起不是为肉
体的接触，而是因为灵魂的撞击，月月是个女水妖，买子在脑里瞬

间映现了自己佝偻在火车上、蜷缩在窑洞里、熏烤在窑门烟雾里的情景。这些卑琐的、每忆起都不愿多想的情景让买子面对月月洁白的肌肤萌动了强烈的、再一次进入月月体内的意念,他就是那个对着神明祷念的老僧。月月感应着这爱欲的重新升腾,迅速伸手搂住买子。买子挣脱搂抱,而是将脸埋进月月双乳间,手在月月两腿之间穿行,润滑和潮湿的臀部在买子掌心里诉说着温暖隐秘的波动……这一次买子没给月月任何语言的暗示,也没有等待月月的配合,任自纵情、任自疯狂,而这恰恰使他们的交融交合变得纯粹,变得炉火纯青,就像小站不停的直达列车,持久的轰鸣真正让人体验穿山过野的痛快。倒是月月在跃上巅峰的时刻连声地喊着怎么办? 怎么办啊程买子?

列车如期到达终点,目的地变成了异乡,怎么办? 买子抹擦着身上雨水浇淋似的汗珠,兴奋而无奈地寻望四周,月月,嫁给我吧。买子随口说出这句是为了表达畅酣和激动。月月开始没有反应,直直地瞅着窗外明晃晃的空间,许久,她好像看出什么,弹起身子,穿上衣服,异常伤感而又异常果决地说,不,不能,你不能是我的全部,我不该爱上你,我还有国军,我还有国军……

月月一弹身坐起来,脸上现出惯常的拘谨和雅致,刚才躺在炕上时的娇羞和任性丝毫不见,在买子那句要月月嫁他的话出口时,月月看到一只边际不规形象模糊的黑影,这黑影就在买子家天棚的一角,像人手又像猫的手爪,它起初不动,仿佛隐在视觉深处,后来随着月月眼神的转动,它转动起来,在空中舞蹈似的,月月头发蓦地扎煞起来,一种不祥触目惊心地遍布月月四周,她于是迅速整好衣裙跳下炕来。

买子不知道发生了什么,买子仿佛受了伤害似的没有说话。其实他从未想过要月月嫁给自己,他不想攀月月的高枝,庆珠的教训已刻进了心腑。关键是,月月后边有一个林国军,虽然月月从未表现她的优越,虽然月月在跟他的相处中从未讲过国军,但他能感到,他们的婚姻只是出了一点问题,一点性格上的或者是细节上的问题,绝对不是根本的、有可怕性质的问题。买子忽然说出让月月嫁自己的话,不过是情急之下的信口开河,可是当月月认真地拒绝了买子,详细地回答了买子,买子一时愣住,不知该说句什么话才能掩饰心中的难过。不过他没有让月月看出,他依然迷醉地看着月月。月月因为没有说出自己的发现,她的突然的弹起便让买子陡然增加了陌生感,增加了狐疑和难过。此时此刻,月月其实并不了解,她的生命已经离不开买子,国军只是她的一个活着的外壳,而她已经从躯壳中爬出,飞蛾出茧一样在树叶间产卵、生蚕……

她却愣要返回她的外壳。

月月离开买子院落的动作太迅疾太突然,使买子一时拾掇不起沉迷着放纵着的心绪。月月走出院子时买子没有远送,他看着月月头也不回地离去,返回屋扑到炕上。买子肚子痛似的翻滚着蜷缩着,询问自己女人到底是什么尤物,他为何总是弄不明白?他确实不敢想娶过月月,可是他希望他能知道月月在想什么,他也并不希望月月跟他交心,可至少不能让他在亲近之后感受陌生。经历庆珠与自己亲近之后的陌生,他再也无法忍受再一次亲近之后的陌生。买子眼前再次展现了庆珠在小树林里弃他而去的情景,买子忽地不再翻滚,买子翻滚的身体歇息下来,他感到他对山庄骄傲的女人有些反感,他感到那个曾经强烈地挣扎在内心的坚硬的东西再一次冒头。买子忽地一下爬起,深吸一口气,两臂猛力一甩作了一个快刀斩乱麻的姿势,而后撞进东屋,走近老母身边。妈,买子说,老母应声抿了抿嘴,深陷的眼睛盯住买子,说,庆珠来了,庆珠怎不过来看我?买子一直没有告诉母亲庆珠死了,买子握住母亲枯瘦的手指,答非所问地说,妈,我会给你争气,我一定争气。

第 十 二 章

　　月月从东崖口出来，日头在西山头只有一竿子高，落雀似的房屋上的烟囱冒出缕缕炊烟，没压倒秋季黄昏的金色。黄昏时分金色的出现，是季节变更的最有质感的信号。月月进街时故意骑得很慢，同屯街上拿草做饭的婆娘打着招呼。骑到治亮老叔小店的时候，她跳下车子，要了一板酸奶。老叔说，火花可真是一个福孩，有这么多人娇惯她。月月笑了，月月说火花太小，所以就惯她。

　　月月在院里见到火花时，火花的神态有些异样，她蹲在喂鸡的木槽旁专注地看鸡啄食，对月月爱搭不理。月月把酸奶伸到她的膝上，她也没有像以往那样表示欣喜。她只抬了抬头，小眼睛眨巴两下，就又认真看鸡啄食。火花的态度让月月有些惶悚，那个模糊的阴影瞬间爬进月月脑际。月月放下车子，看了看火花，心想你这个奇怪的东西是不是知道了什么？月月极力回想中午离开家门时火花是否在大街上，可是怎么想也想不起来。月月说火花你不高兴了吗？火花点头，一只手指指屋子，让月月往屋里看。月月头皮蓦地绷紧，她走进去，堂屋里冷冷清清，好像婆母还没做饭。月月往东间走，就见婆母躺在炕上，松垮的臀部叠出一个高冈，妈，你病了？月月说。古淑平睁了睁眼，看是月月，毫无表情地说，快做饭吧，今个吃不了现成的了。一段时间以来，婆母一向夸张地温顺和蔼，如今怎么一下子变了脸？月月的惶悚在见到婆母黯淡的表情时变成了慌乱和慌恐，她赶紧到西屋换了衣服拿草做饭。月月想一定是婆母从火花那里知道了什么。

其实古淑平的情绪和月月下晌对林家的背叛毫无关系。午后，林治帮在张守山家喝醉了酒，刚刚进院就开始呕吐。林治帮退下后滴酒没沾，张守山儿媳闹分家，等不及在外边干活的儿子回来，气得他生逼林治帮喝酒，林治帮知道张守山是希望有人陪他将心里的火发泄出去，可他怕张守山喝多了和儿媳吵架，就巧妙地周旋着自己多喝了两盅，不想把自己灌醉了。林治帮吐完呕完，就在旁边的木凳上躺了下来，古淑平拽他进屋他坚决不进，并一甩手把女人甩了个趔趄，嘴里嘟念着滚你个蛋去。林治帮的醉态使古淑平一直疑虑在心的对男人身体的恐惧再度拾起，她生气地丢下男人，回到屋里，拿起手中一直在织的毛衣——这件林治帮的毛衣入夏以来织进了古淑平太多的焦心和忧虑，儿子有病，男人反常，火花让她一看就头皮发麻。可是古淑平刚刚织了两针，就见火花在井台上用毛巾给男人擦身，男人一个小孩子似的由着火花上下擦动。火花与男人的亲近再次让她看到男人的反常，再次鼓起她对火花的憎恨。古淑平于是放下毛衣，拉开高低柜抽屉，拿出二十元钱，用手绢包好之后，换了一件碎花茄色衣衫，离开家门。

山庄人对张瞎子的迷信早已是过了时的事情。十年前，张瞎子是歌马山庄人们心中的巫神，谁家儿子三十岁找不到媳妇，谁家媳妇一进门来就病病秧秧，谁家日子总是难得熬不到头，都要找张瞎子指点迷津，他算命灵验的故事被山庄人传得神乎其神。十几年前，下河口车把式厚吉生睡到半夜身子突然瘫痪，婆娘找到张瞎子后，说了生日时辰，他弹拨一根老弦，边弹边说，你家臭水沟里埋着一盘百年石磨，石磨百年沾着人之灵气血气，厚吉生培了四十三锹土，就管他四十三岁重病附体，回去问他如果属实，掘出石磨放到高处，保你贵体复原活蹦乱跳。婆娘回家一说，厚吉生顿然记起生产队有了磨粮机之后，石磨无处搁置被他埋到门口沟底，以防水冲路塌的事。便找人挖出石磨，供在庭园中央，厚吉生立时站了起来。当然也有算不灵验的时候,但山庄人从来只传灵验的故事。山庄人愿意造出一种神灵作为打发苦难日子的支撑。十年之后,水库上游一个狐仙附在了一个常年有病的女人身上,张瞎子便从此退下神坛。谁知近年各路狐仙屡屡附体,火爆三五月赚得一些钱财又仙气退却,伤了山庄人们纯朴的指望,九十多岁的张瞎子便又在土门沟拨出孤弦。

神人居住的老宅已是破烂不堪,院墙倒塌,枯烂的苞米秸秆在地面上散发着潮霉的气息。走进屋时,古淑平心头蓦地掠过一阵紧张,一股阴冷的气息随着腥臭味扑面而来。老人躺在炕上,两只没有眼仁的黑洞朝古淑平张开着。听有人来,他动了动,随后老牛翻身似的两手支炕慢慢爬起。老神,俺找你掐算掐算。山庄人都叫张瞎子老神。老神坐稳,癞蛤蟆肚皮似的下颏抖动了一下,之后伸手摸过炕头只有一根孤弦的二胡。古淑平说,四三年五月初六生,日落寅时。你看今年有无灾难。只见老神鸡捣米一样掐着指头,而后拨响孤弦,咚咚的弦音像夜半更深的泣哭,给人瘆人的感觉。老神说,有外姓人的胭脂气冲进家里主祸,躲不过去。古淑平不由得打了一个冷战,老神,请你帮俺躲过。俺可是一辈子行善。老神说我讲的可对?古淑平想,火花正是外姓人,拣来那天浑身喷香,说得再对不过。老神说,胭脂见不得水经不得雨,早晚会消去散去,不过你得信命,是你命里的灾难,躲不过去。日头沉西今明两年躲不过去。

从土门沟老宅出来古淑平彻底变了一个人,神色暗淡,步履蹒跚。她想到对于林家,自己也属外姓人就径直奔水库下游的河套,在里边透洗个澡,把脸和脖颈搓了又搓。村里五十多岁女人都不抹粉,林治帮五年前从城里回来给她买了一盒粉底霜,她就往脸上抹金屑似的隔日一抹一直抹到现在。洗完之后,套上衣服,古淑平回到家中。恰好林治帮酒醒之后不在院里,火花在井台上用水和泥玩。她拽住火花就往水库下游奔去。

冲洗火花的身体并不是此次从家牵出火花的主要目的。古淑平扒下火花衣服给她搓洗一顿之后，领她来到歇马山西南边娘家的坟地。古淑平一到坟地就偎在草间嚎啕大哭。因为四周是一片榆树林，哭声有树叶的围困并不能传出多远。古淑平的哭不是哀哭不是悲痛，而是一个细软绵缠的诉说，这哭声因为拖着一个长而柔韧的细韵，传达着一股冥昧之气让人听来仿佛雨水入地水气上天，有一种独特的凄婉的韵致，这是山庄女人最易把握的曲调。古淑平说，俺怎么就遭这样的难呵……俺不行善哪有今天呵……老爹老娘，俺怎么行善还行错了，这石壳里蹦的孩子怎么就落到俺家呵……老爹老娘，你们知道俺是行善才养了她，天不该报应俺呵……俺该怎么办二老快说呀……古淑平知道二老不会说话，也就没给丝毫间隙，她一手按住火花跪下，一手薅住坟地长高的红叶芭草，念西歌似的拖着长韵，说着想说和该说的话。古淑平开始并没掉泪，因为最初奔来就是奔着诉说的目的，不是情之所致。然而说着说着，古淑平真的泪如泉涌。她的泪水好像并不是源于就要降临的苦难，而是被自己六年来的操劳和付出感动。哭着，诉说着，古淑平戛然而止，那声韵的突然停止仿佛琴断了弦。声音停止，古淑平侧棱着耳朵，她听见小树林里有喊喳的讲话声由远而近，于是她慌忙站起，拉着火花钻进声音相反方向的树林。古淑平走起路来带着小跑，纱织小褂的衣襟向两边飘浮，仿佛一只飞舞在胸前的蝴蝶。尽管没有善始善终，她的善心接通了天地，古淑平对自己十分满意，好像所有的祸根都被诉净。回来的路上，她领火花奔进自家大田，钻进密实实的田地薅了一把猪菜掩护着回到屯里。

　　屯街刘文斌家门口聚集了几个女人，有粉有绿的褂子斑斑点点。古淑平走近，刘文斌儿媳于敏老远就喊，大妈薅猪菜呵？古淑平说薅猪菜。古淑平瞪着眼睛，将哭红的眼皮睁开。于敏说，翁老师在家干什么一夏天不出来？于敏因为是山庄小学教师，便一下子把话题引向月月。其实她们刚才聚集正是在议论月月，因为有人看到古淑平一下晌拖着火花紧道道走出屯街，觉得有些蹊跷，就开始由古淑平的行踪，议论到月月结婚半年多没怀孩子，议论月月的闭门不出。林治亮女人常见月月，就说月月瘦得不行，让国军的病给熬得瘦得不行。于是就有人说自从月月进门林家的事摊上不少，起火，得病，倒台。女人们把林治帮退下村部叫倒台。就有人说人不可以挣太多的黑钱，天下包工头没有一个不黑，黑心的人早晚要遭报应。说话的人见说在了林治亮女人面前，伸伸舌头赶紧收回。心直口快的治亮女人便赶紧替对方解除障碍，说我也敢说他黑，黑就是黑嘛，要不嫂子从来不串门，她最知道男人黑，怕遭人讲，他不黑倒台了不叫老屯人上台，能让给一个外来的小崽子？正说着，有人发现古淑平领着火花从西山坡下来，于敏远远地就把背地里的议论变成一种光明磊落的关心。于敏说翁老师可真能坐，我不行，我一过寒暑假就闷死了，都想把鸡鸭当成学生讲话。古淑平说，不有古话说娶媳妇随婆婆，她随俺了不愿凑群儿。治亮女人就愿凑群，于是被人揭短似的立时接话，直肠人就愿凑群，叨叨家里那点事，俺嫂家有天大事也不肯说出来，其实说跟不说没什么两样，群众眼睛是雪亮的。古淑平脸立时涨得通红。她生性温存、温和，从不会出语伤人，多年来因为男人一直是山庄的头面人物怕有人伤，就有意躲着大伙儿，治亮女人用了阶级斗争年代的语言，使她后背一凉，好像张瞎子算出那些事都被看出。她支吾着，说其实也没什么怕人事，群众看见了什么？治亮女人毫不让步，还没怕人事儿，那月月怎么就怀不上孩子？怎么就瘦成这样？俺哥倒台了，怎么就稀罕火花没了命似的？叫俺看不是火花主贱，就是月月主贱，月月没过门你家可是太平无事，要说月月主贱，火花那小东西可越来越鬼怪得叫人害怕，叫俺看两个没一个好东西，都不是贵物。

像在刚刚刺破脓水脓包边又鼓了一个脓包，古淑平心里蓦地涨满。月月，是的，是月月主贱，进门半年多没有孩子，自己怎么从来就没想到月月,还以为林家欠着她。古淑平脸色一阵由红变白,变黄,最后,低语着,孩子晚随根儿,俺回去问问媳妇,她妈肯定孩子晚,就目光飘忽着牵火花离开人群。

古淑平回家一头扑到炕上,灾祸的酿就除了火花还有月月,真是不是一家人不进一家门。斜进来的日光一点点由水白变成铅灰,当古淑平的眼里装满铅灰的色彩,她的柔软的做婆母的心突然硬朗起来。

然而,月月并没给古淑平抖索婆母威风的机会。婆母仿佛洞察一切似的极少有过的冷漠,让她在小心翼翼的紧张中做了四菜一汤,还到小店买来两瓶啤酒。月月在做饭时一遍一遍来到东屋,希望婆母在公公和国军没回来时询问自己——即使打碎自己,也不要当着众人,也不要当着国军。她在堂屋的忙乱中已有准备,婆母如果真正发现事实,她就原告实诉,她会偷偷离开林家不再回来。当然她不会说出——不会跟任何人说出国军的病,她会永远保护国军。这个时候,月月把对买子的感情仅仅看成是国军有病的缘故。然而,婆母一直没有吱声,当一家人在餐桌上聚齐,月月不得不大义凛然地来到东屋,用细柔而甜润的声音叫着妈妈,妈妈,吃饭。听到比亲生女儿还亲的呼唤,古淑平坐了起来,她说月月,你妈今年多大? 月月说七十六岁。古淑平说,你大哥多大? 月月说五十五岁。古淑平说,你妈结婚几年有你大哥? 月月思索一会儿,鼻尖上沁出汗珠,我妈十九岁结婚,二十一岁才有我大哥。原本就桃子一样柔软的心一下子被化开,古淑平蓦地眉头舒展下地吃饭。

古本来终于决定承包后川鱼头嘴最大一块沙地。那是立秋之后一个明媚的日子,歇马山庄村委五人——买子请了林治帮,林治帮没到,各小队队长纷纷到齐,这是歇马山庄分田到户后第二次土地承包现场会。第一次是林治帮刚到任时古本来承包房后那片山坡,这一次与前一次的不同在于承包日期选在庄稼还没收割的初秋。在歇马山庄,即使女人也都清楚知道,无论分地还是换地,一般都在冰雪融化的春天,那时节耕种还没开始,土地的主人不必因为变更,懊悔半途而废的付出,而古本来选在初秋。古本来跟买子谈定的条件是,如要承包就绝不能等到秋后和春天,必须作好原主的工作,马上收回还未成熟的庄稼,至于损失,由他做少许弥补。买子起初不解,以为是古本来故意用老辣的手段刁难稚嫩的他,让他懂得为山庄服务是件多么不易的事,而当他私下到几家原地主人家露了情况,了解到后川分得沙地的人家恨不能将沙地白白供出,才知道并不是这样。买子跟村委通报情况时,一段时间以来在买子跟前作足长官气派的刘海顿时拍手,成!古本来要能在沙地上弄出光景来,算他古水倒流,那咱山庄不得不服。刘海的爷爷曾给古本来的爷爷古兴田当过运输工,虽然因为老实厚道又勤恳没曾挨打,多年来对古家却有一种宏观的敌对情绪,承包沙地,刘海潜意识里是在暗暗希望他的失败——刘海一直以为承包果园的成功必须用另一种失败来作天意的平衡,就像当了村干部就免不了家里遭到黑眼风。刘海了解那地块的性能,无论是在集体时代还是分给个人之后,那沙地都没给乡亲带来多大收获。分田后没摊着沟边余角的人家,以十当一分给一大片,主人第一年按老辈人传下的经验,联起手来在沙地上栽葱种瓜,希望用超过大锅饭时百倍的热情创造奇迹,可是小苗羞怯着出土之后,不到半尺高就开始长成畸形,葱叶在分离葱心的部位凸出一个奇粗的包茎,瓜苗椭圆的叶瓣上面突然生出红色的球体。沙地以多年不变的畸形的创造给了主人们刚刚挥洒的热情以有力打击,好在没有分到沙地的人家,地边沟帮上的栽种一年下来也只能有十斤八斤的收成,沙地主人也就没有找队长村长闹事,却有一宗他们不再付出热情,沙地主人家的男人出民工临走都嘱女人一句:别管那沙包,扔了它。古本来作为山庄老住户,不会不知道那地块的贫瘠,他的逞能完全因为那曾被批得落花流水的古氏家族气焰的膨胀——果园的收获使他霸气膨胀,这就像狗改不了吃屎狼改不了吃人,本性!刘海拍手村委心领神会,大家一致通过并主张大张旗鼓搞现场会。

开现场会与买子的初衷有了不沟自通的默契,买子尽管对乡村工作缺乏经验,但在电视里他常常听到报道农村深化改革的信息。买子希望这样的承包在各小队都能得到推广,为他构想中的乡村工业社会作最初的铺垫——如果有人大量地包地,就会省出人来投入他的村工业。重要的是他要搅活现代乡村这湾因为劳力流失而丧失了乡村本性的死水。

沙地边围满了乡亲,地垄里叶子肥大枝杆奇小的苞米苗以羞怯的姿态,展示了沙地主人的不甘自暴自弃。买子说,这是五十亩沙地,古本来将用每亩年租金六十元租下。村部将租金的百分之六十补给原地主,另外百分之四十留作村部积累。全场人鸦雀无声,人们因为一时间算不出其中利害,统统没有反应。过了一会儿,有人算出一千元的百分之六十是六百,六百元分给十二户人家,一户一年五十元,便放出声来,说行,不过,今年怎么算?一直没有说话的古本来开始说话,今年算一半,地里有物没物都算一半,我现在就付钱。只是嗓门儿很高很敞,不像一个小老头的声音。人们再次鸦雀无声,人们惊讶地向发出声音的地方望去,古本来从脏兮兮的衣兜里掏出一打老头票,老头票是崭新的,颤巍巍的,男人女人目光里顿时便流露出几个季节里少有的活泛和激动。乡亲们在看到古本来拿到嘎嘎新的钱币时,纷纷激动不已。潘秀英的闺女金叶从后往前挤着,射向钱币的两眼又直又亮,嘴唇在下颏上不住地抖动。她的男人去年春天就走了,上俄罗斯出民工,人们都说回来后一下子就腰缠万贯。古本来不动声色,掏出钱依然站着不动,看着买子。买子支使会计三细过来拿,三细演员出场似的从村委人堆里走出来,见此情景,刘海心里冥冥之中升出一股气儿,但他用力吞咽着。会计拿过钱就喊过十二户沙地原主,依次点数。这时潘秀英站出来，以开玩笑的口吻说，老古大哥，你就把咱队地都包了得了。大家于是一阵起哄，像唱大戏，说是呵都包了得了，你当大地主俺当把头。古本来这时走出人群，眼角的肉瘤一颤一颤，咱把话说这了，谁不同意我不包，钱收回来，我包了，没让谁吃亏，就别说熊的，我古本来不会像我老子欺诈人，这不是旧社会。潘秀英在山庄里敢说话愿说话，可都说的是悦耳的话，今儿个说了话让古本来较劲，便对自个很不满意，她立时红了脸，说老古大哥，开玩笑何必当真。古本来瞅了瞅这个八面玲珑的女人，一声没吭退出人群。只听买子在一边喊道，谁个想不通现在提在面儿上，通了就认这个合同，画了押，这地就一包五年，这事镇上支持，别个村也这么搞，这叫深化改革，古本来是咱山庄的带头人。

树古本来为农民的榜样，是他当村长之前就蓄谋要做的事情，在农村，只要把地的位置摆在第一位，只有让乡亲把自己做自己主人的位置看清了，把自己处在变化的溪流之中的位置看清了，搞工业搞其它产业，才会真正有积极性，就像自己当初知道，一个窑洞是这个世界提供给他活下去的全部，要撑上有吃有穿的农家日子需要用两只手去无中生有。

包完沙地之后，村部紧锣密鼓筹办砖场，因为要大批量生产雁尾砖，买子找来刘海女儿跟老母做伴，自己到城里跑了一趟。三年以前，他在一次到集上卖雁尾砖的时候，曾遇一个国字脸的外地人扔下一张名片，说什么时候用他按名片上的地址找他。买子当时很感奇怪，他一个城里干部怎么能随便扔名片。买子三年来珍藏这张名片，直到有一天庆珠留下那句经久不散的话，生长了他从前想都不敢想的意志，他知道它很可能对他有用。按名片上的地址找到市建委规划设计室已是晌午时分。设计室一个像月月一样白净苗条，但比月月洋气的女子听找吕林森笑容可掬，亲自把买子送到写有主任室门牌的房间。吕林森看到屋里来了个黑不溜秋的庄稼人先是一愣，而后单眼皮眨了一眨，当买子用普通话报了自己的姓名,说我是歇马镇烧雁尾砖的程买子,吕林森比印象中光亮的国字脸上蓦地溢出笑来。国字脸没有让笑在脸上溢透,他放下手中文件马上站起,将买子引到里屋会客室,给买子让座倒茶,他说找我有事?买子抹一把头上的汗,说我现在是歇马镇歇马山庄村长了,我要在村上办个一窑一万头砖的砖场,找你帮忙打开销路。国字脸上的单眼皮冲下,没有直瞅买子,莫名其妙地摇摇头。买子突然紧张,买子顺兜掏出盒烟,欲上前递时,国字脸已经从茶几上自己拿烟点燃。吕主任,买子镇定一会,开始说话,买子说,吕主任,不为难您,不行也没什么。国字脸端正了开来,单眼皮由下冲上翻动一下,嗯,我大概是帮不了你。吕主任的胸音很重,几乎是一字千钧。买子说,没什么吕主任,您当年能甩给我一张名片,我就感激不尽,帮不上我不为难您,不过,我想请您吃饭。当听到买子帮不上忙也要请他吃饭,国字脸终于忍不住舒展开来,笑从四处再度泅出来。好,走,让你请我吃饭。

下楼之后,吕主任突然拽住买子,往身后拖了一下,得了吧老兄,还是我请你吧,走,这是咱自家餐厅,我请你。买子尽管并不知道吕林森这主任在市里到底有多大,但一个城里人要请他这个无亲无故的乡巴佬,让买子有些震动。买子入乡随俗地跟进餐厅,妖里妖气的服务小姐殷勤地围住吕主任,落座后,酒杯里斟上酒,国字脸冲买子深情地笑开,程买子,我没看错你,我的眼力真是不错。买子愣愣地看着国字脸上有些莫名其妙的神色,他的始料不及的关心就像一个陌生人见面就问你妈怎么样。吕主任说,你不是原始人,你是乡里的现代人。买子更是有些蒙头,窑洞挖在乡野深处,吕主任怎么知道?买子不自然地笑笑,洁白的牙齿晃出一道炫目的光。吕主任说,你知道我当初为什么给你名片?

为什么?

当初是市建委要在辽南北三县上餐饮项目,要我下乡踩点,到歇马镇,没事跟招待所所长闲聊,他说我们镇有个住过窑洞的原始人,我说领我去看看,他说就在集上卖砖,于是我俩去找你看,看你的目的,我是想在建项目时救你一把,可是见你之后,我跟所长讲,不用帮他,这小子早晚能起来,用不了几年。

吕主任讲到这里停了下来,故意制造一种玄妙的、神秘的氛围。买子脸上现出憨朴的冲动,买子说根据什么? 吕主任笑说,很简单,一是你的表情里有种倔强,二是你的雁尾砖造型生动、流畅,它表现了你的意志、创造力。

买子说谢谢您的高看,我其实很鲁莽。

不,你有闯劲,你终能成大事。

听说自己能成大事,买子忽觉脸腮有些发热,想到春天那个晚上最初涌动在心的坚硬的、与自己曾经的理想相悖的东西,买子说,算不得什么,其实,其实有些东西不是你自己能左右的,就像今天来找您。

吕主任并没听懂买子的内心独白,买子也根本无法表达清楚自己的内心,吕主任说,你能成事,正是你总有左右不了自己的东西。

买子一时无话,感激地举起酒杯。买子说,吕主任,谢谢您,我真心地谢谢您。

吕主任举起酒杯,国字脸被笑溢满,就像酒杯被酒溢满,他说我还什么好处没给你,谢我干嘛?

买子说这不重要,有您对我看重比什么都重要。

吕主任说,来,原始人,我还记不住你叫什么名,就叫你原始人,咱们撞一下。

两只酒杯相撞时,买子发现对方的眼里和酒杯里似乎盛着一句话,一句对自己相当重要的话,因为吕主任漫出来的笑收了回去,吕主任单眼皮裹着的小眼睛在酒杯和买子的目光间来回移动,许久,他端起酒一饮而尽,郑重其事地说,告诉你吧,对于我,你的倔强、创造力都很重要,但更重要的是知情知义,我拒绝了你,你却还要请我吃饭，足见出你是一个知情知义的人，看在你知情知义的份上，我决定帮你。

好像这句话是刚才那笑做成的，因为话语即出，笑便彻底消失，国字脸一派少有的严肃。吕主任继续说，我决定帮你，但砖我是用在铺城市的街道，不是你乡村的院墙，造型不能再是雁尾，也不用窑烧，配料有另外一套科学配方，质量必须过关，只要质量过关，我一句话，保你活三年。

买子立时笑开，洁白的牙齿间露着抑制不住的兴奋。"谢谢"和"您放心"雨打铜盆似的淅淅沥沥。酒过三巡，买子从腰间掏出一个纸袋，在桌上慢慢打开，推到吕林森跟前，说吕主任，这是我从家带来的一块古币，我父亲当年在海港用一辆自行车换的，是战国时期的，很金贵，留你作个纪念。

吕林森迟疑了一下，看了看买子，好像想说埋怨的话，可是不知为什么没说。他没有用心去看古币，只是很自然地拿起往信袋装着，说我不跟你客套，给我就收下，回去谢你父亲。买子没有解释父亲早已不在人世，只隐隐喘了口粗气，笑着又举起酒杯。

买子带着地面砖的原料配方告别吕林森，成功之后的欢愉之情便悄悄地在要到歇马镇时，篡改了多年来已经烂熟于心的普希金的诗《快乐的宴席》：

> 我爱午间的酒筵。
> 那儿快乐是主任，
> 而友谊，我崇拜的偶像，
> 在桌旁制订效益，
> 那儿，"干杯"声虽只有一句，
> 它淹没了所有的歌声；
> ……

这诗是那么驴唇不对马嘴，买子却在诗句中，接触到父亲去世后不曾接触过的东西——骄傲。这骄傲的姿态不是勃发的翻卷的,而是隐隐的静静的,像压在石底的小草终于有人搬走石头,在慢慢地支棱、复苏。买子在接触到既令自己发飘发空又让自己沉重有力的骄傲时,还看到了家中极少有过的场面。

买子走回院中已是掌灯时分,如果不是担心一天不回家,他不会找来刘海女儿,当然刘海是在执行村部决定,替村长照顾老母是顶义务工的。可是买子进院进屋一下慌住,刘海女儿不在,老母身边坐着三个女人:林治亮女人、刘海女人,还有一个不相识的女人。屋内蒸腾着一股温温的烟气,堂屋炒菜的气味喷香扑鼻,买子以为老母病重,慌乱地寻着母亲的面孔,母亲头发清洁、整齐,眼里闪现着少见的光亮。她说你可回来了,你婶子们等了你一下晌。三个女人见到买子就像见到稀客,呜呜嗷嗷争着跟买子说话。由于话语同时出口买子不知该听谁的,但嘈杂中他终于听懂,林治亮女人和那个不相识的女人是来要买子收儿子进砖场,刘海女人是给买子介绍对象。

这个家从不曾这么热闹过,几年前从黑龙江回来,村里人看在与死去的父亲二十年前的旧情,曾送菜送米送肉火火热热莫衷一是,可是人情是相互的,由于长期的不能付出,由于长期的不与乡亲有人情瓜葛,独自熬日的苦寂便像远天一样一望无际。每逢年节,老母趴在窗台,呆滞的目光里上演着许多热闹的往事,买子就故意大声唱歌大声说话,把寂寞的院落搅出动静……庆珠出现之后,这个孤寂的小院一下子恍如栽进颗太阳,明亮得让人睁不开眼睛,老母一见庆珠就欣喜得流泪。庆珠走后,一颗太阳落了地,老母以为是自己的瘫病断送了这门亲事,就再也不肯爬上窗台。

如果说吕林森的肯定和帮助发掘出的骄傲是冷冷的隐隐的,那么门前人多车马稠的情景在老母心中点燃的光亮,便使买子的骄傲一下子步入勃发、翻卷的状态。买子连声叫着婶子,原本就很饱涨的热情一时间喷出一股比堂屋的菜香还浓郁的气息,他说放心吧,村工业将收下所有山庄刚下学的小青年;他说我娶媳妇先问问能不能侍候老人,我不能娶了媳妇让老娘跟着受罪。

那个晚上,买子送走客人独自来到月月家跟前,他特别想有一个人此时此刻分享他的喜悦,这人自然应该是月月。可是,他在街上僵站着,望着大红窗帘挡着的窗户,想起那天分手时月月说的话,心里再次萌生懊悔。

第 十 三 章

　　以地面砖为生产项目的村工业正在歇马山庄地面上轰轰烈烈办起,各小队考不上初中和高中的青年总共四十人组成了一支乡村首批工人队伍,卫生所旁的原铁匠铺拆掉,改为砖场办公室,而真正的砖场则建在后川沙地旁边的一条黄土沟边,那里取沙方便,交通也四通八达。

　　第一批工人在砖场的上班,鼓涨了村民不安分的欲望,他们将目光纷纷盯向自己正在上学的孩子。那些视念书与不念书没什么两样的人家不经意地陷入了一种骚动。月月的三嫂秀娟,为儿子是否回乡和男人狠狠吵了一架。因为从男人和厚运成的对比中看出念书并无多大用处,一天早上,刚从被窝爬起来就说,叫卜生下来进村工厂,这是机会。

　　兴安说,当烧砖把头,那叫什么机会? 女人就是头发长见识短。

　　秀娟说,你倒念了高中,你怎么样? 懒得腔都不知谁给抬,孩子少念书早干活学会勤快,谁不说咱翁家人懒是念书念的,你以为还有那祖上的光景? 屁!

　　因为揭了男人伤疤,兴安胳膊冲上一股劲,揪住秀娟衣领,说操你妈,你越来越熊,你以为我怕你。

　　当初闹着和老人分家,兴安因为理亏没对她动这么大肝火,如今跟二哥在镇上出力挣钱,就有了资本和底气。秀娟清楚他心底那点底气,毫不示弱,说打吧你打。

这次秀娟可上了大当吃了大亏,兴安把她摁倒在柜台上好一顿拳头。兴安说你不就念着你表哥厚运成,我早听说你跟了他,我上镇上班可给了你机会,我不动你是不到火候,你还逼我找事儿。秀娟受到冤枉,披头散发泼命反扑,不顾一切咬住兴安胳膊,这时卜生喊来奶奶,老人一进门就跪在儿媳面前……

漫长的暑期终于过去,月月在开学的前一天,回娘家听母亲讲到三哥三嫂这场战争,心中有种说不出的颓丧。翁家上溯几代,无论日子多么穷苦,从未有谁轻视过读书,奶奶和母亲跟爷爷和父亲都有过近乎上刀山下火海的苦难岁月,她们作为翁家其中一员,从没因眼前日子的艰难在儿女身上消极过。月月知情后上菜地找到秀娟,她脸上和胳膊上依然有着乌青的伤痕,蹲在地上一步一吭哧卖力地间菜。见到月月她抹了一下汗,嘴角一抿装作什么都没发生的样子,说回来啦?月月嗯了一声,蹲下来帮忙间菜。因为是下晌,月月又并不想在家过夜,就单刀直入,说三嫂,你和三哥的事儿我都知道,三哥太野,他打你不对。这时秀娟眼圈放红,眼泪扑簌簌流出眼角。秀娟说,你三哥的懒,不就因为念书,自个以为有点书底,就泥里水里下不去,就尽在那妄想,你说卜生念了书还不得像他一样?现在又不是像过去吃大锅饭。月月说,不能那么想,三哥是三哥,不能拿三哥来比卜生,三哥是咱家的成分耽误了,要不他早就念了技校。秀娟说,可不就是那个技校没去成,他就老不安分,他要像厚运成没文化,早就死心蹋地。月月这时停了一会儿,她知道厚运成当年追过秀娟,秀娟放弃厚运成选择三哥,绝对因为翁家的家教、三哥的书底。如今,在眼下这样的社会,尤其在乡下,知识却不能一下发生作用,它反而容易让人生出脱离实际的妄想。月月说,三哥和厚运成的区别,绝不仅仅是书底,应该说厚运成脑瓜活,智商高,是另外一种人。月月说到这里,发现菜地南边有一个人朝这边望,见月月抬头,又赶紧转身走了,是厚运成。月月认准是厚运成心口倏地动了一下。月月扫一眼秀娟,马上拾起另一个话题,三嫂,跟我说没关系,你后悔嫁三哥?月月说话时觉得自己特像林家的小青。秀娟脸腾地涨红,说悔有什么用?其实我也看不上没有文化的人,不过咱村里人都服气他,人家能干,种了地,当了队长,还养着马车。月月说是的,能脚踏实地,这是男人,厚运成要有三哥那些文化水,也许比三哥强百倍,他有点像程买子,属于脑瓜着色的人。

月月不知道自己能提到买子,当她听到自己说出买子,她发现在某种程度上,她已和三嫂秀娟同病相怜,她发现她对三哥三嫂的感情不是劝和,而是一种挑拨。月月赶紧找话补救,月月说程买子如果没有文化,他永远只能是厚运成,烧烧砖而已。程买子因为有文化,人家当了村长,干得红红火火,所以不能把三哥一碗凉水看到底,你也不能只满足卜生长大当当队长种种地。

月月自以为她对三嫂秀娟的劝说是成功的,因为在她离开菜地时,三嫂说放心吧,我只不过女人嘴欠,念叨念叨。三嫂捆了两捆小白菜让月月带上,说月月家人多地少。然而月月做梦不会想到,在她走后的第二天,在菜地西边的苞米地里,她的三嫂会因为她对厚运成的肯定,一失足做了永远对不起翁家的事,就像她当初一失足永远对不起林家。

那是一个秋高气爽的头晌,秀娟间完秋菜,见天还没暗,又到苞米地薅猪菜。苞米叶小刀似的划着秀娟胳膊上的青伤,她薅着薅着停下来抚住胳膊,用自己热热的嘴唇怜惜地舔着,咸涩的汗水在滋润着舌尖的同时,使秀娟心头掠过一阵酸楚。自从结婚之后,她常常能够感受到酸楚的存在,在怎么逼男人就是不下地的时候,在厚运成用"攀高枝"的话刺激她的时候,酸楚便像胸前的两只奶子,每走一步都能感到它的晃动。厚运成曾经那么如痴如醉地追求过她,那年修水库,为了帮她挖土方,他总以表哥的身份给她领活儿,并故意慢挖挖到月升东天,和她在如水的月光里漫步回家。那一年的月亮像水一样的印象,都因为有表哥的陪伴。歇马山庄民兵连所有人都认为秀娟嫁表哥确定无疑,可是不久翁兴安被调到工地搞宣传写材料,广播里动辄广播翁兴安的诗,有人到秀娟家提媒,秀娟就鬼使神差突然改变了主意,一直躲着厚运成。到后来她和兴安婚事已定,厚运成找人调出秀娟大骂一场,骂她感情骗子,攀高枝。秀娟承认自己对不起表哥,但她一直以为在择偶这件事上以对方书底为重战胜自己感情是一种远见,是有识青年积极向上的表现。那个年月从上到下层层鼓励青年积极向上。关键是翁氏家庭在老辈人心中的影响,曾使当时许多妙龄女子争相进取。后来,厚运成每每单独遇她都给她阴冷、逼视的目光,恨不能把她逼到死角里,而后粗声粗气地问,怎么样,这高枝上可有光景?

秀娟用舌头吮吸着青伤处的咸涩,酸楚一圈圈绕身而来。酸楚透过青伤在苞米叶的滑动中牵着往事绕身而来。然而就在这时,秀娟听到苞米叶在哗哗响动,随之,厚运成就顶着一头苞米花粉站在她的面前。秀娟看着表哥赶紧爬向垄沟继续薅草,薅一把向胳膊上一甩,让须草苫住青伤。厚运成上前踩住地上的须草不让再动。这时,秀娟抬起头来,秀娟平视对方挽着裤角的膝盖,知道头上有一双怎样的目光在盯着她。秀娟等着那句刀子一样锋利的话,可是表哥没有吱声,表哥哈腰掀掉秀娟胳膊上的须草,露出青伤。秀娟蓦地恼火,腾一声站起来,够了够了我攀高枝得到报应够了,你不就是想看我得到报应,你看吧看吧。秀娟把胳膊扬起,把衣领往下拉开,没有好气地让厚运成看个清楚。你这个别人家灶坑里的耗子没你不知道的事儿!厚运成哑言片刻,慢慢伸出手来,将秀娟拦腰抱住。秀娟对突然到来的一切毫无准备,她一直以为他是恨她怪她瞧不起她,她想不到他会将自己抱住。仿佛一不小心跌进须草里,毛茸茸的须草迷乱了她的眼睛,在她脸上额上造成一种奇痒。秀娟不知该挣扎还是该顺从,手和脚因为无所适从四仰八叉。厚运成扳倒秀娟在地垄上,一边捏着她的伤处一边念念道,我多少年就是你家灶坑的耗子,你才知道?我恨你又疼你你才知道?秀娟见自己倒地,思想里有些慌乱,心想男人正骂自个跟了表哥,怎么能让他的辱骂成真?秀娟开始挣扎,清醒手和脚该作何用场,拼力推着表哥。厚运成没有勇往直前,他顺理成章停下动作,之后用从未有过的柔和的目光看着秀娟,说秀娟,我梦里都在想你,疼你,你却挨了打还不醒腔,你为什么那么痴心翁兴安,嗯?

厚运成说着,慢慢站起来,拨开身边的苞米叶,跨开一步,做欲走的动作。酸楚于是仿佛一泓漫进苞米地的水,一下子包围、淹没了秀娟的五官,她只觉一瞬间两眼发花两耳失聪,鼻腔和喉腔里一同流着咸涩的溪流。秀娟一把拽住厚运成挽着的裤角,心说别走,我就跟你一回。厚运成敏感地接受了信号,径直俯下身来,三下五除二解开秀娟衣服,在那青伤上亲过一遍,之后迅猛地脱光身子,将胸脯压向秀娟酥软的乳房。秀娟起初是被动地等待,整个身子胶皮船似的静静地在水面上漂浮,当那火热的肌肤重重地揉搓下来,一股天塌地陷般的激情便蓦地启动她单薄的身子,两手两腿作着最积极最忠心的配合。很快,他们便在地垄上蹬出一个深坑,不敢放纵又不能抑住的呻唤在地垄上欢快地滚动,苞米秸棵摇晃着在他们身上落下一层灿烂的苞米花粉。

我真的跟了你。起身时秀娟抖着身上的苞米花粉。

你终于跟了我。厚运成揭着粘在脚尖的泥巴。

让我男人知道能打死我。

他再打你我就娶你。

那你老婆?

她跟了虎爪子。

是虎爪子占了她。

是她跟了虎爪子!

你因为老婆跟了虎爪子才来跟我?

我是因为打开初就想着你才使老婆跟虎爪子。

地垄唰啦啦灌进一阵秋风，苞米花粉撒金屑一样簌簌飘落。沐浴灿烂的苞米花粉，秀娟说，要是赶上眼下这时候，我肯定选择你，谁知兴安那么虚飘。

你不就看中兴安书底子？

没用！眼下书底子没用！谁挣来钱谁才是真本事。

兴安不是上镇上挣钱？

没用！我看透了，没用！他不像你脑瓜着色，智商高。月月说你智商高。

厚运成眼睛里的温情越说越少，一霎间涌出一股阴冷的光亮。他扳过秀娟：你的话里永远都是谁有用谁没用，你天生就是攀高枝儿，你他妈对我根本没感情，翁兴安要挣了钱你定会嵌着腔在我跟前展扬。秀娟也突地变了脸色，说，兴安挣钱我就展扬，不在你跟前展扬在谁跟前展扬，就叫你看我攀高枝儿。秀娟说着爬向地垄继续薅草，故意把根须上的泥土甩得苞米花粉似的四处飞扬。厚运成冷冷地逼视着这个奇怪的、背上沾有泥土和汗湿的尤物，伸手抓住她粗声厉气地说，记着，你跟了我……扬长而去。

乡村工业革命引起的骚动，袭击了月月嫂子那颗一直不曾安分的心时，也一夜之间煽动起庄户人家对固守多年的传统俗风的背叛。温胜利二小子虎头，两年前初中毕业，回家来放下背了多年的书包和饭盒，朝母亲喊一声，妈，我下田了，就扛着铁锨朝大田走去。两天之后，上外村给人拉车脚的温胜利回来路过大田，发现正抽了穗的稻田边站起一排稻草人，仿佛电视里跳着水上芭蕾的舞蹈演员，惊愕地问邻人，是谁这么好心，邻人说你的宝贝儿子虎头，温胜利神色惊讶，赶车回家，又见漏雨多时的马棚上严严实实覆盖了塑料布，院子里还铡了挺大一堆草料。看着，温胜利知道，龙生龙凤生凤，老鼠养儿打地洞。又一个地道的农民的后代，正在不自觉中脱颖而出。从此温家的所有山野田地，全不用父亲关心，草料也是每天铡出齐刷刷一堆。两年来温虎头无论下种锄草还是施肥，样样都比父亲精通，十六岁的少年，一匹老骡一样一头扑进旱田水田，从不像金水虎爪子那样三心二意。然而两年之后，当迟他一年毕业回乡的学生一股脑进了砖场，被日光晒成黑黝黝的虎头，竟骤然之间缩起膀子再也不肯下地。

那是不过道的秋雨刚刚下过的一个黄昏，温胜利赶车回家见院内除了雨点打出的泥坑光光净净，吆喝女人问怎么没有草料，女人推开门往西屋指指，温胜利卸下马车直奔西屋，就见虎头四仰八叉躺在炕上，一双小眼盯着天棚痴痴发呆。温胜利不知发生了什么事情马上退出询问女人。四十年前，温胜利在跟父亲赶车往山上拉沙压地时，河套里看见一女子低眉善眼与他对望，回家后害了相思就好几天不去跟车，后来被爹妈问出来，派人前去说媒，那个低眉善眼的小女子就成了温胜利如今贤惠温顺的小媳妇。温胜利询问女人没用语言，只眼睛轻佻地一转，目光一挑，女人就心领神会。女人走进西屋开门见山，看上谁跟妈说一声，咱人小心不小，咱找人去说。虎头直视天棚默不作声，大字的形体略微有所改变。女人说都打年轻时过来，你也是像了你爹，心里花花得早，就跟妈说妈去找人。虎头先是收缩四肢，而后一骨碌爬起，吼道什么像爹我现在最不想像爹。女人被儿子从未有过的恼火吓了一跳，不知道原因出在何处，正犯愁地瞅着，虎头跳到地上，直着嗓子喊，不要再跟任何人讲像我爹，我不像他我真的不像。温胜利闻声一个跟跄跨进西屋，以为儿子得了疯病。虎头见父亲进来，脖上绷起的青筋恢复平静。温胜利说，怎么你爹犯了罪还是犯了法，还是做了什么见不得人的事？你爹这辈子老实本分勤快，山庄就没什么人说过坏话，妈的，你怎么冷不丁就嫌起了老子，老子哪点做得不对？这时只见虎头一只手搓着手指，一只手撸着头发，压低声音说，我不想干农活我想去烧砖。

做父母的无法知道，一个学习不好又有孝心的孩子，他们毕业之后心安理得走回土地,完全因为那个理想的世界离自己太远,当有人有机会把那个世界向自己拉近,再安分的青年也无法摆脱吸引。为了虎头温胜利第一次张口求人去找林治帮过话,反馈的信息是首批不行,只有待第二批招工。

不管砖场的事在乡亲中间怎样鼓噪,对于小青都是身外事耳旁风,小青局外人似的徜徉在歇马山庄田间小道的样子,就像一只投错树林的小鸟。她有时穿灰色衣裙,色泽淡雅但式样别致,腰部和臀部被箍出两座向着相反方向隆起的山脉,有时则穿大红衣裙,整个人被一团火红包围仿佛刚结婚的新娘子。她要么以乡亲不堪入目的形体展示自己的独特,要么以鲜艳的色彩张扬自己的与众不同。她无论走在路上还是呆在卫生所里,都是彻底违反乡俗的,都是与山庄生活隔着距离的——因为她的衣衫总是一尘不染,她与任何人都不屑主动打招呼说话。有时见女人路旁喊喊喳喳,知道与自己有关,她却能目不旁视耳不旁闻。为了时时证明曾经有过的理想,回到山庄,小青竭尽全力区别自己与乡村女人的不同,竭尽全力在她和乡村间制造距离,致使她的同学吕桂桂最后战胜嫉妒心,背着潘秀英找她接生,她也没有表现出极大的喜悦,也没因喜悦而与同学一瞬间消没前嫌亲姊热妹说长道短。小青走进吕桂桂家院门时甚至故意放慢脚步,好像她是多么不情愿被人找来。吕桂桂见她亲昵地叫道,小青可把你盼来了,说,不知怎么,我寻思来寻思去,还是用你我就不怕。小青嘴角一翘嗯了一声,好像在说当然是啦。接生的过程她手脚麻利,沉着有数,吕桂桂嗷叫着喊不行了,她却独自用指甲油染着指甲一声不吭。最为关键的是,孩子生完,吕桂桂的婆母端来一碗鸡蛋,一只手绢包着四十块钱,小青对鸡蛋和手绢包看也不看,洗完手脸转身上路。小青的牛气傲气让吕桂桂恨得咬牙切齿,却最终被没有取走的利益平复得毫无怨言。然而,小青用自己独特的行为方式,区别着她跟潘秀英,她跟乡间女人是如何不同的时候,她无法清醒的知道,环境对人的改变,一直有着不可低估的耐力和韧性。

　　和歇马山庄每家每户的日子一样,无论某一个时辰有了怎样的喧嚣,发生了怎样的骚动,惯常的平常的生活是沉静而寂寞的。小青在村部卫生所里的日子,虽有接生,有上镇上进药等一些琐事涌现,大块的时光也是孤寂的。张扬隆起的胸臀,穿戴扎眼的衣服,只不过是打发孤寂日子的一种变相的支撑,它以显而易见的、区别于俗常的姿态给了小青以静思默想的快乐。然而这种快乐只能是瞬间的,一闪即逝的,当那些审视自我的快乐被静思默想化掉,小青的意识里便诞生了另外一种意志——进攻买子。这意志的生成绝对跟孤寂有关,却并非如愿地改变着小青的命运,改变着月月的命运和林家所有人的命运。

　　也许一切都是必然的,顺理成章的。村部这块地方,最显眼最年轻的男人也就是买子。最初的时候,小青对买子的所有印象,就是他间或地过来坐坐,问句什么话,父亲一样憨厚的外表后边裹藏着坚硬的性格的人。后来,村部的院落里,总有他的背影、侧影,他的煞有介事的脚步和锁门声,在小青的视觉里,就有了一个活动的无所不在的形象。这形象绝不是小青理想的形象,但他年轻,可以焕发小青的挑逗兴趣——小青进攻买子,不过是想给孤寂的生活增加一些乐趣,不过想让故技重演,绝无以身相许的传统俗念。

　　那是整个歇马山庄都在议论买子和村工业的日子,小青早早离开家门,扭着腰肢来到卫生所。小青总是先买子一步来到村部,当他煞有介事的脚步声和开门声撞到耳畔,小青煮针的蒸锅里已经烧开了水。小青将水倒进暖壶,将针头放进锅里蒸上,然后拔下电源就提着暖壶哼着小曲来到村部。小青在把手中的水倒进买子暖壶之前,绝不说话,小曲旁若无人似的连贯着哼下来,伴着哗哗的倒水声,水声由哗哗到淅沥到停止,小曲也仿佛被灌到瓶里戛然而止。这时小青叫道,司令员先生,热水烧好,还有什么吩咐? 买子狡黠地笑笑说,谢谢小青同志,后方的伤病员怎么样了? 要以伤病员为重。小青说地方百姓对我们的工作大力支持,该转移的转移,该手术的手术,一切进展顺利,司令员放心。如果是正说着话,村委其他人来了或有什么人来找买子,小青就自觉走掉,就好像自己真是战地卫生员,每天必来向长官汇报。如果暂时没有人来,小青就咯咯地银铃滚在地上似的笑个不停,而后坐在买子办公桌对面的桌子前,杏眼看着窗外,说我就知道你现在司令官的感觉越来越深,全村人马都是你的兵将。

买子说,那是你的想法,小人之心。

小青说,不承认才是小人之心,你为什么不敢大胆承认,我就敢承认。

买子说,你敢承认什么?

敢承认我只要在山道一走,全村人的嘴巴都在为我活动。

买子说,你知道人和人是不一样的,我这人很少去想自己,我只知道眼下我需要做什么事情。

小青乘胜追击,有你这种人,从不想自己,到有一天在自己身上发生了什么事情,你会吓一大跳。

买子从不和小青认真,却只觉这女孩挺有意思,愿意和她说话。然而只要买子愿意和她说话,小青就达到目的,小青会在同买子说兴正浓时忽然想起什么事情似的拉腿就跑。

小青在进攻买子时运用的是与以往不同的全新的方法,不正眼儿看他不说挑逗的话,她只是变着法子说一些不相干的话让买子对这话语本身发生兴趣。小青自信她的话在买子面前永远是只跑在前面的离他不远的兔子,让他以为能追上就奋起直追,却永远追不上去。一日小青倒完水不叫司令员先生,而是直呼大名程买子,说,程买子唉,你知道现代乡村女孩喜欢什么样的男人?

买子说,什么样?

小青说,喜欢有城里户口,有工作,哪怕有点残疾也行。

买子说，乡村女孩就这么贱？

小青说，这不叫贱，这叫穷则思变。

买子说，要是乡村不穷呢？

小青说，那也不行，城市乡村就是不一样嘛。

买子不语，好像受到震动陷入一种思索。

这时，小青故意自言自语，这世道，叫出一个优秀乡村男人，没有安心乡下，凡安心乡下，都是些没脓水的尿腻。

买子突然醒悟，你这是说我，说我没脓水、尿腻？

小青拿出一本正经的样子说，程买子是百里挑一，从奴隶到将军，我哪敢说你呀？话语刚落就一转身跑了出去，扔下红裙子的飘影和思之无意不思又似有味的话让买子细品。小青的进攻看上去离主题很远，有些欲擒故纵的味道，却仿佛在苞米地里种了一垄鸡冠花，给人一种不可理喻、不可思议的新鲜感。小青已经感觉到那鸡冠花在翠绿的庄稼地里的鲜艳，因为每天早上，买子一看到小青，就露出一口洁白的牙齿，小眼睛里袒露着掩饰不住的欢愉，尤其重要的是，如果买子一整上午都没离开村部，下班时就会过来喊，小青，走哇，小青。

审视自己进攻一个人的过程，是一个兴奋而充满刺激的过程，就像猎人在丛林里追赶越逼越近的猎物。然而与猎人不同的是，她并不想猎物马上到手，在那个结果不可更改的前提下，小青愿意她的战线拉得更长，因为在歇马山庄，只有有过小青这样人生经历的人才会知道，此种过程一旦走向结束，也便是那种神奇的吸引、神秘的快乐的结束。在翁古城学校里，如果不是为了毕业分配，她对苗校长的兴趣绝不会推迟那么长久，当然即使后来还有兴趣，也早已没有初始进攻的快乐感受。小青将战线拉长的愿望并没能如愿以偿，而破坏这个愿望的人竟然就是买子。

那日，买子因为同村委研究滑子蘑和果树在全村六百多户人家的适当分配，没有提前离开村部，下班时，买子喊小青一起走。

因为买子腿长步子大，走得太快，小青一直走在买子后边，但这丝毫不会影响小青摆腰扭臀时良好的自我感觉。小青说买子唉——因为太熟，小青去掉了程姓直呼买子，小青说买子唉，你这么大步流星往前走你猜让我想起什么？买子好像正在想着什么没有吱声。小青说我想起一句歌词，沿着社会主义大道奔前方。小青自问自答地说着毫不相干的话语，并没理会买子沉默不语是否有了什么心事。爬过一道山冈，买子慢下步子，买子从衣兜里掏出一颗烟，说小青，你说的乡下女子任嫁城里残疾人也不愿留在乡下可是真的？小青噗哧一声笑了，那当然。买子不再吱声，叹口气点上烟，之后步伐再次加快。买子的所有动作在小青眼里都很生动，有种观众看演员在台上表演的感觉。而小青自认为这台戏的导演就是自己——她自以为买子的惆怅正是怀疑自己是不是那种贱女人，而这怀疑恰恰证明他已上钩。呼哧呼哧走一会儿，买子又慢下来，买子说你嫂子在家干什么？小青一愣，我嫂子又不是没嫁人，你怎么忽然想起她？开学了呗。买子并没因小青的惊愕而停止追问，他说你说你嫂子是不是你谈的那种乡下女子？小青没有思考买子问话的动因，轻而易举答道，那不明摆着，要不她能嫁给我哥！你知道在我哥还没分配那年多少人追她？我念高中时虎爪子天天在大墙外等她，她连看一眼都不看。买子说，那虎爪子是什么东西？小青说，虎爪子那时候根本不像现在，那时他一表人才谁都不放在眼里。买子又拼力吸烟，好像所有烟都吐到肚里，流向小青的空气里没有一丝烟味。买子不再与小青争辩，似乎在记忆中印证了什么。就在这时，小青突然捕捉到一种东西，这东西从买子的沉默中来，更重要的是从小青的记忆中来，是大脑中那零星的记忆在这突然的时刻，使她对买子的沉默产生联想。然而小青经历丰厚聪明伶俐，她没有将她意会到的东西说出，让它变成横亘在她和买子之间，她突然跨开大步撵上买子，一跳高从买子手中夺过香烟，而后站在前边挡住买子去路，用与她以往完全不同的深沉而羞怯的语气道，程买子，你是一个木头，木头！

买子惊呆，买子不明白小青的话传达着什么意思，不知道小青为什么要突然之间跳在他的面前。小青抬头盯着买子，杏眼里迸发着灼人的备受委屈似的火光，你是木头、傻瓜、大傻瓜程买子！小青说完撒腿就跑，水红衣裙仿佛一束野火在山野间燎舔而过。买子望着这缕突奔的野火，心里蓦地发热。买子突地醒悟了小青语言里传达的意思，他踌躇不动，而后一个激灵向前跑去，买子去撵小青并非想去接纳什么东西，而是为了让小青知道他对此种表达的看重——买子因为在这个世界极少得到过温情，他从不怠慢女人的温情。然而买子的追赶，却让小青误以为一切正按设计好的轨道发展前行，小青在山道上慢下脚步，小青想背后那双男人的大手如果搂过来，她会拼力推开，告诉他她其实永远不会爱上山里男人，让他受到打击，之后再用花言巧语骗他哄他，让他不知道究竟哪一个她才是真实的她，让他在错乱中往深处跌落。

然而买子撵上小青并没去搂小青，买子只是闯了祸的小孩似的，一再说着对不起对不起，好像只要小青说声没关系就一切都了然无事，这种违背小青思维的势态一下刺激了小青的自尊。她的自恃的、操纵别人的情绪一瞬间大幅度变成率直率真和任性，她转过身来一头扑进买子的怀抱。买子因为没有准备，差点让小青从左膀扑落下去。一个闪失使买子抱紧小青，买子没头没脑抱住小青，一股与山花相异的含有化学成份的芳香强烈地扑进买子鼻子。小青在买子怀里两手鼓棒似的使劲捣着，说死榆木疙瘩，你就这么欺负一个女孩，她是多么爱你，她和所有山里女子不同，她多么爱你。小青说这话原本全是一派谎言，她是同山里女子不同，她已经没有了半点山里女人的真诚与纯朴，可是当她趴在一个男人怀里来说这些，真实的自己和虚伪的自己早已混淆得一塌糊涂，她竟不自觉地流出了眼泪。

假设按小青的设计，买子撵上小青就大胆地搂她，而后听她说出其实她永远不会喜欢山里男人的话,那么买子会毅然决然离她而去,不管她的语言如何花哨美丽,庆珠死前留下那句话的伤害已让他铭心刻骨。恰恰一切在关键时刻改变了去向,突来的暖流使买子一阵头晕脑涨,他来不及思考将有怎样的结果等待,只一手铁钳似的将小青紧紧钳住,呼吸在一瞬间开始短促。

山野阒寂,蜻蜓在两个人头上不安地盘旋,流风在庄稼叶梢穿行,将一些毫不相干的苞米秸棵撞到一起,叶片缠来缠去。买子缓缓松开小青,感激地看着她,你是一个很特别的女孩,很特别。小青说我爱你买子,我爱你。小青的话里没有娇嗔没有动作,只有一种调皮的真诚。这真诚连她自己都难以想象。当打发了一大堆孤寂难耐的乡村时光,当因为孤寂而去发动一场感情游戏,小青无法预知,一个感情游戏的操纵者刚刚进入程序,就被游戏操纵了自己的感情。小青在贴着买子宽阔的胸脯说出我爱你时,她的心底里已经潜入了一种深深的,精神的渴望。

小青没有在第一天走近买子就表现心底的渴望,那点残存的理智在警告她,进攻已经结束,剩下的便是耐心等待。小青了解男人,没有男人拒绝爱情。第二天,当小青提前半小时来到卫生所,发现村部的门已经洞开,她便知道她渴望的东西正在向她走近,她便知道她眼下时光里该做什么。

第 十 四 章

　　如果说秋风在田垄上的喧嚣，是任劳任怨的土地的节日，那么中秋节这个日子在岁月里的闪烁，便是任劳任怨的庄户人心底里无法湮灭的盼望。这时节秋收近在眼前，秋风把春夏季节日子里的煎熬从庭院吹到九霄云外，房前屋后一日日成熟的甜瓜梨枣，便沉甸甸地等待坠落在中秋夜的供盘里。在歇马山庄，八月十五这个传统节日，因为重叠着收获的喜悦，从来没被庄户人轻视过忽略过。人们在八月十四这天就串动着用梨换枣，用葡萄换苹果，讨论着油烙茄饼使咸猪肉还是新鲜猪肉，是芹菜还是韭菜，人们从不深究月亮究竟给庄稼日子赐过什么好处，纷纷在吃罢晚饭之后将一张小桌摆进院子，而后端上水果月饼，月上中天时分，一家人在桌前烧香磕头作揖。明亮剔透的月亮于是把一种冥茫之气从烟雾中挥洒下来，一年一年，程序从不遗忘，好像深深刻进了人们心中，即使刚刚分家另过的年轻媳妇，也不会因为刚刚支起门庭忽略节日。然而近年来，自从山庄男人一年比一年多的外出做民工，不能团圆的庄户人对月亮的虔恭便大有削减，当然女人们不再供祭月亮并非出于自觉的报复心理，而是男人不在家让她们没有心情。她们心里深深铭记着这个日子，却从不在男人在家的女人面前提起，也不在自己的孩子面前提起，因为只要提起，她们便没有理由不去准备什么，她们指望蒙混过关的情态，就像当年种花生季节，偷揣花生走到队长跟前故意昂首挺胸。而男人在家的人家极少去体会一个守一年空房的女人的苦楚,她们眼气人家男人在外边挣大钱,到了中秋节,只要有机会有场合,就尽情张扬这节日该做如何准备,让那些男人不在家的女人躲不走逃不掉坐立不安黯然伤神,她们便从中获得心理平衡。她们平衡了,男人不在家的女人却有些失衡,她们终于不得不买了月饼,换了梨枣,但坚决不烙茄饼。于是,中秋节在新时期的歇马山庄,再也没有当年的节日气息,它由毫不掩饰的向外的张扬变成半明半寐的向内的收缩,然而无论张扬还是收缩,人们终是逃不过由它带来的酸甜苦辣、喜怒哀乐。

这是秋风越吹越欢丝毫不见疲倦的中秋节的前一天,月月放学后在镇上买了二斤肉四斤月饼六斤葡萄,回到下河口娘家。月月先奔三嫂家——三嫂家永远是月月心中的娘家。可是母亲不在,三嫂正在锅上煎烙茄饼,油烟将她胳膊上的青伤熏得通红。三嫂抹着沾有油灰的额头引月月进屋时,并没说母亲不在,三嫂拣了一盘茄饼端到月月跟前,才说妈在大嫂家。月月拿出两斤葡萄走出屋子,心上涌出难过。月月小心翼翼藏着难过走出屯街,母亲早已在大嫂门口向东张望。月月远远喊着妈——老母蓦地笑了,密集的皱纹里释放着终于盼到的喜悦。这是一种苍老的喜悦,就像槐花在六月季节里的停留,土黄是它的底色。月月搀扶母亲进院时,母亲说,我可有点反常。

月月说,怎么了?

母亲说,我一闻油烙茄饼就恶心,你说这不是反常?

月月说,怎么回事?

母亲说,谁知道呢,就是老了呗。

当和老母走进屋子,看到大嫂家屋里屋外冷冷清清没有半点过节的气氛,月月才彻底明了老母强调恶心油烙茄饼的根源所在。母亲说大嫂洗衣服去了,月月进屋不等坐下,便吵吵就馋茄饼她要亲自来做。月月拿出包里的猪肉,到园里摘了茄子,堂屋里咚咚咚剁了起来,待大嫂端衣服进来,喷着油香的茄饼已经端上桌子。大嫂见月月回来并在做饭有些不好意思，一边晒衣服一边解释说，茄饼是要等明天再做的，衣服攒得太多满屋腺味。这解释的于理不通显而易见，但月月依然以自己馋茄饼为由给了大嫂堂皇的台阶。声称一闻茄饼就恶心的母亲，晚饭时磨砺着所剩无几的牙齿，细嚼慢咽吃掉两个，而大嫂且再三推托不爱吃茄饼，饭桌上筷箸迟缓恍如刚刚过门的新媳妇。

吃罢晚饭，月月说妈，咱们到院里凉快凉快。就把母亲领到院门口的合欢树下，一只蒲团一只小凳托住一对母女在灰暗的暮色里。月月说妈，我有件事情跟你商量。

母亲说，是不是怀孕要打掉？

月月说，不是。妈，我给咱翁家丢脸了，可我认这么做。

母亲深陷的眼仁跳出一丝惶悚，继而平静下来。母亲说，妈这辈子，没做丢脸的事，也从没改过主意，认定的事从不改主意。

月月说，妈是旧时代的人，我是新时代的人，我们赶的时候不一样。

母亲说，妈懂。母亲又说，月月，妈信你就像信自个，你做什么事妈不管，只要记着一点，不伤天害理，天长着眼哪。

月月顿时不语，月月在听到母亲说到天长着眼时不再说话，那静静地划着地面的样子好像天真地在审视她。

见女儿无话，母亲又说，妈早觉出你结婚不得意，是不是国军待你不好？

月月摇头。

是不是公婆待你不好？

月月摇头。

那是你生了外心？

月月没摇头也没有点头，一只黑蝙蝠扑棱棱滑翔而至又扑棱棱升飞别处。母亲聚满皱纹的脸腮蓦地染进茄色，委靡多时的神情一下振作起来。

母亲说,是这样妈就只有一句话,你永远别登咱家门,妈四十岁上也生过外心,可妈拿柴火烧掉了它,你看这指头。

月月知道母亲食指有块伤疤,她没有抬头去看。月月依然在地上静静地划着,似乎想把心底所有的迷乱都划在地上。许久,月月抬起头来,去握住母亲烧伤的手指,泪花盈出眼角。月月说妈,国军那方面有病,我自从进林家门他就从没给过我。我……我以为是他有病才叫我分心,可是现在我知道,他就是好了,我这心也收不回来了。我想那人都快想疯了,我课都上不下去。

能收回! 母亲斩钉截铁说,你就去想一点,野男人没有好的,他们耍女人就像三岁孩子耍泥娃娃,天下最疼你的还是自个男人。

月月终于不再划地,她抬起头看着母亲的脸,迷蒙的泪光将母亲的面孔模糊成一团虚妄的影像。月月说妈,你叫我这心不再乱了。

月月回到上口家里夜幕已经降临,水银一样明亮的月亮悬着冰清玉洁的深情,回望着歇马山庄山野地块、家家户户。月月走回家门火花正咬着月月头天买回的月饼在灯光下和林治帮玩跳棋。小青不在家,婆母正往碗里滗着煎好的汤药。因为月月节前回娘家是理该应当的事,大家谁也没有表示在意。月月端起汤药,走进西屋。国军看到月月没有说话,依旧偎着被垛看电视。无论是对病还是对月月,国军都不再像从前那样敏感。他有时下班回家吃几口饭就扑进西屋大睡不止,吃药还要月月摇着喊着,有时进门就打开电视,吃饭都没有正心,挨个频道调着一直看到定格再见。国军的变化一方面使月月感到轻松,一方面又使她感到无拘无束后的无措手足,就像一个长期拴养的小狗放开之后不知该上哪去——月月常常在和国军一起时不知该做什么,殷勤和冷淡都失去原来的意义,剩下的,只有不再关切却是冗长的厮守,还有月月那个潜入地下的同床异梦……

月月放下汤药,就到井台上打水洗脸洗脚。因为母亲的话一直响在心中,月月洗漱好后,回到房里有意同国军亲近,有意在国军身上找寻从前的亲密的感觉。这种感觉在月月这里是从生理的角度,心理的角度,但给国军的印象却必须是纯精神的,不含任何一点肉体的欲望,因为那将会使国军再度敏感。月月说国军,我回一趟娘家心里不好受。国军说我知道,妈又不在三嫂那。月月说这是一个原因,主要原因是过节大嫂家冷冷清清,我没结婚时,妈可从没过过这样的节。国军调出一个足球,又赶紧给调了过去,国军声称在学校读书时是个准球迷,不知为什么结婚之后他总是躲着足球,他调出一个唱歌的频道,之后跟月月说你那三个哥哥可真不争气,就一个老人也要轮着养。月月叹口气,说,也真怪,日子过着过着竟能过出意想不到的难处,我婚前就从来没有想过母亲会有这步田地,咱将来无论怎样,可一定要待好老人,不能让老人难过。月月没想到说自己母亲引出国军母亲,这话走到的结果让月月非常满意,或许正是她存了一些心机的缘故。

听到月月的话,国军转过脸对着月月,淡淡地飞过一个柔和的眼波,说我媳妇儿真是打着灯笼难找。月月在接受那个好久不曾有过、恍若隔世的眼波时,生理上没有生出什么欲望,心理上也没有生出感动,只是觉得有一个人,在一个很远很远的地方向她打着招呼。这人形容模糊举止混沌,但那动作那举止,还勉强可以认出是一个曾与自己亲近过的亲人。月月于是回应他的招呼以表礼节,并试图追赶他希望看得更清。睡觉时,月月扳过国军,让他讲了一个多小时小时候爸爸妈妈管他的一些故事。

月月被沁凉的秋风掀动的心,被老母一席话碾碎之后,竭尽心机培养对国军的亲密,以期铲锄小苗一样铲除在压抑中成长的外心的时候,一个人仅用一个柔婉的声音,就使小苗一瞬间突破重压,长成参天大树。

那是一个月华似镜如水的八月的夜晚,月月因为睡不着觉拿起婆母织了多日的毛衣就着月光编织。刚织下两圈,就听门口响起快捷的脚步声,月月没有抬头,月月知道是小青回来了。一连几天小青都日落之后很晚才回来,小青进门看见月月,嘎一声笑起来,说嫂子你怎么知道我给你带回礼物在这等我?月月听出小青的语调里有一种裹不住的欢喜,说什么好事把你乐成这样都忘了晚饭?小青凑到嫂子跟前,咔嚓,扔下一只小盒子,月月接住,在月光下打开来,见是一对假水晶耳环。月月说,我教书,可不能戴它。小青说,教书怎么不能戴?月月伸手还给小青,说小青,我最不适合戴这东西你还是自己留着吧。这时,只见小青咯咯咯笑出声来,她变魔术似的迅速从月月手中收回盒子,神经兮兮将嘴送向月月耳旁,骗你那,我还不了解你吗?这是一个朋友送我的。月月受了欺骗却并没生气,骂句死妮子就跟着问,怎么处对象了?迷上哪位狗熊?小青跟月月说话一向没正经,月月也这么半正半谑地跟她说话。小青听了却收住嬉皮笑脸,表情变得认真起来,她拉起月月胳膊,迟疑半天,说走,咱上外面转转,这么好的夜晚呆在家里做甚?

月月和小青走在明晃晃的街脖上,参差的草垛隆起的阴影,此近彼远地迎着这对被一种神奇的东西呼唤着的年轻女子。看着这些阴影月月心中有种不祥的预感。当阴影离她们远去,她们走出了街脖,小青清洌洌叫了声嫂子。小青说,嫂子,那对耳环是买子给我买的。

买子?像有人在自己耳边点响一只炮仗,月月受惊的同时,不敢相信那声音的真伪,月月说,你是说买子?

小青说,是买子。

疼痛蓦地在月月心口弥漫开来,这疼痛是下坠的、抽筋般的,像有人抓住她的心上吊。月月忍住疼痛,尽量不让它变成一种呻吟或惨叫,但一股咸涩的洪流却并不那么善解人意,无遮无拦地从喉口往上涌。月月长时间没有吱声,泪水冲击着她的嘴唇有些哆嗦。

小青说,你觉得他不好?

月月摇头,不,不。月月止住脚步回头去望那些草垛后的阴影,不祥走出阴影变成一桩事实时,月月看到一个可怕的黑黢黢的东西撕扭着附上了她的身体,月月极力躲闪,但那东西好像长着一双黑眼睛,这时,黑眼睛开始说话:嫂子,如果我没说错的话,你爱上了买子。

月月猛一转身,将目光直直地对住小青,你什么意思?

小青的杏眼在月光下水一样清澈、透彻。小青说没什么意思嫂子,我只是想告诉你,要是没有我,那耳坠可能是你的,可是现在有我……其实我早就知道你对他有意思,但是,但是我想不到我会对他有意思……他确实是一个很有意思的男人。

像有人按开了胸腔的某个开关,月月终于哭出声来,月月说你放心吧小青,我不会,我不会……月月没有把话说完,转身甩开小青,向家的方向跑去。

那个早晨,小青提前半小时来到卫生所,见村部的门已经洞开,就欢跳着打了水,提暖壶走到买子屋里。因为有头天山道上的搂抱,买子见小青有些不好意思,他也不知为什么他会早来。小青的到来更使他黑粗的脸上现出一种大孩子怕见生人才有的羞怯。小青穿了一件类似背心的开领短衫,洁白平整的胸脯在丰满而高耸的乳房上袒露着,做着身体的领衔主演带动了小青全身的生动。小青今天没有哼小调,眼睛深深地迷蒙着,楚楚动人的样子像早春旱地上绽开的蒲公英,有一种凄迷的神韵。往水壶灌完水,小青径直把迷蒙的目光泊向买子,小青笑了,是含情脉脉的笑,是欢愉的、欢快的、没有任何顾忌的笑,并且,并且那脖颈,那膀臂,那胸脯,一起铺张着青春的气息,铺张着激情。买子看着看着,想起他曾经历过的没有结果的女人,买子的心情有些迷乱,他是希望有结果的,可是都因为她们让他不懂,也就不可能有什么结果。买子此时并不清楚,月月让他不懂,恰恰是因为不能出现结果。买子说,小青,能嫁给我吗?

小青把泊进去的目光抽出来,你爱我吗?

买子说,我想是的,我昨晚一宿没睡,我想你大概最适合我。

成功的喜悦在血管里欢畅地舞蹈,小青立时伸出手来,扳过买子下颏,跷脚将嘴唇送上去,唇与唇叠压着,吸吮着,少许,买子和小青就紧紧拥在一起。

买子说,小青,你就像只小兽,好玩的小兽。

买子一早来到村部,并没想到能与小青在这么短的时间里有这么深入的交流。与小青昨天在山道有了接触之后,买子一下响心怀不安,晚上回家竟整整一夜没有睡觉,买子想到更多的不是小青而是月月。是在庆珠的丧事上,月月当众握了他的手让他与月月有了第一次相识,事实证明,是月月的一握,给他孤寂的生活注进了更多的热情和勇气,那个时候的他觉得自己是那样弱小。为了报答月月的一握他后来请她吃饭。是有了一握的温情,吃饭的熟悉,才有了后来在大坝相遇时见到亲人似的欣喜。月月给买子的感觉一直是生命里的亲人——这大约最初就构成了对月月纯真爱情的伤害;后来有了院门口看砖的相会,草房屋的相约,岔路口的再次相会,不知是月月主动走进自己的生活,还是自己因为孤寂,使他们迷失了最初亲人的感觉,有了许多他始料不及的、从肉体到精神的快乐。买子看重月月给自己带来的精神上的快乐,她——一个乡村女教师的她——一个大家闺秀的她,给他带来了多少自信、骄傲,然而,正因为她是乡村女教师,是大家闺秀,是山庄头面人物的媳妇,使他和她无论相爱多深,中间都永远有一种障碍,让他觉得她离自己很远,永远无法走近。买子不能忘记最后那次欢爱之后,月月声明不能嫁他,她有国军的情景,他当时一个最强烈的感觉就是她离自己太远,她不属于他这种粗人野人下里巴人。然而,月月的柔情仿佛一团化不开的浓雾,总是丝丝缕缕缠绕在梦中、生活中,月月给他骄傲,又给他伤怀——每每走在屯街眺望林家的瓦房,魂不守舍的张望总被不属于自己的警告撞回的时候,他有一种自己不如一条狗一样的伤怀。

买子脑里涌出小青是在后半夜,那时买子清楚了两个事实,一是月月不会属于自己,一是自己需要结婚成家。弄清这两个事实,小青才一点点走进买子脑际。买子在回想小青到村部上班的一些时光,回想第一次关于他、月月、林治帮的谈话,想到她每天哼着小曲颠来走去的样子,想到日里山道上突然之间的怄气儿。想着想着,买子就被小青的性格吸引,她聪明伶俐,开朗爽快,她的开朗爽快里边好像有一种神秘的趣味,你永远不知她能说些什么,而她说什么做什么都叫你豁然开朗,她说话像引你走迷宫,却并不叫你疑虑和迷失,就像父亲留下来那枚古币,币面光光净净没有任何痕迹,却是在光净中装着几千年历史……买子跌落在小青早已设计好的圈套里,经历了一夜津津有味的思考和折磨。

其实自从昨天冈梁上趴进买子怀抱,闻到买子具有侵略性的男人的汗味,小青已经从设计者的观赏走入实施者的投入。小青不自觉地走进了一种感情,这和当初为了某种目的游戏苗得水完全不同,她目光中蒲公英一样绽开的凄迷,她的含情脉脉都是发自内心深处,身体深处。她渴望被爱,被真心实意地爱,于是她在买子说她是一只小兽时,心底里涌出一个从不曾想过,却一经出口即成大局的声音:买子,我真的嫁你,我不离开歇马山庄。

水晶耳坠是当天下午一起到镇百货商店买的,假水晶的亮度和成色没法跟翁古城大商店的比,但这对小青已不重要,假水晶耳坠刚拿到手,小青就知道下一步事情如何开场。

缝在衣兜最里层的钱币突然之间遭到掠抢,强盗竟是自己的小姑子。交替支撑月月的犯罪感和思念一瞬间化作一派虚无,接着来在月月生命中的感觉便是丢失珍爱之物的心疼和由嫉妒作成的疯狂。疯狂使月月度过了心焦如焚的长夜,国军的鼾声就像窗外的夜籁,月月毫无感觉;心焦使月月度过了神情恍惚的白昼,学生真诚求知的目光对月月就像操场边花砖垒成的小洞,月月熟视无睹。在这一个晚上一个白昼里,月月体验到了从未体验过的肉体里的绞痛。痛使她觉得自己的一切都没有了意义,痛使她第一次清醒地、大胆地意识到她已离不开买子,买子已经——其实早已经是她生命的全部。这种念头愈是强烈,月月脑子里愈是装满买子和小青在一起的镜头。他们都在村部上班,他们有那么多在一起的机会,小青又是外向的风张的女孩。下午下班,月月骑车走到上河口家门口时,她没有下车,直接冲买子家的方向骑去。可是骑到半路,月月跳下车子,月月想到买子已不再是独立的买子,他的身边已有了小青,他有可能和小青在一起,就转过身子,没头苍蝇似的往家的方向走去,走进院门,看见小青和火花在井台上洗脚,她又骤然回头。

　　月月的选择有些不顾一切的意味,然而林家除了火花没有任何人发现她的行踪。月月在院里刹一脚时火花正在为低头搓脚的小青压水,一起一压一起一压,使院墙和远天都在她的视野里起伏,这起伏的感觉让火花觉得十分有趣,然而就在这时,火花发现起伏的院墙走进一个人影,火花一时难以辨清是谁,正当慢下动作要去悉心辨认,人影退出院墙。火花于是停止压水不慌不忙跟出院外,跟到治亮老叔小店门口,火花才认出是嫂子。火花向前跟着,她想起上次在东崖口草房屋看到嫂子和一个学生打架的情景,心里不觉有些慌乱。火花的慌乱完全因为好奇,火花想现在自个已是学生了,那学生没准自个认识,火花还想回来时可让嫂子把自个放在车座上载着,那种坐车上的滋味真比喝酸奶要舒服。好奇和坐车这等好事的吸引,使火花小狗似的蠕动在屯街东端的草坝上。然而火花无法知道,此时此刻,她竟变成一团令人不解的谜吸引了另一个人。

　　古淑平自从那日从张瞎子那里讨回一句可怕的预示林家命运的巫语，便对家里两个人的行踪开始了秘密的注视。对于月月的注视只限在厕所里，每次月月上完厕所她都佯装有尿进去一次，一周之后她终于在厕所里看到月月抛下的血红淋淋的卫生纸，她便仿佛一只泄了气的皮球似的灰心丧气。火花已经上学，在家的时辰很少，火花自从上学，便由跟林治帮的亲密改成对小青的亲密，这让古淑平心上压力略有减轻——这证明火花至少还是一个正常的孩子，但火花只要走进林家大院，古淑平就从不放过她的一言一行，她想储备充足的理由说服林治帮将她推出林家家门。火花离开大院时，古淑平正在街南的菜地里间菜，她偶尔抬头发现火花越过治亮的小店往东走，就拐起荆条菜筐，斜穿地垄紧跟上去。古淑平没有奋力追赶火花，她只是远远地瞄着，跟着，当她和火花在买子家窗前汇合，触目惊心的一幕差点让她昏厥过去。

　　——买子正和月月狂乱地亲嘴。

　　买子看到月月时月月已经站在离他只有一尺之遥的身后，当时买子正在屋外归弄草垛。砖窑搬走以后，院子一直零乱无序，草垛倚搭厕所土墙的一面被搬窑的车拱出一个偌大的窟窿，使院子的外部形象很不像样——认识了小青使买子对庭院的形象有了挑剔的眼光，建设家园似乎比以往任何时候都更重要。买子把厕所墙内侧的稻草一捆一捆扔到外面，想把大而无当的墙外有所装点，正当他垛完最后一垛草，收拾垛底的乱草准备抱起回家做饭，他听见身后脚步叠成比稻草更细更碎的声音。买子马上回头，月月往昔恬静、优雅的瓜子脸在买子回头的刹那抽成一条苦瓜。买子立时放下抱在怀中的乱草，买子说月月，你怎么啦？买子的目光是亲切而激动的，就像第一次在水库堤坝看到月月，语气也是亲切的，不过亲切中含有一种率真和冷静。月月瞅着买子沾有草屑的脸没有停止下来，她自作主张地直奔草房屋子，似乎只有那里才能真正解决问题。买子跟在月月后边,月月纤细的腰肢依然让买子感到亲切生动,买子不知道月月要做什么,不过他在往屋里跟着的时候知道自己该怎么做。

进到西屋,不待转过身来,月月的肩膀就开始抽动,随之,压抑的、委屈的哭泣便仿佛毛线缠在胸腔里,一缕一缕,一段一段往外释放。买子扳过月月,说你不要这样,你一定是知道了我跟小青的事,我也想不到会是这样,不过……不过这对你是件好事,我想是件好事。

蓦地,月月止住哭泣,转过身来,微红的眼睛因为一夜的折磨像两只被人捏了汁肉的葡萄皮。月月说可是……可是你知道我是多么爱你的吗? 你,你知道我已经离不开你了吗?

买子瞅着月月葡萄皮似的眼皮,一时间说不出话来。他知道月月是爱他的,一个传统的、有家教的、有丈夫的女人如果不是爱他不会迈出这一步,可是他不知道她已经离不开他,他不知道。

月月说,你一开始就让我心疼,你不知道心疼是什么滋味,你不知道爱一个人会心疼,当然,当然我也不知道……

买子还是说不出话来,他想他确实什么都不知道,他只知道月月离不开国军,这对他不公平,他要有属于自己的女人。

月月说,你说话呀买子,你为什么不说话为什么? 月月的嗓音因为一股火气有些沙哑。

买子终于说话,买子在说话之前替月月擦掉泪水,买子说月月,你是我的恩人,我永远……到死那天也不会忘记你,但是我要成家,我要有自己的女人。买子似乎从来没有这么认真、这么冷静地和月月说话,袒露在脖颈上的亲切变成率真和冷静。

月月被买子的冷静镇住,一时间丢失了自己的思路。买子的冷静放在铜盆里的冰块似的,冰镇了月月的思路,她木讷着,没有滴出的泪珠在眼眶里团团转着,像找不到河流的泉眼。

买子见自己的话发生效用,冷静的、率真的表情里,复原一些亲切,他继续说——语言是低缓的,含有无奈和惆怅,他说你是我心目中最好最好的女人,你给过我那么多那么多的自信,但是,你,你不是我的。

月月似乎有些缓过思路,她原本想说我回去办离婚,我一定只属于你一个人,可她明显地感到买子的话不是在探求,不是在抱怨,而有叶脉一样凸出的明白无误的态度。月月明白了买子的态度,心里开始绞痛,撕扯般的绞痛。她捂着心口,说好吧,我去做我的好人,去做我的好人。月月说这话时,有一种跟谁赌气似的情绪,有一种保护什么,比如尊严和面子的自觉。泉眼终于眶不住泪水,再一次翻涌出来。

买子慢慢伸出双手,捧住月月的脸,在她的唇上吻着,留下纪念似的。买子在月月唇上吻着,月月没有拒绝,任凭他随意。月月的目光里蓄满了抑郁、责难和绝望,而就在这时,窗外响起惊天动地的一声——臭不要脸!

古淑平冲进屋子,她吼着一个单调然而振聋发聩的声音冲进屋子,鼻子和嘴巴扭成一个晒干的瓜瓢,眼睛里盛满着愤怒。她怒气冲天的架势让人感觉进屋要打月月或者买子,可是她的手除了在空中挥了几挥,没有任何去向地又落了下来。买子震惊之余马上回头去拦古淑平,嘴里连声地喊着大婶大婶不怪月月,月月是个好女子。啪,一个巴掌终于打在买子脸上,脆亮的声音令三个人一同发蒙。少顷,月月在后边说话,月月说妈是我不好你冲我吧。月月异常冷静地冲出屋子,月月在预感的不祥终于发生时,不知为什么异常冷静。见月月走出屋子,古淑平重复一句:臭不要脸!之后一阵风似的跟了出去。买子跟到门口,几次翕张嘴巴要说什么,可是什么也说不出来,他在听到古淑平呜呜的哭声时,狠狠地把拳头砸在自己头上。

三个女人走在屯街完全一幅乡亲走门串友的图画。在秋天明澈的晚霞里,她们时而有前有后,时而并排擦肩,她们没有语言,好像那语言在亲朋家挥洒已尽。在林治亮小店前,月月还抿嘴笑了笑,治亮女人喊,娘仨干什么哪?古淑平说串门。治亮女人说,刚才还见你在地里间菜。古淑平心里骂了一句讨人嫌,嘴上却说,她嫂子学生她妈病重……

古淑平进家并没立时发作,见林治帮、国军、小青都在屋里候饭,她放下菜筐就揭开锅盖,端出馒头、米饭和几盘过节剩下的菜底儿。古淑平原是准备回来做点新鲜菜的,从天而降的灾祸打消了她周到安排饭食的兴趣。月月见婆母一如既往,也便参与跟着一同忙活,但月月心底十分清楚她将等待的是什么。月月异常冷静,月月的冷静连她自己都感到意外,这让她看到母亲柔弱中的刚强在她身上的显现。月月甚至还像以往那样坐在国军身边喝了一碗稀粥。

吃罢晚饭,古淑平把所有人都叫到东屋,就像当初林治帮召集大家开会。父亲不再管事了母亲倒平添了威风,国军心里觉得有些好笑。大家聚齐,古淑平爬上炕里,古淑平干咳两声,目光冲向男人,说你个老鬼知道咱家出了什么灾祸?林治帮眯缝两眼斜睨女人,古淑平见男人充耳不闻,冲着他的大腿就是一拳,听见了没有老死鬼?你扶持的村长占了咱家媳妇!林治帮蓦地瞪大眼睛,国军仿佛火烧屁股顿时站了起来。除了小青,一家人全把目光追向月月。月月低着头,不去接受任何目光的追逼。古淑平说,你自个说吧,干过几回?古淑平不看月月,也不叫她的名字,好像看和叫都让她感到肮脏。月月躲过这个难听的字眼,依然冷静地坦白道,我对不起林家,叫我走,我现在就走。

什么?走?国军听完月月的话恍如小马驹第一次听到喇叭声,先是一个激灵,而后不顾一切尥起脚来,他上前揪住月月衣领连拖带拽将她拽进西屋,嘴里清脆地骂着操你妈你跟了人你什么时候跟了人?月月第一次听到国军骂人,胃里生出一种吃了苍蝇似的反感的同时,还有一种痛快——因为国军说她跟了人,月月感到无比痛快。月月此时特别想把跟了人的事实在林家大肆宣扬，并一定要强调是跟了买子，这在此刻对她似乎比什么都重要，这会平复她的由嫉妒而生出的疯狂。其实现实发生的一切都没能阻止她的失去珍物之后的疯狂，尤其在小青面前。她的爱是真实的，刻骨铭心的。国军将月月拟在炕上，用手捏着她的下颊厉声叫着你跟了人你怎么就能跟了人？这时小青推门进来，小青说哥，别听她的，嫂子不可能跟人，嫂子对你多好。月月转动着被国军捏住的下颊，一字一板地说，我跟了，我跟了程买子。小青立时火了，说翁月月你不识抬举，你为什么要抓住狗屎顶在自己头上？小青深深知道作为女人，月月在她跟前为爱情施展的智慧，小青当然毫不示弱，小青说哥你别虐待嫂子，她一定是故意气你，买子已经给我买了订亲礼物，他要娶我。

月月不知道自己走进了一个怎样的误区，她挣扎着推开国军的手掌，从床上爬起来，平静地看着国军，说，小青说的没错，但是，在此之前，我确实跟过买子，我爱他，不是他占我，是我爱他。

小青一气之下摔门走开，留下一个将真理和谬误混淆的残局让一个不识敬的女人收拾。国军的痛苦不在于事实是怎样，而是月月为什么要如此肯定，如此强调事实的真实可信。国军痛苦而不解地看着月月，月月在她面前完全变成了一个陌生的女人，她的坚硬、深不可测，使国军对月月的发作有了一种诉说不清的障碍。国军两颊青白，早已不再魁梧的身躯更加明显地委顿下来。他静静地站在地上，瞧着这个陌生的女人，心想她怎么就背叛了自己，怎么就背叛了呢？许久，他说，翁月月，我知道你说的是真的，可是这是为什么？究竟是为什么？他程买子不就是当了村长，那算个什么？月月忧郁而忐忑地看着国军，心想这根本说不清楚，没法说清楚。月月看着国军狐疑的、痛苦的目光，轻轻地摇着头，说，不知道。月月语言虽然很缓很慢，但国军还是从中听出果决和坚定，就像她在小青跟前那样坚定。国军终于支撑不住，重重地扑到炕上。

国军不愿失去月月,他不愿让山庄人尤其是机关人知道他失去月月,这不重要,重要的是,他不愿让人们知道他有病,他不愿让人们知道是因为自己的病失去月月。此时此刻,最能摧垮他的就是他的病,他因为有病而不能毅然跟月月离婚。

　　看到国军扑到炕上,一种怜悯的、不安的情绪突然缚住刚才还是坚挺的月月。她本不该如此伤害国军的,可是小青对她和买子之间事情的加入,使她鬼使神差不顾一切。国军实在是无辜的,不幸的。国军的后背在月月眼前不住地抖动,深深的、恍如隐进地腹深处的呜咽时隐时现。月月趴在床边,在国军身旁低声说着,我对不起你,咱们离婚吧……然而,就在这时,国军一跃爬起,国军抽冷子爬起的样子像一个疯子,他爬起就抓住月月,撕去她的衣服。国军将月月摁在炕上,然后急急慌慌地脱掉自己的衣服,嘴里粗鲁地说着你跟了人你让人占了,你让人占了,今儿个我饶不过你,我要痛痛快快要你,你这婊子。国军一纵身压向月月,手摁住月月肩膀歇斯底里地揉搓,一种与理念相悖的发泄方式引着国军进入一种歇斯底里的状态——在国军的理念里,月月已经是脏了身子的婊子。许是由于好久不曾接触月月的肉体,许是由于强烈的报复心理无意中鼓舞了他的欲望,或许是由于国军在接触肉体的刹那大脑中映现了买子的形象,一种久违了的酥软的刺激顿然从大脑深处滚动而来。国军感觉到这深处的遥远的滚动,在冥冥中等待它的惊涛拍岸。奇迹就在这一刻发生了,国军感到那股汹涌的波涛掠过他的全身时在他两腿之间崛起了一个坚挺的浪峰,那浪峰澎湃着回荡着,在一个富有弹性的旋涡中起伏,国军歇斯底里的发泄蓦地变成欣喜若狂的激情的起伏,国军在那盼望已久的、望眼欲穿的高潮不期而至时,几乎像死神扼住手中物体一样死死扼住月月肩膀,刚才出口的一串脏话瞬间被一声猛烈的狂放的尖叫击成碎沫,当国军在一阵疯癫之后半年多来第一次做了男人,国军在月月身上呜呜地哭了起来。

岩浆烧焚国军半年多来的屈辱、焦虑、自卑,国军在月月身上呜呜地哭了起来。月月感到了那个愤怒的、坚挺的物体的出世,感到了对方岩浆一样的激情,可是月月悲哀地发现,她对国军已经没有半点感觉,那个坚挺的、用各种药物呼唤了两个季节的物体的崛起、进入,没有给她带来半点激动。她只是善意地、充满怜悯地配合着,当雨水一样流淌的泪水混乱地冲涤着月月面庞,月月也绝望地嚎哭起来。

　　同是哭泣,诉说的却不是同一种感情,国军哭完,从月月身上爬下炕,坐起来一边穿衣服一边用猥亵的目光看着月月的下体,国军的目光由哀悯变成猥亵,这目光是月月在此之前从未看见过的。月月接触到这可怕的目光赶紧坐起,往身上套着裙子。可是月月套一程,国军往下拽一程。国军一边用猥亵、轻蔑的目光看着月月下体,一边说翁月月,你原来是这样的一个贱人,我真错看了你。月月拼力往上拽着裙子,只流泪不说话。国军拼力往下拽着,说还知道怕羞,翁月月还知道怕羞? 我告诉你这下烂货,我不会原谅你,我会叫你在歇马镇,在学校,在歇马山庄身败名裂。月月还是拼力往上拽着裙子,无法空出手来抹掉的泪水滚珠一样顺着瘦削的腮帮往下滚动。

第 十 五 章

　　林家的灾难终于应了土门沟张瞎子的掐算。古淑平为一段时间把火花当成灾星深感悔意,她怎么也想不到那冲了林家的外姓人是月月,她怎么也想不到月月既是灾星又亲自酿造了灾难——她主着起火,主着国军有病,主着丈夫退下村部政坛,她又毁了林家的名声。当天晚上,古淑平跟林治帮商量了一个意见:离婚。林治帮弄清事实真相,恍如一个一直都在露天做梦的人突遇急雨,一下子清醒而充满精神。一扫以往的委靡,脸上瞬时密布了做村长才有的威严,跟古淑平说,离婚,咱林家不是找不到媳妇,这样势利眼的媳妇早晚也养不住,不过,在离婚之前,咱林家必做好两件事才能出气,第一,到学校把她告下来,她不配当教师;第二,咱们林家明人不做暗事,一定把翁老太太找来,把老亲故邻找来,让大伙知道咱们是讲理人家,让大伙知道翁家出了个什么货色。林治帮意见得到小青部分反对,她支持哥哥同月月离婚,因为如果不离,买子无法做林家女婿;她不同意告月月,她认为爱没有错,那样做太残酷;她同意找月月母亲,但不同意找老亲故邻,张扬太大对哥哥不利,对买子更不利。小青告诉父母,她已决定嫁给买子,要注意对买子的影响。

　　古淑平睡了一宿好觉,她好久没有踏实地睡过,那个隐在林家日子里的祸根暗暗折磨她数月,如今终于真相大白,古淑平的鼾声仿佛一个喝醉酒的男人。凌晨四点,一夜未睡的林治帮突然改变主意,他伸手拨动鼾睡的女人,说,要是他两口子同意,不离也罢,这事又没有外人知道,离了反倒造成影响。古淑平翻过身面冲天棚,说理是那个理,可你知道月月是咱家的灾星,不离婚林家永远别想得好。林治帮说,什么灾星灾星,我就不愿听这话,就这么定了,只要他俩同意,不离。古淑平不知道男人为什么变了卦,一夜踏实的好觉好像菜种完才发现种在了别人家的地里,心里特别委屈。可是男人永远是说一不二,她根本无法改变什么。

第二天一早,古淑平喊过国军和月月。月月苍白的脸上没有一丝血色,眼皮肿成通红的泡泡,而国军倒没有什么异样,神色中隐着一丝不易察觉的血气充足的潮红,林治帮让他们坐下。林治帮下垂的眼带上紧绷着咄咄逼人的威严。林治帮说,男人手里,不管有权还是有钱,女人看了,肯定晃眼,这不奇怪,翁月月也是凡人,不过我下台这么几天你就变心,可叫我寒心,女人都是势利眼的玩意,潘秀英是这种女人。月月低着头,没有梳理的零乱的头发垂在两鬓,月月很木讷的样子,没有任何反应。林治帮说,当然啦,错已经错了,咱当面认个错,咱给国军认个不是,还过咱的日子。国军像有什么蜇了一下,赶紧站起来,不,爸,不,月月不是潘秀英,她不是潘秀英那种风流女人,她跟了人就是变了心。林治帮从鼻孔里挤出似笑非笑的声音,下个月我就给小青和买子订亲,买子娶的是小青!

丝线一样爬进骨子里的疼痛被公公扯着根部拽了一下,浑身立时抽疼。抽疼警醒着月月,抽疼更让她体验一种神圣的东西在自己身上流动。月月说是的爸,国军没错,我是变了心,变了心,我想离婚。

林治帮没有接话,月月的态度让经历过许多场面的林治帮无法接话。不是月月的态度使他计划落空,也不是他的大度没有得到月月的响应而突生激愤,林治帮在月月的态度后面看到了另外一种东西,就是古淑平说的灾星——林治帮从没见到一个女人面临绝境非但没有悔改之意,且大胆的,毫无道理的撕毁自个——这非俗常的、不是歇马山庄女人所能有的做法,让林治帮禁不住打了个寒战:灾星,这女人是灾星。林治帮停顿一会儿,当他真正在心里确认了什么,他果决地说,今儿个谁也别上班了。

林治帮没有把去找翁老太太的差使摊派给别人,而是亲自出马。他喊醒睡得正酣的小青,重新询问嫁买子的事是不是当真,小青揉着惺忪的眼睛说当然当真。林治帮就饭也没吃,去温胜利家借辆马车赶车上路。林治帮好多年没有赶马车,吆喝骡马的口令显得十分笨拙。退下来的林治帮赶着马车在上河口下河口屯街上的出现,一下子吸引了乡亲的目光,人们不知道是什么东西驱策着吊儿郎当好几个月的老村长重操旧业。当不到一小时马车上拉来翁老太太,各种各样的猜忌便在口与口的相传中,形成一个大体一致的说法——月月和国军闹矛盾了。

月月母亲看到亲家赶车登门一下子明白发生了什么,但是她什么也没问。她换了衣服梳了头发就颤巍着小脚上了马车,月月母亲面上没有丝毫的慌乱,泰然的背影隐着一种肃穆,就像多年来承受危难日子所常有的姿态。走进林家大院老人挺着腰板脸上一派肃穆。为了表达对所遭遇的事情的激愤,古淑平没有迎出院门,她只推开屋门站在堂屋的门槛里,说来了老嫂子。月月母亲点头,而后直奔东屋。林家清洁的屋子里充斥着一股紧张的气氛,就像有谁突然之间揭了锅盖砸了锅底。月月母亲刚刚在亲家炕沿上坐定,古淑平就哇的一声哭了起来。古淑平握着月月母亲的手,说老嫂子呵可怎么办呵可怎么办呵?

古淑平心里没有哭这场戏的,她原打算和颜悦色讲出月月对不起林家的事情,而后让老人自己说话。可是一早林治帮走后,国军打了月月。月月在公公面前一口咬定自己变心,使国军突然暴怒,等父亲离开院子,国军把月月拽到西屋,狠狠就是两个耳光。月月遭了毒打,却没有喊叫,一阵麻疼之后,她感到一股热热的东西从鼻腔流出,是血。月月从线丝上拽下毛巾捂着鼻子,而后趴到炕上,国军又在月月躺着的腰部给了两脚。一切进展都是无声的,没有一点语言,但古淑平在堂屋里感觉到那啪啪的两声是肉与肉的碰撞,她惊叫道干什么国军——古淑平憎恨月月,但她生来就怕打架,她去推西屋屋门,屋门插着,恐惧立时占据她的大脑,她喊小青小青快快来呀——小青和火花闻声赶紧跑出,同古淑平一道猛力推开屋门,随咔嚓一声木头断裂的声音推开屋门,只见月月捂脸的毛巾上洇满血迹,国军则倚在柜上狠劲撸着自己头发,乌紫的唇陷在齿与齿之间不住的颤抖。小青说哥你干嘛打人?国军放松嘴唇,转脸对着小青,怒不可遏地说,你少给我掺和,我不要你嫁程买子,我不要看到黑猴一样的男人进我林家家门。小青毫不相让,你少管我你,我不用你管……

儿女之间混乱的纠缠,使古淑平一早醒来除掉灾星的心绪遭到破坏,她不知林家的日子怎么就能闹到如此程度,她用平生第一次最大的声音呼喊着死鬼闭上嘴,你们还让不让我活了,就呜呜咽咽哭了起来。小青一甩门离屋洗脸梳头和火花上班上学,剩下古淑平返回灶间擦眼抹泪,谁知月月母亲的到来使她刚刚压进胸腔的委屈翻涌上来。月月母亲泰然地看着古淑平,苍老的目光流露着理智和清醒。她说,大妹子天塌不下来,没有什么大不了的事。月月母亲的口气好像她是一个纯粹的局外人,与本案无关。这时林治帮恼火,吆喝狗似的吆喝古淑平,住嘴,有什么好哭。古淑平声音虚弱下去,又听林治帮冲西屋喊,都给我过来!西屋没有动静。又喊一句,都给我过来!粗放的声音在屋内回旋,门吱扭一声响了,国军一个被抓的逃犯似的蔫头耷脑走进屋来,他进屋没和岳母说话,布满血丝的眼睛直直地只瞅脚下。许久,月月才迈进东屋,她洗净了脸上的血迹,进门站在与国军相对着的柜头儿的一角。她没去看任何人,包括自己的母亲,她知道这是一次砸烂打碎见血见肉的声讨。母亲将理直气壮气宇轩昂地参与声讨的人群。

林治帮率先说话:大嫂你老人家这把年纪,实在不该折腾,不过这事不是小事,我得让你知道。林治帮嗓音很重,好像有些难过,他说,月月自个承认跟了买子,想与国军离婚……月月自个说是不是?月月两手捧腮,说是。屋内顿时一片寂静,秋后的晨光透过玻璃静静地晒在炕面,在月月母亲干瘪的脸上反出一束跳跃的光影。这个寂静的时间本来是林治帮让给月月母亲的,一辈子通情达理的老人不会不知道此时此刻作何反应,可是月月母亲长时间没有说话。许久,大约有两分钟,林治帮终于忍不住尴尬,说自从月月结婚,我看她比自个儿女都重,到今天,我没想到。自古有话,劝赌不劝嫖,月月变了心,劝不动,就只有好说好散,你说呢大嫂?我知道走一家进一家不容易,可是我劝不动。

月月母亲动了动身,躲过脸上的阳光,说——她的话音是低沉但绝没有沮丧。我们翁家对不起林家,我养了这么个败坏家风的闺女……我对不起亲家还有国军,我给你们赔不是了。林治帮和古淑平学月月母亲,在该反应的时候不作反应。月月母亲接着说,事儿是我闺女犯下的,要怎么处置,就由亲家了,你要月月离开,我现在就领她走,你要月月留下我也不管,可有一宗,不许打我闺女。

月月母亲的话令林家所有人都感到意外,这无疑有一种撑腰的意味,而作为多年家规森严的母亲,遇此情景如果不是当婆家人的面扇上闺女两个耳光,至少也得大骂一顿,好给婆家挽回遭泼脏水的面子。可是月月母亲没有那么去做。她说他大叔——这是月月没结婚之前她对亲家的称呼,要离婚,月月今儿个我就带走,别留下来气坏了你们。月月母亲说着见林治帮并没有挽留的意思就委下炕沿,说月月还不收拾收拾衣裳!月月充满感激地抬起脸来看了母亲一眼,之后去西屋收拾衣裳。

翁老太太处事态度的明朗简洁让林家人既感免灾除害的痛快,又有一种意犹未尽的遗憾,事情确实了却得太迅疾太痛快。月月夹包儿离开林家大院,国军感到一种意想不到的空落、难过,他没有出门相送，月月母亲也没让林治帮赶车相送，母女慢步离开屯街就像串亲一样自然，翁老太太甚至面上带着祥和的笑容。然而上过山冈快到下河口东南小河套时，月月止住脚步，月月说妈，我不会回家，我上学去。母亲说，我是讲过不让你回来，可你，你上哪去？月月说我想法住学校，我肯定不回家。母亲迟疑着，眼神变得昏暗，好久，母亲像想起什么，目光由暗变亮，母亲说那你走吧，上课要紧，你去吧。

看着月月骑车走回山冈，母亲直奔河套里边一块坡地，当她在坡地上找到一块熟悉的坟头，便趴上去，捂住嘴巴，嚎哭起来。

从古淑平和火花在东崖口草房院掳走月月，买子就陷入一种愧疚和惆怅情绪里。他确实不知月月对自己的感情如此之深，他还从来没有经历过这样一种被爱的感情，重要的是自己使月月在婆婆眼前败露了她对林家的不忠，重要的是，月月的败露很可能影响小青对自己的感情。第二天上班，买子径直奔向卫生所，买子刚进卫生所，小青就放下蒸锅跑过来跷着脚抱吻买子。小青的举动让买子心中略有些踏实——小青没有改变对自己的态度，可是这并不证明月月昨晚回去什么事情没发生过。买子说，小青，我想跟你讲个事儿，这事儿必须让你知道。买子不知道该怎样向小青讲述他和月月的过去，那似乎是件很难说清的事情，但他却特别想说出来，让小青知道，当然不说得很深，不说他们已经有过……小青却用嘴堵住买子的嘴，不让他说话。过一会儿，小青离开买子，小青说你什么都不用说，我知道我嫂子爱上了你，这对我不重要，我早就知道她爱上了你。买子的心格登一动，你早就知道？小青说当然，买子看着这个奇异的女子，想追问下去，可是觉得没有必要，就又试图讲述想讲述的话，他说，她像我的姐姐，她一直就像我的姐姐，昨天下晌，她上我那去，其实是知道咱俩的事，是去……你妈就……买子觉得心底有股力量反对他这么说，然而不待他说完，小青赶紧截住，程买子我不想知道我未来的丈夫跟谁好过，希望你能懂我。买子停住讲述，直奔主题，小青，你家人没拿月月怎么样吧？小青不想让买子知道月月爱他铁了心，小青故意大大咧咧说，别把我们林家人看得那么小气，我爸和我哥根本就什么都不知道。先说说咱俩的事吧，我爸说半月内就给咱订婚。

买子终于有些放心，然而当他听说要跟小青真的订婚，一种新的关系构成使他心里禁不住生出一丝凄惶。人生多么不可思议，他对不起月月，还有国军，他们却要成为他的舅哥舅嫂，他真不知道将来如何面对——心安理得地面对。

事情的内幕终于如小青所愿，没有任何人知道，就像在草地上掘个深洞上面盖上草坯，看上去完好无损。深秋的歇马山庄满山遍野横溢着米粒成熟的香气，苞米、水稻、大豆以及三荬菜和须草的叶子，日日接近枯黄，仿佛香气是一种易燃的气体，经由秋风的抚擦燃成大火将庄稼烤焦烤糊。深秋的歇马山庄有着不易察觉的思想，姑嫂石篷在一日日枯瘦的庄稼叶片中裸露，仿佛一个嶙峋老人弓腰屈背展示着年景和月轮。这已经是一个等待收割的季节，村街表面的宁静其实正蕴藏着庭院中磨刀霍霍的忙乱，然而正是这个季节——深秋季节，古本来在沙地上组织人马，开始了只有春天才有的深翻和施肥。

古本来的深翻与山庄春翻地一样，翻地的深度却大不相同，春翻地只用犁杖顺垄帮中间豁开不足一尺，而古本来的深翻却是将所有地面深挖二尺，然后在二尺深的暗土上备垄压碱泥下肥。从歇马镇海边拉碱泥压地的事儿好多年了未曾有过，使用化肥的省事、简便使劳动力外出的家庭从不讲究改良土壤。古本来从前川后川雇了五辆车十几个男女劳力。古本来的雇工报酬是一天十斤苹果，车马格外加钱。当天拿到十斤苹果的诱惑，使许多有孩子人家的女人暂时放弃秋收的准备，加入到雇工队伍当中。古本来不限人数，越多越好，谁也不知他这么念着翻地要种什么植物。五天以后,当一片沙地统统翻完压上碱泥,古本来从镇上拉回一车薄膜和一袋草籽,于是人们终于知晓古本来承租沙地的目的,是要在上冻之前种出一茬药材,人们手搓草籽下种时仔细端详,怎么也无法认识是何药材,后来前川一位老人好奇地到地头询问,终于知道是灵芝草。

改山芋种灵芝草是古本来从镇多种经营办公室那里获得的启发。

沙土覆上地膜的当天,山庄老村长,已经佝偻了腰杆的铁杆贫农唐义贵来到沙地地旁走了一趟,他走到地旁先是蹲下,掬一捧变黑了的沙土闻闻,而后审视怪物一样审视着地坝边使嘴指挥雇工的古本来,目光里有一种久远的、难以捕捉的困顿,他在接近沙地和热火朝天干活的雇工时想了一些什么谁也说不清楚,他佝偻着腰肢在人们眼前活动,仿佛下午时光里的一只木犁。一些快言快语的女人见唐义贵在地头笨拙地走动,尖声喊老东西也馋苹果啦,你还有牙吗?唐义贵听了耍笑他的话心底有些愤怒,但他的一张老脸已经不能准确表达他的心情,他只动几下瘪进去的嘴唇,好像嘟念句什么,而后,拖着老腿,一路向村部犁去。

在村部办公室,唐义贵看见买子,手在空中乱舞一气,嘴里支吾着你都看见啦?买子说什么看见啦?唐义贵说你这小兔崽子有你好光景你等着吧。买子听不懂唐义贵的话,以为是对自己的一句预言,笑着请他坐。可是唐义贵不坐,钉螺似的在地上转了几个圈向外走去。谁都不敢相信,唐义贵这一次莫名其妙的亮相,是他跟乡亲的一次永别。

当天晚上,农历八月十八,唐义贵死在自家苞米地的地垄里。老伴做好晚饭一等不回二等不回,就顶着星星到地里去找——年老之后的唐义贵打发日子的所有时光都在田里,不管有活没活。她丝毫没用费力,就在靠地头的垄沟里,发现了一团黑的物体,她蹲下去摸时,唐义贵脑盖和胳膊冰凉,已经硬尸,一手握一把泥土。

唐义贵的葬礼搞得十分简约,没雇吹手,没扎车马,他出嫁的一双女儿因为男人不在家,家无法扔空,每天早上回来嚎哭两声,再返回外村家中。只有潘秀英坚持了三天,她一边接待前来哭丧的乡亲,一边看管着录音带的转动——唐义贵没有儿子出钱雇吹手,潘秀英从自家带来录音机。小喇叭奏的不是哀乐而是庆丰收快乐的曲调,歇马山庄六十岁往上的人死了都算喜丧,一曲庆丰收喜交公粮的乐曲把唐义贵孤寂的院子搅出一些热闹,好像这里是公粮收购点,好像唐义贵是把持大门专事记账的门卫。潘秀英在悦耳的曲调里扭着心里的秧歌,腰身飘动着活像十八二十三的女孩。出殡那天早上,买子和林治帮来到唐家,以村部的名义送来一对花圈,挽联是林治帮提词找一个村小教师写的:

一身破衣垄上行
满头米花地里开
歇马山庄村部痛悼唐义贵

以接班人的名义送走唐义贵之后,林治帮带买子一同来到唐义贵地边,看到已经成熟的苞米,买子试图捕捉老村长的意图,说是不是找两个欠村上义务工的人家帮他收了,林治帮没有吱声,他好像并不关心谁收,或者认为买子说得有理,林治帮在寻找退下之前和唐义贵坐着抽烟的草坪。林治帮找到了,按原来的位置坐下来,摸出烟点上,怅怅地出口气,说,我离他不远了。他看着草坝尽头的蓝天,看着草坝里面的野地,想象着唐义贵在倒计时时光里做了些什么。他好像什么都没有做,只是把庄稼当成伴侣。林治帮若有所思又绝对什么也没想通地坐在那里,目光对着地头。最近的一块地头已被踩得光平,就在这时,就在林治帮把视线移向光平的地头时,他发现那地头上有一串字,那字的笔画因为太重,划破泥土仿佛蝼蛄钻在地表的长洞。林治帮赶紧站起,走过去看,买子不知道林治帮发现了什么,也跟着走过去。这时,他们看见极不规则然而异常清晰的四个大字:地不外租。这时买子记起几天以前唐义贵在村部说的那两句话,似乎有些明白古本来租地对他苍老灵魂的震动。

古本来秋季包地下种的时节,歇马山庄还发生了另外一件事情,潘秀英到俄罗斯做劳工的女婿死了。潘秀英的女儿金叶是在沙地上听到这个消息的。那天临近晌午,正在垄上铺放塑料薄膜,一阵摩托车的突突响动声在地边戛然止住,惊扰了正在干活的人们。大家抬头去看,只见一个穿浅绿衣服戴大盖帽的公家人跳下摩托车向地里走来,边走边喊谁是陈学福家的?金叶蓦地站直,是我。大盖帽说收拾收拾跟我走。金叶只觉身上毛孔一瞬间抽紧,男人两个月前来信说秋后回来,是不是——金叶不敢多想,金叶在众人的目光中走出沙地,只听有人说是不是挣多了拿不动,又有人说我看不像好事。金叶走近大盖帽,小声问什么事?大盖帽说,别问,快跟我走。金叶没有回家,只让另一个女人捎信给孩子叫他中午回来到姥姥家吃饭,就坐摩托车上路。

来到镇上她才知道,到俄罗斯出劳务两年的丈夫在回程的火车上遭了抢劫,那劫持者在深夜列车快到一个小站的时候,趁陈学福打盹,从车窗把他掀下,之后抢包下车,陈学福当即跌死,口袋里除了身份证,分文没有。

金叶跟镇司法部门公家人赶到黑龙江佳木斯市一个县城医院太平间认领丈夫时,金叶当即昏厥过去……一天两夜返回歇马山庄,金叶已经瘦成一只蝼蛄,刚在唐义贵家忙完喜丧的潘秀英来不及休息,又去给自己女婿忙活去了。因为死的是自己亲人,她无法再做"扶丧"的角色,而是在哭丧时被人搀扶。陈学福的死让所有外出民工的女人心生恐怖,她们到金叶家哭丧时,都大致相同地说着一句话,男人呀,你好狠心扔了老婆孩子啊。她们一边谴责金叶男人,一边为自个男人祈祷,男人啊,可万万不能扔了老婆孩子啊。

陈学福的惨死,使歇马山庄村民对买子办村工业倾斜了更多的感情,后川五六个女人在用力气换回百八十斤苹果之后,联手到村部去找买子,要买子多建几个砖厂,多闯几条路子,说男人年末回来,就不让他们再走了。她们说着说着,声泪俱下。买子看着这些女人,劝她们想开些,危险的事不可能老发生,买子说他会努力。

国庆节很快来临,这个节日在歇马山庄庄户人的日子里就像青草地里又长出青草,一切都没有什么两样。对这个日子,一直暗暗念着盼着的只有潘秀英,她练了三个多月的秧歌,她知道林治帮不会和自己一同上台疯张,就找了住后川的村小学教师古永峥。古永峥是学小靳庄时代的文艺骨干,身手都软得像个女人,平素一听乐曲就止不住浑身摆动。潘秀英在星期天或傍晚时光与古永峥在院里踩步,古永峥还自己编写了有唱词的秧歌小调,什么锣鼓一敲上了场哎,唱唱改革唱开放哎……谁知数着日子练下来,女婿却出了祸事。女婿的暴死使她梦里都在惦念的好事一夜之间由无处不在变得遥不可及——女儿的厄运不允许潘秀英再有登台表演之念,她在女婿拉回家的几天一想自个曾像十八岁少年抖抖擞擞,就对自个产生反感,就想人活着还是来点实际的好,穷张罗没用。可是人葬了,泪干了,拖着哀伤疲惫的身子躺下几天,再度醒来,那咚咚锵锵的乐声又响在耳畔,心里长了草似的毛茸茸的,期盼又变成比任何东西都实际的情绪。国庆节一天天靠近,潘秀英心情一天比一天紧张,她特别盼着村领导林治帮或是买子能挑头出来请她,因为他们知道她所遇到的不幸。只有他们出来请她,她才有理由走出伤感,才不至于被人说老没正经。盼望使潘秀英变得神经兮兮,窗外每一声狗叫都叫她惶惶心跳,都叫她在心跳之后出一身冷汗。不是恐惧三个月的心血付诸东流——在舞台上展示自己二十年前的风光实在是她年老之后惟一一次机会,而是她怕放弃卫生所工作却依然感到充实的事情突然落空。九月三十号,林治帮和程买子终是没有出现,潘秀英在庭院里再也稳不住神,她一早打扮了一下,走出屯街来到村部。潘秀英来到村部先上卫生所看看小青,谎称心口火大从小青手中买了几包牛黄解毒片,而后一边摆弄药包一边佯装没事地溜进村部。村部里村委都在,大家见她都格外客气,离开村委她成了客人,重要的是她有了灾难,有了灾难在大家心中就变成弱者。平素最看不惯潘秀英什么事都瞒不了的刘海说生死天定,总得想开。另一个叫王全的村委说,恶运是好运的开始,金叶不能老倒霉。谁也没有提到演出的事,潘秀英应答着,一边在焦急中机智地想着办法。突然,她扭过头去看买子,哎呀村长,看看我这脑袋,差一点给忘了,明天镇上庆国庆汇演,当时林书记给我报上节目,我这些天都给闹糊涂了。潘秀英假装突然想起的样子不露一点假装的痕迹。这一招确实好使,买子被提醒,买子说你看我是不是失职,节目早报上去了,镇上还要村长带队呢。买子说完,找会计用钥匙打开电话,买子往镇上打了电话,问庆国庆文艺汇演是什么时候,对方说明天上午八点在镇礼堂。买子放下电话,说潘婶,你可一定成全我,这是精神文明建设的一个方面,不参加上边是要扣分的。潘秀英沉默一会儿,说我还哪有心情,不过我确实不能拆台,谁叫我当初答应。

悬在半空的心终于落到实处,往家走时,潘秀英对自个的急中生智十分满意,然而走在田边地头,看见早已枯了叶子的苞米棵,想自己就像这苞米秸棵人老珠黄,想都人老珠黄了怎么就不减年轻时的好事儿爱热闹的劲儿,对自己的满意又像秋风下的落叶,一片一片飘逝,看到苍苍茫茫一片秋野,潘秀英心里平生第一次生出些许怅惘和无奈。

是因为答应过镇里一定将买子扶上马送一程,还是因为答应过和潘秀英一定在国庆节与她同台演出,国庆这天,买子和潘秀英、古永峥来时,林治帮已经在礼堂前排一个显赫的位置上坐下。自从月月的事发生,通过月月的事了解到,买子不久之后将是自己的女婿,他似乎一扫以往的散淡、平静,眉眼间有了一些精神,买子成了自己的女婿使他骤然认识到他在村部的事业远远没有结束,使他了悟上天总是有眼,该谁得的外人打破脑袋也挣抢不去。

偌大的礼堂人声鼎沸,褪旧的紫色幕布给庄稼人带来在田间极少领略的肃穆和庄严,幕布上面,有一排红纸黑字的大幅标语:歇马镇庆国庆大型汇演。满脸乌黑的庄稼人由于多少年很少有机会表演,将小桃红扑到脸上,京戏里的丑角似的夸张着热情,女人们大多换了装束,艳红艳绿争相斗妍。一个四十岁左右的胖女人穿一条松紧腰的连衣裙,又在连衣裙下边套一条粉绸肥腿长裤,想浪又怕浪过头的情景让人啼笑皆非。男人们大多保持本色,但他们的衣衫上没有泥巴没有皱褶。在这群庄稼人组成的演出队里,潘秀英虽然年龄偏大,但她上穿银灰翻领西服,下穿灰色短裙,淡施胭脂,给人一种城里女人的高雅,吸引了许多目光。镇长入席后越过林治帮和买子单独同她握手。林治帮说,你个老妖精,走哪里都显眼。潘秀英说,我今天就显给你看。一阵喊登啷登锣鼓响过之后,全场肃静,这时,主持人通过喇叭喊全体起立,奏国歌——国歌透过墙壁在礼堂四周回荡,潘秀英眼眶潮湿,潘秀英想国庆多好呵!

这是一个夸张了的并不真实的时刻,所有人都与土地、与日子、与家长里短割断了联系,现实的、劳作的事情变得那样遥远。台上台下一片投入的、忘我的快乐。当报幕员以脆亮亮的嗓子报出演出顺序,潘秀英的心像揣了兔子似的狂跳起来。等待演出是忐忑不安的,然而这忐忑不安里有着一种令人激奋的情绪,就像乡下小孩子过年之前梦寐以求的等待,潘秀英一方面希望赶紧轮到自己登场,将心里身外的激奋释放出去,一方面又怕早早轮到自己放空了自己,因为她不知道那个短瞬的时刻过去之后,她的心里边的生活是个什么样子。

报幕员终于报出歇马山庄四个字,这四字一经从广播喇叭喊出，便如同四只没有光亮的火柱，触在了潘秀英勃勃狂跳的心，心停止了跳动，然而蓦地，血管里的血从胸脯向脑瓜击溅开来，她又完全变了一个人，变成一个少女，潘秀英一张娇嗔的面庞与古永峥走上舞台。

　　悠扬的乐曲惊醒了一地晨露，隔墙的相思折磨了一对少年，隔墙相望，少女害羞，少男忸怩，想看又怕看，怕看又想看，当积淤的焦躁被一阵单调的鼓点催逼出欢腾的锣鼓，男女终于以歌唱改革开放为由得以在屯街上追赶、嬉逗，手拉手肩并肩，眉目传情。潘秀英回到了三十年前，浑身轻盈轻飘，怕演完的恐惧早已被久盼的投入，被下一个动作下一个唱词挤走，一路奔着前方，忘记了前方就是尾声。当潘秀英以十八岁的欢颜作完最后一个亮相，泪水盈满了五十五岁女人的眼角。从开幕到闭幕只有十分钟，十分钟相对人的一生十分短暂，然而潘秀英在这十分钟里，一股脑体会了她的未来和过去，她走完了十分钟，也就走完了未来和过去。紫色帷幕遮住了潘秀英和古永峥时，观众席上的林治帮眼窝潮湿了，从不感情冲动的林治帮不知道为什么，在看到潘秀英做着与她年龄不符的孩子般的作态遮进紫色幕布时，他的眼窝潮湿了。耍一回吧，老妖精。他在心里说。

第 十 六 章

　　新配料地面砖的研制非常简单,只需在原来的六份沙四份土之间加一份石灰。当然更简单的是打造过程,它只需模型不必烧窑,打造过程像买子发明雁尾砖前期的脱造土坯。为了把好质量关,买子从凤凰城砖场请来技术顾问,并在工人中进行考试择优选出有待培养的技术人才。第一批少量的试验品出炉之后,买子到歇马镇油脂厂雇来一辆新解放,雇车钱和进灰钱同出一辙——征得镇工业办主任的帮忙,在镇银行贷款五千元。买子将试验品装进车斗时,派人从下河口调来两麻袋大米扔进车上跟车上路。

　　找到建委主任吕林森不是在建委,而在一个写着工人文化宫的很大的会场。不知道市里召开一个怎样的大会,门卫把持很严,买子同穿着公安制服的门卫费尽口舌也没能放他进去。从九点一直等到十一点,十一点刚到,只见大门口涌出人群,出口由铜管栏杆围出三条,买子一时间不知道站在什么角度,才能同时将三个出口一览无余。他慌乱地来回走着,生怕在一眨眼的失误中错过那张国字脸。攒动的人头走出一半时,买子突然看见了吕林森,吕林森的国字脸在众脸当中非常醒目。因为有着一群人的比较,买子才发现吕林森身材比一般人略高,脸盘比一般人略大,一打眼有种鹤立鸡群的感觉。买子麻利跟上前去,喊吕主任。吕林森有所反应的同时,买子已撞到了眼前。两人握手,买子说吕主任,试验砖做好了,送你验收。吕林森说是吗? 这么快? 正说着,被两个从会场出来的人扳过肩膀,说好了吕主任下午五点,在荷马酒楼。吕林森木讷地点点头,好像不很情愿。两人又说你得赏个脸嘛,你出面合同就是板上钉钉,那是五十万。吕林森似很无奈地叹了口气,说好吧我去,就转过身来。买子不知道只赏个脸的事为什么要这么费劲。吕林森转过脸时,买子和他已被后边的人涌开,买子在人稀的地方等着,吕林森却并没朝买子走来,只喊一声到建委门口等我,就钻进一辆轿车。

买子带小跑跑到自己的车里。在市建委门口,吕林森领出一个人,向买子介绍说这是我们邱工。他没有向邱工介绍买子,好像买子是他家的亲戚无须介绍。邱工同买子握手,之后从车上抽出地面砖,用手上的小锤敲了一下,像看工艺品似的认真地看着,说黏度行,只是少了些沙……勉强可以,记住养生时多加水。买子执意要请吕主任和邱工吃饭,吕林森这次坚决谢绝,说午间有要事。买子于是把吕林森引到一边,说我拉来几袋歇马山庄大米,你得收下。国字脸瞬时严肃起来,这怎么行,拉回去。然而不等买子求情,他就冲身旁邱工喊,你给三工地打个电话,要他们收砖付款,还有几袋大米。

离开吕林森,买子对选择大米这种物品表达感情很不满意,吕主任能够欣然收下一枚古币,证明他并不反对礼尚往来。买子在收到工地回付的一千元砖款一百五十元大米款时,第一次认识到自己是一个又蠢又笨的马脑袋。

尽管买子对自己很不满意,但吕林森的官大无架和说话算话还是给了买子又一次巨大的鼓舞。他一路算着细账,一批砖一千元,八批砖八千元,一月一次,一次八批,一年下来就是九万多元。因为一笔钱数在眼前闪闪发光,欣喜已在买子的肌体里深入成钢丝一样的东西,汽车每一颠动,都能感到它的结实的存在。车到歇马镇,司机执意送他回家,他却执意步行回家,好像不把那欣喜的钢丝扎进家乡的土地便不能痛快淋漓。

那时正是下午四点多钟,秋后的太阳仿佛临近五十岁的女人,热情和耐性统统减弱,在西山梁上打转。见太阳没落,买子想起到理发店剪剪头。庆珠死后,他的每次剪头,都是随便想起,想起就做。与庆珠恋爱时,因为剪头可以成为跟庆珠长时间在一起的理由,他总是把剪头的事提前揣在怀里供自己玩味。庆珠离买子太远,恍若隔世,与他早已没有了剪头的联系。买子多次走进庆珠租过的理发店都毫无感觉。然而这次却大不一样,买子在被一青春女子将两臂和前怀罩进一块白布里时,他的手陡然碰到一样东西,钱。买子手指触到一笔数额很多的钱,便触到了一个奇怪的念头——如若庆珠在世,自己能不能走出如今这条路?答案是明确的,不能!然而,正是这时,买子的思维伸进了往昔的记忆,美好的,不美好的,并不清醒为什么去做的,十分清醒为什么去做的……其实是庆珠激发了他的理想,其实他的理想如今已被时间烟雾熏出了斑驳痕迹,已有些面目全非。但买子依稀记得当时树起它时的坚决,依稀记得经过了一个不眠之夜之后第一次堂皇地走进镇政府大院时的情景。他把一张纸条插进镇党委书记室门缝是他给自己铺设的一个仪式,那纸条可能不被任何人看见,早已变成垃圾,可是那之后他就一步步朝着理想挺进。他对一切是毫无把握的,他不知道他会进展的这么顺利,这么遂心如愿……买子想到这里,不禁生出对庆珠的感激,买子想,庆珠也许是上帝派来搭救他的贵人,她以她年轻的生命为自己做了结实的铺垫。

　　由一千一百五十块钱引发的联想混乱、芜杂,没有任何逻辑,但是那些联想使买子看到一个新的、与那个懵懂的、粗俗的自己完全不同的自己——买子一直认为到镇政府送纸条是粗俗人的行为。从理发店往外走,买子觉得腰杆很直很硬,好像筋骨一刹那铆进了坚实的土地。然而就在这时,就在买子挺着腰杆走向歇马镇人车稀少的镇街时,一个人重重拍了一下买子的肩膀。

　　在镇上遇到金水,几个月来还是第一次。金水的手拍在买子肩上显得很有力量,但他的形容却并不比几个月前在买子家喝酒时好看,金水脸上有种抽大烟人才有的土黄包,一双灵动的眼睛嵌在土黄的脸上恍如沙漠上的泉眼。买子说你小子怎么这么灰?金水说,灰?你可真不会说话,哥们儿现在正红,红得发紫!买子说什么红得发紫?金水说先别问,跟我走一趟你就知道。

因为好奇,更因为腰板硬朗,买子愿意跟金水穿过镇街。在镇街上逛荡逛荡,又跟金水大摇大摆走到一排桌球案旁边古旧的平房,看到"金水录像厅"五个不干胶纸沾就的方块字,买子恍然大悟,买子说嗷,怪不得你面黄肌瘦,原来是黑白圈在屋里。金水说,是有些熬人,不过确实见钱。买子说一天净赚多少?金水说五六十吧。买子一愣,这么多?就有这么多闲人到你这送钱?金水说操,你知道这里有浪漫有青春,有……金水推买子往一间黑漆漆的小屋里进,那里正放着录像,被拽开的门缝里涌出一股热呼呼酸臭混杂的气味。

买子脚步停止,说别推我我不看。

金水说放心不要你的钱。

买子说不要钱我也不看,我着急回家。买子在说着不看的时候已经被金水推进了小屋。

金水把买子推在一个靠边的坐位上,说看吧哥们儿,保你不会后悔。

为了不拂金水情义,买子坐下来,准备看一会儿再溜。小屏幕在买子的眼睛里由模糊到清晰,他的整个神经为之一抖,一对男女正在床上光着身子,猫叫春似的呻吟肆无忌惮。不知是惊骇,还是恐惧,还是别的什么,买子感到呼吸短促,有一种突然掉到深渊被扒光衣服的感觉。但买子神智非常清醒,他知道这就是黄色录像。他几次要站起来离开,爬出深渊,可是四肢不听使唤,一动再动就是站不起来。屏幕上的男女转换了新的动作,买子的感觉也起了变化,他由呼吸短促到被窒息,但这感觉传递到神经中枢,却挟携着一种难以表达的快活,被一股蒸汽蒸腾起来的快活。买子的目光被紧紧吸住,身子在蒸腾的潮气中生出一种惊心动魄的欲望。这时金水走过来,说哥们,要不要给你找一个?买子明白了金水的用意,说操,你这干的什么勾当,赚这等不干净的钱!金水说愿者上钩。买子因为同金水说话,身体中的潮雾冷却下来,掀动的欲望潮水一样退去。买子恢复了正常,他有了一个触目惊心的发现,坐在他前边的所有人都不看录像,而是一对一对搂着亲着,有的干脆就把手伸在对方衣服里。意志终于在潮水退走空下的地方滋长,买子踩稳地面站起来,说金水你出来。金水以为买子经不住诱惑情愿上钩——在金水的经验里多数人最终都要上钩。可是走出黑屋,买子拽住金水手腕,说,你小子在犯罪!金水慌张地四下瞧瞧,祖宗你给我小点声。买子说我就想告诉你一句话,你在犯罪!买子说完大步离开录像厅,当他走出镇街,油炸饼一样的日头已经滑进西山,大半个天际辉映在金灿灿的橘黄里。买子想,太阳落山的气象真是每天都不一样。

走进家门,屋里飘出一股饭香。买子突然想起村委刘海曾经说过,今后凡是买子公出,都派人去为他照顾瘫妈的话,心底不由升出一股烦躁,这无疑是在搞特权。刘海的女儿刘燕燕正在屋里洗碗,捆着花布围裙活脱一个主妇。刘燕燕是刘海的独生女儿,下学两年一直守在家里,她曾在到村部找刘海时跟买子搭过话,说她和山庄其他女孩想法不同,她最不愿到外面做临时工。虽然做临时工有许多机会变成长期工或嫁给长期工,但对方高了,你自己的身价就低了,你身价低了,你就得低三下四一辈子。买子不知道这个最怕低三下四的女孩为何情愿到他家低三下四。买子说刘燕燕,你爸得谢谢你,你给你爸顶了两个义务工。刘燕燕登时脸红了,刘燕燕说,不是两个,是一个。买子说还有上一回。刘燕燕一转身围裙在下摆兜出一股风,今天是我志愿。买子说志愿什么?做临时工?我家可雇不起临时工。买子的话是认真的,他不愿因为当了村长就搞特殊,却不想这句认真的话最容易让人产生歧意,刘燕燕说我,我想给你当长期工,一辈子。我妈不是都跟你说好啦?

刘燕燕低下头去,幽暗的灯光吞没了泛上脸庞的娇羞。买子一时不知作何反应,他听懂了刘燕燕的语意。他想起上次刘海女人提媒却并没说出是谁的事儿。有女孩送上门来自是好事,是他二十六年前想都不敢想的好事,可是他家里的"长期工"已定给了小青。买子感激地看着刘燕燕,对于向自己表示好感的人买子向来有种发自内心的感激。买子说谢谢你刘燕燕,我家这苦日子你受不了。刘燕燕一耸肩大胆地去看买子,不,我认肯受累,我那天在村部一见你,就忘不掉你。

羞怯而大胆的目光将少女没有道理的真诚、痴情传过来,买子接住这目光的同时,心底生出没有道理的道理,他说,山庄青年男子都上了外边,我就顶替他们让你不忘,其实是顶替。刘燕燕无视买子的道理,上前依到买子怀里,说买子哥,我真心喜欢你。

买子没有马上推开,买子想怎么会有这么多人向他表示爱情?是不是什么地方出了差错? 就像厕所里的木头上总长木耳。在他通过书本知识获得的印象里,爱情属于人只有一次,他怎么可能会在这么短的时间里获得这么多次? 如果庆珠、月月、小青、刘燕燕所表达的都是她们生命中的惟一一次,那么他和她们之中的哪一个是真正的爱情呢? 换个说法,他更爱她们之中的哪一个呢? 买子一时间有些混乱,他觉得自己在爱情这件事上很混乱很被动,似乎谁都可以撞进他的世界,买子想是不是男人都这样呢? 他很快给予否定,肯定不是。那么是不是自己回到山庄,从无姐妹亲人的关怀使他对女人存有一种广泛而平常的依恋呢? 他说不清楚,他此时最最清楚的一点是,他非常想抱住依在怀里的刘燕燕,他实在不愿使女人在感情上受到冷淡和伤害。但买子刚刚合抱,又赶紧松开,买子突然看到一双目光,一双抑郁的、含有责怪的目光正在屋角深处向她逼近，那是月月。买子此时突然意识到一旦拥抱，再推将出去，才是无情，才是多情的无情。买子毅然离开刘燕燕，说不行，我不行，你还是走吧，我送你回去。买子在说这些生硬的话时心里很不舒服，但他还是坚持重复了一遍。刘燕燕哭了，刘燕燕揭开围裙，转身冲出门外，我自己走，不用你送。

这一天里发生了许多事情，虽都不是什么了不得的大事，但它在买子心中激起了一些波澜。送走刘燕燕回来，买子简单扒口饭脱衣躺下后久久没睡，吕林森、金水、刘燕燕，包括庆珠、月月、小青，走马灯似的一个个在他脑海里转着，直到后半夜。后半夜，这些人的面孔被亮起来的下弦月弄得模糊，他才眯瞪着睡去。

以为终于除掉了祸根的林家在月月走后并不安泰。国军大病一场，旧病的痊愈使他拾起了男人的尊严，女人的背叛又把他男人的尊严打得七零八碎，让他又添新病。国军病症的主要反应是嗓子肿疼，这生理上的疾病并不难治，只需几片喉疾灵就完好如初，重要的是心灵上的伤痛，精神上的打击。这打击和伤痛起初因了月月的背叛，月月的一口咬定自己变心，后来则发生了微妙的变化，国军满眼满脑都是月月，她无所不在，她一会儿端药走近炕沿，说国军喝药，一会儿伸出手来抚他的肩膀，凡是响在屋子中轻盈的脚步声，傍晚哗哗啦啦的洗脸声，都让国军心生盼望心生难过。等到夜晚，新房里只剩国军一人，秋夜的空旷、凉爽，让国军一节节回望出月月的好，月月的贤惠，回望出她自从走进林家就没做过一回女人的事实，国军就对自己那样恶毒的骂了月月打了月月感到愧疚。国军把月月离婚的原因归结为他的打骂，月月这样的女人是经不住打骂羞辱的。他如果一开始就和颜悦色，事情可能完全是另外一个样子。月月离开林家，她虽然只拣走几件衣服几双鞋，没拿走属于她的所有衣物，但她不会再以媳妇的身份走进这个家门，这是一只被打碎的花瓶，再也拾掇不起，国军透过暗夜看到那碎片的闪闪发光,心里如挨了铁杵似的弥漫着钝疼。

最初几日,古淑平并没感到日子有什么大的变化,儿子卧床不起十分正常,一日夫妻百日恩,丢一只袜子还要好几天不舍,况且是人。她一直相信只需十天半月,儿子就会打起精神前去上班。而只要儿子上班,一个展耀耀的小伙闪在山野田地边,大姑娘便会像雨后的猴头蘑菇,成簇成堆。古淑平一想到这里,多日不展的心里,登时就射进一道霞光。第二天晚上,古淑平把中药熬好端送西屋。儿子说,不用喝了,彻底好啦,古淑平便更是坚信林家的日子从此便会一好百好。

古淑平心情的变化是从第五天开始的。这一天正是国庆的第二天,国军上班,小青火花都不在家。这一天林治帮与以往很不一样,他既不拿小书在街上溜溜,也不在院里帮她做活,他一早瞅儿女都走,就迟迟疑疑走进堂屋,一个闹人的孩子似的凑在古淑平跟前,羞怯怯地说,咱俩老夫老妻的,儿女不在,咱说点体己话。古淑平愣住,想笑,你这是怎么啦?林治帮伸出老手扳过女人脸,胡楂上抖索着让女人感到肉麻的讪笑。古淑平说,儿媳离了,你怎么也老不正经?古淑平跟过来。跟到东屋,林治帮说,淑平——这是四十年前他们新婚时他对她的称呼,自从有了孩子他从未这么叫她。

林治帮说,淑平,你说女的跟了人,就对不起男人,那男人跟了人算不算对不起女人?

古淑平嗷的一声,哦呵,你不舍得月月,你不舍得你那儿媳?她养了汉了你还不舍?

林治帮不与她争辩,继续说,你说男人跟了女人,算不算对不起女人?你说。古淑平说古语明摆着,好男占九妻,好女一个是人家的。

可是我……我怎么就这么倒霉,这么倒霉……林治帮的笑像深秋的薄霜蓦地化掉,铁锈的脸上泛出莫名的愁苦。

古淑平有些警觉,你占了谁了,你怎么就倒了霉了?

林治帮说，我是作了孽了，作了孽。

古淑平冷冷地看着男人，肉麻变成心惊：做了什么见不得人的事想说就说，别含含糊糊。

见女人脸有些阴，林治帮胡茬上的笑再度泛起，我是说，凭啥倒霉事都叫咱摊上？

不就儿媳离婚？古淑平故作镇静，她觉得林治帮要说的事跟儿子离婚的事不是一码事，可是她一时又捉不到那码事的踪迹，就像眼看着一个线头扔过来又被风吹走。

那还不够呛。林治帮说。

线头飘得无影无踪。古淑平为自己的警觉感到好笑，快六十岁的人了，还占什么妻。古淑平说，倒霉事儿就过去了，就过去了，你等着得好吧，买子又成为咱们女婿，这是多大的好事。

林治帮摇摇头，之后又点头，说是呵，老天也有照应，也有照应。可是……

如果话只到此，古淑平并不能因林治帮的话心生疑虑，古淑平对他后边的转折根本没有留意。林治帮在女人提到买子之后，停了好长时间突然说，国军的婚事你就管吧，我管不动了，我只管小青的婚事。女人说小青的婚事是程家管，用不着你管。林治帮说，那我就什么也不管。起初古淑平以为男人在说笑话，抬眼去看，见铁锈样古旧的脸上突地罩上一层丧气，古淑平心里格登一下，连日来的安稳、平静一霎时一扫而空。

从不串门的古淑平同男人搁话不久，走出院门来到林治亮家的小卖店，问林治亮，他婶在家不？林治亮说在家，古淑平就一路躲着鸡屎走进院子。因为大伯嫂很少来过，治亮女人迎出来时的表情有点像蒙在云雾里的阳光，不很真亮。治亮女人说大嫂来了？古淑平说嗯，眼里登时有了雾一样的水气。治亮女人引进屋里，说大嫂怎么啦？古淑平用手去抹眼角，他婶子，我这命真是不济，你哥越来越反常，叫我心慌……告你个事不怕你笑话，国军和月月要离婚。什么？治亮女人眼睛突的一亮，迅疾目光拨过云层亮度加强，你的日子一直都是红红火火的，你这是胡说什么？治亮女人眼睛一亮的瞬间，古淑平心窝被电触了一下，有一丝扎疼，她明知道会是这样，治亮女人对别人家的事永远怀有兴趣，可是她太想找人说话，太想，治亮女人又是离她生活最近的女人。像以往每一次一样，话一出口，一见到对方眼光兴奋地一闪，心窝就感到触电似的扎疼，古淑平就顿生后悔。其实这疼和后悔是一往东院迈进时就料到的，可是她无法阻止自个儿朝后悔逼近，就像一个抽烟的人明知抽烟有害却无法阻止自己。古淑平说他婶可千万别跟外人讲，月月生了外心被俺抓着，你都想不到是谁。古淑平看到自己朝着后悔昂首阔步。治亮女人说谁？一个瘦猴——买子。治亮女人惊愕，拨开云缝的日光顿时显出一道彩虹，这是怎么啦？这不是造孽吗？可不是造孽！古淑平在说出造孽时眼眶的湿雾聚成泪滴跌落下来，她已顾不得被笑话和被传播，将几个月来产生在心底的烦闷、焦心一股脑说出来。国军如何有病，林治帮和火花如何反常，张瞎子如何算命，月月在买子家如何不要脸，翁老太太如何被林治帮找来，林治帮刚才如何比往常反常，竟说国军的婚事不管了……古淑平说着，泪不住地落着，滚珠似的泪水被只有女人才有的细柔的声音牵出绵细的真诚。

　　治亮女人被这少有的真诚打动。只从国军结婚，嫂子从未向她说这么多的话，微妙的、幸灾乐祸的心理顿时化作女人的同情、可怜。治亮女人说嫂子，是灾躲不过，灾过了就有好运，咱国军在歇马山庄百里挑一，怕什么？古淑平得到同情，似达到了诉说的目的，也似有了一些信心。她说国军倒不怕，月月也没她好光景，买子根本看不上她，买子要娶小青。买子要娶小青的事突然变成一场旋风，掠走了治亮女人被古淑平真诚的诉说唤起的同情，她不禁想起几个月前买子到大伯哥家送酒的情景，想起为送酒引起的和男人的恶战，罐子里原来装的是这样一团秘密，怪不得……人算不如天算,这是报应。同情变成妒意,妒意又被因果报应的思路辗平。治亮女人脸上重新浮上一丝光亮,说行呵,大嫂说到底还是个福人嘛,又攀了村长当女婿。古淑平说行什么行,我根本没瞧上那黑猴。再说啦,我跟你讲,就是想让你知道,月月走了,林家的灾难并没去掉,你哥太反常,我老觉得灾难好像就在房梁的什么地方趴着。张瞎子说,日头沉西,今明两年躲不过去,你说没有你哥这个家可怎么办?

淋漓的抒发在离开院门就变成了对自己的憎恨,古淑平在离开治亮女人时,看到治亮女人脸上有种复杂的、忽明忽暗的神情。

歇马山庄,也许和这世界上任何有人群的地方一样,女人之间不管存有多少芥蒂,争取对方的同情都是与生俱来的需要,它好像人身体里憋足的尿,走过一段路程,总要排泄出去。泄了,才可轻装上路。可是她们不知道,也无法知道那带碱的液体会渗进土地滋长什么样的庄稼。

古淑平见林治帮一直打不起精神,第二天吃罢早饭,便顶着晨露再一次去土门沟求张瞎子算命。张瞎子听古淑平踏响在破旧的灶间的脚步,就知道是一个月前来过的女人。他从炕上爬起就一句话:胭脂气没去,你不用再问。古淑平满怀得到解脱的希望不等表达,就被只用一只眼张望世界的神人打得粉碎。古淑平木雕一样愣在那里,企盼和恐惧使她一时间不知该说什么,不知道这样的算命要不要给钱。许久,古淑平醒过神来,想总不能不掏腰包,总得对得起腰包里的钱,就说老神,胭脂气去了,五天前就去了。一孔深洞在移动的脸上张望着,说没去,肯定没去!老神的声音有种空冥然而超拔的硬朗。古淑平说什么时候能去? 老神拖起孤弦,用手一拨,颤颤的弦音旋动开来,之后捏掐手指,捏毕,再次拨响孤弦,在旋动的颤音消失时,老神说,年末岁尾。

由于再一次肯定了灾难的存留,古淑平开始了对月月好处的留恋,一旦有人断定月月不是灾星,月月的温存、贤惠、知情达理,就愈发地显现出来。她想起月月为国军没声没响熬药的情景,想起从不高声大语说话的情景,甚至想起次数不多的给火花上课的情景,种种情景让古淑平认识到,再找一个像月月这样各方面都好的儿媳,是难上加难。从土门沟回来后,古淑平过起日子,更加郁闷不乐。然而,就在古淑平被灾难的无所不在拴住魂魄,一有风吹草动就能惊出一身冷汗的时刻,火花在林家再一次失踪。

这是一个秋风不很欢畅的闷热的午后,小青上镇进药中午没回来,火花吃罢饭自己上学。因为没有小青,路在火花眼里变得又宽又长,山野在火花眼里也又深又远。火花从道这边走到那边,逛来荡去像在一个长筛子上弹动的小豆,苞米地、地瓜地、菜地,一块块走近来蒙上眼睛,像不同色彩的花布。火花慢悠悠在花布中间的长筛上弹动,淡粉色布拉吉张着底摆,仿佛一只移动的喇叭花。自从上学,火花极少有机会自己走路,上学跟着姐姐,放学跟着屯里的同学。因为上学跟着姐姐,放学跟屯落同学站排时,排长总不给她好脸,说跟你姐去,就像当初喝酸奶遭到于冰冰冷落不想再喝酸奶,火花极不愿意跟姐姐走路。爬过一个山坡,望见学校四周的青山,火花心里既欢畅又郁闷,一群蜻蜓从地瓜地上空飞过来,在火花头上嬉闹一会儿又飞到被割倒的苞米地里,一只蝴蝶夹在蜻蜓中间,飞着飞着又反身离开蜻蜓,独自朝地瓜地里一棵葵花上飞去,火花放弃了蜻蜓看蝴蝶。火花觉那蝴蝶很像自己,总是不愿跟很多人在一起。自从上学,于冰冰再也不跟她玩,并总是发动同学围她骂她,骂她婊子养的小妖怪。火花不知婊子养的和小妖怪是什么意思,可于冰冰的骂使大家都远离她,好像她是刺猬,谁沾了她都会疼。火花朝那棵葵花看着,痴痴地看着,突然,在葵花根部的地基里,火花看见有东西在那里蠕动,她吓了一跳。火花没有吓跑,因为火花看清不是野猪,而是人,是于冰冰。见是于冰冰,火花一阵欣喜——火花一直以为于冰冰跟她治气的原因是因为她跟姐姐走路。火花一惊之后等待着于冰冰的跑近。谁知于冰冰刚刚来到身边,就揪住她的头发往地上扨,嘴里骂着婊子养的小妖怪你为什么看我?火花不设防地被扨了个嘴啃泥,躺在地上怪怪地看着高耸云天的于冰冰,不知道他为什么要有这么大的火气。于冰冰气喘吁吁,说,妈妈说你是怪物、妖精,你不要再看我——于冰冰伸脖叫着,好像生怕火花听不明白。于冰冰比火花只大一岁,但在火花眼里他是大人,他好像明白很多事情,比如婊子、怪物。火花爬起来,唾着嘴里烂泥,火花说,我不知道你在那里。

那你为什么朝那看?

火花说,一只蝴蝶。火花觉得奇怪,看有什么错呢?

于冰冰听说一只蝴蝶,怒气消了些,呼吸渐渐匀溜,因为他也看见飞到葵花上的蝴蝶。

于冰冰好长时间就瞄上地里那棵向日葵,今天中午有意早走要偷偷把它干掉,可是刚爬进地瓜地,就瞅见山道上走来火花,心里恨恨。火花从不自己走的,从不走这么早的,就想起母亲的话,说她是个妖怪。心里就恨恨骂着,等待她的走远,可是火花非但不走,且转过身子专朝葵花这边看……于冰冰想怎这么巧就叫你看着蝴蝶,心里仍是忿忿,恶狠狠地说,告诉你小妖怪,我走,你不要跟我,反正有那么些道能到学校,你穿地垄,你别跟我。火花立定,看着于冰冰大摇大摆顺山路下坡,等他走远,她才动步。可是刚一动步,于冰冰转过身喊,小妖怪别跟我走——就像他后脑勺有眼睛。这时火花径直走进道旁的苞米地,跨过几垄割倒的又穿过几垄站直的,这么穿着火花觉得很有意思,比走平道有意思。火花这么跨着穿着,塑料凉鞋里灌满了沙子。火花每走一步都将沙子往外一甩,火花就想自个可能真是妖怪,要不怎么觉得穿地垄比走平道有意思。走着走着,火花觉得眼前透亮,抬头一看,她已走出大田来到水库旁边。她原本是要上学的,可是她来到了水库边。水库在家的西边,学校在家的北边,从西边上学校怎么走火花一时辨认不清,火花站在坝边迟疑了一会,又沿着大坝朝南走去。

火花应该朝北走,朝北走下二百米,就有一个岔道直通学校,可是她不知道,她朝南走,朝南是水库大坝,是下游大河。火花走到下游大河,辨清了自己所在的方位,这里离家不远,这里离学校很远,但火花在离家不远的地方,找回了以往没上学时无拘无束随意玩耍的快乐,这里没有人骂她,这里没有人冷她、气她,重要的是这里的大田边有一条小道通着姑嫂石篷,庄稼割倒她已能看到姑嫂石篷裸露的亮莹莹的石面。火花看见亮莹莹的石面顿时改变主意,她要去那里玩耍,那里比学校好玩,她好久好久没上那里玩耍。火花慢慢走着,田地已有了收割的人们,那些人们在她眼里手忙脚乱,她一步一步往坡上走,她感到很累,小腿酸酸的,当她一步一步挪进姑嫂石篷,汗已将淡粉的布拉吉湿透。石篷里须草又厚了一层,不知是谁总往这里扔草,干枯的须草有一种淡淡的甜香。火花坐在须草上,石篷遮住日光,让她不再挨晒,但空气却闷闷的,没有一丝风,火花坐下来,就眼皮发沉,她重重地倒在须草上,浑身有种美美的感觉,当耳朵触到地面的时候,她的眼前出现了一个奇异的世界。她看到大块大块的火红在空中飘扬,那些树根和人脚一样柔软的物体在火红中挥动,画笔似的,一会儿就将火红分开,抹出一块碧蓝碧蓝的天,艳绿艳绿的地,那天和地火花在现实生活中从未见过,太阳放着金色的光芒,一群五彩缤纷的蝴蝶在自由飞翔,云朵恍如亲人的笑脸,在金色的光芒里冲她微笑,那地是一块偌大的草坪,没有沟坎,没有庄稼,没有房屋,有的只是无边无际的棉絮一样的温暖和温馨……

山庄里好多人都发现了火花在水库边游荡,并后来奔了姑嫂石篷,只是人们不知道她在石篷一睡觉睡到灯火初上。大街上传来林治帮一家人找寻火花的喊声,人们纷纷出来告诉,到姑嫂石篷看看。古淑平一听又是姑嫂石篷,后背一阵发凉,国军和小青最后真的在姑嫂石篷里领回火花,林治帮见到火花泪流满面抱在怀里狂亲不止,一连串无法解释的现象使古淑平当夜病倒,上吐下泻,高烧三十九度。

第 十 七 章

月月住进学校的事情办得还算顺利,那日上完课她就到校长室找到孙校长。校长是个五十多岁的男人,当过三十多年老师,提校长约有两年。校长见月月找他,好像已有预感,开口就说你不找我我也要找你。月月惊奇,心想真是国军让她身败名裂给校长挂了电话?月月坐到校长对面的木椅上,准备好了的话经校长一说一下子乱了套数。她静静地看着校长,竭力以表面的安静掩饰着内心的慌乱。校长说,翁月月,你干得不错——这是对月月致命的挖苦和讽刺。月月眨一下眼睛,脸上泛起丝丝潮红。校长说,不过这种事你知道,决定权不在学校,月月点头,好像说我知道。校长说,我看今年这批够呛,明年也许能挨上。听完这话,月月突然警觉,校长说的是民办教师转正的事,跟她想的并不是一码事。慌乱顿时如一只爬在树上的蚂蚁仓皇逃窜。月月笑了,嘴角现出一缕不好意思。月月说,孙校长,我找你不为这事儿,我刚到年限,先让乔老师,我找你是想住进学校。校长愣了一下,看得出来,他并不是为月月想住校而愣,而是为月月找他不是为了转正而愣,别的学校的代课教师为这次机会都找反了天。月月说孙校长,我和林国军闹不和,想在外边住些天,避开一些日子,也许比天天在一块好。校长再愣,这一回的愣可是有些震惊的意味,校长说怎么会不和,你这性格怎么……月月说,孙校长,先让我住下来,清官难断家务事,慢慢的我再跟你讲。校长看着他一向信任的月月,便点头说行,那就和住校生一块挤一挤。月月说谢谢孙校长。

月月并不想有意欺瞒校长,只是她还不知道从何说起,她还不想把过去的事情当成错误来作检讨,而只要不是检讨,她亲手酿造的事实便很难得到校长的理解。学生宿舍有四间对面通铺,歇马镇中学因为分高中初中两部,邻乡来念高中的学生便要住校。安顿下来之后,月月没有因为自己遭遇的事情而在学生面前流露一点伤感和难过,她和她们一起打水、吃饭,饭后和几个女生结伴到街上散步,只是当学生要回校上晚自习的时候,她一个人留在人影绰约的镇上,看一辆又一辆汽车穿街而过,看一对又一对情侣挽手而过,这个时候,她的心疼,便和混沌的、无法理清的疼痛绞在了一起。

其实那混沌的,一时无法理清的疼痛一直都在,只不过白天她无法打开,或者说她不敢打开。这疼一经打开,便像没有涂药的伤口,血淋淋的新鲜。买子平淡的态度,小青别有用心的关注,国军狰狞的面目残忍的羞辱,都让她看见汩汩流淌的血。月月心里的疼已不再是过程中的疼,不再是纠缠在某一件单一的、暂时的事情上的,而是看到了命运中某种不曾期望的结果。这痛里没有怕没有恐怖——面对这种结果月月毫无惧怕,而只有委屈和恨。自己一向遵循秩序,遵循乡村已成定局的风俗法则,像自己的母亲,却不想在关键的事情上,在山庄人人唾弃的事情上走出轨道。这么想月月并不是后悔自己走出轨道,她的委屈里绝对没有后悔,只是她这么执着地走出轨道却经历了失败,那个人让她打碎了一切,失去了一切。

对于一个乡下女人,对于像月月这样没有走上大学却有机会做着代课教师的乡下女人,其实属于最大的成功,真正的成功是由民办转为公办,是通过自己的工作和努力,结束自己乡村户口的命运。只要抓住机会转正,只要勤恳钻研等到转正,她就永远区别于乡村指地过日子的乡村女人,她就一辈子有了城镇户口、有了待遇。这些年来，她也一直认真而勤奋的做着，然而月月怎么也不会想到，她会有朝一日，把这一切都看成是与自己毫无关系的身外之物，月月怎么也无法想到，她眼下心里刀搅一样疼着的失败，是因为一段并不正当的感情，她把这不正当的感情看成正当甚至看成她生活当中、生命当中最重要、超过一切的重要东西，她怎么能会这样呢？一个自以为正派、正直的农民的女儿，她从什么时候变成这样了呢？

在漆黑的夜色中，在小镇上浓浓的汽油气味中，月月面对揭开的伤口问着自己，她无从回答。她只知道，如果现在，买子突然站到她的跟前，告诉她他要娶她，或者，不一定娶，只告诉她他还爱她，她的伤口都会偷偷的悄悄的愈合，她都会觉得即使让她回到农村种地，不再教书，她也万分欣喜。可是买子没有这层意思，那天东崖口草房里，他的态度是清楚而明朗的。想到这里，月月心中的疼由结果又走回过程，月月的疼不是刚才的混沌的无法理清的疼，而是回到了某一段过程当中——她想如果刚开始走近买子，就向他表示自己的决心，事情肯定不是眼下这样的结果，但那时买子不知道自己会有这么大的决心，那时他一直以为她是离不开国军的，事实证明是小青的走入让她更深地了解了自己。如果说还有悔，月月真为自己的迟疑、矛盾后悔，为自己不了解自己后悔。可是这么悔着，她又痛恨买子，他应该给她机会，他其实从未给她选择的机会；他即使不给她机会，也不能这么快的就把发生的、拥有的一切一笔勾销。月月在想到买子对自己的态度时心口缩紧着，有一种更深层次的疼就像一只一直隐匿在苹果核里的虫子闻到空气中的香味，一趋一趋爬动出来，因为接触更大的空间，灵活的脑袋四处摆动。然而就在这时，月月脑里又涌出小青那快活的得意的面孔，涌出她在她哥面前貌似救她于水深火热之中的话：翁月月你不识抬举，你为什么要抓住狗屎顶在头上……是的，她就是要把狗屎顶在头上，她只有顶在头上让大家看见才心安理得。在此之前，月月从不知感情是只狂犬,当它发现快到嘴边的心爱的猎物被别人抢走它会这么样的疯狂,这么的不顾一切;在此之前,月月也从不知道,在这个世界上,会有一种东西使女人与女人彼此变得如此丧心病狂,没有理智,变得如此坚硬。那东西在打碎着属于平常人的尊严的同时,又是那样不可思议地建立着只属于女人的、似有些神圣而伟大的尊严——自己在那突然到来的时刻,竟不顾一切地、疯狂地维护着、争取着自己做女人的尊严,然而事实上她除了争取到丈夫的鄙夷、羞辱,其它一无所有。

从身体更深处爬出来的虫子不只一只,而是两只三只,它们堂皇地在月月的灵魂深处探头探脑,噬咬着她,咀嚼着她,让她度过一个又一个不眠之夜。

揭破伤口的疼痛是那样的撕心裂肺,可是月月又是那样急切地盼望放学,盼望入夜,只有在放学之后,在夜晚里,她才能够放纵自己,才能尽情地梳理自己。每天晚上,她都要在镇街上独自呆到半夜。秋露打湿了她的头发,偶尔穿街而过的汽车的轰隆声侵略着她的放纵和梳理,月月指望自己通过一次次放纵和梳理,疏淡那剧烈的疼痛,指望通过时间,来使自己变得麻木,一本书曾经告诉过她,只有时间能够医治一切。然而,月月并不能如愿以偿。

因为连夜失眠,月月对早饭没有半点食欲,可是为了保证在给学生讲课时胃肠不发出辘辘的叫声,月月总是坚持着跟学生一起走进食堂,打一碗稀粥吃一只饼子和一小盘咸菜。这天早上月月刚刚走进食堂,闻到食堂飘出的油腥味,就感到胃里翻江倒海往上搅动,她捂着心口退了出来,一股黏液随即从喉口喷将出来,月月大口吐着,哇哇的呕吐声震动了空旷的操场。她终于止住呕吐,镇静地寻找呕吐的原因,她一霎间出了一身热汗。

一段时间以来,焦虑和焦躁使她忽视了一件事情——她已经四十多天没来月经了。真正确定自己怀孕是在星期天上午十点,月月坐车到县医院作了检查。一个脸上长着麻斑的女大夫,做完宫颈检查看完化验单,表情淡漠地说,你怀孕了。女大夫的冷淡好像知道月月怀的是别人的孩子。月月笑了,月月面对陌生的大夫,由衷地笑了。这笑,是从刚一呕吐时就积蓄在心的,她怀了孩子,怀了买子的孩子。她终于有证据向国军、向小青证明她是跟了人了,像一个打赌的人终于赢了,月月清癯的脸上被笑冲出层层波纹。可是这波纹并没停留很久。很快,她就被一个清脆的声音击倒,那不是我的孩子!她不会告诉买子国军有病,而买子只要不知道国军有病,他就不会相信她怀的是他的孩子,买子只要不相信她怀的是他的孩子,买子就不会重视她对他感情的分量,她没有任何东西可向他、向他们证明……经历一次击倒,月月发现,眼下对于自己,向国军和小青证明什么都没有意义,最有意义的是让买子知道她怀的是他的孩子,是让买子在知道她怀了自己的孩子后,改变跟小青结婚的决定。

尽管月月担心买子不会承认她怀的是他的孩子,但一个重大的决定还是产生在一瞬之间,月月脸上的笑纹被一种庄严取代。她离开医院充满来苏味血腥味的走廊,向门口走去。她想她爱买子,她太爱买子,她要生下他的孩子,她要让他知道,她怀了他的孩子,她要找到他告诉他争取他——最后的争取。决定一旦形成,月月便如一个出征的壮士,迈着坚实的脚步离开医院。

因为做了两件大事,放手包出沙地,放手办起水泥砖场,镇党委委员打电话让买子到镇党员积极分子扩大会上介绍经验,为下一步的入党作充足的准备,买子没有拿稿,只是实事求是地把自己如何想把出民工的男人引回来,让山村再度热闹起来的想法讲了一遍,赢得很多人的赞成。临散会的时候,组织委员说,程买子你小子今年要走大运,你得请客。买子说没问题绝对没问题,你说请谁就请谁。组织委员不假思索,王书记、关镇长和耿人大,王书记是党委一把手,关镇长和耿人大是党委委员,将来入党他们都得说话。

　　不知因为怕其它机关干部发现，还是领导工作太忙，组织委员替买子挨屋请完领导，和买子提前来到政府旁的白天鹅酒家。组织委员前边领路的样子仿佛是他请客。进到一间包间坐定，组织委员四下撒目，而后嬉笑着说，你小子很顺，我有预感，用不上两年，就会爬出来，爬到镇上。买子笑了，洁白的牙齿闪出激动。买子说怎么会这么快，那我不成了卫星上天？组织委员说，你以为怎么着，就是卫星上天，一夜成为大款，一夜成为经理。一夜成为阶下囚。最后一句是买子接的，买子虽这么说，心底还是涌涨着得意。他说，那还不全仗着你的栽培。似乎终于说到点子上，组织委员正经起来，摆出机关组织干部的威严，说，说真话，如今当官，上边没人真不行，当初要不是林治帮推你，要不是林治帮跟我、跟镇上这些头头都是私交，你还真够呛，大伙都不明白林治帮为什么那么急着退。正说在关键时候，三位领导轰隆隆走进来，好像他们已听到买子和组织委员的对话，王书记进门就说，感谢谁？林治帮？可别感谢错了，该感谢关镇长。

　　这是一句意味深长的话，可是当时谁也没有在意。

　　一顿午饭虽然消费了买子八十块钱，却让他获得了被人夸赞、肯定的快乐，因为有酒精垫底，这肯定和夸赞里有一定水分。但恰因了酒精使买子快乐得彻底，快乐得忘我，不像他跟金水虎爪子喝酒，嘴上怎么吹牛过瘾，心底里看自己都有着一些自卑。他一杯接一杯敬着四位领导，每一杯酒下肚都感到心底热辣辣的舒服，每一杯酒下肚都让他感到自己变重、变大，仿佛浸泡的木耳。由一个连一分地都没有的烧砖人变成一个能跟镇领导在一起喝酒的人物，买子感到自己已经是一个很有分量的人物。买子在四位领导宠惯孩子似的目光中尽情喝酒，黑红的脸庞上铺张着深刻的激动，憨憨的嘴唇释放着原始的真诚。买子激动，但并没喝醉，因为看着镇长被酒精烧红的面孔，他想起了庆珠死前的那句话：你为什么不是镇长？他至今搞不清是镇长的什么东西打进了庆珠的记忆。买子站起来，再斟一杯，意味深长地说，感谢镇长，感谢诸位领导，我程买子三生有幸！

从酒店出来，买子觉得整个身子鸡毛一样飘忽发轻。他想直接回山庄，可是走到镇政府门口，耿人大叫住买子，说你来，这有一张表你带回去。买子跟进人大主席办公室。耿人大因为喝多了酒，神志有些混乱，桌上桌下乱翻一气，好久，翻出一张表格交给买子，买子见上边写着市人大代表登记表的字样，买子说给谁？耿人大说，是……是上边要多种经营方面的典型当代表，咱镇订了古本来。买子于是雀跃，说太好啦，歇马山庄有了市人大代表。

许是因为连续的兴奋，又有酒精作祟，买子觉得心已不在心的部位，而像浮萍四下漂浮。他没有回到村部，而是直奔后川古本来家。刚到古家门口，就闻到一股喷香的炖鸡味。因为胃里有酒，闻到鸡味买子有点反感，买子顶风而进。古本来女人满脸油污在堂屋忙活，买子说大婶有什么好事？古本来女人见是买子，说你可有口福，你叔今晚请客，请常水和斜阳学校的老师。买子早听说他们为儿女成材每年一次的宴请，便知道古本来此时在什么地方，赶紧转身往果园走去。

西下的阳光把散了一地的苹果映出斑斓的色彩，古本来映在斑斓之中，仿佛老人剪纸用空格凸现的人影。他一袋一袋打点，五六个袋子直直地竖在那。买子说本来叔，叫他们自个来装呗。古本来抬起头来，见是买子，摇摇头，说嗨呀你可不知道这些老师，叫他们往家装东西可是太小气，去年请他们，叫他们自个拿袋儿，你猜拿什么袋？就是能装十斤苹果的方便袋儿。买子说，吃你拿你的谁好意思？古本来说，所以今年我就提前给他们装好。买子拿了一只苹果咬了一口，然后从兜里掏出那张表格递给古本来。古本来拿到手里看了两眼，突然怀疑地盯着买子，好像买子是在耍他。买子不语，故作什么不知地吞着苹果。古本来沉不住气，说你不是在耍我,叫我当人民代表?买子说对,就叫你这样雇人种地、请老师客送老师礼的人当人民代表。买子的话有着调侃的意味,可是在古本来听来就是一种讥笑和讽刺。他把表格递给买子,说你小子耍我老头,你以为我不识好歹,那代表是我当的?买子见古本来真在怀疑,就认真起来,说本来叔,镇上耿人大说今年上边专要多种经营搞得好的农民代表,你当之无愧。跳进果园的日光再一次透过艳红的苹果,将斑斓返照在古本来脸上,肉球在闪烁的光钱里颤动了两下,古本来摊平表格,认真地重看一遍,之后唰一声就跪下,冲着果园的山岚,连磕响头,边磕边说:老天保我平安!老天保我平安!

月月离婚的消息没隔几日,就在歇马山庄山野屯落传播开来,人们相互传播的迅速就像秋风在割倒了庄稼的平川秃岭飞行。它的始传者毫无疑问由林治亮女人担当。那日古淑平离开她家不到一个钟头,她就从后门窜到小学教师于敏那里,于是月月离婚了,月月离婚了,就像《地道战》电影里的游击队员的传言:各小组注意,各小组注意,不准放空枪,不准放空枪。以一传十。人们最初传播的兴趣源于月月的离婚,为他们一直关心的林家大喜之日着火的原因找着根据——这是一桩老天不容的婚事,后来便普遍转移到对月月的重新认识重新估评上,认为越是不声不响的女子越能做出震天动地的事情,正应了"笨人出奇事"的古语。林治亮女人在始传时有根有梢地描述月月与买子在东崖口又啃又咬的情景。人们对这一情节多持否定态度,月月啃咬的或啃咬月月的一定不是买子,而是学校里的校长或比校长官大的什么人物。尽管买子当了村长,但在人们眼里他俩没有必然联系,不属一个档次,关键在于,林治亮女人传播的消息里,买子最终要娶的是小青,一个和嫂子搞出不正当关系的男人最终让小姑子英勇献身,这决不可能。更为关键的是,大家一直认为小青不是个吃亏的角色,林治帮也不是个吃亏的角色,肯把一个清白的女子嫁给占了自家儿媳的男人绝对不是聪明人所为。传到后来,确实有人发现小青和买子在田间小道上形影不离,人们便断然肯定月月跟的人不是买子。显而易见,在月月离婚这件事上,最受舆论伤害的是月月而不是买子,更不是国军——因为不管事实怎样,结果毕竟是月月跟了人,毕竟是因为月月跟了人才导致离婚。许多人在菜地田地做着活路时,一瞟田畴间有人影过来,都放下活路用心去看,看是不是月月,他们特别盼望看到一个因为跟了人而被婆家不要的女人——又是平素以为最最老实本分的女人是什么样子,这似乎对满足单调日子间偶尔激起的好奇心极为重要。

买子大约是最后一个知道月月离婚的人,由于小青的隐瞒,买子一直以为国军和月月和好如初,他还时常在思考工作之余,构想跟小青关系明确后,上丈人家如何启齿把月月叫成嫂子,这对他似乎是一件只需时间才能帮助完成的事情。然而他完全不晓得在他的生活后面,因为他发生了什么。买子得知消息是从小青口中。村部里人以为他早知此事,没有任何人当他提起。小青原本打算隐瞒到底,直到他们结婚——小青预感她和买子结婚的日子不会很远。可是近日来小青改变了主意,她保不准买子会不会从别的渠道知道这件事情,她想与其让别人告诉,还不如自己先说,这一方面袒露自己的自信、真诚,一方面可全面了解买子听到此事后的反应。她只想看到买子的反应,然后设法引导他,就像她当初一点点引他向自己就范。

那是买子在镇上开会后的第三天早上,买子刚刚进屋小青就跟了进来,她进屋并不表现以往的热烈,她淡淡同买子笑,使一个飞眼儿,而后漫不经心地说,我哥我嫂离婚了。她本想调皮地开个玩笑,说程村长,民女有一事相告,翁月月同林国军已经离婚,可是刚要开口,又觉这件事对买子刺激一定很大,不宜采取戏谑的态度。买子确实很受刺激,脸皮瞬间冻住似的一动不动,正准备拿什么的手在半空划了一下,而后悬下来。他直直地看着小青,竭力使自己变得平静、平常,然而他还是做不到,他不敢想象,不敢想象月月会在自己已经明确了态度的情况下坚持离婚。买子说,小青,我……我对不起月月。你……是这么看吗?买子的嘴唇此时有些笨拙。买子的第一反应是自己对不起月月,然后是想知道小青对这件事怎么看。小青却很郑重地说,买子,我想告诉你一件事,我原来没想告诉你,但我现在必须告诉你。小青尽量使语言变得郑重,小青说,月月离婚的根源在我哥身上,我哥有病,那方面有病……你记得新婚之夜那场大火吗,是那场火吓的。小青并不正视买子,她说月月后来走近你,也完全因为我哥的不行,并非是什么爱情。买子悬下来的手放到腰间,脸皮依然冻住似的,没有表情。许久,一缕日光透过玻璃照进来,刺着了他的眼睛,他车过脸低下头去看脚下的泻进来的光影,买子说,月月原来这么不幸,她原来这么不幸。小青依然不看买子,而是故意转回身子,做出要走的样子。这时买子突然警觉,用瞬间的微笑化开脸上的冰冻,揽住小青,将小青紧紧搂进怀里,而后低头用嘴寻着小青的嘴唇,死死地吻着,一边吻着,一边用短促的音节说,别生我的气,我爱你,我是爱你的。小青噗哧一声笑了,看透一切的智者似的笑了,说我从来没怀疑过你爱我,我相信你爱我。其实小青心里十分清楚,一个男人听到自己刚才复述的消息最切肤的感觉一定是受骗上当,不管他是否爱过对方。小青趴在买子怀里,再一次被自己的聪明感动。小青看到自己在感情这件事上对买子的操纵,已经达到炉火纯青程度。买子说小青,我真怕有一天,你因为你嫂子,呵不,月月,你因为月月的事生我的气离开我,我今天告诉你,其实我们之间什么都没有,她也许像你说的那样,因为需要才走近我,而我一直就觉得她是姐姐。买子的话曾经说过一回,他的一再强调让小青受了感动,从买子怀里挣脱出来,说你放心好了,我从未觉得你和月月之间有什么,不过她是一个偏执的女人,我真怕她到处去说她爱你,或者说为你才离婚,那对你影响不好,你现在……买子赶紧截住小青的话,不会,月月不是那种人绝对不会。

然而就在这天上午,月月突然在村部平场上出现,就像砍倒的庄稼突然又在地面上站立,买子看到月月心里陡地一颤。其实买子并不是村部第一个发现月月的人,当时买子正在召集村委开会,栽种滑子蘑的推广已初见端倪,买子的意见,要在入冬民工回村之前把技术和木屑全搞到手,正说到搞木屑的款如何筹集,就见刘海的目光转向窗外,并异常警惕地看看窗外再看看买子,买子不知道发生什么,以为是村民有什么急事找来,刚一转头,一个熟悉的身影,就深深地印进买子的眼仁里。买子心底异常紧张,就像一个窃贼被人发现那样紧张。买子感到月月冲自己而来,脸上顿时掠过一道青光,他不知该站起来迎出去,还是静等着她进来叫他——他相信她不会闹,而是叫他到外边去说。当月月揭开屋门,目光静静地对准他,慢条斯理说买子我找你有事,他感到自己几乎是一身冷汗。

买子极力平静自己,迈出坦然的脚步。他跟着月月,月月推车走在前边,细瘦的腰肢一摆一摆,让买子感到熟悉又感到陌生,亲切又伤感——买子在看到月月细瘦的腰肢时,莫名的恐惧让位给伤感,他想起她的不幸,他似乎这一时刻很怜悯她的不幸。走到平场边缘靠近村小学操场,月月停住转过身,深情地看着买子,月月的目光有种吞噬买子的深情。买子起初躲闪,像躲闪刺目的日光,后来就被这静静的水一样流淌的深情淹没,月月的目光有一种静静的磁力,让买子感到掉进河里似的润泽和舒适,买子说,翁——翁老师,你找我有事?月月脸腮的肌肉瑟缩了一下,似乎对这种叫法不太习惯,但她依然是深情的,静静的,就像一个饥饿的孩子面对一只油饼,贪婪地看着他的脖颈,他的洁白的牙齿,憨憨的嘴唇,她是多么想看见它们啊,她是多么想这熟悉的一切归自己所有啊。月月终于翕动嘴唇,月月说买子,我怀了你的孩子,你的。月月的语气有些急切。

像正洗着澡的水一下子变凉，买子蓦地觉得肌肤起栗，一颗卵石一样凉滑的东西顺胸腔往下沉，他说不可能，怎么可能?!

月月目光跳到远处，而后又落在买子脸上。买子发现刚才那静静的东西不见了，好像在一跳之间被什么物体猎走，随之而来的是冷峻，能够穿透一切的冷峻，月月说，我不会骗你，是真的，买子，我爱你，我想和你结婚。当说到爱时，月月的心狠狠疼了一下，眼眶涌出泪水。她不看买子，而是看着远处的山际，似乎很怕泪水掉出来。

月月有了自己的孩子，月月说要和自己结婚，不可能，怎么可能? 买子下意识重复着，顺胸腔下沉的物体渐渐变成一些针尖往心上扎着，瞬时，他感到小青的目光、村委们的目光向自己背上扎来。他想起小青的话，月月是个偏执的女人。看来月月确实是个偏执的女人，尤其买子想起，她是因为国军有病才走近他，买子一霎时调整好情绪，买子说翁老师，我想，我永远不会忘记你对我的感情，可是你知道，你知道我是已经决定要娶小青的，这孩子……买子说到孩子，迟顿了一下，好像这两个字不该是他说的。他说我不敢肯定他真是我的，不过不管是不是，我带你去打掉，我会帮你的。

泪水终于跌落下来，月月说买子，月月的语调由急切复归到平静，一种难以理解的平静，当听到买子说完这番话，月月自己都不知道她的心情会一下子平静。月月说买子，对不起，实在对不起，我不知道我这是怎么了，请你原谅，我想，是我错了，这孩子不是你的，是国军的，他怎么会是你的? 月月说着，移动自行车，刚迈出两步，就一高跳上去，骑车悠悠远去。

买子站在那里，目送迅疾远去的月月，心里想月月到底怎么啦? 她怎么这么莫名其妙不可理喻? 买子觉得自己被月月搞得很糊涂，月月常让她很糊涂，似近又远，似是而非。买子摇摇头，平息着心绪,堂而皇之走回村部,买子在进屋时,已经非常平静,他沉稳地说刚才说到哪？咱们继续开会。

上午散会,买子最后一个离开村部,他一直等待小青过来询问,他相信小青已把他和月月对话的一幕看得一清二楚,可是小青迟迟没有过来,买子锁门主动走去卫生所,卫生所的门已经上了横锁。买子站在门前,心一阵乱了下来,他想小青一定是误解了他,他其实是一个意志特别坚定的人,他怎么会迷失方向,放弃目标？买子悻悻地扭转头,朝家的方向走去。

然而刚刚走上山冈,小青从树林里走了出来,小青一离开树林就一只小鸟似的咯咯笑着勾住买子脖子,手在他背上抓着,用她无限的调皮阻止着买子急于要说的话。当她最后挽着买子胳膊,告诉她半月以后和他旅行结婚,买子知道,什么都不用说了。

买子太不了解小青,小青已将男人的趋利避害看得透透的。

第 十 八 章

在心底鼓涨了一天一夜的最后一次争取爱情的希望被彻底打碎之后,月月反而变得清冷、果决。离开歇马山庄村部——走回这里需要多少勇气,她骑车直奔上河口林家大院。见月月回来,婆母古淑平从炕上爬起来,被病熬瘦的脸上顿时涌满笑纹,她说月月,你……你回来啦? 婆母的态度令月月十分感动,她以为她会将自己拒之门外,或者连喝带骂。月月大大方方叫了声妈,她说妈我回来拿些换洗衣服。月月想这大概是最后一次叫妈。古淑平木讷地应着,之后就直直地站在堂屋,等月月主动说些什么。月月打开西屋,屈辱和温馨一同扑面而来,因为不想久留,月月没有放纵自己的感情,她打开柜门,拿出一块台布铺在炕上,之后把秋冬衣服一件一件往外拣,拣到台布能包住的容量,便用力打包勒紧。月月打包时一直开着西屋屋门,为使婆母监视方便。包裹打好,月月从背包里掏出一张协议书,走进堂屋,放到婆母跟前的吃饭桌上,说,让国军拿到镇法庭,到时法庭会传我。

古淑平扯过纸张,她不识太多的字,但那上面红红的指印让她明白这是什么样的证件。古淑平将纸张推过去,说月月,俺一点都不舍你,你怎么就这么绝情? 月月看着饭桌,她想是的,她很绝情,她不知道爱一个人会把自己弄到这么绝情,她不知道在她曾经恐怖的一切发生之后,她会是如今这个样子。月月并不说话,她不知该说什么话。古淑平说,能不能再拖一拖,俺做国军工作。月月说妈,不用了,不用。月月刚刚说完,古淑平就两手捂脸呜呜哭出来。她头发披散着,倒挂的菜缨似的一绺一绺,边哭边说我这命怎就这么不济,怎就这么不济……月月见不得婆母哭,眼窝忽地一热,眼泪夺眶而出。月月转过身,背对婆母,月月感到热热的液体汩汩地顺腮而下。是的,命到底是什么东西? 她翁月月的命怎么就这么不济? 她自从进了林家,就没得好,她的丈夫得了病,她跟了人;丈夫不认她,她跟了的人也不认她;她如今又怀了那个人的孩子,那个人却要娶她的小姑子……月月悲恸地哭了起来,她离开堂屋扑到新打的衣包上,孱弱的身子在床上一抖一抖,月月觉得五脏六腑都往上翻着酸楚、悲凉,她浑身抽紧着,手和脚一阵一阵发凉。见月月哭,古淑平止住哭声,她的难过和月月的难过好像在一条河床上,月月流她就不再流了。古淑平抹着眼窝,胡乱地拢着头发走进西屋,她伸手摸着月月肩膀,柔声说月月,咱娘俩没处够呵,你怎么就……月月抽动一会儿,抬起头来,平静地看着婆母,说妈,我对不起你,对不起林家,我知道我对不起。月月终于说出了悔过的话,古淑平听完眉心一亮,她握住月月的手,另一只手便去解已经打好的包。蓦地,月月挣出手来,抓住包,说不,不,我走,我说什么也走,请你放我走。月月态度的坚决跟刚才的柔和反差太大,古淑平有些回不过劲。少顷,古淑平变了脸色,她退后几步,嘴里挤出比刚才阴冷十倍的声音:俺没见过你这么邪性的女人,真是知人知面不知心。阴冷的声音撞入月月耳畔,月月并没感到有多么刺耳。这种话她听来格外好受,就像一块冰融进雪地而不是热锅,她不希望融化自己。

月月背上人造革背包,抱起台布衣卷走进堂屋,与婆母擦肩而过时,只听东屋里重重咳了两声,是公公的咳声。月月欲退回来跟公公道一声歉,可是偌大的衣包使她无法转身,她便走出屋子,把行李结结实实捆到车上。月月不卑不亢地走回屋子,完全一副任打任骂的姿态。她走进东屋,见公公木人似的坐在炕上,灰苍苍的脸有些干瘪,知道自己的走给当过村长的公公带来多大打击,她还记得第一次在林家开家庭会时他说的话:月月我退了你可不要瞧不起林家。事实上一切都跟他退休无关。月月轻轻地叫了一声爸,月月觉得这是前生的缘分,短暂而刻进生命的缘分。月月说爸我对不起你,对不起林家。月月把对婆母说的话重复了一遍。

林治帮眨眨眼睛,看着墙壁,你对不起国军!林治帮语气很重,像往地上钉木桩。

月月低下头来,说是。

林治帮说,浪子回头金不换,女子回头比狗屎还臭。

月月没有吭声,她心里说所以我永远不会回头。

林治帮说,我不这么看,男女回头都是金不换,我林治帮打初怎么看重你,今后照旧怎么看重你,只要你能悔过。

月月想不到林治帮的话是这层意思,一时心里有些慌张,因为她已非常坚决。为了不再给老人直接的伤害,月月说谢谢你对我的重视,你其实一直对我很重视,我回去再想想。月月说完定睛看一眼公公就出屋推车走出大院。

月月回林家给上河口女人的好奇带来了很大满足,出门时门口已聚了一些女人,大伙看她出来朝街上疏散了一下。月月分别同大家点头。走出屯街,只听治亮老婶后边说,这年头偷人养汉实在不是什么丢人的事。

月月刚刚回到学校,同替她上课的李老师打过招呼,就有人说翁老师你哥哥来找过你。月月知道一定是开家具店的二哥三哥闻知了消息。她放下衣包,到食堂打了午饭,骑车来到供销社南边的家具店。住进学校这些天来,因为身心一直鲜活地疼着,月月没有心情去见自己的哥哥。关键是她不知应该怎样诉说目前的境遇,才不致使两个哥哥心生不安;这些年来,因为自己一向为家里做事,是家里的情感纽带,虽为妹妹她却一直拥有姐姐样的被敬重。一个被他们敬着的妹妹因为跟了别人遭了遗弃,月月怎么想都抹不开面子。二哥三哥的家具店取两人名字中间的字命名"复兴家具店",店铺里摆着成品立柜,后院是二哥带着三哥、凤卜、凤生在锯木凿木。见月月站在店铺门口,复安兴安一同放下手中工具,他们不约而同的默契仿佛对月月的到来等待已久。月月静静地瞅着他们,像上午静静地瞅着买子和婆母一样,这是她在哥哥跟前第一次做错了事似的等待发落。然而一切完全出乎意料,当二哥三哥走进家具店,三哥随手把前门后门关好,二哥关切地瞅着月月,说国军打你了吗? 在月月的印象里,二哥从来不曾这么盯过她。月月摇头,随后说,没有。三哥说打你你就吱声,咱错就认错,打咱不行。月月说没有,就是没有。因为月月极少受到这样的关心,又是在这种事情上,心里感到很不得劲。她说你们放心,我自个会把事情处好。二哥说不行,咱们翁家人不能这么挨欺负,他程买子占了有夫之妇却跟黄花姑娘结婚,他这是缺德。三哥赶紧接上,赶明去揍他,叫他当村长当得滋润。尽管哥哥的话表达的不是她的意愿,心底里却是受了极大的震动,血浓于水,毕竟是亲兄妹。月月眼窝再次发热,这发热一方面因为兄长如父一样的关怀,一方面因为一早离开村部时心底涌起的怨怒刚刚平复,又被二哥勾起,她心窝翻了一下,但她极力控制自己不表现出来。她说,不怨买子,是我自个的事,真的是自个的事,我爱他。月月没准备对哥哥说这些话,她不愿这么毫不掩饰自己。可是哥哥的真诚感动了她让她一时忽视了面子。二哥听这话有些冲动,说别像个厚运成女人,被虎爪子占了还不敢吐口,别说咱翁家人不是那种人,就是是,也不能这么愚昧,就是是那么回事也不能那么说,当个教师还这么愚昧。三哥听二哥提到虎爪子,脸上的火气突然变大,喘气开始变粗,妈的,该揍,男人简直该揍。感动一时有所退却,让位给羞怯,哥哥的话让月月感到羞怯,就像一个罪犯被歌颂成英雄,非要把罪犯推到台上领奖——小青介入他和买子的感情,让她了解到自己的感情之后,月月从没认为自己有什么过错,可是哥哥们对买子的蔑视和对自己的高看,令她有种犯罪的感觉。月月把目光投向地面,家具被日影照射的反光在地面上跳荡。月月说,二哥三哥,林家人不是坏人,程家人也不是坏人,把事情弄到这种后果,全是我的原因,请你们信我,全是我的原因,千万不要去找买子麻烦,要关心我,你们就信我一次。三哥冲家具狠狠擂了一拳,人老实也不能老实成这样,教书人怎么能这样? 二哥说既然你认,就别上火,身体要紧,没事回家走走,省得妈挂你。月月嗯了一声,之后赶紧踩着地上跳荡的光影往外走,月月发现在提到老母时,她的鼻腔有些酸楚。

庭院经济的发展在中国农村大地如雨后稻苗节节拔高,在外面世界风传某某乡村因为大力发展庭院经济,使一屯一村一乡人均收入达到两三千元时,歇马山庄也不知不觉被卷进这骚动的浪潮中。平心而论,在买子的意识里,他并没想到让家家户户都像古本来那样在地上掏金,鼓动古本来包地,只不过是走进村部上流社会的一个设计,他想让狠抓工业又不忘农业的事实帮他说话,让山庄人们看到他并不是一个好犯"左倾幼稚病"的愣头青,然而镇上几次会议的发动,县里几次三级干部经验交流会的介绍,买子从心底认识到,发展庭院经济和发展乡村工业一样重要,家种药材,家养畜禽,家种食用菌滑子蘑……上边外贸在乡下大批量收购加工出口。事实证明,他最初房无一间地无一垄,在山崖口脱坯造砖也是一种庭院经济。只是他当初为生存所迫急中生智。发动之初,村民们兴趣索然,以为那如果不是屋檐掉馅饼就是拿钱扔高玩儿,要是人人都能种出药材,要是人人都能种出蘑菇,国家就不要医院——在村民的意识里药等于医院;农民也不用过年——在歇马山庄,只有过年才可以吃上小鸡炖蘑菇,水库四周山野中的蘑菇一年统共才有几百斤;猪鸡鹅鸭世世代代也没断了侍养,没见谁家靠它发财。后来,买子把村委划分三个小组,每组承包两个小队,天天下屯开会发动,有些人小声说,要好你们当头儿的怎不带头试试?

听到这种反映买子于是决定村委每人每年必须种滑子蘑三千帘，小队队长两千帘，一般村民一千帘，技术村里负责统一传授。于是全村六百多户总共上报十七万帘，男人出民工的女人上报格外积极，她们一方面通过村工业的成功看出买子是个能成大事的人，一方面指望，明年开春留住男人——如果按一帘净赚两块钱计算，一千帘两千块钱，两千帘就是四千块钱，是男人出一年民工的全部工钱。

因为说好村干部带头，买子每天下班无论多晚，都要在院门口劳作一会儿，将不久前挪进来的草垛再挪出去，然后从裸露的窑洞边铲下黄泥，加上稻草碎末，用水和成稠粥状往墙头加高，当长高的土墙变得硬朗，再用当初盖房剩下的椽子倚墙搭棚。种滑子蘑的塑料大棚买子只在外面见过，虽然没有亲临建造现场，但那工艺的简单材料的粗陋是每一个庄稼人不用动脑就能建出的。由于接近半年没干累活，买子一身一身出着臭汗，大约是建造大棚的最后一个晚上，小青从东崖口下来来到买子家中。

自从那样一个时刻，小青在孤寂的日子中走进自己设计的圈套并最终决定嫁给买子，买子一直希望小青能在黄昏之后，突然之间来到独处的小院，像庆珠当初那样，像月月那样。不，绝不要像她们那样，而像一个真正的这个院子的女主人。可是买子等待多时一直没有等来，买子不明白开朗大方的小青为什么在这件事情上那么在乎，村里没经订婚私自来往的人家早已屡见不鲜，有一回他们下班一同走回屯街，买子曾经直白地邀请，陪陪我去。小青却说，你以为我是月月？

小青不在晚上到东崖口与买子幽会，并不是小青害怕走了月月的老路就做了月月的替身，而完全因为那个幽会的结果，会使她提前走入一个一辈子都走不出来的境地，因为不经意中打破了绝不同山庄人结婚的设想，她必须以迟缓的速度走向对自己的背叛，以期得到心理平衡。小青对那个设想一直心提神念，虽然那设想已经变成镜子里的物体,不管看得多么清楚都抓摸不到。小青在爱上买子之后,所有远离山村的设想都变成了镜子里的物体。然而,就在这个下晌,小青遇到一件意外的事情,使她不得不在情急之中改变主意。

这个下晌两点多钟,后川杨玉松气喘吁吁来找小青给女人接生,破门就说我老婆疼得不行了,快! 小青说怎不早来找我? 杨玉松涨红着脸说,我……我原来想找潘秀英,可我老婆不肯,偏叫找你。小青没有吱声,一边拾掇东西,一边锁门出屋,哐当的关门声带出一种急躁。小青虽然性情飘逸浪漫,干起工作却是一丝不苟,山路上穿着高跟鞋一扭一扭一路小跑。许是杨玉松和女人为到底找谁接生僵持太久耽搁了时间,小青进门时苇席炕上的女人的骨盆已经开裂,黑茸茸的脑袋顶着薄如蝉翼的亮模展在那里,女人发出震耳欲聋的尖叫。小青赶紧轻装上阵,压在女人身上连喊一二、一二,不到十分钟,夹着小小鸡巴的生命呱呱坠地。小青从背包里拿出酒精洗净,而后光光净净放到大红布包上,教给女人一些侍候孩子的方法,摘下手套包在纸里就想上路。刚欲推门,男人递给一个纸包,说你嫂说了,要是女孩就不给了,要是男孩就给二十。小青推着,说我挣村里工资,不用的。杨玉松急眼,说这就是欢喜钱儿,要找潘秀英,是男是女都得赏,男的最少五十。小青终于知道杨家女人不肯找潘秀英的缘故,她淡淡一笑,说也不是单你家,我都不要的。杨玉松似很受感动,一边送小青出院一边说你嫂说你不要钱我还不信。

走出屯街,已是下晌五点多钟,秋后的五点光景已是接近黄昏,弯曲的街脬上鸡鸭猪狗一齐欢欢地叫着,黄昏之前是畜类最有精神的时光,它们尾随从大田返回的主人纷纷张扬着脖颈,企盼扔撒一地草糠。小青对这种鸡犬吵闹的乡村气息一向不感兴趣,走出屯街,攀上一个傍树而卧的沟帮,空气宁静了许多。这是一个叫着小平山的地方,山并不高,坡上杂草丛生,是歇马山庄水库外边风景最好的地段。小青告别屯落,感到一种透腑的清静凉爽,正当她在沟边慢下来,深深地吸一口旷野的气息时,一个人影抽冷子闪在她的身后。当她回转过身,那人影又一闪回到石鳞中间。石鳞是连着沟帮与树林的一块半人高的断崖。小青回头看时,它被黄绿相间的树木衬在暗下去的林荫里,看不出石鳞与山林之间有什么缝隙。小青没有感到害怕,常常有些孩子因为单调的生活排遣不了火热的激情,妄自到野地里闹怪捣乱。小青深吸着旷野沁脾的气息,娇小的身影愈发挺直,臀部一扭一扭向前走着,然而就在小青顺沟帮一溜上坡走到一块离树林很近的高处时,一个人蹭的一声从树林钻出,掠过她的身旁,小青来不及反应,只两手紧紧揢着药箱。来人从小青后边入手,抱住小青就往树林里走,呼哧呼哧的喘息在小青脑后仿佛一个引擎的火车,而火车喷出的不是油味却是酒味。闻到酒味小青开始紧张,小青双脚离开地面嗷嗷叫起来。那人于是铁钳似的一手钳住小青一手捂住小青的嘴巴。一阵风似的掠进小平山树林深处,而后又将小青当作一个物体扔在杂草与树叶松针铺就的草地上。小青落到地面就像一只被折断翅膀的鹌鹑,小青使足了力气坐起来,终于得机会面对打劫的凶手,她反而变得冷静。小青冷冷地看着对方恍如鸡冠似的乌紫的脸庞,一字一句说道:金水你要干什么? 你想当虎爪子? 金水乌紫的腮肌动了动,手从墨染似的裤兜里抽出,掏出一个小枕头一样鼓棱棱的布袋,小青愣住了,那布袋在金水手里竟然一涌一涌,小青呵的叫了一声,别吓我金水我害怕。金水哈哈笑起来,咧开的嘴巴挤着充血的脸腮。金水一只手扯开布袋头部的绳子,之后抻进大拇指和食指,用力一捏,一只四条尖脚的马蛇顿时大头朝下摆动在小青跟前。小青惊骇得已经叫不出声音,只顾两手抓头拍脖,她感到马蛇正在她的头发里和脖子里爬着,她感到皮肉上到处都有那软软的怪物,她跳离地面,倚住一棵树桩浑身筛面似的哆嗦。见小青脸色铁青两眼发直,金水将马蛇装进布袋,收拢咧开的嘴,恶狠狠地说，林小青我操你妈，我操你八辈祖宗！极度的惊吓已使小青神志恍惚，她来不及反应金水为什么骂她，只是两眼直勾勾瞅着晃在空中的布袋。金水说林小青，我今天找你要算三笔账你记着。第一笔是你爹为了让你顶俺妈的位儿把俺妈熊回家，第二笔是你爹为了让你嫁程买子，把他的位让给程买子，第三笔是你为了收买人心不让俺妈接生，接生不要钱。如意算盘都叫你家打了，我不弄你算我金水是个乌龟王八——你妈的全歇马山庄都叫你算计了你知不知道！

扭动的布袋随歇斯底里的喊声在榆树林间旋转，在小青的目光中旋转。小青瑟缩着，苍白的脸因为林荫的遮盖愈发灰暗。少许，旋转停下来，金水乌紫的脸便如泡大的豌豆粒，鼓棱棱凸现在小青面前。那乌紫的豆粒经不住浸泡崩裂开来，所有的缝隙里都释放着一种淫荡、邪恶和猥亵。金水朝小青走了一步，金水你干什么你想干什么你疯啦？小青再次叫出声来，她将身后的树桩抱住，由于神经过于紧张，眼里的光色有些错乱。金水说林小青，我不干什么，我问你一件事，你必须给我回答，你只要回答，我立刻让你走。小青没有说话，似在等待发问。金水说，你从你妈的什么地方生出来？金水眼睛钩子一样勾住小青的惊恐。小青想不到他会问这样下流的问题，不假思索地说回家问你妈。谁知话刚出口，金水就向小青扬起布袋，小青呵一声尖叫，而后央求道，别让我回答问题，咱们换个方式，换个方式好吗？金水放下手臂，淫笑再度升起，好，可以，你可以在两者之间选择，一个是回答刚才的问题，一个是……是你让我……让我摸摸你的奶子。金水在说到后一个方式时语调有些迟缓，好像已知这是一件不可能的事情，然而，他的语音刚落，小青就毅然答应，行！让你摸！许是小青的回答太出乎意料，金水愣怔一下反倒有些不知所措。当他真正反应过来，他一甩丢掉手中布袋，上前连人带树一同抱住。抱树为了抱人，树却成了他的有利的依靠。因为箍得太紧，小青说你松开些，我让你摸你松开些。金水松开手却并没有马上把手伸进小青衣服，他一时显得有些慌乱，淫荡的笑淤进沙地的水一样不见踪影。金水袖着手，板结的脸上跳动着惶悚。小青深深地吸了一口气，放松地审视金水，目光里既没有英勇献身的悲壮，也没有害怕强暴的紧张，倒显得轻松和毫不在意。摸一摸能失去什么？她林小青怎么会在意摸一摸？金水的僵持更是给了小青鼓励，她挺着胸，将乳峰在他面前一耸一耸，金水终于不再惶悚，他两手从腰间端起，慢慢去揭小青衣襟，手顺着小青汗湿的肚皮往上爬，金水手指向纵深走动时，小青感到虫子爬行一样的奇痒，浑身毛孔蓦地耸立。她想喊你使劲摸呵金水，但没有喊出，因为她感到手已经捉住了她的乳头，她已经感到压力。小青感到两乳间有一只手在那里揉搓时，一个念头突然升上她的脑际，她想眼下只要咬一口他的耳朵，她便可逃之夭夭，因为他的耳朵离她很近，但她不能，那样会惹出更多的麻烦，会使本来一摸就可了结的事节外生枝。小青任一双陌生的手在她乳间滑动，那手惊慌而急躁，小青感到身体里有一种异样的感觉袭来，小青说金水行了吧？小青的口气是那样轻松自如。突然，金水抽出双手扳倒小青，金水的动作像扳倒一棵早已砍倒只剩一层树皮的大树，有一种迅雷不及掩耳之势。金水把小青扳倒在地上，而后掀开小青裙子去扯她的裤衩，再后就全身压住小青很快做完了他想做的事，一切是那么迅速那么草率，有点像一个小偷慌不择路。小青来不及反抗，或者已知反抗也毫无作用，当她旋风似地穿起垂下的裙子，金水诡秘地笑着说，林小青咱们账清了。小青坐在地上哈哈大笑，小青说，你以为这算什么，我还是我。我不在乎，你什么都没得到。

　　显而易见，如果不是小青以轻松自如的口气提醒金水行了吧，金水或许不会动此念头，小青在被摸中没有感受到受辱的痛苦，使金水没有体会到报复的快感，于是便有了在山庄人看来比图财害命还要解恨的举动。金水并不认为小青的话发自内心，他嘿嘿地笑着说林小青我干了你,之后仓皇逃窜。小青的话确实并非发自内心,她虽是歇马山庄的异类,不把贞操看得很重,她也早已没了贞操,可金水的举动,在金水的意识里是报复,金水对这件事如何认识非常重要,这事实上已经明白无误地裁定他的成功他的达到目的。小青在离开树林看到苍茫暮色时,一股委屈、气愤的情绪紧紧地包围着她,这委屈和气愤在她受到惊吓威逼之时好像人们常说的躲在幕后的英雄,踪影丝毫不被察觉,而一旦露面,又那样强烈、勇猛地朝她袭击,她一口气穿过收割完毕的苞米地,径直向买子家奔去。

　　草房院见到买子,小青不顾买子裸露的肩膀上的草屑和黏汗,跨过低矮的院墙,径直扑到买子怀里。眼泪在鼻子闻到一股汗酸的刹那涌出眼角,这是小青回到歇马山庄之后的第一次掉泪。小青在下山坡看到买子时眼窝就感到微微发热。一个受了欺辱的女人最需要男人的抚慰,而有了这种需要的女人最容易感受情爱的重要。当小青真切地知道在歇马山庄,她有了一个能够让自己倾吐冤屈的人时,一种多日来故意延缓的、抵御的东西一下子就变成漫天大水,淹没了设计的理想家园。

　　晶莹的泪花在小青以往顽皮的脸上闪烁,带给买子楚楚动人的印象。买子在自己裤子上焦急地蹭着两手的灰土,而后扳着小青肩膀,迭声的问怎么了小青你这是怎么啦?小青抬眼看着买子,黄昏在他脸上打印出深厚的暖色,这暖色带着兄长似的温情,让她感到真诚可靠。小青嘟起嘴唇,亲着买子的胸膛,边亲边说,金水欺负我,用马蛇吓我,还,还……还怎么样?买子警觉地追问,推出小青看着她的眼睛:告诉我我去找他告诉我。小青说金水强奸了我……像遭了雷击买子整个身子抖动了一下,为什么?他为什么?小青不想隐瞒真情,小青想她是受害者,小青见买子目光中的温情变成了一道闪亮,蓦地搂住买子哭出声来,为了……为了我顶他妈，为了我和你好……

买子把小青领到屋里时，气得喉结上下滑动却说不出一句话，他不知该把小青领到东屋去见母亲，还是先上西屋。买子早就盼着小青和母亲见面这个时辰，庆珠死后，母亲眼神里流露出的盼望和怅惘，常常让他心灵里炙疼，可是，可是眼下小青走进家里却是这种样子，堂屋里买子犹豫了一下，而后推开西屋屋门。

买子携小青走进西屋，让小青详细讲过一遍事情经过，而后一粒一粒揭开小青上衣扣子，轻轻褪下她的裙子，小青在买子做这些时，并不知他要做什么，但她顺从地任他去做。买子把小青衣裙脱光，轻轻将她抱到炕上，像摆弄一只怕碎的花瓶。小青裸露着身体躺在买子眼前，他捉小鸟似的两手一齐将双乳捉住，之后，用力揉着。一会儿，他停下来，一只手顺着小青的腹部下滑，滑至大腿时，买子发现小青脸上现出激动的神情，随之四肢开始绞动。买子静静地察看着小青的反应，像一个伺机而动的猎犬，可是见小青身子一节一节活泛起来，他下意识地摇了摇头，好像有一个人站在他的心里和他说话。小青无视买子的神态，一把搂住买子，叫道我爱你程买子我爱你……我现在要你，买子于是停止儒雅的动作拼力撕扯身上的衣服，这一前一后判若两人。买子脱下衣服就把小青从火炕上抱起，让肉与肉紧紧地、深深地、密密地嵌在一起，买子在抚摸小青肉体时，连声地重复道，金水这个王八蛋我去告他告他……

买子送小青回家时一路没有说话，他挽着小青胳膊，身体是亲密的，心里却在想着一件可怕的事情，那就是他还要不要娶小青。这事情原本没有这么严重，不知怎么走着走着他就问起自己这样一个问题，然而回答是坚决的，要！小青是歇马山庄最最与众不同的女子，她又是林治帮的女儿。

聪明机智的买子深知张扬金水的罪恶对小青、对自己的危害，第二天，天刚蒙蒙亮就起身上路朝后川走去，他走到金水家院子时，屯街上空已飘起袅袅炊烟，金水家的堂屋里已有人在烧火。买子在院子里干咳两声,引出两声狗叫,而后见潘秀英披散着头发推开屋门。她看见买子,没有惊讶,也没有客套,只静静地看着买子一步一步走进来。是因为没有梳头,还是别的什么原因,潘秀英似比以前拖沓了,人显得憔悴,没有一点光彩。到了门楣外,她才说,来了,买子,什么事起这么早?买子说找金水。潘秀英于是喊,金水,买子来了。潘秀英的嗓子有些沙哑,声音在旷静的时辰里扩散,久远地震着屋宇。金水在被窝里还没起来,听说买子来身子又往薄被单里偎了偎。买子进屋瞧准金水脑袋,上前就拔萝卜似的往炕外拖,金水说你欺人欺到家里你放下我。买子不吱声,继续拖着。潘秀英和炕头躺的男人一齐喊程买子你干什么呵?买子说大婶不管你们事,我和金水有话。金水顺势一高跳到地上,说走,咱们到外面讲,当我怕你。

买子把金水引到小平山石罅旁的柞树林,在树林边上,买子抽冷子转身,上去就是噼叭两个耳光。金水对突如其来的耳光没有防备,两眼直冒金星。买子直逼金水,小眼睛里闪着火光,说你个畜生,我要你尝尝人掌的厉害。

金水没有捂脸,通红的掌印一瞬间就吹得两腮肿胀。金星消失殆尽,金水正过脸来,说程买子你打吧,我反正也不想活啦你打吧。

买子继续骂,你个畜生你不想活来祸害哥们儿,你简直就是畜生!你凭什么欺负小青?

金水不再装熊,金水说我不欺负小青欺负谁?林治帮?你?歇马山庄天下是你们的,我任你们折腾?欺负一个人两个人疼,我正达到目的。

买子手掌再次扇过来,但这次金水已有提防,赶快躲开,边躲边说,告诉你吧哥们儿,你打没用,小青不是处女啦,你怎么打都换不回。买子一只饿虎似的再往前冲,金水则风似的绕到树林里,买子跟进树林,金水却突然变了个人似的熊了下来。他停在一棵树旁,软软地叫声买子,你过来打吧,我给你打,我出了气也让你出出气。金水向买子靠近,买子不认为这是真话,想这小子在出其不意,买子攥紧拳头,胳膊上青筋暴起。可是金水真的就走到他的跟前,没有半点反抗的意思,买子这把得手,连推带扠拳打脚踢好一顿发泄,到后来金水抱腹坐到树根下,买子才住手气喘吁吁看着金水。买子说,人永远是人,畜生永远是畜生,人畜不能等同。金水瘫软地圪蹴在那,如一堆烂泥,他说复仇是人类高级情感,它高于一切。买子说你做了最低级下作的事。金水说为的是一个高级的目的,我一点没错。买子说你妄自嫉妒妄自生恨,什么高级目的。金水不再吱声,许久,金水说,或许是,可你知道吗?我的录像厅被封罚款两千元,俺妈在家天天等人找她接生都快等出病来,俺妈把位置让给林小青这也是好心,林小青凭什么抢她饭碗不收钱?俺姐夫死了分文没给,俺姐她有三岁孩子俺妈不急眼?你要是用心看看俺妈的眼神你也会像我这么做,甚至能把小青劈了!金水放机关枪似的往外突突着,全不在意买子的反应。金水说俺开初没想对小青怎么样,就想吓吓她,可是,可是俺怕吓坏她,摸她她又没反应,俺就……金水说,小青是个现代女孩她不适合你,俺沾过女人俺知道。买子说你住口你个畜生,用不着你掺和,我会马上和她结婚……

买子手在臂上来回撸着,过一会,他又说,金水我告诉你,这世界自个的事自个担,没有任何人可以依靠,报复更不起作用,小青不要钱,这是聪明之举,这是正常竞争手段;我当村长,也是靠个人智慧上去的,你不服咱可以竞争,我当初也不是没找过你;想经商不走正路,吃亏是必然,你欺了小青,你家的日子会有好转?一个男子汉不能给家里闯日子,指望老妈,还有什么出息?你就跟我学着点吧。买子说完,头都没回朝沟帮走去。霞光在头上染出一片浑厚的琥珀色,金水在那痴痴地看着霞光出神。

第 十 九 章

　　那场找回三十年前影子的国庆演出之后，潘秀英对失落的感悟越来越深。不知为什么，演出完毕回到家中，她感到没精打采没着没落，她沉沉地睡了两天两夜，之后就陷入了对于一件事情的等待。这事情是什么其实并不明晰，她只是觉得会有一件挺大的事情让她去做，她只要耐心。在她家里家外锅上锅下忙活着，等着什么的时候，大秧歌的鼓点时不时敲响在她的耳畔，她不管刷锅还是洗碗，身子都轻盈地动着，而常常是刚刚感到身子轻盈，女儿金叶又抱着孩子来家哭一场。金叶的哭声常常让她记忆里的鼓声走远。有时即使哭声消失，鼓声也捕捉不到，潘秀英感到了一种被别人抽了心弦的难受，是那种眼看自己坠到谷底再也上不了高处的难受。从村卫生所回家之后，国庆演出是她向上攀爬的一个高峰，她仰望着，欢奔着，终于达到顶点，她却看不到下一个顶点，那似乎是她人生终极的高处，尽收眼底的是苍茫而模糊的世界，潘秀英感觉自己向苍茫、模糊的世界下坠时，总觉得还有事情让她去做，即使那事情不是高峰，也是一个小坡。鼓声消失了，哭声清脆震耳，金叶的哭常常要带动孩子哭，孩子张着脏兮兮的小手在潘秀英炕席上爬动时，潘秀英清楚知道了她等待的事情是什么。

　　这事情其实一直就在她的心底里装着，从未被她遗忘过。它其实已经深深地打进了她的记忆深处，留在了她的生活中间。时辰一到，它就仿佛小平山的石砬子，一下伫立在她的眼前——杨玉松的女人要生产。多年的习惯,村里谁家女人几月怀孕几月生产,她都石刻一样清晰。吕桂桂生产之前,她一边练着秧歌一边往外张望,窗外一有人头晃动,她的心里就一阵欢跳。预产期的半月她望张了半月,后来让金叶出去打听,说人家已经生了,是小青接的产并且分文没要,一阵凝神让她停了半晌音乐。然而只停了半晌,她又打开录音机,一边做活一边扭动起来。因有秧歌的曲调在心头响着,很容易就驱赶了心思和惆怅,很容易就抹掉了那个石刻一样的日子对自己的伤害。将那个日子轻而易举抹掉,另一个石刻一样的日子伫立在期望里。多少年来,每每接生完毕,下一个人生产的日子在她大脑中的出现,都让她感到日子的鲜艳像雨后的彩虹。

潘秀英在被等待搅扰着的时刻她吃不好睡不香,她想见街上女人又怕见街上女人,想见是想从女人口中了解到,是不是知道杨玉松女人懒月了,还得一些日子。怕见是怕知道杨玉松女人已经生了,请了小青。潘秀英就常常站在院子里做些从来不做的扒苞米秸的活路,在菜地里一趟趟察看菜叶有没有虫子,街上偶尔女人一声嘈叫,都要旋动她的心一阵慌跳。她在等待的日子里心里渐渐萌起对两个人的怨恨,林治帮和小青。那个老奸巨滑的林治帮深知她潘秀英喜欢什么,就见客下菜碟地哄她高高兴兴让位,关键是多年来她怎么拿他都拿不下,在潘秀英的印象里,她撩拨过的男人没一个挺得住,林治帮这个老鬼就软硬不吃最后让他把自己要了。潘秀英记起林治帮那日上她家自己心底那个不安分,那情景分明是他撩拨自己把自己要了,自己竟一不安分就许诺帮助小青上阵。一个小嫩兔子刚刚上阵,又抖威风不要钱否定自己工作,她就不知道一个人一辈子做这种事情走夜路熬守时光要费多少心血?想到后来,潘秀英开始怨恨自己,自己怎么就能因为林治帮几句好话活动了心眼呢?向来都是自己几句好话活动那些当领导的男人的心眼的,如今……潘秀英想想有些惶惶,觉出自个有些老了,身边当官的男人不是那么多了,林治帮又是一个从未被自己征服过的男人,过去她百发百中,现在却自己打中自己——潘秀英拱手相让村卫生所之位,鼎力举荐林小青且带着小青走遍歇马山庄,完全证明了自己枪法的失灵,那几乎就是一个臭枪子儿。

等待接生的日子潘秀英眼窝里的眼白是绿色的,她把那些久没用过的手套剪子塑料布拿出来晒了又晒,那上边散发的腥味在她闻来无比芳香,她置金叶的痛苦于不顾,置金水让人罚款的祸难于不顾,悉心聆听一声召唤,只要山庄人不忘找她接生,她的日子就是活泛的,有前景的,她就会在许多机会里把金叶和金水推销出去;只要有人找她接生,她在人们心中就有位置有分量,就会成为儿女嫁娶的一份筹码。

那声呱呱的婴儿坠地的哭泣打倒了潘秀英的所有梦想。潘秀英并没亲耳听见,她家离杨玉松家中间隔着八户人家,潘秀英是在金水强奸小青之后的夜里知道的。金水听到母亲在屋子里静静地等待电视都不看了,扔下句话就脱衣上炕:杨玉松家的生了。他知道母亲翻来覆去一夜未睡。

或许当初答应退下来时抱有了更多的侥幸,以为自己多年来在人们心中的位置不会被人一时遗忘——用她自己的话说,人退了威信不退。这是一句鬼话。当潘秀英强烈地感受到世态的炎凉的残酷,一夜之间,她的精神彻底颓丧下来,她怎么可以是个不再有风光的女人呢?她一生都没安于家庭,她可以吃亏,但不可以没有风光不可以没有人们的恭维,做大嫂主任在街上走着,谁见不喊一声大嫂子大妹子?

因为接受不了现实最初的降临,潘秀英开始拯救自己,她拯救自己的办法不是报复,也不是求爷爷告奶奶争取上阵,而是继续打枪。潘秀英调整枪口,不打林治帮而打林治亮,林治亮早就是她枪口的猎物,可是由于对自己缺乏自信,她故技重演,企图以此判断自己是否依然年轻,拯救一落千丈的情绪。

林治亮是潘秀英相好过的男人中最非功利色彩的一位,她想不到,她最后对他的进攻却变成一种功利。买子叫走金水的上午,潘秀英做完灶上活路,喂完鸡鸭,便锁下屋门轻装上路,直奔上河口林治亮小店。潘秀英在小店里买了两包火柴,然后眼睛一动不动盯住林治亮刀鞘似的老脸,说你这狗杂种早把我忘了,我等你半年了你也不去。林治亮躲着枪口,得了吧,你这骚女人,有了大款儿还能想我?你扭秧歌没把胳膊扭掉啦?潘秀英说,你还用我把心扒出来给你看?林治亮目光痴痴送向枪口,因为这女人从来不说这样忠心的话。林治亮说,上哪?潘秀英说半夜姑嫂石。林治亮说不要半夜,十点。

　　潘秀英这样的女人永远不甘失败,当她终于找到一点成功,往回走的脚步差点踩成鼓点儿,她又听见一种浪浪的鼓点声在遥远的地方向她走近。

　　经历了愤怒,经历了打碎、撕裂,经历了那阳刚物件的重新崛起,国军对自己曾经有过的生活和眼下面临的生活作了认真思考。从感情讲,月月是个确实难找的女人,只要决心改正悔过,重新开始,他愿意接她回来,虽然他曾说过病好了更要和她离婚,那是气话。可是道理上却与自己无法说通,她在自己遇难之际迅速地背叛了自己,却又在背叛之后从不悔改自己的背叛;重要的是,那个使月月背叛的男人要成为自己未来的妹夫。国军无论如何不敢接受他们再在同一场合的出现,如果与月月恢复婚姻关系,眼下惟一的可能是让月月否定她的背叛,月月如果站出来说那一切根本没有发生过,她只不过作为庆珠朋友去关心他,后来的执意坚持,只不过因为婆母当众揭发激起了她的倔犟,使她一气之下故意一口咬定。月月如果坚持这样说下来,国军想他也许不会细究是否真有其事。国军发现,男人原来很虚荣,他们有时只为一个面子,男人有时又是这样脆弱,只一个面子就可把它打个落花流水。其实他完全可以就固执地认为一切都不是真的,去找回月月,说我信任你,我们之间是多么有感情。然而最终还是做不到。他把希望还是寄托在月月身上。

那是到镇政府种子田劳动之后的一个日子,国军干完活路回到办公室洗手洗脸直接来到学校。能在劳动之后来找月月,完全因为秋风在田野里肆意鼓涨的缘故。秋后的野外让人坦荡让人开阔让人耳目一新,国军因为心情舒畅,便想起与月月恋爱几年共度的秋天时光。那几年秋天,他们下班之后动辄骑车跑到月亮山下,坐在那里听庄稼叶在秋风中的哗哗作响。秋风荡涤了多日淤积心中的思考,使国军走往学校的脚步特别轻松。月月是否能按自己的设计走回自己的怀抱对他并不十分重要,他们没有孩子,他们之中的任何一个都不害怕从头开始,重要的是,国军终于有了处理婚姻问题的一份心情,一份勇气。国军在月月办公室找到她时她正一人在屋。国军站在门口说,你出来一趟。月月见是国军,说不用,你就进来吧,李老师家里收粮提前回家了。国军走进屋子坐下来,他闻到了月月身上独有的一种淡淡的味道,心不由的一动。国军去看月月曾被自己扇过的瓜子脸腮,那上边没有任何痕迹却好像长了一些小小斑点。国军的心开始隐隐地发空发飘,国军在看到月月瘦削的脸膛的一瞬,有一个重要的感觉,那就是月月是否能按自己的设计走回并非不那么重要。国军坐下来,月月用自己的茶碗给国军倒了水,月月看国军时表情很平淡也很平静,像是遇到老乡或一般关系的朋友。国军说月月,我还是不相信我们缘分已尽,我有时觉得像在做梦,我们俩恋爱五年,不至于这样,你是不是被我妈误解很气愤,就一口咬定……我知道你表面随和,骨子里其实很倔犟……月月听着,没有马上回话,愈瘦愈是俊俏的眉眼寻睃着,好像在思索着该怎样回话。国军接着又说,我这人并不喜欢自个儿粗暴,可是那天对你实在太粗暴。我想,我该向你赔不是。月月目光终于在一个地方定住,这地方不是国军的脸或者眼睛,而是桌子上的一只水瓶,月月说,国军,我……我也像在做梦,我们不知怎么就能走到这步田地,我们的缘分、情谊,我不敢说已尽,但是夫妻感情、爱情,在我这真的是没有了。月月说到这里语音哽咽,好像很难过,为没有了爱情难过,月月说,国军,我们相爱一场,这种结局对你对我都不公平,可是你知道,上帝有双手,有双手在暗中拨弄你,让你没有办法……月月哭了,两手捂着脸不出声地哭了起来,单薄的肩膀仿佛抖在风中的羽翼。见月月哭,国军也泪流满面,他说为什么要这样呵我们原本是多么好……国军站起来,走过光影间的距离,将手抚上月月的手,月月的脸。月月把捂脸的手伸进国军手里,不让那手接触她的脸,可是那手固执地在她脸上抚摸。月月再次握住国军的手,紧紧地握住,不让他再有挣脱的机会。月月退后一步,用泪汪汪的眼睛去看国军,四目相撞,似有说不出的悲怜忧伤。月月说恨我吧,我让你蒙受耻辱,我会永远记住你对我的好。月月说完欲松下手来,等待国军的离去,可是国军握住月月纤细的手指,在自己胸前使劲揉搓,温热的泪水淋湿了手,好久,国军放下她,头也不回地撞出屋去,踏踏的脚步声碾着操场上的沙子,由近及远,当月月转身朝外望去,国军的背已经变成细细的一条暗影。

国军走后,月月捧着自己还没隆起的肚子,趴在桌子上大哭了一场。

大约五点多钟,教师们都陆续离去,孙校长来到月月办公室,孙校长进门就问,林国军来过?月月点点头。孙校长说我了解国军,他聪明,又成熟,你不能太固执。孙校长是歇马山庄邻村的孙家沟人,祖辈多出书生,到他已是第四代教书先生,为人正直重视品格,当初决定留月月代课他虽不是校长,却有他的力荐。他说,翁月月,有一件事我不能不对你讲,你的事已在学校传开,老师们喊喊喳喳……孙校长的脸上现出为难,他说翁老师我不是个保守的人,知道爱情是怎么回事,可是人言可畏,为人师表,你要慎重。

月月重复点头,月月早已从老师和学生的目光中感知了什么。她说孙校长,我知道。

只下两场急雨,歇马山庄的田垄还没湿透地皮儿,苍凉的秋意就已经携着淡霜铺盖了山野地块。九月的乡村,田野里的景象和村庄里的景象完全不同,田野因为庄稼大片大片收割一派狼藉,给人十分苍凉的印象。村庄里的气氛可是四季里极少有过的火热,打场的打场,屯粮的屯粮,垛草的垛草,牲口在屯街上、在自家门口小小的场园上,不住地打着响鼻,山道上马车夫不住地哦哦哒哒吆喝着,打稻机一天不住地轰鸣。打稻机一村一两个,都是没出民工、在外村做瓦匠活的男人置办的,以一天二十块连人带机向外出租,谁租就拉到谁家场园。出租人既得懂电又得懂机器性能,一个月下来五六百元轻易到手,外赚一顿午饭。女人们按照平素相处的亲疏拉帮结伙,在场园上一边打稻,一边叽叽喳喳说笑,有时也为租机的顺序受到排挤吵闹几句,但不管是笑还是骂,都有一种外人不易察觉的只有她们自己知道的浪,尤其是男人不在家的女人。出民工的男人们归期的临近,像一只一百度的灯泡照在他们屋外,让厮守男人的女人们感到眼下生活的少颜少色。但不管怎样,九月的歇马山庄还是洋溢着少有的和谐和欢愉。

买子和小青就是在这样一个欢愉的九月选定结婚日子的,他们无意等待出民工的男人回来再操办喜事,这一方面因为小青着急——小青自出了和金水那件事之后迫切要求结婚,一方面因为买子并没想像别人结婚那样大操大办。同在村长这个位置,买子和林治帮当初的心情大不一样,林治帮愿意用大操大办的方式大张旗鼓光大自己威望、感受自己的威望,买子则认为那是形式,是虚的东西,不可依赖。林治帮和古淑平也未加干涉和反对,他们儿子离婚的事让他们对林家的脸面有所顾及。古淑平请来妯娌治亮女人帮她做行李,山庄男女结婚时兴四铺四盖,小青却坚决不依山里习俗,只要两铺两盖。她只身上县城买了一条纯毛毛毯和一床太空被。毛毯在山庄并不算新鲜,别的人家女儿结婚也是必备,但别人家一般都是腈纶毛毯,而不是纯毛。古淑平和治亮女人并不识得腈纶和纯毛的品质差别,对太空被大感兴趣,说现在就是死了妈烂了手爪也不怕结婚,什么都是现成的。因为买子没有太多积蓄彩礼钱也就免了。古淑平说还没见过这样没媒人没讲究光秃秃的婚事。这话很中小青心意,她人没有离开歇马山庄,形式上也要与山庄所有女人有所不同,只是买子不同意旅行结婚,让她有些失望。买子说手里钱不充裕,就不旅行。小青说不用你花,俺爸有钱。买子说我怎么会用你爸的钱出去,我向你许诺,等什么时候有了条件,一定气派地领你到北京去转转。小青答应,说咱们又不出去又不安桌,那也太光秃,就像我是嫁不出去让你白拣。买子说这样吧,我包一场电影给大伙看,咱山庄好几年也不演电影,上边其实每年都有电影场次要求,那是精神文明建设的一项指标,我就包一场电影,来一点精神文明。小青说也行,我总不能无声无息的嫁给你。

农历九月二十六,一辆从镇上雇来的一三〇蓝色越野车,头挂着彩绸曲就的红花拉着小青和两个陪嫁的未婚女子,拉着母亲古淑平、舅舅古本祥、古本和、火花、叔叔林治亮和婶子,一行八人来到东崖口草房小院。乡间规矩,闺女结婚这天父亲不许登门,国军坚决不去。新房经过小青亲自动手的装饰焕然一新。从镇上月月哥哥那里买来的立柜高低柜木纹亮丽,满目洁净。家具是买子把钱给温胜利,让他赶马车独自上镇买的,并不是买子知道月月的哥哥想搂他有意躲避,而是因为村里的事太多,水泥砖场的事太多,他没有时间样样自己操办。

婚宴只办了四桌,小青娘家这边两桌,村委和小队队长两桌,温胜利两口是灶上灶下的主要帮手,许多儿子在砖场上班的人家都准备了礼钱,由负责砖场的村委写在红纸单上一并送去。买子打开人情账心里十分不安,他来山庄没赶过任何人家的礼,现在却有这么多的人家来赶自己,他又没能让大家吃上一顿酒席。

小青在结婚这天异乎寻常的漂亮,她上镇上烫了头发穿着大红金丝绒旗袍,下车时乡间规定必由婆母送一红包包一把斧子,由于买子老母有病不能下地,送斧子的差使由温胜利女人替代。进屋上床后,把斧子放在褥子底下,新娘坐在上面,表示坐福,之后再咬一口大葱吃一口米饭吐到红纸里掖到褥子底下,以预示日子富足儿女聪明。这一切俗规小青没有拒绝也无法拒绝,小青在做着时反而觉得好乐好笑,这形式也像身上的大红旗袍,新鲜新鲜是必要的。小青中午换了两套服装,挨桌给大家敬酒,一刻也没有坐在床上,古淑平说你嫂子结婚当天就下地,看她后来……你可倒好,床没坐热就下地。小青坚决不听,她在地上走时就像回山庄后在山道上走,感觉全世界的人都在看她她却无须去看任何一个人,她的脸上洋溢着灿烂的微笑。

下午两点,来客全部撤走,屋里只剩下买子和婆婆,小青脸上粲然的笑收拢了,屋里屋外满是狼藉,低矮的屋子散发一股冲鼻的酒味。她来到婆母屋子,轻轻地喊了一声妈,倚墙坐着的老人枯瘦的脸笑开了花。老人的大笑,让小青有种与几天来的心情都不一样的沉重,有种再也不可能像从前那样轻松自在无忧无虑活着的感觉。

小青其实不会知道后来的日子会是什么样子,日子,无论在城里还是在乡间,对于每一个刚刚走进婚姻的女人,她都无法度量、无法猜测,小青在此之前奔着的是结婚,而不是结婚以后的日子,小青在呼唤了一声妈之后,她触摸到了跟日子之间的关系。

买子结婚包了一场电影的消息,是由各小队队长在大街上向大家传达的。因为这是新时期里歇马山庄演的第一场露天电影,男女老少得知消息奔走相告,晚饭之后,村民们携家带口拿着板凳纷纷上路,大街上山道上如蚁一样的人群让人想到二十年前的往事,那时候电影像炖菜里的味素,使乡村的日子饶有兴味,有过看电影经验的人们一边温习逝去的青春时光,一边怀着好奇的心情等待去看何为"结婚电影"。因为第一次经历,他们不知道结婚的电影是什么样子,大家认为好像应该与二十年前的电影有所不同,好像应该见到新郎新娘。没有看露天电影经验的十几岁以下的学生和孩童,则把那个世界那个事情想得十分神秘,跟大人在山野上走时不敢说话不敢疯张,当然大人们路上相碰,还是要议论一番村长的摆谱,说人有权了就好摆谱。歇马山庄小学操场在黄昏时分,人们迅速堆聚,攒动的人头恍如雨天之前聚堆的蚂蚁。深秋之时的黄昏暮色苍茫,能够让人看到晴空万里,只一刻钟,晴空变成夜幕,遥远的山坡跟暮色一起跌进夜的深渊,乱轰轰纷扬扬的人群便被震耳的喇叭声镇静下来。幕布在人群中间恍如一面旗帜,人们在镇静下来之后,便看见那上边由白变蓝变绿,变成几个醒目的大字:

贺程买子、林小青新婚志喜。

有过看露天电影经验的厚运成知道,这是一个幻灯片,于是他就告诉身边的人,说这就是结婚电影的不同,二十年前正式电影上映前要演纪录片,结婚电影不放纪录片,只放人名。于是大家有些遗憾,还觉得买子对大家有所不敬,他总得亮亮相才对得起大家。然而正在大家抱怨之时,喇叭里传出买子的声音:各位叔叔大爷婶子大娘晚上好! 我是程买子,因为家庭条件局限结婚办不起大席,就给大家请了场电影,算我程买子向大家表示一片诚心,谢谢大家对我程买子的支持和关心。另外,也借此机会告诉大家,滑子蘑菌种一周以后就到,望下周六家里留人等待分配。

人群有些嘈杂,但买子的话语还是能够听清,人们想不到买子会说这么朴实的话,那些说他摆谱的人一时哑言。买子说完话银幕就有了画面,画面上写着《咱们的牛百岁》,电影正式上映时买子从放映机前撤出来,其实小青就在人群后方,他们为了避免围观故意迟来一步。现代乡村与过去也大不相同,人们的热情不会长久地集中在一件事情上,买子和小青也就得以神不知鬼不觉地逃之夭夭。

买子和小青挽手离开学校操场,一个人就在他们身边擦肩而过。这个人穿着风衣眼脸罩在白色的纱巾里,推着车子在人群外边站了好一会了,买子和小青的到来、银幕上的仿宋大字、买子的讲话她都看在眼里听在心上——她是月月。买子和小青欢喜着搂抱在一起回家去过新婚之夜时,月月已被学校开除,回到歇马山庄。

是谁向学校写了告发信月月无法知道,校长是在这一天的下班之后向她通报了这个不幸的消息的。校长把她叫到校长室,说有一封信,也有不少学生家长反映你和……校长没有说出和谁,似乎这足以证明还是留了面子。校长说班子五个人,四个人主张对你的事要给予研究,我一个人坚持没用。你就回乡避过一段,以后赶机会,我再想办法。月月听到消息没有感到意外,她是一个代课教师,存留去走只是一句话。可是不感到意外却并不意味着很有准备,告别学生、告别学校、告别五年的学校生活,她该怎么办?她自从读高中一直都在这里,关键是,关键是她往哪去?母亲轮着养活她往哪里去?月月走出校长室身子有很重的倾斜感,操场在她眼里左右摇摆,她需一手把着墙壁才不致使自己趔趄倒下。摸到自己办公室她坐下来,胳膊肘拄着桌子极力平息自己。她稳坐着,眼睛对着窗外的远方,因为只有目冲远方才可避开学生作业和备课本,才可避开心如刀绞。月月对着的远山正是家的方向,玻璃外边很远很远的地方有月亮山依傍着的歇马山,那里的生活多年来对她就像台下的观众,而学校则是她生活的舞台,虽看不见观众的面目听不见观众的喝彩,可多年来她一直因为这心里的观众感到身心踏实,感到她是在为他们——而不只是为自己做着什么。教书不是她的理想,可在山庄以外的什么地方为家乡做事,却是她读书时一直的盼望,她终于自己打了自己饭碗自己的盼望,终于……月月凄楚地笑了一下,那笑好像不是终于打了饭碗,而是自己推翻了绊脚石。月月站起来,打开抽屉,拣着属于自己的钢笔、手油……拣完又到宿舍里收拾衣物,就像在林家往外拿属于自己的衣服,就像当初结婚从三嫂家一件件拣着自己的衣物。而现在她从一个个地方走出来,那些地方不再属于自己,包括这所学校,自己就单单剩了一些东西、衣物,自己就单单剩了一个人。把台布包横铺车坐上,一圈一圈绑好,再把另外两个旅行袋挂到前面,几个女生帮着她,以为她家里的什么事终于解决要回家去了。是什么东西这般有力地成全了她,这般有力地破坏了她,这样地摧枯拉朽,挖自己墙角? 是什么东西这般神奇地折磨着、捉弄着她,这样的不动声色,不留余生……月月推车从学校操场往外走时,轻淡地、凄楚地笑了一下,她不用抓住任何须芽一把就能捋到根部——爱情。

可是爱情是什么? 她又在什么地方? 她在哪里? 她怎么就能这样神奇这样有力?

歇马山作为长白山的余脉,永远都有一种岚雾缭绕的神秘,它的南坡缓缓向南延伸,于滑落中几度升飞,最终还是缠绵地融入黄海北岸辽阔的土地,它多年来面海而卧,怀抱荒野上散乱的村庄,怀抱村庄中人口相对密集的小镇,小镇便永远都是它的眼睛,它的掬向黄海的一份厚礼。它日照中那种坦荡,斑驳的情态,多少年来,曾使月月在上班的山路上体验过备受恩宠的感觉,月月的夜晚深藏于山里野地之中与猪鸭马牛密不可分,她的白昼又与窗明几净的学校、朗朗读书的学生密不可分,那个时候,就连这连接山庄和小镇的路、这路上的感受都要成为了她的一个部分……月月一路缓慢地蹬着车子,任小镇一程一程远离自己,任远处山野一程一程亲近自己,她知道此次的远离与亲近将意味着什么,它意味着她的生活将永无白昼和夜晚的切割,她的白昼和夜晚将永远属于歇马山庄,像几位嫂子和母亲,她还不如母亲,母亲至少还有一个可轮着住下的家,而自己……

只剩一辆自行车一包衣物两只包裹的月月,在蹬上歇马山之后停了下来,她在下河口岔道迟疑了一会儿,拿定主意,而后越过岔道朝上河口方向走去。月月推车走下水库边的山道,来到上河口屯街街头,就在这时,她看见屯里人正拿着板凳稀稀拉拉往外走。她第一个撞见的是小学教师于敏,于敏看见月月大吃一惊,说翁老师回来啦?月月说回来……呵不……于敏说快上学校看电影,程买子和林小青结婚请电影。月月心倏地一紧。月月自从校长找她说完话之后,心一直是木的,失去感觉。于敏的话让月月的心活了起来,她哼哈地答着,而后调转车头向后退着,退到离街头有五十米的地方,她停了下来,在那等着下河口屯街的人走尽。天一点点暗下来,街上的人陆续走尽,月月推车走过林家门口直接来到学校,她的目标不是学校,可是她也不知道为什么她会来到学校。从上河口屯街到学校的路上她的情绪有些激越,血管里一涌一涌地掀动,不像离开学校时那样平稳,那样木然,她好像是被血管里涌出的气力顶着来到学校的,自己完全没有左右自己的能力,她的神经变得非常敏感。她看到了哗然的人群,他们好像离自己很远;她看到银幕上簇新的大字,它们让她血管里的血气直灌脑顶;她看到了买子和小青,她那么想,那么想喝一嗓子买子——月月扭回头,推车朝后走去,自然是买子小青走的方向。月月再次经历了肝胆欲裂的疼痛。她本可以不来的,可是她来了,她好像专门为这肝胆欲裂的疼痛而来的,她的不可救药的肝胆呵。月月跟着买子和小青,脚步轻轻,生怕他们听见,然而月月没有跟他们多远,她在后川和上河口分野的地方拐了下来,她奔后川而去,不时地停停听听对面道上的声音。岔道没有声音,只有夜籁在遥远的夜空滋漫、渗透,眼前,后川的灯火明明灭灭,与夜籁交织着山庄亘古不变的人间烟火。月月再度迈步，一脚深一脚浅向后川走去。因为想到人们都在学校看电影，月月走得很慢，月月在缓慢的步行中，艳羡地注目着后川的灯光，那灯光里有一双光彩夺目的大红喜字，红的纱幔遮着一双粉红的嘴唇，皎洁的胴体……他们为了故意向月月显摆，纱幔时而撩起时而放下，他们亲吻着、搂抱着，一遍又一遍不厌其烦地说着我爱你，我爱你……我爱你——买子，月月对着灯光看着，不由自主喊出声来，当她听到自己的声音在寂静空旷的夜空恍如一只草虫的鸣叫，月月哭了，她啜泣着，十分伤心的啜泣。她看到心被一些枝叶茂盛的藤蔓纠缠着，勒得紧紧，又一甩甩在一簇荆棘上，一只脚在上边使劲揉，揉出生拉拉的疼，血淋淋的疼。她恨不能扔下车上所有东西，冲到那个孤立着的草房院去，揭开屋门大喊买子我爱你——月月觉得那个曾经有过的疯狂，曾经让她一念之下跑到草房院后来被婆母发现的疯狂的冲动，又回到了她的体内。这疯狂的冲动自那天离开草房院，被遭遇的现实击毁冲垮，被辱骂羞辱冲毁冲垮，再没有来过，眼下它猝不及防地澎澎湃湃地来了，让她一瞬间脱离现实脱离地面，让她忘记一切毁辱和伤害。月月一手扶着车子，一手托着脑袋趴在车后的包裹上，企图用棉软的包裹抵挡体内的冲动。好久，好像有一个世纪，她平息下来，但这绝不是回到现实的平息，是仍然停在半空的平息，她推动车子，缓缓的坡度使她脚步变快，她来到了后川街上，因为常来后川给张小敏补课，即使夜里，她也能清晰地记着她家的院门。月月在后川屯街第三个院门拐了进去，吱扭的推门声惊出满街狗叫，张小敏家的狗也向她扑来。月月毫不畏惧，她心中装着的那个比狗疯狂的庞然大物，让她对狗毫不畏惧，只要人不怕狗就没有狗敢咬人，月月大大咧咧推车进院，狗躲在墙边汪汪叫着。

　　这时屋门咣啷一声打开，一束灯光直直地照在月月脸上，翁老师。张小敏一高跳出屋子，亲昵地跑到月月跟前，月月一时不知该说什么，因为她还没有彻底回到现实。翁老师，你到俺家住？小敏看到车子后边的包裹,机灵地问道。月月反应过来,月月说是,老师在你家住,陪你,陪你妈,你爸什么时候回来再走。小敏像在沙滩上发现苹果,欢喜地嘈叫着太好啦,妈妈翁老师上咱家住啦……

小敏母亲姜珍珍患肺气肿已经三年多了,肿胖胖的脸被蜡黄透染像裱了黄纸,她起身向炕里偎着冲月月干笑,那种隐在皮肤深层的浮肿使她笑出来很艰难。她说翁老师可好啦你对俺真好。月月站在炕边,往炕上放着包裹,月月说大姐我来陪你住,我现在无家可归。

姜珍珍没有马上深问,她让小敏收拾饭给月月吃,而后叹息道你要早来小敏就能捞着去看电影,都怪俺拖累。像一只引出家门的狗又回来咬了一口,月月的筋骨紧抽了下。就着弥漫开来的疼,月月爬上炕里,趴在姜珍珍跟前,手伸到她单薄的被子下面,像找到一个知心的姐姐,说大姐,我这是怎么了,我不是个好女人,我要疯了呵!

姜珍珍怜惜地看着,不知道是什么东西将小敏的老师折腾成这样,她只一个劲儿安慰道,你是好女人,你不是好女人没有好女人……

月月没有吃饭,她调过头来躺下,小敏拿来一个枕头和一床薄被。月月躺下之后,就一枝一节讲起自己的遭遇。是为了向姜珍珍说明目前处境,也是为了排遣胸口的郁闷,她觉得胸腔沉沉的像压了重物。她没有回避小敏,也没有回避自己最初对买子的移情是由于国军的病。讲述使月月暂时轻松起来,就像从胸口的水壶里往外喷水,月月透透地舒一口气,眼睛由姜珍珍的脸移向窗帘,窗帘上浮满了一些人的面孔,买子、小青、国军、婆母、校长,那些面孔清晰地印在月月对面,因为讲述,这些面孔跟往事一起跳出月月大脑印在了窗帘陈旧的布纹里,使她读着别人的故事似的,喋喋不休。月月讲一段深深地吁口气,停顿一会儿,再接着往下讲,姜珍珍一直没有反应,像听一个天外来客讲述外星的故事。等月月讲完,姜珍珍发话,她说,有个好体格,就不知道怎么折腾好,你要是像我有病,就会知道安安稳稳过日子多难得……你和国军是多好的一对。姜珍珍说话声音很低很弱,但话语间流露着姐姐样的指责,她说,人有病了就变心,那人还谁能交下,我有病这么些年,你姐夫就没变心,人总得长点良心。月月本打算将肚子里的孩子也说出去,可是她想不到,想不到姜珍珍会从同病相怜的角度让自己理屈词穷。其实她也时常想到良心的,可是她觉得那根本不是一码事,自己难道真的就是一个没有良心的坏女人?月月静静地倾听着夜籁在窗外游动,倾听着那根怀疑的触须在暗夜里爬行,姜珍珍的话使月月开始怀疑自己,使她在被怀疑的触须搅乱了心情时,削减了心底的疯狂。

姜珍珍是个善良的女人,她丝毫没有因为对月月的不能理喻而影响对她的感情,她说在我这儿要住多久都行,你姐夫回来也不打紧,西屋也是闲着,你和小敏到西屋住。第二天早上,月月在天刚蒙蒙亮时起床帮小敏做饭,像在婆家一样,米菜油盐由小敏拿来,她只忙在灶上。早饭做好,她走出院子来到古本来家,古本来此时早去了果园弄地,女人热情地要领月月下地。月月说大婶不用,我自己去,就朝那块曾在山庄产生很大影响的第一块承包地走去。古本来在铺满了叶子的苹果树下见到月月愣了一下,说哦,翁老师。月月说本来叔,我……我被学校辞了,我想上你这打工,不知你用不用?

古本来没有表现惊讶,似乎被辞掉工作和苹果树被剪枝是一样的事情。他不问为什么,却一字一板地说,你的事俺都知道……来吧,帮我挖苹果盘。

第 二 十 章

买子在度蜜月的日子里神清气爽精神抖擞,稀黄的头发梳得光光的,原来黧黑的脸膛因为抹了一层奶液,粗糙中有了光泽。奶液是小青撺着堵着抹上去的。买子在屯街、村部、砖厂遇到村人,他最怕大家闻到的就是脸上淡淡的香味。男人有了自己的女人,男人跟女人生活关系的深入,实在是件妙不可言的事情,她让他感到屋里屋外山里山外一切的一切都变了样。大家说买子变了,买子心里笑着说你们哪里知道,我变得现在看你们都变了样。买子婚后上班的第一件事是分头下屯征粮。镇上包干歇马山庄的干部是文教助理扣世军。他们跟着小队队长走门串户登记落实被乡下人称为二狗子。城市粮价放开之后,乡下公粮征收越来越难,公粮粮价比市场粮价低百分之三十甚至四十,农民辛辛苦苦耕种一年最终收入不过两千块钱,去了水钱化肥钱税钱几乎白搭劳力。城乡人口的流动物资的流动,使乡下人掌握大量城市信息和卖粮渠道,于是他们要理直气壮地在街上喊,城市人是人我们农民就不是人?城市人一回又一回长工资,粮价却长得这么少,不是欺负农民?!他们在拒绝交粮这件事上体现了强烈的本土精神,是以农民的整体利益为重并非个人算盘。然而再往深处讲,跟他们讲国家征粮的法律和义务,他们就一家一家千差万别地讲出自己日子的各种艰难。“我们农民”就早已忘到九霄云外。不过歇马山庄的村民还是讲理的,他们抗征三五日拒交三五日,最终还是要斤两不少地交上。在歇马山庄,对征粮的抵抗,成了村民一年一度向上级诉说自己、让上级了解自己的惟一机会和方式,他们一年到头见不到上边领导,他们好像只有在拒抗中才能表达,只有表达才证明是国家一分子,才能被国家了解和关注。潘秀英女儿金叶对着扣世军放声大哭,说政府知道俺有多难吗? 男人两年不在家回来变成了死鬼,谁能来管俺?

征粮工作初见成效,第一批大量生产的水泥砖养生结束,买子到镇油脂厂和预制件厂雇了三辆解放,轰轰隆隆把水泥砖拉出山庄。买子带出一队带拖斗的解放,一路驶出歇马山庄心里无比喜悦,然而天下没有一顺百顺的事情,当买子一直觉得好运来了,想挡都挡不住时,挫折也在那里静静地等候。三辆解放拉着歇马山庄工业第一批产品来到市建委管辖的四建工地,曾经接洽买子的四建工程处处长,见到买子瞪着三角眼说,我们根本不知道谁让你造砖? 买子说建委吕主任。那人说谁的关系也不行,我们根本没有关系。买子清楚记得上次邱工带他送试验品时,这位处长说过只要吕主任有话,有多少我们要多少,为什么事隔几日就又有了变化? 买子愣怔半晌退出屋子,让车停在外边等他去找吕主任。

吕主任屋里却坐了另外一个书生气十足的人。买子在门缝里看到没有进去,顺便上了办公室。买子在办公室里看到了那个他认识的女科长,买子同她兴奋地握手,问吕主任哪去了? 女科长眉毛一蹙,很难为地看着买子,说你不知道,他被停职检查了。为什么? 买子头嗡的一声,像炸了闷雷。女科长说,电视都播了没看见吗? 本市第一大受贿案,被人揭发。买子直挺挺站在那里,大脑立刻跳进一个问题:砖怎么办? 显而易见,只有原封不动拉回。买子在饿着肚子往回拉砖时,回想了同吕林森的两次接触,却怎么也想不通他怎么会是那样的人。

买子回到歇马山庄直接来到卫生所,他见到小青就把小青抱起来,而后边亲小青边以乞求的口吻说我的小青,我今天碰了钉子,这个忙就你能帮上,你要能帮今晚重重有赏。小青说得了吧,你赏那点把戏还不如我的一半,快说什么事? 咱俩一块回家去求你爸,呵不,是咱爸,叫他出马,他在市里干了五六年,我曾亲眼见过他和一些市里的头头怎么打交道,他出马肯定管用。小青寻思一会儿,说那可不一定,他离开这么些年。买子说求你了小青,你知道村工业现在是只有咱爸能帮上。

买子和小青回到上河口家里,林治帮正在院子抽烟晒太阳。国军离婚,小青结婚,这一悲一喜把林治帮情绪扯平,他在家里更加闲散起来,连以前打水喂猪的活也不帮古淑平干了,真正修身养性的老者似的。那本薄薄的传奇故事小册子偶尔拿出翻两下,更多的时间则是眯起眼睛凝神或者睡觉。小青对父亲的变化从来没有察觉,她进门就蹲在父亲跟前,说爸你得出山你得给买子指路。林治帮神志飞得很远根本不知小青指的什么。小青说砖场的砖市里变卦押下了,你有办法的爸。林治帮似回转神来,动动眼皮看看小青和买子,说现在什么时候,不送大礼能行? 买子蹲下来,说爸,送大礼不行,市建委吕林森就因为收了大礼才被停职。林治帮说停职归停职,送礼归送礼,你不打点人家人家不尿你。买子和小青相互看看,无话。林治帮说回家拿笔和纸。小青回家翻出笔和纸,林治帮把纸放在膝头,在上边写着市管处宛伟、城建局董兴波、长兴区公安局华永顺。林治帮的字是想舞舞不起来的那种。他写完抬头递给买子,说这几个人,五年前我狠头儿地浇过油,你只要提我,他们会记着好处,不过那点油只能引你见面,只能让他们知道我牵的头是有靠头,你必须重新浇油。买子忧郁地接过纸条,说村里已经贷款六千元,那是有合同的贷款,这送礼钱……林治帮说你应该懂,砖场是谁建的? 先在家里拿,卖了砖赶紧还,至于账,你想法处理。

丈人的点拨使买子感到,姜确实是老的辣。买子下晌就拿存折到镇银行取钱。买子想不到这个歇马山庄的首富会成为自己的丈人，更想不到自己办村工业会得到丈人资金上的支持。人与人的亲情关系在不知不觉中发生着变迁。曾几何时，他跟林治帮进城出民工，和一些泥瓦匠在灰土里滚着，看衣着崭新的林治帮与城市人在工地上比比划划出出进进，心里充满着羡慕和嫉妒。那时的林治帮在他的眼里是一棵参天大树，树因为太高没有荫凉，他们则是地下的小草，经霜冻经雨淋经日晒，百折不挠坚韧不屈地替他护住根部的地面。人们骂他恨他眼气他又离不开他，因为问题很简单，有本事你也试试，你试不了你就只有出力卖命眼看人家挣大钱。买子一直不忘的是入冬停工等待发全年工资的时刻，那时刻林治帮行走坐卧简直就是他们眼里的星星和太阳，民工们血汗钱在他腰包里鼓胀成刺眼的星星和太阳。那是一个下着小雪的日子，林治帮把大伙招集在工棚里，工棚很暗，可是他的面孔明可鉴人，在买子眼里闪光。他一个一个喊着大家的名字，喊一个，给一个信封，封面写着工资的数额，当林治帮用粗浑的嗓音喊到程买子，他全身的血液都升到头顶，头重脚轻。信封是一只飘飞的燕子，它可以落在许多别的什么地区和村庄雇工们的手里，它却最终落在了歇马山庄人手里，那一刻，买子对林治帮充满了佩服和感激，他感到了那没有阴凉的阴凉。谁知道他只干六年就不再干了，他有一千个理由继续干下去，却没有一个理由不干，他却真的就不干了，谁知道，林治帮即使不干了，他的阴凉也还让他受用至今……

这个晚上，买子把对丈人的感激用了一种独特的方式向小青表达。他吃罢晚饭，就烧一锅热水，锅底彤红的火焰把堂屋的蒸汽映得扑朔迷离。小青屋里屋外走着，故作不知买子用意，买子将一只偌大的洗衣盆端到西屋，而后逮住小青给她脱掉衣服抱到瓦盆旁边，用三条木凳架起小青光光的身子，让她赤裸裸坐在上边，用一只大的塑料浴罩罩住瓦盆和小青身体，而后自己也脱光了钻进罩棚。潮热的气息顿时濡湿两个年轻的身体，他们在买子自称的蒸汽浴中水乳交融。这全新的方法还是那日在金水录像厅看那阵黄色录像学到的,人家是两男一女同在一间湿雾缭绕的屋子里。小青在买子脱光衣服钻到浴罩时咯咯地笑起来,说他在男女事情上简直是个大笨蛋。浴棚的窄小使他们在里边除了拥抱根本无法动作,小青扯下浴棚把买子拽到炕上,说咱们猜拳,谁赢了谁在上边骑马,咱玩骑着马儿过草原。买子说不用出拳,男人永远是骑手。小青说女人也可当骑手。小青用力把买子摁倒在床上,而后拉缰绳似的拉住买子胳膊在炕上一颠一颠,裸体的草原姑娘骑着一匹慓悍的烈马在宽阔的草原上奔驰。节奏是欢快的,动作是优美的,两个人一起一落一起一落配合默契,强烈的刺激使两人共同进入无法自控的癫狂状态。买子在暄软的身下嗷嗷叫着,小青肆无忌惮地大笑着。买子在那最后向终点冲刺的时刻粗犷地喊着荡妇你个荡妇你哪来这些熊招儿。小青趴在买子身上,静静地等待身体的平复,等待潮汐向大海深处退去。潮汐终于一荡一荡退去,退在遥远的、深深的海域里,直到谁也触摸不到。小青说你说谁是荡妇?

买子说你呗,你哪来那些熊招?莫不是在县里读书看了黄色录像?

小青说你才看黄色录像,这是一个人的想象力,我让你像从未读过的书那样从头读我。

你是一本黄书,扫黄该扫你。买子说着,便扑到这个夜夜让他疲累不堪欢愉不止的小幽灵身上。他抚摸着,肌体的润滑浸泡着他的感觉,她让他体会到从没有过的放纵、粗蛮,她把他肌体中藏匿的粗蛮全部挖掘出来。他说,头一天在卫生所里看见你,就知道你与众不同,是个荡妇。

排泄的激情在新一轮太阳爬出地平线时,转换为另一种搏击。买子坐着汽车,带着四千块钱一块砖去往市内。一个人去探路攻关。买子最先上市管处找苑伟,买子想丈人写名的顺序一定是按情谊的厚薄,人们往往在不知不觉时做的事情最代表一种信息。买子的推断一点没错,在市管工程处找到苑伟,他一听是林治帮的关系表现出极大的兴趣,马上把买子领到走廊,问什么事情。这是一个英俊魁梧的男人,浓眉大眼,胡须很重,看人时让人有一种信赖感。买子讲明来意,把砖掏出来,苑伟用肉眼检查砖的质量。这时,买子把他引到楼梯旮旯,掏出兜里信封,说这是林书记——买子称林治帮林书记,似乎是一种需要,买子说这是林书记给你的信,让你回去再看。叫着苑伟的男人心有灵犀,含笑把信封揣到兜里,说我们是老交情,老林是个很讲信誉的人。接着,他把买子领到一个屋子里,把砖交给一个脸形和砖形状差不多的人,让那人记下买子石灰砖的规格和型号,并问那个人,说花园广场和南湖广场的地面砖预算多少方?那人说五亿方,苑伟说,抽出一千万给我的一个客户。那人说,得让施工工地知道。苑伟说这不用你管。苑伟拉过买子,说这就是我的客户,你俩履行一个手续。说完又转向买子,说今后你就直接找他,他叫方彬。叫方彬的男人同买子握握手,问是什么地方人,这批砖多少方。买子一一回答,就写下个字据,说第一批货明天就送。买子在离开市管处大楼去与苑伟告别时,苑伟提出一个问题让买子不知如何回答:林治帮怎么说消失就消失得无影无踪?

第一批砖送走之后,买子上县里开了一个乡村殡葬改革现场会,全县三级干部在一个叫万谷乡大郑村的乡野上,参观了刚开掘的十三座坟墓,因为五个月前开往这里的一个个体面包车刹车失灵,当即翻车撞死十一人,这里便一下成为殡葬改革的典型。县里的要求是,凡是本年度死的没有实行火化的尸体,一具不少必得扒出进行火化,并从此之后永远执行火化制度。一刀切的行政命令必有它的弊端,年初入土的尸首已经开始腐烂,大郑村满山遍野到处充斥难以用腐臭酸腥等字样形容的难闻的气味,开会的人们纷纷捂着鼻子挤着眉眼。在大郑老牛山黑沙土质坟地里,一具两个月前溺水死亡的十八岁小伙的尸首因为棺木进水，鼻子眼睛嘴巴和下体所有有孔的地方都爬满了蛆虫，白白的蛆虫在死人身体上探头探脑的样子，让人联想老辈人讲述的甲午海战日本鬼子在辽南花园口登陆。回镇之后买子向镇政府领导提出了不同意见，他说我认为殡葬改革应因地制宜，不该一刀切。辽南北部山区山多树多，坟地多在山上，深埋深藏其实有利土壤改良。再说农民世世代代信奉尸首入土灵魂归天，这是平民百姓多年安于土地的生命归宿，政府应该尊重他们尊重现实，关键在于，百姓把亲人火化之后，依然占地下葬依然大操大办，上边在提倡火化时并没强调不许占用土地，形式主义的东西我们应该抵御。王书记听到买子慷慨陈词，觍着智者的笑脸，那意思好像在说小子，你还太嫩。

歇马山庄殡葬改革是在农历十月中旬的日子掀起高潮的。按照死者入土的时间顺序，第一个该掘的是庆珠的坟墓。买子要掘庆珠坟墓的信息，在歇马山庄的轰动不亚于庆珠当初的死。人们对娶了新妻烧旧妻的买子的动作议论纷纷拭目以待，当然大家只是一时兴趣所致并无什么恶意。因为有带警棍的公家人参与，死者家属无论多么反对都无济于事。庆珠的爷爷厚老大战战兢兢站在草地边上，嘴里频频骂着断子绝孙断子绝孙呵——许多老人都哆嗦着不去靠前，他们与其说是痛恨人死了也不得安宁，毋宁说是对自己也将化作一缕灰烟产生恐惧，他们原以为人死就是一次长眠，想不到要在一瞬之间骨肉成灰。那是一个十月里有些阴冷的日子，北风贴着地皮呼呼地刮着，风中裹挟的寒冷，向庄户人显示着节气的威严季节的不可抗拒。扣世军、买子、厚运成等三级干部率两个带警棍的公家人和四位村委六位小队队长，组成一个十几人的队伍，向前川南山的山坳挺进。因为有着断子绝孙的咒语，掘坟的工程只有村干部亲自出力。除扣世军之外，买子和所有村、屯干部，一到坟地就动作起来。扣世军偶尔地拣拣泥块，拔拔坟地的须草，既不失乡级干部形象又表示积极参与。被掘起的泥土于是纷扬着黄黄的粉尘,弥漫了整个山坳。围观的人们越来越多,不少年轻的小媳妇从前川、后川、腰岭、上河口颠颠跑来,她们因为年轻,因为日子寂寞,也因为不能进入对化作一缕灰烟这种恐怖的真实的体验,不怕粉尘沙眼,一圈一圈向里围看着吵嚷着,说着一些简短的话。说你看买子脸色崭新的,人家毫不在乎;说可不,人家正当新郎;人呵,就那么回事,什么情不情的。探测后的发现和发现后的唏嘘织就一层密不透风的音墙,当土面露出棺木,音墙立时倒地,一片肃穆。

火化的规定没有要求烧掉棺木,于是掘坟必须掘掉棺盖。揭开棺盖的任务由谁承担,大家一时面面相觑,然而只停顿一瞬,买子便抬头向厚运成要来铁钳。铁钳落进买子手中的刹那,几个小队队长也凑上前来,但买子没让铁钳落到别人手中,他独自哈腰寻找钉眼。铁钳显然不是想象那么好使,小队队长赶紧动用平板铁锹,将铁锹别到棺盖旁边的缝隙里,于是,十几把铁锹一起别进缝隙里。扣世军喊着口令,一、二、三,只听咔嚓一声棺盖开启,人们听到咔嚓声赶紧捂鼻向后退去。可是没有腐烂气味,只有一股淡淡的松香和布料被捂的霉味,当棺盖全部离开棺沿移到旁边,露出棺材内里的全貌,人群登时发出骇人的尖叫,啊——死了七个多月的庆珠不但一点没有腐烂,且像活人睡熟似的半侧身体,朝上的半面脸皮呈一种蛋皮样的粉色,花缎长袍崭新夺目。买子和村委、小队队长均被这奇异的现象吓住,不由自主向后退去。然而他们刚刚后退一步,只见庆珠由侧身蓦地仰面,像一个睡着了的人受到扳动翻过身来,人们蓦地再次妈呀妈呀尖叫着向四周跑散,买子也抑不住呵地叫了一声向外边跑去。

令人毛骨悚然的奇异现象仿佛放飞一只孤魂追着围观的人们,追得人群作鸟兽散。掘坟人没有跑远,但也不敢走近,买子躲在厚运成后边面如土色。这时村委刘海开始发话,党员不信鬼神,快往外抬尸。倒是躲在后边的老者循序走上前来,他们伸头望望说,冲了日子,庆珠肯定冲了日子,死在七上。这时只听一声号哭平地而起,掘坟掘出庆珠亲人早已埋入地下的悲痛,一直跪在后边的庆珠母亲跪着向坟地爬来,边哭边喊冤呵庆珠冤呵……庆珠是个冤魂呵……

在歇马山庄,老辈人常常闲讲谁谁死后几年尸骨不烂,可是人们从没亲眼见过,人们对尸体不烂有多种解释,一是坟地土质好,风水好,一是死人死的日子冲在七上,凡是在七的日子出殡的人必给阳间带来后患。再就是死人蒙冤,冤魂才迟迟不肯融入了无,融入土地。经查庆珠没有犯七,不属犯冲一类,她死后没给厚家带来任何灾祸,那么就可能是风水好和蒙冤两种解释,人们宁愿相信后一种解释,因为如果是风水好,那么庆珠为什么不是平躺而是侧躺,明摆着她在死后被阴曹地府的小鬼推了出来让她喊冤叫屈,她一定是在棺木里活动过挣扎过。庆珠在老村委刘海的带领之下装进备好的塑料袋抬进官道上的马车之后——因为全县都在掘坟,殡仪馆的车已支配不开,各村只能动用马车。一场庆珠是冤死鬼的议论便像春天里的柳絮,在歇马山庄再次纷扬开来。有人不由忆起庆珠是让买子推进水库的一些传说,那传说原本是几个专门愿意无中生有的女人的偷偷摸摸的杜撰——像那些专门用想象描摹生活的作家一样,她们只有编撰着生活故事才能活得过瘾活得开心,这回终于可借出土的怪事大张旗鼓言播口扬。村巷里只要有两人一帮三人一簇,就有庆珠是被买子推进水库的议论,他们演绎出许多活灵活现的细节,什么买子推庆珠时月月就在一边看的。人们把月月也扯进这个传说,因为人们后来都知道买子跟月月有一腿。当时他们不信,现在讲着讲着都觉那现实就发生在昨天,她们甚至觉得已经亲眼目睹,一些孩子在砖场工作的女人不想说买子坏话,夹在人群里听,结果听着听着都捏一把冷汗,想会不会有一天孩子干不好工作被他下了毒手,但细想想又觉不能,只有奸情才能使人下手。民间的议论永远是垒墙石缝间的灰碴和泥块,它们不但不能使墙壁倒塌反而起着铺垫和凝固作用,歇马山庄世世代代结实的、奔涌向前的生活都是以喊喊喳喳交头接耳的议论作为铺垫的。

为了节省车力人力和时间,拉着庆珠尸体的马车没有马上直奔县城,而是绕着山道来到唐义贵的坟地等待唐义贵的尸体。掘坟队伍掘完唐义贵又掘金叶男人陈福生。唐义贵和陈福生虽然才死不到俩月,棺盖打开却臭气熏天,一些叫不上名的虫子把衣服钻出许多小洞。买子为首的掘坟人往外抬尸体时拿不成个,一道简单工序要几十分钟才能完成。歇马山庄三具尸体完成之后,掘尸人统感到这比芝麻粒小好几倍的小官真是太不好当,他们统有一种下了十八层地狱而后过了九九八十一关才返回人间的感叹。

挖尸掘坟的事刚刚结束,从上边外贸系统订到的滑子蘑菌种和木屑分送下来,整个歇马山庄组织十辆马车去歇马镇装拉,山庄人便由对一种跟个人利益没有关系的事情的关心,转到跟个人利益紧密相联的事情的关心上。而他们关心的事情一旦跟个人利益发生关系,便再也不动辄聚堆动辄喊喊喳喳,他们都变得严肃认真不苟言笑,他们以公平的眼光盯着称盘审视着别人家的麻袋,然而公平只是他们的一种理想,或者说公平在他们心里原本就不存在,他们在看别人的麻袋时总觉比自己的大比自己的鼓,他们因为多是女人出示现场——当然即使男人在家,在利益面前女人也要一马当先。女人看到不公平想压也压不住,下河口鞠学斌女人温淑香在厚运成分到月月三嫂家时,眼睛仿佛一对玻璃球瞪得锃亮,厚运成刚刚将秀娟的麻袋从称杆拿下,她就上去握住称钩,说对不起厚运成,先别走你给我再称一遍。厚运成说这不是你家的,这是翁兴安家的。温淑香说对,我就叫你称称翁兴安家的。厚运成脸立时放红,他突然就明白对方的叫号后边的目的,他说称可以,要是没有问题咋办?温淑香说,没问题更好,我问你要有问题咋办?厚运成说那不行,你叫我重称是对我的人品怀疑,我不能平白无故让你产生怀疑。厚运成尽量使语气变得坚定、坦荡。温淑香说,你为什么不敢称?不敢称就是心里有鬼!厚运成说好,称就称,我看你到底能抓着什么鬼。秀娟一直站在麻袋旁边,因为温淑香的找辙跟她无关,也就不好插话,见要重称,她往后退了退,心略有些急跳,她不知道这称里究竟有没有鬼,当真被验出来她和厚运成的关系就会被人捅破。称杆终于再次抬起来,在指定的盘星上,秀娟悬着的心落下来。厚运成则把称杆对准温淑香,温淑香顿时哑言,转身就走,边走边说,叫你蹦跶,早晚会露馅,便悻悻地离去。厚运成和秀娟心里都明白她指的什么,但不知道她怎么会看见,不知道怎么会在众人面前跟他们过不去。秀娟和温淑香一直相处很好。

其实温淑香不是个好跟谁过不去的女人,她是温胜利的妹妹,人很顺和,只是疑心大些。那天秀娟头脚走进苞米地厚运成就在后脚跟进,她正在自家茄子地里摘茄子,她以为他们是上地头有什么话说,结果一等二等没出来,就知道没有好事,后来秀娟顶着一头苞米花粉回到菜地,她便拐筐进到西山苞米地,那里的泥土像老母猪打圈拱出很深的印迹,心里的气就一直顶到脑门,就想跟了村民组长一定会得实惠,于是分木花时她怎么看那麻袋都比自家大,就自己给自己陷进窘境。

歇马山庄陷入忙乱的时刻,虎爪子开一辆瓦蓝瓦蓝的双排座卡车驶进歇马山庄。虎爪子鸟枪换炮的突然出现,让人们想起他们安静了好久的日子原来是因为没有了虎爪子。虎爪子回来直接来到村部,锃亮晃眼的汽车在村部一停,显出无比的气派。他见到买子第一句话就是哥们混出来了。买子以为他指自己,嘴咧了咧,可刚刚咧到半路,虎爪子掏出一只亮亮的铝盒,打开来拿出比扑克小一圈的硬纸片递给买子。对名片买子并不陌生,可是虎爪子能在出走的半年混出名片却让买子感到陌生。买子接过名片,那上面醒目的字迹恍如一串飞鸟蹿到买子眼前——李学朋，老黑山镁矿运输科科长。买子早就不再记得虎爪子的大名叫李学朋，这陌生的名字似乎比那陌生的职务更让买子感到别扭和震惊。虎爪子的名字一旦不再是虎爪子，就仿佛猴子身上没有了尾巴，让人感到别扭和震惊。虎爪子身穿银灰硬领衬衫，腰扎又宽又亮的黑裤带，裤带松松地搭在腰下，深蓝色裤子如一只灯笼悬在他的腿上，虽又肥又大却给人放松、气派的感觉，尤其耀眼的是脚上的皮鞋，比山庄人柜子上的花瓶还亮。买子看完名片递给其他几个村委，又从上到下打量虎爪子，说操，真是摇身一变。虎爪子说不仅仅是外表，重要的是这里，他说着用手指指脑袋，买子抬头看看虎爪子脑袋，明白指的什么，说走，到家里喝酒去。虎爪子说算了，几年了我一直喝你的酒，今儿个哥们儿不比从前，到我家喝酒。买子说好，让你骄傲一回。

买子坐虎爪子锃新的双排进入下河口屯街时，并没引起更多人的注意。到沟里拉木材的车辆每隔几日就跑一趟。当发现车停在了后街西北沟虎爪子家门口，人们纷纷从院子、猪圈、菜地和院墙边的什么地方走到街脖，鸭子似的伸长脖子。说妈呀，车也能偷。车停下时，虎爪子患有腰病的父亲李洪义正在猪圈起粪。李家的院子给人寒酸感，依然是苞米秸夹的院寨，近些年来，山庄庄户人家院墙纷纷推倒重垒，李家却因虎爪子的不着调，院子毫无过日子的规矩气象。正在起粪的父亲看见儿子从车上走下又往屋里搬运，他不但没有半点惊喜，且眉头结个干枣似的疙瘩，虎爪子远远地喊声爸，老人哼都没哼又低下头起粪。虎爪子买了一些熟食，什么烧鸡火腿猪蹄还有几袋四川榨菜。母亲倒是欢喜得眉眼是笑，边忙活烧饭边跟问，这半年死哪去了？

桌上菜摆齐，买子走出院子，说大叔，吃饭哩。虎爪子父亲吭一声跳出猪圈，根本没理买子，他在井台上洗了手，之后携着粪味走进屋子。当他走进屋子，看到桌上摆满碗碟，上手就把桌子掀了。因为没给防备,所有人都目瞪口呆,虎爪子父亲用粗裂的,仿佛一截柴火棍一样的手指指着儿子:杂种快把车给我开走!公安局抓来我嫌丢人!买子上前拦住,说洪义叔你不能一碗凉水看到底,你听虎……不,你听学朋讲一讲。买子差点说出虎爪子。李洪义说,不听!我没有你这个儿子你永远也别回来你快给我滚!

虎爪子愣愣站在地中央,像只栽错位置的树桩,目光躲在深深的瞳孔里,似乎在那里寻找最简单、最能说清几个月经历的词句。可是父亲根本不给时间,撵他马上滚开。母亲在堂屋厉声骂道,老死鬼儿子半年没回家呵,你长没长心?

虽然半年漂泊有过许多艰难,但因为结果是好的,虎爪子没有因父亲的话牵出伤感。他顺手从一个黑色公文包里掏出几张老头票,说妈,呐。经常买点新鲜肉吃。说完拽住买子往外走,走在门口转身上车时,虎爪子看见母亲站在院里抹泪,屋里充斥着父亲的混骂:杂种操的你永久别回来!

虎爪子把买子拉到歇马镇,在买子曾经请月月的小馆要了几个菜。虎爪子喝酒很有节制,不像以前一见酒就贪杯没命,看出来酒已经不是他与买子对坐的内容,而只是形式,他只需借助这种形式来向买子讲述他的经历。在歇马山庄日起日落打发的春末仲夏深秋的时光里,在虎爪子留给这片土地的空白里,他以山庄人不能想象的付出,谱写着他在外面世界的又一种人生:给个体老板当黑保,押脑袋保饭碗赚钱,在黑社会里争取地位拉扯关系。一下子掉进没有阳光只有刀光的生活使他深深眷恋山庄里的安静生活,在山庄里他是羊群里的狼,他可以主宰生活的静与动,只要他不找事没人找他的事;在黑社会里他是狼群的羊,别人主宰着他,他永远没有静的权力。拼着性命赚回一万块钱,他一口气跑到深山老林,他想找一个偏僻的地方休整几天,躲过混迹已熟的黑帮,然后用一万块钱买一台拖拉机开回歇马山庄翻地,从此翻身当家做主人。谁知刚刚下车就在乡下小站遇到老板,他以为老板抓他回县,老板押他上车却把他送到大黑山镁矿。老板在到达目的地之后告诉他,你的幸运来了,我念你忠心舍命,给你推荐这里当工人。与厂长见面他才知道,镁矿半月一次往本溪运货,途经宽甸、桓仁山区常遇当地山民截车夺货,对付山民对他算是小菜一碟。虎爪子提出必当正式国家工人的条件,厂长说可以,但必得试用一个月。跟车两次打击三帮路匪,回厂他拿出四千块钱请客送礼,就转他为正式招聘工人,并送他学了车,半月前又委任运输科长。虎爪子的语调是平易而深沉的,没有一点卖弄和显摆。他说我在狼群里混时,对狼的痛恨,使我知道我在歇马山庄人们是怎样看我,就决心再也不做羊群里的狼,你知道搅得四邻不安可曾经是我做人的骄傲。我妈我爸不会相信,他们从前那个儿子死了,一个黑咕隆咚的深洞,他们永远看不见的深洞埋藏了我。虎爪子说着,深情地看了一眼买子,说天想让你怎么样你根本顶不住,它叫你死你活不了,它叫你活你死不成,我都不知我怎么一气之下就离开山庄,这一回我终于拔根……

买子看着虎爪子——李学朋,听着他诚实的,不是几个月前一到一起就吹牛皮的话语,眼窝渐渐有些潮湿。他想起那天组织委员说的话,这年头真就是卫星上天,几天就成大款。虎爪子没成大款,却确实变了个人,买子想自己不也是经历了一番想象不到的变化!当村长,办工业,娶小青,只要你努力,只要你是在做着什么,时间总会给你一些收获。见买子沉默,虎爪子说,我真是拼了脑袋干出来的,毫不掺假。买子笑笑,说我信,我太信,你什么时候惜过命?虎爪子说可是,可是现在我可是知道惜命,我觉得我做人的生活刚刚开头,为给爹妈争气,为叫山庄人另眼相看,也为……正说着,虎爪子停下来,他眼睑低下来,直直盯着买子,喂,月月怎么样?买子猛抬眼,怎么,你还惦着月月?虎爪子脸红了,眼里涌出一汪异样的水光,说,半年啦,我没沾过一个女人,在黑洞里有那么多蛆虫一样的肉体,可是我就是想……我对不起她,我坏过她,我想,有一种滋味我尝到过,叫思念……

虎爪子脸上飞出一抹红晕。虎爪子说,我常常在梦里见到她,这一辈子要是有月月在身边,死也瞑目。我现在知道,我爱她,我是爱她的。虎爪子说着,斟一杯酒,一口喝下去,喝完嗞啦嗞啦咂巴舌头,好像正咂巴思念一个人的滋味。

一个一向把男女之事说得邪乎做得邪乎的人的嘴里,竟能吐出文绉绉的爱字,买子真是有些刮目相看,他随虎爪子灌进一杯酒,而后细眯小眼盯着空下的酒杯,心想自己是不是尝到过思念一个人爱一个人的滋味呢?爱一回死也瞑目那一种。他爱过庆珠,爱过月月,也爱过小青,他想念过她们,可是她们并没成为他生活中的重要想念,他爱所有女人,他离不开女人,可是他似乎不会把某一个女人当成生命中的惟一追求,不会。买子将目光奇异地移向虎爪子,吁出一口说不出是轻松还是沉重的粗气,端起酒杯,说来,李学朋,李科长,为你的滋味干杯!干杯!

虎爪子出来坚持拉买子去看月月。买子迟疑一会儿,脑中浮出不久前操场上那张静静的含泪的面孔,想说行,可是话未出口,就觉心里别扭,那种找不到原因的别扭。他说不,我不去,你自个儿去吧。虎爪子没拖没逼转身跳上驾驶室,刚要关门,买子一阵风似的跑过来,脸红红地说操,你酒后驾车我不放心,我去。

学校操场一派祥和宁静,秋冬之交的阳光在上边静静地舞蹈,嵌在白色墙壁上的蓝窗仿佛一只只眼睛。因为喝了酒,又是为着一腔久盼的愿望,学校的瓦房、红砖、白墙在虎爪子眼中一派闪烁迷离。到虎爪子将双排开进操场,放肆地打了个旋转,买子嗷的一声,今天是星期天。虎爪子于是懊悔地捶着脑袋,妈的,不是星期天我怎么能回来?妈的忘了。

虎爪子把买子送到歇马山前坡就停了下来,虎爪子调过头离开买子时,头突然伸出车门,喂,金水怎么样?哥们儿想他……

第二十一章

　　虎爪子的衣锦还乡为买子一段时间以来日理万机的忙乱点了一个小小的、不和谐的逗号，说它不和谐，是因为虎爪子最后提到了金水。使买子一直昂扬的情绪有了一个不小的跌落。买子在歇马山山道上踽踽独行时，心里一直响着一个人的名字——金水，应该说这个名字他没有忘记过，他记住他并非因为他曾如何欺负了小青，而是他目前如何需要帮助。那次金水在小树林讲道，他是看到他妈的眼神才动欺负小青念头。这句话深深记在买子心里，买子是个孝顺儿子，因此对金水的仇恨便被他的孝顺消解，他曾一直念着忙过一段之后，村委开会研究一下，让金水到砖场当购销员。可是，眼下虎爪子对金水的提起，使买子的记忆一下筛出戳他心窝的丑恶，就像烂在水库的麻秆经人搅动飘上水面，买子突然嗅到一股沁人肺腑的恶臭。

　　虎爪子不知金水的近况，他对山庄人情变故一片空白，而正是这一片空白指引买子，使他的思绪回到他们最初的相处关系上，回到哥们儿占了哥们儿女人这个事实上。买子在快到家的路上，满脑都是小青赤条条在金水身下的场面，这场面叫买子对金水有种刻骨铭心几近疯狂的仇恨。然而，当买子走上东崖口，望见院里晃动的小青的身影，一腔仇恨立时便化作一股汹涌的欲望，这欲望滋蔓了对小青的暴虐。买子进院小青正在井台洗衣服，铜盆里漫起的肥皂泡闪烁着扑朔迷离的光色，买子一把就把小青从肥皂织就

· 290 ·

的光色中提起走回家中。

　　小青其实早就看到买子从崖口走下院来，故意不抬头，故意以冷淡呼唤买子的赤热。小青窃喜心中的算盘得逞，狡黠的目光扇起肥皂泡似的扑朔迷离。买子被汹涌的欲念推动着，顾不得玩味过程中的情调，他擒小鸟一样擒住小青朝西屋走去，动作异常粗鲁、急切。买子推上屋门，三下五除二脱光小青的衣服，而后解下裤带沉沉地压上去。压上之后却久久也不动弹，好像他进家来所做的一切都是奔着压上去这个目的，而这个目的并没给他带来多少刺激。那汹涌的欲念，在这个目的达到后像走错门的狗似的悻悻溜了出去。买子翻下身，看着小青洁白的、滚圆的身体，脸上渐渐有了表情，他张一下嘴巴，好像想讲什么，好像那话对他对小青都很重要，因为他的表情是深沉的，思索着的那种深沉。小青等待着，小青婚后越来越喜欢形式。可是蓦地，溜出家门的狗又溜了回来，买子手捏住小青两胯，将她翻过来又翻过去，而后下颏在小青乳房上狂乱地蹭磨，脚在小青腿上狂乱地踢蹬，叫道，程买子×你，是程买子×你呵小青。短胡楂在乳部嫩肉上的蹭磨使小青感到钻心的疼痛，小青尖叫着，你醉了程买子你醉了。买子蹭着、磨着，脚不再动弹，这时，他进入了小青，他缓慢地进入了小青，好像山雨咆哮的间歇，又像山雨欲来之前的沉闷，他的动作异常缓慢、迟疑。小青由奇痛感到奇痒，小青闭着眼睛，嘴却没有闭上，一声接一声地说你喝醉了，你在哪喝醉了？这时，山雨再一次来到，倾盆大雨轰然地抖动地面，掀起一阵铺天盖地的迷雾，迷蒙了两张面孔，使他们对面不识。买子仿佛被洪水冲下来的泥沙似的滚落到炕上。许久，小青坐起来，陌生人似的看着买子，嘴巴上下翕动了一下，好像想讲什么，好像那话对她对他都很重要，因为她的表情是深沉的，思索着的那种深沉，买子等待着，他希望小青对他有所认识，可是小青却说了一句让他感到十分意外的话：农民。

　　因为有了一场突如其来的暴虐，小青在堂屋里做饭吃饭都不说话。结婚之后,买子回家从不让屋子清冷,小青不会做饭,他就和她一同灶上忙着,引着小青说一些俏皮话让母亲高兴,这种新添的家庭欢快气氛使买子觉得终于做了一个孝顺儿子。小青不说话,买子有些慌乱也有些后悔,买子里出外进故意把歌哼得跑调让小青笑,小青不笑,就自己大笑。当把饭桌拿到炕上,买子在堂屋里对着小青耳朵说,请你大笑。小青还是不笑。沉闷的气氛就一直延伸到饭后。

与睡觉相关的节目提前上演,留给一对新婚夫妇的夜晚就变得索然无味,令买子和小青在一阵拾掇锅碗打扫庭院的忙乱之后闷闷地。

然而买子一直没有上床,他扫完院子在母亲屋里看了一会儿电视,见母亲睡去,他跳上炕把窗帘遮严后回到西屋。买子在西屋高低柜抽屉里摸了盒火柴,对小青说把窗帘遮严。小青看看买子,以为他想抽烟,没有吱声也没有动弹。买子自己跳上炕去把窗帘遮严,严肃地说,快睡。

买子逍遥地走到门外,一面看着天上闪亮的星星,一边划着一根火柴扔到草垛头的散草上。买子烧自家草垛的念头诞生得非常简单,那一瞬只想有什么办法能使小青热络络钻进自己怀抱,然而这个想法一旦生成,一系列充足的、在此之前从未想过的理由便堂而皇之涌进他的脑际:林治帮因草垛失火提出退职之后,镇上就有了新的规定,凡村级干部家遭黑眼风的一律补助;一个人如果老顺,就会有人琢磨你,自己给自己造一个障碍,可免除意外的麻烦;当然最重要的是,小青会忘掉饭前一切不快,娇嗔地偎依在他的怀中。

一切正如买子所料,大火烧红半边天光时,小青惊慌地钻进买子怀里。然而,当买子搂住小青凑近小青耳朵边说别怕,火烧财旺,并把前边两个充足的理由说给小青,小青再次说了一句让买子感到意外的话:真是什么丈人什么女婿。不过这次小青说完,两手蛇似的缠住买子脖子,不再怄气。

　　小青结婚之后,林家大院出现从未有过的沉闷和清冷。因为妹妹嫁给祸害自己婚姻的男人,因为受不住一个人独守空房重温往事,国军已经搬到单位去住。走了月月,走了小青和国军,两老一小的日子一下子变得苍老起来,就像古稀人所剩不多的牙齿。林治帮一早到院内院外溜溜转转,八点之后就回家睡觉。十点醒来,炕上磨蹭一会等待吃饭,吃罢午饭不待饭桌收下又要困顿。那本土匪许二马棒的小书搓卷了纸页扔在被垛空儿不再看了,一本不知从哪弄来的《海盗彼得的宝藏》常常放在身旁,供催眠和打发时光。古淑平一日日消瘦,对一日三餐饭食的调剂没有一点兴趣,没有了儿女下班的盼头的日子就像一团黏稠浆糊一踢糊涂,如果不是还有火花上学下学,她连做饭时间都失去把握,常常火花进了家门她才烧火,这是以前从未有过的。火花则像遭了霜打的野菜,不野跑不疯玩,眨巴着黑黑的眼睛,幽灵似的进出林家的院子。她目光忧郁,动作轻盈,进进出出总是悄没悄声,她不再和猪狗玩耍,不再贴墙根听声音,也不再靠近林治帮。有时林治帮傍黑来了精神,要带她出去走走,她一动不动,审慎的目光像个怀疑一切的大人。她不亲近父母,却不离开家庭,她放学一进屋就再也不出去,或者趴在桌子上做作业,或者蹲到灶坑烧火,或者趴在自己床头叠纸人。她能剪出一串一串手连手的纸人,把它们用唾沫贴到墙上,然后从古淑平的线板上找来针,在纸人的身上、脸上扎出一个个小洞。

　　林家的日子是沉闷的,孤寂的,像一汪没有生息的死水,人与人之间没有关系,所有的关系就是饭桌上响起的咂咂的嚼饭声。对这种日益孱弱的家庭氛围,古淑平长久的慌恐、惶惑,渐渐变成一种潜流,她静静地、老老实实地感受它的起伏、波动,而不像从前那样,心底一有波动就蓄意构想南跑北奔,找瞎子算,到坟地哭,或者找林治亮女人诉说。古淑平毫无心情地打发着并不年迈的他们却突然感到年老的日子。林治帮一个早上去外边溜达一圈回来，突然喊来一屋子五六十岁的同龄男人。他将他们引到东屋，放下一直立在那里饰有鲤鱼跳龙门图案的圆桌，在乳白色柜顶的木箱里翻出一副麻将。林治帮的行为太陡然太没有来由，好像就是大街闲逛之后的突发奇想，然而做起来可是十分坚决，勿庸置疑。麻将码好，讲给大家输赢规则，穷和五角，自摸点炮一块，就玩将起来。起初跟进的人们不信林治帮想玩是真，以为有什么暖心的话要跟大家说，新村长成了他的女婿，他总该跟张守山这些同龄的庄户人说点什么，关键是他当村长时狠刹赌博风，即使过年也跟百姓保持距离从不参与。见他真的动了家什，大家一阵惊诧，但很快就被咔啷咔啷的麻将声融了进去。

林治帮的主动设赌，使歇马山庄临近过年才有的忘了吃饭忘了活路忘了日子的享乐时光提前拉开帷幕，男人女人在相遇时互道惊讶。他们惊讶和传讲的不再是林家儿女间的事情，他们一下子就转到林治帮这个在他们眼中神秘的、不可思议的人物身上，纷纷议论这老鬼真是有点反常，竟然不顾忌女婿村长的面子。面对林治帮的设赌，只有古淑平兴奋不已。虽然男人这做法有些反常，家里热热闹闹有了生气，总比一天到晚睡大觉强。古淑平每天早起，八点之前把居室打扫干净，然后等待人们涌入。午饭和晚饭虽不供吃，可烘炒的花生、地瓜干，不断地端在桌子底下。

大约十天之后的一个晚上，买子带小青回到家里。古淑平一见姑娘女婿，赶紧将二人领到西屋，说你们可千万别管，你爸可长了精神俺也长了精神，让他赌，他不是大赌，大赌俺也乐意。听见有人在西屋喊喊喳喳，林治帮似早有预料，喊兔崽子你们给我过来。

买子和小青过来，林治帮眼角挑了一下，嘿嘿一声笑，说我只不过想试试手气，没有什么大惊小怪，我在市里打麻将从没输过，我的手气还有,嘿嘿。

买子说爸——这是结婚之后第二次叫爸。第一次是结婚七天吃回门饭的时候。买子管林治帮叫爸有种说不出是庄严还是滑稽的感受。人生既庄严又滑稽。买子说爸,您老手气肯定不会错,您就放心。您这么弄可叫我怎么说话?咱山庄赌博风自古兴盛您是知道,您兴起了赌博风滑子蘑还要不要种?

林治帮突然严肃起来,睡眼惺忪的神色一扫而去,程买子我的女婿,你还太嫩!你不懂!你不会不知道咱家这一气发生了什么。让他们走进来,就像把风引进屋里来,风一旦进屋马上就会扭转风向。

林治帮的清醒使小青买子相视一笑无言以对,使古淑平兴奋的情绪中多了一丝安慰。——林治帮糊里糊涂的样子总让她感到日子在风中摇摆无靠。可是半月过去,林治帮又突然洗手不干了,又回到以前的生活秩序里去了。八点之前,他院里院外溜达一圈,之后睡觉,之后吃饭,之后再睡觉。古淑平早起在堂屋转绕好久不知该干什么,喧闹之后的寂闷让她一时间不能适应。然而就在这时,就在古淑平面对重新袭来的清静日子长吁短叹时,一个意外的发现搭救了她,让她精神为之大振。

这是一个冬月初天气有些阴霾的早上,古淑平在院墙上把晾晒多时的腌黄瓜往盖子上拣。院墙是花砖砌的平顶,古淑平站在院里,面东朝西。正拣着,就听背后茅坑里传出呼呼啦啦的声音,一转头,看见林治帮被狼撵的兔子似的,提着裤子往院外大街上跑。古淑平凝神时,便听见街脖上响起清脆的自行车铃声。街上常有自行车铃声,可是林治帮奔铃声去却是第一次。只见骑自行车人见到林治帮赶紧下车,摇摇头又上车骑走。第二天,还是那个时辰,古淑平假装剁猪菜蹲在院里,听到铃响后她偷偷扬头,见林治帮已在街上草垛头站着,那人下车摇摇头又上车骑走。自此,古淑平知道,林治帮一早精神那阵儿是为了邮递员的到来。古淑平不知道邮递员和自家男人有什么关系,现在她知道了,他不但和男人有关系,且关系重大,因为他一摇头,男人就陷入一天的昏睡和走神儿。当古淑平彻底证实男人在等一件东西,一件不等来就打不起精神的东西时,古淑平的日子开始发生质的变化,由惶惶不安不知所措,走入踏踏实实默默期待。她和男人一起期待。苍老的日子有了期待,便如晒干的萝卜缨浸进水里,日益鲜活起来。

其实林治帮一直都在期待。自从那个夏末领火花到姑嫂石篷写完一封信,又搭温胜利的马车上镇亲自发走之后,他便每日都在期待。林家所有人都没发现,期待消耗了他一天中最多的精力和体力,每早站在街门口是他精神最最紧张的时光,为了不使期待的东西落入林家别人手中,他不敢错过一时一刻,他又不愿告诉邮递员这东西非他莫取,那会引起邮递员的注意进而导致更可怕的后果。

孕育写出那封信是退下之后才有的事情。一场喜日里的大火,把林治帮几年来极尽全力忘却的、在心灵上日渐消没的事情烧了出来,那事情像人的骨头,肉已成灰,它却愈发显露真实模样。喜日失火其实也算正常事情,可却不知道为什么会将几年来用男人的信心和意志浇铸的血肉烧成灰烬。林治帮绝不迷信,但他绝对相信天意。当年到古淑平家要饭,父亲非要跳上古家炕头吃饭,古家老爷子马下脸坚决不让,还把他们父子一顿臭嚼乱骂,骂他们祖宗缺德,咒林家不要脸皮世世代代必打光棍。可是谁知刚出古家院门,古淑平就跟了出来,喊住林治帮,说等等我我跟你去。古淑平并不是嫁不出去,却在那个日子毅然决然跟了个穷要饭的。有了这等好事,林治帮当时发誓拼尽全力为林家祖宗争回面子,把日子过起来。可是一连多年在土地上扒扯,过得一点都不比别人家好,地里的活他怎么也干不出名堂。就有那么一天他因为不原收山到乡上溜溜,遇到乡政府一个搞基建的人在市里包了两批工程,他一听就猛着胆子组了一个只有二十个泥瓦匠的工程队,谁知一干就干出了名堂。离开土地领人使嘴活动关系他如鱼得水,从没见过一百元票子的他,进项由一次性五万到十万,可是偏偏又发生了那样的事情……他相信这一切都是天意。是因为深信了天意不可违的警世格言,才使他遭遇一场大火之后精神顿然萎靡?还是那件无论你想与不想都明明白白地存在的事情早就在他心里蓄机等待发端?不得而知。林治帮在那之后的日子里,就一直在为躲避一场灾难想方设法。

林治帮心里意会的灾难和古淑平平日里恐惧的灾难根本不是出之一辙。林治帮的灾难是精神上的,是他自从城市回到歇马山庄就一直经心与它隔离走远的。事实证明,自扔了要饭筐娶了妻子那一天起,林治帮就一直在为名誉、为林家在歇马山庄的名誉奋斗。尽管在土地上他一直毫无建树,可他再穷也能做到不向邻人借要一草一木,天知道这对于靠要饭吃长大的他有多么不易。应该承认,他修炼了好多年,天意给了他发大财的机会之后,他却在城里造了一个乡下人永远无法知道、他自己永远无法解释的能够彻底毁坏名誉的大祸。后来,他看到这大祸追他而来。这灾祸没有呈现原来形状,而是以另外一种方式,以儿媳背叛林家的方式。这尽管对林家损失极大,可是这并不是林治帮真正恐惧的,他真正恐惧的祸根在火花身上。当古淑平和村里人都传讲着火花是个灾星的时候,只有林治帮自己清楚这定义的准确。林家即使不发生这些事情,他也清楚火花是他生命中的克星,火花在那样一个时候来到他家,就是来告诉他她是他生命中的克星,她一天不离开林家他就一天不会彻底忘掉过去。应该承认,是林家发生了一系列事情,才使林治帮滋生了写信送走火花的念头,滋生了期待。

然而日子一天天过去,终没有等来盼望的信件。

从曾经属于自己的家园里退出,从曾经属于自己的校园里退出,月月在一块阔大的苹果山坡体验了从未体验过的天地的寂然无声,时光的漫长无边,身体的疲惫不堪。应该承认,多年来,月月没有断过与土地农活的亲近。因为三哥懒惰,农忙季节下班回家,她泥里水里从不惜力。然而,那时的活路再累时间再长,也不过三五小时三天五天,相对许多个站在课堂讲课和坐在办公室备课的时光,不过是蜻蜓点水,是一次声带的休息,思维的间歇。而眼下日出连着日落,时间从未有过的混沌一体绵长无边,仿佛在深海里行舟,海天一色没有变化。月月一锹一锹挖着果盘,一脚踩下,黄土便仿佛喷射的水花似的,呈一个扇形的升飞与降落。为了保持园内的宁静,月月向古本来包下四十棵果树的所有果盘。临上冻只有三十天,月月预算一天挖到两个。从学校回到后川之后,除了张小敏、姜珍珍,还有古本来夫妇,她不愿与任何人接触,她不愿通过自己眼睛的捕捉来感知自己在别人心中的低贱、下作。重要的是,她不愿退出学校之后所剩的最后一块领地也被弄得七零八碎。

如果不是怀孕,她不一定非得回到歇马山庄,她可以到外边去当保姆去打工,可是她怀孕了,这对她很重要。肚里的孩子不允许她过颠沛流离的生活。当然,她应该打掉孩子,在歇马山庄,不会有哪一个独身女子跟人有了孩子还要保留下来,她却要做在山庄人眼里大逆不道的选择。最初的决心,只是为了争取买子,因为怀了孩子月月以为在买子那里还有希望,然而希望落空之后,保留孩子的决心竟然更加坚定。自从清醒地意识到,她的生命离不开买子,在月月的心里边,就一直挣扎着一种意志,一种初始坚定并一直坚定的意志,那便是,向小青,向买子,向整个世界,去证明一点什么。究竟是什么,她自己似乎也很难说清。

从张小敏家后门出发,到古本来山坡果园约有半里坡路,月月每天天没亮就起身做饭,准备猪食鸡食。猪食鸡食是她晚归时在果园边掐的绿蒿、灰菜、麻乍菜,这些越往秋深越叶茂茎嫩的菜草,是鸡鸭猪一天里咀嚼不完的食物。人吃的、畜类吃的一同备好,天刚微明,月月就趁张家母女俩未醒之时,扒一口苞米稀饭,扛着铁锨顺房后小路奔果园里去。露水打湿鞋面裤角,脚下一片沁凉,锨把儿磨破嫩嫩的手皮,掌心火烧火热。月月打发张小敏去为她买来一双球鞋一副手套。最初几天,每一低头穿鞋和戴手套,她的胸腔就有食物往上蹿,而每次呕吐之后,她的鼻腔里都要涌出一股酸楚的情绪。她不敢让那情绪停留,赶紧扬脸去看远山、天空。最初的时光,委屈和伤疼伴着呕吐时常从心底的缝隙流淌出来,而这情景,浮现最多、印记最深的还是国军向她施行暴虐之后,小青站在她的房间里说出的那句直扎心窝的话——翁月月你这不识敬的女人,放着一条光明的道路不走,专走铺满荆棘的小路!她深信,在这个世界上,最懂得她为什么做不识敬的女人的人,便是将她说成不识敬的女人的小青。小青透悟她的情感,透悟女人的情感。小青其实很早就把一双目光显微镜似的伸进自己的生活——在她知道她的哥哥有病的时候,面对月月的抑郁她曾几次提示过。直到后来她走进他们中间,她站在道德、正义的方坛上趾高气扬理直气壮。那情景让月月不想回味却又抵御不住。她在那情景中看到女人的可怕,她感到自己那勃勃不平的心在嫉恨,她嫉恨小青,她甚至有一闪念希望她遭到什么不幸……另外一个难忘的情景就是买子在村部坡场上对自己的坦白:我永远不会忘记你对我的感情,这孩子,我不敢肯定是我的,不管是不是,我带你去打掉……月月依稀记得那张面孔的淡然、无情,恨,便不由得钻进每一个毛孔。月月在最初的挖果盘的时光里,恨仿佛渗入果盘的泥土,一锨一锨被她挖出,在她身后堆成沉实的山峰。

然而,就像挖出来的土最终还要填进去,委屈和伤疼并不占领她的全天,只要胃里的东西吐出去,或者欲吐未吐最终消化沉底,她的心情就会有所好转;而只要心情好转,与她会面的那些情景就悄然退去,即使不退,她也无法切近当时心情。这时,月月感到,疏密有致的果树枝桠分割了她的视线,像小时候在树林里藏猫猫,黄沙黄土唰啦啦落到地面,像小时候菜地里看父亲和哥哥挖菜窖。因为令她记起的全是快乐的、童年的往事,小青和买子就被推到脑后,让她有隔岸观火之感,好像他们与她没有任何关系,他们只不过是一个简单的、远山一样迷离虚幻的景象,他们与她遥遥相望,却不能走近不能打扰她,她的心中被无忧无虑的往事占满,色彩斑斓……

半月之后,月月彻底摆脱了呕吐,便变了一个人似的沉浸在一种喜悦之中。这喜悦就像第一次在大河里洗衣服被买子抓了一下胳膊,觉得整个日子都被旋动。月月又重新走回被买子旋动之后日益觉醒的欢乐、日益觉醒的相思中去。她与买子走近,买子离开了小青,他是一个人向她走来,带着随意和散漫,带着原始的激情,自烧自旺的火一样的激情……在没有变化的重复的日子里,买子回复了最初的模样来与月月会面,相思仿佛重新点燃的蜡烛,火苗一舔一舔,撩拨着、幻照着她的辛苦,她的劳累,她的没有家园的果园。

月月被重新撩拨着,每到日影西下都盼着下一个日子走近。有了相思,白昼的果园里有一个无处不在的买子,他在那里站着,坐着,躺着,变幻各种姿势看她,等她,和她说话。于是她对自己挖土的动作十分在意,她尽量不用唾沫喷手,有时即使挽着裤脚,也不让泥土进到鞋里。因为姜珍珍和张小敏不允许她在晚上携买子进家,她在晚上的时刻里就尽可以踏踏实实睡觉——疲累和没有携进家门的相思共同涵养了睡眠,使月月的脸色日渐红润好看,相思也不再是最初的神经兮兮,而像秋后的山冈,有一种浑厚的气质。就在月月神清气爽踏踏实实以一个地道农家女子的姿态,打发被相思濡满的日子时,她的三嫂秀娟挎着一筐鸡蛋在古本来的指引下来到园内。

仿佛月月是个被抓进监狱的劳改犯,三嫂是个不远千里前来探监的亲属,她一见月月就泪光盈盈泣不成声。月月的委屈和伤痛已经不知去向,只呆呆地看着三嫂,支吾着说不出话来。古本来像个狱警,引来探监人马上回头走出。看见三嫂,月月想起母亲,月月想三嫂必是受了母亲的支使。想到母亲,月月情绪就一下子被感染,说三嫂,妈好吗?秀娟点着头,两手握一方手帕擦着眼窝。月月说我挺好的,我其实挺好的。

秀娟放下筐,眼泪依然不止。月月由感动到震惊,她从没看见三嫂如此伤心,她的事不值得嫂子如此伤心,嫂子毕竟不是母亲。月月拽着秀娟胳膊,说三嫂,是不是妈出了什么事?秀娟摇头。少许,秀娟手挪开揉红的眼圈,看着月月,说妹子,你说咱女人命咋这么苦?咱女人就走不得一点错路?月月继续受着感动,三嫂对自己能有如此理解真不容易,她不回家住正是担心嫂子拿斜眼瞧她。月月眼睛潮湿了,理解仿佛港湾的灯火,引着委屈一荡一荡游了回来,泪水鱼贯而出。月月没有说话,她感到胸腔里有一股激动的情绪使她说不出话来。而这时,许是月月的沉默推动了秀娟表达的欲望,秀娟说,妹子,我也差点被你哥撵出来,其实我跟厚运成就只有一回,那温淑香根本什么也没看见,她就故意在人跟前寒碜我,你哥就信了,这几天天天夜里打我,我不想活啦……秀娟说着说着,泣不成声。

原来,原来三嫂看自己是因为有苦要诉,是因为同病相怜,难怪……三嫂的话抑住了月月翻动的思绪,这抑制并非因为三嫂的伤感原来是为自己,而是另外一种感觉,一种糖里掺了沙子的感觉。她想,她与买子之间的事和三嫂与厚运成之间的事不能一样,它们根本不能同日而语,而三嫂差强人意的"咱们女人"和"我也被你哥撵出来",叫她感觉她和三嫂是一样的。不,不呵三嫂。月月含糊地说着。三嫂以为说她不能去死,连忙说那可怎么办啊?

月月没给三嫂指出一条生路——她早看出那生路不指自在,也没有收下三嫂鸡蛋。在月月感觉里,收下鸡蛋就等于承认了她的被撵出和三哥撵三嫂是一样性质,这在她不能忍受。她坚信她对买子的感情和任何人的都不一样,她的遭遇是因为这不一样。

送走三嫂,月月心里乱了很长时间,她六神无主干不了活。一件小心翼翼保护着的珍贵的珠宝被人放在了玻璃碴里,她一时无法接受遭到贬值的事实。

第二个来到果园看月月的是国军。国军来时月月正在挖深的果盘里掘土,她听到脚步声扬脸看了一下,见是国军,没有半点惊讶继续掘土。国军整洁的装束光亮的头发和月月形成一种鲜明的对比,他似乎并没在意月月晒黑的肌肤、不再如以前那样苗条的形体。他站在高处,俯视着月月紧裹纱巾的脑袋,说月月我想跟你谈谈。

月月停下来,说我都这样了,还有什么可说?

国军说,我给你最后一次机会,我们只要不离婚,我保证让你回到学校教书。

月月蓦地再次扬起已生出许多雀斑的脸蛋,眼睛盯住国军的眼睛,原来是你干的好事!

国军歉意地笑笑,是的,你不要恨我,我只想让你知道我对你的诚心,我是爱你的,月月。国军说着跳下深坑,拉过月月粗糙的手指,说月月,你知道吗我是疼你的,我这些天从未安稳过,我疼你。

月月平静地看着国军,说我信。可是你已经不了解我了,我不是原来那个月月了。

国军说不,我了解你,你除了变黑什么都不会变,我保你还去教书,我们可以与家里脱离关系。国军说着要拥月月,边伸手边说,我们搬到镇上去住,我们到镇上买房子,永远不见买子和小青。

月月笑了,心想我怎么能不见买子,怎么会呢? 但她什么都没说,只是躲避着国军的亲近,默默等待国军离开。当国军从月月眼中看到毫不动摇的坚决,他跳到坑外抓一把沙土朝树枝甩去,日渐憔悴的苹果树叶哗啦啦飘然而落。

第二十二章

　　进入初冬的歇马山庄一派苍凉和肃穆。山上树叶铺地,枝干光怪陆离,田畴一望无际,偶起的北风刮起片片草叶在空中飞舞。在辽南乡村,初冬是一件捉襟见肘的对襟小褂,它以拘谨的白昼,包裹着时光的躯体在山川田野急速前行。辽南的初冬在外形上仿佛勤快人的脚步,行色匆匆雷厉风行——平地而起的寒冷的北风总给人锋锐的印象;在内里边又像懒妇人擀面,绵缠柔软疲疲沓沓——田地里所有活路的结束,给庄户人带来了彻底的闲散,男人女人统统早睡晚起,缩在家里看天空中翻飞的树叶。多少年来,歇马山庄的初冬就是这样,因为大干了一春一夏一秋,最初的闲散让他们对匆匆而过的短暂的白昼,有种想收留而收留不住的难耐。庄户人一打进入初冬,就希冀时光的脚步从此慢下来,让他们从从容容体悟心里身外的闲适。而春天开头,他们又希望时光快步行走,让他们快快打发操心和劳苦。然而今年的歇马山庄可是大不一样,时光流动的急切和人们心里的盼望没有形成一对矛盾,它们在粮进仓、草归垛、菜下窖之后,一同跳动在山庄初冬的屯街上,家家户户都在为滑子蘑的进棚做着准备。村民们没有了步入冬闲的感觉,也并不觉得日子有多么苦累,因为他们从早到晚手忙脚乱,东家串西家走,已没有闲散时间思考日子。他们像看给儿娶媳的新房似的,相互钻进邻居家的大棚,传讲着、对比着这新活路的程序是否对头。一帘一帘木花和着被蒸好的菌种包进塑料薄膜里,如婴儿的棉被。温淑香或许早已忘了一个月前因为一时脑热给予秀娟的难堪,或许正是找着机会挽回自己的过失,一天跑好几遍秀娟家大棚,比划着哪块哪块和她家一样,哪块哪块和她家不一样。弄得秀娟好生尴尬,热情也不是冷淡也不是,若热情自己心理上通不过,因为男人天天夜里跟她治气,若冷淡又怕她再得机会冷语伤人。

初冬的日子庄稼院从未有过的忙乱的时候,歇马山庄村部里却是异常清冷寂静。买子很少呆在村部,他几乎天天下屯检查,带着镇多种经营办公室的技术员。只有刘海每天必到村部,一到,就捧一张报纸在屋里细读。买子家遭了黑眼风之后——买子自己点的火村人都认为是遭黑眼风,刘海一直等着买子找他谈话,买子没找,他就一天比一天慌起来,每天都在村部磨蹭,下陷的眼皮不时抬起来瞭着外边。一天下晌,刘海终于等回买子。买子从前川回来,来到村部。见买子进屋刘海赶紧站起,以往在买子跟前摆老资格的沉稳不见踪影,谦恭的样子让买子感到很不得劲儿。买子看着刘海,说刘叔——买子一直没有直呼村委,你……刘海欲言又止,买子……我想跟你谈谈。

买子坐到自己位子上,奇怪地看着刘海,不知道这位天天在一块呛呛工作的老村委为什么说话吞吞吐吐。刘海说,我想,你,你的烧草垛的事该拿补助。买子笑了,脸色有一丝不易察觉的微红,说补不补都行,那草也不值几个。刘海说,值不值都得补,这是有规定的。买子没有吱声,似乎涉及到个人利益不好表态。刘海说,我是想……买子,你家遭黑眼风,你不会怀疑我吧?刘海的话在触到实质时流利起来。买子震惊地瞪起小眼睛,刘叔你怎么会这么想?刘海说,燕燕到你家去,其实是她自个要求,她对你有意思,本不是我们大人意见。买子截断刘海的话,我从来没想是大人的意见。刘海接着说,大家都说你娶小青不会长远,可我是举双手赞成,婚姻自由,谁也不能有抱怨。买子看着刘海一脸的卑微——从来没在小字辈跟前流露的卑微,不禁有些酸楚,有些羞愧,自己一念之下竟惊扰了一颗纯朴的心灵。买子说,刘叔,为了让你相信我从来没怀疑是你干的——我怎么会这么想——看来我得接受由你发给的补助,怎么样?刘海豁然笑开,原来低蹙着的眉头展到额上,说买子你说的是真话?买子说咋不是?刘海说,林书记在位时,我一直供奉在他身前身后,从现在起,我就把你当林书记供奉,不管什么事,你尽可以吩咐,你就拿我当年轻人支使。

听完这话,凄惶和惭愧竟像渗进石缝的水在买子心窝弥漫开来。刘海当了好几任村干部,刘海代表了整整一代歇马山庄庄户人的品质,无论迎接别人的好事还是坏事,都诚惶诚恐,别人好时心底隐疼——买子早就观察到自己结婚之后刘海的不悦,别人不好,马上又表示出无私的坦荡和相助;怕树叶打头,风刚刚吹起就战战兢兢……

买子第二天中午,独自来到古本来承包的沙地。塑料覆膜的地垄上钻出绿茵茵的叶苗,淡淡的日光映着薄膜里的微绿,给古老的土地带来一股全新的气息。见古本来没来沙地,买子直奔古本来家。买子见到古本来是在他家马厩后边。像第一次来见他那样,古本来正和女人在后边铡马料,老绿色棉布褂收住腰身在日光下一起一伏,土黄色的草料断成一截一截在刀前舞动。买子走到古本来身旁,轻轻地叫了声本来叔。古本来斜睨买子一眼,没有停下,继续一起一伏铡草,铡完一捆,买子以为能够停下来,咳了咳嗓子,可是他拽出一捆草秸秆在女人手下,示意继续铡。女人坚决不动手,说你干甚么?买子等你哪!古本来放下铡刀,头也不抬走出院子。买子跟在后边,古本来走出院子就在墙根就地坐下来,买子也随他在墙根坐下来。这情景买子是那么熟悉,和第一次是一模一样,所不同的是第一次是春天,山野里游动着的是雾气腾腾的光阴,而眼下是初冬,眼前一派浮雕般的清冷和萧索。买子说本来叔,你好像对我有意见,在生我的气。

古本来眨眨眼睛,眼角的肉球跟着晃动,先说你找我有什么事?

买子说,我,我想看看月月。

古本来呼吸立刻粗起来,他摸来一根稻草一拽两截,你去看嘛找我做甚?程买子我就问你,你和她到底有没有事?

买子也从地上拣起一根稻草,在手上缠绕出一个个圈圈。本来叔,那都是过去的事,那时我的日子很空虚,她来找我……

古本来转过脸来,直视买子,哼,玩火不怕烧身,女人是好随便玩的?玩女人有罪!有罪你知不知道?

买子低下头不再吱声,对于月月,他是否有罪他还从未想过。

你叔我这辈子最怕什么?最怕伤害女人。古本来纹线模糊的眼角映出亮盈盈的东西。我四十岁上还没沾过女人的时候就知道女人是男人的命,不能伤她,哪怕一根头发。

买子听见古本来的语音是颤抖的,感到有些意外,他不知道这么一个地地道道的老庄稼人心里装着这些东西。他用洁白的牙齿咬着嘴唇,本来叔,我确实不是成心伤她,我不知道她会为我离婚。

你不知道?古本来依然粗声粗气,但音质是低沉的,混沌的。你当初跟她好时就该对她负责,要不就不跟她好,你以为你是虎爪子吗?你以为女人都像潘秀英吗?

是的,她不是潘秀英,我不知道她会这样,我想让你陪我去看看她,你得陪我,本来叔。

古本来说,你想例行公事,走走形式?

买子沉吟似地笑了一下,说本来叔,你以为还能咋样?我就是一千个对不住她,我能离婚跟她结婚?我当着村长……

古本来愣神思谋着,语调平息下来,和蔼下来,说,她一天挖两个果窝。

买子和古本来进到果园看到月月时,月月正像一个小松鼠似的爬在树枝上够落在枝头上的一只苹果。她听有吭吭的脚步声赶紧跳下来,当她回过头来看见古本来和买子,脸腾地升起一片彩虹,两手下意识揭开扎系很紧的头巾,然后将抓着头巾的手捧在腰部,眼睑在晒得有些粗糙的脸皮上忽闪忽闪,一会儿,就低下头去。古本来说翁老师——古本来一直称她翁老师,古本来说村长来看看你……干的活。月月抬头冲古本来笑笑,赶紧跳到新挖有一尺深的果盘里边。见三人相见非常尴尬,古本来转身要撤。不想刚刚转身,买子就敏感地喊了一声本来叔,但他用背影告诉买子他不会回来。

　　自从古本来自己一走,月月就系上纱巾一锹接一锹往外甩土,再也没有抬头。买子愣愣地看着月月,准备好的话被不断甩上来的泥土打得七零八碎。这个奇异的女人同一个月前大不一样,鼻尖上布满雀斑,腰身被一套肥大的运动服裹着没有了以往的线条,她的整个外形都不是原来的样子了,尤其那顶头巾在头上鸭舌似的杵着,地道的村妇像。月月的表现和外部形象一同抑制着买子准备在心里的话,他甚至有些后悔一念之间来到这里,他静默地伫立一会儿,见月月没有停下的意思,就扭头向外迈步。可是,他的步子刚刚迈开,就听月月在身后高喊一声程买子……

　　买子回过头来,沙土不再向上飞舞,月月正正地对着自己,目光一下子就泊进他的眼里,深深的,牢牢的。月月说买子,我爱你!三个字刚刚出口,一汪眼泪就断了线的珠子似的滚落下来。这三个字在买子的生活中搁置了那么久,使他听起来感到有些陌生。其实这一直是月月向他表达的主题,而时隔几个月,它没有消失,竟再一次叫响在买子耳畔。买子像看陌生人似的看着月月,准备好的话语终于寻到机会,翁老师,你受委屈了,我对不住你,我想不到会是这样的后果。其实,其实你并不了解我,我自己也不了解自己,我是一个很现实的男人,我一直是想有自己的女人,而你当时是国军的女人,这对我很重要。买子说着,停了下来,像发现自己走错路的人重新张望方位,因为这些准备好的话一经说出,买子感到它似乎是在肯定着一个事实,那就是倘若她不是国军的女人,他就会娶她,这在最初是这样,在他没有来到这个荒僻的果园之前都是这样,可是眼下不是这样。并不是眼下的月月没有了往昔的风韵,不是,而是他从月月目光中发现,只要他在表达曾经对她有过的感情,哪怕是好感,她都会将"我爱你"的话义无反顾地说下去,说下去也许并不可怕,可怕的是她会义无反顾地做下去,这太可怕。买子将目光送到果树的枝桠上,好像正确的道路就在那晃动的枝桠间。他说,翁月月,你不是十八二十三,你应该现实一些,我觉得你一直都不现实,我说过,我是一个很现实的男人,并不是你想象的那样。大概是停留在买子面孔上的目光太贪婪,太迷醉——月月其实不光是在听话,而是在迷醉地吞噬他,买子的话使她一下子难以转换成仇视。月月在买子的话语停止之后,很久很久脸上都沉醉着一种激情。后来,心理的仇视幻作了一块乌云,在月月脸上笼罩下来,泪水隐进云层,不再滴落。月月有一种被推进深井的感觉,四周一片黑暗,只有买子一人在光明处,居高临下地看着她。在她和买子不算太长的相处的日子里,他从没有这样居高临下地和自己说话。月月赶忙低下头去,狠狠踩住坚硬的铁锨,一锨土在买子前方扬起弧形的抛物线,跟着,一句响亮的话语震响在买子耳畔:走吧我永远不要见你……

这是月月多少年来喊出的最有力量最有底气的声音。买子从不知道一向温顺恬静的月月会如此歇斯底里,他慌乱地看着她——这个偏执的、怪异的女子,他想这是怎么了呢?她怎么就会变成这样了呢?像一只被轰出家门的猫,买子缩头缩脑穿过果林。买子在转身离开月月时有一种豆腐掉进灰里的感觉。他并没得到设想中的那种成功,比如说出了温存的不失原则的话,月月表示理解,表示自己遭遇一切跟他无关,是命运的安排。他需要月月有一种姿态,有一种一切都跟他无关的姿态。只要月月有一种姿态,他就敢于好好地珍惜她,关心她,把她作为朋友,像当初她作为庆珠的朋友那样,他甚至想过把她用到砖厂当副厂长,砖厂正需要月月这种有文化有形象又性格沉稳的女子。然而他没有成功,月月变得不可理喻,他不知道月月想要什么,想干什么……

买子走出果林同古本来打了个照面,买子颓丧地看着古本来,说本来叔,你劝劝她,让她现实些,她现实些对谁都有好处,她该去找找国军,让他们恢复,他们应该恢复。古本来说,国军已经来过,翁老师不同意。两人一同沉默。许久,古本来说,这是一个让人尊敬的女人。

当着歇马山庄一村之长的买子,在为他曾经有过的一段小小迷失理智地作着技术性处理的时候,又一次打开了在爱河里迷茫跋涉并因此失去一切的月月血淋淋的伤口。

一段时间以来,月月已经习惯了在灵魂里、在感觉里与买子厮守、独语。在果园里,在黄昏的炊烟里,在黑夜的窗棂上,月月常能看到买子黑黑的小眼睛,洁白的牙齿。月月还经常在夜深人静的时候,将手伸到腹部,轻轻而细心感受着里边的跳动。买子其实早已不再只是一个灵魂里的形象,而是一个支撑月月生命的一缕阳光,一缕炊烟,一丝轻微的波动。月月劳作着,浑身酸疼,却异常踏实。初做农人的月月每日上班挖土下班伺弄猪鸡鹅鸭,做着一日三餐,心情十分踏实,就像一个等待出民工丈夫的乡下女人,把盼头打入灵魂深处踏踏实实去过每一个日子。她在睡梦里都渴望见到买子,却怎么也想不到,买子的出现,会是这样一番景象……

洗愈伤口没有任何灵丹妙药,只有让它一寸一寸疼着,一针一针疼着。月月在买子走后好长时间没有停下铁锹,泥沙仿佛是那伤口上的溃烂之物,她拼力掘着,抛掷着,清理着,一直把脚下的一层泥土打扫干净,她才停歇下来。她人停歇下来,心口里的疼却并没有停歇,买子的话在她心口上一直钉钉子似的钉着:我是一个很现实的男人,并不像你想象的那样。她想象过他吗?她想象过的他是个什么样子呢?她想象他心底是爱她的,像她爱他那样,只不过她没有早些告诉他她可以离婚嫁他,她想象只要告诉他她可以离婚,他就能够去为她做到一切。然而,他没有如她所愿,他不是她想象那样的男人,他很现实,他想要属于自己的女人,他可以不管爱与不爱,他只想要没有属于任何人的女人,是黄花姑娘……疼是伴着理性的思考一层一层深入的,月月总是在伤口揭开时才从感情进入理性,才有理智。月月用头巾一角抹着额头上的汗,眼睛呆呆地看定在冬季微风里抖动的树梢,她想自己多么傻啊,自己不是黄花姑娘还要爱情,简直岂有此理,爱情原来属于黄花姑娘……突然,月月在一个问题上停留下来,像一早她在果树上发现一只漏摘的苹果,那问题很耀眼——买子与她对话的自始至终一直回避着一个问题,那就是爱情!他到底是否爱她?如果他是爱她的,只因她不是黄花姑娘,她是可以原谅他的。这时,月月第一次发现,这一段时间以来的坚持,坚持要保留孩子,一个很重要的原因是她认为买子是爱她的,而只要她确定无疑地知道买子是爱她的,她并不一定非要嫁他,只要他爱她,她就无怨无悔。现在,月月终于弄清一个事实,那便是买子一直绕着一个词,好像那个词是一个陷阱,买子所指的现实,不是爱情,而是爱情以外的东西,其实他对她是有爱情的,只是碍于现实的东西……

这么想来,月月感到疼在慢慢减轻。疼在降低了的标准上沾到一点药面,然后涂在了流血的崭新创面上。月月从来不知道,爱情,原来是这么不要脸面,不讲尊严,它竟然可以稍有缝隙,就乘虚而入,长成参天大树;它竟可以找到一切可以生长、站立的理由。

因为不再计较买子的态度,月月在这天剩下的时光以及后来的日子里心情略为平静,她再次爬到树上摘掉那只灰皮苹果,酸果汁随牙齿的咀嚼沁人肺腑时,月月感到胸腔里有股滚热的东西涌入喉口,与果汁汇合着让她呛出一串声泪俱下的咳嗽。

下午,最后一个果盘挖完,古本来和女人来到果园,他们点给月月四百块钱,之后女人说翁老师,入冬了,俺想请你到俺家去住,两个孩子明年高考,你给他们补补课。月月说,还有什么活路给我做? 古本来说有,你不会闲着。

从张小敏家搬出是第二天晚饭之后,月月用到手的工钱,骑车绕道到歇马镇外边王家小店买了一些饼干水果罐头和新鲜猪肉,做了一顿张家只有过年才做的丰盛的晚饭。月月懂得她的搬来和搬走对这对母女的重要,因为需要这份凡俗生活对心灵的慰藉,多日来她对她们付出了极大的热情,像一个老妈子、保姆,更像同胞姊妹。现在,她不是不需要这份慰藉,不是不需要这份付出,而是张小敏的父亲马上就要回来,古本来女人是深谙自己困境才发出了邀请的。古本来同张小敏父亲不同,毕竟他已是快近六十的人,她又在他家做活……月月让做母亲的尝到了病有所靠的滋味,让做女儿的尝到了日有所依的感觉,现在她将举着她们的手放下来,她们又回到了闭塞的、不健全的生活中去。小敏看着一桌饭菜端起碗又放下,独自走到堂屋抹泪。月月跟到堂屋,趴小敏耳边小声说,爸马上就要回来了别这样,我又不是走远,我会经常回来辅导你。小敏回到屋里,做母亲的擦眼抹泪,说像俺这样当妈的还有什么用,除了给儿女男人添乱没有一点用。月月的心不禁袭进一股悲凉,她是一个无论走到哪里都会有用的人,可是她却没有一个属于自己的家。月月拽住姜珍珍的手,说大姐,大哥回来一切都会好起来,你一定保重身体,我会常来看你。

月月离开张家扔下一百块钱和几件姜珍珍能穿的衣服,当小敏帮她把包裹捆到车上去,只听姜珍珍在炕上喊了一声:翁老师,你是好人。鸭子在院子里齐嘈齐闹,搅出初夜一片不安,好像专为送月月而起劲叫喊:别走别走,你是好女人。

同林家的新崭豁亮相比,古家显得有些陈旧,陈旧中有些典雅。老式紫檀躺箱衣柜、老式挂钟、陶瓷笔筒，墙上挂着黑大如豆的算盘珠子。在歇马山庄，几乎家家户户都在有了一些剩余收入之后，竞相打掉屋与屋之间的壁子，弃掉老式家具，弃掉带有旧时代色彩的所有陈设。而古家没有紧跟时尚，这种陈旧的发射着古朴的光泽的器具，让月月重温了娘家跟三嫂在一起的那间属于母亲，属于她的童年、少年以及青春年华的屋子里丰厚、凝重、深邃然而温馨的气息，这气息使月月有种身心终有所归的感觉。这气息使月月认识到，她自己从结婚从娘家出来，就不再有过家的感觉。林家那种有钱人全新的布置其实并不给人踏实感，月月一时间仿佛突然明白古人为什么多少年来世世代代都崇尚紫檀，它给人踏实、给人家的感觉。

月月在古本来家找到了家的感觉，她在东屋炕沿坐过一会儿，女人朱琴便将月月引到西屋。西屋热气扑面，女人说你哥说女人身子金贵，得睡热炕，他烧了一天炕，去了潮气。月月心底忽的一热，瞬时浑身发热。不知是屋子热，还是话热，月月感到浑身上下都热乎乎的。在热乎乎的气氛中，月月有些迷失自己，她觉得自己好像一个四处流浪终于找到家门的孩子，身世、处境、流浪的原因统不知去向，她一再咧着嘴笑着，说不出一句得体的话。

做着新媳妇的小青依然特别注重打扮，但一改未婚时的露星露月大紫大红，她竟然穿出了只有为姑娘才穿出的蓝色水磨牛仔衣裤和大开领西服套裙，头发也用电梳抻直，在脑后系成马尾巴，乡道上每每出现恍如仙人道士。对于蜜月，对于买子的肌体，小青有着一种超出山庄任何一个女子的疯狂热情，尽管她在买子点烧草垛那日，从买子的暴虐中觉察到了什么，但她事后从不再提，态度十分豁达。如果买子去村部，他们早上或中午就一起离家；如果买子在村部，他们中午或晚上就一道回家。只要他们在一起，小青就扯耳抓腮动手动脚，做出一些出人意料的恶作剧让买子对她的热情做出反应。山道上,她不是用柞木编织木环在后边套住买子,让他倒退,就是抽冷子将手伸进他的脖颈让他一高一高跳起;夜里,她不是闹着逼着买子露出大腿,用口红在他大腿上画出红红的花瓣,就是教买子一丝不挂和她在地上跳舞,小青使买子看到婚姻如何大胆地发掘着人的想象力,男人女人一进入婚姻,又是如何没有约束没有廉耻没有尊严。小青回家从不主动做饭,都是以不厌其烦的取闹方式给买子打着下手,有她咯咯咯的笑声响在屋里,买子早已忽视娶女人回家侍候老人的最初的理想。

然而,沉迷其中的买子就像身在庐山不知庐山真面目一样,他无法知道,小青婚后那种过分的喧嚣,正是一种激情退落的开始,如同已经沦为乡村妇女却偏偏故意用别致的服饰,体现自己的与众不同。就连小青自己也不曾了解她的闹人源于一种怎样的念头,她只是清醒地知道,只要面对草房小院,只要蹲进充满草灰的灶坑,只要见到瘫婆母臭气熏天的便桶,她就涌起鼓噪买子的念头,她就特别想在孤伶的院子里、空旷的山野上听到自己的笑声和买子的笑声,就特别想让村里的人听见他们的笑声。显而易见,蓄意鼓噪的热情总有消失殆尽的时候,那是入冬之后的一个上午,小青带领全村育龄妇女到镇卫生院透环——每年一到初冬,出民工男人回乡之前,歇马镇妇联都组织一次避孕措施大检查。女人们走到一起仿佛麻雀聚会,东家长西家短叽叽喳喳说个没完,她们平素都是远远看着小青在屯街上走很少有机会挨近,一旦挨近,那曾经涌起在心底的想法就没办法不让它流出来。有人说林小青,看你这身打扮,真想不到你能去伺候瘫婆母。另一个声音赶紧接上,我宁愿下田干活出大力,也不愿伺候病人,买子当村长,那不明摆着老人负担在你身上。于是有人问,林小青你将来生了孩子谁给你哄……因为有种种无形的东西推动着她跟买子的婚姻,她对结婚之后充当的角色和这个角色将面临的一切从没细心想过,女人的话给她做了个准确的定位,她要生孩子,她要伺候瘫婆母,而她原本不是一个能够伺候病人的人,她原本就没想做乡下女人,她原本应该是个城市人;即使不是城市人,至少应该离开歇马山庄,或者嫁个有钱人家。现在她做了乡下女人,她嫁的男人没钱没地,还有一个瘫妈妈……回来的路上小青心里很堵,好像有须草塞在心口。心口堵,又没有买子在跟前让她戏闹,叫女人从他们的戏闹中领略她的生活并不像她们想象的那样可怕,骑车走在女人中间,她就失去了以往走在山路上扭臀甩胯的自信——女人们的话仿佛把她以往光滑的生活捅了个窟窿,这个窟窿明晃晃地映在山庄每个人的眼里,无论她打扮得多么光彩照人都掩藏不住。小青竟有些不会走路,赶上坡路她佯装骑不动车,早早下车,仿佛只要落在人群后边,只要人不在人群的视线里,她的生活就不是人们所说的那一种。

回到草房院已经十二点,小青希望进门就看到买子,好把一上午的憋闷发泄出来,她当然不会发火、耍泼,但也绝不是以往那种嬉闹。院里冷冷清清,屋门是敞着的,可是没有买子踪影。小青在院墙边放好自行车时,四下寻睐的目光里出现了婆母。婆母此时正在院墙根的粪桶上坐着,一手拄着木棍一手掀着衣角,膝盖上满是跪着爬行的泥土。小青知道买子不在家时她都是爬着出门大小便,墙根的粪桶是她一天进出活动的惟一去处。而只要买子在家,都是他背着母亲。这是小青第一次目睹婆母爬行之后的惨相。婆母不安地笑笑,似乎没想到儿媳会这个时间回来,她说买子刚走,饭在锅里。

一种失望的情绪于是笼罩上来,此时,小青的失望,已经跟发泄无关,而是如何代替买子将婆母背回家,她总不能眼看着再让婆母爬进屋。小青放下背包,脱下外衣,在堂屋来回走动,她已饥肠辘辘,可是她没有半点食欲,她在大脑中作着激烈的选择,背,还是不背? 此时,在小青的生活里,背不背绝不是一个简单的行为问题,它预示着自己对现实的承认和接受,就像她进程家从未主动引火做饭,这并不是会不会和能不能的问题,而是表示一种抵御,如果背,就是自己彻头彻尾向现实妥协,向现实屈服,就是彻头彻尾跳进窠臼。在婚前的日子里,她只想屈服买子,还没有这其它的一切;如果不背,她林小青还是林小青,她是独立的自我的,是不同于山庄任何女人的。可是她如果能够做到旁观地看着婆母从屋外爬进屋子,她就不再是一个有血有肉的人了。墙根传来一种吭哧吭哧的喘息声,小青血往脑门一涌走出屋子,她跑到婆母身边,向婆母腋窝伸出两手,婆母徐徐站起,然而婆母的小腿是不能站立的,她只有借助小青的力量才能站稳,一旦接受重压小青便全力以赴。小青一边扶着婆母,一边迅速转身,然后抓住婆母裤子往身上背,一股难闻的气味顿时环绕小青四周,一股迅速旋动的血流使小青激动不已——小青在背起婆母走进屋子的过程中,心悸跳不已,这悸跳不是兴奋不是欢愉,而是跌落之中的惊悸不安,如同一个落水儿童在水面上不顾一切哭喊和挣扎时的情景。小青把婆母放到炕上,回到自己屋子里久久平息着心跳,平息着脑门的热度,她感到她已经在山庄女人捅破的窠臼里迈出了不可挽回的一步,这一步其实早就划在了她的道路上,只是她一直在自我夸张的印象中留恋停滞。

小青中午没有吃饭,午后也没有上班,一个人在自己屋子里躺着,初冬的日光是一个失去生活能力的老人,安静而淡漠地映入小院映入房中,使小青的整个身心都体悟到沉闷。这沉闷与刚回歇马山庄卫生所上班时的寂寞有些相似,都是以静默作基础,但它们又有着本质的区别,卫生所里的寂寞是与山野相连的,是向外滋生的,是拿着山庄和外面世界做着比较,心因为这种比较而发慌,而急躁;而眼下屋子里的沉闷是与未来的家庭现实相连的,是向内伸展的,是因为理想和现实的差异、背离,它们都是由理想向现实滑落过程当中的组成部分,但先头的滑落不是结局。它还有希望,而眼下的滑落是结果,它以真实的、不可抗拒的情态向小青证实、证明她已在生活现实中起步,她没有了希望……心于是空洞、难过、沮丧。小青极少有心情不好的时候,或者从不让不好的心情冒头,那嫩芽一经冒头她便会尽一切努力把它铲掉。这个下午,面对心中的沮丧她却无能为力,她的目光里一直爬着婆母,她的思维一直被现实的、孤伶的草房小院框住,她想她从未想过背着婆母拉屎,她却背了,那么有朝一日,她会毫无办法地蹲在灶坑独自做饭,独自侍弄孩子。她可以控制孩子的出生,她心底青春的生活、无忧无虑的生活还没过完,然而她无法控制与一个活生生的老人的接触,与一个繁琐且单调的日子的接触——她之所以回到村卫生所工作是因为抱着有朝一日离开的理想,买子在她孤寂生活的出现,却端了鸟窝似的一下子端掉了她的理想。一切都怨出现了买子,买子凭什么端掉她的理想?

临近黄昏时分,小青开始诘问自己,买子凭什么就端掉她的理想?并在诘问之后,在思想里寻找买子的优点、超人之处。寻找来去,却什么也没找到,他既没有歌星费翔那样的个头肤色,又没有县重点中学房一鸣老师那种儒雅的风度,他甚至没有哥哥国军那种城里人的气质——她念书时曾崇拜过哥哥。买子倒是有父亲林治帮那种狡猾,这东西她并不喜欢。那么是什么东西吸引了自己?小青回想着,回想着最初感情的发源,最初对买子的印象。然而最初的东西被后来的一团日子叠压着,找不见踪影。正在这时,买子回来了,她听见了脚步声和往家抱草的声音——买子从来进门都抱一点引火草——草垛烧掉之后,他很快又买了一车稻草。买子放下稻草推开西屋屋门,见还是不见动静,买子走进来,惊愕地看着躺着的小青,你怎么病啦? 小青不吱声,冷冷地看着买子,因为在此之前对自己有过诘问,小青眼中现在的买子是陌生的,跟自己没有任何关系的。买子伸手去拖小青伸在炕沿边的双脚,说装什么熊你。买子准备笑出来,可是小青没有像往常那样咯咯发笑,买子于是不予理睬。因为小青不是怄气,也就没有在炕上久呆,她爬起来依然像以前那样打着下手,她只是一改以往的活泼,只是边干边想:这个人与我有什么关系呢?这个家与我有什么关系呢?

　　一连几天小青都是这么无精打采,因为平素给买子的印象太喧嚣太火爆,眼下即使也说话也做该做的一切,买子也觉得她是没精打采。但买子并没细心追问追究,他不喜欢干预别人的情绪,就像小青闹他时他从未企图制止。重要的是月月怀了孩子却没打掉让他感到沉重。他并不认为孩子就一定是他的,但自从那天得知消息离开古家果园,心底就感到沉重。如果发现小青没精打采,买子反过来嬉闹小青,沉闷的现状或许很快会被打破,但买子没有那么做,沉闷的气氛也就一直笼罩在草房小院。后来几天,小青找借口回到娘家去住。

　　然而回家去住的第二天,小青竟突然恢复了原来的闹腾。那一天小青从到卫生所拿药的一个女人口中得知月月还爱着买子,并被辞掉工作在古本来家打工,这个消息像一针兴奋剂注入小青神经,又像舞台上的追光灯一下子将光线追到买子身上。"月月还爱买子"在激活了她情绪的同时,给买子无形中增加了光彩,使她一瞬之间从沮丧中走出。下班回到家里,堂屋里一见买子她就在他屁股上拍了一下,之后阴阳怪调地说了句,我爱你! 又咯咯大笑。

　　小青不知为什么月月还爱买子这件事会鼓舞自己去忘掉现实。午饭之后,小青一再逼买子抱她亲她,逼他像她那样说我爱你。买子不知是哪块云彩带来的雨,任她揉搓、摆布,直到两人一起上班。

　　小青永远不会知道,无论是她对买子的感情,还是月月对买子的感情,都因为有了对方的参与才使她们共同悬入高空或坠入地下。月月悬入高空,被一种自制的空气熏蒸着;小青坠入地下,被一种表现魅力的欲望追赶着——两个人如果挤在一条木板上,目标便成为心中惟一的关注,目标便因为是惟一的关注而格外闪光。

第 二 十 三 章

冬至之后,歇马山庄飘了一场小雪,薄薄的雪花在阴霾的天空中飘舞,把山野地块、房屋草垛、地沟土道,铺上了一层透明的白纱,姑嫂石偌大的石篷被白纱笼罩,伫立在歇马山半坡,远看恍如一个扎了白色绫缎的古装轿车。就是在这飘雪的日子里,出民工的男人们扛着行李顺着山道陆续返回。第一个发现他们的人是火花。

火花上学之后,因为不断遭到欺负和歧视,性格愈发孤僻。她有时被当做一个没有爹妈的杂种,有时又被当做有着一个坏爸爸的孬种。孤寂的火花放学回家最大的兴趣就是在空阔的野地里奔走,有时寻着曾和冰冰玩耍时的路线,屯街、草沟、山坡、石篷;有时寻着林治帮闲暇那段领她走过的路线,菜地、老榆树下、横穿地垄,最终石篷;有时则顺屯街往东,奔东崖口方向,有时又往学校方向反走一程。火花走路有时很慢,东张西望,有时则大步流星,直奔前方。然而不管走到哪里,回来时,目光都紧紧盯在冰冰家灰色的木门上。木门永远关着,来找于冰冰的同学从门缝溜进去之后赶紧把门关上,生怕她在后边跟进。转了几圈的火花,最后还是精疲力尽地躺到东墙根下。大地里的声音永不失约,听觉和视觉在火花的肌体里是畅通的,连接的,就像一个四线相连框出一个热闹的场景和画面。白鼻子花猫在地垄上追赶蜻蜓,小黄狗和麻雀在树荫下疯狂地起舞。火花痴迷地沉醉在这里,身心是极度的松弛,鼻息均匀,长睫毛蝉翼似的一抖一抖。火花体悟着,将眼睛微微眯一条缝,而就在这时,火花看到一排蜻蜓的后边,有一个人仿佛大闹天宫的孙悟空似的从天而降。火花不知道这个人是怎样突然间撞入她的眼睛里的,她只是觉得一群蜻蜓皆因他的到来而疏远了她,她于是蓦地从地上爬起,拍拍衣角就冲出院子。火花一出院子,就看见一个人扛着黑包从路那头走来。这个人不是孙悟空而是她认识的一个人,发现这个人是自己认识的一个人,火花转身朝家的方向跑去,她一边跑一边喊冰冰——你爸爸回来啦——终于有机会进冰冰的家门,火花非常激动,可是因为跑得太快,她听见自己的声音在向后去,这让她愈发心急如焚。

尽管是孩子的音量,很细很弱,还是惊动了屯街上的人。火花看见许多人家有人推开风门向外张望,火花在跑到冰冰家门口时,停了一下,缓了一口气,而后溜进门缝大叫:冰冰,你爸回来啦快看你爸回来啦。冰冰妈妈初始惊愕,当听明白火花喊话的内容时,蓦地推门出来,着急地询问火花,小死鬼报谎信打死你,在哪里?这个从来不理自己的女人终于和自己说话了,火花万分高兴,她转身朝屯街指着,只见一颠一颠的黑包已临近门口,冰冰妈妈于是撒腿跑出院子。火花也跟着跑出门口。

冰冰妈妈和爸爸在街脖见面相互没有说话,爸爸两手把行李往下一甩,妈妈接过一半,两人就一人一边拎着。倒是治亮老婶在街东边喊,全柱回来啦?冰冰爸爸说回来啦。声音又闷又粗。火花作为报告喜讯的人自然获得了进屋的资格,几个和冰冰一起玩耍的孩子从屋里一齐闯出来,火花终于与伙伴融在了一起。虽然并没被他们团围着,比如拉着手或者说着话。然而因为就在他们中间,火花感到心里热热的,像烤了火一样。火花和孩子一起争抢着跳到炕上,等待冰冰爸爸妈妈解开包裹。她不知道那里装着什么东西,那里装什么东西她都不稀罕,她只稀罕跟大家在一起。冰冰爸妈把包裹扔到地上谁也没去管它,他们不但没去管它,冰冰爸爸且坐到炕沿就低下头去,手在头发间使劲抓着,冰冰妈妈呆在那里,直直地看着冰冰爸爸,不问到底发生了什么,好像已经知道发生了什么。见爸妈不打开包,冰冰着急,率先跳下炕奔包裹去,火花也和孩子们随冰冰跳下炕,这时只听冰冰妈妈嗷的一声尖叫,都滚,都给我滚!火花和孩子们吓了一跳,统统瞪起小眼睛。冰冰妈妈恶狠狠瞅着大伙,好像恨不能把大伙一巴掌扇出去。瞅到火花时,她的脸立时扭曲了,眼白吞没了眼仁,她抓住火花小手向外一抠,说你给我滚你个丧门星,就知道你报的信儿没有好信儿,都是你主的,快给我滚!

滚的自然不光是火花而是所有孩子,火花却始终奇怪为什么都说自己是丧门星,她的妈妈也这么骂她,火花更不明白真是冰冰爸爸回来了,她报的信儿哪里有错?火花从冰冰家出来心里十分委屈,孩子们再度远离了她。

落雪的日子是歇马山庄值得纪念的日子,所有出民工的男人是从这个日子开始陆续返回的。火花在街脖上的喊叫仿佛戏台上的报幕员。他们带回一脸的沮丧和满头灰呛呛的头发走进山庄的大街小巷,他们以残酷的现实打碎了一年里留给家里男女老少的痴心盼望——干了一年却分文没得。他们没挣回钱来与火花本是无关,可是因为火花是第一个发现了挣不回钱的男人,眼巴巴盼望的人们就把这残酷的恶果所激发的恶劣情绪,一股脑发泄到火花身上,骂那个丧贱鬼怎么先叫她看见,仿佛若是别人看见,民工们身上会蓦地长出钱来。一年的操劳,一年的忍耐,一年从不忘记的盼望,却是一个钱都没有拿回。女人们不能和在外面拼命的男人不讲理,就只有和意念里的火花不讲理,她们骂完唾完,分别悉心听男人讲诉收工时要钱的情况,说他们的基建其实十月末就完工了,本以为完工就可拿到工钱,大工、小工、木工、瓦工,分别都按出勤算好全额。他们收拾完工具老老实实在工棚等待,可是连等五天,也不见工头出现,直到断了伙食,他们才知道工头早已跑掉。林治帮不当工头这些年,歇马山庄民工全游动到吉林一个工头门下,他们不是不知道建筑开发热使建筑材料迅猛涨价、地皮增值,工头难做,他们想工资也许不会一次开齐,不开齐更好,那拖欠的部分可做下一年干活的理由——他们开春时常为找不到活担心。可是他们压根没有想过工头会逃跑。工头留给民工的口信是到外地借钱给民工开工资,民工就凑着兜里零钱买些米面开伙等待,结果等了一个月,工头无影无踪。民工中的一个人突生一念:他是不是跑了?于是全体民工才陡然醒悟:工头跑了!这种伤天害理的事情民工们是无法预料的,他们统统呆子似的呆在那里。许久,他们苏醒过来,他们想到家中的老人、老婆和孩子,想到大半年的流血流汗,他们疯子般涌向建好的大楼,狂乱地叫骂着吸血鬼快给我出来。几个民工气愤地用锤子去敲镶好的瓷砖,被合同单位抓起来送进派出所,于是民工们不敢朝建筑物放肆,他们打听到工头手下那些预算员们居住的地点,那里也人去屋空,他们只有灰溜溜回到工棚,策划要回抓走的民工,打点行装打道回府。

使人干活不给工钱的事实,仿佛一颗天外飞来的炸弹,一下子炸蒙了歇马山庄山野屯落沟沟岔岔,这种几年来闻所未闻的事情让他们对外面世界产生莫大的恐惧。他们彻底转换了原来只要离开歇马山庄上哪都能挣来钱的看法,一些高龄的老人回想着他们当雇工当八头的情景,纷纷说又回到了富人剥削穷人的年代。没出民工的女人暗自庆幸自家没有遭此恶果,但感情里绝不是幸灾乐祸,月月三嫂秀娟把柜子里攒下的九十几个鸡蛋分别装到两个筐里,送给大哥家五十,温淑香家四十,到大哥家说,大哥一年在外累瘦了体个,补补身子。到温淑香家说,只要人安全回来就好,其实男人在外女人最挂心的是人不是钱。温淑香正眼泪汪汪地握着围裙在堂屋愣神,听了秀娟的话突然有了笑容,说可不是,挂的是人不是钱。

歇马山庄陷入了从未有过的沉静，或许以往都是这么沉静，以往男人们不在家，觉得沉静是应该的，而如今男人们从外边回来，日子沉静就显得不很正常，也因为不很正常，沉静的感觉便格外深入人心。往年男人出民工回来之后的日子，是村里热闹日子的开始，男人们穿得干干净净，在大街上溜溜窜窜，脸上满是有功之臣的祥和。女人们油锅爆得嗞啦啦直响，整整一条街上都充斥着扑鼻的香味，老人和孩子说话的腔调不是变得粗犷，就是变得柔细，反正不是平素的平板低沉。而眼下街上没有男人，锅里没有油香，院子里没有说话的声音，偶尔有些说话的声音，便是来自每家门口的大棚里——男人们消沉几日，纷纷进入女人建造的大棚，似乎大棚是他们沉落几日之后新的寄托，似乎是新的寄托启开了他们紧闭的双唇。

外出的民工陆续回来一周以后，上河口张守山家发生了一场战争，打破了屯街上笼罩数日的宁静。战争的双方最初是父与子，后来转成夫与妻。张守山儿子张老大从外边回来，先是扑到父亲屋里，向父亲诉说苦衷，说着说着见父亲表情不自然，眼一直盯着母亲的脸，觉得有些蹊跷，就去看母亲，用无声的目光发问。母亲于是赶紧接话，分家了。桂枝天天扔脸看，你爸就找村长给扒拉开了。张老大听后头也没回往外走。母亲说，在东厢房。张老大来到东厢房，只见刚刚会爬的女儿正在炕上玩屎，媳妇桂枝不见踪影。他把孩子从腻黄的黏屎中抱出，抓一条毛巾擦着她的手脚，眼泪簌簌地流了出来。跟民工一起返回的路上，他和那些跟老子一起过的民工一样，一直以为心里有个依靠精神没倒，却不想父亲竟在自己不在家时，把老婆孩子分了出来。张老大初始尝到酸楚的滋味，等到桂枝回来，看到想象中欣喜的目光变成凄楚的目光，看到她零乱的头发脏兮兮的衣服，酸楚便更加凶猛地泛涌上来。

歇马山庄分家，大多等到秋后或者冬季儿子在家。春天出门时还是一张饭桌上吃饭，到了秋天，便要在一张分家书的作用下，携着老婆孩子另立门户。山庄父子分家，大多等到儿媳添了孩子，当老的将就小的有了能力，不管在一起过得开不开心，一有了孩子，分家的事就迫在眉睫。有房子的，分给一间或两间房，新开一个屋门，没房子的，清身出，自己到外面去借个窝棚，等到攒了一些钱再盖房子。儿子携了媳妇孩子，出了窝的小鸡似的在一只盆盖上吃饭，儿子看着媳妇，媳妇看着儿子，仿佛在说这哪像过日子，这就是过日子吗？这多么可笑。他们一时间觉得没有老人的日子不像日子，尽管在一起时也常盼自己过。简简单单过起来，最初心里不是滋味，心想曾几何时，自己还是孩子，如今一切都要自己来做，都要自己来精打细算，自己哪里懂得那么许多？再说只分了房子，只分了锅碗瓢盆，过日子用来运转的钱一文没有，地地道道白手起家，觉得人活着真不容易，真是太艰难。然而，要打垄种地，要喂猪攒粪，要打发孩子吃穿，一切都摆在眼前，不由思想，日子也就从此开始了正规的运转，偶有闲暇，想起一代一代祖祖辈辈都在一定时候这么从爹娘的屋子里分出来，就像当初这么赤条条从母体里生出来，是无法逃避的现实，也就心安理得。山庄人善于调整自己，没有想不开的事体，无论什么难解的事情，只要一想到祖宗，想到来也匆匆去也匆匆的日月，就大彻大悟。张老大初始不能大彻大悟，也没想跟父亲争吵，他从母亲嘴里了解到，桂枝天天早上不起来做饭，白天还要睡上好几觉，直睡到吃饭时再起来，哪天心情好了帮忙做饭，可给两个小叔子盛饭时饭碗碰勺吭吭直响，嘴里还不住叽咕伺候大肚汉。他又从媳妇嘴里了解到，孩子每晚闹到半夜不睡，一早她根本无法起来，婆母从来不帮带一会儿孩子。两个小叔子放学回家也不能抱抱孩子，让孩子缠得她天天头晕脑涨。这种双方各自的道理是分家的必然。当然他没有跟父母争吵的重要原因，是父母将没有结婚刚刚下学的两个学生也分了出去。儿子没结婚就分家在歇马山庄独一无二。他的酸楚跟弟弟们的酸楚相比实在是不值一提。然而，一个院里四只烟囱冒烟的现实被张家老大接受下来的当天下午,桂枝向他转告的一件事情使他大光其火——在家家户户门口搭起的大棚里,没有他的大棚,院墙门口的大棚只属老人。老二老三没有,可以理解,他们清身一个,并且分家书上写着老人负担他们结婚,他有老婆孩子怎么没有?老人面对没有挣回钱的儿子该有一个好言的交待才是。张老大去问父亲时,张守山大喝一声:想榨干老子血啊?

于是没挣来钱的委屈,分了家的酸楚一齐袭上脑门,张老大说你做老子给儿子带来了什么?我榨你什么血啦?你看人家林治帮!

张守山一掌向儿子扇上去,儿子左腮蓦地血红,他说王八犊子你反了,你来质问老子,你……张守山一时间气得浑身直抖,他是山庄这茬中年人中为数不多的读书人,从小立志考大学没赶上好时候,做了父亲之后一直要强,想让孩子来兑现自己的理想。他的理想本是潜在心底的,外人从不知道。后来三个孩子酷爱读书从小不愿干活,他就不避村人眼目花血本供,活路再累不用他们下地,胃病多年不舍花钱医治却从不控制儿子吃穿。供着供着,见三个堂堂的学生天天穿行屯街,就自以为他们是张家坟地上冒出的青烟,就开始大张旗鼓宣言,宁肯砸锅卖铁也要供孩子上大学,宣言说人不读书就是牲口骡马。却想不到眼见着一个个考试落榜,回家充当骡马。给儿子分家其实是对自己曾经出口的宣言的一个嘲讽,自嘲总比别人嘲讽来得主动,属先下手为强,当然也是一个识字断文的人对付出的计较——在山庄,事情往往就是这样,知识越多越知道计较。当他发现他付出这么多却得不到儿子的理解,他的肌肉开始抖颤。

见男人抖颤,张守山女人赶紧上前抱住儿子,说杂种快给你爸赔不是啊!

张老大长这么大没跟父亲吵过,他不知怎么就能这么出言不逊气得父亲哆嗦,他一边说着对不起,一边再次流下眼泪。母亲擦着儿子眼泪自己也泪光盈盈。她说，别信那分家书，大棚咱都有份，俺说了算。老大回到西厢，桂枝说为什么赔不是？你有什么错?! 他本来就不像个老子，儿子没在家，没结婚就分家，你扇他他也得受。啪的一声，张老大把父亲扇他的巴掌扇到了媳妇脸上。媳妇可不是他，桂枝上前拽住他的衣服，伸手去挠他的脸，蛇信一样的手指舞动着，在他脸上划出四道血迹，疼得张老大使出推墙的力气把桂枝推扠在地，之后踏上一只脚踢得她嗷嗷直叫，等婆母和邻居涌进来，桂枝赖在地上坚决不起，孩子爬在妈妈头上哇哇直哭。

守了大半年孤独的桂枝在男人回来之后遭到一顿暴打，过了大半年非人日子的张家老大回家之后独守工棚不如的空房，一场动乱的结果是桂枝抱孩子回了娘家。而张家要找回媳妇必须答应大棚让出一半。原本是夫妻之间打仗，提出的条件却是跟公婆有着关系的，是跟过日子有着关系的，这预示她对丈夫并不记恨，对过日子充满信心。有这两点明明白白，买子做工作的重点便是张守山夫妇，劝他们就把大棚让出一半，等明年再在厦子里干，说其实滑子蘑是完全可以在厦子里干的。买子的提示给张守山指了条路，他们口头允诺可以一家一半。于是买子又到桂枝家规劝。打仗的第六天晚上，买子领着张家老大到桂枝家给桂枝爹妈赔了不是，抱着孩子顺顺溜溜返回。然而桂枝回来刚坐炕沿，就告诉买子，她绝不接受那一半。买子一时慌吓得不知所措，分明已经谈好的条件又要变卦。买子说不是说好了吗？桂枝说我坚决不要。买子说那为什么？桂枝说买子哥，你就别管，我不要了还不行，你赶紧回家吧，我不会找事儿。

买子走后，张老大惊骇地看着媳妇，不知她瓦罐里装的什么药。桂枝一下扑到老大怀里，细软的手指抚到四条未愈的伤痕上，伤心道我多想你我却挠了你。老大赶紧搂住桂枝，说我不该打你，打你没有道理。当双方大半年没有依偎的身体偎到一起，一股温暖的洪流使他们窒息,双方都感到对方单薄的身子在剧烈抽动。

抱哭一场之后,两人分开,把孩子抱到中间,又相对笑了,桂枝说——其实老大一直都在等她说,咱不要那大棚好吗?老大说起初就是你要也不是我要。桂枝说,我姑从海边回来,说她那块儿招女工扒虾头,头冬能干一个月,你在家哄孩子,我去,挣点钱来家过年,我姑说一月能挣七八百元。老大看了看媳妇,又看了看孩子,说行倒是行,你不累?桂枝说,不怕。

这是一个庄户人不可多得的幸福的夜晚。

张老大在上河口屯街搅出一点声音之后,整个歇马山庄又陷入了可怕的寂静。一场小雪过后空气里有了刀子一样尖锐的风骨,显示着节气的无情。山道上行人稀少,马车罕见,即使集日也难见到往昔入冬时节因为闲散浩浩荡荡赶集的人们。倒是村部的平场上比以往有了生气,先是有几个男人来卫生所给女人拿药,而后就有几个男人到村部翻查往来账目,再之后就有一些既不拿药又不查账的男人到村部东屋瞧瞧西屋走走。他们在家时,这里的主人是林治帮和潘秀英,如今换了程买子和林小青,他们又是新婚小两口……他们走后歇马山庄发生的变化太大,令他们不愿相信又不能不信,他们必须亲自到村部走一走看一看才能彻底相信。他们来到村部,只要买子在都热情接待。他唤他们大叔、大哥或老弟,可是大叔大哥和老弟们并没心情和他说话,而是直奔刘海和刘海说话。买子不在意他们对他的冷淡,毕竟他们在歇马山庄的一春一夏一秋是个空白,毕竟他们在这个空白里受到欺辱遭到欺骗,无论时光的正面和反面,都无法使他们胸怀大度。买子相信,他会在一段时间里抚平他们的伤痛,买子依旧呼着大叔大哥和老弟。月月大哥翁正安来村部时,买子向他递去一支石林烟。翁正安冷眼看看,没接也没吭声,径直朝刘海点头,说刘村委这世道可是变得太快,山草驴变土蚂蚱。刘海嘿嘿笑笑,又赶紧刹住看看买子,支吾着不知该说什么才能扭转话题,脸一阵阵发青好像难听话是自己说的。翁正安的话明显带着棱角和针刺,买子脸闪过一道暗影但很快又恢复了明亮。他坐回椅子看着桌面,翁正安说人都做不好还做村长,真是侥幸。刘海不敢看翁正安,眼瞅着墙角,屋里没有一点反应。翁正安转了一圈说出两句话见没人接,就阴冷着走出屋子,仿佛整个目的就为这两句话。

　　村部平场上人来人往时,释放的不是热络热闹和祥和,而是令人不安的紧张,空气中蕴藏着一种滞闷的杀气腾腾的气息,人们好似商量好了,陆续的、接连的你方唱罢我登场地来村部里转,说有事又没事,说没事又像有事的样子,一点不像庄户人平素那样直来直去。他们好像被什么念头折磨着一冲动来到村部,他们目光冷冷牙根直动。买子丝毫没有回避大家,他不但没有回避,且每天必到,一坐一天。买子的坦然、踏实令老村委刘海心悦诚服,想若是自个,早慌了神儿,于是不禁叹服买子确实是做官的料。

　　尽管气氛紧张,偶尔有难听的话充斥耳膜,村部里一连多天却相安无事。可是相安无事的日子只是一个凶恶事件的铺垫,如古时男女结婚女人下轿时铺在脚下的缎绸,它通往一个血淋淋的局面。

　　那是歇马山庄村部召集各小队村民组长和村民骨干开村委扩大会的日子,各小队被通知开会的人一早就纷纷到齐。买子站着谦和地跟大家点头。买子准备的程序是,首先对大家出外没拿回钱表示理解,然后讲讲村工业、村副业的形势,然后让村委刘海传达县镇发展多种经营庭院经济的精神,再后就讲自己当村长准备为村民做哪几件事。这个会其实在民工还没返回时就和村委商量好要开的,民工一落千丈的情绪推迟了这个会的时间。当上村长之后,买子还是第一次当着这么多人讲话,他清了清嗓子,目光缓缓地在每个人的面孔上移动,他说,老少爷们儿、哥们儿,今儿个请大家来,想跟大家通通气儿,说说话。声音是浑厚的、清脆的,买子的普通话的声音里有一种浑厚的清脆。他说，先让我代表村委，向在外做民工的爷们儿哥们儿表示问候，大家受委屈了。这时，就在买子说到大家受委屈时，只见窗外风也似的晃动两个人影，那人影的窜动不像树叶飘落那样舒缓、轻慢，而是出弦的箭一样。参加会的人立即把目光游向窗外，买子也将目光游到窗外。可是当大家把目光游到窗外，门已被来人哐啷撞开，疾速的木质破裂的响动立时通过耳膜的震动刺进屋里，使大家眼睛圆瞪。买子看清了来人是谁，也在瞬间明了了他们要做什么，但他已无能防守，已来不及控制局面。来人几乎是在刹那间就穿过过道，他们一个上前薅住买子稀黄的头发，一个拽住买子脖领，连拖带拽将买子揪出屋子。开会的人受到惊扰统统站起来，但没有一个人伸手相劝，因为两个人在往外拖买子时，说了一句令举座哑然的话：打死杀人犯。大家轰轰隆隆跟出院子。两人配合着，没用几下拳脚就将买子打得鼻口窜血昏倒在地。买子死尸似的昏躺在地上时，打手开始了气喘吁吁的声讨，说他们的妹妹厚庆珠就是被这野小子杀死的。他们经过了几天几夜的调查，有人看见庆珠死那天黄昏跟买子一起进了小树林，而庆珠死后买子从未提及跟庆珠在一起，仅这一点就足以证明是他害了庆珠；他害庆珠的理由，是他打庆珠朋友翁月月的主意，打月月主意的目的是为了月月在公公跟前帮他说话，让他当村长，后来见有了小青用不上翁月月又将她一脚踢开；说谁都看见，烧庆珠尸首那天他吓得不敢靠前，庆珠死得不冤也不会尸首半年不烂。庆珠大哥和小弟几乎是你掉了我拣我掉了你拣，将买子的罪行陈述得条清缕晰逻辑严密十分可信，使原本的村委扩大会的主题有了不期然的转变。

好像这才是开会的真正内容，大家都不说话，一个无根无底的野小子的险恶嘴脸使他们的心变得坚硬。翁正安在人群里用鄙夷的眼神睨着买子。人们根本不理会翻搅在血泊里的身子，人们面面相觑，大梦初醒似的，这时，小青扒拉开人群扑到买子跟前。小青看到许多人围在院里，不知道发生了什么，她蹑手蹑脚凑到前去，听到庆珠哥哥的诉说，再往地上细看，才知被打的是买子。小青哈腰摸摸买子血乌的脸抽搐的脖颈，没哭没叫，赶紧跑回卫生所拿来纱布和药水。小青在洗擦买子前额时，静静说道，冤有头，债有主，杀人偿命，打算什么？庆珠弟弟说，打算给个眼兆叫他尝尝害人是什么滋味。小青说你有什么证据？庆珠弟弟说你当了他老婆就是证据。这时只见刘海走出人群，以老村委的资格大声喝道，别吵啦赶紧拉送医院。

温胜利从家里赶来马车，买子已经彻底清醒过来，他眨着眼看着倾斜在身边的村委和小青，看着马蹄和杂乱的人腿，猪腰一样红肿的嘴唇黏合着好长时间说不出一句话。

开会的人们在平场上陆续散去。温胜利和刘海把买子抬上铺有稻草的马车，倾斜的人腿和马蹄顿时走出视线，买子眼里是一方湛蓝的冬日的天空，小青的脸庞时而在天空里晃动。买子轻轻抬起胳膊，肘腕断裂般疼痛，他强忍着抬起胳膊，拽住小青衣袖，示意小青叫温胜利和刘海来听自己说话。小青会意，连忙将两人叫到买子跟前。买子认真地盯视两张熟悉的面孔，说——他感到嘴里像吃了盐粒，咸咸的。买子说，拉我上前川，上厚家。尽管因嘴唇肿得太厚，话音有些含混，但刘海和温胜利还是听清了。刘海说，扯什么，去扯什么，你还混账？买子说去，听我的，去。对什么事都不表态的温胜利，听买子要带着满身伤痕上厚家，有些急眼，他说你是村长，你不能和他们一样，先上医院。买子想用摇头表示否定，可是感到头很沉摇不过来，他为自己不能准确清楚地表达自己的用意而紧蹙眉头。刘海和温胜利没有再听他申辩的意思，一同说别扯了赶紧上医院，就跳上车。

温胜利啪啪甩两鞭子，马车起动了，嘚嘚的马蹄声在土冈上扬起一缕淡淡的尘土。刘海和温胜利坐在买子头前，小青坐在买子身旁，身后的稻草因为颠簸发出吱吱簌簌的响声。马车刚刚走出村部,买子说,请相信我,绝不是去打仗,现在去,是解决问题的最好时机。刘海说现在去他们还不把你砸死,他们已认定庆珠是你害死的。买子说不会,他们不会,听我的,就现在去。刘海狐疑地看看买子,在心里揣摸买子产生马上闯进厚家这个念头的原因,可是以他几十年在山庄生活的人生经验,他揣摸不出,他说我得为你负责。买子说,我知道为自己负责,请相信我。买子说完就毅然躺到草上,似乎这是最后决策勿须商量。车快到拐向前川屯街的土道时,小青说大叔就听买子的吧。刘海说去就去,想他们也不敢怎么样。于是温胜利几声哦哦哒哒,扭转了车头。

马车轮转动的声响和马蹄夯土喧和的声响永远是乡村音乐的一部分。马车拉着买子、刘海和小青在前川屯街上出现时,并没引起很多人的注意。冬日的屯街鸡鸭畜类恍如雨后的蘑菇,一簇一簇蹲在草垛头和结冰的水沟边,冬日仿佛使它们徒生伤感,没了夏秋季节的欢畅。一些在草垛头和园墙边晒太阳的老人木讷地看着马车从自家门前驶过,好似什么情景都与他们相距遥远。厚家是黑砖房旧式四合院,宽敞的门巷里能赶进马车。但温胜利没有将车赶进去,买子在车停下后,费力地欠身往车下靠。小青和刘海扶着买子,刘海心底有些忐忑,不知买子到底要做什么。小青倒十分坦然,好像已经明白买子要做什么,或者说已经知道他这么做的后果是什么。他们迈着碎步朝厚家大院挺进。买子在走进门巷时依稀记得几个月前为庆珠守灵的情景——买子自从离开这里就一直没有来过,是这个大院真正鼓起了他在歇马山庄做人的信心。

正如买子所料,厚家兄弟从屋里出来时的表情是惊惧和骇怕,而不是在村部里的愤怒、气势汹汹,他们惊骇地看着鼻青眼肿的买子。买子这有悖常理的举动,给他们的第一感觉是他是真的找死来的,而这不是他们打他的初衷,他们绝不想因为妹妹再把自己的命搭进去。他们看着买子一步步逼近,他们的目光呈现着紧急状态下的不安和思考。买子在走到他们对面时停了下来,肿胀的脸上溢出一丝淡淡的笑意。这笑意很轻很薄,但却像被暖气融化了冰冻的窗花,有种掩饰不住的真诚和坦荡,一个杀了人的人绝不会有这种坦荡。买子以坦荡的心怀来向他们呈示着令他们不堪入目的惨相,他们不知所措,但他们绝不能表现出不知所措。做哥哥的斜着目光去看买子,仿佛直视是一种就范,语气生硬地说程买子你想干什么?买子调整一下站着的重心,肿得不规则的脸僵木地扬了扬,用力捕捉厚家兄弟斜过来的目光——他希望能逮住他们任意一个人的眼神,可是他们神色飘忽、跳跃,故意躲闪着他。买子说——这时门口已涌进一些看光景的人,买子说,我不想干什么,我来只想说一句话。买子吐出的声音是粗裂的,像漏了气的塑料袋。这时,厚家兄弟的眼神直视过来,共同盯视买子。买子说,庆珠不是我杀的,若不信,你们可以去告我。买子没说你们不该打我,也没说你们伤害无辜,我跟你们没完,他只说了简单的一句话,就示意转身。买子转身,在小青和刘海的搀扶下往大门口走去时,整个厚家大院鸦雀无声。这静静的场景是买子希望的,却让他心底蓦地感到郁闷。像眼看着将一个为苦难叫喊的人的喉管切断,买子顿时感到郁闷、难过。他在走回为庆珠守灵的门巷时,一股悲恸的泪水奔涌上来,迷蒙了他的眼睛。被打之后,他一直没有掉泪,这难过显然不光只为庆珠,而是一种与身体的疼痛相连的,是被成功的喜悦催化了的一份复杂的情感。成功的喜悦催化了他肉体里的疼痛,再现了他跟庆珠之间的联系,清晰了庆珠哥弟在外面没挣回钱,回家又闻妹妹暴走所激发的打人的理由。买子在走出厚家大院穿过围观人群时,泪水在青肿的不规则的脸上闪着莹莹亮光。

　　乡卫生院给买子做了全面检查,没有内伤,皮肤的青肿、脖筋的失灵都只有靠时间医治。查完之后刘海将单据从小青手中要出,说由厚家负责药费,买子坚决不同意,小青也坚决不同意,买子说他们一年没赚回一分钱。小青说那倒不是,我们不能和他们一样。就像接生不要钱一样,小青始终追求不和山庄人一样。

第 二 十 四 章

回到家中已是下午一点,饥肠辘辘的小青在把买子扶上炕之后,一个人拿草淘米做饭。

打下手做饭在买子养伤的日子里变成了小青的梦想,就像当初爱上买子,理想和设想变成了镜子里的物体一样,买子亲手下厨做饭的样子变成了镜子里的物体,使小青在不能上班一日三餐忙活的日子里,一遍遍愣神张望。小青一天一天沉闷无话,得知月月还爱买子消息之后被激起的热情完全跌落。她背婆母大小便,她挖空心思在飞扬的草灰里构思下一顿饭该做什么。买子的伤势由不得她玩他动他,面对鼻青脸肿的买子,小青也没有玩他动他的心境。其实,没有任何人知道小青那一天在村部平场上看到买子躺在血泊里的感觉,她心底有种说不出的厌恶。她并非厌恶他血肉模糊的肮脏,而是厌恶这一切竟然同自己发生瓜葛。日子第一次在小青面前呈现着平淡、平庸,让人厌恶。日子平庸得没有一点意思,因为小青不会在大锅焖米饭,糊烟味成了家中的主要气味,小青一闻糊味就火蹿脑门,心里恨恨骂道他娘的。米饭做不好就做疙瘩汤,一顿一盆疙瘩汤,搞得饭桌上充满唏嘘的喝汤声。婆母侧着身子往嘴里喝汤时嘴角流成一条混浊的小溪,小青收拾桌子,看到这条小溪,便由一种模糊的抽象的对自己的厌恶,转成清晰的具体的对疙瘩汤的厌恶。买子并不了解小青的情绪,他只躺在床上静静地昏睡,一连三天不睁眼睛,吃饭时被小青叫醒,趴在炕沿,糊里糊涂吞咽饭食,歪肿的脸不堪重负地倚着枕角。第四天早上,天刚蒙蒙亮,买子就从几天的深度的睡眠中醒来,他先是看到透过窗帘射进来的曦微的晨光——晨光把窗帘的碎花映出遥远而又亲近的斑斑点点,而后慢慢转身,寻找晨光中小青的身体。小青不在自己被窝,而是单独一床被褥,买子静静地识别着小青跟自己的距离,追想是什么东西使她离开自己,当想到是因为自己的伤痕时,他把目光移向小青晨光里灰白的脸。买子发现小青短促的睫毛正在那静静地眨动。小青正安静地、若有所思地看着窗帘。

你在想什么? 买子向小青被窝伸出手去,重新醒来之后的语音开始恢复正常,给人清冽冽的感觉。

小青转一下眼睛,似早已知道买子醒来,手伸过来,摇摇头,说没想什么。

买子拽过小青的手放在自己肚皮上,说让你受惊了。

小青将手从买子肚皮上抽出,抚上他的脸,买子的脸青肿略褪,但仍然不算周正。小青娇嗔道,我才不惊,我着急上班,我不能不上班! 小青想不到自己会说心里话,敏觉地扫了一下买子。

买子说,上吧,明天上。我知道你打怵干家务。

小青接道,真想不到我是这样的命!

买子醒来能在地上顺利走动这天早上,小青上镇买肉买菜准备改善一下,做一个上班前的小小庆贺。庆贺上班或许并不是什么目的,上集才是目的,庆贺是通往上集这个目的的诱饵。小青骑出东崖口时,觉得自己是圈了一个季节的困兽,整个身心透出一股沁凉之气。小青两腿蹬车有种轻飘的飞动感,小青在冬日的凛冽中飞快地从歇马山庄骑到歇马镇。街上人头攒动,熙熙攘攘,这个沿海小镇是黄海北岸许多个繁华集镇中的一个,交织的人流勾画着现代乡村社会的商业景象。小青穿过镇街,来到西南角油脂厂大墙外的集市,穿过人群朝着卖肉的摊位奔去。歇马镇自古以来都是乡下人和乡下人的交易,物品的摆放随意任性杂乱无章。却不知从什么时候起，一些庄户人不安分专务农事，做起倒买倒卖的商贩。市场上商贩们将肉菜、水产、土特产、服装等分门别类摆得井然有序。鼎沸的嘈杂声刺激着小青的耳朵。由于乡野过于沉寂、寂寞，集市的喧闹、嘈杂让小青有种说不出的激动——那种慌慌心跳的激动，让小青觉得仿佛小时候在露天剧场看文艺队演出。小青喜欢逛集，喜欢吵吵闹闹纷纷攘攘，纷攘和嘈杂会像音乐一样，鼓噪她心底快活的感觉——没有什么会比这种音乐更能唤醒小青的灵感。她直奔肉摊目不斜视，高耸的乳房一颤一颤。虽然一门踏实做了几天家庭妇女，但她相信她和赶集的人们有着本质的区别，她走路是昂扬的，挺拔的。小青昂扬着融入到音乐当中，像铁块融入铁水当中。她通过第六感观感到人们的目光在追随她，在她耸起的胸脯上逗留。轰鸣的音流是一扇巨大的屏风，遮蔽着由一个个小小心愿做成的讨价还价声。小青沿着摊位逐个打听肉价，然后在肥肉和瘦肉都有一寸多厚的肉摊边停下，父亲曾告诉她肥肉越肥瘦肉越香。小青指着白花花红淋淋的猪肉说从这刈二斤。卖肉人戴着苇篾编的草帽，长方脸油亮油亮，好像卖肉就天天吃肉，油水从脸上溢了出来。二斤肉很快从称盘倒进塑料袋，卖肉人铜声铜气说好啦十块钱。小青从包里抽出十块钱扔到摊上，而后拎起肉袋。这种花钱的方式小青十分得意，即使有一毛钱，她也愿意板板正正从包里抽出来，是抽，而不是团成一团往外点。小青在市场上转了一圈，抽了几次钱，手里的塑料袋就架上的黄瓜似的一串一串，猪肉、青椒、蘑菇……

终于不得不走出巨大的音棚，小青的听觉有一种突然失灵的感觉。这感觉似曾相识，却记不起它什么时候有过，小青推车往外走着，脚步因为失去了声音的伴奏不再是一耸一耸，而显得迟缓、零乱。小青慢慢矫正着听觉，拼尽注意力适应着无声中的声音。终于，她适应了，她听见了街道上偶尔响起的打招呼的声音，听见了偶尔开过的汽车的引擎声，听见了油脂厂榨油车间机器的转动声。这些声音好像是市场音流的分支,她胸脯渐渐挺起来,跳跃着朝油脂厂的大墙走去,朝岔道走去。就在这时,就在小青充满自信地向前走着不把任何人放在眼里时,一个人吸住了小青的目光——金水。金水从小青对面走来,他身穿棕色皮夹克,藏蓝肥腿老板裤,压有花纹的皮鞋熠熠生辉。金水看见小青没有任何反应,表情平和目光超然,好像一个城里人看乡下人似的目光超然。小青被金水吸住,并非因为想起他对自己曾经有过的伤害,而是因为他穿戴的洒脱、洁净,精神的饱满——每一个洒脱的小伙都会让小青的目光驻足。小青在金水的漠然中错过肩膀,抑或是金水在小青的注目中错过肩膀,然而,两人交臂而过时,小青感到心口被刺了一下——金水大摇大摆的样子好像在说你林小青是谁?我怎么会在乎林小青?! 小青一向是感觉很粗的人,可一个在落泊中欺辱过自己的人一瞬间变成一个城市模样的英俊小伙,并且睬都不睬自己,使小青蓦地感到刺激。这刺激是种复杂的混合的物体,与金水的洒脱、洁净有关,与他的漠视自己有关——在树林里凶神恶煞的金水是个乡下野小子,一个乡下野小子是否漠视自己小青绝不在乎,小青在乎的是,他把小青欺辱了,让小青在乡下结婚,让小青做了乡下女人,他却大摇大摆居高临下。

此时此刻,因为金水大模大样面对自己,小青把结婚的责任全推到金水身上,仿佛她一点儿都不愿意下水游泳,金水愣是将她拽进水里而后自己上了岸,在岸上看不会游泳的她动作丑陋张牙舞爪。小青分明知道金水擦肩而过时目光是超然的,可现在她却强烈感到,他看到了她在家背婆母蹲灶坑的难堪。小青的脚步再度迟缓、零乱,她回过头来看看金水,太阳在他皮夹克背后反射出玻璃样刺眼的亮光,使小青心绪继续受挫。小青一愤怒转身上车,在杂乱的人群里穿行。当她骑出油脂厂大墙,来到影剧院边的岔道,置身比街道清静的乡路,小青终于找到了恍如耳朵失聪似的,似曾相识的感觉的出处——那是县卫校毕业回来那天,离开县城时的感觉。如今生成这感觉的位置在逐渐降级,在走下坡路,从由县回乡到由乡回村,而金水一面镜子似的映照着她的下坡路。小青被一股说不出的气力顶着回到歇马山庄上河口,她在骑进屯街时往娘家看了看,想一气之下把东西拿回娘家去做,可是院子里冷冷清清,并无多少热络气氛,就又加劲蹬出屯街回到东崖口。

因为偶遇金水,明日上班的事已不再能抖起小青精神。小青回家把塑料袋往锅盖上一扔,就进西屋趴到炕上。正在滑子蘑大棚里转悠的买子听到小青回来,跟进屋子,说快做,又饿又馋,几天的疙瘩汤喝得我浑身面软。小青没有吱声,趴着不动。买子于是自己拖着脚步到院里拿筐扒灰。哈腰时买子感到腿筋抽着腰疼,他强忍着,扒了灰又拿草引煤,之后打开一个个塑料袋。由于动作迟缓,一个多小时,买子才把肉菜切好。小青是在买子蹲下点火时下地的,小青下地就操起炒勺,把蹲灶坑烧火的活推给买子。火在锅底呼呼红起来,映红买子鬓眉和黑漆漆的短须。油在锅上嗞啦啦爆响,蒸发着小青沉冷的面庞——小青极少有这样沉冷的时刻。在稻草上压一铲煤,锅底立时喷出浓黑的烟雾,买子迎着烟雾,说,你因为做家务,就以为自个命不好?

小青没有吱声,把切好的肉扔进锅里。

买子说,我也没让你做更多。买子看着油锅上小青倾斜的脸。

小青终于说话,你其实希望我做更多,希望我做全部。

买子一愣说,我根本没有这种想法。

小青说,有。

买子说,是的,我也许曾经跟别人讲过,但这和你没关系。

小青把青椒倒进锅里,说,我不是听别人讲,是你用身体告诉我。你其实是地道的农民,你又是一个像我爸一样不安分的农民,这就足以说明你需要什么。

买子惊讶,继而,由惊讶转为震惊,他无法明白小青所说的身体是指什么,他说,你真奇怪,我从来没强求你做什么,这几天我有伤,这是意外,我总不能老有伤。

小青嘴角咧了咧,闪出一丝笑意,说,你是不能老有伤,可是我发现我也不会对和农民一起生活老有兴趣。你没嫌我不做家务,是因为我让你快乐,如果我和乡下女人一样,你就是本来的你了。

买子说,你本来就和乡下女人不一样嘛。

小青被油烟呛出咳嗽,边咳边说,迟早会一样。买子也干咳起来,手中的煤铲一抖一抖。屋里一瞬间被青椒味灌满,东屋的母亲也咳嗽起来,待一阵轻重交替的咳嗽渐渐减弱,买子低头把煤火挑亮,面色严肃地说,我不知你是什么意思,反正现在后悔还来得及……

小青也没有说自己是什么意思,他们直到把午饭做好,再也没有说话。

国军离家之后,在歇马镇重新过起了只有中专时代才有的生活,住宿舍吃食堂。关镇长是外乡派来的干部,一周回家一次,就跟他沾光每月交一百块钱伙食费,一日三餐在镇食堂加伙。厨师是"文革"时期的文艺骨干,每晚吃罢晚饭,在食堂里敲着筷子唱两嗓京剧,穿林海跨雪原,气冲霄汉,抒豪情立壮志面对群山……把原本就威严的四合院唱得一派肃穆。国军不好扑克不好麻将,听完那嗓子京剧就讪笑着撤出四合院朝街上走去。然而他往往转一圈又要回到四合院。即使是独身生活,他也已经不是十八二十三那个未婚年龄,对桌球、录像、电影这些年青人在一起大呼大叫哄哄扬扬的事完全失去兴趣,关键在于,月月的背叛一直让他心情颓丧。走进年轻人当中他会自觉不自觉拾起一种自卑。国军在镇里一向被看作自负骄傲傲视一切的人,他生性面冷话少,不与大家靠近,又有一个有权有钱的父亲,又有一张文凭,自然要被大家视作傲慢,长此以往,国军也就自觉得离群出格曲高和寡。当然他正是靠这种离群出格沉默寡言获得月月的感情。而今他失去了月月,他一旦失去月月，再以原来那种面目出现在人群里，展示给人们的就不再是自信、傲慢，而是自卑、可怜。关键还在于，在国军心中，一直燃烧着对月月背叛自己的憎恨，燃烧着对买子挖墙角的憎恨，这两个人在让他看到传统道德迅速沦丧的同时，也让他感到自身价值跌落的迅速。人对自己的认识往往有一种微妙的参照，国军打心眼里瞅不起月月和买子，却要因为他们而感到自己的跌落。他常常在大街上走着走着就会心灰意冷，就觉得所有人都在指他的后背，说一个男人养不住老婆。老婆跟了别人的打击像一滴黑墨滴进池水，墨黑顿然弥漫，使他在污水中怎么挣脱都无济于事。国军在歇马镇上转得灰心丧气的时候，就回到镇广播室，看镇长、值班警卫、广播员小凤和厨师老姜打扑克。看了两天，国军看出点门道，他们玩的不是扑克而是小凤。尤其关镇长，专和小凤一帮，女人似的大眼睛抬头低头总瞅着小凤，并故意说一些疯癫的话引逗小凤。小凤时而大笑，一张小脸像朵刚刚开苞的菊花；时而佯装怄气儿，菊花收拢了开苞的纹路，聚成一只黄豆儿。一旦小凤怄气，老贾和老姜就仿佛儿媳目睹了公公在婆母面前的难堪，赶紧找话搭出台阶，引镇长下来或引小凤上去。事情的结果往往不是镇长下来而是小凤上去，因为怄气本属佯装，小凤又是一个识抬举的人，镇长的职位总要主动保护，于是牢牢踩住伸在眼前的台阶顺势而上。这种微妙的打扑克的快乐让国军看着看着，心底生出气恼。在此之前，除了月月牵制过他的情绪，从没任何一个女子引渡出他的情绪，他不明白这些老态龙钟的男人为什么会对一种循环往复的过程不厌其烦。摸扑克是循环往复，小凤的笑和不笑也是循环往复。国军看出人有许多时候所做的许多事情都是出自无聊，出于消磨时光，就像自己明知没什么看头，却转了一圈又要转回来。无聊是国军在镇上住下之后最初的感觉。因为无聊才看无聊的扑克，因为看出满脸皱纹的老头子在小凤面前无聊地用俏皮话推来搡去，心底才生出气恼。然而，气恼不但没使国军骤然离去，反而变成一种心事，一种每天必须经历的心事。国军每晚出外转一圈，赶紧返回广播室。转的时间的短瞬、仓促仿佛转只是一种仪式的开始——国军后来确实吃罢饭就不想动弹，但想到没有理由打破已成定局的程序，就仓促地在政府门口溜几步赶紧返回广播室。

观看三个男人如何逗弄小凤成了国军日趋成长的盼望。有时三个男人会发生变化，一些守家近的镇干部没事来看眼儿，争抢着替下老贾或老姜，关镇长和小凤始终不变。周末关镇长回家，小凤也回家，有时关镇长出外开会，老贾和老姜就出了气儿的面包似的瘪了下来，谁也不张罗玩扑克。关镇长和小凤在扑克场上的微妙迹象，是国军注意观察的结果，也是他注意观察的原因，更是他的气恼由四个人缩小到两个人的过程。他对关镇长和小凤之间的什么东西使他气恼呢？一时真是说不清楚。因为他们并没有眉来眼去。小凤实在是个长相一般的姑娘，只因她叔在翁古县电视台当着台长，前年老广播员退休，就顺理成章地被就地取"材"——人们对突出的人际关系早已习惯用顺理成章来理解。

不知过去多少天，国军看完扑克晚上做了一个梦，梦见自己和小凤在一起打扑克，他替代了关镇长的位置，老贾和老姜老逗引小凤和自己说话，后来说着说着老贾老姜都不见了，只剩下他和小凤，小凤深情地看着自己，眼睛和月月的眼睛一样，是细长的丹凤眼，他一时心上有了触电的感觉，就糊里糊涂拥她入怀。醒来之后裤裆里热乎乎黏叽叽——这是他病好之后的第四次遗精，前三次梦的都是月月。国军做梦之后再看小凤，感觉发生了奇妙的变化，他闻到小凤身上有一股香气，她的整个屋子都有一种让人亲近的香气，关键是他对她和关镇长坐对门由气恼上升为嫉妒，国军发现他每天刚上班就盼望下班，而一旦下班又心慌意乱，晚饭后闲逛不是一圈，而是一线。国军为了躲避心底的不快，他出来就不再回去，好像他不看那事实就不存在，好像那是一个破烂包袱被他甩掉。他竟一口气能走到下街。下街有个镇文化馆办的"穷鬼大乐园"，那里灯火闪烁乐声震耳。国军一狠心就花两块钱买了张票，这个舞厅之所以叫穷鬼大乐园是针对镇政府的天鹅大酒店而言，天鹅酒店舞厅票价十元。国军买票时好像是和小凤赌气，好像在说没你小凤一样乐。舞厅闪烁的灯光迷离了国军的眼睛，但国军照旧能在一灭一亮中看到"穷鬼"们的狂放和龇牙咧嘴的样子。因为是和小凤赌气，国军在看到这帮摇头晃脑留着长发的小痞子时，觉得自己气赌得很没品位，很低层次，他林国军不是一个低层次的人，他林国军和歇马镇的小痞子不能一样。于是他扭了两下腰又一股脑钻出来，国军告别喊咚哐当的穷鬼乐园又来到政府对面的天鹅酒店，这是政府刚刚完工的一个项目，是一个叫方立荣的女老板以集体名义建的个体酒店，它吸纳的客人不是本乡本镇，而是外乡和县城，这里的感觉确实不同，音乐是静静的音乐，灯光是幽暗的灯光，国军刚刚上楼，就被一个小姐牵住，朦胧的灯光中小姐把他牵到一个火车厢似的包厢，小姐对国军很殷勤，不待国军坐下就邀国军跳舞。国军在学校学过交谊舞，可是由于走进舞厅是和小凤赌气，他搂着小姐却一点都不快活，跳完两支忧伤的曲子，国军终于坚持不住——国军心底无比忧伤，自己一个响当当的男人，养不住老婆，又不如半大老头子吸引女孩。当国军想到吸引，突然找到自己不能得到女孩的原因：小凤凭什么爱和镇长玩，他是干部！月月和小青凭什么爱买子，他也是一个小干部！干部这个字眼一下激怒了国军，使他想起父亲决定退休那晚说给月月的那句话：别看我不当村长就瞧不起林家。当时他确实以为父亲看低了月月，女人真他妈的都是一路货色！

断定女人都是一路货色，国军并没善罢甘休，他扔给小姐十块钱就退出舞厅回到广播室。与舞厅想比，这里的灯光太单薄肤浅，却正因为灯光的单薄肤浅，每个人的轮廓都显得醒目。国军在夜半之时向他们走来令举座皆惊，但谁也没有吱声，结过婚的男人再过独身，那是一种刑罚。国军笑呵呵走到小凤对面，小凤扫一眼国军依旧认真打扑克。小凤好像正有一手好牌,诡秘地直向两边飞眼儿。国军站在镇长后边静静地看着,思谋着怎样将这个虚荣的女子拉到自己身边——他与其说是喜欢她,莫不如说是想证明什么。扑克玩到十点结束,人们纷纷撤出屋子,国军故意磨蹭着留在最后,当听到踢踢踏踏的脚步声渐渐远去,国军转身俯视小凤——她看上去有些困倦,眼神朦胧眉头紧蹙。国军很想和小凤说话,离婚之后国军第一次这么想和一个女子说话。国军说,何小凤,我想问你一句,你为什么喜欢关镇长?

小凤愣住,朦胧的眼睛蓦地瞪大,不假思索地说,我什么时候喜欢过他?

国军并没因为反问而慌乱,他沉沉稳稳地说,我是说你为什么只喜欢和他坐对家?

小凤耷拉眼皮,哄他玩呗,这有什么?

你为什么要哄他?

你干嘛把人往绝路逼?这不简单,人有权,我怕打了工作。

国军语塞,小凤的坦率让国军语塞。许久,国军反过神来,目光变得柔和,语气也变得柔和,说小凤,愿不愿意嫁给我,保证打不了你的工作。

小凤脸唰的一下红了,低下头,说,我……我,翁月月当过我的老师,我可不能对不起她。

国军说——国军脸腮立时袭上温润的笑意:不是你对不起她,是她对不起我。

半月之后,国军终于如愿以偿,就在这间广播室里,国军得到了小凤的身体。那一天是周末,关镇长回家小凤没回,国军先是替代关镇长与小凤坐对家——十几天来,因为国军露骨的表达,小凤在三个男人面前的活泼天真恍如撒进湖里的沙子,渐渐沉入湖底。小凤的笑沉入湖底之后,眼仁里呈现了心事,尤其国军在场。小凤总是笑着却不大笑,却不笑完佯装怄气,小凤的稳重和心事重重使打扑克的意味得到空前的丧失。关镇长总是慌乱地看着小凤,疑问地说道凤姑娘坏喽,凤姑娘有了心事喽。小凤不言不语,脸腮红红。只有国军在背后沾沾自喜。当终于到了周末关镇长回家,国军喊来老贾和老姜,说咱们打扑克,老贾和老姜对视一笑了悟了其中奥秘。他们打到九点就说累了自动退去,把时间让给年轻人去发展爱情。

国军单独面对小凤心里揣了兔子似的怦怦直跳。一年来,他有了太多的经历,他不知道自己培植的一切能否使自己再度失败,他不知道自己这么做是否有些轻率,在他的经验里,婚姻的成功与失败似乎跟认真和草率无关,他和月月是极其认真的。婚姻是命运里的事情,小凤向自己的走近是命运的安排。国军关上屋门,深情地看着小凤,一年多来他真没认真注意过她,她在他极其无聊的时候凸现出来,山倒似平地似的走近他的梦中他的生活。小凤属矮个、短脸,眉宇分得很开,苹果一样圆润的脸上鼻子嘴巴都很圆润,显得厚实端庄,乍一看不惹人眼目,却极受端详。国军端详着坐了下来,国军说,你不嫌我离婚? 小凤脸涨得通红,摇着头。国军说,你看我哪里好? 小凤慢慢抬头,我不知道你好不好,我从来没敢想过你能看中我……那天你说完要我嫁你,我就放不下你……

轮到国军脸红,这些话本该是小凤问他的,他追求人家,却问人家看自己哪里好。国军扳住小凤肩膀,目光深深地嵌住她——这是他的习惯动作,小凤少女的心灵被摇晃倾斜,她仰着脸,迷醉地看着国军,之后扑到他的怀里——扑到一个男人宽厚的怀里是小凤多年来的梦想,自己不漂亮,但因为这份显赫的工作,追她的人很多,可是她从未动过心,林国军只一句话就扭开了她心弦上的螺丝。她的老师翁月月和国军恋爱时,她在心底曾深深地羡慕过月月,林国军的高大、魁梧,文质彬彬,是她最最理想的形象,这形象竟会不期而然向她走来……一股男人特有的气浪冲击着小凤身心，她扑到国军怀里就浑身轻飘，仿佛被熏醉了似的头晕脑涨浑身轻飘，国军在嘴触到小凤厚厚的嘴唇的刹那想到月月，想到月月就这么的被买子亲过，于是他把唇吸哑得很紧，国军用力亲吻小凤他体会到了对月月的报复。然而只是一瞬，很快，国军就投入了自己的真实的感情。他把小鸡似的在怀里的小凤抱起来，轻轻放到床上，为了保持自己的君子风度，他只是欣赏着她的穿着衣服的躯体，小声地喃喃地告诉她，他爱她，就从看她打扑克那天起，他爱上了她。国军其实是在表达中总结着自己分析着自己，那最初的恼火一经理性归纳便成为了爱。理性将恼火上升了一个高度，又推动着国军此时此刻对小凤的表达。国军说，你没有你老师出色，可是我爱你，我不会再去爱出色的女子……小凤，我爱的就是小凤。国军在读确实不算出色的小凤，出口的话既是给对方听又像在规劝自己，像在暗中下着决心。他本没打算说这么许多，他想不到离婚之后真正和第一个异性接触会说这么许多。他在读着小凤的同时，感到自己在逼自己把自己的人生翻过了一页。小凤已被突来的幸福包围，顾不得品味国军语言里的意味，她浑身着了火一样赤热，耳根在赤热中嗡嗡鸣响，她躺在床上，身体一动不动，静静地感受着内在的翻腾，宽宽的小眼睛两只落在树干上的枣子似的清冽地看着国军，须臾，她向国军伸出手来，拽住国军衣领，羞涩而又大胆地央求道，抱住我……

几天后的星期天上午，国军领小凤双双回了一趟歇马山庄家中，国军无意让山庄人看到他的东山再起衣锦还乡，一年内娶亲两次归根结底不是一件十分光彩的事情，国军只是想到父母生养儿女的心事。可是他们在姑嫂石篷东侧山道刚一露面，就吸住了庄里人的目光。治亮女人在小店窗前瞥见人影，急匆匆来到大伯嫂家，她在匆忙进院时差点被门口的石子绊倒，正在厨房洗刷水泥地面的古淑平听治亮女人一声叫喊，扔下毛刷就跟到院子。国军和小凤在苍茫的小道上一步一步朝屯街走来,不用领一女子,单单国军的回家就足以旋起古淑平心中的欢乐,儿女在短时间里的离散,使昔日旭日东升的日子一下子掉进苦海,古淑平在无边的苦海里游荡得六神无主魂魄不定。治亮女人顺屯街往前迎着,远远的就吵吵着国军回来了,音调十分自得,好像这好事是她引来的。于是不多时候街脖上就涌出一群婆娘,女人对这类信息有着与生俱来的敏感,国军和小凤受到了前所未有的检阅,或许都认为这是林家的好事都替着高兴。婆娘们毫不在意一对新人是否经得住她们的目光,纷纷站在街道中央直逼目标。目标由远及近,女人们一个个从中央往道边退着,给国军和小凤让路。国军一瞅治亮老婶在前边比划,便知道全因为这个女人的肆意鼓噪,心下生出一丝反感的同时,他同大家不自然地笑笑。国军平素就与乡亲无话,此时更是不知说甚。小凤不亏在镇上工作见过世面,笑眯眯地冲大家点头,比国军来得自然,小凤知道村人对她的兴趣出自何故,也便有意昂首挺胸步伐轻捷。国军不能不向小凤介绍闯到跟前的自己的婶子,可是刚要出语,治亮女人便上前握住小凤的手自报家门,俺是你婶子,看你生得多厚成、福相,一看就是福相。她扯着小凤的手,指着古淑平,那就是国军他妈,看她多么乐呵。

小凤给了人们与月月完全不同的印象——厚成。山庄人在经历一些事情之后,总要在人的自身找到症结所在,也总能用夸赞的语气表达着遗憾,厚成的背面便是缺欠灵秀。小凤和国军走进院里,门口无声的品评关在了门外。闷郁的、死寂的宅院终于有了活泛的灵动的气息,林治帮被古淑平从炕上叫起来,松弛的眼皮一眨一眨,木愣愣地看着国军和小凤,好像他们与他没有丝毫关系。他磨蹭着从炕上委下来,踏上鞋坐到地中间的椅子上,莫名其妙地嘟噜句怎么是你?

小凤脆脆地叫了声大叔。她其实与林治帮早就认识,刚上班时镇上开村长会,都是她在门口写报到簿,一路上她故意不向国军提起,以掩饰自己跟林家的缘分,让国军由浅入深地惊喜。林治帮嗯了一声,之后粗粗地吁了口气,粗糙的手在下巴上捏搓着,那上面沾着两滴涎水。国军对父亲的失态有些看不过去,但他没有马上引走小凤,在国军的感觉里,小凤和月月很不一样,小凤可以粗粗拉拉对待,可以不计任何细节和小事,她就像结在架上的黄瓜,身子轻盈,经吹经打,而不像月月,需点点滴滴关心,生怕有一点疏漏和不周,是托在木板上的冬瓜,身子沉重,瓜蒂难以承受。这感觉既叫国军踏实,又让他突然生出一股隐隐的惆怅,他似乎感到林家的日子,从小凤开始除了踏实,不会再有跟月月在一起时的光亮、体面。

林治帮显然对小凤不算满意。国军特别了解他的父亲,他是一个虚荣的男人,能为一点得意抖起满脸精神,他在月月跟前就从来没有这么懈怠过、失态过,林家的日子经过父辈的努力是辉煌了几个月,父亲未必不对他仍抱有希望。小凤憨憨地朝未来的公公笑笑,因为一直找不到合适的话,嘴巴咧开又慢慢合拢,还是治亮女人反应机敏,她大声道你婆母已在外面抹小鸡脖,快帮忙拔鸡毛吧。

国军不得不走进依然有着月月身上气味的西间,翻走的一页带着难以消失的气味又翻了回来,但如今这气味中又混杂了潮腐的气味,屋子因为多日无人居住充满潮气,已经有了往事的味道。往事在泛白的衣柜里,在月月挂在衣架的衣服上,展示着曾经鲜活的内容。虽然已是往事,看到它还是不由得让人心动,国军心口弹动了一下,随着,这弹动好像裂开一道缝隙,有一丝不快趁机而入。国军下意识耸耸肩膀,从西屋走出,躲避饿狼似的躲避着不快的追赶,他想这个家绝对不可以用来结婚,他一定在镇上买套房子。就在这时,他看见火花引着买子、小青一齐从门口涌进院子。

饿狼在屋内闪了一下,又性急地隐到门口,从门口隐到院子,让国军有种被围追堵截的感觉——买子和小青的回来使国军觉得十分不快。但国军表情十分淡然、平静，看上去好像一切都不曾发生过。他威严地站在门口，两只长长的手臂插在腰间，一副与乡村男人大不相同的文质彬彬，使林家大院骤然生辉。国军知道自己派头的分量，面对买子更要把这分量做足，这分量里还要加进兄长的威严。买子和小青分别叫着哥，买子上前向国军伸出手来。买子这种乡下人够着与文明接轨的做法在国军看来十分好笑。他大大方方伸出手去，手掌在买子粗糙的手掌上轻印了一下。国军心想这个黑不溜秋的家伙怎么就能吸引女人？他不与买子说话，手向家里扬了扬，示意他们进屋。国军觉得有块铁器在心底乱撞，国军在院子里来回走着，客人似的挺直着腰杆，感受着买子、小青、母亲为他和小凤的归来手忙脚乱。此时此刻，在还没有彻底融入家庭氛围的时刻，他还不能知道，那装在心中的铁器其实只需一会儿工夫就会彻底融化。

春花秋实，夏草冬荒，林家的午饭大半年了没有这种热闹和欢快。古淑平差火花叫来了林治亮，不是惦念治亮是国军的叔叔，而是因为有了家事，须有个中间人左右气氛。林治亮笑哈哈进门就坐在了哥哥身边，国军和小凤坐古淑平一侧，买子和小青坐林治亮一侧，火花则在小青和小凤中间。林家人从未这么全过，庄户人生儿育女盼望的似乎就是这样一天。只是这一天来得太不容易，这一天像庄稼院蒸锅里蒸出来的菜饼子，油盐酱醋内涵的味道太丰富。买子一上桌就端起酒杯站起来，亲亲地叫了声爸、老叔，又亲亲地叫了声哥，他没有招呼妈，小青和小凤，似乎只有男人才应该联合起来喝酒，似乎联合起来这件事应该由他来做。国军和父亲确实不曾讲究喝酒的形式，局外人的参与反而使一家人有了过节儿和形式。买子的目光是热烈而真诚的，他尤其真诚地看着国军，知趣地只鼓噪气氛而不多言多语。林治亮深谙自己前来喝酒的身份和责任，赶紧亮出高音大嗓，来来，老侄、侄女女婿，还有侄女、侄媳妇，今儿个，咱家人可都全了，老叔高兴，老叔打心眼里高兴，喝酒！

第一杯酒四个男人热络络下肚，看不出林治帮是高兴还是不高兴，只是木木地响应。喝进一杯酒，大家开始吃菜，当八双筷子在同一张桌子上交叉伸开，并陆续地有了咀嚼的声音，国军淡然的情绪发生了变化，他站起来，目光蓄涨了温和的意味，给两位长者斟酒，又给买子斟酒，酒慢吞吞流进买子的酒杯时，他心底已经接受了买子。他的接受买子不是扭转对买子的印象，而是接受买子是林家亲族里的一员，这接受是迅猛而不可抗拒的，像在某个环节上埋伏了机关暗道，一经拨弄就豁然开朗。确认了买子是自己妹夫，心里刚才还硬朗的铁器便迅猛地化掉，评价买子的标尺也不复存在，他说，爸，老叔，妹夫——国军把妹夫叫得十分自然。国军说，今年我要有件好事，我能评上农科研中级职称，中级在城市就是讲师级别。全桌顿时哑静，大家不一定清楚职称是什么物体，但他们知道讲师，讲师是大学里的老师。大家为林家出了一个大学里老师级的人才震惊。林治亮说，就知道咱国军有出息，咱林家就数你，记得那年你考上中专你爸放了二十盘炮仗，震得上河口地面乱颤。

林治帮木讷的脸上慢慢舒展开来，他瞪起了布满血丝的眼睛——多日来的期盼使他两眼红肿。他直直地看着国军，像看一个不认识的人，而后一扬脖喝下手中酒。酒刚下肚，只见他红肿的眼眶汪着一泊泪水，少许，就老泪纵横。国军无法知道父亲的泪水出自何处，是为自己的荣誉高兴，还是为自己离婚另娶伤感。他说，爸，我跟凤儿结婚一定把你接到镇上去，一定。林治帮摇摇头，灰紫的嘴唇在喷着酒气的同时，喷着"不"字。林治亮说，没事没事，你爸是高兴，我了解他，他是高兴，来，喝酒。买子国军再次举起酒杯。从无亲情温暖的买子精神饱满异常，黑脸透着红红的砖色，他见机行事，赶紧引出话题，谈大哥跟乡下人的区别，谈自己当初多么想上大学，谈着谈着，又谈砖厂的效益，谈承包地，谈歇马山庄小队队长哪一个称职,谈古本来提出应注重小学教育……国军投入地应和,关键时插几句话,他们顺着一个思路走向另一个思路,他们朋友似的相互清理着思想,买子的机智、敏捷,给国军留下良好的印象,使国军觉得他确实不白给——国军认为他的妹夫确实不白给。最后,两斤酒喝完,他们左右顾盼,小青、小凤、古淑平、火花早已退到屋里。当酒瓶里的白酒光光尽尽,国军站起欲去再拿,林治帮伸手挡住国军,他清了清沙哑的嗓子,朝东屋喊,都给我过来。古淑平于是带着三个晚辈走出来。林治帮说都给我坐着,女人们各就各位。林治帮指着锅台上两个空瓶,说,看见没,酒瓶空了,是空的,可是要知道,我林治帮柜里有酒,咱山庄别人家有的我有,别人家没有的我也有,谁敢跟我比?我是实实在在干出来的,我丢人吗?我不丢人!我什么都没丢,我只不过……林治帮越说越眼红,越说语音越含混,他喝的酒并不多,但他显然是喝醉了,他以从未有过的肤浅的自我肯定,自我表白,把满屋的儿女说的哭笑不得,使一场热闹的家宴划了一个神秘的句号。

第 二 十 五 章

　　月月在古本来家住下之后，一直做着一些简单、琐碎的活计，捆绑散放在门口的豆秸，筛选窖在窖里的苹果，或者，将果园边割回的紫槐条子扒皮脱衣。有时跟古本来在一起，有时跟古本来女人朱琴在一起，有时就是独身一人。月月总是不停地寻找活路，生怕有一时停歇而使自己清楚自己的角色：打工的角色在新时期的歇马山庄不属新生事物，可是因为无家可归才打工，因为跟了别的男人才无家可归出来打工，月月是独一无二。然而手脚忙乱的劳动，并不能将月月思绪的纸张揉成皱褶搓成碎片。古本来和朱琴都有自己的拿手故事，古本来因为来了月月，肚里装的线装书本上的故事一涌而出，什么司马徽再荐名士，刘玄德三顾草庐，什么蔡夫人议献荆州，诸葛亮火烧新野。那些故事月月有所了解，恰恰因为有所了解不等讲到，就微笑着表示心领神会，使古本来仿佛路遇知音似的百讲不厌。朱琴脑中没有书本故事，则尽是与古本来结婚前后的趣事。她说与古本来第一次见面心里冷得要冻冰，又老又丑，又有两个肉球，回家媒人逼她表态，她一口拒绝，可是第二天，古本来上她家送小猪崽，她在门缝冷不防看见，不知怎么觉得还挺顺眼，到结婚那天，肉球简直就像两颗金豆闪闪发光。朱琴说如今她觉得，古本来所有的男人气丈夫气都在两个肉球上体现。像两只装满水而无处可溢的铜盆，古本来夫妇分别将山庄人没有的学问和山庄人没有的幸福溢给月月的同时，把月月难以打发的日子濡染得寸寸温馨。

　　当然月月也有独处的时候,古本来赶车上集,或者上沙地察看苗情,朱琴回屋做饭或者喂猪喂鸭,月月就独自做活。在古家,活路总是不会间断的,古本来夫妇从不让她歇着,善解人意地把一些轻快的活路摆放在日子里,比如窖子里的苹果刚刚选完,就抱一些紫槐放到院子里。月月平生第一次做如此丰富多彩的活路,紫色的树皮脱离枝杆露出洁白的躯体的刹那,她仿佛回到童年无忧无虑的生活中去。童年时跟着三哥常到水库边的柳树林里给柳树扒皮,树皮脱离躯干之后能够吹出美丽无比的音乐。然而不管新奇的活路带来怎样新奇的联想,做着做着,月月总能清晰地触摸到她的心事——孩子。她的肚皮一天天大起来,那内在的、只有她自己才能感知的跳动,一天天强烈地骚扰着她的知觉、感觉。月月在独处的时光里就常常把手伸向腹部轻轻抚摸,这时,她的脸上会露出显而易见的幸福的微笑,那笑是生动的,无与伦比的生动,然而,这笑往往会稍纵即逝。月月在感知了那个欢快的小生命的同时,会突然地百感交织泪光盈盈,突然地感到一股悲恸的情愫从四面八方向心中挤压。每逢这时,月月便扬起脸张望天空,让泪珠在蓝天的辉映下,慢慢下旋、隐退,泪珠像一个癫皮的婆娘,缠绕着久久不退,缠绕着让月月把空阔的天际看成一个深远的隧道。月月常常在张望天空时,能够看到自己深远的记忆隧道与天空重叠,一个不算走运亦不算背运的代课教师在那隧道中款款飘动。那时的她有着诸多的人生理想,爱情的、事业的,她记得她在日记本上抄过许多泰戈尔的诗、舒婷的诗,还有汪国真的诗:

　　　　我们可以欺瞒别人
　　　　却无法欺瞒自己
　　　　当我们走向枝繁叶茂的五月
　　　　青春就不再是一个谜

向上的路
总是坎坷又崎岖
要永远保持最初的浪漫
真是不容易

有人悲哀
有人欣喜
当我们跨越了一座高山
也就跨越了一个真实的自己

　　这是汪国真的诗,她不知道泰戈尔、舒婷、汪国真的诗有着怎
样的不同,她只是挑选能够鼓舞自己的段落抄下来,和庆珠交换着
看。她们想做一个有情致、有作为的人,想做跟山庄女人、跟嫂子、
母亲有所不同的女人,她们更想找到一分千古不变的爱情。她自
己后来还想成就一番教书育人的大业,那些理想都在安顿的、不可
抗拒的现实中成了云彩和烟雾。应该承认,如果不是自己长得漂
亮,早早地被爱情追逐,她会迟一些走进家庭,会晚一些遭遇恶运。
如果不是一下学就被留进学校,她会想方设法到外面去干临时工,
到城里打工,那样她就遇不上国军,也遇不上买子,可是这又有什
么用呢? 那样难道就有了心里羡慕的城里人的事业? 就有了永久
的爱情? 对于乡下人,理想和光阴一样,永远是一个不知悔改的骗
子,在你的前方,饭店门口的幌子一样向你招手,当你真正把它们
踩在脚下,或者走进其中,你才知道,嚼在嘴里的各种滋味都已不
是原来的想象。也许不管你是城里人还是乡下人,不管你是男人
还是女人,理想都只是引你前行的招牌,你不可能实现它,你实现
的,永远是理想的影子,就像阳光下树的影子,月光下房屋的影子。
它们奔着的是两个不同的方向。
　　日益成长的腹中的孩子是月月理想的影子,它在悄然的成长
中让月月体会了难以诉说的体验,无法克制的强烈的食欲使她无

法顾忌脸面,饭桌上肆意选择,无法排解的疲劳使她每天饭后倒炕就睡。为了使足不出户的日子拥有乐趣,朱琴每天都要把外面发生的事情毫无保留地讲给她听,什么出民工的男人白干一年空手回来,什么买子被庆珠哥哥打得鼻青脸肿。当然这些消息在月月听来毫无快感,月月要在为自己难过的同时为大哥难过,为庆珠哥哥难过,为买子难过。月月想不到她还会为买子难过。买子遭到惩罚她应该体会到报复的快感,可是听完朱琴描述买子被打的场面,她的心竟长久不能平静,买子黧黑的、蓄满热情的面孔竟再一次在她眼前出现——这个面孔在伤害过她之后越来越远离她了,可是他又在一个可怕的事件中走了回来。月月一连好多天郁郁不乐,抬头和低头都感到一股悲怆的热流堵在喉口,似乎一不小心,就喷将而出。

就在月月多日闷闷不语的一个上午,去沙地干活的古本来从外面领回一个人——月月的大哥。月月大哥来到古家时,月月正在院外晾晒扒完的紫条。月月温存地一棵棵抚弄着、摆放着,大哥就踏啦踏啦走到自己跟前。

大哥见到月月的第一句话就是回家去。虽然,月月从来没想回到那个在她的意义上已经支离破碎的家,大哥的话还是有些让她感动。自从三嫂秀娟来过之后,月月对出自家族亲人的呼唤盼望已久。现在,大哥来了,一辈子为日子和点点得失煞费心机、又老老实实的大哥来了。经历一年白白付出的打击,大哥如何记起担当做兄长的责任?月月感动得眼角湿润,看着大哥粗糙、干裂得如同焦苞米叶子似的面庞,月月说,哥,不,我不回去,我也不会在本来哥家呆多久,我会想办法的。

月月大哥转过身,目光在月月身上扫了一下,郑重地说,二叔回来了,你不回去看看?

月月突然盯住大哥,二叔回来啦?

大哥说,嗯。二叔叫我来找你。

激活在月月心底的感动变成一丝兴奋,二叔自奶奶去世以后一直没回,二叔怎么回来啦?月月得知二叔回来,立即回屋更换衣服,十分钟不到,就跟大哥大步流星上路了。

　　下河口屯街飘溢着浓浓的炖鸡的香味,男人女人三个一帮两个一簇在门口草垛旁比比划划朝月月三哥家的方向指着,见到月月又纷纷拉下手势闭口不语,目光被月月隆起的身段凝住。月月脸一阵阵发热,像有蒸汽扑过来,多年来熟悉的乡亲们艳羡的面孔的消失,使月月脸一阵阵发热,使她自己都不知自己身为何物。大哥径直将月月领到三哥家。大哥进三哥院子时脚步异常麻利,就像走进自家院子。大嫂、二嫂、三嫂在院里里出外进,嘴里不知讲着什么,鸟叫似的欢天喜地,见到月月纷纷说老妹回来了。二叔的归来使翁家重现多少年没有的一家人似的其乐融融,月月走进这乐融融的家,温暖中心上袭来一种说不出的感动——这其实才是月月心里真正的家的氛围——童年里的家就是这个样子,三个嫂子不分彼此欢天喜地,她闪烁其中无虑无忧。

　　二叔是在月月走进堂屋时才迎出来的,大哥的通风报信使月月像个客人被叔叔迎接。叔叔见到月月满脸溢出水纹样的笑,说侄女你好。叔叔虽已七十一岁,身上却有着年轻人才有的蓬勃朝气。月月被叔叔拽过手去,上上下下好一顿端详,就在叔叔的目光从脸上移到腹上又移到脚上,最后又移回到月月脸上时,月月感到那股多日来缠绕她的气流涌上鼻腔和喉口。月月只点头而无法说话,叔叔却深深懂得她似的,小声说你是我的好侄女。

　　屋里坐满来看叔叔的村里的老人,月月望一眼里屋知道那是一个怀旧的世界,便没有推门而入。看叔叔的人络绎不绝,走一拨来一拨,叔叔给村里寂寞的老人带来了活泛的气息,带来了年轻时光的重温,每个老者都溢着欢悦和喜庆。月月与大嫂一起择菜洗菜,迎客送客时跟着一同站起蹲下。正午时分,二哥三哥被大哥从镇上找回来。见翁家人纷纷飞鸟归巢似的回到院里,看叔叔的人便一涌而起,任翁家人再三挽留无一留下。村人撤走,月月回到屋里,趴在母亲身边,月月做出毫不在意的同大家一样的欢快表情,笑着叫了声妈,伸手抚摸母亲干老的手背。大概因为叔叔的归来使母亲意外地得到老辈人的簇拥,母亲满脸绯红,眼角里荡漾着多少年少有的欢喜。母亲似乎仍然沉浸在一种情景中,对月月的处境暂时没有体会。许久,饭桌拿上炕头的时候,母亲才喊,月月上炕,不用你干叫他们干,快上炕来。

　　母亲因为父亲弟弟的归来有了显而易见的身份,喊月月的声音显得清朗而有底气。月月结婚,家庭经历再一次分家之后,母亲在家庭里极少大声说话,甚至极少提出什么要求,如今她把月月拉到身边,然后大声分派三个儿子坐哪三个媳妇坐哪,孙子孙女坐哪。一家人按她的指派各就各位。当月月二叔上桌坐下,讲清自己这次回家的目的时,母亲的脸上,更是充满重振祖威的自豪。

　　二叔告诉翁家老小,他这次回来是接受翁古城一家古建公司的聘请,他三十年前在哈尔滨的一个学生在翁古城这家公司,是他牵线让叔叔回来做古建公司工艺美术顾问,月工资四千。他告诉翁家老小,自己七十一岁了,还能回来作贡献,他的贡献是双向的,既为家乡县城,又为翁家后代。他对古代建筑艺术有过多年研究,他准备有机会把凤生凤卜凤英带出去。二叔说想不到自己老了老了,还能为家乡作贡献。他还说把工资的一半交给老嫂子,让老嫂子幸福地过完晚年。

　　五十多年前,歇马山庄下河口跟哥哥在外面做买卖的十七岁少年翁凡书,扔下哥哥让他看管的大布,偷偷去设在安东的一家考场,一举考进鲁迅美术学院,这件奇迹般的事情在辽南乡下卷起一股由语言形成的风暴。从此以后,每年寒假暑假,一个穿着蓝色制服的英俊少年在歇马山庄的亮相,便成为那一代人教育子女、数道家事必须描述的形象。五十年来,少年变成壮年变成老年,娶妻、当右派、离婚,除了当右派几年没有回家,从没放弃两年一次回到辽南乡下看望母亲和乡亲的机会。他每次回来,都给寂寞的家乡带来一股活泛的气息,他每次回来,都给翁家的门面带来一次彻底的刷新——给村里老人画像,给村里小孩做风筝,给家族里不平的事主持公道,翁家的院子里人流如水。那年,十六家子堂弟儿女不孝,兄弟五个因为老人分家不均有三个不拿养老费,他穿山过岭前去给侄子们开会,直训得三个侄子鼻涕眼泪鱼贯而下,预交了五年的养老钱。孝敬无端地消耗着他的热情和金钱,十二年前,他的老母过完九十六岁生日去世,他一走就再也没有回来。临走时他对哥嫂说,我老了,得攒一点钱了,这些年我拉了一屁股饥荒,我不能回来这么频了。从此,翁姓人家便失去了光彩的凝聚。十二年之后的今天,在家乡人几乎要把他忘掉的时候,他又回来了。他不是一般的回来,而是衣锦还乡。一月四千块钱是他一生想都不敢想的数字,这还不叫衣锦还乡?!

还是在饭桌上,二叔对月月对爱情的忠贞作了肯定。二叔说,我的侄女,就是与众不同,她爱谁,不苟且,我就欣赏这不苟且,这是翁家先人的遗传基因。我们翁家先人当年从海上载回一个居住在印度的古巴人,敢于告别不容他登陆的山东家园到红崖镇落户,那是血气,是骨气,是人气,是对爱情的忠贞,没有他们就没有今天的翁古城。我欣赏我侄女,如果有人为我侄女写书,她是值得歌颂的女子。歌颂,信吗?大家有的把目光对着二叔花白的短发,有的把目光对准筷头,谁也没有接话。一月能挣四千块钱,又能把翁家小辈带出去,二叔就是家中最大的权威,二叔的话,就一定在理,尽管他们在心里头并不全面同意二叔的话,不过那没关系,他们不会和二叔叫真儿。大家似是而非地点着头。秀娟一脸不自然,佯装找抹布离开桌子,月月则深深地低下头去。

知道月月母亲轮留养活是在午饭之后,叔叔见挂钟上蒙有厚厚的灰尘,问老嫂怎么不擦洗,老嫂说在老大家呢。二叔不明白什么是在老大家,月月才诉说了真情。月月故意把话说得很婉转,说是母亲自己提出来的,她自己愿意。二叔当即板起面孔,出屋叫来兴安和秀娟,说我就不信你妈愿意轮着过?这老屋你妈住了几十年,她能愿意离开?你们当小的体谅老人心情,这些柜子箱子瓶瓶罐罐,是伴儿。它们跟她几十年,就像人一样,已经有了灵气,它们是她的伴儿,怎么就一个老人容不下。兴安不吱声,秀娟也不吱声,他们已经说不清楚当时的心情,过乡下日子有那么多的说不清,过乡下日子那分心情二叔是无法体会的。二叔说——二叔的语言充满力量,从今往后,你妈不准离开这里一步,我每月给老嫂两千块钱,由你们伺候。

是因为老嫂家园的失去才扇动了翁凡书重振翁古家族传统俗风的念头?还是衣锦还乡的荣归焕发了二叔团结翁氏亲人的热情?不得而知。翁凡书仿佛一个拨乱反正的使者,在为老嫂争取了安稳的家,为侄女伸张了正义之后的午后,招集翁家人开了一个很简短的会,会议内容是,大后天,是你们老母七十六岁生日,我出钱,搞一个寿庆。全村人一户一个代表,全都请来,不收任何人的礼,菜席一定要是上等,要碗碗见肉,要办出我们翁家的排场。你奶奶活时,最讲究排场。

大家欣然接受,翁正安带头表态,说二弟三弟木匠铺扔不了,要照常开门儿,一切由我来办。二叔接着说,我和月月,到十八家子去找咱翁家这一代最后一个老伯翁明德,他不知是否健在,他有翁家家谱,最老的家谱,我把翁家家谱续写下来,在庆典之前装订成册,发给翁家人每户一份。翁凡书认为拯救翁氏家谱的任务他责无旁贷,他只能写到第五代,而翁家传人已有十八代。

午饭之后,翁凡书独自来到母亲坟地,他没让任何人陪他,好像一有人陪伴就打扰了他跟老母的相见。以往在京城里,每到周末,他都在里屋里跟老母的衣物有一次会面——老母走后,他包回了老母在世时曾经穿过的所有衣物。每次会面,只要走进那自造的静默的气息,他就泣不成声,他想老母一生没有跟他享上大福大贵,每次回家给钱都是留足起程路费的剩余,几十年来他从没感到宽裕过,那捉襟见肘的算计只有他自己知道。每想到此他的泪就滚滚而下。而今,他站在了老母的坟头,他因为有机会被家乡高薪聘请站在了老母坟头。他听见了坟头上荒草发出唰唰的声响,仿佛老母在跟他讲话,他的泪竟然像初春的雨水。他说妈,儿回来挣大钱了,挣大钱了,儿一辈子没有挣过大钱。儿现在有机会一个月来看你一回,你等着呵妈……

翁凡书向来雷厉风行说一不二,当日下午就跟大家投入了崭新的日程。连日来,多年气息消沉的翁家大院骤然搅起一场旋风,翁家的每个人都形影生动熠熠生辉,他们在院里院外欢畅地进出舞动,给村里人带来一阵阵眩目。年轻的妯娌争相挨家请客,二叔出资的大方使她们走门串户昂扬气派腰杆挺直,她们似乎从来不曾这么张扬过,她们最得意那句话就是"绝不收礼"。绝不收礼经她们的口说出时,她们觉得预支了她们的所有人情,好像是"她们"在为乡亲做大好事。而入冬以来精神萎靡的山庄人听说不必拿礼,顿觉一个偌大的节日降临自己眼前。

月月陪二叔翁凡书翻山越岭直奔十八家子。月月还不能全面懂得二叔拯救家谱对翁家算什么样的贡献,她只是愿意像十二年前那样围着二叔前后左右。因为是她伺候奶奶晚年,在二叔的侄男侄女中,她与二叔感情最深。翁凡书一路走走停停,长期不走山路使他气喘吁吁。二叔跟月月单独在一起一直不问她爱的人是谁,他们是怎么开始的,又怎么结束了,只是一段一段讲着童年时发生在家乡的往事。讲他如何欺负哥哥,下雨天从外面回来,走到大街门口,偏让哥哥往家背,哥哥不背,趁他不备跑回家,他就撵到家里拽哥哥到门口,让哥哥蹲下骑在哥哥的脖子上让他重新往家背。那不讲理的调皮逗得月月不住地乐。讲到后来,二叔说,你猜我怎么学会画画?月月说我知道,给奶奶扒鞋样。二叔说,你奶奶动辄领我到南唐屯李秀明家扒鞋样,李秀明那手又细又轻,描云子画花朵一弯一个，我就跟着学描。月月说李秀明是你的启蒙老师。二叔立时不吱声，少许，二叔说，侄女，你妈肯定给你讲过，我十七岁时爱李秀明都爱疯了，她也爱我，我们结婚之后我才考上大学。后来我写信休了她。成年之后，我最后悔的就是这件事，但当时我必须休她，我要出息。月月惊诧地看着二叔，这个故事她早知道，她却多少年来从没想过这故事明鉴着这样一个事实，那便是男人对女人的爱情并不看重，他们看重的是事业。翁凡书给月月讲故事时，并没想到故事会走向这样一个结果：他们在剩下的路上一直无话。

翁明德老人住在一个秃岭半坡上，找到他时他正倚着草垛晒太阳，老人九十八岁耳不聋眼不花，嘴巴下白白的长须给人仙体得道的感觉。听说是翁明春的后人翁凡书，他略弯的腰背伸展了一下，龙虾抬头似的嗡声嗡气地说，噢，是你，是咱翁家的状元。老人将月月和二叔引进西屋时，一再向门旁拣豆荚的中年女人念道翁凡书翁凡书。显然中年女人不知道翁凡书是谁，木然然而微笑着朝他们点头。老人居住着的小屋温暖而有阳光，炕被洁净，衣柜锃亮，老人对自己的环境很满意，一进屋就说我是外甥女养活，那口吻好像要是儿子或孙子养活就不可能是这般光景。老人说有何贵干？翁凡书说想听你老说说翁家的家谱。老人镇定一下，而后麻利地下炕直奔里屋，约五分钟，他从里屋捧出一卷绣缎包裹着的口袋，连连说，可见了天日，天天盼着翁姓人来找我讨要，我一生无儿，我天天寻思咱翁家人完了，忘了祖宗了。老人晒皱的瓜皮一样的脸盛满得意，这是我爷给我爹，我爹传给我的，咱翁古城就两本。另一本在西高里城山翁明义那一支里。十八代。

老人说着，一层层打开谱书，只见一本土黄的线装本上，印满了祖宗的姓名、官职、成家败家原因。翁凡书迅速翻到写有翁允桐大学士那页，手颤巍着点在名字中央。月月凑上前去，只见那上边写道：翁家自文官翁允桐开始发达家业，时至三代之久，清朝道光年间在燕京和盛京有两处三出三进宅院,到第三代,翁堂非、翁堂佳抽大烟门庭败亡。二叔的手一直在翁允桐的名字上捏握着,好像与翁允桐的业绩相会才是他找寻家谱的重要目的。

因为包裹太久,纸张滞涩难翻,翁凡书翻了几下,就合起来,握住老人的手,说谢谢您老,谢谢您老,我拿去复印后一定原样送回。翁凡书是真诚的感激,翁明德老人也是真诚的感激,两手相握久久也不松开,翁凡书走时留下二百块钱。

因为拯救家谱异常顺利,大大减少了时间。翁凡书当天晚上,又决定第二天带月月到翁古城去。于是翁正安当晚又上厚运成家定了马车。第二天天刚蒙蒙亮,月月和二叔就坐着翁正安赶的马车向歇马镇奔去。上了汽车之后,翁凡书告诉月月,重振翁家家史的事情需从她做起,二叔认为她是翁家这一代中最有灵性的一个,而做为翁家后人,要始终不忘我们的祖先做了什么,我们还将去做什么。月月不认为二叔的话还有什么实际意义,她一直觉得二叔是在为自己的衣锦还乡找到历史的铺垫和印证,那天二叔在十八家子打开宗谱捏着翁允桐的名字不放的情景,给月月留下太深的印象。可是当来到县城,来到那个叫着红崖子的山崖口,月月看见她的祖先为爱情背井离乡白手起家的旧址,她领悟到,二叔进县的行为里或许有一点是为了支持张扬她的情感。旧址早已面目全非,只剩一堆乱石,传说翁古先人刚到崖口已是初冬,这里除了荒草和树条,没有任何避风取暖之处,翁氏先人把枝条砍下就地编筐,当一个能装两人的大筐收口编完,那个古巴女人已在荒野上拾来一堆须草,他们从此便像猪马一样在草筐里过着远离人群的自由生活。月月面对一堆乱石心里涨溢着浪漫的想象,那个远离人群的草筐里做为爱情的摇篮,给两人带来多么大的幸福……她月月哪怕拥有那么一刻的幸福。她相信从海上归来的先人手中一定很是有钱,他们完全可以租房子住,他们却故意用草筐来挥洒幸福、浪漫。

一堆乱石,旁侧则是一个新型的建筑小区,乱石相对漂亮的楼舍,显得低三下四不堪目睹,然而站在这里,想到几百年前大洋两岸两个异乡人为了一份感情在这废弃的乱石里安营扎寨,不由得不让人产生昂扬的激动,一桩爱情孕育了一座城市。月月站在乱石间,心里有一种说不出的激动,月月激动时,把这座城市想成自己腹中的孩子。爱情是建立在两个人中间的一个有生命的物体,这个有生命的物体可以是一座城市,也可以是一个孩子。可是很快,月月又难过起来,当月月想到她的爱情和她的孩子只被她一个人拥有,一个人哺育、呵护,她便不由得难过起来。月月背过城市向身后的荒野望去,荒野连着山,荒野连着水,荒野连着她家乡的歇马山歇马镇,其实不管她心中爱的土地有多大,她都只是荒野的弃物。她曾经以为她拥有千山万水,她其实除了腹中的孩子什么都没有。月月的难过像天空的云彩,一寸一寸罩上心灵,她不再说话,静静地看着远方。

　　就在这时,翁凡书开始说话,翁凡书坐在一块石头上,手撸着短短的花白的发丝,将未及复印的家谱翻到第一页。他说,其实咱们的先人在这个城市留下八个孩子并不都是翁家的骨血。月月转回头来看着二叔,他说那位古巴女人跟先人在红崖镇过了四年,生下三个孩子后,就开始背叛翁家,与红崖渡口一个海盗通奸,与红崖商行的行长通奸,她的第三第四第七个混血儿都流着外人的血。翁凡书的手在"布商""银行商""染坊老板"几个名字底下划着,说我们翁家先人多年来心焦肝躁痛苦万分,他在后来的日子里想家想疯了,却不愿回到家乡证实自己背叛的失败。为了老家人和后人不去传讲女人不体面的故事,他专程到莲花山请来佛门大师,花重金举行仪式改红崖镇为翁古城,以意志里的名垂千古慰藉他的悔恨、伤痛。

　　月月彻底惊呆了,红崖子变成翁古城,原来根本不是后人们传讲的那样。

日光淡淡地漂浮着,在翁凡书和月月身上掠过一道凉意。翁凡书看着宗谱,久久不再说话,他的沉默不像是把话题引入歧途的困惑,而仿佛已经看到一派迷人风光故意引月月入境。月月改蹲为坐,从地上轻轻擎起细软然而沉甸甸的谱书,说,二叔,你是说我就是咱们那位先人,是个败将。二叔突然抬头,祥和地看着月月,说不,你没败,你是高尚的,咱们的先人是高尚的,李秀明也是高尚的。可叔是过来人,叔想让你知道,你还年轻,你必须从头开始,你不能如我们先人,在焦痛中固守,更不能像李秀明把自己熬病,感情这东西最不能强求。当然,先人已经建立了红火的家业经不住失败,我是说,翁古城叫翁古城还是红崖子对翁家后人都不重要,重要的是,你不能葬送自己;我是说,你现在其实不是生活在爱情里,爱情已不存在,你是生活在一种意志里,如我们的先人,是想向别人证明什么,你现在是在爱情的结果里,你现在爱着的不是那个人,而是爱情。

月月从未听过这么难懂的话,呆呆地瞪着眼睛。见月月不解,翁凡书重复说,那人让你产生了从未有过的爱情之后变了心,那人早已不再可爱,你现在爱着的,是你心中那份爱情,那爱情里没有人,而是你自己的态度。记住,叔叔不是评价这件事的是与非,而是告诉你今后怎么办。

从乱石堆下来,月月和二叔找到一家复印社,将谱书一式二十份复印下来,之后在旁边一家烧麦馆吃了一顿辽南风味烧麦。二叔吃饭时告诉月月,再过几日,叔就在这里上班,叔创造条件让你上县里发展。

第二十六章

一顿团圆酒喝后林治帮烂醉如泥,他昏睡两天醒来之后屋内的酒味依然冲鼻。呕吐的秽物一直在他眼前浮动,使他决心今生今世永不再喝酒。国军和小凤走的第二天,他一早周周正正穿起衣服,想像以往那样出去看看邮递员——等待的希望和失望已经激不起他的情绪——任何事物只要重复太久都会让人厌倦。他只不过想出去走走,散散心,看看屯街的模样。然而就在这时,就在他披上棉袄准备往外走时,翁家大儿媳妇喜滋滋地从门口进来,一进院就浪浪地喊:大叔串门啦。

翁正安女人的嗓音是敞亮的,像木棍敲击铁锨,粗咧咧地敞亮,把林治帮着实吓了一跳。古淑平当时正在厦屋打点喂猪的秕糊,没有适时迎出来,林治帮就成了迎客的主人。因为是主人,他由不得自己马虎,认真地辨认着来人。翁正安女人说,大叔认不出啦,我是月月她大嫂。林治帮回过神来,噢,正安家的,进来吧,你可是稀客。林治帮借转身的机会把裤带系上,并接着说,有什么事?我也不当村长。林治帮以为是求买子办事要从他这下手,心里正有一丝得意,谁知翁正安女人高声大气说,大叔,俺二叔回来了,后天给俺婆母办寿,让俺来请你去喝酒,坚决不收礼。林治帮听着,神色越来越镇静。林治帮说,翁凡书回来啦?翁正安女人说,是县里一家什么建筑公司要他回来。翁正安女人不会说古建,又补充一句,就是修庙的公司,这公司要他当顾问,一月四千元。

林治帮先是莞尔一笑,顺嘴嘟噜句,你叔回来修庙?话刚出口,就似乎想起了什么,立时住嘴,呵呵地应着翁正安女人,说知道了,要请客祝寿,知道了。林治帮用低沉的应付驱逐了请客的女人之后,突然就陷入了沉思默想。

如果是古淑平接待了翁正安女人,如果翁正安女人不是进门来就高声大嗓,如果不是她一开口就提到月月,或者如果不是她在提到二叔时说他在建筑部门当顾问,林治帮或许不会陷入一种沉思,这一切的巧合、碰撞,使林治帮想起十几年前自己在外面世界的红火,想起四五年来自己在歇马山庄的呼风唤雨。自己曾经是那样的吸引着歇马山庄乡亲的目光,建设着林家的门面,这些年来,人们早就忘记翁凡书是谁,他在歇马山庄的声威早就彻底结束,拣回火花,国军结婚,在山庄真正大操大办的是自己——大操大办似乎早已是自己的专利。如今,翁凡书又杀了回来,他在自己不行了的时候杀了回来,他在月月不再是自己媳妇时杀了回来……林治帮凭着一个口头消息在耳边的掠过,恍惚看到自己、看到林家声威在歇马山庄的滑落。这些东西也许并不实在,可是在他林治帮的生命中,声威是那样实在而富有力量,是它让他奋起,是它让他遭受磨难,就像难产的女人格外珍惜孩子的到来,他珍惜他的声威。他的声威在林家是多么来之不易……女人从厦屋里出来路过窗外,林治帮高声喊着,他妈你来家。古淑平把猪食倒进猪圈回到屋子,林治帮说,赶紧去找买子。女人眨眨眼说,正上班上哪找?林治帮说就上班上找。男人的性急是女人很少看到的,于是赶紧揭下围裙离开屋子。

谁知古淑平刚刚走到屯街就在大道上看见买子,他正扶车朝这边骑来,看到岳母赶紧下车,问妈上哪去?古淑平说你爸叫你。买子没问找自己干什么,就跟古淑平来到林家的院中。

林治帮见女婿这么快就来到跟前有些意外。林治帮嘴巴颤巍着,不知是因为买子到来的迅速感到激动,还是因为别的什么。林治帮说翁凡书回来了。买子说知道了。他是被县里一月花四千块钱聘的。买子从兜里掏出一盒石林烟，抽出一支向丈人递去。林治帮摇摇手，好像说哪有心思抽烟。林治帮的表情是慌乱的，被别人抢了地盘的慌乱。买子从没看见林治帮这种神情，买子说爸，什么事？林治帮说翁家县上将来有人了。买子自己点燃烟深吸一口，慢悠悠说，村委决定今晚就去拜访翁二伯，请他当咱家乡小学名誉校长，现在正要去买聘礼。林治帮一愣，这我倒没想到，他家能让你进门？买子笑了，人家是知识分子。林治帮说，翁家大后天搞祝寿，你要发动一次义务劳动。买子惊诧地说，什么？林治帮说修道！买子瞪着丈人，半天没眨一下。林治帮颤巍的嘴巴沉稳下来，肯定着说，修道，在后天搞。买子说，你是想给翁家宴请铺平道路？林治帮说，这是一层，这是表面的一层，内里是让林家看看我林治帮在歇马山庄还有地位，还有权威。丈人的话让买子觉得有些好笑，修路如何能够体现丈人的权威？即使体现，也是体现他程买子的权威。然而少许过后，买子答应了丈人的提议，因为他突然想起自己的权威是林治帮给的，自己是林治帮的女婿，自己是林家一门亲族，他的权威里延伸着林家的一切，他已经变成了丈人的理想支撑着他退休的生活。

买子和村委刘海晚饭后来到翁家老宅，令翁家所有人都惊讶万状。他们在屋外干咳两声，但屋内喧哗声太大，他们的到来并没引起翁家人的注意。买子只好打头径直揭开风门。堂屋里喷香四溢、油烟飘飘，他们走进堂屋，仍是没有惊动翁家所有人。买子最后坦荡地推门而入，一张张大小不等的脸在某种热望作用下明光透亮，一张张红扑扑的脸在见到两张冷生生的面孔时统凝成一片片美丽的花瓣。

买子绝对能够体会翁凡书的回来，给翁家人带来的欢乐是多么非同凡响，从此，翁家就等于在县上有了有影响的人物，且不是虎爪子那样的影响。买子也绝对能够体会自己的破门而入,给翁家人带来的惊动是多么不可估量。但买子毫不怯懦,他进门对着翁凡书脆脆地叫了声二伯,对着月月母亲脆脆地叫了声大妈,之后坦荡荡地看一眼月月。买子的目光是坦荡而真诚的,对二伯,对大妈,对月月都是坦荡而真诚的,就像他是这个家庭里的一个亲人。他与所有人都没有陌生感。因为他所传递的气息是亲切的,亲近的,一张张凝成花瓣的面孔经了微风吹拂似的摇曳开来。翁凡书笑应着问候,然后环顾左右,希望得到家人介绍。然而不待介绍,他看见身后的刘海,他立时离开炕里偎向炕沿,疾声地唤着刘海老弟,说,这不是刘承章四爷家的刘海老弟。刘海上前偎住翁凡书,让他不要下地。

一阵嘈闹乱作一团的交流之后,翁家人给刘海和买子让出两个座位。翁正安指着买子向翁凡书介绍,二叔,这是上河口程买子,他父亲你也许认识,程御业,六三年山庄发大水上了黑龙江。翁凡书认真地端详着买子,说程御业,太认识了,他比我小十岁,他一肚子古事,那些年回来,他为了让我给他画像,把我叫到生产队大猪圈的屋棚讲古事,可有心眼哪。翁凡书握着买子的手,边说边笑得不行,好像买子就是那个会用古事换画像的父亲。翁正安没有当二叔介绍他是村长,那个当村长的买子欺负了他们的妹子,而买子此时进家,买子此时纯朴的样子,好似与那个买子无关。曾发鼓狼烟要讨伐当村长的买子的付安和兴安,找不到半点气愤的感觉。买子用满口普通话和满脸纯朴样很快与翁凡书沟通,他说二伯当年到底给没给我父亲画像?他一肚子古事也没换成一张像吧?翁凡书说,画啦,你不知道,他讲完古事拽住手,不画干脆不让走。买子说,二伯你知道——买子的声音立时低了八度,我父亲十四岁那年初中毕业照了张像,是我爷爷交了一个砚台做费用,他后来就从来没有照过像。买子的话一下子就令举座感动。其实买子父亲那个年代的农民,都极少有过照像的经历,但买子自然而然的表述,仿佛向往昔凿开一个深洞,这深洞通着困难的年月,让每个人都看到那年月的凄惶景象。翁凡书灯下重新打量买子,连声说道,我那时可不像你这么懂事,我愣是吊他的胃口,让他讲一个又一个。翁凡书显然受了买子感动,语言变得凝重、迟缓,好像进入一种忏悔。买子想说,不是不懂事,是那时日子困难,就在困难中找乐,但他没有说出来。

翁凡书讲时,买子手在棉衣兜里摸索,一会,摸出一张发黄的折成四方形的纸张,买子打开来,递到翁凡书跟前,那上面正是四十年前,翁凡书在一个黄昏里给买子父亲留下的头像。由于年深日久,黑色的笔迹已变得模糊,也因为长期折叠,折角处已有裂缝。翁家人都围拢上来,静静地看着。买子说,我一直看到我家的老柜里有一张画像,却不知道是谁画的,昨天听说二伯回来,就猜想一定是二伯。

买子父亲的画像由围看到一个个传看,一张十几岁少年的面孔在大家手上由模糊到清晰,当画传到翁家女人手中时,翁凡书对着翁家兄弟叹了口气,说,画像让我想起你奶奶,我每次回来你奶奶都撵我挨门画像,那时我以为她有意让我显摆……现在我知道了,不是那么简单。屋子里没有一点声音,只有老式挂钟的钟摆声。见气氛有些凝重,买子赶紧提高音调,说二伯,我今天和刘海叔来,是想同你商量一件事,我们想你一定会答应。翁凡书从回忆中往回走,用迷茫的眼神询问着,什么? 买子说,咱们村小学在镇上学习成绩一直落后,听说你回翁古城当顾问,村委研究,想借机聘你当咱小学名誉校长,给山庄孩子鼓鼓志气。你老每月借回家的机会到学校给孩子们上上课。

买子刚刚说完,翁正安就在后边追补一句,程买子是咱歇马山庄村长,刘海叔是村委。见不介绍买子身份已不可能,翁正安只有一一明确,但语言并不十分流畅。如果说,买子初始的那句话和那张画像翻开了一页历史,让翁凡书对买子的重情有了很深的印象,那么年轻村长以一个长官身份对他的聘请、看重,对家乡教育的重视,便使他受到不小的震动,他来往歇马山庄好几十年,第一次有人以公家人的身份把他和家乡联系起来,他老了老了,不但能为县城古建筑做事,还能为家乡教育做事。翁凡书一时不知如何表达自己,似乎以欣然答应已不能表达自己此刻的震动。刘海顺手拿起带来的方盒,将折口打开来,说老哥,这是聘礼,你若没有意见,就请收下它。全家人都把目光聚在那个第一次听到的被叫聘礼的物件上,是一个十分精美的小收放机。翁正安认识它,城里许多人身边都有它,叫随身听。买子说,我们不知道买什么好,您老从京城回到乡下,一定想听听外面的声音。

这是一件不容易拒绝的礼物,翁凡书接过来,说谢谢你们,我收下了。

事情已经达到预期效果,买子麻溜站起,他冲月月、月月母亲,冲每个人都笑笑,然后握住翁凡书的手,说二伯,再见!因为深谙月月哥哥此时的心理,他没有向其它三位兄长伸出手来。

送走买子和刘海,大家重新回到屋里。他们先前的话题是听二叔讲北京的市场经济动态,二叔说知识分子纷纷下海,有的腰包鼓起,有的一败涂地。他们特别愿听二叔讲到谁谁办公司发大财,他们尤其特别愿意听到二叔提到“公司”的字眼,因为他们的二叔将要去的,就是一家公司。“公司”这个词儿,他们听许多人讲过,可是真正和他们的生活发生联系还是第一次。然而大家刚刚围拢在灯光下,就有人发现月月不见了。发现月月不在的是秀娟,自那天叔叔当面夸赞月月敢爱不苟且,秀娟就一直注意着月月的举止,看看她怎么就有那么大的勇气。秀娟发现月月不在,月月母亲才突然醒悟,说刚才还在呵,是不是上厕所啦?

大家静静等了一会儿,二叔在正安兄弟脸上搜寻信息。翁正安说,二叔,这个程买子就是那个人。正安没说哪个人,但二叔马上明白,像有什么东西向他用力掼了一下,二叔呆呆地僵在那里。

就在这时,大家听见一丝被挤压的、游丝一样细长的哭泣从里屋传来,当秀娟和另外两个嫂子一同打开模模糊糊的里屋,只见月月仿佛一只被摔在炕上的蝈蝈,四肢紧紧缚住炕面,脑袋抵在被上,浑身抽搐。

买子能在二叔回来的夜晚跨入翁家门槛月月毫无准备,白驹过隙一样的时间给原生状态的灼痛蒙上一层尘埃,虽然尘埃下的涌动时不时提醒着月月的心事,但最初那种炽烈的、神经质的、抓心挠肝的疼痛和后来的思念,都愈来愈变得混沌、模糊,它不是隔着雾气看山的模糊,亦不是隔着青山听流水声的模糊,这感觉的丧失似乎跟外界无关,而是在肌体里注入少量麻药,没有深入疼痛感的那种模糊。时间真的像月月曾经期盼的那样,变成一剂麻药,麻醉着她的感觉。后来她抬手投足情感里的悲怆,只不过是对自己身世的一种宏观感觉,二叔在翁古城红崖口乱石间提醒她,说她生活在一种意志里,一种结果里,说她爱的不是那个人,而是爱情。她真的以为被二叔说中,一天多来对自己腹中的孩子产生了隐约的复杂的感情。谁知买子的突然闯入打碎了她对自己的结论。买子好像知道月月开始怀疑自己对他的感情,有意来让月月认清他似的,他不但打碎了月月对自己的结论,且用他憨厚的笑,原始的纯朴的真诚,拂动了由时间堆积成的苍茫尘埃,让月月舒舒服服跌进最初的陷阱——自从买子坐在她的对面,月月就跌进最初的陷阱。她目光痴迷地看着他,欣赏他的一招一式,听他那种带有浓重感情色彩的普通话。买子是深沉的,有着丰富的内心世界,他的火热是由深沉装饰起来的,因而使他具有独特的魅力,具有跟月月所见到的任何乡下男人都不一样的魅力。月月想起他第一次跟自己坐在歇马镇迎春酒馆时的样子,他就是这么深沉地火热地自斟自饮……买子更大的优点在于,他做任何跟乡下人相悖的事都不显得局促、窘迫,与京城回来的知识分子攀谈,他是那样自然而让人亲近……月月在欣赏中点点滴滴体悟着买子的优点,月月起初还清醒地知道,他有没有这些优点,其实都不重要,重要的是他在一个神圣的日子里走进了她,走进了她的生命。可是没一会儿,月月就把这些优点的生成,想成是因为自己。他的深沉,他的火热,他的亲近,包括他想到聘二叔到小学当名誉校长,都是因为自己。因为爱着自己。于是,月月渐入了幸福的佳境,她幸福地去感觉、去触摸腹中的孩子,他们的孩子在那里欢快地撒着小手,不停地吸收由她的肌体分泌出的营养。她身体潮热起来,她的整个身心都潮热起来,她感到自己的手就是买子的手,她在富有弹性的肚皮上轻轻地揉动,她感到自己从炕上升起,升在大气之上,异常舒服。月月在一家人的不知不觉中幸福地感受着两个人而不是一个人的创造。然而当她沉醉在从未有过的两个人共同创造一个世界的幸福的时候,买子站了起来,买子礼节性地跟所有人点头,买子只是礼节性地点头,并不对她有什么独特的表示。他怎么可以对自己没有独特的表示?

像在深井里阅读的人被突然遮住光亮,月月本能地张望了一会儿,张望着纷纷站起来的身影,当一家人在屋里走空,她感到有人将她吊到半空——好像在月月和买子之间,有一根维系两人的绳索,买子来了,把月月放进深井,买子走了,又把月月拽出地面。月月心底失声地叫道,我爱你程买子,你为什么啊!我还爱着你啊!

三个嫂子大声喊着月月,月月,使屋里的气氛骤然变得紧张。月月老母慌张地顾盼着:月月怎么了?翁凡书穿鞋下地来到里屋,用手势示意大家都离开不要吵闹,他伸手握住月月的手。此时,月月母亲也爬上炕来握住月月的手。母亲说,俺儿呵你怎么啦呵?……当两手被温热的涩硬的手掌握住,压抑着的、游丝一样细细的啜泣蓦地变成铜鼓宏钟,震荡着夜晚中的翁家老宅。

翁凡书什么也不说,任凭月月释放心底的悲痛,月月实实地贴紧炕被的身体,让他恍惚看到一个遥远的身影——李秀明。翁凡书在与老嫂守候侄女的一瞬,奇迹般想起五十年前李秀明的身影。老嫂曾经多次向他描述,李秀明离开翁家之前,在翁家打滚哭了三天三夜。翁凡书的脸上浮现出述说不清的冷静。

爬了一座山又爬了一座山,跳过一个悬崖又跳过一个悬崖,月月捧着疼痛的、滴血的心,到处呼喊买子,买子。夜色伸手不见五指,买子无踪无影,月月躺在山坳里,疲累地、瘫软地睁着一双绝望的眼睛……

大约半小时,月月痛痛快快大哭一场之后,她渐渐地停歇下来。她从叔叔和母亲掌心拽出手,爬了起来,她抹着红肿的眼睛,看着叔叔,看着灯光下正在落泪的母亲和秀娟。月月对自己的感觉开始陌生。因为此时此刻,她觉得她们流泪十分好笑,她们怎么能够流泪呢?有什么值得流泪的呢?

就是这个晚上,月月深深地懂得了什么叫置之死地而后生。

第二十七章

买子做梦都不曾想到,他以村长身份对歇马山庄从京城归来的老者的拜访,会给月月的心灵带来如此重创。对于拜访这一举动的构思并不像他的丈人想象那样,怕翁凡书在县城给他垫脚使坏,而完全因为一张报纸的启发。十几天前,买子在一张报纸上看到一条消息,某某山区小学为了搞好爱国主义教育,聘请当地一个参加过华北大决战的老英雄,当校外辅导员。这条消息之所以被买子注意,是因为古本来一而再三向他提出过村长有义务抓好小学教育。买子对乡村教育缺乏研究,他认为请校外辅导员这种事是做表面文章,可是深层的文章怎么做他又心里没底。十几天后翁家从京城回来一个老知识分子,县城以四千块钱聘他做顾问,他的灵感在一瞬间产生,一个从家乡奋斗出去的学子的现身说法,一定比任何理论教育都更有鼓动性。于是就找来校长开会同村委商量,当然在做这个决定之后,买子不能不想到,如果办好这件事,歇马山庄就同县里有了瓜葛,他会通过翁凡书与县城有所瓜葛,多找一些致富门路;当然在设想走进翁家大门这件事时,并不是没有考虑过月月的障碍,知道细情的月月的亲人的障碍。二十天前,翁正安在村部扔下那句难听的话如今还留在耳畔,但有一点他坚信不疑,翁家人绝不会在他登门拜访时给他难堪。他坚信,他会用真诚感化对方。小青曾经几次评价过自己,说他像她的父亲林治帮,他和林治帮其实很不同,他们的不同在于争取利益的态度,他们都是要争取利益,而在林治帮那里狡黠凸现在真诚之外,在买子这里,真诚淹没了狡黠。

买子为自己的真诚再一次成功兴奋得一夜未睡。第二天,他和刘海分头通知村民组长到村部开会,布置修道任务。这是他上任之后第一次修道,虽然赶在冬天,地已上冻,但农民手头的家什足可以刨动泥土。义务工是新时期里出现在辽南乡村的新生事物,那些与每户百姓的生活性命相关的活路,比如修路、开山植树、治理小流域,每家每户就按人口多少分领任务,完成了分厘不记,完不成则按人头罚款。这次修路主修歇马山庄到下河口路段,下河口因为地势太低,与河桥相接的小树林处淤泥隆起高高的山冈,凹陷处,则常常使车轱辘深陷进去。

这是一个入冬以来并不太好也并不太坏的早晨,太阳被一层晨雾遮掩,光色略微混浊,褐灰色的歇马山庄显出暧昧的神情,似在与山庄人无声的对话。歇马山坡路上直到八点多钟还是无声的,它只是由褐色变成铁青而后变成土黄,慢慢地与山庄人温暖起来亲近起来,慢慢地闪动了眼睫毛一样的棵棵树针。大约九点钟,树针下有了人影,先是一个两个,而后是一帮一簇,好像是这些人影驱赶了晨霭云翳,天空忽的变得霍亮开来,山野和乡道都变得霍亮开来,歇马山庄一年来惟一一次的集体劳动便在霍亮的天光里开始了。

对义务工山庄人并不拒绝,它会让他们深深地怀念起十几年前庄户人朝夕相处水乳交融的情景。刚刚分产到户那些年,庄户人在田垄上独自行走时总是侧棱耳朵倾听哨声,秋季里偶尔一声蝉鸣会让他们心跳脑热。这些年虽然已经习惯个体劳动,已经习惯在街脖的草垛旁间或说一声"吃啦"?"吃啦",以表示相互的关系,他们还是盼望有一个什么正当的名目把大伙召集一起,敞怀地说一些俏皮话,敞怀地把别人家的女人的隐蔽处搬出来过过嘴瘾。男人们不喜欢说东家长西家短,别人家的女人却常让他们在意念里关心备至,他们在这种时候往往会表现出超常的语言智慧,他们把女人的阴处叫磨盘,把男人的阳具叫磨芯。他们先由一人问另一个人,说听说队里的磨米机坏了,对方说坏了吗? 没有呵。这个人说坏了,我听说坏了。对方说,哟那可怎么办我正要磨米。这个人说,这好办,上秉坤家去磨吧,他家磨盘刚刚凿过。于是人们一阵哄笑,那个叫秉坤的人并不示弱赶紧接话,磨芯触磨盘,磨盘丢丢转,你磨我一石(蛋),我磨你十石(蛋)。他们很可能一个上午都离不开磨芯和磨盘。然而这一次同以前大不一样,女人在他们心目中没有位置,占据他们心灵的是村工业,是滑子蘑大棚,是翁凡书县城里的四千元聘金,他们因为出民工的失败而对庄户人的前景开始焦虑,村工业有人的男人关心砖场能否发展下去,出民工没挣回钱的人家关心滑子蘑会不会忙活一冬再赔进钱去,而节衣缩食供大学生总是供不出去的张守山,则一再唉声叹气,刨一下路面,骂一声妈的,人家七十一了,还能一月挣上四千块钱。恰巧从不在儿女身上有什么非分之想的温胜利就在身边。温胜利说你祖上没积下德性,愣是望高够远,跌你不够。温胜利最看不上庄稼人厌弃自己的庄稼活,庄稼小院和土地,这几年张守山咋咋呼呼吆吆喝喝供儿子上学,他背地里与自家女人指张守山脊骨骂,说德性,那才是求的? 是命! 你命里八尺难求一丈! 张守山当真应了他的诅咒,他便敢于将背后戳戳的话说到当面。张守山在先不语,没觉出这话对自己有多大损伤,寻思一会儿,想到父亲土改时挑头儿活埋了古本来的爷爷,"文革"时又动手打过古本来的父亲,七八年清理三种人,是他替父亲在山庄大会上做的检查,就不觉恼从中生:打人不打脸,说话不揭短。张守山放下镢头,挺起腰杆,重重地咳一声,少他妈扯耳抓腮,你祖宗积的德,积下一帮土绊子,掉地找不着。温胜利诅咒张守山,从未想过张守山祖宗做过什么,只不过是对张守山的好高骛远作一否定。想不到揭了疮疤,便一时哑口。温家几代不出高个儿,男男女女都不过一米五几,但矬把个儿并没影响温家人娶媳妇找婆家,自己讨的是歇马山庄最明事理最温顺的女人。温胜利常常在村人面前为自己的命运骄傲,便并不觉张守山的话对自己有什么伤害,也就没去还口,当然不还口还有另外的原因,温胜利脑中倏地闪出他的儿子在家中怄气不下地干活的场面,这场面让他对自己后代也好高骛远心有余悸。

见自己的话并没挑到对方痛处,张守山气吞不下——温胜利实在让他挂不住面子——他说他后人的没有出息原来是祖上无德。张守山依然立直腰杆,说你祖上有德,积下三头红毛骡挨家挨户搜刮民财。这话状诉的不是已成定局的历史,而是现实,而是正在发展的现实。温胜利终于吃不住劲,也停下手中的活路,立直腰杆,他的腰杆在张守山跟前确像一只木卡。你讲清什么意思,俺养车马搜刮谁民财了? 张守山耷拉眼皮,斜睨着温胜利,哼,还用问,你心里清楚。与其说是张守山的话激怒了温胜利,不如说是他那居高临下的斜视的眼神激怒了温胜利,这眼神让温胜利第一次切肤感到自己个头的卑微。张守山用斜视的眼神逼视他的祖宗,使温胜利大大光火,他顺手抄起镢头,大嚷你讲清楚什么叫搜刮民财?

温胜利撩起镢头只不过是下意识的动作,企图以手中工具的高扬展示着祖宗的威力,而在张守山看来他是要动手打架,并且动了镢头,便一躲之后,将手中镢头朝温胜利胯部掼去。张守山因为个子高,动作幅度很小,两手轻轻一提一掼,温胜利就平步一串趔趄。他嘴中一再重复着,讲清楚,什么叫搜刮民财? 因为趔趄,镢头从头上掠过回到脚下没有打中,周围的人赶紧围拢上来,挡住打架的对方。张家老大老二老三见自己的父亲打架,一轰涌到父亲跟前,温胜利的儿子虎头也窜到挨打的父亲跟前。温胜利亮着尖细的嗓音——他从来不知道自己的嗓音是如此的尖细。他说你就说清楚俺怎么搜刮民财? 张守山说,你算算吧,你一年挣大家多少车脚?

其实,此时极少有人知道,是否搜刮民财对双方都不重要,这话题只不过是一个藤蔓,他牵扯的是祖宗,他们所有发泄出来的对这句话的兴趣其实都是冲着自己的祖宗。温胜利斜扬着脖,说挣车脚大伙自觉自愿,俺逼谁啦?你祖宗给你积了一群没毛的骡子考不上大学又拉不动车脚你活该倒霉。这话再一次戳痛张守山的疮疤,他拼力扒拉人群,他的儿子也扒拉人群往前冲去。人们拽着拉着,可是因为张守山势力太众,一旁修路的又过来得太迟,张家老大和老二到底猛扑过去,毫不费力就把温胜利,子打翻在地。当买子和刘海和更多的人赶过来,拉起张家父子,温胜利的鼻嘴之间已经血泥模糊,儿子前额上有一块被冻土刮掉的皮肉。

嘲笑张守山祖宗的温胜利终于反过来让对方扒皮扯骨地嘲笑了自己的祖宗,因为如果不是他们父子个头矮小,绝对不会这么迅速地惨遭失败。像一对被人踏踩的蜻蜓,他们从地上慢慢爬起,他们爬起没有再度兴起反攻,他们看到,他们的祖宗,除了让他们老老实实打垄种地,没有给予他们打架斗殴的威力。

一场由翁凡书一月能挣四千块钱引起的捍卫祖宗的恶战,掀起了修路人们追寻自己祖宗足迹的议论。议论的结果,使他们发现,他们当中,无论是谁,林治帮、买子、古本来、张守山、温胜利,祖宗留给他们的一切物产、土地、房屋,都一代一代变成烟灰粪土,只有骨血,只有骨子里的东西,才长生永驻。古本来的爷爷跟日本人贩矿工,发了古家大业,最后被活埋,古本来又在适时的年代,乘风再起;张守山祖辈,分了古家田产,革了古家祖宗性命,到头来只留给后人嫌富恶富的心理——张守山对温胜利挣车脚的指责,引起大家强烈反感,都什么时候了,不看清形势。他们还发现,祖宗干什么,怎么样,已成定数,要紧的是眼下的日子,要紧的是眼下干什么能发大财,能奔小康,能每天都能喝上啤酒吃上新鲜猪肉。想到现实,大家纷纷埋头刨土,不再说话。

也许,在这种时候,在大家每个人心头为日子搅起一团纷乱思绪的时候,林治帮压根就不该来的。他却来了。他不知道上午发生了什么,他不知道别人在想什么,他只陷入自己的设想,他要到修道的人群中大摇大摆走一遭,他想象那是无比庄严、提气的时刻。当年他当村长时,就在人群里这么大摇大摆走过,大家朝他点头哈腰,用敬畏的眼光看着他——他自觉得那目光里装着敬畏。当然,现在,大家看不看他,用什么目光,都不重要,重要的是让翁家人看到他。他不知为什么会觉得走这一遭会很重要。他身穿这些年来一到冬天就穿的吊面羊毛大衣,头带黑呢翻边鸭舌帽,脚穿军绿大头鞋。他把胡须刮得精光,下巴经冬日阳光的照射呈菜刀色。他大摇大摆走过来,躲着洼处填进去的暄土,从东往西,迈着阔步向里走去。抑或是气氛的缘故,抑或是林治帮的衣着跟修路的庄稼人隔着一种距离,没有人同他点头说话,人们只是奇异地看着他,好像看着一个怪物。退下后的大半年来,他一直无所事事精神萎靡东倒西歪,眼下怎么突然就打扮了起来? 关键是他如今打扮起来,也没有了当初当村长时透露给人的严格恪守着什么的威严,倒显得盛气之下,弱不禁风。如果说林治帮吸引了大家目光,那便是他吊面羊毛大衣里裹着的弱不禁风的身体。人们统统发现林治帮的消瘦、虚弱,他好像萎缩了似的小了一号。人们交头接耳,喊喳议论,一场大火怎么就能使一个人彻底倒坍? 前川庆珠的大哥在国军婚宴上见到林治帮之后,今天是第二次见到,他说他简直不敢相信自己的眼睛,国军结婚那天他的颧骨是平的,下巴是方的,眼仁里闪的是蓝光,现在他颧骨高高脸腮瘪瘪,铁青的下巴镢头似的单薄,一双眼睛除了凹下一个深洞,你根本找不见他的眼仁。常能在街脖上见到林治帮的张守山说,平素不穿这大衣还显不出来,一穿大衣,真是原形毕露,大衣里能装两个林治帮。

不管人们怎么议论,不管人们给予什么样的目光,他听不见也看不见。他毫无顾忌地往前走着,大头鞋在撒了一层薄土的路面上踩出浅浅的胶底脚印,肥敞的大衣底摆在两腿之间一张一合。

他的表情是神秘的,看不出喜怒哀乐。他的心底却是明快的,无限满足的明快。他直走到下河口村头,他停下来,朝密集的草房瓦房张望,朝翁家大院张望。他好似听见了一些什么,不是翁家人在说话,而是鸡鸭嘈叫的声音,是欢迎他的声音,这声音太熟悉,恍惚就在昨天、前天,他下屯走动,屯街上的鸡鸭朝他热热地嘈叫。这时,林治帮不觉得一阵喉嗓发紧,他在听见下河口鸡鸭嘈叫时,喉口涌上一股黏稠的液体,一会儿,就有一行眼泪顺眼角淌出。他今天走出来是高兴的,是知足的,是为了让翁家人看到他的知足,他的一村之长的威严——这修道的工程是他发动的——他还能发动,他却想不到自己竟然会掉下眼泪。他抬手抹了抹眼窝,一转身走了回来。

林治帮永远不会知道,被翁凡书激起的他在山庄人面前的最后一次亮相,不但没有重振他的威风,倒让五十岁以上的老辈人想起他那瘦骨嶙峋、恍如一只蝙蝠一样拖着木棍、领着两对衣衫褴褛的儿子在歇马山庄屯街上要饭的祖宗,人们说林治帮家有万贯,脸上仍是要饭的模样,仍是短寿之人,这是天命!并预言他活不了太长。

翁家大院的喧嚣热闹,再现了初春时林家大院大喜之日的模样,只是林家从街门到院门到屋门窗户,统贴着双喜字,翁家没有喜字,而是翁凡书亲手剪下的寿星、仙桃和苍松翠柏。月月母亲身穿藏蓝毛线马夹,头发梳理齐整,如一个城里老人似的,端端正正坐在炕头中央,慈祥的面孔带着明媚的笑意。三个儿媳经过一天一夜的擦洗,老屋老宅恢复了几年前十几年前的明光剔透。老式座钟、花瓶、茶几、木刻四猴笔架,统统平添了神采光亮。帮忙的人蝼蚁似的在院子里熙来攘去,男人们被一个帮忙头领呼唤着,调遣着,借桌借盆借凳;女人们则被山庄有名的"大师傅"支使着,将豆腐切成棱形,将云豆切成细丝,将猪肝切成薄片,将猪肉切成花片;

两口用土坯垒成的大锅在院子里冒着缕缕烟雾,一张张橙黄的面孔在烟雾里晃动。自古以来,在歇马山庄,不管谁家有什么大事小情,都是庄户人的节日,他们因为有一顿喜酒在那里等待,极力地夸张着嗓音和笑,就像那喜事也是自己的喜事,他们在那顿正午的饭没吃之前,会把主人家的院子嘈成热锅,一旦酒过饭后,院子里就电影散场似的爹是爹娘是娘了。当他们离去,细细想想,他们并没有吃多少喝多少,他们张张罗罗一天两天,其实午饭拥拥挤挤吃得十分草率,他们才知道,他们原本的欢喜,夸张了的欢喜,并不光因为酒饭,酒饭不过是给小船摆渡的一个桥板,他们只不过是通过它来上岸的,于是每一个帮忙人都要将嗓门放到最大音量,都要将笑声拉到最长的音节。

按照常规,帮忙人只限于本队,大家自觉自愿。可是那天一大早,后川的潘秀英就穿着人们熟悉的老绿织锦缎袄,围着长长的深紫毛线围巾,探头探脑来到翁家老宅。因为长久不出门户,潘秀英的动作、举止失去了以往的端庄大方,眉眼的闪动显得有些局促。两天以前,当她送走翁家请客的三媳妇秀娟,是早晨去,还是吃饭时再去成了她最伤脑筋的事情。若是从前,她会不请自到,去做红白喜事的主事人。现在不是从前,现在因为退了下来,她便在乎主人家请与没请,关键是,现在因为退了下来,她便特别想去热闹一回。可是潘秀英发现,她却不知怎么再也没有了从前那样的爽快,她越来越在乎人们怎么看她,早先那些年她从不在乎人们怎么看她。于是她真的知晓自己老了,自己的热情扫不走七大姑八大姨的咸言淡语了。她在心底的极度矛盾中许下一个愿:如果金水晚上回来一进门就笑了,她就起早赶到翁家,如果金水晚上回来愁眉苦脸,或者板着面孔,她就到晌再去,吃了席就走。金水录像厅遭到罚款之后,又在镇上包下一个台子搞起桌球游戏,每天回来,脸色就是他挣钱和没挣钱的晴雨表。

刚好金水落日时分从门口归来,一见母亲就龇牙咧嘴,并轻声轻语告诉母亲,今儿个弄了三十元。于是,洗头染发,试穿衣服,便是潘秀英打发夜晚少有的程序,少有的快乐的程序。

翁家人对远道而来的潘秀英表示了热情的欢迎。秀娟一声声叫着大婶,把她引到二叔身边,似乎在杂乱繁忙的时刻,引到二叔跟前是对客人最大的礼遇。翁凡书在老母去世时与潘秀英有过三天三夜的接触,她总是陪在他的左右,教给他什么时候磕头什么时候上香,以及送盘缠时脚步该快该慢。翁凡书紧紧握住潘秀英的手,说老妹子你还好吗?我们可是有十二年没见面了。潘秀英心头被蜜蜂蜇了一下似的一热,连连点头,说好,好,都好。潘秀英眯缝着眼睛,羡慕地看着翁凡书,看着翁凡书的满头白发,那发楂水晶似的明光锃亮,他的白发都跟山庄农人不一样。潘秀英说,谁好也没有你好,你多好呵,住大城市。翁凡书亲切地笑笑,没有直接回答她的话,只说你也不是小岁数的人啦,让他们年轻人忙活,你就到炕上坐着。正说着,秀娟又引来一个客人,潘秀英便知趣地穿过忙乱的人群往屋里走。潘秀英穿过人群时,身前身后的人们齐声地喊着潘大娘。她没有和任何人接话,心底却是一阵阵发热。她走过烟熏火燎的堂屋来到月月老母身边,握住老人家的手一再重复你有福呵,你多有福。月月老母身边已坐满五六个同龄老人,是翁凡书特地让侄子去请来的。她们无一不熟悉潘秀英的身影、模样,都说几月不见可是见老喽,鬓角都有了花发。潘秀英于是说都五十八啦,还不老。潘秀英说完这话,像为自己找了一个定位似的,坐定老人堆里没有再动,倾听着老人们数道着过去的事情,旁观着屋里、院里穿梭的人们。虽然也不时地心里一热一热,可潘秀英发现,她已经不能像她期盼的那样,风风张张红红火火投入一种夸张的快乐,她身在其中,却觉得与那热闹、快乐格格不入,她觉得自己很有隔世之感,轰隆轰隆的大秧歌的锣鼓声再也听不见了。

月月在老母七十六岁寿辰之日的表现,让所有知情人都感到意外。她一早起来换了一身粗毛呢的红格罩衣,让三嫂秀娟齐掉长长的头发,洁白的耳垂和脖颈于是在沉静的脸盘下展露了往日所没有的精神。月月的精神不只表现在泼墨似的短发上,她在脸蛋的黑斑上,红肿的眼皮上施了淡淡的胭脂,唇上也抹了偏茶色的口红,往日平淡的、有些憔悴的面孔顿时变得轮廓清晰形容生动。她微笑着迎客,频繁地向三嫂秀娟传递着"大师傅"的旨意。她没有因为隆起的肚皮而避人眼目神色羞怯,当然山庄人都以为是国军的孩子,没人知道是买子的孩子。月月情绪的昂扬,神态的明朗与昨日前日的沉郁判若两人,尤其一早当大哥把兴安付安叫到月月身旁征求意见,说用不用通知程家那个龟小子叫他不要来啦。月月平静而爽快地说,不用,我现在和他没有关系。

买子是在十点以后和村委们一起走进翁家老宅的。随他而来的还有镇文教助理扣世军。念记扣世军帮过翁家在镇上租房,是翁付安亲自到镇上请的他。与翁家初衷相悖的是,村委和扣世军都带来了厚重的礼物:两盒一模一样盆口大的生日蛋糕。月月见是买子和扣世军,主动迎客上前,什么都不曾发生过似的客气道,不该花钱的。买子冲月月自然地笑笑,月月回应着笑笑,两人相视一笑的样子仿佛一对熟悉已久的朋友。扣世军则在走进院子时把月月拽到人群稀散的一边,满脸歉意地说,学校打复你我一点都不知道,你为什么不去找我?月月说没事,不能再麻烦你。

月月说完这话,扣世军不知怎么脸红了,眼睑从月月脸上移下来,移向飘散的炊烟,语音含混地说,我……我一直想去古本来家看你,可是,可是不好意思。月月领会到他含混语音传达的那份温情——还在学校教书时,她就感受到他对自己那份温情。月月说谢谢你,谢谢你。而后引他和村干部往屋里走去。

一户一个代表,歇马山庄总共五百三十户,五百三十户代表再加本家同姓亲戚朋友,总共六百多人由帮忙人分头领到邻家院子和翁正安翁兴安家院子。前川厚庆珠的爷爷专门置办一百多张圆桌和一千多只马扎供大家租借。攒动的人头将一张张圆桌围成向日葵样的花瓣。日光被冬日的寒冷胁迫着,仿佛一只披了外衣的灯笼,光线拘谨而羞涩。被棉衣棉裤裹得有些臃肿的乡亲们的脸上,却仿佛一袭没有任何遮拦的炭火,光彩照人,热情奔放。因为人太多,屋子里坐不下,就只有顶着数九严寒在户外吃饭。人们似乎并不觉得寒冷,大家将手伸出衣袖,端着白瓷酒碗面面相对,说着月月腹中的孩子,说着民工一年的怨屈,说着一些跟庄子没有干系的事情,等待端盘子的拿酒上菜。十一点钟,热气腾腾的炒菜经"大师傅"的一声令下纷纷揭盖儿,被二十几个人带着小跑分别端到一百二十多张桌子上,嘈杂声在停顿片刻之后再次爆发。然而这次爆发是在沸腾中夹着劝酒的声音和碗杯相撞的声音。翁凡书站在屋门口,看着一张张黑黢黢红彤彤的面孔——除去屯里前来帮忙的女人和潘秀英,家家户户派出的代表全是男人,看着这灵动的,立体的,被粗细相间的声音交织着的,仿佛农贸市场讨价还价吆喝似的场面,他苍老的眉宇之间,一荡一荡被一种莫名的情绪濡染。在他的记忆里,因为他是一个要尖的孩子,常常被母亲领着挨家吃席,拿两块钱人情钱可以吃得爹妈不认。十几年,二十几年,三十几年直到五十几年,乡村人死死生生,来来往往,生活起起伏伏,由集体到个体,由饥寒交迫到不愁吃穿,家乡人仍然把吃席当成不可多得的节日,人们参与一种仪式,却完全徜徉在仪式之外的欢乐中,仪式只有主人自己记着,最终甚至主人的初衷也不知去向。这幅亘古不变的乡村民俗图画,使翁凡书心中有种说不出的酸楚。或许,正是这种永远难忘的童年的记忆让他发起了这个仪式。

翁凡书没有入席就坐。宴席开始一半时,他从院里喊来月月,喊来月月的三个哥哥三个嫂子,让他们集体为他们的母亲敬酒,一行儿女于是端起酒杯,站成一排,一个个来到老母跟前——在歇马山庄,不曾有过哪个老人过过这样的生日。他们让山庄人大开眼界。

请过的人只有几户没到,林治帮、虎爪子父亲、温胜利的老丈人,还有一些分家单过的小字辈儿。按照月月老母的吩咐,凡是没到的老人一律打包送去。月月还在宴席没散的时候,就从母亲柜里找出一块帆布包袱,装了炸鱼、鸡肉和各种油丸、炒菜,两瓶红双喜白酒,去找买子,让他捎给他的丈人林治帮。经历一次绝望中的诞生,月月能够抛开感情处理事情。然而,在月月提着包袱在院里寻找买子时,一个人意外地破门而入。

　　仿佛故意选择这样一个特殊的时刻,林治帮在翁家老宅的露面引起了院里所有人的注意。他先是两脚立正,木桩一样直立在门口,肥大臃肿的大衣裹着单薄的身子骨,如同稻田里穿着大褂的稻草人。他站直着,手提一个重重的黑色旅行包,他环视大家,同昨天一样,目光隐在里边,怪怪的。第一个迎出去的翁家人是月月,她惊愣一下马上放下手中包裹,疾匆匆跑上前去。月月没有称呼什么,只在心下惊讶他的枯瘦时,冲他微笑。

　　很快,翁家兄弟都迎了出去,翁凡书也迎了出去,喊他老弟。林治帮动了动铁青的嘴唇,交出手中包裹,点点头径直朝屋里走去。虽然身体枯瘦,林治帮的步伐是结实的,有种镢头刨进地面的沉重。翁凡书认识来人是谁,他考出山庄时林治帮还没来山庄落户,但十二年前林治帮给老母抬过杠送过殡。翁凡书只是不知道他做过包工头,做过月月的公公。他同林治帮握手,领他进屋,热闹的酒宴蓦地清冷下来,人们被林治帮怪怪的目光吸住抑制了酒兴。林治帮跟山庄所有人都不一样,他进屋直奔月月老母,隔桌子喊老嫂子,我来给你过生日,我来给你过生日啦。我夜个给你修道,修了道了……

　　月月老母说你积了德了,你积了德。好像月月老母的话是一股劲风,能够吹动一片阴云,林治帮脸上掠过一丝不易察觉的阴影,随后,两手抱拳,擎至头上,做出作揖行礼的举止,既像行祝寿礼,又像肆意制止月月老母的回话,铁青的腮帮一鼓一鼓。月月老母说,俺就说嘛,林治帮不来是小心眼儿,枉做了那么些年村头儿,你拿礼更是小心眼儿。林治帮说老嫂子过生日,我不来祝寿还是人吗?说罢,从桌子上拿起一只瓷碗,让兴安倒酒。兴安说不,大叔,给你和二叔再安排一桌,你坐着喝。林治帮说,不,我吃过饭了,我就是来给老嫂子祝寿,来,给我酒。白酒顺瓶口哗哗倒进林治帮手上颤巍巍的碗中,林治帮面对翁家老太太,向半空举了一举,铁青的腮帮亮亮地鼓起来,在喉口发出一声闷闷的响动时瘪下去,而后放下瓷碗,再度拱起双手,一边说老嫂子,一边退出屋子,挣脱所有人的挽留退出屋子,在人们悄然无声的注目中腰杆挺直着向门口走去。

仿佛在流动的河水上放进的玻璃水漂,林治帮在被翁家人簇拥着走出大院,带着眩目的色彩消失在下河口的屯街上,他在消失的同时,给翁家人和山庄人留下了一个无解的秘密。

第 二 十 八 章

　　一场全民参与的翁家老太太生日庆典的第二天,翁凡书被翁古城古建公司的轿车接走。轿车一同拉来两个人,古建公司经理和翁凡书那位三十年前的学生。古建公司经理人黑又瘦,并不是人们想象那种肚皮隆起膘肥腰圆。翁凡书那位学生倒是满脸红光胸下无腰。因为轿车已有两个人,翁家原来打算一起去送的哥仨,只能安排翁正安去。尽管只有一人送,黑色轿车在翁家人眼里,也满载了翁家的所有荣耀和希望,他们和村人一道,直看着轿车爬上歇马山山尖隐去车身,才纷纷离去。

　　轿车隐去不久,月月就告别母亲回到古本来家。因为一直以为她仍然教学,母亲没有作挽留。嫁出去的闺女泼出去的水,不管你是否离婚,你只要是出嫁过,你的家就永远不在娘家。月月临走时,母亲把她叫到炕头,别别扭扭地从被底抽出一只手绢包,打开来告诉月月,这是你叔给俺的两千块钱,你拿几个去花,妈用不上。月月赶紧收紧手绢包,说妈你糊涂啦,这钱应该给三嫂,从今往后,你就留在三嫂这,像以前一样不走了,你给三嫂。

　　月月重新回到古家正是沙地薄膜下的灵芝草收获的季节。古本来不让她下地与雇工一起干活,说山地太冷,你就在家做饭,让你嫂子上山。月月坚决没让这种主雇颠倒的事情发生。回了一趟娘家的月月回来之后完全变了一个人,她无论遇到什么场景,联想起什么难过的事情,那股悲凉的情怀都与她相距遥远。她有时回忆自己,有意去追赶那种悲凉的、难过的情怀,可是任她怎么细心纵情,都追赶不上。那情形好像两个具有相同速度的人在一条跑道上赛跑,你跑它也跑。自从那夜大哭一场,郁闷满怀的她竟然变得麻木不仁。她在沙地里跟另外一些雇工收灵芝草的时候,竭尽全力去想买子对自己的伤害、小青和国军对自己的伤害,去想自己如何被一种思念折磨得丧心病狂,可是过去的情景恍如一张冲走底色的白板,怎么也激不起她的一丝冲动。买子,国军,小青,他们都以他们原本的姿态展现在她的眼前。买子热情而随意,国军冷面却钟情,小青聪明而透彻,这些人如果不是因为她翁月月,都会有自己平静的人生,是她让他们不平静,受到她的扰乱,让他们无法不在她的面前暴露恶劣的一面,他们是多么不幸,自己是多么万恶。当使她遭遇不幸的所有人都恢复原样,让她看到自己是他们不幸的祸根,月月终于明白了一个字的内在涵义——过,寸字加上走字为过,她想并不是她变得麻木,是那样一段时光在她的生命中一寸一寸走过去了,过去了,就不可能再回。过去了,在她心底里踩上了一串杂芜的、深刻的脚印。是这些脚印所铺展的生活,改变了她,让她站立、坚强。

同样是在古本来家栖身打工,过去和现在在月月脑里大大变样,过去是悬浮在由爱情蒸腾的大气中,是在熬煎和折磨中向世界证明自己的忠贞;而现在是落在现实的地面,脚踏实地地等待时机,等待一个改变自己命运的时机。这时机月月清楚,跟嫁人无关,而是一份能够供养自己独立生活的工作,哪怕是临时工。当然,说等待时机并不是说那时机离自己有多么近,它可能像大海捞针一样渺茫,它只表明月月对待生活的态度在发生变化——她对买子不抱任何希望,她已经从一种情感的泥淖中跋涉出来,开始新的、跟爱情这种事物毫不沾边的生活。然而,可怕的是,当月月发现自己和在自己身边交织成往事的买子、国军、小青失去瓜葛和联系,她无须再去坚守什么证明什么,或者说没有任何往事能够勾起她心中的伤痛时，一个巨大的空茫，一个比孤独、伤痛可怕一百倍的空茫，不容置疑地降临在她的生活中。孤独和伤痛是看不见彼岸却能感知此岸的，它起码让你知道你是谁，你在哪里，而空茫却是看不到彼岸又不知道此岸的，自己是谁？自己在做什么？月月在古本来家承包地里开始新生活的时候，她常常不知自己是谁，为什么要来这里，自己还将往哪里去，失去了来龙，看不见去脉，仿佛有人在不经意间端走了她的心肝肺腑……心灵的空洞、空茫，使她常常不知寒暖，不知饥饱，忘记时间和空间，每顿吃饭坐在桌前，都没有半点食欲，筷子常常伸在半空转悠一番又缩回碗边，夜里到姜珍珍家给张小敏补课回来，走着走着就走到一堆乱坟冈上。

然而，月月半点不曾想到，她的彼岸和此岸的共同失去，她的因为看不见此岸又看不到彼岸的空茫导致的干活无心无肠，会促使古本来搞出一个后来轰动辽南山乡的发明创造。

那是一段古本来最为上火的日子，沙地起出的灵芝草因为叶片宽度不够交不上去。从市外贸请来的质检员，在古家吃了一顿丰盛的午饭也没能说出"可以"两个字。只因一公分的差距就把古家就要到手的财源断送，一堆堆细嫩脆弱的草叶只好用马车拉地瓜蔓似的拉回家来，垛进马厩旁边的空地上。月月往空地抱草时像个机器人，只顾来回走动，她从车上抱一抱灵芝草走进院子，往墙角一扔赶紧回头，许是怕扔不到地方，她用力过猛，一抱鲜绿的灵芝草落进供牲口喝水的瓦缸。当古本来拾净车上的草棵来到院子，发现水缸里漂着一堆绿草，一个念头蓦地升上他的脑际——酿酒。

灵芝草在水缸里的短暂浸泡，让古本来想起了祖先用高粱米制做黄酒的工序。于是他想都没想，就命女人和月月在日后的时间里把草棵洗净装缸。古本来赶着马车走遍歇马山庄，借了三口两抱粗的水缸，找来前川最有名的潘秀英的本家叔叔讨来酿制配方，潘姓老人看到一堆牲口草似的草棵哈哈大笑，笑古本来急昏了头,说没见过用草酿酒,那是沤绿肥。古本来说我就要沤绿肥。于是老人说出装在心里简单得不能再简单的配方和工序——高粱米在锅里煮八分熟后加上酒曲装进缸中封口仨月。依照配制黄酒的方法,古本来把灵芝草放进锅里煮沸,煮出的汁水苦津津甜滋滋,古本来自作主张放进煮好的山楂,然后加上酒曲装缸。三只偌大的瓦缸在堂屋挤占了整个后半面。古本来在沙地上付出的资金近六千元,三只大瓦缸在堂屋肩挨肩站齐那天,他跟月月朱琴开着玩笑,这是三大瓦缸钱啊!

月月不知自己走在哪里,向哪里奔着,月月却切肤地体悟了古本来种植灵芝草之后的着急上火,她眼看着他眼角的肉球一点点失去光彩,眼睛里布满红红的血丝。在三缸草装进堂屋那段日子,设身处地为古本来着想成了月月暂时的寄托——暂时的、充填自己心灵的寄托。当然这并不是自觉的行为,是自然而然的,月月毕竟是个心地善良的女子,她对别人的苦痛有着与生俱来的敏感。虽然古本来在家中从来故作笑脸,跟她和朱琴开着玩笑。古本来饭前饭后一有空闲,就一支不罢一支地抽烟,有时刚刚点上,就警觉地溜到外面马厩里和门口墙头旁,一个人闷闷地抽上好长时间。月月追逐不到自己的痛苦,就细心地追逐着古本来的痛苦。佯装出来倒水或晾衣服走到古本来身边,十分自然地说,四哥,我昨天给张小敏讲故事忘掉一个细节,你说塞翁后来怎么啦?古本来掐掉烟,说后来丢失的马带了一匹好马回来了。

古本来认认真真复述完,却没有回声,只有自己声音响在自己耳畔,回头去望,月月已经走进里屋,便了悟月月对自己的良苦用心。他的女人爱护他,却压根不会把心放到他的心里去想,在女人朱琴那里,男人就是诸葛亮,心里有着九九八十一番招数,无论在什么样的情况下遇到什么困难,都会化险为夷,至于怎么化,须费尽多少心血去化,她从不关心。古本来感动之余,感到有一丝羞怯、一丝温暖潜入心底。男人没有理由让女人开导,让女人为之担心,他于是不再抽烟,不再叹气。他也确实受到月月鼓励和启发,塞翁失马安知非福,即使教训也十分难得。

月月在这个家庭的存在,在古本来那里一天比一天重要,她给了他理解的同时,也让他产生了一种比任何责任都有分量、都有非同一般意义的责任。这责任和供儿女上学,和养家糊口发家致富绝不是一码事,这责任是一种十分奇妙的东西,它好像跟性别有着关系又没有关系,它让古本来渐渐体悟到一种自豪。

灵芝草装到缸里之后,院子里的活都已做尽,为了让月月在这里处身踏实,古本来教她坐在院子里跟自己学编筐。白白的紫条经古本来用凿刀当心劈开用力一码,便变成竹篾一样柔软的东西。挨近腊月年底的时光,月月便不慌不张地,没有半点因年的到来而慌乱,饶有兴味地编起筐来。

如果说初始使月月寻到抵御空茫的武器是对古本来的体谅,那么后来这武器便由对身边人的体谅转到对肚子里的生命的体谅。孩子在她腹中手脚的抓踢、翻动越来越明显,抓踢由最初的半天一次到后来的两小时一次,一直到后来十几分钟一次。孩子日渐地让月月感到它的无所不在,它和她的亲密无间的交流。月月的思维常常自觉不自觉地就攀附在了那个光溜溜的小生命上,去想象他的模样,他的脾气、爱好,他的音容笑貌,去感受他的饥饱冷暖、喜怒哀乐。于是空茫的日子中,有了轻微的疼痛——这种近乎一种享受的疼痛——他蜷在她的肚子中多么受委屈呵,他是怎样的不舒服呵,他什么时候能面见人世,他将是怎样一个人呵? 有了短时间的奔头,奔着孩子出生的日子,月月独自编筐的日子变得生动、好过。一个午后,她骑古本来的自行车,绕道走后边的山路,到万谷乡供销社给孩子备了衣服裤子和被褥的布料,夜晚让朱琴帮忙剪裁,之后在古家的缝纫机上缝做。

这是辽南山乡一个纷纷为年的到来做着物质准备的日子。小青一早起来跟买子说，我上集去办点年货，咱们结婚第一个年，要让你和妈感受到有我这个儿媳妇和没我这个儿媳妇多么不同。灶坑烧火的买子听后眉心霍然一亮：我媳妇终于知道过日子。与买子有过那样一次由做家务引起的对话之后，很长一段时间，他们没再涉及此类话题。买子为自家的大棚忙，为别家的大棚忙，为砖厂忙也为翁凡书的回来忙。小青则一如既往地上班下班，到镇里开会，走街串巷。只要不是自己一人做饭，只要不用背婆母大小便，小青的情绪是稳定的，不像刚结婚时时不时取闹买子，也不像闹性子时沉默不语。他们在一起没有火爆的亲密，也没有冷淡的疏离。小青常常在钻进被窝时伸手扳过买子，欣赏一件物品似的看着买子，而后转过身将屁股撅进买子腰间，滚圆的、富有弹性的屁股蹭起买子性欲的时候，买子便起身将小青再扳过来，褪掉她的裤叉，自觉戴上避孕套与小青合房。买子起初是被小青逼着戴避孕套，后来不知怎么竟自动自觉。小青是顺从的、配合的，行动中偶尔还要挑战几次。买子知道，一天一天的，小青就会踏踏实实过起日子，就会逐渐习惯波澜不惊、琐碎忙乱。然而，买子没有想到，小青会这么快，已经在深入地思考着程家的日子——想到置办年货。

早饭之后，小青穿着草绿色太空棉袄骑车上路了。小青不到四十分钟来到歇马镇。因为来到年根，大道上的人，尤其挨近镇子边的东西南北大道上的人挤挤挨挨密密麻麻。小青进镇没有直奔农贸市场，而是绕过油脂厂大墙左侧的小道，从一排理发店斜插过去，直接来到歇马镇卫生院。小青放下车子同医院门卫打声招呼便来到妇产科诊室。各村的大嫂主任对医院妇科大夫并不陌生。妇产科刘大夫看见小青，深明来意似的说道，又出事啦？山庄常有戴环也照常怀孕的现象和生完孩子不到三个月环没上上又怀孕的现象。小青嘴角翘翘，嘴噘起来，说出事了，不是旁人，是我自个儿。刘大夫不以为然，吓我一跳，那怎么叫出事儿，你早该要了。小青没说自己该不该要，只讲身体里没有任何反应，可是两个月了没有例假,起初以为入冬天凉,例假迟缓,等到如今还不来,心里就开始担心。刘大夫说你避孕了? 小青说避了,可是有一回……没有避好……小青想到买子从镇上喝了半下午酒回来那回。于是刘大夫让她褪掉裤子躺到冰凉的床上,戴上手套将手从小青体下伸进去,掏耗子洞似的。刘大夫在里边抓挠完毕,肯定道:有了! 至少有两个半月。小青爬起来,在心里推算日期,正是那次怀上的。小青尽管来做检查,但心里根本没有想到真会怀孕,因为她的身体里没有一丝一毫的反应,还因为她是一直避孕。按照妇科的知识,避孕的人怀孕很难。她在一年前念卫校的时候就避孕了。小青说,用不用再作作尿化验?

刘大夫说,不用,你有了你怎么不信?

小青没有解释什么,说刘大夫,明天我来做了。

刘大夫说,你别胡来,还老想轻手利脚,该要了。

小青说,我不想要,买子也肯定不会让要,我们还年轻。

刘大夫看看小青,没有吱声,眼白里明显流露出对她逃脱责任的不满。小青看出这种不满,说走了,刘大夫。就出了卫生院。

上集上买了花椒大料,买了蘑菇粉条,还买了一些婆母爱吃的芋头,正午时分返回家里。小青回家买子没有回来,她放下手中包裹,脱掉外衣,没等买子回来就拿起土筐做自己最不愿做的活路——扒灰拿草。小青拿了草,淘了米,切了白菜,买子才从门口回来。买子见小青扒灰做饭,心里持续着一早的欢喜——看来小青真的知道过日子了。

买子进门用手弹了一下小青后背,亲昵地说俺青儿懂事儿了。小青没有接话,将米装进电饭锅——小青在知道自己不会在大锅里做饭之后置了一个电饭锅,而后倒一勺豆油放进大锅。白菜片倒进锅里爆出丝丝响动的时候,小青说,程买子,你要当爹了。买子在灶坑里往火里加煤,没有听清,说什么? 谁当爹? 小青说,你,你要当爹了。买子抬起头来,停住活动着的头,扬脸看着小青,你跟我开什么玩笑？小青说我没跟你开玩笑。买子站起来，认真地说，我们避孕的呵？

买子听到小青怀孕不是惊喜，而是惊讶：我们避孕的呵，你怎么能怀孕？小青并没因为买子的话而伤脸，她炒完菜，盖上锅盖，说你还记得那次下半晌回来抽风？买子不语，没去争辩怎么那么准。买子愣愣地站在那里，思谋一会儿，而后说，小青，我想，还是做掉，咱今年不要孩子，明年再要。

小青没有吱声，一双眼睛锐利地射向买子，仿佛要直穿他的心窝。买子从未看到小青如此锐利的目光。小青动了动嘴唇，像两个月前买子在她身上发疯那回那样，她翕动一下嘴唇，好像想讲什么，好像那话对她对买子都很重要。可是她忍了回去，她没有说。收拾午饭的时候，她告诉买子，你准备鸡蛋吧，我明天就去做掉。

第二天，买子陪小青到镇卫生院打掉了孩子。刘大夫对这一对年轻人深感奇怪。打掉的是个男孩子，买子听后却毫无反应。小青知道买子并不真是不想要孩子，可他听说是男孩毫无反应。做完后，买子在卫生院门口雇了辆三轮车将小青拉回，顺便拉回的，还有二百个鸡蛋两个母鸡。于是过年前的时光买子便没头苍蝇似的，家里伺候老母和小青，家外忙活挨户查看滑子蘑的生长情况。百姓们再也经历不起失败，古本来的失败让所有人对新生事物都捏一把汗。

多少年来，歇马山庄的年是从腊月初一开始的，它在每村每屯的小型磨米机上拉开帷幕，人们淘了南方人叫着糯米的黏大米，还有黄米和小米，在院子里用高粱秸盖子晾干，而后挑着担着到小队磨米机前站排。不管一年的收成如何，不管当家的心情如何，磨米蒸糕家家户户都在劫难逃。年糕、发糕、状元糕，依次蒸发，谁也说不准各种糕类的起源，只从名字上知道它的意义。本是为年而蒸却在蒸后不久就慢慢地吃掉，因为不可能一边蒸着年糕，一边再让全家人去吃平常的苞米稀饭,等到过起年来,年糕之类往往只剩边角碎片。所以实质上,歇马山庄的年是在腊月里就已经开始了的。精神上,年支撑着人们去准备、去忙活;物质上,人们已经在准备和忙活中享受。做了豆腐就吃豆腐,做了油丸就吃油丸,杀了年猪就吃猪肉,你请我我请你,一边吃着这些好吃的,一边讨论着还有一个年没过,那心窝里,就像正要去揭一个包装得很紧很严实的蜜罐。多少年来,歇马山庄的年给人带来的忙乱和欢乐是与吃和喝有关的,人们在经过了四季的奔波之后,终于可以静坐下来,歇憩下来潇潇洒洒吃一通,排排场场玩一通……而如今,时光进入九十年代后,山庄的年越来越不似以往那样讲究。大米成为人们日常生活的主食,用米做糕除了赚来忙活,已经失去魅力。市场上豆腐一年到头天天都有,杀猪的人家不再你请我我请你,那种驴啃痒的吃法早为山庄人唾弃。当然这一切都不重要,重要的是山庄人心里边,再也不似从前指地为生那样平静,山庄人无一不在做着发财的梦想,他们一年的劳动没有收获,没有收获的日子,使他们杀的年猪在山庄此起彼伏地吼叫时,除了告给人们"年"到了的消息,还告给人们,这个年如何过直接影响着下一年的日子,因为家家户户的滑子蘑大棚里,一捆一捆木花制成的坯穴上,已经钻出指盖儿大的又黄又亮的蘑菇头儿。买子领来的技术员告诉大家,它需要人们白天夜里精心的看护、培育,一天十几遍地浇水,一些人家杀了年猪,除了把猪血灌了血肠,在锅里煮沸吃一顿,肉一块不煮放在厦子的笸箩里冻着。其实侍弄滑子蘑再忙再累,他们也是有时间做着吃的,可是他们不做,他们仿佛若是做了,就惊动了蘑菇的成长似的,一天一天一夜一夜小心翼翼谨谨慎慎进出大棚,连说话的声音都要降低下来。可以见出,山庄人耳闻目睹发财梦的一个个破灭,心里对日子充满了无限的恐惧和盼望。

进入腊月的歇马山庄是宁静的,畜类因为不知人类因为什么这般宁静,在猪间或歇斯底里地叫声之后,鸡鸭不断地伸着脖子呼唤。在这挨近年根的日子里,砖场的第五批砖运到市里再次遭到拒绝。市内的抢铺地面工程已经临近尾声,地面砖的需求量一天天减少,拉去了两车三万五千块砖,合同方只要一万块,剩下两万五千块原封拉回,砖场工人只得被迫放假。买子在小青做小月的第七天里,就独身起程上市里去了。按买子的分析,是不是那几千块钱的人情已经载浮不了更大的山庄人的利益,就又向岳丈借了两千块轻装上路。他还带着没有用过的、岳丈林治帮写给市管处另外一些人的信,当他在市管处找到宛处长,宛处长表现出满脸真诚的愧意,他说市长有话,市内小区地面整修年底一律停工,没完成的边角和偏远的城郊,待过几年之后,基建再上规模时再干。宛伟为让买子相信他话的确定无疑,现找出上边发下的红头文件,逐字逐句念给买子听,并且说,就市内整个地面面积算,需要的砖可供歇马山庄生产五年,可是城市环境建设不能细水长流地等你歇马山庄,施工砖供不上时,市管处还在郊区投资现建了一个砖场。宛伟还说,买子第一批砖拉来时,那家砖场已经生产。宛伟所有的话买子都信,买子从宛伟的话中悟出一点,要发展村办企业,必须了解市场需求,必须目光放远随机应变,它不是自家的小窑洞,仅供庄户人自己消用,可以像蜡烛似的夜夜忽闪永无休止。

买子听完话没有马上离开,他向宛处长提出一个想法要宛处长帮助,那就是,他剩下的两万五千块砖在城市地面整修之前给设法吞掉。买子手摸住兜里的两千块钱,说我就求你啦。宛伟一听立即像弹弓将石子打到脸上似的,猛的往后弹了一下,连连说那不可能,那绝对不可能,地面砖已经饱和,已经没有希望,你只有放在那里,等待下一次地面整修。宛伟说,下一次我第一批就要你的。这句话似乎一下子提醒了买子。买子眼睛一亮,说宛处长,那么,我从现在开始,一天不停地生产下去,等到几年以后开工,你全用我的,到时你就不用去挖别家砖厂心窝了,可让别家砖厂转产,保我一家。买子手中的信封离开兜底握在手中,这时只见宛伟扬脸大笑,似乎终于有机会从刚才的愧意中解脱出来,英俊的面孔呈现出成年人看小孩子过家家玩时才有的神情。他拍拍买子肩膀,说你小子做美梦,你的想法谁都想过一百遍,可你上哪弄资金往里垫?我三年不用你知道你要压多少资金,像你这样的乡村小厂,你的工人不开支能行?三四十万贷款你能搞到?买子顿时无话。买子沉思一会儿放下手中信封,抬起头来,看定宛处长,说当真我能贷出款来,你能不能保证挤掉其它砖厂?买子说这话时,心底里发出咯咯的响动。买子放下手中信封抬头之前,本是要说宛处长再见的,他想不到他会说出另外的话,这话一旦说出,就仿佛有了实现的可能性。买子目光紧逼宛处长。宛伟浓眉间渐渐收回看小孩似的笑意,略加思索地说,当然行,这用不着我去挤,我开工之前,你把砖拉足交齐,我自然不会鼓动别人生产,当然在这之前,我必须见到你的贷款合同。买子收回目光,说谢谢宛处长,我搞到贷款再来见你。

离开市管处,买子没有到丈人条子上提供的其它关系上再去碰壁,跟地面砖有联系的人物宛伟应该说是最切近中心位置的。买子自从说到搞到贷款这句话,他的心里就鼓涨起一个宏伟的计划:一定搞到贷款。买子坐上汽车走在回乡的路上,一股汹涌的、蒸汽似的气流在身体四周来回窜动,时而让他头涨脑热,眼前一片昏蒙,时而让他头清眼亮,一片灿烂。买子在镇上下车时,已经是下午四点四十,离镇政府下班时间只有二十分钟。买子一路小跑来到镇金融所,找到外号叫大马头的马所长,说了自己鼓涨了一路的想法。可是当买子将这在体内已窜得无比火热的气儿撒了出去,大马头给了他当头一棒:你小子不是昏了头吧,我会给你没有销路的小厂贷款每年十万?怎么可能?买子说销路早晚会有的。大马头说,那是什么,那是望风扑影。

买子把自己的想法讲给村中屯中许多人听,大家都持讥讽态度,都觉得是屋檐掉馅饼。买子也在气撒之后渐渐看到自己的可笑,三四十万贷款,利息到头来都还不上,再积压货物,实质上是在吃掉自己的利益。买子在垂头丧气几天之后,开始朦胧地懂得市场经济时代时间就是金钱的真正含意。

腊月十三,歇马山庄砖厂工人正式放假。争着抢着让自己的儿子当工人的人家,曾经在人堆里从不敢张扬自己得意的人家,像山庄空手而归的民工一样,遭了严霜似的蔫巴下来。很长一段时间不找男人别扭不骂男人的林治亮女人开始故意找事撒泼。儿子国威抱着工作服从砖厂回到家里的午间,做母亲的㸆了一锅地瓜熬了一盆没油拉水的地瓜梗汤。这种饭菜在年根底再贫的人家都不会做的,年猪已杀,无论如何得在菜里放些肉丝肉片。林治亮上桌一看,就揣摸出女人性情的蛛丝马迹,就知道女人是故意找事儿。林治亮知道女人故意找事儿,却并不回避。许是在女人面前丢失尊严的事相距太远,难堪的情形已经无法敲起警钟,关键在于,自潘秀英把他引到姑嫂石,有了老来难得的一次似火柔情,林治亮惊恐地发现,他每年一次两次逃避女人,用一次两次的欢快支撑天长地久的磨难的事情不会再有了,他将终生都要在这个絮叨的、野泼的女人手下打发时光了。有没有似水柔情也许并不重要,重要的是没有人欣赏他的游手好闲,他的衣衫洁净一尘不染,他的举手投足的有姿有势了。那些欣赏、鼓励他的话,让他身居小店看见下地干活的村民不但从无愧色反而理直气壮。最后一次跟潘秀英见面,她除了费力地跟自己在身上周旋,没有说任何赞美他的话,自此以后林治亮心中老像有个疙瘩扯结不开,他想他怎么就在女人眼中一下变得这么不重要了呢? 怎么就只是一个做腰带下边事体的人而不比农民体面了呢——他比农民体面是她每次都要说的话啊。这个时候,林治亮发现,自己这些年来好逸恶劳,是让这个女人给惯出来的。恼恨的分明是潘秀英对自己的态度,回家之后,见不到潘秀英之后的日子里,他就一点点把恼恨转在自己女人身上。他总是细细地观察她,留意她,看她是不是经常的、用欣赏的目光看自己。这一留意使他吓了一跳,他的女人不但不欣赏他,且很少正视他,且在很少有的一次半次的正视中,流露着愠怒和嫌恶。这种发现让林治亮心中火气在暗中日益上升,使他一天天忘了自己的角色是土生土长的农民,忘了作为一个土生土长的农民,好逸恶劳是最致命的弱点。他记住的只是女人不睬他,是女人从来没把自己当成一个健全的人,他于是想起春天里那次失败。那次失败在此时此刻的再现,是以一种激发斗志的面目,而不是以经验和教训的面目,他林治亮一定要找机会在女人跟前扳回他的失败,让她真正知道他林治亮也是七尺男儿。

机会终于来了,林治亮上桌二话没说,就将一碗地瓜梗汤端起走进堂屋,倒进装有猪食的铁桶里,而后拿起一根地瓜,扒皮后咬了一口,也扔进猪食桶离屋出院。林治亮做完这一切之后,在院子里站住了,他等待女人的发作,他还没有想好女人一旦发作他将如何对付,比如她哭着叫着咬他的耳朵抓他的脸的时候,他要不要一狠心滚他妈去,打她个鼻青眼肿,他只想我肯定不让自己失败。然而,林治亮院里站了许久,女人终是没有吱声,女人像被谁掐住脖子似的声息全无,无奈他只有离开院子进到小店,心想女人终于得到惩治——一个爱骂人的人哑了口,也算一种失败。

按林治亮女人的经验,男人要么忍气吞声,要么指责她做的什么饭,但不管怎样,都会吃完这顿午饭。女人就是没有想到,男人会把饭食倒掉并饿肚离开饭桌。当她看到站了一上午小店的男人空腹走回小店,她的心突然有些疼了,他要是跟她出声,她会跟他干的,她一旦跟他干了,会不顾一切的。可是他没有出声,他没有吃饭——他是一个从来不丢一顿饭的人。女人不知道这种情景会使自己心疼,就也把蓄意切做的地瓜梗汤倒掉,悄没声到厦屋拿出一块猪肉,和着白菜重新炒起来。女人在油烟从锅上冒起时,眼角淌出泪水。女人静静地抹一会儿眼泪,扫了地,揭了锅,说国威,去叫你爸吃饭。国威去叫,没有叫回,女人便自己出屋。女人来到小店,揭开小店的屋门,抬起刚刚抹去泪水的湿漉漉的眼睛看着男人,吃饭!男人看见了女人湿漉漉的眼睛,男人从未见到女人有这么一双湿漉漉散发着温情的眼睛,心底那堵坚硬的、与女人一直对立着的墙壁突然坍倒。他跟女人走出小店,回到家里,屋里溢满新鲜猪肉的香味,一家四口在饭桌上各就各位,两个儿子手拿地瓜,唏里呼噜,一会儿就吃完离桌,桌上只剩男人女人。两个儿子离开饭桌,男人说,现在上大棚也来不及了。

女人想不到男人会说话,停一会儿,说,来不及上就先看一年。女人的口气很软和。

男人说,要是好,就把小店折掉。

女人一愣,那……你……在院墙里也可以盖大棚嘛。

男人说,不,我侍弄大棚,叫儿子上镇上开个卖店,把这几年挣那俩钱都投上。

女人说,你能干出力活?还不累跑到姑嫂石篷里睡大觉。

男人一激灵,而后开心道,累了?累了就回家和你睡觉。

女人没吱声,在碗拣肉往男人碗里夹。许久,男人说,细想想,我这七尺男儿既对不起老婆,又对不起孩子,都是……都是你把我惯的。

男人后边的话是指潘秀英,可是此时这么说,却也恰如其分,如果不是女人一次又一次依从他、放任他,他也许早就改头换面了。女人信以为真,女人说你才说了句良心话。

第二十九章

买子虽然不能详尽知道砖厂停业带给村民的打击以什么样的细节出现,但他深深懂得,在出民工的男人空手而归之后,在古本来沙地上的经营失败之后,在歇马山庄要过年的日子里,这停业将使山庄人怎样的忧虑,使每家每户对侍弄大棚的信心有着怎样的丧失。买子几天之间,嘴唇就鼓起白白一串水泡,牙根一阵一阵抽搐地痛。因为小青还在小月子里,他没跟小青说,只以央求的口气请求小青,说你就对付着做一做饭,母亲大小便让她自己,你在月子里她不会怪你。买子召集各村民组长到村里开会,让大家回去传达,砖厂虽然停工,工人工资肯定要兑现,借钱也要兑现,这几天就做账。他说大棚的滑子蘑一定精心再精心,一定按照技术员的要求。随后,买子又接到镇上通知,上镇开人代会预备会。

歇马镇人代会歇马山庄只有四个代表,王书记说,过些天要开人代会,各村必须认真选出代表,选出真正能够参政议政的代表。买子开会最关心的事是人民代表候选人有没有古本来。他偷偷走近“郭人大”,说古本来怎么样? 郭人大说,古本来是市代表候选人,由县人代会来选,咱这级没这资格。买子一听才放下心来,心想县里的代表不会知道古本来种灵芝草失败,选举一定不会有问题。

开会间歇,买子找王书记谈,说你在县里各大局都有关系,能不能帮我卖两万块地面砖? 王书记笑着说,给多少回扣? 买子愣住,他从来没想到卖砖可有回扣,这办法是不错。买子寻思一会儿,一本正经地说,一块砖五分钱。王书记说中,我给你联系,其实,咱县里也在学市里搞地面环境建设,你完全可以自己上县联系。不过说是说,我要给你联系成,回扣可不是给我,而是给买家。买子连连点头,说谢谢王书记,你要给我卖了,我办砖厂就没赔账,我转产就容易。你要给我卖了,我还可以告诉你一个秘密,一个很重要的秘密。王书记不解地打量买子,什么秘密有这么重要?买子诡秘地一笑,说,等卖了砖再说。

多少年来,山庄日子的红火不红火,一直跟庄稼的收成密不可分,只要风调雨顺,粮食丰收,庄户人的心情就是欢畅的,快乐的,庄户人来到年根就连说话的语调都像唱歌似的。而如今,节气风调雨顺,庄稼丰收了,人们心底却并不快乐,人们却要经历许多意想不到的事情。大家不是共同经历一件事情,却让每家每户都轮番摊上:出民工挣不回钱,村工业停产,承包地欠收。既没出民工,又没进工业,也没承包地的虎爪子,却要遭到灭顶之灾——打死两个人之后被捕了。山庄人们把腊八饭刚刚做进锅里,就听到了这一不幸的消息。消息最初是由镇上把电话打到村里,买子听后当即骑车找到镇司法助理,问到底怎么回事。司法助理说不知道,好像跟办什么厂子有关。三天之后,才有了准确说法——

虎爪子在老黑山镁矿当运输科长干得非常出色,厂长念记他忠诚骁勇能干,就把他调到刚刚办起的锡厂当副厂长。镁矿是公家的,锡厂是厂长私人的,是厂长借镁矿的招牌另起炉灶的。锡厂设在镁矿矿区的一个村子边上,村子大人孩子有事没事前来观看,眼里那种好奇的神色很让锡厂工人感到亲近。可是后来,锡厂投入生产不到半月,当地百姓不知从哪里听来消息,说锡有毒,对人体有害,就纷纷联名上告。告到县里,县里派人下去检查,结果是符合卫生检验标准,并且厂子生产之前已经通过了各项指标的检查。厂子继续生产，百姓就说厂长买通了县官，官官相护，拿百姓生死当儿戏，就连夜组织发动村民，他们拿着镢头、铁锨，瞅准厂子工人上夜班的时候黑压压向车间逼去。虎爪子开始坚决不让大家动手，他已是厂长了，这个职务在给了他长这么大从未有过的做人的荣誉的同时，也给了他严格自律、审时度世的人生态度。可是涌进来的群众不对人，而是对着机器，猛力向机器夯去，眼见价格昂贵的机器受到损害，工人冲上去阻拦，结果一瞬间就有两个工人头皮开花扑倒在地。见出了人命，血性里有着太多鲁莽豪情的虎爪子再也按耐不住，他几乎是情不自禁地喊了声给我往死里打——然而就是这一声令下，拿着铁杆的工人不到五分钟就将对方的五个人打倒在地。奇怪的是，头皮开花的工人没致命，而被工人打倒的五个农民中，有两个人当场一命呜呼。打死人的工人当夜逃跑，虎爪子被抓进当地派出所。

　　虎爪子事件给歇马山庄带来的震动可想而知。这些年来，他总是不断地以奇特的、不符合山庄人情常理的恶劣行为搅动着歇马山庄。而这次与过去大不相同，以往的搅扰让人咬牙切齿，激起人们愤恨，这一次让人们为一对一辈子要强，却一辈子也没从儿子身上得到丁点安全感的老人产生了深深的同情。因为虎爪子事件关系到人命，人们纷纷为虎爪子是否需要偿命捏一把汗。像感冒发烧的人突然听到熟悉的人患了癌症，那些或因男人没挣回钱而上火，或因儿子的砖厂放假而沮丧的人们的烦躁情绪突然之间得到遏制，他们想到自家日子再差，儿女总是没有惹出祸端，总还是安安全全一家团圆。女人们便纷纷细致地在大脑中勾画起从腊八到年三十这年前的时光的生活安排。林治亮女人把杀猪以来一直没有煮进锅里的肉用各种调料煨好心烧着，温胜利家的想到男人挨了打却浑身无伤，更是包饺子煮肉蒸豆包天天改善。歇马山庄邻近年底时分的气氛是由虎爪子搅起的，他让人们懂得，不管穷富，不管顺与不顺，合家平安是最值得珍惜的。

买子得知准确说法的当日,向小青要了二百块钱来到下河口虎爪子家。因为自上了村部,没有雁尾砖赚钱,村里又一直没有开支,买子只有让小青暂时接济。想象之中,下河口虎爪子家一定是一个不堪目睹的破败景象,苞米秸院墙东倒西歪,院内院外布满鸡屎鸭屎。然而走进院子买子大吃一惊,李家仿佛有了喜庆事情似的完全变了样子,苞米秸院墙踪影不见,旧墙地上垒起一道泥石垒就的院墙,院墙虽然不高,但它以周正和规矩树起了主人的威严。买子第一次感到苞米秸院墙与石墙的不同,石墙给人威严感,在多年来大家都是石垒院墙的歇马山庄,买子并没体悟这种区别。虎爪子父母在儿子长久离家不回来的日子,竟一锹泥一块石的在草房院里垒起李家从未有过的威严。似乎多少年来的无颜无面无威严全因为有一个声名狼藉的儿子。买子干咳一声开门进屋,虎爪子父母都在屋里,一个在堂屋地上用稻草搓绳,一个端盆水洗刷窗台。他们见到买子没说你怎么来了,有什么事,而是异口同声地说,找也没用,俺们不搞大棚。买子在动员大家搞滑子蘑时,曾来劝过这对老人,他们死活不肯,说绝不走那歪门斜道儿。买子听到老人这话,酸楚地笑了,说不,我不是这个意思,我……买子语无伦次。他尚不想告诉这对老人目前面临的不幸,只想以村里的名义送上二百块钱,作为虎爪子的朋友以表安慰。可是此时此刻,他觉得这名义是唐突的,是容易引起怀疑的。村里凭什么给他们钱?买子思谋一会儿,说,学鹏让我捎信儿,他的工作太忙,春节不回来了,捎回二百块钱。买子话一出口,突然又有些慌乱,他被自己编造的理由弄得有些慌乱。因为他相信,二百块钱绝不会是虎爪子孝敬老人的钱数,可是已经说出来了,便没有改口的余地。虎爪子母亲蓦地放下手中水盆,佝着腰转过身来,布满皱褶的脸上现出一抹欣喜。可是不待做母亲的说话,虎爪子父亲闷声闷气说——虎爪子父亲嗓里好像压了一口痰。不回来才好,不回来心里清净。买子说大叔,学朋已经不是过去的学朋,不能一碗凉水看到底。说到这里,买子发现他把话引到一个悬崖,在一对老人跟前夸虎爪子,无疑是让老人对将来必须知道的结果加倍难过,可是买子确实了解虎爪子的改变,他不能故意说他坏话。

虎爪子父亲呸地一声,往手里吐了一口唾沫,而后继续搓绳,稻草在他手中翻搅扭动的时候,压着一口痰的嗓子又发出沙哑的声音,妈的他心里还有老人?他心里还有老人?你再不要把他的事情传回来,俺懒得听。

虎爪子母亲说,你这老死鬼是铁打了心。

买子站在门框边,不知该说什么才能表达他的意思和心情。他踟蹰一会儿,搜索着思绪,脸一阵阵发热——心头百般思绪却说不出一句话让他脸呼呼发热。他说大婶大叔我走啦,就挪动脚步。然而,当他走到石垒的院墙边,沙哑的嗓音再一次在身后响起:你捎信给那兔崽子,他要真的像个人样,就回来过年,告诉他爹妈不看重他挣多少钱,看重他像个人样。买子回过头,大声应着好,好。心里终于明白,虎爪子父亲心下以为儿子是让他骂了才不回来过年,也终于明白,那次虎爪子回来尽管被撵了出去,做父母的还是从他身上,从他扔下的两千块钱上,看到了一丝希望,他们的日子,因为有了一丝希望的支撑,才有了全新的改变。

他们却不知道,他们的儿子走到了人生的绝境。

在翁凡书回乡并搞庆典的日子里,林治帮的神经像风干的面皮使水揉开又扔进油锅,一直处于昂奋和颠狂状态。他一遍又一遍地想着,他林治帮本可以像翁凡书这样衣锦还乡,本可以比他这样一个穷知识分子更红火更气派的,只因为一念之差的错误,他失掉了这样的机会。一念之差仿佛一块炭火烧着他的心窝,使他一连几天都难以平复、平静。其实自从春天那场大火之后,那一念之差的错误就骨头似的塞入心间,叫他耳提面命时时不忘。翁凡书的回来将这骨头烧着点燃,燃成一块木炭。我是应该衣锦还乡的,我应该是一个大公司经理,我为什么会有一念之差?林治帮在屋子里团团乱转,责问着自己,恍如热锅上的蚂蚁,直到闻知翁凡书被一辆轿车接走,他才彻底凉了下来。林治帮凉了下来,便一头倒到床上再也爬不起来。

林治帮的倒床并没引起古淑平的注意。她注意过男人好几个月了,为他忧心忡忡为他心惊胆战,长久的操心关注使她身心疲惫,长久的操心关注反而使她对男人的一切视而不见。并且随着时间的推移,她早忘了张瞎子的算命。因为年已临近,新女婿和新媳妇都要回来,她办年货办得正是起劲,光是豆腐干就炸了两盖子,炸完豆腐又擦萝卜丝,将过年包饺子的菜冻起来。家里活忙完,又上街采买粉皮、蘑菇、衬衣衬裤。男人明年是本命年,她为他买了一套大红秋衣秋裤,还扯了二尺半红布为他做大红裤衩……为年的忙碌,使古淑平忽视了男人的存在。

这是一个天气阴冷屋宇发凉的晚上。古淑平从门口抱回两捆苞米秸杆到锅底,点燃后揭开锅盖,往锅里一瓢一瓢添着清水,而后到厦子里拣来四只猪蹄一块猪皮扔进锅里。因为天冷需要取暖,她一晚在锅里做一件准备过年的活路,好将土炕烧热,猪皮冻是每户人家都要提前做的。自盖了这幢大房男人就安了土暖气,可是国军不在,男人不主动,古淑平就置土暖气于不顾自顾烧火炕。饭桌上的饭早已拾掇好,火花已经自己悄悄吃完,古淑平截断几棵苞米秸杆进锅底,说火花烧火,火花就蹲到锅底,替下母亲上桌吃饭。古淑平坐到桌上见男人没来,以为在看电视,就说饭凉了还看?可是话音在堂屋里空洞地旋了一圈,没有任何反应。古淑平静听,里屋并无电视声音,就放下筷子推开屋门。屋门推开,古淑平吓了一跳,男人像晚上睡觉那样脱了鞋盖了被周周正正躺在炕上,铁青的脸腮仿佛一只没长成的瓜瓢瘪瘪着。如果说男人没吃晚饭就脱衣睡觉使古淑平不设防地吓了一跳,那么男人那瓜瓢一样干瘪的脸更叫她不寒而栗。其实男人天天面对,天天都在眼皮底下,她却好像很少认真地仔细地端详过他的脸的模样。古淑平走到男人跟前，将手伸进被窝，说你怎么病啦？林治帮没睁眼睛，轻轻地摇摇头，古淑平说没病怎么不吃饭就睡觉？林治帮没吱声。许久，他眨眨眼，抬抬眼皮看看女人，说身子沉，不想吃饭。古淑平于是坚定不移地相信，男人确是病了，因为男人从来不拉掉吃饭。

　　将锅里的猪皮冻烧了几开，古淑平和火花一起上炕睡觉——小青结婚走后，火花搬到炕上与爹妈一起睡。古淑平上炕瞅火花躺下睡着，转到林治帮这边，端详着男人的脸。古淑平想男人病成了这样自己竟然不知道。她看着，脱下衣服，拉过男人的被往里偎。三四年了，她没有和男人温存过，就火花刚拣回家那一年光景，他动不动夜半将老手伸进被窝，在自己肚皮上摸索着，在自己肚皮往下那个部位摸索着，只是摸一摸而已，并不想有什么动作，她等待他有什么动作，可是，没有。他刚上城里包工程那阵，半年回来一次，回来一回就能将她折腾个半死，天天晚上有动作，说地太闲了容易落荒，必须使劲犁犁。她天天盼望他回来犁地，可他当真犁地，她又受不了。男人好像犁一次顶半年，没离家之前那些年月，从不这么凶猛、这么没命。可是男人最后从城里回来，就再也不泼命了，就连刚刚回来那个晚上，她提前上炕躺在被窝等他，他也没有将犁铧伸进她的土地。他手在地垄的须草上捋捋摸摸，似就表示一下安慰，说上了岁数，这地垄也不能太累，我也不行啦。从此，一只老手在肚皮上摸摸，或在两腿间摸摸，就是夫妻间的惟一程序。有时上来高兴，林治帮能把自己的手往纵深送一送，趟过干涩的沟谷去探寻一点滑腻，探到了，就顺嘴骂一句，老东西还行。古淑平于是拽出男人的手，说去你的少给我做表面文章，当个村干部还脱产了，动嘴皮哄人。古淑平从不怀疑男人，她深信他那玩意是当干部当的，当懒了，于是夜半感知有手伸过来，心里就知足，好像毕竟是干部的手而不是要饭的手——当年他要饭时她嫁他，光用手是坚决不行的。

古淑平扯过男人的被钻进男人被窝,她不知为什么要在这个晚上钻进男人被窝,在她与林治帮在一起的大半生中,林治帮从来都是威武的、有力量和有主意的,而这个晚上他让女人看见了他的瘦弱,他的消沉,他的与生活的隔离。古淑平心里不禁生出怜悯,作为女人,古淑平有些可怜男人。她第一次感到,在自己周围,有一种强大力量生成,这力量让她重温了多年前领国军走黑路时心里身外强大的感觉。不是男人把手伸到她的肚皮上,而是她将手伸到男人的肚皮上,那肚皮已经松软如麻袋一样粗糙,不像刚从城里回来那阵的绷紧。男人感到了什么,翻动了一下,在翻动时咕噜句,好过年了吗?古淑平说,可不好过年了,明儿个就是小年。男人没有吱声,古淑平说明天我上东崖口找买子。古淑平一只手抚上他的头,你有点高烧。男人说,找买子干嘛?古淑平说,要不去找国军,对,找儿子不找女婿,我赶明去找国军。男人说谁也不用找,过年他们就都回来了,谁也别找。

古淑平在男人被窝躺了一会儿就出来了,她出来后穿衣下地,到碗柜里找来两根筷子一只碗,碗盛了水,拿到林治帮头上的炕沿上,然后到东屋木凳上抓出一把米,两根筷子站到装水的碗里之后,拿出来倒放一会儿,让水顺筷子中间的缝隙流下来,然后再倒回去,站到装水的碗里。嘴里念念道,是妈你就站着,你站着俺知道你是妈,你来关心治帮你站着,你站着俺知道你是妈。正念着,一双筷子在水里直直地站住,不用把不用扶,直直地站住,于是,噌,一把米朝筷子打去,筷子哗啦啦掉到地上。古淑平说,不缺你吃不缺你穿,你来打什么灾,哪年少给你送钱啦,你没给你儿立下一个闯棍的地方,你儿年年给你送一大堆钱你还打你儿子灾!古淑平在筷子站住那一刻头皮哆哆起栗,她眼前立时悬起一位破衣烂衫的女人,她没有见过自己的婆婆。听林治帮讲她是一个见天坐在门口看光景一点也不知日子过的女人,公公在外边挣下一块板,她能在家里丢下一扇门。林治帮九岁那年她跟一个看场院的男人野合,被公公发现,毒打一顿得了伤寒迅速死掉,林治帮没讲他妈的死因,是治亮女人告诉她的。古淑平训斥婆母时觉得婆母就在身边,当她认定是婆母在她儿子身上打灾,一股气儿嗞一声就顶在了嗓眼里,不吐不快。她训完说完,也松下一口气,知道男人原来是被老娘缠着了,明日早晨上坟地上烧烧纸放放鞭炮也就好了。

如果不是那双筷子真就在水中站住,古淑平第二天无论如何会去镇上找国军回来拉林治帮看病,可是那双筷子站住了,那双代表着阴魂的筷子结结实实地站住了。古淑平第二天天刚蒙蒙亮,就在屯街还没响起过小年的鞭炮声时,敲开弟媳妇家门,让治亮到小店拿下一捆裁好的烧纸,系进包袱上路。坟地就在上河口后冈,林治帮发家之后,回海边老家将母亲坟迁过来与父亲合了坟,并第一个在歇马山庄树起墓碑。当东方冒红,屯街上零星地响起单调的二踢脚的声响,古淑平已将纸钱烧成灰烬回到村头。

小年是年的序幕,小年早上的炮仗声便是年的序曲。日子过到小年这个份儿上,再消极、再不愿惊动新的发财梦的人家,也要朝天空扔上两个二踢脚,驱驱邪气,转转运气。林治帮躺在床上,听着这接连得不很紧凑的,恍若爆苞米花似的响声,趔趄着要爬起来,可是刚刚坐起,就觉得身子一阵发飘,眼前一片漆黑,嘡一声又倒在了炕上。林治帮倒下时惊动了炕梢的火花,火花急忙光着小小的身子爬到林治帮跟前,她说爸你怎么啦?林治帮斜眼看看火花,铁青的嘴角动了动,想说什么没说出来。火花看看脸色煞白的林治帮,退回自个的被窝,穿上衣服跳下炕去。火花下炕来到堂屋,见堂屋空空她便愣了一下,母亲哪去了?她四处寻睃,厦子里,猪圈旁,厕所里,都不见踪影,就走出院子来到街上。

一段时间以来火花完全适应了学校生活,不管同学们是否欺负她骂她,不管于冰冰是否理她,她都对学校充满感情。火花对学校充满感情是因为对汉语拼音充满感情,有一个日子,对一个个蚯蚓似的字母始终一窍不通的火花突然开窍,从此以后,ɑoeiuübpmfdtnl声母韵母便一排排走进她的脑际,她可以在一组或一页两页拼音组成的汉字上读出故事内容,拼读汉字给火花的生活带来了奇异而无限的想象的乐趣。她常常在用拼音组词时,会组出伟大的鼻孔和坚强的眼睛,会组出美丽的鸡屎和飘扬的姑嫂石这样一些词,拼音让她从此断掉了对墙根的偎依,对土地里那个动物世界的向往。火花幼小的心灵从来没有像现在这样,被汉语言基础的认读训练充塞得绚丽多彩。火花不再感到孤独,纵是无一人理会自己她也不再孤独,她一天奔着一天地上学,一天奔着一天地学习拼音和汉字。火花在屯街上往西面走着,这是她上学的方向,寒假之后她一直没有往这边走过,她不知道母亲能到哪里去,然而刚刚走到屯街西头,她就听见了母亲的喊声,小祖宗你上哪里去?火花回转身,从心里发出欢喜。

送走阴魂,古淑平又踏踏实实做起年前的活路,她命火花擦洗玻璃,自己在盛出锅里烧化的猪皮冻之后,刷了锅烧了一锅开水洗起床单被罩。她不知道林治帮一早起来又躺下的情景,逼他把两个鸡蛋水喝下,单等某一时一下爬起,像好人一样等待儿女回来过年。

可是林治帮终究没有再度爬起,他是在吃饭的时候,勉强地坐起来,喝一点稀粥,就躺下去,上厕所则手扶院墙,踉踉跄跄。他对一段时间以来痴心盼望的东西不再盼望,甚至已经忘了盼望。古淑平见阴魂一直没有散去,提前将准备给林治帮本命年穿的大红内衣内裤穿上,然而,就在腊月二十八,林治帮穿上大红衣裤这天,他明显有了一些精神,他下地帮古淑平在供桌前挂上宗谱——自从文革破四旧的硝烟散去,乡下又恢复了过年供祖宗的习俗。林治帮帮炸了供丸插了供花,装了供饭,就不迭声地咳嗽起来。每年的腊月二十八,庄户人都要把宗谱悬到堂屋后墙,摆上供桌。尽管他的祖宗从父辈追溯到太祖父，除了讨饭就是长工，无一值得歌颂。林治帮挂宗谱的目的不是为了颂扬祖宗，而是让后代、让村人看到他林治帮从自己这代树起的家规、家教。林治帮帮忙贴了春联——女人总不知哪是上联哪是下联，女人买的春联内容是老生常谈，什么财生福地，福生贵门。林治帮以往对这些对联从不表示意见，过年了，都贴一些好听话，根本不起什么作用，而今年他对财生福地，福生贵门这话有些反感，财当然生在福地，福当然生在贵门，你那地场没福，贴上对联也不会有福，这对联其实是在肯定一种宿命，而不是向贴对联人家送一种吉利。林治帮心里骂了一句写对联的人损他妈，就点拨女人把发福生财地、堆金积玉门贴到门口，这是一句绝对肯定的，对主人家肯定的语言。大门上缺了一对，他又让女人到治亮兄弟家看看有没有剩余，不怕重复。他说再贴一副发福生财地堆金积玉门也没关系，这种重复，就像当村长那阵和包工程那阵开会，讲话时重要的话要说好几遍，这是一种强调。只有当过干部领过人的人才知道什么叫强调。想到这里林治帮朝走到门口的女人大声跟了句，就要重复的。

女人对男人的话从不违抗，治亮小店没有剩余，就差他悬笔写上一副。治亮会写毛笔字，每年过年小店里都摆一些对联送给大家，他只收纸墨钱。哥哥林治帮看不上兄弟的字杨柳细腰，就从来都是到集上买。林治亮说俺哥不稀罕我的字。古淑平说，他今年改肠，不挑字挑话儿，你写两句好话，和大门口的一样最好。林治亮先在门口瞧瞧，回小店裁下两条宽宽的纸幅，尽量将笔摁得重一些，不让它杨柳细腰：发福生财地，堆金积玉门。古淑平将墨汁未干的对联拿回家，林治帮看了看，点了点头，让女人刷上糨糊，周正地贴到屋门上便心安理得，指点那些鸡窝猪圈，你就自个贴吧，说着就气喘吁吁回到屋里躺到炕上。

没有人能够说清，被歇马山庄现代人叫做春节的年，到底是一个什么样的东西,它不像平常的日月,是静静淌走的河水,从你脚下流走是那样悄然寂静、不知不觉,年是山崖上的瀑布,远远的你就听到了它的轰鸣,年是山庄人过日子必须跨跃的沟谷、天堑,你总是别无选择地向它走近,你只要走近它,挨近它,那轰鸣的声音、浓湿的雾气便无孔不入,让每个人都自觉不自觉地进入一种独特气氛的笼罩之中。日子似被抻平了,不是原来那样皱皱巴巴,日子抻平成一张白纸,要上午下午细微地算计着过,生怕一不算计,那张白纸留下空白留下终生遗憾。因为尽管人们嘴上说年不好过,破烂事总也忙不完,但心里还是愿意年最好不要快快过去,要这么多多地忙乱一些时日,只有此时的忙乱有意义。其意义,就在这忙乱本身,比如买子领村委慰问军烈属、五保户,走一户说一通慰问的话,走出来,就觉得自己做了很了不起的事,是代表着一级政府在做事。而这事因为做在年之前,便使所有军烈属五保户家人心底感动着,那些老人见到每户发给五十块钱,有的甚至流下眼泪,这样慰问别人也感动自己的事,买子希望永远地做下去。拜完军烈属、五保户,买子又领村委到遭了灾祸的人家看看,比如潘秀英的女儿金叶家、唐义贵的儿子家,包括承包沙地失败的古本来家。

在古本来家,买子再次看到月月,月月拖着个肚子在屋子里编筐,月月的形象是买子在山庄从没有见到过的那种,面相上虽有雀斑却依稀是文雅的,手和身子则像另一个人,另一个粗俗不堪的村妇。因为买子站着,月月坐在地上,真是有些居高临下。买子说哟,你还会编筐?月月哼了一声,并没抬头。买子觉得月月的生活离自己越来越远,他已经不能设身处地地了解月月的心情心境了。其实,他从来就没设身处地想过她,比如自己到底有什么魅力使月月对自己这么疯狂,她为什么偏偏那么固执地走到如今这步田地……然而,尽管不能了解月月,尽管真的不知道她腹中的孩子是不是自己的孩子,买子看到月月,心底里还是有股不顺畅的气流窜动了一下。从古本来家出来,买子好长时间没有说话,他想来到年了,月月该怎么办呢?买子觉得在翁家看到月月和现在在古家看到月月心里感受很不一样。在翁家看见她,他觉得她是有分量有底气的,在古家看见她,他觉得她很单薄,很让人可怜。

最后一个走访的便是买子的丈人,老村委林治帮家。这天已是腊月二十八了,林治帮刚刚在门口的屋门上贴下了一对内容重复的对联,村委一行四人就破门而入。林治帮看见他们,眼角蓦地潮湿。林治帮很少掉泪,他却在他的女婿领来村委慰问时热泪盈眶,涌进他脑里的第一个念头是他仍是村长,他在通过对联向村委们强调这里是发福生财地,他们看着了,他在向他们强调,强调!这非常重要。林治帮看着他们笑盈盈的脸,走访的村干部必须是笑盈盈的脸,以往他就是这么笑盈盈地挨门走访,救世主似的,其实只送一份温暖,什么问题也不能解决,但这温暖非常重要,和开会重复什么话的那种强调一样重要,无人不被感动。现在自己不也被感动了吗?自己不知不觉在被感动,自己过去是村干部,是去温暖别人的,而今自己退了下来,自己被温暖,自己怎么就变成老人被走访被温暖了呢?被温暖的意念在头脑中的涌现,使林治帮触到一种异样的感觉——极力想抓住重温温暖别人时的感觉:看着那些可怜兮兮的老人、困难户,心想日子过到这个份上,日子怎么就过到这个份儿上,多可怜。林治帮在不经意地走进换位思考,于是不经意的就走进一种感动,一种被可怜、被温暖的感动。村委们见面就说老村长瘦了,询问是不是有了病,该去看看。林治帮货郎鼓似的直摇头,没有病哪有病,有钱难买老来瘦,眼下这年月,老来瘦恰恰证明自己没病,我就是觉得累啦。林治帮深知自己的瘦是为一桩什么样的心事,便一再强调。因为急于强调自己没病,冲上眼眶的感动一圈圈退下来。买子了解岳丈不愿承认自己体弱,也跟着说,他精神年轻着哪!

村委走后,买子迟走几步,他留下来对岳丈说,爸,你的脸色相当不好,上回来还没发现,相当不好。买子也以重复表示强调,他说等过完年,我和大哥陪你到县里检查检查。

买子和村委前脚走出,林治帮后脚就钻进被窝躺下。他心里说我才不去检查,我哪也不疼检什么查,我只不过是身子沉,我就是太累了。他刚刚躺下,就听门口有汽车刹车的声音,他知道是儿子国军回来了。大雪封门断不了回家过年的人,况且没有大雪。儿子一定是分了一箱啤酒、几盘鞭炮、一兜破鱼烂虾。儿子年年分那么一丁点东西,乡下人眼气的要命,他却从来不放在眼里。可是眼下,外面的大钱挣不来也不好挣,他就觉得儿子用一个五十铃或小黑豹往家拉那一点东西,挺展扬。儿子做的是公家人,旱涝保收,挺展扬。林治帮想爬起来,但终是没有爬起,只是脸上溢出由衷的笑意。

第 三 十 章

腊月二十八下午四点,月月将一只筐口锁上,站起来到外边抖抖身上灰尘,又进西屋换一套干净衣服,说四哥四嫂,我回家过年啦。古本来说回吧,送了年再回来。古本来故意把话说得很自然,让月月感到这就是她应做的工作。朱琴早有准备,趁出来送月月的当口,从衣兜里掏出四百块钱,说这是你的工钱。月月脸立时一红到脖,刚给古家挖果盘那阵,月月明显谈的是钱,她从古本来手里接钱没有任何感觉,可是住进古家,起居生活像一家人似的亲密无间,再来谈钱,月月便觉像有人抓了脸面一样火辣辣难受,尤其古家沙地种植失败,当然这不是最要紧的,要紧的是一些日子以来她和古家人已经融入了很深的感情。如果说,在这个世界上,有一种临时的结盟,比亲情和爱情更有魅力,那便是月月跟古本来夫妇的结盟。他们因为投缘,能够相互体谅、理解,他们因为是临时的,能够更大程度地焕发相互之间的自我牺牲,更大程度地焕发相互之间的理解,在这样的临时情景下的感情,会比亲情和爱情更伟大更神圣,它已经不是钱所能涵盖所能称量。他们不但没有给她一点脸色,且一同为她腹中的孩子起名,为她腹中的孩子变着花样做饭,为她烧热炕头……月月摁住朱琴的手,说嫂子,要这样,我就再也不可能回来啦,跟你说,自从我搬进你家,我就不再是打工的身份,我将终生认你们是我最亲的哥嫂。月月并没准备这么说和这么做,她需要钱,她每日都在拼力卖命,为了对得起古家的给予,可是她不知道她在古家住了一段时间之后,再谈钱她会有如此反应。朱琴眼里顿生恼怒,月月妹子,你错了,你哥说过,这是你应得的,你给我家干了多少活呵。月月摇头,说不,你不要再逼我,那样我就不会回来了,我实际上连饭钱都挣不出来。这时朱琴顿由恼怒变成泪花盈盈,月月妹子你太犟,你想想,你在外好几个月,回家有母亲,有哥嫂,手中没钱怎么能行,你不挂别人,还有老母,说什么也得给老母压岁钱呵!朱琴没准备说这些话的,这话的实际意义等于说是她们同情月月,月月住下之后,她和古本来从来没用同情引领月月走回难过,他们似乎最知道月月怕什么,可是月月的固执让她无计可施,她只得把最具穿透力的话搬出来扎向月月。月月受到感染,受到刺激,这样的话,无法不让月月受到感染和刺激:母亲养她这么大,母亲眼见七十七啦。月月眼圈登时红了,泪水泉水一样汪出来,月月美丽的睫毛上挂着泪珠,但她并没动摇信念,她说嫂子相信我,我家里有钱。之后,月月转过身,朝门外走去,在拐过马厩外面小道的刹那,月月感到心底的抽搐洪涛似的往喉口汹涌。

　　朱琴回屋里遭到古本来好一顿训斥,这是他们结婚以来从未有过的。他说你办的什么事嘛?钱没送出去,又叫她难过,大过年你怎么能叫她难过。朱琴因为痛恨自己,也因为从来没让男人这样训斥,默默地掉了一通眼泪。

　　其实,月月并非因为朱琴的提示才走进那个告别已久的悲恸。自从古家把猪肠猪肝一样样扔进锅里,自从古家圈里鸡鸭在院子里一个个趴地扑腾出满身污血,把年拉车似的一日日在月月面前拉近,带着没有父亲的孩子回到翁家过年便成为了月月临时到来的心事。这心事冲撞着月月因为腹中孩子踢动而焕发的打发日子的兴趣,让她从对孩子的体会中走出,细致而长久地进入对于就要到来的新年的思考。隆起的肚皮无法掩人耳目,她不怕这个,关键是她在翁家,再也不能像从前那样,作为哥哥嫂子们的精神物质支撑慷慨解囊。多年培植的她的家族责任感,使她无法忍受自己作为一个弱者在家族中出现,老母不会在乎她是否给钱,是她在乎老母是否因有一个有钱的女儿而神情泰然,是她在乎自己挖了自己墙角,使她在翁家失却了自主自立顶天立地的地位。这地位在此之前她并没留意,她常常感到很累,可是自己在走入这样一个令自己想都不敢想的年关时,她对累、对顶天立地的感觉的失去,竟深深地恐惧。她在古家人睡熟的夜晚,打开电灯,翻出初冬挖果树盘剩下的二百三十块钱,彻夜难眠,她平生第一次切肤懂得年关的含意。她其实是有家的,那个家只不过在时光的后头,在自己的正值成长的一个年龄段上,它只要在那个年龄段上属于自己,它便永远成为你的牵挂——只可牵挂,不可依傍……睡不着觉,家里亲人的面孔就一个个晃在自己眼前:憨厚老实的大哥,默默劳作从不求人,可只要与你面对,你就能发现他目光中的乞盼;一身匠气的二哥,出了家门寻找活路时低三下四求爷爷告奶奶,回到家里对自身手艺又充满自信;好大喜功的三哥,一直以为自己能做大事但生不逢时,却最终不得不给二哥打下手;还有一听闲话就满脑袋精神的大嫂,闲言碎语像牛奶鸡蛋一样滋养着她的人生;以服从男人为第一天职的二嫂,二哥很少说话,她却能从二哥的行为和眼神中感受男人的意志;愿意伤感的三嫂,她永远以为不爱三哥却最终又离不开三哥;还有指望从长辈人身上获得出路的学业毫无建树的凤卜、凤生、凤英,还有在外面奋斗二十多年,最终回到家里将族人的全部寄托包揽于一身的二叔……想到叔叔,想到叔叔替代了自己,月月突然捉到一个念头:衣锦还乡的二叔可否成为掩护自己度过年关的重要人物?像母亲的生日那样,聚光灯似的吸住所有光线使自己得以蒙混过关?想到蒙混过关的字眼,月月不免悲从中生,她翁月月虽为女儿之身,可是什么样的时刻都不曾苟且过、畏缩过的呵!她想起一句老人古话,人一生什么滋味都得尝。看来她需要尝一尝苟且的滋味,畏缩的滋味,尝尝被所有人同情的滋味……月月一旦抱定上战场去牺牲似的信念,便变得格外坦然、坚强。

朱琴的话揭开了她坦然、坚硬的外壳,让她尝到了在战场倒下的滋味,那不是一个靠意志和力气搏斗的战场,那是一个最初就知道自己是弱者是偷安的蚀虫,是去向意志和力气低头的战场。这个战场对月月的意义只在于让她勇敢地面对自己的苟且、自己的畏缩、自己的无能为力。月月在踏上下河口屯街时,脚步仿佛拖着一个沙袋,异常沉重。她想她只有两手空空、腆着肚皮、嬉皮笑脸回家过年啦,她想多亏有一个二叔在为她承担希望、承担寄托,家里人一定是盼二叔而不盼自己的。

然而,月月即使有多少个长夜不睡觉,也想象不到,率先在战场上牺牲的不是自己而是二叔,当然二叔不是面对苟且和畏缩,而是面对让全家人的大失所望。

月月回家时二叔刚刚进家不久,她看见院门大敞着,院里和堂屋又空无一人,就觉得有点蹊跷,这事实上给月月提供了可乘之机——不在家人的目光中走进庭院。可是月月进到堂屋,目光往里一转,便看见二叔因气愤而发冷的面孔,看见围住二叔的哥嫂们严肃僵死的面孔。没有任何人在意月月的归来,哥嫂们听有脚步,瞥了一下门口,之后就向叔叔转过头去,就连二叔也只扫了她一眼继续他的讲述……月月腆着肚子,站在二嫂与三嫂的缝隙里,跟家人一道听二叔带有发泄味道的讲述。

翁凡书被接到县古建公司那天,公司经理林涛在一个叫黄海酒楼的迎宾厅安排了一次丰盛的欢迎宴会。在他回来的时候,古建公司已经欢迎过他,而这次与上次不同,这次除了公司经理还有县旅游局局长、公司基层干部。在六十年代,翁凡书作为百名先进美术工作者在人民大会堂吃过国宴,可是他说他从来没有吃过这么丰富的海鲜,海虾河蟹赤贝蛤蜊海参鲍鱼应有尽有,在北京一些年来,无论是离休之前还是离休以后,作为一名画报社编辑他极少有机会与业已蔚然成风的吃喝沾边,离休之后,他几乎是足不出户。家乡的美味佳肴,家乡人的盛情,使翁凡书无比兴奋,酒过三巡,他率先给大家表演魔术。县城人看过小巷子里的杂耍儿,从没有这么近地看过魔术,掌声雷鸣般热烈。翁凡书的魔术叫"巧连三巾",这是他在北京工作多年一直保留的节目。他说他会许多魔术,表演这个在今天这个日子最具象征意义:翁古城在歇马镇西侧,他多年回家都是从歇马镇坐车到丹东上路,与翁古县城没有来往联系,而翁古城的名字最初是他翁家祖先的杰作,是他的学生让他跟家乡县城跟祖先联系起来;他的学生吕炎夫妇在"文革"中他被斗时请他到家吃过饭,自三十年前在哈尔滨分手,一直没见,是家乡县城使他和他的学生年老之后有了联系;他的学生吕炎与翁古城在他回来之前,只是由一张聘书做定的主雇关系,有了他,他们之间便变成半拉乡亲,有了乡情的瓜葛。翁凡书的"巧连三巾"让家乡人大开眼界,他在解释三巾的含意时没有提古建公司,而全用家乡的字眼。林涛兴奋得手舞足蹈,忘了最开始在京城大知识分子面前的拘谨。晚宴之后,林涛用轿车把翁凡书送到已租好的住处,吕炎夫妇陪他一块上楼。林涛揭开屋门吓了翁凡书一跳,一个细皮白肉的辽南女子媚笑着站在大堂当中。林涛说,翁老,这是保姆小红。林涛叫翁凡书翁老。翁凡书刚迈进一步又退回走廊,连连摇头,我,我不要保姆,我不搞特殊。林总说,这不是特殊,吕老和夫人在一起,就没给雇,考虑到您老独身,才……翁凡书身边多年没有女人,他其实对女人已有本能的抵触,当然这不重要,重要的是他是回来为家乡做事的,他不能搞特殊,四千块钱聘金已够特殊。翁凡书说,林总,我真的不要保姆的。翁凡书近于哀求。林涛无奈,说那怎么能让你这么大岁数自己做饭。翁凡书愣了,好像对叫他自己做饭很感意外,不,不,我也不要自己做饭,我一人在北京多年,我怕孤独,我和众人一起吃大锅饭,没关系的,我盼望回来为家乡做事,其实最盼望的是跟大家在一起。林涛窘住了,在县城,除了县委县政府,任何单位都没有食堂,翁老以为县城是京城……可是绝不能让京城聘来的高知有任何不适。思谋一会儿,林涛说好,翁老,您今晚先在这住下,这两天,就办食堂。翁凡书并不懂得林涛那句"就办食堂"的实质是无中生有,他和家乡人对一些事物的理解在一开始就存在差异,这似乎是他失败的开始。

为了强调他是回来为家乡做事而不是搞特殊,他终是没有走近为他租下的单层,他说我怕孤独,我先到吕炎那睡。于是翁老在与吕炎夫妇的长谈中,初始知道,吕炎携夫人南下四五年已经挣下六七十万,光房子已有两处,大连开发区游乐宫的广告和游乐宫绘画,他拿到十五万元;初始知道,翁古城古建公司经理是以一套住房和年薪十万将他挖到小城翁古县的。翁凡书如听惊雷似的看着这对夫妇,他突然觉得不认识他们了。他的学生当年才思平平,做工艺美术厂厂长搞出的创意常常让他挖苦批评取笑,他如今怎么就长了这么大的本事,挣来他做梦都不敢想的天文数字,享受荣华富贵!好像有一台脚手架突然把吕炎夫妇升到高处,或者自己脚下突然裂开一道缝子让自己下落,翁凡书觉得与自己的学生相隔千里了,他须仰脖才能望见他们。尽管他在心里一再提醒自己不要把钱看重,可是他在北京过着的孤苦生活不知怎么一下子就涌到自己眼前,它们放电影似的一股脑涌到自己眼前。他的月薪是八百八十元,开完饷到储蓄所存上三百,剩下的五百八十元便是他一个月的支出。想到老家的哥嫂一年也见不到五百块钱,想到如今老家的侄子们一家人两月也花不到五百块钱,他觉得他多少年的奋斗没有白费,每天两只鸡蛋一斤牛奶间或炖一次牛肉很是自满自足,可是,那一点积蓄,十二年的积蓄的一半才够回家给老嫂办一回酒席。翁凡书远远地看着他的学生,其实他们就在他的跟前,一只茶几对面,吕炎手上戴着大个的祖母绿戒指,夫人手上那几颗湛亮的光点好像是钻石,他们其实见他时就戴在手上,可是翁凡书好像刚刚发现，是学生那席话激亮了他的眼睛，让他发现他们的手上都满是光彩……

翁凡书度过了不平常的一夜，毫无睡意，自己是老师，月薪才四千，而他的学生年薪十万，还有一套住房。其实自己也有一套住房，可是他没有老婆，没有老婆只有住房没有意义，关键是他现在已经讨厌老婆这个角色，讨厌男人身边终日有个女人。他的学生吕炎在他的家乡县城有房有钱又有女人，让他心情很不平静，他想起三十年来的孤独、无助。第二天，第三天，当公司的食堂暂时没有建成，他须在学生的屋宇里被一个女人侍候着时，他的不平几乎就像沸腾的壶水。

四千块钱聘金本已让翁凡书最大程度地体验了衣锦还乡的骄傲，如今他的学生将他的骄傲打倒挖空，几乎是活生生地挖空，让他在等待上班的日子里无精打采。他想他不是嫉妒，他是在思考如今的社会，如今的社会怎么就把人的价值观搞乱，学生的高薪怎么就会搬掉自己身上的自信和在家乡人面前的荣光？食堂终于建成，它的建成是以输掉吕炎夫妇的一套单独居室为代价的。林涛考虑到翁老怕孤独，和吕炎夫妇又是师生，就在县城郊区租下一千多平米的平房套院，将公司的办公地点和二老的住处弄到一起，并真正开办了食堂，请厨师专为公司办公人员准备午饭，给翁老和吕炎夫妇做午饭和早饭。为了翁老林涛是要浪费部分钱财，因为公司没有必要供顿午饭。但林涛想到那只不过是自己在外面请客吃饭的几十分之一，考虑到有了食堂，他还可把客人领到自家来吃，不必上外边花大钱；更重要的在于，翁老吕老两套住宅合租又省下十几万元。林涛确实不是为了省钱，只为二位老人舒服。

搬家这天，吕老自然而然地占据了后楼二层的东屋，东屋比西屋略大，阳光充足。当然大不大有没有阳光翁凡书并不计较，他只在乎吕炎作为他的学生，应该主动让一让，让不让在现在这个时刻似乎十分重要——他年薪十万，他月薪四千。吕炎应该深谙这种不公平而作出谦让，让他心理平衡。然而翁凡书不知道，他的挑剔、挑三拣四，葬送了吕炎夫妇特别舒适的居室，他们因为他们的老师失去居室，他们自然要寻找平衡。当然吕炎并没有处心积虑地想着许多，只是女人先进房时就占了东屋。翁凡书没有把一时的不悦表现出来，他安置了窗帘，床单和被罩——这一切都是公司准备的，就等待自己的工作。他想人要战胜自己的物欲，四千块钱也是够多的，如果没有学生吕炎想到呼唤自己，这个钱也不会有的。他回家要紧的不是挣钱，而是为家乡做事。翁凡书是知识分子，知识分子因为有知识，最容易作自我批评。他调整了情绪，热情地与自己的学生夫妇相处——夜晚他们常常坐到半夜，回忆往事。吕炎夫人艳翠说，翁老你还记得那年我给你炖黄花鱼，你从牛棚偷偷跑回来大口小口吃，连鱼刺都吃掉了。翁凡书说可不是我那时像个饿狼神，往你家奔时就看见锅里的鱼尾了，说完都哈哈大笑。

他们最初的相处是愉快的、和谐的。可是，不到一周，一件事情发生了，翁凡书发现他们在楼上吃的饭菜和公司职工吃的不一样，这让他看不过去。人不该有等级，他们拿着那么多的工资，还吃香喝辣和公司人分出等级，这显然不很合适。于是翁凡书在林涛领客人来吃饭时将他叫到一边，翁凡书说林总我找你有事。

林涛说翁老您请说，我聘您就是让你帮我监督提建议。

翁凡书说，你其实给了我们相当多的工资，不该再给我们搞特殊，我们应该和公司人一样待遇。

林涛笑了，他尽管觉得知识分子太认真，还是被翁老的为人感动，他刚到公司就为自己着想。林涛说，翁老没关系，你和吕老是我从大城市聘来的高级人才，应该特殊。

翁凡书听到特殊二字，脸立时阴下来，说林总，搞经营应该懂管理，你这是管理有误，为什么付了薪水还要包吃包喝，这让人看出你是大头。这不行，我要是外商看你这么大手大脚，我不会和你合作。

林涛由感动到震动，他瞪大了眼睛，他想不到翁凡书会把他对他们的感情想成大手大脚。他说好的，马上就改，马上就改。

经翁凡书提议，他和吕炎夫妇不再拥有小灶。林涛再傻，也不会去做出力不讨好的事。当然他仍是为了让二老满意。因为不再有小灶，公司再有客人林涛便不往回领，林涛在外面吃饭时，就派车来拉翁老和吕老参加。翁凡书想我是回家乡做事，不是陪你吃吃喝喝，我不去。林涛想，要从外域聘回高知，就是要在场面上露脸，让朋友们知道我的品牌，我的与众不同藏龙卧虎。吕炎夫妇多年在外，从没吃过食堂里的粗茶淡饭，一有饭局，他们二话不说，上车就走。翁凡书说不去时还觉得自己很圣洁很伟大，可是小车一开走，剩下他跟不读书不看报的职工，他就觉得自己不知自己是谁，是来干什么的。尤其吕炎一喝一下午或一晚上，回来满脸通红唱着小曲儿，他便觉得自己像个傻瓜，有种被嘲弄被讽刺的感觉。尤其重要的是，一连几天，林涛也没给分派什么工作，他到公司去问，副经理王野俊说，您老有福不会享，聘您来，就是要您的名字，您就坐着挣钱，这等于给您养老。翁凡书一时蒙了，他怎么是回来养老？自己难道是寄生虫需要找地方养老？

翁凡书沉闷几天后，夜间进到吕炎屋里——他们已经好几天不在一起谈及往事了。他说吕炎，你要知道，我不是回来养老的，我要做事，我要工作。吕炎的脸一层层红起来，他从沙发上徐徐站起，缓慢的动作像是在渐渐酝酿勇气。少许，吕炎终于站直在他的老师面前，他说翁老师，我觉得你太过分了，是不是变态，你早先性格不好，可不是这样。吕炎的话音由低沉到宏亮，仿佛由远而近的推土机要把他的老师推走铲平。翁凡书显然毫无准备，他不知道他哪一点合理的想法会这般地激怒他的学生，他目瞪口呆地听着。吕炎说，看你回来这十几天找了多少别扭，有保姆不行，孤独也不行，自己做吃不行，有人做吃也不行，叫你天天不干活坐着还不行，你知道你把我们知识分子价值在一点点贬低吗？你要知道你是人才！你不能和大家一样，你和大家一样还聘你干嘛？吕炎越说越急唾沫四溅，他丝毫没有停止的意思，他说，你简直是属于笼中鸟，没见过世面，你根本不知道外面发生了什么，还愣充明白人，愣是打肿脸充胖子，好像就你有人格。你知道人家林涛说你什么，说你是怪人。他现在怕你了，怕见到你你知道吗？你其实是在损害知识分子的人格！

　　翁凡书被突然飞来的一串串子弹彻底炸昏了，他不知道学生在说什么，他不知道他竟这么深地得罪了他的学生和林涛，他哪一点做错了呢？他原来是笼中鸟。吕炎在屋子里来回走着，粗粗的喘息好像城市厨房里的抽油烟机。夫人艳翠从中作着调解，说有话好好说嘛，不过翁老你也别生气，吕炎说的也在理，我们这个年龄了，活一天少一天，舒舒服服的有什么不好。然而，正在这时，翁凡书说话了，他好像一只一直想往外撞却才刚找到出口的狮子，满脸愤怒。他说我不舒服，这么一天天混我不舒服——翁凡书几乎是在叫喊。他说我是笼中鸟，我是不知道外面发生了什么，现在我知道了，天天吃吃喝喝，唱小曲，混吃混喝混日子混工资，这些做法我看不惯，我不舒服，嫌我怪我不干不就完了，我走，我算了解改革开放……

　　翁凡书的声音像撕裂布丝似的艰涩、沙哑、苍劲，他的脖筋蚯蚓爬上地表一样隆起，他倾听着自己声音的回音，空洞的目光好似孩子被自己弄出的声音吓着了，空洞中带有一丝恐惧，他为他刚才语言里所蕴含的事实所惊惧：走？他怎么能走？他是对他身后歇马山庄那群翁家后人许过愿的，他要靠自己把他们一个个办出去……翁凡书慢慢启动脚步，返回自己屋子，他在自己踏踏的走动中寻问自己：怎么是这样，我怎么会把事情弄成这样？他回到屋子里，坐进暄软的沙发里，他想他该反思自己，他不该把事情弄成这样的。

如果,那个晚上发生的一切到此为止,翁凡书也许会因为想到身后那个希望跟自己沾光的群体而消火息怒,会因为这个群体而一改以往的率真,作完自我批评后忍气吞声再干上一段,再向林涛和吕炎证实一下,他不是怪人,也不是笼中鸟,他不过是提一点意见而已。可是,事情偏偏不那么简单,也许,事情是否复杂并不重要,重要的是他翁凡书确实缺少消化复杂的心态。那天晚上,就在他在沙发上一支支抽烟的时候,吕炎揭开屋门,轻手轻脚走进屋来。吕炎进屋直直看着翁凡书,微笑着叫着翁老,他的语言亲和极了,仿佛一只蛋黄滑进水里,他说翁老,别生气,学生失礼了,学生向你道歉,其实学生都是为了你好。翁凡书平视着自己的学生,怒气已经消失了一半,他真的不想把事情搞糟,他想让学生给分析分析自己,他到底该怎样顺应公司的要求。然而翁凡书刚想说话,吕炎夫人艳翠也从门口进来,她手里提着一只偌大的柴檀木盒,因为盒子太沉,她几乎是弓着腰的。她说翁老哟,别生气嘛,都是吕炎不懂事,这几年下海在外面散漫着,都没个学生的样子,你得原谅他。翁凡书说没事,你们坐吧,没事,我可能确实有一些问题。见翁老这么说,吕炎赶紧接话,翁老,其实很简单,你就是得变看不惯为看惯,变不舒服为舒服,这享清福养老的地方,上哪找? 艳翠见又提到养老,立时使眼色,让男人打住,可是吕炎没理会。现在没有你这样的人,给保姆不要,给好饭吃不行,让你坐着还不行,他说你想你奋斗了这么些年,享过什么福? 如今有地方要你的名,给你报酬,这是多么恰切的事呵,你怎么能想不开? 翁凡书不语,翁凡书不语是在思索,是在试图为自己以前的坚持让步,他不知道他的思索会使吕炎夫妇害怕,害怕他还坚持看不惯就不干。

　　艳翠因为着急,忘了选择技巧,翁老,说心里话,我们真的不希望你走,你是我们在翁古城的经济担保人,林涛答应给我们年薪十万,他聘我们时手里没钱,只给了两万,说那八万半年就给,现在都七个月了,还没动静,你是家乡人,他想骗我们也得看看你的面子,你坚决不能走。好像刚刚下过雨又突然降温,屋子里一下子出现冰冷的凝滞的气息。翁凡书看看吕炎,看看艳翠,他想起相见的初夜,她跟他一遍又一遍谈起的给他炖黄鱼的话,原来是让他念记他们的恩情,是要他回来报恩,原来他们把三十年前的老师招呼回来是因为缺一个经济担保人。翁凡书仍然在思索着,思索着自己确实是笼中鸟,不知道外面究竟发生了什么,他原以为,对于家乡,他是在外边的人,而眼下事实刚好相反,在京城画报社的大楼里,不管知道多少国家改革的新政策,他都是笼中鸟,他与现实是隔膜着的,比如他怎么也不会知道他是以一个担保人的身份被聘回乡下的。翁凡书在心底一程一程想着,只见艳翠在他的思考中一层一层打开木盒,拿出大个的人参、鹿茸、海参,艳翠说,这盒东西送您,您老补补身子。翁凡书先是点头笑笑,银色的发茬在灯光中抖闪了两下。大约三十秒过去,翁凡书站起来,他看着坐在床上的艳翠、吕炎,说:不行,我还是不习惯,我不舒服,我想,不是我的问题,我没有问题,是你们利欲熏心,是你们变了。翁凡书的声音不似在吕炎屋子那种撕帛般的叫喊,而是一字一顿,落地有声。他说不是我不想给你们担保,我确实不舒服,我原来是这种角色,我是这样的巧连三巾,我太不舒服,我明天就走。翁凡书的话终于激怒他的学生,吕炎说——他也一字一顿地说,翁老,你不光是个怪人,你是一个不近人情的人,你不近人情!

翁凡书在决定不干的瞬间几乎一整晚上都被一种自己不为所动的高尚情怀激动着感动着,他想知识分子不能为钱失掉尊严,像吕炎那样贪图金钱享乐,他做不到。第二天一早,他不与任何人辞别就从郊区走到车站,因为是不辞而别,又是步行,夜晚的激动和感动仍然弥漫着,弥漫出一股类似英雄的气概和气节,这气概和气节淹没了曾经对四千块钱的盼望,淹没了快速走动着的临近年根的时间,他甚至觉得翁家祖先该为他骄傲。然而,当车一程一程驶出翁古城,当他步行走回歇马山庄看到家家户户屋檐下张灯结彩,看到翁家大院张扬出的节日气氛,恍如寒冬的朝雾似的气概、气节便消失的无踪无影,悄然取代的、随之而来的,是有负众望的愧疚和失败感,因为除了从北京带回的花剩下的五百块钱,他一无所有。他原以为,春节前可以拿到半月工资两千块钱的。

　　尽管,大家无法设身处地想象外面世界发生的一切,也确实不知道外面世界都发生了什么,但是翁凡书的讲述,让他们深深地感到,他们的叔叔确实不是一个正常人,不用保姆可以理解,天天吃小灶有什么不好?跟经理到外边吃喝有什么不好?坐着挣钱有什么不好?做担保人又不是让你背几千斤东西,不拖不累有什么不好?他们叔叔所做的一切,实质是等于凡是有利的东西全不要,这让翁家一家人感到不可思议。翁凡书将半个月的实践一边一角述说之后,屋内陷入无边的静寂,翁家后人再不明事,也知道是要给叔叔一些安慰的,可是他们没有,他们确实觉得他们的叔叔让他们无话可说,他们好像觉得是否把翁家人带出去已经变得不很重要,重要的是他们的叔叔没有道理,是一个名牌傻瓜。翁正安圪蹴在炕沿上,眉头紧锁着,仿佛两根解不开的绳索,翁付安翁兴安则木讷地立在柜角,两眼瞅地,三个侄媳都不由自主将目光移向她们的婆母,好像一个显而易见的问题是:二叔每月给两千块钱已是空想,婆母还要不要轮着过?月月老母却比任何人都泰然自若,她对翁凡书的讲述不感兴趣,她在他的整个讲述过程中都在那里认真捻线,她感兴趣的是结果,而那结果是她在窗前第一眼看见翁凡书从大门走进来时就知道了的。见屋内寂静无声,月月母亲说,她的表情非常平和、坦然,似乎什么都没有发生过,她说,钱是身外物,该你得,它是福神,想不要推也推不出去,不该你得,它是祸根,你得了还会遭报应,什么能比得上咱全家齐全,齐全了就好,咱乐乐呵呵过年!

　　大家散去后,屋子里只剩下月月、母亲和二叔,月月看着母亲,看着二叔,她能理解二叔向那失败一步步逼近的原因。事实证明,二叔还不是彻底的"革命派"。他在半月里的表现是充满矛盾的,二叔和吕炎没有什么本质的区别,吕炎是个知道目的的人,二叔也是一个知道目的的人,想把翁家人带到县城的承诺就是一个例证,只是二叔身上残存着虚荣,在利益面前的虚荣……月月之所以没有安慰二叔,是不愿意让二叔体味同情。她冲二叔笑了笑,她说二叔,我想问你,月月停下来,看着二叔是否愿意自己此时问些什么。二叔抬头看着她,示意你说。月月说二叔,我想问你,你去找林涛提建议吃小灶不好,是不是只想表达自己对林涛的一份感谢,一份态度,并不是真心砍掉小灶? 翁凡书沉思一会儿,说,当然他不撤我也不能怎么样。月月说,小灶不撤,林涛就不能来客到外面吃饭,林涛不到外面吃饭,吕炎就不能和你分离,你俩分离你其实心里很不平衡,你甚至后悔不该提出砍掉小灶。二叔说不,他们在我跟前吃吃喝喝我也看不上。月月说,是这样,但你并没表示反对,你不跟林涛到外面吃喝事实上也只是为了表现一种态度,而不是真心不愿意,你说过你害怕孤独。翁凡书震惊了!他不安地看着月月,他想不到月月会这么来分析他,他不知道月月为什么要这么分析他。月月脸上再次现出笑意,她说二叔,就像你说我后来并不是因为爱着一个人,而是爱着爱情,爱着一种态度一样,你其实并不是坚决反对到来的利益,而是因为爱着自己的态度,这态度便是虚荣,你是因为虚荣才不舒服。

歇马山庄农历新年的前夜,月月善解人意地将二叔引进一种思索的迷宫里去,让他忽视他给家人带来的打击有多么惨重。他想月月说的也许有一定道理,他走进公司的第一天晚上,那虚荣就崭露了头角,那虚荣是借辞掉保姆这件事跳出来的,他不知道会雇保姆,他不要保姆其实是他已不习惯女人,而他却说了他要为家乡做事不能搞特殊,是这句话的说出让他的虚荣得以登场,他后来所做的一切,也许都因了这句话……可是,他的不舒服,他的不适应都是真的，要是没有那句话，他会忍着，忍气吞声吗？他不知道……他发现他进入一个困境，月月的善意把他领入困境，使他越来越迷失自己……

显而易见，这种善意最终只是善意，它无法使二叔从迷宫中走出。因为当天晚上，三哥三嫂和孩子在东屋看一会儿电视离去之后，月月母亲从炕头被底下抽出手绢包，一层一层打开来，将两千块钱轻轻推给二叔，二叔在见到两千块钱时，眼圈立时红了。他往回推着，推到半道，似想起什么，又拿回来，说老嫂子，这钱我先拿着，我手里就剩五百块钱了，只够回程车票，可是我不能让孙子们大过年的得不到压岁钱，我回去就给你寄。月月母亲说，寄什么寄，这一回折腾还不够你呛，你得攒钱防老。我行，我有儿子。翁凡书打开手绢包，拿出一千块钱，说月月，这一千给你，二叔知道你有多难，二叔原来是想多给你的，可是，二叔不中用……你拿着，剩下这一千你五个侄子一人一百，三个嫂子一人一百，这回只给你妈二百，我回去就寄来。叔叔是绝对的真心，不是虚荣。月月不敢去看二叔，也不敢看钱，月月已经无法发挥自己的勇敢，她感到她的不能勇敢，并非因为自己，而是因为眼前这位白发苍苍的二叔。

为了把牺牲的滋味留给自己，月月毅然收下一千块钱。

不管月月母亲的话作着怎样的提示，翁家新年的气氛都再难有快乐的起色，如果初得消息时，大家的扫兴是因为一种失望，那么，第二天，第三天——大年三十和大年初一，他们便因为在村人面前面子的失去。半月以前，他们以老人的生日庆典为借口，向村人大肆张扬着翁家多少年来早已被村人遗忘的风光、威望，大肆张扬他们的叔叔被县里一家公司招聘的信息，可是，仅仅半月，仅仅半月，一切就都像大水冲走黄泥。初一一早，拜年的人接二连三走进翁家老宅的时候，翁氏三兄弟和妯娌三个便分成两组到屯中别家拜年，以避免在家中二叔面前承受那种难堪、尴尬。他们到别家拜年也是问好寒暄一阵赶紧离开，从不把话题拉开，即使不得不谈上一些日子间的事,也尽量绕开二叔,好像二叔是他们生活中的瘟疫,一提便沾上不放。但是他们并不知道,这种躲闪和回避本身,已向屯人昭示了情况的不妙,因为他们原来不是这样,他们原来一张嘴就是二叔和公司。

好像经过一番商量,翁家兄弟妯娌谁也不接二叔压岁钱,凤卜凤英们一见他们的二爷就躲出老远,让翁凡书里出外进喝呼着不知如何是好。月月为此大为恼火,她承认家人们对二叔是善意的,可是只有她能了解这种善意对二叔是一种多大的伤害。月月从二叔手中拿过钱来,腆着肚子逐门逐人相送,告诉嫂子和侄子,若想让二叔多住几天就收下这钱。初一晚上,月月预感的事情终于发生,二叔告诉她和母亲,他明天一早就回北京,并让月月召集大家,他有话要说。

因为阴天,这是一个空气压抑凝滞的晚上,翁凡书在供桌前给祖先们上完香,磕完头,说一声老母我走了,不能在家过完年送你上路了,就回屋里坐到地中央的椅子上。翁凡书眼眶潮润,但他没让它们蔓延。他坐在椅子上,银色的头发在灯光下形成一道灰色光亮。侄子侄媳孙子一个个聚齐,他们没想到他们的二叔二爷会这么快就走,一个个脸上呈现着不安,嘴里不住叨咕道怎么明天走,还没送年呵。翁凡书笑了,那笑不像半月前回家那么明媚、晴朗,却也并不阴霾。翁凡书见大家到齐,让秀娟把他的皮包拿过来,他接过皮包,从中拿出一个纸卷一点点扯开。这是翁家的谱书,大家都认识,半月前他们曾接宝贝似的从二叔手中得到过,他们不知道它有多么重要,他们只知道二叔把它看得很重。翁凡书打开来,一页一页翻着,翻到翁允桐那页,停了下来,但他并没停留太久,继续朝后翻动,翻到最后一页,他将书页朝大家眼下送送,说看着,他抬头看了一眼翁正安,似乎是在强调要他看着。他说,二叔这次走了,再恐回不来了,二叔死后,就把二叔的名字添在这里,这,是这里。他再次朝大家的眼睑下送了送。翁正安说,二叔你说什么话？怎么回不来，北京又不是美国。二叔笑了，这一次笑得有些凄惶，他说，不，回不来了，二叔已经七十二岁了。

翁兴安站在二叔身后，说你这副好身板，七十二岁又怎么样。他的话听上去愣头愣脑，一听就知道并没进入二叔引领的境地。翁凡书说——他没有强调身体和回来的关系，他说，二叔原以为，二叔会像咱老祖宗翁允桐，会给咱翁家做垫脚石，使咱翁家下一代走出歇马山庄，可是二叔不中用了。二叔没想到自己这么不中用。屋里空气越来越凝重，几乎有些让人喘不过气。大家瞅准谱书上那个空格，那个他们的父亲翁凡业名字后边的空格，谁也不说话。翁凡书说，二叔原来以为，在公司干好了，把下一代弄出去，二叔也了却一生的心愿，就把老骨头送到乡下，二叔哪知道现在这世道是这个样子……

月月老母流下眼泪，月月和几位哥嫂也流下眼泪，翁正安不知因为受了二叔感动，还是想到自己是侄子中的老大，他清了清嗓子，说，二叔，下一代叫他们自己去闯，凤卜、凤英、凤娇、凤生、凤龙，他们都在，叫他们听着，他们要自个去闯，闯出去就像你二爷，住城市，闯不出去就像我，当乡巴佬，不要再指望谁。我看了谱书，翁允桐是十三岁背着十二个窝头闯燕京的，他没靠爹妈。他后来给他的儿子在京城盖了三出三进的厅房，他后人也没能过好，自个事儿自个做，别指望谁。翁正安的话语气很重，既像告慰小辈儿，又像告诫自己。末尾，他说，二叔，侄子留你送了年再走，送了年。大家异口同声，说二叔，送了年再走。二叔最后说，不，明天走。

翁家并没把送走翁凡书的场面搞到多么隆重，他们只差兄弟三个骑车去送，但这绝不意味着翁家人对他们的亲人缺少热情，当他们知道他们的亲人决定正月初二就要告别歇马山庄，他们心底里的失望以及失去面子的难堪便一下子墨水滴在河水里似的，稍作洗染便冲淡开去。一切都变得不重要，他们心底升上来了的是对二叔的理解和体谅,第二天一早,兴安和付安便把由他们女人和孩子转来的二叔给的压岁钱集中交到月月手中,月月再加上自己收下的那一千块交到大哥手中。他们站在院子中央没有一块轰到大街上去,他们不愿让村人看到只是因为他们怕村人误解他们此时的难过的根源。

第三十一章

　　歇马山庄下河口翁家合家忧伤着将亲人送走的时候,上河口林治帮家正在合家期盼着将亲人迎回家中。按一般乡村民俗,新女婿上岳丈家和新媳妇回娘家都要等到正月初三送年之后,这个不知从什么时候流传下来的乡约民俗,实质是断送了兄妹在节日里相见的机会,女婿跟闺女回娘家,哥哥或兄弟又携媳妇上岳丈家。然而歇马山庄,结了婚的女子回家极少有盼见哥哥的念头,她们想念的是她们的父母,或让父母听自己诉说婆家的琐事,或听父母讲诉她的哥嫂在她走后如何待她们的父母。林家却要打破这一习俗,腊月二十八晚上,国军回家捎回话来,说小凤正月初二便要登门拜年。国军打破习俗的原因显而易见,林家的日子不同往常,姑嫂离家,父亲退下,他不能让父母在过年的几天里清冷寡淡。林治帮和古淑平心底明鉴儿子用意,却故意说,小凤在自家过最后一个年,怎么不让守自个爹妈? 国军说,是她自己提出要来的。

　　就在这天晚上,小青也黑灯瞎火跑回家来,抱回从集上买的一些木耳和新鲜蔬菜的同时,告诉母亲,她和买子初二就回家拜年。古淑平说怎么大水冲了土地庙一点规矩都不讲,小青娇嗔道什么规矩,我们才不要那土规矩,我们都是现代人。

　　因为有个合家团圆的日子在等候,林家的年三十和正月初一都过得比较平淡。古淑平平淡得如同平常日子,没有做很多炒菜,只给火花和林治帮换了新衣服。林治帮听说国军送了年就带他上县看病,初一和初二早上都强打精神坐起,让古淑平端去自己蜷缩的被窝,以示自己强壮如初。屯里拜年的人你进我出,问声好,小坐一会,就去往别处,这"文革"之后恢复如旧的问候的礼节,常常是庄户人聚一起议论年境感叹岁月、世道的最佳时机,光阴荏苒,年年过年,人渐老去。可是凡到林家拜年的人无一提及年景和岁月,逝去的一年是林家最不如意的一年,新来的一年谁知是否有所好转,大家因为从林治帮落尘一样灰黑的脸色上没有看到希望,也就对过去和未来避而不谈。

谈与不谈显然于林家人并不重要,重要的是他们的儿子又有了新媳妇。他们儿子的新媳妇和他们的闺女女婿马上就要回来,因为有了太多的不幸使林家人越来越珍惜眼下的哪怕很少的快乐。初二早上,东方刚刚冒红,古淑平就将一家人挨个叫起,每人发了一套新衣服,自己也穿上一件蓝金丝绒罩衣,黑混纺呢裤子。国军没穿母亲准备的质量很差的西服,而是拿出一套崭新的西装加领带。一家人神清气爽衣着亮丽的样子好像年是从今天才开始的。他们忙碌着打扫居室,将炕和地扫了又扫。按老辈规矩,只要请回年来,堂屋挂上宗谱,直到送年都不许扫除庭院,尤其院子放鞭炮的纸屑再厚再乱也不许扫动。然而近几年来,这些规矩都被庄户人家偶尔到来的欢乐冲碎打破,到如今国军把院子里放鞭炮的碎纸扫成一座小山,林治帮和古淑平也视而不见。他们的心偎缩在近在眼前的期盼上,目光直直地透过玻璃望着门口,他们对地雷一样埋藏在林家日子中的新的危机毫无预感,他们用歇马山庄父母最朴素最真诚的心情在张望着,等待着。

刚刚坐完小月子的小青在程家过的第一个年里,表现出了在买子眼里不可思议的超常的热情。三十正午她几乎全是一个人在堂屋里炒炒煎煎,每做一样菜都先盛上一点给婆母尝尝,她让买子安心在大棚里侍弄滑子蘑,说我不喊你,你别出来。

十一点半钟，当院中飘来一声开饭了的呼唤，买子心头汹涌起多年不曾有过的，类似小时听到母亲呼唤的温暖。买子一直认为是现实改变了小青，是时光将小青渐渐融入庄户人的日子，他进屋看到桌上摆放的满桌香喷喷的饭菜，趁小青不备，在她屁股上狠劲一拍，欢声说我的好老婆。

最让买子感动的是三十晚上，小青饺子包完之后，偏要跟买子一起到程家坟地请年，说我要亲自去请咱程家祖宗。自古以来从无儿媳请年，买子说你不要追求与众不同，咱祖宗不一定喜欢你与众不同。小青撅嘴，说你程买子不识敬，我是诚心诚意的。于是小青打着灯笼，那是小青在集市上买到的大红西瓜灯笼。买子拿着系在一根木杆上的一串小鞭炮，来到崖口坡前父亲坟地。买子把父亲骨灰从黑龙江背回之后，经别人指点送到这块阳坡。这块只有十几座坟的程家坟地，买子只知已经挖掘的坟，其他几座无人说清是谁。小鞭炮响过之后，小青在坟前跪下来，解下围巾，脑门叩地，虔诚地磕了三个响头，磕完便说，爸——小青叫墓下的公公叫爸。你的儿子儿媳来请您回家过年。回忆以往，买子都是孤零零一人来到坟地，荒草反衬着孤零常常让他对自己的孤家寡人生出莫名的凄楚，现在他身边多了一个人，且响铃铃地叫爸，买子心底再次涌起感动。回到家里烧完香纸磕完响头下锅煮饺子的时候，买子告诉小青：今晚我要你。

除夕夜家家都要熬到发纸以后，即使发纸以后谁打瞌睡要睡觉，也是和衣而睡不许脱衣，买子和小青却在庄子里轰轰隆隆发纸的鞭炮声响过之后，正正经经脱衣上床。这是小青坐完小月子的第一次夫妻同床，两人光滑的肌肤融到一起时，买子感激地呵呵地叫着林小青太好了，你太好了。买子知道流产不到二十天是不可以合房的，小青的不予拒绝让他白天里的感动更加深入。就在买子抚摸小青柔软的身体，正要在她肩膀上亲吻时，小青从枕下取出早已备好的避孕套递给买子。这次，买子却拒绝接受，买子说，小青,今夜是又一年的开始,又换了一年,我想要孩子。小青不说话,依然捏着那个光滑的东西,眼睛看看它,再看看买子的脸。见买子一直不接,小青终于开口,说,到底想要不想要?小青的表情突然变得严肃起来,白天里以至几天以来给予买子温暖的那个样子不见了。买子惊诧地看着小青,不知是接还是不接,不知是什么使她在突然间发生了变化。买子说小青,今夜我真的想要孩子。小青收回手中的东西,同时也收回脸上的严肃,诡谲地笑了,说那就算了吧。而后一骨碌爬出被窝,拽出另外一床被子盖到身上。买子说小青你这是为什么?你难道不想要孩子?小青说,不想。买子说为什么?小青说,等送了年我再告诉你。

尽管除夕之夜的交合没能如愿,买子也并没因此而生小青的气。第二天,也就是正月初一,他到屯中各家拜完年回来,见小青坐在炕沿上,将婆母刚刚换洗过的被褥和东屋炕上所有换洗下来的床单被单都叠放整齐,她的整个举止都让买子领略拥有一个家庭主妇的踏实。有她如此一种肯过日子的心态,买子相信那颗程家的种子不久便要入地发芽。

正月初二早上,小青早起做了一电饭锅米饭,将三十正午的炒菜一样盛上一盘热在锅里,合家吃完后通上电,到东屋说妈,我们今天上娘家了,晌饭你自己吃,就到西屋整理包裹衣物。买子换上一身藏蓝西服,西服是小青托人从县里买回来的。买子是稀稀的黄发,黑黑的脸膛,整个人又给人随便的感觉,冷丁讲究起来,就仿佛运动场上的运动员穿着西装革履,给人极不和谐的感觉。照完镜子,买子噗哧一声笑了,说,老婆想给一只丑鸭子打扮成一只白天鹅,结果呢,却成了一只鸡。小青也嘿嘿地笑了,小青说结果呢,结果是鸡飞蛋打。买子说大过年的,怎么说不吉利话,应该是鸡犬升天。小青嘴角翘了翘,似对自己顺口说出一句不吉利的话感到意外,她马上改口,说好,鸡犬升天,让你鸡犬升天吧。

这是一个暗淡的日子,薄云一层一层堆积在山脊上空,远天一派灰蒙,太阳怕羞的丑媳妇似的,躲在云层后边,八九点了也不露面。上河口的街面上,偶尔有相互拜年的人在街头走动,更多的是孩子们在与小鞭炮单兵教练。买子和小青背着满满一包礼物从东崖口走上屯街时,看到的是被零星的小鞭炮衬托着的面孔严肃的画面,山野呈灰黄颜色,凛冽的寒风在灰黄的旷野上扫荡,滋生着料峭的寒意;一排排灰瓦房,落雀似的圪蹴在野地的低凹处,合欢树白杨树棉槐树光秃秃耸在房前屋后,铺撒着冷清和肃穆。歇马山庄在一对回娘家新婚夫妇的眼里是清冷而肃穆的。两人一路一直没有说话,好像被这肃穆感染。走上屯街,买子让小青去看各家各户院里的炮仗纸,说你看,薄薄的一层,今年咱山庄鞭炮放得绝对少。小青向各家院里望着,炮仗纸的多少确实反映着山庄人日子的殷实程度,但她没有回话,只有她自己清楚,此时买子心里装的东西和自己装的东西有多么不同。来到治亮老叔小店的时候,小青牵买子拐进去,向老叔拜了年,从包里拿出两瓶尖庄酒两盒罐头——这是辽南乡下在年中最活跃的礼物,说下晌再过来串门,就踏进他们的西院。

买子小青和小凤几乎是脚前脚后,买子和小青刚刚进门向二位老人问了好,国军就在后边把小凤用自行车载到院子。火花喊完俺姐回来啦又喊俺哥回来啦。林家大院于是一扫以往的清静,被相互的拜年声鼓噪起来。买子和国军已经有过一次冲破因往事造成心理障碍的酒桌谈话,再次见面他们热情握手。他们妹夫和舅哥的角色都扮演得很是到位,他们实际确已真的进入角色。他们刚刚进屋,小青就要求一起到邻居家走走,说今后他们不在身边,父母需要邻居的照顾,咱们应该挨家拜拜。国军听后欣然答应,并说小青心里向来只有自己没有别人,如今结了婚怎么出息成这样,是不是近朱者赤。买子说,哥你可别抬举我,小青的懂事我都觉得惊讶,绝对是女大十八变。因为小凤是没过门的媳妇,是否可以一同去拜邻居就有待于商量。小青说妈,俺嫂去不去?古淑平思谋一会儿,说去问你爸。小青又进东屋说爸,俺嫂去不去? 林治帮笑笑说,去也没什么,城市里就没这么多说道。小青说走吧,老爸同意啦。于是雁阵子起飞似的,呼啦啦涌出林家大院。火花也跟着涌出去,但刚到门口又被古淑平喊回来:小兔崽子你去咋呼什么?

　　林家大院暂时空下来,林治帮和古淑平因为知道这空落是暂时的并没觉得扫兴,这反倒使他们有时间咀嚼由儿女满堂带来的身心的充实。林治帮说给我烧一壶酒,我要好好喝喝。正在堂屋忙活的古淑平听男人又要喝酒,急忙手搭门框,说,你想干什么都成,就是不许你喝酒。林治帮说我少喝点,不会喝醉。古淑平说少喝也不行。

　　午饭林治帮终是没有听从女人的规劝,沾了久已不沾的白酒,不过他喝得很少,只一小盅。午饭的中心议题是年后由谁带领父亲看病。话题是由买子引起的,买子提到年前走访时几个村干部对丈人身体的议论,说咱爸体格不是太好,过了年我领到县里看看。国军说不用,我们不上翁古县,我们上市里,我有同学在市里。林治帮坐在桌上一直抿酒吃菜不说话,待大家议论完,他把筷子往桌上重重一放,说叫你们回家过年是咒我有病吗? 我什么时候有过病? 林治帮的话给酒桌带来紧张气氛,使无话可说的大家伸筷夹菜都觉得很不自然。小青没让紧张气氛蔓延太久,故意把筷子伸得很远,大口夹一筷菜填到嘴里,而后说唉呀我的老爸,你想赶我们走啊,儿女关心关心你有什么不好? 林治帮说,不是,我真的没有病。

　　午饭之后一直到深更半夜,林家儿子媳妇、闺女女婿都围在父母的火炕上打扑克。他们打了一局又一局,一会儿国军对小凤,买子对小青,一会儿小青对小凤,买子对国军。买子在天黑之前离开林家回到东崖口,老母有病,他不能像别家女婿同闺女一起在丈人家过夜。买子走后,林治帮上场。林治帮懂牌,一直在小青旁边指挥,早已手指发痒,要小青这样小青偏不这样时他恨不能自己上场。买子走后林治帮真的上场,咧开嘴嘿嘿地笑着像个大男孩。牌局变化万端,一会儿你赢一会儿他赢,他们就这么用变化万端的牌局,把林家合家团圆的年的快乐一分一秒打发掉。他们说不清那快乐是在牌局里,还是在相挨很近的空间里,因为他们发现不打牌空坐着也没意思,只打牌父母不在身边围着也没意思,后来林治帮坚持不住要躺下睡觉,大家打牌的兴致才明显减弱下来。

然而,真正使林家人的兴致有所减弱的并不是当日,而是正月初三。影响大家兴致的也不再是林治帮,而是小青。初二夜里下了一场大雪,早起白白的雪花继续在已有七八寸厚的雪地上堆落,天地之间一下子缩短距离苍茫一色。初三这天早上,小青在一家人打扫了院子里的雪、吃完早饭之后,一本正经告诉大家,说你们玩吧,我有重要事情要办。家里所有人都异常惊奇,一齐把不解的目光投向小青。古淑平说,大正月的办什么事?国军对小青类似拆台的行为有些不满,他说昨天你还那么懂事,今天怎么又走回老窝?我以为你变了呢。古淑平用目光在国军背后剜了小青一眼,那意思好像在说你也不为你哥你嫂想想,小凤是咱家的新媳妇,你怎么能不在家陪她?但是古淑平没有言语,她太了解自己的女儿,小青向来不会因为别人的呛呛改变主意,站出来反对,实际是在儿女跟前丢了面子。

小青先是把众人制止她外出的话当做耳旁风,自顾穿起枣红色呢子大衣,围上围脖戴上手套,而后,在她马上就要迈出家门之前,捂在围脖里的嘴发出声音,她说,说真个的,我真是有很重要的事,这事对咱们林家很重要。她说着,将露在围脖外的一双眼睛移向小凤,说原谅小妹一回——其实小凤还没有小青大。小青说,我晌饭前就赶回来。因为小青的话语非常诚恳,是极少有过的那种诚恳,大家没再阻拦,也见出即使阻拦也毫无意义,便由着她推开风门向白雪皑皑的天地间走去。

见大门口走来一个雪人，月月母亲心口突的一跳，她说秀娟，是不是……刚刚想说是不是月月回来了？就发现来人穿的枣红呢大衣，不是月月，立马改口说，是不是来客了？秀娟赶紧迎出屋门，瞪大眼睛辨认这大雪也隔不住的客人是谁。当来人走到门口，揭下绕脖三匝的围巾，秀娟唉哟一声，说，我当是谁哪，原来是小青。小青站在门口并无进来的意思，只呼着热气告诉秀娟，我来找月月。秀娟说她还得个把月才能生吧。小青说我不为这个，我有别的事儿。秀娟说她刚刚出门上古本来家去了。小青于是二话没说，缠上围巾又往外走去。

　　小青从上河口往下河口去的时候，曾看见一个女人的身影在水库坝堤上晃动，但怎么也想不到那会是月月，想不到月月会在正月初三就上了旁人家。小青一路带着小跑，她想如果能在月月还没到古家就追上她，是再好不过的事。大雪静静地下着，铺天盖地的样子仿佛要彻底淹没这个世界。小青很快望见走过水库南堤拐上山路的月月。月月的脚窝已被新落下的雪充填得有些模糊。小青顺着月月走的路线，却要错开月月的脚步。雪在小青脚下发出咯吱咯吱的声音，雪在小青头上发出唰唰的响动。小青一步快似一步，一会儿工夫就冒出一身热汗，在快到后川屯街时，小青追上了月月。小青三步并成两步超过月月，在月月眼前一横挡住去路。月月见有人挡住自己，往后退却了一下。当小青在雪地里一匝一匝绕下围巾，月月脸蓦地变了颜色，变得如雪一样苍白。月月说，我知道你迟早会找我，小青狐疑地看着月月，心想她怎么会知道。月月说，我已经作过检查，不用你领。小青松了口气，终于明白她指的是什么。小青说月月，我从来没想领你去作检查，月月说那你找我有什么事？小青说一会你会知道。月月不再说话，伫立在沟谷边的路中央，等待小青说话。小青说你的身子能不能行，咱俩往回走好吗？月月说上哪？小青说不上哪，我是想咱们站在这让别人看了以为出了什么事,咱们随便往回走走,边走边说。月月寻思一会,转过身去,朝被她俩踏出窟窿的来路返回。小青先是跟在月月后边,走出几步,又走到月月前边,好长时间没有说话。小青觉得这种一前一后的方式不利于说话,可是路又太窄。月月好像与小青有同感,也没有催促小青,她们走到一个通向坝堤的野地时,终于走成平行,小青这时打开话匣。她说月月,我想知道,你还爱着买子? 月月停住,这是一个多么古旧的问题。月月说你找我是为了这个? 你这个时候来戏弄我有什么意思? 你不觉得你太恶毒?

小青一直自信地朝前走,并边走边说,我不是戏弄你,我是想真实地知道,然后再告你一件非常重要的事。

月月再次迈步,月月说你应该想到,我不会告诉你,因为你不会相信。

小青说,你不必告诉我我也知道,你爱他。

月月在心底里哼了一声,但她没有表露出来,她只说你认为是就是,我管不了你。

小青停下脚步,等着月月。小青说,月月,我今天找你,是想跟你好好谈谈,并不想跟你斗气。

月月说,我们之间除了计划生育还有什么好谈?

小青说,月月,小青的语气变得十分柔软,像她们春天某个月夜的散步。小青说,我明天就离开歇马山庄了,永远地离开。

月月说,你离开与我有什么关系?

小青说,有关系,那意味着我跟买子离婚,你跟买子结婚。

月月一时哑言,月月被突然的信息击得一时哑言,她的大脑发生断路,应该说,这是她无论如何也想不到的事。小青争着抢着嫁了买子又要弃他而去,小青弃他而去之后居然让自己来收拾残局,一个多么恶毒的设想。许久,思维的线路接通,月月说,林小青,你以为我是谁? 是一个破烂? 或者是收拾破烂的老人? 你以为我还爱着买子？你以为你想怎么样就能怎么样？你知道吗你的自信是一种恶毒的自信！月月走得很快，好像追求行动和语言同步。

小青没有在乎月月的抢白，依然柔和地说，月月，你可以这么说我，你骂我我都不生气，我只想告诉你，我是真诚的，我越来越清醒地认识到，我和乡村之间，根本没有感情，我和买子之间，也没有多少感情——我是指那种让我心疼的感情。我对我当初的选择是说不清的，而结婚之后我愈来愈变得理智，愈来愈能理清自己，这并不是说我当初对买子没有真诚，而是这真诚经不住现实的推动，经不住我心底那个一直燃烧着的理想的推动。小青的语气由柔和而执着，她说，我认为爱一个人至少他能让你为他付出一切，可是我做不到付出一切。只要在歇马山庄，我就做不到这一切。我不知道我为什么会这样，我发现只要让我留在歇马山庄，我就会计较个没完，也许我血管里有我父亲留下来的东西——设计。我和父亲都喜欢设计自己，一旦发现所走的路与设计的不符，便要挣脱，便寻求改变……小青说说停顿下来，她发现她说走了题，她找月月不是要说这些，而是向月月指出留在她命运当中的一条道路。可是就在这时，她们从野地走向堤坝，再次分成一前一后，月月在后，小青在前。

许是确实感知了小青的真诚，月月反映机敏的抢白没有了，她一步一步走在小青前边，踩着参差不齐的来时的脚窝，她目光有些迷乱，不知道那脚窝哪个是自己的，她只是深一脚浅一脚地走着，脑里思考着小青说的设计。她有没有设计过自己呢？有没有因为不符合设计就去着手推翻呢？显然是没有。她发现她从来没有跳出现实看现实，现实是那样地亲近着她，她是那样亲近着现实，为每一种每一样的现实付出，一点一滴。她爱母亲哥嫂，她爱教学，她爱国军，她爱买子，她爱她怀下的孩子，这一切都不是她设计过的，可这一切构成了她生活的全部，它们来了，她就不顾一切……她是怎样一个人啊！这么想着，月月突然慢下脚步，她抬头望了望水库对面的雪山,说小青,我明白你的意思。月月的声音也柔和了许多,你在寻求,在挣脱,而你认为你挣脱掉的,正是我需要的,我从不去设计自己,只要需要……

小青说,不,你不能这么说,需要很重要,我离开买子、离开歇马山庄,正是一种需要,我说我在寻求,在挣脱,在设计,实质是在分析我为什么会有这样的需要。

月月说,好,你说的有道理,那么,我告诉你,我不需要买子,我已经不爱他了。

片刻的沉默,只有脚下的雪在咯咯作响。小青说怎么可能,你怀着他的孩子。

月月说,就像我无法理解你为什么会离开买子一样,你也无法理解我为什么不再爱他,我们共同走过一段各不相同的经历,经历能够改变一切。

小青说,那我想问你,为什么要留下孩子。

月月说,这是我跟你的不同,我向来不设计自己,我起初是因为爱买子,后来便是因为爱着孩子,我知道生下他对我的前途、命运毫无好处。

月月说完这句话,她们已经走下堤坝,来到通往姑嫂石的山路。月月停下来,不知她们有没必要还往前走,可是小青走过月月,并没有到此结束的意思。见小青继续迈步,月月迟疑了一下,而后慢慢跟上。她们的身子被雪裹成臃肿的白色,她们的裤脚和鞋也变成白色,走了一会,高坡路滑,小青回头等着月月,要伸手搀扶她,月月没有搭手,自顾自地踩稳脚步。小青说,月月,你应认真考虑一下,我不相信你不爱他,真的,你想想,我走了,你腹中的孩子又是他的,你俩走到一起,是天造地设,我只不过在你们之间插了一脚,其实仅仅是插了一脚,什么都没留下。

月月截住小青,说你说得可太轻巧,留下的太多太多了!

小青说,我不是这个意思,我是说买子不会因失却我而多么难过,但这个前提必须是你回到他的生活中。

月月说,小青呵,为什么总是要由我们来填补他,他为什么失去谁都可以不难过。

小青在慢坡上滑了一下,小青说买子是个典型的注重现实的人,他不管失去什么,只要不违背现实,当初弃你娶我,是这个现实在起作用,当然那时我并不知道。如今我走了,你独身,又怀了他的孩子,你与他结合,这最符合现实的。

这句话撞入月月耳膜时,她激灵一下,好像有人往脸上甩了一把雪,她一阵发蒙之后,说不出话来。

小青接着说,我是希望,在我临走之前,听到你答应的话。

月月浑身一阵发软,呼吸也有些短促,她不知道,小青话里的哪一部分内容打击了自己,或者说触动了自己,自觉得刚刚还是结实有力的脚步一下子趔趄起来。她趔趄着跟着小青走到姑嫂石篷,她们的目的好像就是姑嫂石篷,因为她们走进无雪的石篷里竟再也不动步了。月月粗粗地喘息着,极力像小青那样往地上抖着脚上的雪,她后背倚到墙上,脸往后仰起,闭上眼睛。她好像累了,特别想休息,紧紧地闭上眼睛。不一会,小青发现,月月冲石篷仰起的脸腮上,滚下来一双泪珠,而后那眼泪线似的从眼眶往腮下滚落,一串一串。小青说月月,不要犹豫,选择吧。月月没有反应,她已无力反应,她只在心底里冲小青摇摇头。小青无法知道月月的难过,她最初留下孩子,是因为爱着买子,是想用腹中的孩子来证明她的爱情,后来她经历了涅槃,她留下孩子的目的有了改变,仅仅是因为爱着孩子。可是,她想不到,命运会如此残酷地捉弄她,当她觉得一切都与买子无缘,真正地从泥淖中走出来时,小青又为她设下这样的陷阱……她是可以置小青与买子的一切变化于不顾的,可是一个被人抛弃的孩子的父亲站在她的面前,她知道自己根本没有生下孩子的勇气,这并不是说还爱着买子,这和爱不爱没有关系。眼下,月月考虑的不是回不回到买子的生活中,而是面对这样一种境况,她发现,她生孩子的勇气在渐渐丧失,这让她无比难过。

小青走近月月,从兜里掏出手绢,为她轻轻拭擦着泪水,泪水却并没因为小青的拭擦而停止,它比开始流得更欢。月月喉口滑动,一口一口吞着泪水,月月说林小青,你为什么为什么要对我这样?月月的话语低弱得如蚊虫在叫,但小青还是听见了,她听见了,她知道月月指的什么,但是她没有正面回答,她也知道月月无须她的回答,她只怪怪地叫了一声嫂子。她说嫂子,如果没有一场大火,你本来应该是我的嫂子,如果我在县里或者乡里找了工作,我也不会阴差阳错……小青其实是在假设没有命运这只恶魔,这种假设十分苍白,可是月月却在小青的假设中止住眼泪。月月低下头来,用冻红的手揉着脸腮和眼睛,她的脸腮和眼睛已经很红。她说小青,请原谅我说你刻毒,你的存在确实影响了我的命运,是那种破坏性的影响,虽都不是故意的,对我确实有它刻毒的一面,现在我想告诉你的就是,我不能答应你的请求,那肯定是不可能的,我想,我的决定不会影响你的选择,我也该设计一下自己……月月说到后来身子从石壁上挺起来,脚在地上狠劲顿了两下,好像为了表示她的决心。

对月月的决心小青没有感到意外,她想在她面前,也许月月是需要下个决心,但她并没放弃努力。她说月月,还能记住姑嫂石的故事吗?

将军墓!月月随口即出。

小青说,不,我是说姑嫂石在咱歇马山庄的传说。

月月不语,她当然知道这传说,是说小姑和嫂子,同时爱上一个染坊的染工,可是染工只爱嫂子,小姑子相思疯狂,哥哥不在家的夜晚,冒充嫂子捎信让染工来家偷情,染工发现后栽进染缸自杀。嫂子听到染工自杀,悲痛欲绝,来到歇马山石篷,见小姑子已在那里哭得滚来滚去。小姑子看见嫂子,说明真相,俩人抱头大哭,哭够了,嫂子头撞石壁变成一堆白骨。

月月哼了一声,看看石壁说,现在不会有染工那样钟情的男人了。

小青说,现在也没有嫂子那样钟情的女人了。

月月愣了一下,敏感地看看小青,说没有那样的男人怎么会有那样的女人?

小青说,我曾经认为你是,我曾经羡慕你是。小青的嘴瞬时变得锋锐脆快。我那么羡慕你能投入地爱一个人,我从爱了一个人遭了挫折以后,我不能投入,我总是清冷地站在情感之外,再也爱不起来,我恨我变得那么清冷那么理智,我很悲哀……我期盼着我的投入,我离开买子正是为了能去像你爱买子那样投入,因为我一直觉得我的投入是在城里,我从小就喜欢城市……可是,你让我失望,你原来也是那么飘忽,那么无情,那么三心二意,你其实压根就没爱过买子,你只不过是因我哥有病一时空虚,买子不过是让你空虚的肉体得到满足,我看到了,仅此而已。小青连珠炮似的说着,好像那话早已在心底准备好了,只等给她一暗示便梭梭蹿出。

出乎意料的是,月月没有因为小青的刺激而激动,非但如此,她比以往任何时刻都冷静,她冷静地看着小青,看着这个喜欢操纵一切的精灵,说,你引我来姑嫂石篷,就是为了这一梭子弹?若是当初,我会被你打中,我会七窍出血,我也曾经以为我不过是为了一时满足,可是我验证了,不是……我们都比传说中的姑嫂不幸,我们居然有着漫长的时间,来把自己曾经为之疯狂的感情化作过去,让它变质变色,我们实在不比传说的姑嫂幸运,她们还没有机会了解,爱原来可以转变,转变成另外的东西,我也像你曾经羡慕我那样羡慕她们,可是我不是她们,这很不幸。

月月边说,边朝石篷外面走去,鹅毛大雪被子一样覆盖了苍茫天地。石篷外边一派寂然迷蒙,不见山脊,不见树林,不见房屋,房屋变成了一个个雪堆。月月走出石篷,长长吁了口气,说小青,咱们走吧,很遗憾你没能最后操纵我。月月发觉她的语言也有些刻毒,有些近朱者赤的味道。小青却并没在意,她们重新走回除了她们不会有任何人出来走动的山道。小青扶着月月,亲切地说道,月月姐,我操纵不了你,这也许是好事,是有利于你的好事,不过,我只是有一个请求,你如果不离开歇马山庄,我希望代我关心关心买子,他其实是个很可怜的人。他是我走后的惟一牵挂。

月月没有回答,但她用臂弯将小青伸过来的手紧紧夹了一下,使小青能感到两个人之间的彼此依附。她们一步一趋走下山坡。

天是净净的,地是静静的,屯落是静静的,时间和空间凝成一个偌大的静静的物体,笼罩了刚刚开始的新的一年。在这九十年代第一个年头的新年伊始,歇马山庄没有任何人知道,这静静的日子究竟酝酿了什么样的启动,什么样的背叛,什么样的灾难与福音。雪到傍晚时分才停下来,买子独自包完送年饺子,便用铁锹打扫出一条见土的小道,走出崖口到屯街迎接小青。因为心里装着许多山庄里的事情,初三这天他没有返回岳丈家玩扑克,接待了几拨拜年的乡亲,他便趴在炕上把砖场和村部的大事记拿出来,用笔尖划拉信纸算了一天细账。屯街上走出星星点点人影,送年的人们提着灯笼从街脖上向四野走去,许是因为阴天,人们不知太阳是否落下,趁雪停止早早出动。送祖宗离家的鞭炮响起之后,却见西天涌出亮色,庄子里光阴倒流似的一下子亮了起来,一会儿,亮色吞噬了周边的灰蒙,一个浑圆的暗黄的球体羞涩地悬挂在山脊之上,仿佛是一串串鞭炮将一个沉重的天幕穿透揭破,日头露出了新娘子似的娇羞的脸蛋。随着山庄人送年鞭炮声闷闷响起,天光真是纵情地亮了一阵,当然只是一阵,就回光返照似的落入灰暗苍茫之中。

买子进街第一个看见的是火花,火花在街道与菜地之间的空阔处用一支棍在雪地上划着什么,撅着屁股恍如一只啄米的小鸡。

买子赶上前去,叫了声火花,火花没有理会,火花依然认真地写着,一笔一笔将平整的雪面划得毛毛糙糙。买子仔细辨认,那是一些拼音字母,因为夜色渐浓,雪光又刺激着视力,买子认不出拼的什么字,买子问你写的是什么?火花没有回答,这时小青已从林家门口走出,在买子身后轻轻唤着他的名字,买子于是转身套住小青胳膊,返身往屯东走去。可是就在他们远离了屯街,走在通往崖口的岔道时,他们听见一个稚嫩然而尖细的声音从背后响起,cun 村,zhuang 庄,ren 人,ba 爸,ma 妈,ge 哥,jie 姐,sao 嫂,那声音仿佛是从太阳滑落的地方升起,又像是从雪原的深处升起,仿佛一只孤雁在山野间飞翔,号叫着留下一道无法抹去的重重的痕迹。买子和小青在火花拼到哥、姐、嫂之后会意地对视一下,之后踏着雪霁,侧耳聆听。可是,火花终是没有拼出他们希望听到的 jie 姐 fu 夫……

　　童年的火花为什么在用拼音拼读身边事物和人物时扔掉"姐夫"这一字眼不得而知。买子对火花的遗漏耿耿于怀,送走祖宗,揭下宗谱,吃完饺子,回到被他烧得热热的西屋,买子对正在衣柜翻翻拣拣的小青说,小东西对我这个姐夫根本没有感情,她居然不拼姐夫。小青哼一声笑了,说你真小气,在乎火花。可是说完之后,她突然惊奇地发现,火花的遗漏其实是恰如其分地揭示了即将到来的严酷的事实,这一事实本是自己亲自设计,可是她想不到一经火花揭示,竟让自己受到强烈的震撼——买子从此将不再是火花的姐夫,这不重要,重要的是买子从此将与林家毫无关系,只是一个孤零零的买子……小青停止手中的翻拣,抬起身子直直地看着买子,而后将他推到炕边让他坐下。小青说今晚不看电视好吗?买子说我想陪妈看一会儿,大过年的。小青说我想和你有事。买子说那咱们就先来,我也想有。买子显然误解了小青,但小青没有说破他的误解,顺水推舟翻出掖在炕底的避孕套,轻佻而温情地说,来吧。

买子没有马上行动,他愣愣地盯了一会那个东西,好像在说你为什么总爱凑这个热闹。盯视一会,他到东屋给母亲掀起来依在被上,打开电视,说妈你先看,就关门回到西间。小青看着买子的妥协——男人总是容易妥协,心里有一种酸楚的感觉。她尽量不去放任自己对别人的感觉,从跟月月分手之后,她就一直是装作漫不经心的样子。为了她的选择,她需要漫不经心。小青上炕钻到被窝,她没有脱衣,臃肿的棉衣把棉被撑得老高。买子跳上炕,先是脱了袜子和棉裤,而后用脚寻着小青棉衣和棉裤之间的缝隙伸去。因为衬衣掖在裤带里,买子的脚没能如期触到小青皮肉,施发它冰凉的威力。见小青裤带紧着,买子抽回脚,一只见了鱼腥的馋猫似的伸伸舌头,而后将舌头伸进小青嘴里。小青是有意等买子亲自给自己解扣脱衣,因为只有她知道这一次跟买子的肉体接触将意味着什么,她希望他自始至终唱主角。在此之前,除去那次白天把小青拽到家里的肆虐,他们所有的床笫之事都是她唱主角,其结果却是他主宰一切,就像那句俗话说的,他总是笑在最后。这一次小青改变了主意,她想一切由着买子,让他自始至终主动,让他充分体会了操纵一切的快感。奇怪的是买子对小青新的想法并不理会,他以为小青兴致正在半路,便力图用亲吻呼唤。这种呼唤的结果显而易见,小青不得不听,还是自动解开衣扣。当然,小青自动解开衣扣不是欲望的启动,而是她在吮吸了买子带有烟味的舌头的时候,对买子生出一种从未有过的心疼和可怜,是可怜启动了她的手指。她解开衣扣,解开裤带。买子感到自己舌头的妙用,一边继续舔着小青一边助小青一臂之力,当小青褪掉裤子,他一只手触到了她润滑的肌肤,便顾不得两人都穿着上衣,在炕上疯撕狂扭起来。上衣是在撕扭中脱掉的,春蚕脱壳似的。买子褪掉上衣套上那个东西,于是最吸引彼此的部位被一层薄膜隔膜着,全部的身体都铸在了一起。买子直吐着粗话,二十几天来的饥饿由粗话诉说着,表达着,语无伦次辞不达意,仿佛一只受了伤害正在施展报复的黑熊。然而真正走到巅峰,他反而没有了语言,那片刻的沉静仿佛被沟谷深深淹没,或者已撑上小船远离港湾。

小青哭了,小青泪水止不住涌向眼角。她感受着身体载浮着的这个人,这个人和她走到这步田地,这个人又要和她永远分开;这个人沉醉一会儿,一旦回头,他的沟谷、他的港湾便不复存在。小青想起一早无意中说出的鸡飞蛋打的话,心疼、怜惜和一种说不出的伤感便不请自到。在她二十四岁人生中,这样一种与心疼怜惜有关的难过从来不曾有过。不过小青没有放任这种难过,她将脸往两侧压了压,让泪洇进枕巾里,而后等待买子无气无力地回头。

买子从小青身上爬起来就放松着疲惫的身躯,趴到炕上闭上眼睛,小青则支起胳膊活动着抽筋似的腰身。少许,买子说——他带着满身倦意,老婆,我今年真想要孩子你为什么不答应我?小青意念里本来还留有感伤,买子的话却意外地引她上路。她赶紧接话,好像一旦错过时机便不好再开口。小青说买子,我想问你,为什么去年不想要?只差二十多天,今年就想要,请你说说为什么?买子依然闭着眼睛,说去年是羊年,今年是猴年,只为这个。小青坐起来,轻轻地哼了声,胡说,孩子不是属怀孕那个月的属相,腊月和正月,都是猴年的孩子,你是骗我。买子睁开眼睛,小青的目光已经冷冷地爬在他的脸上,是呀,我怎么就没想到,原来是这样。他作出茅塞顿开的样子。小青嘴角生硬地翘了一下,小青说买子,我看你太透,小青睫毛上闪着潮湿的水光,这使她的表情略显柔和,你让我流掉孩子,是以为那孩子是金水的,你的心事我早知道,我们是一直避孕,可是你忘了有一次半下晌你疯似的肆虐我,那次是因为你想到金水。而那次让我怀孕你又想到金水,我之所以没跟你坚持孩子是你的,是我压根就没想给你生孩子;我之所以跟你征求意见,其实只想看看你的态度,看看你是不是我想象的那种人。买子出神地看着小青,静止的表情像一张显影胶片悬在半空。

小青说，我永远不会忘记我们第一次到一起，我们的新婚之夜，还有后来半下晌回来把我揪进屋里，你那眼睛里装的东西。那东西让我永不会忘。其实，在你眼里，我因为被金水强奸，就永远不干净了。当然你这么看我，我并不在乎，我在乎的是我们不是一路人，你的骨子里有种可怕的守旧，我骨子里有一种可怕的开放，你的守旧会使你把女人看成是一件物品，而不是人，我的开放会使我害怕生命只属于你，你的家和你的母亲，我不愿意属于任何人，只属于自己。悬在半空的显影灵动起来，他惊诧而奇异地盯着小青，买子想不到他的一句话会使小青这么流利地翻找旧账，他不知道追忆过去怎么会来得如此顺理成章，使自己仿佛一个控诉对象，这和刚才被窝里的融合反差太大。买子根本听不懂小青到底在说什么。

买子坐起来，光洁的脊梁在灯光下泛着冷光，他喉结上下滑动，面色有些紧张，他说小青，我不明白，你说这些都是为了不要孩子？

小青说，不，不是，我是想告诉你，你不要以为我林小青不了解你，我太了解你，你根本没从心底重视我这个女人。

买子顿时松弛下来，偎到被窝里盖上肩膀。买子说，我一个乡下男人，还想让我怎样重视女人。

小青见买子重新躺下，她跳上炕，从挂在衣柜把手的皮包里拿出一张薄纸，轻轻地展到买子跟前。

买子没有准备，愣愣地躲闪了一下，之后认真看去，原来是离婚协议书！像脑后触到一缕炭火，买子蓦地坐起来，扭头盯着小青，你什么意思？！

小青说，没什么意思，我已决定跟你离婚。小青语气不重，但是吐字清晰。

买子说开玩笑，就为你控诉我那些罪状？

小青不吱声，低下头来，她不敢直看买子，她发现买子目光里漫上恐怖。买子从来不曾对什么事恐怖。

买子伸手拽住小青，要她上炕，因为他赤身裸体无法和站在地下的小青面对面。买子说为什么你？这不是害我吗？买子的肩膀开始抖索，说话的语调有些发颤。

小青上炕，伸手拿过棉袄给买子披上，坐在买子跟前。小青迎上买子的目光，可是，当她真的迎上买子的目光，看清了那恐怖已经在脸上、脖上弥漫，她发现她多日来一直回避着的一种感觉冲撞而来。小青将流泪的脸贴上买子，嘴在他脸上疯狂地吻着。

买子起初木人似的僵在那里，后来也伸手用力箍住小青，嘴里迭声地重复着我知道，你不会的，你不会的，你怎么会扔下我啊！买子越说，小青哭得越凶，因为她清楚她无法改变自己的意志。小青尽情地用泪水抒发着怜惜、心痛和伤感，买子却误以为她在表达回心转意，误以为在为自己提出这个可怕的想法后悔。买子用力揽一会儿小青，又用力推开她，说别犯神经病了，赶紧睡觉，你总是用一些与众不同的事情折磨我。

小青说，买子，我不会改变我的决定，不过，我真心告诉你，我们离婚跟你无关，跟你做的一切都没有关系，原因只在我自己身上，这是我上学时就有的想法，回乡来只不过让我验证了自己，我不是个能踏心过乡下日子的人，我的心就从来没有在乡下停留过……算我对不起你，不过我想这对你并不是什么坏事，你会找到比我好一百倍的女人。买子这次没有冲动，好像发现货物已被强盗装上贼船摇到江心，自己两手空空，已无计可施。他反而变得异常平静，平静地等待着小青把话说完。小青说，我跟你在一起，包括在程家，一直都是非常冷静，所以我看你看得很透，所以我无法忘掉我在吃苦，我在遭罪，这念头非常可怕，我不能投入咱们的生活非常可怕。结婚之后，我所做的一切都是有意，而不是忘我，我很累，我好像拖着另外一个我走道，很累……

买子痴愣在那，脸上初始涌涨的恐怖变成撒手无招的无奈。

他好像眼看着自己一步一步走进一种无奈，因为他不再懵懂，小青的话促使他想起小青结婚之后的表现，过去一点一点复出在他的脑际。买子本能地摇摇头，喉结不住地上下滑动。买子说，这些日子，我就觉得很不对劲，我又说不出来哪里不对劲。买子话语很轻，气流只在唇齿之间流动，像是自言自语。小青说是的，这段日子，我是故意去做的，我想让你过个好年，想让你永远不忘我……小青的话刚刚出口，买子猛地甩掉披在肩上的棉袄，两手用力卡住小青肩膀，脸上现出一种因气愤而扭曲的表情，你恶毒你太……后边的话没有说出，买子就像正爬坡的车突然遇到障碍，买子停了下来，扭曲的脸上投下一堆暗影，瞬间凝结成了一具雕塑。小青抚下买子光滑的胳膊，沉静地说，你可以这么说我，你可以恨我，你怎么都可以，我只想告诉你，我真心希望你能幸福，我也真心希望我能幸福。说到这里，小青本以为会有一个光明的路子指给他，让他去找月月，可是她知道现在这路已经堵死，不能再提，即使将来有一天他能自己打通，那是他的事，跟自己无关，她不能拿一块饼子在前头引他，让他跑出去而后失望。

指不了别人的路，便只有辨认自己的路。小青说我知道，我的路很难，我知道。或许感情在起着作用，或许因为男人的保护意识，买子雕像一样凝固的脸在听到小青后半截话时有了一些灵动，他冷静地看着小青，兄长不放心妹妹似的寻问道：你准备上哪去？怎么办？他们还一直没有涉及到这关键性问题。小青说，到城里做打工妹，到饭店、宾馆都可以，我经常在报纸上看到这种广告。买子说，在家里，吃苦遭罪都受不了，上外面能受了？小青说，那不一样，在家里吃苦遭罪没有前途，遭罪本身就是前途；出去干，吃苦遭罪我是奔着目标，凭我，我想我会有前途的，我的前途不是别的，是不同于乡下女人的另外一种生活。买子说，没有付出就没有得到，我不知你想要什么？不过不管要什么，都要付出代价，我只希望你不要付出做个好女人的代价。小青停顿一会，好像在认真琢磨买子的话,而后说,我肯定不会放弃做个好女人。可是咱俩的好女人概念肯定不同,你是指传统本分,而我不看重这点,我看重在经济上、生活上全面独立,不依仗任何人。

买子和小青此时谈话,像一对兄妹,完全打破了婚姻和情感的界限。买子发现,他在跟随小青的思路走出去时,他已经相当的心平气和了,尽管,他脑中不时浮现小青无意中说到的鸡飞蛋打的字眼,火花无意中漏掉的姐夫的字眼,他还是相当心平气和。他说小青,去闯吧,你确实不属于歇马山庄的,我现在记起咱们第一次见面时的印象,那时就觉出你跟山庄女人很不一样。

他们一边说话,一边平静地躺下来,小青临躺之前,听到东屋还开着电视,于是悄悄下地走到东屋,将婆母放平躺下,关上电视。婆母其实早已依被睡着,涎水洇湿了前怀的被子。小青用毛巾擦了擦婆母的嘴和被子,静静地注视一会这个萎缩、干枯的面孔,而后关灯回到西屋上炕脱衣。买子说了声谢谢,而后掀开被窝,拥小青入怀。买子说爸妈都知道了吗?买子依然称小青的父母为爸妈。

小青小鸡似的躺在买子腋窝里,呼吸的热气扇动了他的腋毛,她说不知道,我只有委托你去告诉他们,但不要是现在,爸身体不好……

买子说,你放心,我仍然像女婿一样负责,你放心……

小青说我一生都不会忘记你。小青的手抚上买子结实的胸脯,鼻腔有些发酸,许久,她的手抚上了他的长有胡楂的嘴巴,她说买子,你是我在歇马山庄除了爸妈最亲的亲人。

买子说你也是我最亲的亲人,你给了我那么多的快乐。

小青说,你会很快找到比我好的女子的。

买子说不,我不找,我等你,什么时候,我听到你在城里嫁人,我再找,失败了你再回来。虽然买子知道小青一走不会再回来,虽然买子知道他的话与事实相距甚远,但他说着说着,嗓子开始哽噎,他说不下去,他只有紧紧地将小青的肉体嵌入自己的肉体。

他们一夜没有分开。

小青上路没有带走年前村上发下的一千八百块钱,她只带着结婚时娘家陪送的五千块钱和极简单的行囊,她执意不让买子相送,说雪路只能步行用不着相送。买子没有坚持。一场大雪之后东方露出暑红,这是阴霾几天的第一抹暑红,雪野、村庄有了粉白的色彩。在东崖口山冈上,买子和小青分手时,就是和这粉白的亮色交相辉映。在小青眼里的村庄已经不再是昨日那般冷清和严肃,而微微地透着些许暖意,在买子眼里,粉白的亮色只是一层面纱,冷清和严肃则依然清晰可见,因为他的下颌直打牙帮抖得厉害。

第 三 十 二 章

国军是在初六早上领林治帮进城看病的。因为路上有雪，国军没有把日子选在正月初四，初四他随小凤去丈母娘家拜年。初五晚上一进门，母亲古淑平就眼泪汪汪跟他说，你爸真是病了，这两天开始咳嗽，还连吐两次，末了这次在门口吐完，差点倒下去。你爸自个说头重脚轻，两眼直冒金星。国军二话没说，进屋看看躺在炕上的父亲，就上温胜利家订了送站的马车。

因为路滑，汽车十二点才到市内，国军领父亲到市医大附属医院挂了专家门诊之后，才走出去在小馆里吃了午饭。林治帮饭后没过一刻钟，就咳起来并吐在小馆里，吐后脸色蜡黄，额头直冒虚汗。国军扶着父亲往医院走时，心里有种不祥的预感。他想起不久前政府土地办的老范无疼无痒地呕吐，到医院一查，是胃癌晚期。专家门诊下午，两点钟，才排到林治帮。专家在林治帮身上到处听着摁着，问一些反应，之后，开单做血尿检查，并开了CT预约通知。因为已经下午两点，CT必待第二天。国军像春天来给自己看病那样，偷偷注意大夫脸上的表情，以判断病的轻重。可是瘦高个专家脸上毫无表情，查完血尿离开医院时，国军告诉父亲，专家说可能是急性肺炎，没事儿。

不管国军怎么说，林治帮一直不动声色，他似乎十分泰然，对疾病毫无惧怕。傍晚，要找宾馆，林治帮发话，说咱到黄海饭店去住。国军知道黄海饭店是父亲做工头时领山庄人盖的，便打的坐到目的地。这是三星级宾馆,客房最低价格两人间是二百八十元。国军登记时手都有些哆嗦,可是父亲坐在大厅沙发上,丝毫没有动地儿的意思。林治帮进到宾馆满脸兴奋,工程师验收工程质量似的四处细看,坐电梯时他故意让国军开闭两回,查看着。晚上,林治帮在洗浴间泡了泡澡,国军要为他搓澡他坚决不让,他一个人在浴池呆了两个小时才喊国军。怕父亲再度呕吐,国军频频开门去看,每次都见父亲赤身裸体躺在水里闭着眼睛。国军无法知道父亲在想什么,但他敢断定跟他在城市搞建筑的时光有关。因为他发现,父亲进城之后,一扫正月里的萎顿,变了一个人似的老爱东张西望,即使刚刚吐完,他漱漱口后,又用力瞪起眼睛,打起精神四外张望。

　　CT 片送到专家手里,国军才真正从瘦高个专家没有表情的表情中,看到父亲病情的严重,他先是出神地看了足有五分钟,而后到别的诊室去请另外一些专家。国军跟到别的诊室,专家们围在黑白片上,同时伸手去指,说,这,这,都是。国军心里猛然反劲儿,他清醒地知道他们所说的"都是"是指什么。专家们看完,瘦高个转向国军,说肺癌晚期,已扩散到胰腺和淋巴结上,已经无法手术。像眼看着有人将一个棍子打到自己头上,国军脑门涨疼了一下,之后那股涨疼就一股气儿似的搅着心窝顶着肛门,他觉得很想大便。国军什么都没问就转身跑到洗手间,蹲下来却觉那是一股虚气。国军在从厕所出来的时候,想到一个问题,为什么不能手术?谁知国军回来之后,父亲林治帮已和专家吵起来。只听父亲说你以为我怕死瞒我,隐瞒本身就是对病人轻视,我林治帮看得起病,就是敢知道得的什么病,又有什么可怕,怕我是轻视我,瞧不起我。瘦高个专家冷冷地看着林治帮,说没见过你这样的病人,我们还没确诊,你非要结果,你简直岂有此理。国军方便之后情绪稳定了许多,他上前把父亲推到走廊长椅上,说你坐嘛还没有确诊,你怎么能为难大夫。林治帮却坚决不坐,非跟国军一起听专家确诊,他装在吊面皮袄里的身子挺得笔直,镇定自若的姿态好像在告诉人们他是多么临危不惧。护士们一个个向他投来同情且钦佩的目光,好像她们从没遇到这么勇敢的病人。国军被父亲的态度弄蒙了,他甩不掉父亲,这不重要,重要的是他不知道是否该让父亲知道真情,父亲是否真的是什么都不怕。瘦高个专家见此情景,冷着脸说,你们先在外面坐十分钟,十分钟后,再来找我。国军心有灵犀,专家显然给他机会让他甩掉父亲,出门后国军说爸,咱到大厅里去等,这里太嘈。林治帮没表示反对,他依然是挺着腰杆,两手插在腰间,步履十分稳重。在大厅里小坐一会,国军说爸你坐,我上外边溜达溜达,这里太闷。于是起身走出门口,国军走出医院正门口就朝侧门走去,他在市里读书时知道医院还有侧门。国军带着小跑,惟恐被人抓着的窃贼似的心口怦怦直跳,他三步并成两步跑到楼上内科专家门诊,气喘吁吁闯到专家面前,不顾专家身前还有患者,劈头就问,大夫为什么不能做手术?我要求做手术。大夫没有吱声,给眼前的患者开药方,大夫写完药方上最后一个字,他抬起头来,冷漠地看着国军,说手术就是死亡,不手术却是三四个月活头,由你选择。专家语言不带任何感情色彩,好像在说小猫小狗。国军说那您认为我该怎么办?专家说住院扎针放疗,他余下的时光要在医院打发。

不!突然,一个闷炮似的声音在门口响起,国军和专家一同抬头,只见林治帮满脸乌紫,斗鸡似的伫立在门口,他嘴唇凸起,眼里有种乖张的逼视。他继续说着不我不住院,我要回去,回家里等死……说着,他剧烈地咳嗽起来。国军赶紧上前扶着,说爸,你,你,你都知道啦?林治帮咳完,抬起腰,挺直腰身,小声说,儿,咱回家去,听爸话,算爸求你,咱回去,我不想死在城里……国军一阵心口涌涨,眼泪就溢上眼角,国军说爸咱留下不是等死,咱要治。

林治帮没有挺着腰板走出医院,他在诊室门口说完回家的话就彻底摊萎下来,一摊没有筋骨的烂泥似的。他的目光一下子就变得木讷、呆板,轮转起来十分吃力。他对这个城市再无任何兴趣,只是不时地叫喊着我要回家。但国军不能让父亲等死,不管留在医院对父亲是件多么残酷的事情,他都要让他接受治疗,他对医生宣判死刑的话痛恨已极。林治帮毕竟是垂危之人,他无力拉走国军,可是眼看着国军办理上住院手续之后,他用了一个十分决绝的办法,使国军只有妥协,他的办法是绝食,绝食两顿,国军就背父亲搭上了回乡的汽车。上车之后,林治帮大口大口吃着国军买来的扒鸡面包,边吃边用混浊的声音说,我一点想不到,我会这么短命,就怪这个倒霉城市。

歇马山庄最先得知林治帮是肺癌晚期的消息是他的女婿买子。林治帮一进家门就让国军去叫买子。尽管热乎了半年的家重新阴冷下来,买子并没表现特别的伤感和绝望,他轻而易举就想到一直痴痴等着他的月月,不知是等着月月求他,还是他等着求月月,买子很快看到一个让人并不悲观的前景。得知林治帮病情买子十分动情,因为他想到小青已不在身边。买子只用小青上县学习这个谎言就骗过了林家全家。他跟国军进屋亲亲地叫了声爸,说我是买子,我来了,买子眼圈涌满泪水。林治帮睁开眼睛,林治帮说买子,你是我儿,你一定要把村干部当好,当牢。买子点着头,说你放心好了。买子以为林治帮念着找他说话是为了他的闺女小青,是让他待好小青,可是不是,是为了他所拥有的政权。林治帮又说,前川老厚家,下河口老翁家,后川老古家,都要去走走拜拜,他们是你行船的活水,要去拜拜。买子说知道了。

古淑平不知道男人得了什么病,国军只说是急性肺炎。可是听男人说话语气,她似乎有些察觉,到堂屋里哭泣起来。林治帮听到哭泣,大声吼道哭什么,我死也该死,我对不起你,你还哭?

谁也听不懂林治帮此话的内涵,都以为他是有意不让家人难过,谁知他这样的话反而使大家泪如泉涌,屋子里很快就被一片哭声淹没。

尽管在小青面前气壮口硬回答果决,月月离开小青之后,还是掉进雪窟似的陷入心底的波澜之中。回到古家后她一连几天都沉默不语,为了避免同到古家拜年串亲的客人说话,她把自己关在西屋编筐。可是身子已明显不适,才过几天,再像原来那样坐在地上就觉肚子大得要命。她知道不是腹中孩子突然间长大,而是停顿几天的编筐劳动使她已经使不惯那股劲,她只有从堂屋里搬个高凳。古本来看到月月初三就回来,像看到自己亲妹妹从婆家回来一样高兴,烫酒热菜顿顿把月月排到饭桌的重要位置,即使有客也不例外。月月也有回到家里的感觉,古本来夫妇对她的喜欢是真心的,是毫不掺假的。他们坚决不让月月干活,说大正月不要搞得手忙脚乱,给他们的中学生补补课就行。月月说课晚上补,白天一定编筐。见月月脸子很沉拗不过,他们最终还是听任了月月。月月选择编筐绝不是为了出卖劳力获得一日三餐,而是为了不让自己的情绪影响古家过年的气氛,为了让自己不被发现地度过情绪波动时期——离开小青,她本来有一种上战场打了胜仗的感觉,有一种居高临下的快乐,自己没有任小青摆布且能把自己对自己的认识推到一个高度。可是分手之后她才发现,那高度是语言的推动、理论的推动,语言和理论不是山石田土,它原来是虚妄的,是经不住时间和空间的考验的。她走下姑嫂石篷一个人向后川走去的时候,月月就发现自己从理论的高峰往下跌落,就发现自己和买子依旧站在一个层面,并且他离自己很近,这时她懂得什么叫理论的巨人行动的矮子。一个多月来,特殊的心理历程使她跟买子早就毫无联系,可是现在,买子身边那个位置空下了,她竟发现自己不设防地站在了那空下的位置当中——自己面对着买子,买子孤零零的,满头黄黄的稀发,黑黢黢的脸庞枯瘦而灰暗。买子从来都是黄发黑脸,可是此时的黄发黑脸则显示着一种孤零一种寒伧让人可怜。她每触及到站在自己跟前的孤零零的身影心就不由得一疼,她的心在这一年里千次百次地疼过,可是那疼更多的是因为爱和受到的伤害。现在则不同,现在是对那个伤害过自己的人产生可怜,就像第一次冒冒失失闯到东崖口,看到窑门边坐着的脏兮兮的黑脸汉子,那种心疼的感觉。这疼的原因里,都有可怜的成份,可是最初的可怜是爱的来龙,是生发出爱的引子、线索,而眼下的可怜是爱的去脉,是爱消失之后的附着物。最令月月情绪受到影响的是,他的到来凸现在她眼前的是一片明亮的天空,一条康庄大道——她从此有家可归,孩子从此有了自己的爸爸,她的艰难、她的一切不可预知的空落的未来,都暂时找到答案,得到解决,这让月月十分恐惧。认知这条光明大道的结果实质是让自己向自己投降,她不想举手向自己投降,她却时而要抬头张望那片天空,那片坦途——她实在活得太累。

月月由可怜买子到最终可怜自己,月月在极度的矛盾中打发着正月的日子,她在心底里反反复复与一个问题走近的时候,一个明显的感觉,是她的熬煎要走到一个尽头了,不管结果是什么,是投降还是坚持。

极限之地终于向她走近。那是一场大风刮得昏天黑地之后的一个宁静的温吞吞的日子,那日子是正月初八,月月和古家小女古斜阳在西屋里还没有起床,就听见一个熟悉的声音叫响在堂屋里。月月最初听到声音心口怦怦直跳,最突出的感觉是这个声音与自己有关,与自己的命运有关。她赶紧推醒斜阳,说来人了快穿衣服,但她没有出屋,她等待着那个时刻的降临。

她的预感一点没错,来人和古氏夫妇走进东屋,说话声立时减弱,弱到月月听不见的程度。约一刻钟,只听朱琴在堂屋喊,斜阳,帮我端猪食盆。斜阳出去,斜阳刚刚出去,买子就进到西屋。买子进到西屋不看月月,伫立地中央,目光在屋壁上寻睃,好像他进屋来的目的是为了了解月月的居住环境。月月为了镇定自己,一直拿着条帚扫炕,买子进来她也没有停止手中动作。与他相见本是一件十分平常的事,谁知现在又有了变化,她的心在怦怦直跳,她感到脸和脖颈火辣辣发热。现在她明白,一个人,不管他爱过的人曾经多么地伤害他,只要条件允许——她指的是条件允许,他都不会放弃希望,这希望隐藏在本能的状态中——因为她实在不愿意自己心跳脑热手足无措,可是却控制不住。买子一直没有转身面冲月月,似乎缺乏直面月月、直面现实的勇气。这种不温不火的相见反使月月怜悯的神经受到拨动,她在心底叹了口气,手中的动作缓慢下来,平稳下来,这时,只听堂屋几双脚步踢踢踏踏往外走,接着,就是锁门的声音。月月立即有所觉悟,古家的人都躲了出去,他们因为知情都躲了出去。月月身体立时开始燥热,那种面对着自己爱着的人才有的燥热,她已经清醒地知道自己不爱他了,可是她想不到自己会通体燥热。

买子终于转过身来,买子在古家人离去之后终于转过身来,冲着低头扫炕的月月,买子说,我,我的……买子措词有些慌乱,我的生活有了意想不到的变化。买子不知道月月早知此事,所以必须从头开始。月月等他从头讲述自己。买子说小青跟我离婚了。

这跟我有什么关系吗?月月不想说话,却还是说了。

离婚跟你没有关系,但离婚之后跟你有了关系。买子直言不讳。

月月说,什么关系?

我想娶你。

月月说,月月脸上几乎溢出笑,她说,你是说,让我顶替小青在你家的角色?买子说,不能这么说,我们现在最合适。

我们过去不合适?月月简洁地追问着。

买子说,当然不合适,你有国军。

月月突然想起小青的话,小青说买子是个典型的现实的人,他不管失去什么,只要不脱离现实。月月说,这么说,其实你和任何一个未婚女子都合适,她们甚至都比我合适。

买子说，我们毕竟有过一段……

月月说，一段什么，那只不过是一段风流韵事。月月已经彻底平静下来，身子的燥热也消失了，她停下扫炕的举动，说你从来都没承认过你对我有一段感情，你从来没珍惜过这段感情。

买子退到西墙的立柜边，从衣兜里摸出支烟。买子说，月月，我说过，我是一个现实的人，我不可能心里装着两个人来过日子，我不适合那样。

一个结实的、比山石田土更有力量的东西蓦地伸入月月脚下，使她感到自己在升高，在与买子拉开距离。月月说，程买子，你是一个自私的人，你的现实其实就是自私，你只考虑你适合什么，需要什么，从不考虑为感情负什么责任，对不起，我要的是感情，我要的是一个人不管面临怎样的现实他都爱我。距离在月月的表达中急遽拉开，让她再也看不见天空的坦途。其实，买子要想获得月月，只要表达感情，表达他婚后是如何碍于现实无法交流，因为无法交流才故意表现坚硬，如果那样，她或许会原谅他。月月理解买子对现实的尊重，现实可以影响他去做什么，而不该影响他去想什么，月月此刻需要听到买子近一年来在想什么，有没有想到过自己，哪怕是欺骗、是谎言。过去，在她疯狂地爱着买子的时候，她不会有这种需要，那时她只需要买子接受自己，而现在不同了，现在她因为有了太多的经历，她需要一个说法。可是买子没给这个说法，买子没有欺骗她，买子说的全是真话。月月说，买子，你走吧，我现在不适合你，我已不是原来那个我，你走吧。月月表情非常严肃，话语的果决像有金属落地。买子呆住了，神情有些慌乱，在他历经几个昼夜的思考中，他一直以为月月一听自己的请求就会伤心地哭泣，甚至嚎啕大哭，会用丧良心和铁石心肠这样的话扎他骂他，而后纵情述说自己几个月来的遭遇、磨难，于是，他将全身心地拥抱她，并告诉她他会一生一世对她好，因为她曾那样地爱着他。

见情景与想象的不同，买子不知如何是好，狠命吸着手中的烟。许久,他终于知道自己该说什么,他说月月,我这人心粗,从不去认真考虑感情,小青离开之后,我认真分析庆珠、你和小青,我才发现,你对我的感情是最真最诚的,是我一生一世都报答不完的,是……月月截住买子的话,她说你这么想一点没错,可是我怎么想你知道吗?如果小青不离开你呢?小青不离开你你就永远不在乎我对你的感情,那我是什么?你有没有想到过我会变的,你的出发点永远是自己,你考虑究竟谁对你好,而你从不考虑你究竟爱谁……买子,谢谢你,谢谢你教会我懂得如何面对男人,我知道什么样的男人更可贵。

买子赶紧接话,但他话音柔和,像最初他们在一起那样,他说月月,我一点都不在乎你对我的看法,但我想告诉你,你现在考虑问题的方式对你很不利,你知道,你也是需要我的,现在,我想要紧的不是让你品味什么样的男人更可贵,而是你和谁最合适。你的缺点就是不现实,小青的出走,正是天意成全我们,我相信你腹中的孩子是我的,而不是国军的,你怀的是我的孩子,这是新的现实。买子说着,向月月身边走近过来,伸出手要搂抱月月。月月蓦地反身,一狠劲将买子推了出去,使他一个趔趄撞到立柜上。月月根本没有料到自己会这样,对买子那双伸过来的手的反感让她自己都感到惊讶。她不安地看了看买子,他的小眼睛依然蕴含光亮,光亮中有些乞求和渴望。他的黑脸上积着一些粗粗的纹路,嘴唇是干燥的,上面浮着一层白白的皮质。他离她只有一步之遥,可是她却觉得他离自己那么远,她离他的渴望那么远,使她怀疑他们曾经好过这个事实。因为她和他站在一起,没有东西在接通,这种隔膜使她感到他们彼此从未有过关系。

月月想不到结果会是这样。是的,她是需要他,在她几天来的心理矛盾中,她的需要有一个相当显赫的位置,以致使她对他的到来生出期盼生出心跳。现在她知道,真正面对买子,她已无法向需要就范,她已经无法走向那条康庄大道上去,她的行为已经自觉地回到语言的高度,她与她的表达是融为一体的。

月月不是狠心的人,她推拟了买子,心里很不安,她真诚地看着买子,说对不起,我不是有意。见月月缓和,目光中有些以往的温顺,买子说月月,我会永远对你好,我向你发誓。买子的目光涌上深情,我向你发誓……月月手在自己撩起的衣襟上拽了拽,然后绞到一起,说买子,现在我知道,感情的路,一旦走过了,就像飞蛾挣脱茧壳,永远回不去了,我回不去了,不要抱有什么希望。

买子眼睛潮湿起来。月月看见有一团雨雾在那里打转,买子咬了咬嘴唇,以往刚毅的嘴角有些懈怠。买子说,月月,我不相信我会失去你,我等着你回头,我永远等着你,我等着做我孩子的父亲。月月的心在买子说到做孩子父亲时,突然疼了一下,这正是她和小青谈话那天,让她难过的事情:一个孤零零的、孩子的父亲站在对面,等待着她把孩子生出来,她无法想象那是怎样一个局面,她确实没有勇气。重要的是她不想嫁给他。就在这时,就在月月在看到她走不回那片天空那片坦途,又看到一个男人可怜兮兮在那等待他的孩子时,一个对月月,对买子,对整个歇马山庄都构成震动的决定,瞬间诞生在她的脑际。这决定让她抖颤着打了个冷战,让她知道,为什么几天来,她会有一种熬到极限的感觉。

买子走后,月月趴到炕上痛哭起来,她抚着腹中的孩子,在炕上翻来覆去打着滚儿。朱琴回来,来到西屋,握住月月的手,说妹子,这是天来救你,你跟买子这是天意,你不要难过,不要想咱吃了什么亏。月月哭一会儿,坐起来,吸着鼻涕,说嫂子,不可能的,我绝不回去。朱琴说月月妹子,你不可太要强,这是多好的事儿,我和你四哥听了都乐得不行。月月说嫂子,我想求你一事。朱琴说说吧。月月说,我明天上医院,想让你提前给我侍候月子。

好像挨了枪子儿,朱琴先是呆住,而后一下跳起,嗷叫着你真是傻了妹子,该做时不做,现在不该做,你却要做,为什么啊?买子是个好人,这是天照应你,你为甚不顺天意呵?月月再次抽搐起来,握住朱琴冰凉的手,一字一顿地说,好嫂子,求你了,就求你最后一回。

　　林治帮在城市被判了死刑返回乡下的日子,他的女儿已在城里安营扎寨。小青好像天生是城里这片树林里的鸟,城市嘈杂的音流灌进耳朵时,小青心底沸腾着悠扬的音乐。她很快就在第三个自我推荐的名叫马来风味餐馆的地方落脚。餐馆老板是个三十出头的漂亮女人,脑后绾着发结,脸上化着淡妆,高个细腰亭亭玉立。小青找到她时她正在屋里批评一位小姐,嗓音的粗粝话语的尖刻与她外表十分不符。她骂那位小姐没有脸皮,说脸皮踩到脚底都不会硌破出血。小青站在紧张的气氛里,为自己的错闯时机暗暗懊恼。可当她转头准备溜掉,女老板发话,别走请问什么事?小青回转身来,小青说想来打工。小青说话时那位被训的小姐走出屋子,小青站定她的位置。女老板说,哪里人?小青说辽南歇马镇人。女老板听歇马镇目光一亮,说歇马镇有个歇马山庄。小青立刻笑了,我就是歇马山庄人。女老板漂亮的眼睛立时由盯视变成审视。小青看出,歇马山庄让她震动,但并不是让她兴奋,因为她审视的目光后边是阴冷而不是暖意。小青不知道她的家乡歇马山庄有什么错误,让一个陌生人这么长久地不怀好意。小青说你们不用乡下人我另找地方,不为难。女老板审视的目光轮转了一下,好像在思谋什么,少许,她说,你可以留下试试,管吃管住月薪五百,同意了就留下。小青说同意。

　　最不愿洗盘刷碗的小青进城之后惟一需要干的活就是洗盘刷碗,然而小青并不感到沮丧,她有充足的准备吃苦耐劳从头做起,她因为知道自己究竟想要什么。跟其他女孩不同,其他女孩堂前堂后两种表情,堂前是微笑,堂后便绷着脸。小青无论堂前堂后,都是笑脸,她的笑脸明媚、喜气,带有阳光,她的笑脸不是做,而是从心底里发出。不断的有城里的客人进进出出,她的笑脸要不断地面对川流不息的客人,被客人们需要,这令她兴奋已极。她笑着,里出外进跳跃着,用和缓的语气温暖着别人也被别人温暖着,她觉得,她林小青的人生是从现在才开始的。家乡的沉寂被城市的喧嚣在记忆里冲涤着、覆盖着;城市的喧嚣热闹不断地充实着、滋养着她脸上的笑。她从前每天想的是如何与家乡人不同,现在她每天想的是她如何与城市人相融。她觉得她就是城市的一员。由于她的自信她的如鱼得水,很快,女老板就安排了领班的位置给她,那是一个夜意暧昧灯光阑珊的晚上,打发了市电视台新闻部一个宴请之后,女老板差人叫过小青。女老板脸上不再是审视的表情,而是欣赏一件自家小猫小狗那种喜悦。女老板说,干领班,你行不行?小青心花怒放,说行。女老板说,你知道我不喜欢什么?小青闷住,眨巴眼睛思索着,她想,她差不多知道老板喜欢什么,比如伶俐、热情,她怎么会知道女老板不喜欢什么?女老板说,我不喜欢调情,除此之外,你都要做足。小青一阵汗颜,因为她知道自己最拿手的是调情,当然她并没利用,也不想用,然而她不知那些调情之外需要做足的除了伶俐、热情之外还有什么。她说,老板,我是乡下孩子,我想知道你需要我做足什么?女老板眉毛一挑,手在桌上对握一下,似乎对她的敢于探问很满意。她说,要热情,让人温暖,要纯情,让人觉得你不懂世故,要举止大方,让人觉得你有修养,要自然,有分寸,让别人不敢妄动又心情舒畅。小青说老板,有一点我不同意,不应该要纯情,一些人见你纯情,就要占便宜。不,女老板说,我是说,当别人想占你便宜时,你要用纯情的、不懂世事的方式拒绝和躲避,那样不会引起反感。你要懂得,我这个饭店,不要出一点风流韵事,我保护我们任何一个服务小姐。小青不解地看看老板,不明白她为什么要守这样的经商之道,她不知道她为什么要这么做。老板大约看出小青的疑虑,说,要被我发现卖弄风情,我绝不客气,我需要堂堂正正做人。

　　小青知道,不会有多少女孩能像她这样懂得男女之事,懂得老板所强调的服务条例内容的真正意义,她似乎对女人这一独特角色有着天才的领悟。女老板的要求对她实在轻而易举,热情时她会像一只火盆,单纯时她会像出水芙蓉,她从不怯场,又从不多言多语。然而,事过一周,一个严峻的考验降临在小青面前。那是一个比她见过的所有男人都有风度、都儒雅的男人,那男人一见她就让她怦然心动,那是一个四十多岁的中年男子,他独自来饭店包间喝酒,忧心忡忡满腹惆怅的样子,小青引他进到包间,他便提出让小青侍候。男人的惆怅是小青一眼就能读懂的惆怅,可是因为他让她怦然心动,她立即收敛自己的单纯,表现理解,她用理解的目光看着他。他于是告诉她,你是一个懂得感情的女孩,你懂得感情。小青连忙否定,不,不,我不懂。男人说,男人并不在乎小青怎么否定,男人说你知道吗?我爱过一个女人,我们苦恋八年,我当然是说我有家庭,我们苦恋八年,却没能决心离婚娶她,我伤了她,就永远失去了她……男人喝一口酒,继续说,没有爱,我就像一个没有牵系的风筝,活得飘忽。我这些年到处寻找爱,可是我怎么就再也找不到真爱?小青说,你把爱这份情感都奢侈掉了,你吃了世界上最香的东西,你怎么会再找到你喜欢的香味,即使有,也不会是你所需要的那种。小青不知不觉被牵进去。男人放下酒杯,惊讶地看着小青,说你这女孩说得太好,我是把爱奢侈掉了,我吃了世界上最香的东西,我现在是想爬山没有高山让我爬,我想跳海没有深海让我跳,我,我太痛苦……小青看这个深情的男人,觉得自己很喜欢他。她喜欢有经历的男人,有经历的男人对自己就是深水高山,尤其他是一个喜欢古典感情的男人……自己不是古典那种,但她多么希望自己能够古典一次……正在这时,门被突然拉开,女老板一张冰冻的脸雕塑似的立到自己面前。小青赶紧溜出屋子,而老板没让小青继续干下去,把她径直叫到办公室,说你违犯了规定知不知道?小青不语,小青很想争辩,可是她在心底对女老板狗一样敏感的嗅觉感到佩服和害怕。女老板说让我怎么处罚你？小青说,怎么都行,我就是想知道你为什么要这样？我其实只是以一个服务员的身份在听对方诉苦。小青终于憋不住。女老板说,我不会告诉你,但是你必须离开这里,因为你说了假话。小青直视女老板,毫不畏惧,小青说你不告诉我我就不走,因为我会改正自己,我承认他吸引了我,我会改正自己。女老板说,我不反对你爱上谁,但一定要真情,真情！你、他都是真情才行你懂吗？小青笑了,心想我怎么会不懂真情,你哪里知道我的经历？

　　不知是因为确实知道她没有卖弄风情,还是因为赏识她的聪慧,女老板没再坚持解雇小青。但从此之后,小青已经会把纯情这样一种天真的情感做得炉火纯青,会把自己完全封闭起来。小青发现,经过锻造的自己与原来那个本我已经背道而驰,相去甚远——她在心底开始讨厌男人。

第三十三章

　　买子真正反思自己,是从离开月月之后开始的。虽然他对月月没有彻底死心,但是月月的话,月月对自己严肃的态度让他久久不忘。他走出后川上了一趟村部。村部土冈上雪迹成块成片,打春之后的日光除了使厚雪减薄,并没使雪迹化作乌有。买子心不在焉,无论是村部还是野地,在他眼里都失去了以往的色彩,以往站在村部四野尽收眼底时,他有一种小苗在沃土间悄然成长的欣慰和自豪。如今不是以往,如今小苗陡然失去沃土,那肥沃的,在他以往的感觉中几乎有些冒油的,让自己不敢放松伸展根须的土壤竟然骤然间挖空流失,使自己拼力伸展根须都抓触不到,自己赤裸裸地被弃在泥土之外,被扔在寒冬雪野里。离开后川路过村部,买子有一种被活生生拔出泥土的感觉,被积雪包裹的感觉,他怎么也想象不到,在他对生活充满热望的时候,那些培植自己的泥土会变戏法似的散去。是什么东西导致她们厌恶自己,遗弃自己?买子一时真是丈二和尚摸不到头脑。买子蹒跚在山野上,一步一步,在从村部返回东崖口的进程中,月月的话始终像飞鹰盘旋一样盘旋在他脑际:你的出发点永远是自己,你只考虑究竟谁对你好,而你就从不考虑究竟你爱谁。是的,他究竟爱谁?这个问题似乎早就存在,在刘海女儿私闯东崖口向他表达感情,他也感受到一份温馨的时候,他就问过自己:究竟爱谁?但那时他没有得到答案,尽管那答案对他当时的选择也并非重要。他发现多少年来的孤伶孤独,使他对女人的感情缺乏挑剔和审视,就像一个饥饿的人不会选择哪一种粮食充饥更好,他已经丧失了挑剔审视女人感情的能力,已经丧失了品味爱情质量的能力,或者说自己压根不懂爱情。他曾在一本书里看到过,爱情最能检验一个人的素质和品质,自己就是一个没有素质没有品质的人?买子这么想心里有些不服气,他从来没觉自己素质有什么不好,品质有什么问题。自己从来没有像虎爪子那样玩弄情感调戏女孩,也没有对谁不负责任。他对庆珠是负责任的,没有他她不能上镇上开理发店;他对月月是负责任的,他不想使她家庭破裂损害名誉;他对小青更负责任,从来没强迫她去做她不愿做的家务,从没让她感知她被金水沾污的污迹,尽管小青自己有些感觉,但他所做的一切,也是山庄其他男人难以做到的……买子越思越想,越走进一种困境当中。他发现,作为山庄男人,他根本就没做错什么,他甚至可以说是做得十分出色。当买子在困境中遇到了对自己的肯定,突然的,买子脑际涌上一个新的念头,是他不该遭际庆珠、月月以及小青这样山庄里略有一些知识、家庭家族略有一些根底的女人,是她们的自以为是,她们的不安分,她们的空讲感情不切实际坑害了他。感情是什么?感情绝不是一个独立存在的空洞的东西,它与山庄的一草一木、炊烟晚霞锅里碗里,与山庄的伦理道德紧密相连。小青说的没错,他不会脱离这一切去空谈感情,他是一个现实的人,他是一个脚踏实地的人,他是一个从底层生活拼命往外爬出来的人。买子如此想来,对自己遭遇三个自以为优越,并因为优越而忽视他的生存现状的人感到愤愤不平,自己为什么要遭际她们?自己苦大命薄,无依无靠,自己起初房无一间地无一垄,自己这样受饥受寒……他怎么能不重视现实?而她们无一个受过饥饿之苦,都在家里娇生惯养,他最终失去她们,其实是她们世界观的不同,是她们在乎的问题的不同,他相信他——作为程家的后人,他没有错。

买子在回到冷清清的草房小院,回到空落落的屋子时,心上涌出一种受到欺骗的委屈和难过。他从来没有主动招惹她们，她们你方唱罢我登场地来到他的生活中，谋划好了似的，带给他快乐的同时又将他的生活打得七零八碎。他是那么地爱护她们，她们最终却在指责他、批评他之后抛弃他。她们可以指责他批评他，她们不该抛弃他。她们若想抛弃他，最初就不该爱上他，她们压根和他不是一条线上的蚂蚱，她们偏偏说她们爱他，她们这哪里是在爱他？简直是来打击他毁坏他。

买子进门一头扎进冷冰的西炕，稀黄的头发蓬散在被垛上，他反思自己的起点是自己究竟爱谁，他不知道自己究竟爱谁。这个半年前就出现在他思维里的问题最终导致了鸡飞蛋打。他只知道其实那些标榜爱自己的人最终是害了自己，自己才是受骗上当的大傻瓜。买子反思的终点是终于搞清，自己才是个受骗上当的大傻瓜。买子匍匐在炕上，脑袋被留有小青身体气味的行李包围着，他一任自己陷进受骗上当的痛苦中，像最初感受庆珠进了小镇理发店就改变了对自己态度一样，胸腔起伏不平。他翻卷着，时而睁开眼睛看着天花板出神，时而俯下身去将两眼压进黑暗里。然而，就在他翻卷了大半晌，到吃午饭的时候，他一高跳起床，他感觉有一个坚硬的东西在心中崛起——坚决不求月月，他要找一个跟自己有相同出身的没有多少文化的乡下女子！

买子重整旗鼓似的，拿草烧了西锅烧东锅，碗瓢叮当地做了午饭，并在饭后背母亲送了便，他告诉母亲，要下屯去看大棚。

在山庄悄没声地发生了许多不被大家知道事情的正月上旬，家家户户门口大棚里的滑子蘑，也悄没声地长大放圆，露出一簇一簇油亮肥胖肥胖的圆盖。人们姐夫小舅亲连襟亲戚朋友还没串完，扑克麻将在圆桌上还没摸热，便纷纷涌进自家大棚。大棚里温暖如春，木花和蘑菇的清香味缭绕弥漫。一帘一帘由木花作成的平面上，抱成团的小人儿似的蘑菇一簇一簇相依相恋。仿佛世界各族人民大团结似的,各踏一方,欢呼雀跃。蘑菇们的雀跃是无声的,它们虽然对在这样一处突然相遇,相依为命倍感欣喜,但它们是无声的,秘不可宣的。人们的雀跃却是有声的,他们第一次见到这冬天里探出脑袋的神奇生命,这不是生在土上而是生在木花上的半空中的生命,它们好像专在他们眨眼的工夫、离开的工夫成长,它们好像有意要给陌生人一个惊喜。人们早已不是惊喜,而是一惊一咋,口口相传,呵呵直乐。先是把自家人一个个喊来看,指给他们一丛一丛地看,阅兵似的,而后你串我家,我串你家,再后就每家都有人把握米尺,在自家和邻家的蘑菇上度量身高和粗细,量好的数字却并不说出来,只在心底比较着,每个人脸上的喜悦是比蘑菇还要崭新的。人们沉浸在一种从没有过的欢愉中,类似站在坝埂眺望一片黄澄澄稻穗一样的喜悦。人们是在冬季里经验秋天的喜悦,且远远不止收获的喜悦,还有对奇迹的震撼。人们早已忘了现在是正月,是庄户人吃喝玩乐的好季节,人们丝毫找不到年的痕迹,好像是蘑菇的出生把年钻出一个洞,从此年便气球似的撒了气,干瘪下来,随之鼓涨起来的是准备收获的雀跃、忙乱和心神不宁。瞅着大棚心神不宁的人们根本不去关心谁家发生了什么,古家地种得怎样,翁凡书怎样,虎爪子怎样,小青怎样,月月怎样以及买子怎样,他们因为兴奋点转移,这些人的事即使知道了,也不议论和传讲。发生在小青、月月和买子之间的事他们压根就不知道,甚至林治帮得了不治之症,也无多少人知道。

张守山在滑子蘑一天天成长的正月里,心情受到无限困扰,他无法像其它人家那样得意洋洋欢呼雀跃,这个不是土里种植的东西越是水灵旺盛,张守山心里越是塞了稻草似的憋闷、难过。被他撵出单过之后丢家舍子到海边剥虾头的儿媳,两手冻成烂苹果似的回家来脓血四流,腊月二十八钻进家门抱孩子大哭一场,便一正月没有出门。儿媳不出门儿子也不出门,把张家大院的气氛搞得沉闷不堪,事到如今张守山知道,儿子儿媳的高兴不高兴牵动着做公婆父母的心肝肺腑，并不是一撵出去就完事大吉。如果没有大棚，如果大棚失败，他都不会在意儿媳的反应。滑子蘑一天天欣欣向荣，儿子儿媳一日日消声弭气，相互的衬托使张守山一望东厢的木门就说不出的烦躁。他常常警觉地侧棱耳朵，希望听到一些笑声和大声说话的声音，然而除了孙子偶尔嘎嘎叫上两声，听不到丝毫过日子的喜气。

　　正月初八这天，压抑烦躁的张守山差小儿子进东厢抱出孙子，将孙子抱到大棚，希望通过孙子引出儿子或者媳妇。让儿子儿媳了解滑子蘑的长势似乎很重要，他将有一个重大的决定在他们了解之后宣布出去。他不能亲自登门低三下四，在张守山认为，除了自然而然相遇，自然而然唠起，任何有意安排都是他当老子的低三下四。可是，孙子抱在怀里一整天，儿子儿媳也没向他走近——桂枝手冻坏得横草不拿竖草不拣，已使张老大一正月锅上锅下屁滚尿流，他们恨不能把孩子送出几天。孩子抱出的第二天早上，张守山实在打发不起烦躁，便终于亲自走进东厢，他在推门时感到他做父亲的腰板有些猥琐，不是因为东厢屋檐太矮，他不得不屈腰弓背，而是儿子单过之后，他从没走进厢房望上一眼。屋子里光线晦暗，煤烟卷着酸菜水的冷气呛眼扑鼻。拐进里屋的时候，张守山踌躇了一下，好像对自己的行为突然产生怀疑，但没一会儿，他还是抱着孙子迈进去。见从不登门的父亲进来，在炕上看电视的张老大受宠若惊，他从炕里往外挪着，说爸……你……

　　桂枝一直没有说话，柳叶眉上挑起一种不屑一顾的神情，两只缠着棉套的手在怀里动了动。张守山不看儿子，不看媳妇，把孩子放到炕上，好像他走进厢房来的目的只是为了送孩子。然而孩子放下炕之后，他把耷拉的眼角翘起，朝儿子儿媳扫了扫，日光在云缝里急驰而过似的。张守山说，蘑菇出了。儿子儿媳没有吱声，他们不知道他们的父亲和公公登门向他们通告蘑菇出了有什么意义。张守山说，孩子小，再别出去啦，出了蘑菇，就有你们的份儿。

如果只讲蘑菇,即使公公把卖蘑菇钱都给自己,儿媳也不会在意。公公说到孩子小,说到别再出去了,好像一下子揭开了手皮的伤痛处,桂枝眼泪蓦地涌上眼眶,她低下头来嘴唇瘪了一瘪,不出声的就哭了起来。在海边冷库剥虾头,手扎得再疼,腰累得再弯,她都能够忍受,惟一不能忍受的是想孩子,那种活揪心的想念曾让她对撵他们分家的公公刻骨仇恨。还在海边时,就发狠回来绝不出门拜年,也绝不让男人出去,她要咬紧牙关和男人过真正的独立生活,不热络任何人,叫老人有好日子也过不安稳。她的目的达到了,可是,她却想不到,老人会来热络自己。桂枝分开两只残疾似的手,一把把孩子拢到怀里,头扭到一旁伤心地抹着泪。张守山说,我张家老老少少没本事,叫你一个女人去遭罪,张家老老少少对不起你……

张守山说着,将目光送向窗外,他说蘑菇真的出来了,今年这茬卖的钱全给你们。你爸说话算数,你爸不相信蘑菇真能出来,现在出来了。你们去看看,锃新锃新,今年卖的钱给你们。明年,你们搬回后屋一块过,咱把厢房都用上。

如果说张守山前边的话是用酒精熏进伤疤里的嫩肉,深深刺激了伤疤的疼痛,那么后边的话,便是在嫩肉上敷了云南白药,那药粉在吸收了酒精的同时,止住了伤疤的疼痛,不但止住疼痛,桂枝还渐渐感到温热的气息。这种温热是她结婚之后从没感受到的,扭转的头不能突然间扭回,可是桂枝特别想作出什么动作,表示一下自己的感动。她少顿一回儿,便松开手来推动怀里的孩子,好像松开的是自己的脸皮——自己的脸皮自从回来就是紧绷着。孩子在母亲的推动下再度回到爷爷怀抱。张守山感受到他语言的分量,在儿媳跟前检讨自己时感到的不是自己刚进门时的猥琐,而是一种老母鸡雨天遮护小鸡的力量和身份,这感觉出乎他的意料。他重新抱起孙子,佯装漫不经心然而朗声朗气地说,走喽,上大棚看蘑菇了喽。张守山从东厢低矮的房子迈入他敞亮的院子,这时,他感到自己突然变得比原来高大起来,腰板格外挺直起来,有一种后门口白杨树顶天立地的姿态。

为了对父亲的一番话表示感激,张老大在父亲走后下炕穿鞋,并在自己穿上之后也把桂枝的鞋拿到炕沿。张老大一直没有说话,他不想强求什么,他也无须强求什么,他已经从桂枝松开孩子的表现中,察觉了只有夫妻才能察觉的东西。果然,没一会儿,桂枝就转过来,向炕沿伸出两只脚,等待男人给穿鞋。男人给穿鞋的时候,桂枝说,老人能有一句话,比什么都强,咱不要蘑菇钱,咱明年也不搬回去,早晚都是要分家的,老人有句中听话,就值啦。

只要打了春,空气里就无处不是盎然的春意,当然这盎然不是张扬的、漫天飞舞的,而是隐在穿梭的风丝里,隐在日光的执着里,隐在静静的天籁里。张老大和媳妇桂枝走出憋闷的东厢来到院子里,他们深深地吸着空气,望着蔚蓝的天空、灼眼的雪野,望着分外亲切的日光,他们最强烈的感觉是春天来了。一年一度的又一个春天竟然在他们赌气时就悄悄地来了。他们晃摇着走进门口的塑料大棚,他们在进棚时恰遇到挨家巡视的买子。于是,老大、桂枝、买子、张守山,还有张守山怀里的孩子,他们在簇拥于半空的蘑菇上用目光和笑容交织出另一番融融春意。

小青走后,找回月月的希望断送以后,买子过日子的积极性没有受到多大挫伤。买子是个认命的男人,无论生活中有多大艰难,只要一想到这是命定,就不在眼下的痛苦中纠缠、徘徊,买子会很快进入到对另一种生活理想的设计中,就像他当初带着父亲的骨灰盒和母亲回到辽南,房无一间地无一垄却能从头做起,就像庆珠死后他会因为一句话就奋力做起。在他身上,有一种任凭风雨摔打的不屈的韧劲。只是,不断地进出林家,不断地扮演女婿的角色,使他常常有一种小青真的外出开会的幻觉。他在幻觉消失之后,情绪会有瞬间的一落千丈。不过那只是瞬间的事。买子新的理想是设法卖掉积攒的地面砖,还上借林治帮的钱——他在心里叫林治帮而不叫老丈人,让家家户户的滑子蘑卖个好价钱,继续帮助古本来把沙地经营出成色,继续想些让村民不离山庄就能赚钱的活路。当然设想这一切时他不再有从前的乐观,不到一年的任职告诉他,山庄这片地并不是一张白纸,任你画出你想画出的图画。山庄这片土地旱天硬雨天泥泞,种庄稼会有收成,想在这片土地干别的,确实不是件容易的事情。他时常想起自己卖了一窑雁尾砖请金水虎爪子回家喝酒时胡吹乱泡的情景,那时自己觉得没有什么做不成的事儿……不过,买子也并不气馁,他想他不会放弃任何努力。

就在准备为存压的地面砖的销路向县里发起行动的时候,买子得到一个意外的消息,镇王书记已经帮忙找了销路。王书记打电话让买子去镇上攀谈时,一双三角眼诡秘地看着买子,好像买子犯了什么错误。王书记说,拉去找县城建局刘局长,一块五角钱,二万块一万元,给二千元提成,怎么样?买子心领神会地看着王书记,说没问题。王书记还是痴迷地看着买子,意犹未尽的样子。买子迅速地思谋着,搜寻着应该表达的信息。可是一时想不出还有什么东西让王书记留有期盼。买子说,王……王书记,买子有些口齿生涩,买子说再给你一千,你帮了我大忙,这是应该的。王书记收回目光,脸子一下冷下来,说你小子怎么可以说话不算话。买子慌了,心想他从没答应给书记更多的提成呵,记得当时他只说给买主一份,这一千也是他忽发奇想的结果。买子说我……我说过什么?王书记顺手把桌上的材料理了理,故意让买子好好想想似的。王书记把桌上乱七八糟的材料理顺齐整,买子还是没有想起自己说过什么。王书记说,你真是记性没有忘性强,你说过我帮你卖砖你要告诉我一件重要的事情。买子突然醒悟,原来是这句话,买子醒悟到是这句话,脸突然一红到脖,做了亏心事似的,他笑着看着王书记,说王书记你真行,这话你还记着。王书记说那还不记着,我就想听听你有什么重要事情告诉我,是不是你干了偷鸡摸狗的勾当。

王书记的话让买子有些发愣,王书记竟然像知道什么似的,买子警惕地看着王书记水灵灵的大眼睛,心想你肯定是诈我,你其实什么都不知道。买子说我骗你王书记,我哪有什么重要事情告诉你? 王书记的脸再次板起来,说当真没有? 买子说当真没有。王书记说,那砖就别卖了,我现在就打电话给刘局长。王书记一本正经去拿电话,边拿边说,我最反感骗子,你程买子怎么能是骗子。买子赶紧站起,摁住王书记拨电话的手,他知道王书记是故意吓他,但这种事弄不好要弄坏书记对自己的印象。电话一旦拨过去再让书记反口,对书记也很不好的,毕竟人家是书记而不是一般百姓。买子说别打王书记,我招,我从实招来行不行? 王书记于是摆出一副洗耳恭听的架式,说招就好。买子说,王书记,你是不是已经知道是我干的? 王书记故作惊诧,你干什么啦? 买子说对不起王书记,其实我那是给自个壮胆,心里并没恶意。书记不吱声,端正地看着买子,等待他讲下去。买子说,厚庆珠到镇上开理发店,不到一个月,回家当我老提镇长镇长。买子说到这,停下来,往回补充道,说厚庆珠是我第一个对象,我和她谈崩那天夜里,她竟说你怎么不是镇长,我就不知道女人怎么就这么爱权。庆珠死后,我几夜睡不着,就发狠一定要掌权,要当镇长。写那张条子,我心里很难过,我不怀疑是不是镇长勾引庆珠,我只知道庆珠来到镇上就瞧不上我了,我当时的打击相当大……买子说着,眼睑垂下来,说其实,我是一个最怕别人瞧不起的人,庆珠死前是瞧不起我的,我上镇上送那纸条,就想发泄心里一股气儿,庆珠死了,我要找到出气儿的地方,谁知道,那时我慌里慌张,又是头一回上镇政府,就送进了你的屋里……

王书记听着,面上毫无表情,好像正听一个老掉牙的故事。买子讲完故事,停下来,抬头看着王书记。屋子里很静,走廊里有电话铃声在远远的那一头尖叫,有人在书记门口走过来走过去,但王书记不理会门外的人,他直视买子,眼角里有一团诡秘的光在旋动。他缩回手来拉开抽屉,在抽屉左边的一个缝隙里,取出一张脏乎乎的纸条,拿到桌面展开来,朗声念道:镇长大人,小心你的乌纱帽。你等着,总有一天,歇马镇会有一个毛小子顶掉你那狗尾巴官。买子脸膛登时抹上一片紫红,连说别念了王书记别念了。王书记念完,折起纸条,放到抽屉原来的位置。买子急了,说王书记撕了吧。王书记笑了,说可不能撕,这纸条的作用大了。买子愣愣地看着王书记,不知这葫芦里装的什么药,神色有些不安。王书记说,你小子才真正是放肆,竟敢送到我的屋里,知道吗? 见纸条不用两天,我就调查出来是你。买子的不安立时转为惊诧,怎么会呢? 王书记的笑在眼睛里荡漾着,说这个纸条给我提供了两个未知条件,一个是哪位镇长爱逛理发店,一个是谁跟开理发店的人有关系。厚庆珠死了镇上大家都知道,这也是一个已知条件。买子说王书记,你厉害,不过,我想知道,你既然知道是我干的,为什么同意我当村长? 林治帮的面子那么大? 王书记收回笑容,眼皮凝聚出一种成熟男人的深不可测的狡黠。王书记说,这就是你的官运,今儿偷偷跟你说,王书记朝门外望望,好像很怕有人听见,你当村长跟林治帮有点关系,因为是他推荐了你,可是最终能过我这关,那得感谢你这张纸条。买子彻底迷糊了,不知道书记到底指的什么。王书记说,你要有记性,想你不会忘记你在镇里请客那天,我在饭桌上说的那句话,我说你得感谢关镇长。买子转转眼珠似在回忆,一会,就不住地点头。王书记又说,你小子其实是帮了我一个大忙,跟你说吧,早就有人反映关镇长爱沾女人,动不动钻到哪家理发店洗头房动手动脚,我一直弄不到证据,你这张纸条让我一下子找到证据,你助我一臂之力,我当然愿意助你一臂之力。

买子好像被谁击了一拳,突然地被震住了,他呆呆地看着王书记,看着他长长的脸看着他深藏在皱纹里的城府。王书记说,那小子很不像话,他是党员干部,他这是给我们党员干部队伍抹黑。这几年改革开放,我们党员干部的形象就是被这样一些人给糟蹋了。他太不像话!这时,买子从起初的呆痴中醒过来,起初的呆痴是缘于王书记同意自己当村长的理由,这理由是他无论如何想象不到的,而现在买子警醒过来,原来调动庆珠感情游移的是关镇长,原来关镇长是暗杀庆珠的罪魁祸首。如果庆珠感情没有发生变化,他是绝不会和她吵架的,要是不和她吵架,他会送庆珠回家,庆珠也就不会落水丧生,如果庆珠如今活着,他程买子就不会有后来这么多的感情遭遇……一瞬间,千怨百恨泥沙俱下,买子喘息突然粗重起来,脸充了气的塑料袋似的一鼓一鼓。买子说,王书记,干掉他,我来帮你,你说怎么干吧。王书记突然朗声笑开,说,这可不是我干的事,我是要帮助他的,党培养一个干部不容易。不过我一个人也扭不了乾坤,马上要开人代会了,只看我们镇人民代表拥不拥护他。买子一切都明白了,鼓动的腮帮闪出一道亮光,咬咬牙说中,我也跟你一块帮助他。

　　从镇政府出来买子浑身上下都顶着一股气儿,一股行侠仗义的志气,一股惩治邪恶的士气,一股报效恩德的义气。在这几股气的串通下,买子先是清除了滞存在山庄砖场的最后两万块砖,然后找"郭人大"要了各村人大代表名单,就一头扎进另一番任务的执行中。时间紧迫,人代会半月以后就要召开,买子把自己打扮成一个四处讨寻给老母治病药方的孝子,挨村流窜,专选人民代表家走访。提到老母,自然要提到婚姻,提到婚姻自然要提到庆珠的死,提到庆珠的死,也就引到关镇长,买子的谈话带着对母亲,对庆珠无比深厚的感情,自然也就引起听者的注意。有时正说着,听者说坚决不能选他当镇长,买子则说,哟,可不能影响他当镇长,镇长是镇长。听者于是会勃然大怒,说你小子真没骨气,这样一个人咱老百姓还能拥护他? 也有的人关心政治,买子刚刚提到关镇长,那人就露出镇领导相互之间的矛盾,说王书记在经济上腐败,关镇长在生活作风上腐败，他俩仇恨很深，谁也不听谁的邪。买子听了，心里觉得挺别扭，说不出为什么别扭，但别扭一会，还要认真做下去，因为毕竟他了解的是关镇长的邪，也就义无反顾地窜下去。

正月十一，乡政府人代会如期召开，关镇长终于以七票落选。吃午饭时，王书记拍着买子肩膀，意味深长地说，好好干，小子。

第三十四章

　　林治帮肺癌晚期的消息还是一点点传出上河口,被山庄更多人知道,前来看望的人络绎不绝。山庄人对自己的好恶爱憎无论多么认真,对生命垂危之人却是异常宽容的,他们可以一下子就干净利索地搬掉过去相互关系间的阴影、印象上的阴影——一个人的死会像一道超强的电光把他与别人间的所有阴影消灭。经历失落的潘秀英,内心里对林治帮的狡猾一直耿耿于怀,但是听到消息后,她汪着眼泪赶紧摸出二十块钱,到治亮小店买了罐头和饼干前去探看。哥哥的病给弟弟的小店带来了从未有过的好效益,过年收礼和送礼都是一对一,驴啃痒似的你啃我我啃你,谁也没有剩余礼物,人们便只有就近去发旺林治亮小店。结果是当兄弟的花钱到外面进货,当哥哥的分文不取就把货移到自己家。面对这些提礼上门的人们古淑平真是不知如何是好,她欢喜有人来看,因为她实在无法打发天塌下来的悲切,人来人往可使她在应酬中变得混乱麻木,可是她又不愿让人亲临现场看到男人的不幸、自己的不幸,这样的雨点为什么要落到林家,人们常讲好人好报,面对村人古淑平会一千次一万次地想到恶有恶报,自己没有作恶,自己的男人没有作恶。古淑平在矛盾中接受着无法逃避的现实,引领自己走出心理误区的一句重要的话是好人没长寿。她每天都当村人无数遍地重复着这句话,好人没长寿。村里八十几岁的长命老人并不计较她的话对自己的影射,似乎都能理解那种自我安慰的必要。

最初两天,林治帮对前来看望的任何人都只有一个态度——置之不理。自从回来跟买子说过那番话,他再一直没有说话,他无论是坐着还是躺着,无论是睁眼看着大家还是闭眼睡觉,他对大家所说的一切都不搭言,不接腔,那些和善的面孔在他眼里好像只是一些葵花或者稻穗,毫无意义。第三天,林治帮彻底变了,他对每一个人都要讲一遍看病经过,CT是个什么怪物,专家是个什么怪物,星级宾馆是个什么怪物,以及自己是个什么怪物。林治帮在讲到自己同专家吵嘴时脸上溢着得意的笑。因为逢人必讲,林治帮每次都自然而然有所省略和添增,而每一次的省略和添增都极不相同,但只要有人听过三遍,就不难发现,一直没被省略的只有三样东西,那便是星级宾馆的价格、CT的价格和自己的不怕死。然而讲过两天,林治帮又陷入沉默,好像他已讲得太累。这一回的沉默不同最初的沉默,这一回的沉默连眼皮都跟着垂落了。他几乎看也不看大家一眼,除了早午晚到外边解手,他一直是闭目躺着,他的疼痛感并不强烈,只是偶尔咳嗽得厉害,咳得痰里有了浓浓的血汁。当他发现痰里有血,他便叫过古淑平,告诉她将院门口的门锁上,不让任何人再来看他。还问古淑平,为什么小青不回来看我?我想小青。

林治帮是在第二次沉默时,是在大门上锁家中彻底清静下来时才陷入对往事的回忆的。对往事回忆由火花开始。火花早起上学时披洒了满身朝霞,那是正月十八早上,林治帮刚在被窝睁开眼睛,就看见透进窗户的一抹早霞,早霞火苗似的舔着炕被舔着窗台的夹竹桃,疾速跳动的情态让人心慌意乱——林治帮在这个早上第一眼看见早霞有些心慌意乱,他心咚咚快跳两下,而后发觉眼窝有些潮湿。因为朝霞虽离自己很近,朝霞映衬的一切却离自己很远,炕被、夹竹桃、窗外的世界、还有火花。火花在窗口夹竹桃的枝影婆娑中离屋而去。几天来家里人都与自己靠近,国军没日没夜地守候着,古淑平没夜没日地巴望着,只有火花离他远,让他有看不见摸不着的感觉。火花从夹竹桃枝影中走出的身影,让林治帮重温并愈来愈明晰了看不见摸不着的感觉,他看不见摸不着的是火花,可是此时明晰的却不光是火花,是由火花带来的整个世界。林治帮是在这天早上,看见火花在早霞中消失的时候,才真正明晰不久以后,自己将永远离开这个世界的事实的。这让林治帮长久地经历着心慌意乱,经历着难过。就像一个长年在外的人突与家乡人相遇在车站一角,火车的汽笛呼唤着各奔东西,相见的一瞬便是告别的一瞬,双方一边慌乱地看着火车一边慌乱地看着对方,语无伦次。他的火车与火花的火车背道而驰,是他的火车争着与所有人分离开来,背道而驰。林治帮披上棉袄,老泪在干瘦的腮上凝结着,不久,他便咳嗽起来,剧烈的咳嗽声像有人抓破了气管,给人撕帛般的刺激。古淑平赶紧拿来国军上班前配好的药,送到男人枕旁。林治帮浓浓地吐几口痰,俯身喝水吃药,而后仰躺下来。

林治帮仰躺下来,看见自己与这个世界的天空、日光、早霞告别,听见自己身下火车在哐当哐当告别喧闹向荒凉奔去。他看见的不是歇马山庄的天空和日光,而是城里的——六年前他搞基建那个城里的。这个早上,林治帮一会儿觉得告别的是现实的歇马山庄,一会儿又觉得告别的是六年前的那个城里——是六年前的告别。如此这般,一个身影,一个几年来鬼魂似的缠绕自己的身影,便在这个霞光满天的早上,笼罩了林治帮的整个脑际……

林治帮真正勾搭上华威酒店的领班陈莹,是在他在城里如鱼得水的时候。与其说是勾搭,还不如说是攻破堡垒。那是一个浓雾在高楼间缭绕的晚上,黄海饭店工程通过最后检验,林治帮一次性得手现金一百一十万,晚上林治帮带验收人员到华威酒店吃最后一顿饭——华威酒店是他占领城市最重要的掩体之一,他借这里的一个不起眼儿的小酒吧的掩护,把许多桌面下的事端到桌面之上,最终取得预料之内的成功。在这里他给许多人包过小姐请过舞伴,自己却从没摸过一个小姐的手,酒吧小姐见到他像见到财神似的围着他。那个晚上他将四个人灌得烂醉,而后把他们领进酒吧舞厅。小姐们早在门边候着,从他手里接钱的样子就像从树上摘下一片树叶。林治帮把他们送进舞厅,自己就逍遥在厅廊旁边的沙发上抽烟。这个厅廊边的沙发打发过他许多独自抽烟的时光,他的许多占领城市的攻势,就是在这里展开的。在这条沙发上,他常能想起领自己和弟弟要饭的父亲。父亲领他们兄弟妹妹在别人家混一顿饭后,总要气气派派地坐定主人家炕头要上一袋烟抽,父亲的气派是不知道羞耻的气派,是把祖宗的脸皮坐在屁股底下的气派。而今,他才是那个打点叫花子的主人,自己才是真正的气派了,他是把自己祖宗的脸顶在了头上,而把许多城里人的脸坐在了屁股下,让他们在他给买下的羞耻中气派——他一直以为那些通过自己手中的钱领到小姐的人是领到一份羞耻。然而,就是那天晚上,事情有了意外的改变,事情的改变使他的意识在不经意中有所改变。

那天晚上,舞厅的舞曲低沉缠绵,这里的舞曲从来都是低沉缠绵。可是那天晚上低沉缠绵的舞曲里,竟有一曲是他那些年在乡下最爱用口哨吹的"不落的太阳"。林治帮不知道这样的歌曲,怎么能够在这些狗男女厮混磕绊的舞厅里响起,不知道为什么原来一唱起来就能感觉太阳火球一样地照耀的歌曲,怎么能变得如此低沉,仿佛火球已经落入深谷。林治帮挺挺腰,侧身朝门里瞅了瞅,像瞅一个鬼怪,旋即,他又侧回身,低下头来继续抽烟。可是刚吸两口,他又抬起头来,他觉得心里好沉闷好压抑,有一种喘不上气儿的感觉,这感觉完全来自舞厅里那首舞曲,那印象里敞亮明快的调子变得如此低沉,让他喘不上气儿,于是一个发自牙齿与唇尖之间的哨音从他口中出来,他想应该是这样的,对,就应该是这样。于是,林治帮掐灭烟头,手在半空中舞动着,他的哨音有些粗劣、毛糙,夹杂着类似车轮辗碎石头似的杂音,不似当年那样尖细、纯粹。但他的哨音是敞亮的、粗劣而毛糙的敞亮,完全不同于屋内的舞曲。林治帮吹着明快的口哨,觉得厅廊里的气氛瞬间变了样,深棕色花纹的墙壁亮丽起来,低矮的吊有幽暗灯光的顶棚悬升起来,哨音穿过厅廊,把沉闷的酒吧变成乡村场园、地垄和山坡。林治帮因为在哨音里看见二十年前的乡村,自觉不自觉地进入一种情景,一种忘我的、欢畅的情景。然而就在这时,一个冰冷却是尖细的声音揉进他的哨音里来,从天而降似的,这里不是放羊的地方! 林治帮愣了一下,停止口哨,嘴因为没有被截断的准备依然做着出气的口形,他抬头朝声音发出的地方看,只见酒吧领班陈莹站在他的对面。陈莹的表情是恼怒的,里边还有一种鄙夷和轻蔑。他从来没有看见陈莹有这种表情,这个身材苗条、眉眼清秀的女孩,对自己虽然一向严肃、傲慢,但从来没这样看过自己。林治帮很是歉意,知道自己有失大雅,便嘿嘿地笑了笑,说这里不是放羊的地方。林治帮重复陈莹的话,完全因为知错之后不知如何表达,可是陈莹却误以为他在呛她。她说不要以为有钱就可以横行霸道,这里不是乡下。陈莹的这句话一下激怒了林治帮,他从来没有横行霸道,他也从来没有把这里当成乡下,乡下怎么会有这些乌七八糟! 进城之后,他从来都是检点自己使自己做事更像一个城市人。林治帮直视陈莹,幽暗的灯光拉开着他和她之间的距离,他直视着她那张储存着鄙夷的脸,一句话也说不出来。陈莹见止住哨音,转身朝灯光略暗的吧台走去,就在这时,林治帮发现她向一个刚进门的人送了一个飞眼。这让林治帮一下子走进一个误区,他想这个叫着陈莹的领班从没向自己飞过眼儿,她在自己面前从来都是严肃和傲慢,他通过她联系房间和找舞伴时她从不表示自己的兴趣,她却让他看到了她的轻佻、挑逗,而且是在鄙夷、轻蔑了他这个乡巴佬之后。

　　林治帮心里极不平静,他突然意识到,一直以来她对自己严肃,原来是没瞧上自己这个乡巴佬,自己不很体面。这种念头的涌现使林治帮突然地对自己很不满意,他其实一直是对自己很满意和自信的,就在刚才还是这样,可眼下他对自己很不满意。他想自己原来在被一个领班的瞧不起,自己在领班的眼里原来还是乡巴佬。这时,林治帮产生一个想法,那就是我林治帮说什么也要让你瞧得起,让你冲我飞眼儿。

攻克陈莹的过程似乎并不复杂。又过了一周,林治帮独自一人来到酒吧,他独自包了单间,要了两个菜和两杯酒,差给他服务的小姐去叫陈莹,说请让陈莹来,我找她有事。陈莹走进来,见是林治帮,原来还在微笑的脸突然严肃起来,说林先生有什么事——她叫他林先生,这是服务业的习惯用语,林治帮即是乡巴佬也很习惯。林治帮说,林治帮尽量把表情做得非常和蔼,他说我向那天在大厅里打口哨道歉,请你陪我坐坐。陈莹扫一眼林治帮,见他表情很真诚,就挪椅坐下来,并说我坐不了多久,我外边还有事。林治帮说你是我最佩服的女孩,你从不为金钱所动。陈莹受宠若惊,冷静地看着他。林治帮说那天其实我很想家,那歌曲让我心里很闷,就……请你原谅我。

陈莹一直把林治帮看成是不懂情感粗俗的乡巴佬,想不到他原来情感很细微,尤其他会郑重其事向自己道歉。陈莹脸上有了微笑,她说林先生,我也是乡下人,我有时心里也很闷,很想家,不过那天你吹口哨确实不是时候,我们老板跟我们要求很严的。林治帮说,知道,知道,陈莹小姐,我想知道,你是乡下人为什么讨厌乡下人?陈莹说,我不愿意看到你用钱收买一切,把好人弄坏。林治帮说我是迫不得已,我只有这么作才能在这个城市立住,就像你有时也向城里人飞眼儿,其实我想你也不一定情愿,但是好人还是好人,你不就没有变坏?林治帮说出这些话并不是有所准备,他只是想单独和陈莹接触,通过交谈,让她瞧得起自己,他却一股脑儿说了一些心里话。然而正是这些话,让陈莹有些心动,她觉得他好像是自己肚子里的蛔虫,她在许多时候绝不是情愿,老板说必须这样,老板还曾有好几次要求她也像其他小姐那样陪舞,她都委婉拒绝，为此老板对她很恼火。林治帮的心里话说出了陈莹的心里话，林治帮让陈莹端起杯碰一下。碰一下之后，林治帮说，就当我是你乡下老哥，告诉你老板，我是你老哥，由我保护你，谁打你主意你就来找我。

从此林治帮每次来，陈莹都亲切地和他打招呼，陈莹没有给他飞眼。这让林治帮很是知足。林治帮每回来，她都在大堂站着或是引客人走道。他独自来时，便把她招进单间，询问她一些情况，大意是有没有谁逼你。久而久之，在林治帮那里，陈莹成了他的一个牵挂、一份责任。有时甚至是孤独时的一份支撑，他一想到她那芹菜心儿似的嫩生生的小样子在酒店里招摇摆动就很心疼——那种哥哥疼爱妹妹的心疼。他有事没事，都要来酒吧转转，看陈莹在忙什么，心情怎样，然后离开。陈莹也好像很习惯他这么做，见他来，冲他微笑，见他走送他到门口。可是，有一天林治帮来到酒吧没有看见陈莹，他找遍厅堂各个角落都没找到，代替她站在吧台的是另外一位小姐。他问小姐陈莹哪去了？小姐神秘地一笑，没有回答。林治帮于是走进舞厅，在群魔乱舞的舞池里挨对看着，还是没有。他又走出舞厅，无礼地打开一个个包间，就在打开第三个包间的时候，他看见一个令他吃惊的场面，一个西装革履面色滋润的中年男人在与陈莹亲密。林治帮见此场面毛孔充血，他上前就要朝那男人扇巴掌。陈莹见此情景，挡了上去，说你个乡巴佬你不要这么粗鲁。许是被这句话震撼了，林治帮抬起的手一时不知该放下还是该怎么办。他看着陈莹，她完全是那天那样轻蔑的表情。林治帮缓缓放下手，而后一缓劲儿，拽住陈莹细细的手腕。陈莹说你干嘛管我你放开我。林治帮说我就管你我是你哥是你哥。不知哪里来的一股力量，林治帮拖小鸡似的将陈莹拖出酒吧来到街上，堵住一辆出租车将她塞进去。陈莹一路没有说话，来到林治帮单住的平房时她才放声大嚷，她说你个乡巴佬你为什么管我？林治帮气喘吁吁，林治帮说你说说，你为什么那么下贱？

陈莹说我不是下贱我喜欢他。林治帮说你怎么就能喜欢一个四五十岁的男人？

　　陈莹说他有风度！

　　林治帮不再说话了，陈莹一句风度便封住了林治帮的嘴，林治帮心头霎时像被谁用针挑了似的怦怦不平。她又是在说她瞧不起乡下人，又是在说乡下人不体面、没有风度，一个有风度的男人就可以和一个漂亮女丫随意亲近，还让女丫念念不忘……林治帮血管里蓦地涌出一股野性，一股急于证明自己、急于战胜什么的野性，这野性跟他每一次打通城市机关要塞，策划时的冲动有些相似，都出于一种目的，可它们又不尽一致。林治帮此时体会到由思想到生理上的转换，他想我也是个有风度的男人，我这个样子通过自己干到这步田地，谁都另眼相看，我为什么就不能随意摸你？林治帮的整个神经都为之兴奋起来，血在手指尖急骤地汇集，他虎视眈眈逼近陈莹，他的样子肯定是吓着了陈莹，因为陈莹一步步往后退着，陈莹的眼睛里布满了恐怖。当陈莹无处可退的时候，她眼里的恐怖陡然消失，随之而来的是坦然、镇定。陈莹后来无比镇定，她两手轻轻合到衣服前襟，之后向林治帮走去。陈莹的举止大大超出了林治帮所料，但林治帮没有丝毫因惊讶而却步，他径直走向前去，捕捉野地上的小鸡似的两手颤微着、抖嗦着向陈莹的脸腮抚去，林治帮的目的仅止于此——随意摸索，可是当他达到目的，当他的两手捉到了一只栖在树上的小鸟，他的奔向目的的过程骤然拉长，这拉长的过程是肌体里的需要，对这一点林治帮毫无准备——随即触了电似的感觉涌遍全身，他信手提起陈莹摔到床上，他嘴里说着看我乡巴佬看我乡巴佬，手在陈莹的裤带上扯撕。陈莹毫不畏惧，毫无反应，甚至在林治帮揭不开裤带时她还动手帮了一下。林治帮三下五除二就做完了自己要做的一切，他像一个着急歇懯的农夫三下五除二锄完了田草，当他发现一汪彤红的血洇湿了自己的褥单，他脸上漫上彤红的光晕，他想我……我成功了，我……不但成功了……而且,而且成功了。

　　陈莹爬起来,不动声色地看一眼那洇泊着的血迹,而后一件一件穿着衣服。陈莹所有的衣服都穿着停当的时候,她端正着俏丽的青春少女的脸,看着林治帮,说好,乡巴佬,你听着,咱们清了,今后你永远不要管我的事。林治帮笑了,心想我才不爱管你。可是,当陈莹走出平房,转过身来,用近于嫌弃的目光看了他一眼,林治帮突然知道,他并没成功,他不但没有成功,且更进一步露了自己乡巴佬的没有风度、没有体面,因为他看见陈莹目光里恶毒的嫌弃。

　　想体面却最终还是没能体面。他林治帮每次坐在厅廊里抽烟,没跟狗男女们同流合污,正是为了名誉和体面——他的祖上从无名誉可言也从无体面。他在厅廊里吹了口哨,做了有失乡下人体面的事后,找到陈莹向她道歉,正是为了体面,想不到他会鬼使神差做下如此有失祖宗体面的事……陈莹走后,林治帮险些被自己的下作无耻击倒,他一遍遍回想着那个引他走入绝境的过程,无论怎样回想他都不会走到如今这种结果,小路大路千条万条,惟独没有如今走的这一条,可是这条路,这结果分明已是事实,这事实,是从那首"不落的太阳"开始的。此时此刻,他对溜进舞厅里的"不落的太阳"深恶痛绝。

　　林治帮痛悔过、懊恼过,并因这种痛悔和懊恼搬了宿舍,也因这种痛悔和懊恼多日来神情沮丧。可是,林治帮怎么也不会想到,他将因此永远失去在城市里的气派,永远地打碎自己点点滴滴营造在自己心里的自信。那年春节,当他家墙头上出现一个神秘的女婴,他从此便认为城市在报应他,并因这种报应永断进城之念。

　　…………

　　林治帮是在霞光透过窗玻璃照进屋里时,迷迷顿顿走近一段往事的。往事在发生的当时是那样的惊心动魂,他的整个思考、整个生活都不再像是他的,他的脑袋搁在了别人的脖子上,或者说别人的脑袋搁在了他的脖子上。他常常陷入痴呆状态不知自己是谁。而今与往事会面,林治帮平静如水,他好像站在滚滚流淌的大河岸边,看水流顺势而下,亦像坐在急速奔驰的列车上,看到山脊与天涯际线疾速远去。只是他感到空气闷热,天地间昏暗一片,无论天空还是地面都是潮湿的,潮湿得让人窒息让人气闷。下午两点,林治帮醒过来,惺忪地睁开眼睛,才发现古淑平就坐在身边。他浑身汗湿,额上的头发粘在了紧绷的头皮上。见他醒来,古淑平用手巾给他擦汗,说见你睡得沉,就没叫你吃饭。林治帮定神地看看古淑平,他的视线里没有丁点水雾,一切都是干燥的、干净的、清爽的,只有老婆的眼圈是红肿的、水湿的。林治帮把目光从老婆身上移开,环视房间的四壁,心想火车上哪啦?哪也没去,火车这不还在自己家里……

月月堕胎没有惊动任何人。初始萌生堕胎念头的时候,她是希望有朱琴陪伴的——她害怕打胎。冷静之后,想到这是跟生死、命运攸关的事情,便不愿拖累朱琴,当然主要是朱琴坚决反对她的这一决定,她害怕有朱琴在场使她在害怕的瞬间改变主意。月月在古本来进市送筐的一个早上,说自己要回娘家,便带着仅有的二百块钱上了路。月月原以为打胎是件极其简单的事情,扎一个什么针,孩子吸收了,就马上下来。后来知道,打胎的过程比生孩子还要复杂还要痛苦。生产是瓜熟蒂落,打胎是生扭活剥,尤其月月已有七个月身孕,七个月的胎儿已经长成一个完整的人的模样。大夫早就知道月月故事似的,没有追寻月月堕胎原因,只是粗声厉气地说,早产的孩子七个月都能活了!那支装着淡粉药水的针管粗壮如瓶,月月尽量镇定自己,肚子里的生命曾携着一段感情差一点将自己置于死地,如今感情消失了,她却要把这个生命置于死地。月月心瑟缩着,神经绷紧着,意念里的镇定怎么也压不住生理上心理上的紧张。针头扎入胎心的一刻,月月感到一股气儿蹭地顶上了心尖,在心尖上舞之蹈之,使她经历揪心的疼痛。月月用手捂着眼睛,赤裸裸躺在产床上。卫生院里自生暖气,处置室凉气逼人,可是胖脸大夫丝毫不顾患者的冷暖,各种动作都作得十分缓慢,使月月那个瑟缩的、揪心的过程无限延长。月月在这个无限延长的过程中,感受到一种将整个躯体都嵌入了冰川的刻骨的寒冷。不知过去多久,大夫抽出针头,而后转身换一种器械在她体下动作开,那器械触到月月身上,月月才知道是一只钳子夹了沾水的卫生纸在她体下清洗。冰凉的水湿从体下直凉到她的子宫,她觉得她的子宫跃动了一下,嵌入冰川的刻骨的寒冰蓦地袭到她的子宫里、血管里。正在这时,只听体下响起了哗哧哗哧的声响,一个刀子一样的东西在她两腿之间收拾开来。月月本能地缩了缩,似害羞也似害怕,她不知道那个刀子究竟要干什么。见她缩腿,胖脸大夫没好气地说,张开,那声音像一个老师喊学生张开手来做操。月月张了张,大夫说,跟了人都不差臊,上医院臊什么?!

月月耳跟一阵发热,她终于明白大夫一直慢腾腾动作的根本原因。月月不吱声,静静地任人摆布、责备。大夫说,七个月才想起,就这么祸害一条命!寒冷凝成一条冰凌在胸口撞击,一直使月月心口有种受挫之后的疼。月月睁开眼,朝胖脸大夫看了看,因为她在自己下肢那个位置的上方,也因为罩着一只比脸还大的口罩,那脸一团乌云似的有些飘忽。胖脸大夫似乎觉察到月月在看她,便毫不退缩地迎上月月,就在两个女人的目光一个在下一个在上直直相对时,月月经历了长这么大从没有经历的一种感觉——被一个正派人推到与正派相对的邪恶之后的鄙视。她曾经被鄙视过,那是婆母发现她和买子之间的事体,坐在炕上当许多人问干了几次的时候,是国军从婆母口中得知自己的背叛,在自己身上歇斯底里发作的时候,是在她离开林家街上一帮人围着自己喊喊喳喳的时候。可是,那时候因为心底有份坚实的东西竖立着,她体会不到那鄙视里面最本质的一层——一层剥噬了尊严的无地自容。那一份坚实的东西墙壁一样竖立着,抵挡着身外世界向她射来的一切。而今这墙壁坍倒了,尊严的包裹被撕剥得丝缕不留。尊严其实并不是一个约定俗成的什么东西,只是人的一份自我感觉,不管你做了什么,在你觉得你很荣光的时候,即使被全世界人指责、辱骂,你都不会觉得丧失尊严。月月精心培育了一个生命,那培育是无尚荣光的,她由爱那个给予生命的人到爱那个生命,可是她现在要结束它,结束它的理由不是不爱那个生命,而是不爱那个给予生命的人,而是无法怀着自己爱着的生命去面对已经不爱了的生命,这理由多么唐突,多么不合逻辑,这理由简直就像断墙残壁一样让人不堪正视……月月却正视着一个正派人的正视——大夫是一个正派人,那是她真实的感觉,她真实地感觉到自己正在被人鄙视。自己应该被人鄙视,她想人们甚至可以踏上一只脚再踏上一只脚,虽然她这么想的时候,并没忘记自己怎样走过这作为女人不平常的一年。

事实证明,用不上任何人踏上一只脚,那一针药剂足以使月月承受比踏上一只脚还要难以忍受的痛苦,那种捣碎了筋骨似的痛苦使月月一阵阵萌生轻生的念头。不管月月怎样有所准备,她都不能想到胎儿在身体里坠下时会使人轻生,几次在厕所里大汗淋漓跪下的时候,她真想一头撞到墙壁上。她尽量忍着不叫出来,可是五脏六腑猛烈下坠的坠疼叫她无法止住叫声,啊呵——哦呵——月月的叫喊不是凄切,不是尖锐,而是惨叫,眼看着被饿狼撕咬的惨叫,惨叫中含有绝望的恐惧。当月月感到她的上气不接下气的惨叫不得不变成胸腔里一种哽噎的呓语,月月看到——月月悲哀而又欣喜地看到,一个红彤彤的肉球从胯下滑落下来,滑落在与粪便瞬间融为一体的血泊中。随之,月月浑身一软眼前一黑,四仰八叉倒在厕所积尿成冰的地面上……

月月不知道自己如何被人发现,又是如何被抬到住院部空空的病床上的,月月从昏迷中睁开眼睛,看到自己瘪下去的肚皮和墙皮斑驳的房间,觉得一切都变成了另外的模样。

第三十五章

　　日子一天天由冬向春走着,虽然没出正月,风由在地面上的爬行变成向空中的扬去。风席卷起草叶在空中漫舞。漫舞在空中的草梗,在窗外飞起落下。林治帮躺在炕上,间或地睁开眼睛,他看着升上天空的草梗的影子,觉得那是隔在门外的乡亲的面孔。乡亲们不能走进家门来探望病情,就随风溜进窗口向他瞥上一眼,林治帮会不由自主地笑笑,心想何必呢,我并没离开你们,我就在你们身边,你们何必那么神秘兮兮探头探脑。然而同样都是看着窗外,上午和下午的情景大不一样,上午的时候,林治帮常常觉得自己离山庄很近,离乡亲们很近,他甚至能在扬在天空的苞米叶上看见张守山的面孔、温胜利的面孔和潘秀英的面孔。一过晌午,日光一攀过房顶向西斜去,他就觉得他离山庄,离山庄的人、骡马牲口、土地,十分遥远了,自己仿佛被落潮晾在沙滩上的贝壳似的孤零。而斜阳打在被风扬起的草梗上的光亮像随落潮而去的鸥鸟似的,扑闪着翅膀让他心里阵阵悸动。闪着荧光离他远去的鸥鸟的翅膀常常让他心动,让他想起小时候在海边那个穷窝棚里居住的一些事情。他的老家是在黄海海岸的一个渔村,那村子上空一年四季都有鸥鸟的身影,它随着涨潮与落潮的水线飞近或走远,因为母亲偷人,不愿下海使船成天泡在沙滩上的父亲,领着他和弟弟拣石子朝鸥鸟撇去。得知母亲在家偷人之后,父亲把船卖给了邻居,卖掉祖上渔船再就变成了无业游民。父亲带他玩耍使他和弟弟对父亲充满好感。在渔村，没有任何人家的父亲这么宠惯孩子，破罐破摔的父亲用卖船的钱给他们买蛋糕和沙糖，可是五十元船钱不到一个月就花个精光，直到饥饿向他们袭来，父亲不得不领他们走向北部山区讨饭，他才对撒打鸥鸟的时光产生了入骨潜髓的憎恨。他不敢恨父亲，就恨那些扑闪着翅膀的鸥鸟，就觉得是鸥鸟的翅膀扇动了饥饿的翅膀扑向他和弟弟。在睡草垛的梦中，时常有一群鸥鸟死在眼前，任他一个个烧熟吃掉……斜阳会使林治帮把草叶看成鸥鸟，鸥鸟会使林治帮心情突然变坏，因为鸥鸟让他想起四处飘流讨饭的时光，讨饭的时光是他林治帮活人最不被人当人的时光，从少年到青年，第一个把自己当人的是老婆古淑平……可是长期讨饭，不劳而获，结婚后多少年他都出不得大力，老婆没跟他过上一天好日子。后来有了改革开放，他闯出去，他赚来钱，他有了从自己身上建立家业建立祖威的念头，可他却从来没有让老婆跟自个享福的念头，他离家舍妻，为了那个家业和祖威，结果家业尚还丰厚，祖威却付之东流，且做了对不起老婆的事，这是丧了多大的天良！……

日影一点点斜下去，沉下去，林治帮在暗下来的屋子里爬起来，抓心挠肝地揪着发闷的胸口，要把心肝肺一同抓出来才好受似的。古淑平见林治帮起身，赶紧进屋来扶住他的肩膀。几天来，她除了在男人熟睡时喂猪鸡鸭，不离开男人一步。古淑平说你觉得怎样？心口窝难受？林治帮不答，自顾一个劲抓着，散发汗酸气味的秋衣被抓得松垮起来。古淑平给他披上棉袄，然后在他后背上轻轻捶着。她是跪在炕沿上的，捶背的手轻而又轻，她不知道男人此时身子里是怎样难受，更不知他在思想什么，可是她的动作在林治帮看来仿佛故意加重他的悔悟似的。林治帮心口几乎憋闷得喘不上气，他已不能表达，抑或是无法表达，无论是事件本身还是心情，都不能让他有片言只语的表达。许是由于过于窒息，他胳膊肘本能地朝后一甩——他感到憋闷来自于后背，古淑平于是身子一倾,扑通一声顺炕沿跌倒在地,腔巴骨过电一样麻酥酥地疼起来,多亏一只胳膊在身子着地时举了起来。古淑平妈呀一声,而后侧脸看着林治帮。她的目光没有半点埋怨和不满,反倒充满对男人的疼爱,她赶紧爬起来俯到炕前,询问说,你哪难受你快告诉我。林治帮停止抓胸的两手,他转身瞄着古淑平,好像是古淑平扑通一声倒地的声音一下将他心中的郁闷冲散了化开了,他灰黑如土的眼窝里顿时装进一缕温存,一缕平淡的光辉,他说老婆子——他伸手抓住古淑平的手,他说你对我这么好,你凭什么对我这么好? 古淑平有些惊慌,她不知道男人这是怎么了,竟能说出这样的傻话。林治帮说,我对不起你,我死后做鬼都对不起你……

古淑平一个激灵板起脸来,她觉得好像又有鬼魂附上了男人的躯体。她故意板起脸,厉声地说,老死鬼你不留想头,死了多少年还来打灾。老婆的话使林治帮吓了一跳,他从来没看见老婆对自己这种态度,便突然地一同伸出两手,抖动古淑平肩膀,央求道饶了我你可千万别折腾我,千万别折腾我,我活不了几天了。林治帮在看见老婆被自己扒倒又爬起的瞬间,本是要向她说一些暖心的话的,他想告诉她他这一辈子最对不起的就是自个老婆,他甚至想告诉她火花的来历,可是古淑平的突然变脸,使他突然生出在老婆面前从未有过的害怕,他的瞬间直觉是老婆要在他最后几天里向他施行报复,拼命折腾他。

古淑平愈来愈觉得她的判断是真实的,男人的眼睛里有一种骇人的东西,便从男人手中拽出身子,走到堂屋拿一只碗,舀了水,又拿一双筷子,来到里屋。可是当她来到里屋,男人已扑在炕沿上大咳起来,污黑的血一口一口喷射出来,在地上形成一股浓浓的血流。她放下碗筷赶紧去捶背,男人瘦骨嶙峋的后背一颤一颤仿佛石板在岩浆上震动。

吐过之后,自然是古淑平与林治帮抱头痛哭,古淑平说怎么办啊? 这可怎么办啊?

男人有病以后,古淑平大哭了几次,可是从没在男人跟前哭过,现在看见那堆黏稠的血块,她再也控制不住。他们搂抱着,像年轻人那样,脸对着脸。男人坚硬的胡茬扎着女人的脸腮,女人细密的皱纹在揉搓中抻开。林治帮说,你不会报复我吧?

古淑平说,尽说胡话,我怎么会报复你,我是怕你老妈的魂附上你的身子。

林治帮说没有什么鬼魂,是我要变成鬼魂,我变成鬼魂也对不起你。

古淑平说,山庄里哪个男人也没你这么顾家,你为咱家挣了多少钱,我是跟你享了大福大贵,我跟了你才大福大贵,我一辈子知足。

林治帮眨着泪眼看着女人,几次想说什么却欲言又止,心想你真是个糊涂的女人。

林家眼下的日子就是这样度过的,林治帮上午心情略好,静静地躺着,有时昏睡有时睁着眼睛望天,午后,日影一斜,他心口就说不出的郁闷,抓心挠肝的郁闷,就一遍遍坐起来抓自己胸脯,而后狠咳一顿,咳出鼻涕眼泪,使古淑平大哭一场,再下地做饭,再等待火花和国军的回来。火花和国军回来时,林治帮常常要硬撑着坐起来,和他们说几句话,问火花又学了什么,老师讲课能不能听懂;问国军今年种子定了多少,会不会下种时缺种……家里人从来不管自己学习,父亲的询问叫火花无比兴奋,总是沾沾自喜地告诉父亲,她已经会很多拼音和汉字,她还会组词,会用日月水火山石田土组词。国军会详尽而细致地把种子的数量、产地、价格、品质说给父亲。黑夜好像逼退了病魔,使夜晚里的林家有了许多弥足珍贵的祥和和温馨,小凤和买子晚上有时也过来看看,来看他们隔着血脉的亲人。小凤看完了要住下,买子则说几句话就走。正月二十一晚上,买子来的时候,林治帮问,小青学习什么时候回来?我怕死前见不到她。买子说不会的,我去找她。国军于是建议,赶紧把小青找回来。林治帮说不找也成,我死了,没了威望,你和小青身上都得有点真本事,我只担心她出什么事儿,这孩子野性。买子动动刚毅的嘴角,又沉稳地说,不会的,爸。

　　林家人知道小青和买子已经分手的消息是在林治帮病情明显加重之后。国军回家看到父亲已经疼痛得在炕上打滚,反身回到乡卫生院,托人买了两支杜冷丁,找潘秀英来给父亲扎上,便跑到东崖口买子家冲买子大发其火。买子当时拾掇完桌子刚歇息下来,国军说你为什么不把小青找回来?你拿林家人太不当回事。国军的火因为来得太猛太陡然,没给买子准备,买子情急之下,一下说了实话,你让我哪找哇?国军说唉哟买子,你能说这样的话,小青上县里学习怎么就找不到?爸的病都什么样了呵,你还说这样的话。买子见纸再也包不住火,只有实话实说,他说大哥,不能再瞒你了,小青正月初四就走了,她跟我永远没有关系了。买子说完从立柜抽屉里取出离婚协议书递给国军,国军看后脸色煞白,他说为什么?这是为什么?买子说小青是你亲妹妹,你最了解她,反正我没有亏待她一分一毫……正月初三从妈家回来,晚上跟我挑明,第二天一早就走了,我现在根本不知她在哪。买子停顿一会儿,吞一口唾沫,接着说,我妈到现在还不知道,小青也不让我马上告诉你爸你妈。国军听完傻子似的呆在那里,他看了看面孔灰不溜秋的买子,看看冷清清的西屋,心底顿生可怜之情。国军呆立一会,离开东崖口回到家中。国军回到家中,将小青和买子的事向父亲母亲原告实诉。当时林治帮刚刚扎完针不再疼痛,国军的话一字不漏他全听清了。国军之所以不背父亲的目的是为了让他住院,几天来国军一直逼父亲住院,林治帮一听住院就喊我有小青我不住。镇疼的药剂只有杜冷丁,而扎针的事儿,小青不在家只有请潘秀英,林治帮以及所有家人都不希望老麻烦上了年纪的潘秀英。林治帮听罢儿子的话,猛地动一动身想爬起来,国军和古淑平只有帮他一把。林治帮爬起来，微微车了车身，凹下去的眼睛朝国军瞪着，一字一顿地说，你说小青走了？

国军说，嗯，走了。

林治帮说，你说不给买子当媳妇了？

国军说，嗯，不当了。

林治帮说，这就是说，买子这个村长不是咱林家女婿了？

国军说，嗯，肯定不是了。

国军回答的话刚刚说完，林治帮砰一声倒下去，中弹的士兵似的，国军和古淑平吓得一同嗷叫着爸爸、他爸。

国军把手放在父亲人中上，使劲掐捏着，古淑平则把手伸向林治帮下体，看看他的小便有没有失禁——男人临死前小便都要失禁。见一切都没有什么变化，就只慌恐地喊着他爸他爸你放心，小青会回来的，会回来的——只有国军知道父亲的突然昏倒跟小青回不回来没有关系，父亲最受刺激的不是眼下自己该怎么办，而是从此买子不再是林家的女婿这一事实。待林治帮从昏迷中醒来，国军说——国军的手抚在林治帮汗湿的额头上，国军说爸，现在要紧的是你必须上医院住院，小青人都走了，还管买子是不是咱家女婿？买子即使是咱家女婿，他当村长也是程家的光彩不是咱林家的，你的光彩已足够照耀咱林家的呵。国军因为着急用了照耀这样很书本的词儿。林治帮无力地摇摇头，不知是否定国军后边的话，还是拒绝住院的打算。许久，他拽过国军，说儿子，求求你去跟买子说，叫他做我的干儿子，我死了定叫他做我的干儿子，我希望在阴间能看到他给我压纸上坟。国军点点头，边点头边眼泪暴滚，古淑平早已在一旁哭成泪人。

林治帮始终是坚决拒绝住院，他说再逼我我就撞墙。疼痛时，他的指甲抓着炕席，干吼着国军给我吃点耗子药让我死吧。但若有潘秀英在场，他无论怎么疼也不叫出来，有时人在炕上滚成虾一样的球状，汗大滴大滴往下落，嗓眼里也听不见丁点吭哧。然而在后来的日子里,无论疼与不疼,林治帮明显的表示是坚决不让火花靠前,他对火花好像产生了不可名状的仇恨,一看到她就说你滚你给我滚。因为林治帮对火花的嫌弃,古淑平对火花的反感更是无以复加,她想男人终于知道火花是个灾星,男人离死不远最能识别灾星。火花被撵到里屋睡觉,吃饭时也只能在堂屋的锅台角上扒拉几口。撵走了火花,古淑平成为林治帮最对心思的人,他不让古淑平离开自己一步,好像一旦离开他便被阎王爷拽走了似的。

村里人还是陆续地走进林家大院前来探望,进来时眉头紧蹙,离开时满脸泪水。治亮女人几乎天天守护在大伯嫂家里,跟着流一通眼泪又一通眼泪。正月二十三晚上,买子来了,这是买子告知国军小青已走消息之后第一次来到林家,他依然叫着妈爸,古淑平含混地应着,一如既往地作出和善的笑,她并非不愿在丈夫病危时通过自己的态度澄清与买子的关系,她情感上确实不能接受这一事实。林治帮听到买子声音睁了睁眼,眼仁在幽暗的灯光里缓缓一转,松弛的眼皮展示出无限的慵倦和疲惫。买子说爸,我是买子,地板砖都卖出去了,我来送钱。林治帮眼皮不动,静静地听着,好像对这种回报很感兴趣,也很满意。买子说爸,乡里把关镇长选掉了,罪有应得。林治帮眼皮动了动,依然静静地听着。买子说爸,古本来当市人民代表了。这些信息早在买子上次来时就已经存在了,可是那时他没想向林治帮说,那时他知道世界上除了他程买子,没有任何人知道他和林家关系已经断裂,别人不知道,他便用不着假模假式——假模假式反而露馅。眼下已经露馅,买子没有必要顾及什么。当然,对林治帮,什么信息对他已不重要,重要的是买子要表现殷勤,这殷勤能暂时焊接他和林家的关系。买子认为这种焊接能够安慰林治帮。可是,就在这时,林治帮突地从被窝伸出手来。他伸出手来,在半空舞划一圈,而后抓住买子领口,嶙峋的手指用力下拽着,边拽边吼,崽子叫你骗了,崽子,你是个骗子——林治帮的声音沙哑、哽噎,像喉嗓塞了棉花,松弛的眼皮拉开的幕布一样堆积在眼眶上，露出一双混浊的可怕的眼球。买子毫无准备，眼看着领口攥在林治帮枯瘦的手指间，他的力气一点不像一个病入膏肓的人，简直如同一个健康的庄稼汉。买子脖颈被衣领勒得阵阵隐疼，古淑平和国军赶紧扑上去，扯住林治帮的手往下压着。可是，他的力气大极了，越是压着买子的脖子越是贴向林治帮胸脯，古淑平嚎哭起来，说老死鬼你干什么呵？你死了不留想头，你前儿个还说要认买子干儿子，你怎么翻脸不认人呵？国军推开古淑平，说妈别动，爸会自己松开的。

果然，没有一会，林治帮松开买子，手冻僵的鸡爪似的在半空痉挛着，当痉挛的手指终于静下来，只见林治帮闭上眼睛，泪水在上下眼皮偎依的缝隙里涌了出来，随之，他自言自语道，你好了，你小子得了好了，你多亏了谁？

见林治帮眼中有泪，买子鼻子一酸，啜泣起来。他说爸，我多亏了你，我永远忘不了你，我程买子今生今世忘不了你。买子两手抱住自己头，手指在黄黄的发丝间聚拢着，边哭边说，我很早没了爸，我回山庄无依无靠，我多想好好孝敬你，多想……买子哭时说话的声音是稚嫩的，像个被冤枉的孩子，肩膀一抖一抖。买子已经憋得太久了，他早就想痛痛快快哭一场了，在小青走后的日子里，在月月不答应自己的日子里……他扑在炕上竟有些呜咽。

买子的哭竟意外地制止了林治帮发泄的情绪，他慢慢动了动眼皮，渐渐张开的缝隙里竟流露出一丝惶惑，一个孩子惹了祸事之后的惶惑。他再次伸出瘦骨嶙峋的右手，在买子后背上抚摸着，他说干儿子，我的干儿子，你是我的干儿子。林治帮的转折是大幅度的，令所有人都感到意外，他说——他声音很平淡、平稳，他说，咱都是穷孩子，咱都一样，是穷孩子，凡事把持着，小点脚步没坏处，记着，人一辈子有好多关口，把持着就是了，不要像我。林治帮后边的话音很小、很低，但所有人都听见了。古淑平说老死鬼你胡说什么，你怎么啦？谁有你做得好？

躺在古家西炕做月子的日子,是月月真正用心思考新生活的日子。孩子打掉,实际上是在将她的一段生活宣告结束,她的盲动的、痛苦的生活终于宣告结束。那么,新生活在哪里呢?重新回到娘家种地混日子待嫁?留在古本来家长期打工待嫁?月月发现,不管她种地和打工这个条件是否成立,她的显而易见的结果都是待嫁,这让她十分懊恼又十分茫然。她不想嫁人,她无论怎样都不想嫁人,应该承认,在过去的日子里,在她长大懂事之后的日子里,如果说有着理想,那么爱情和婚姻便是她的理想,她因为有着对爱情和婚姻的追求,从未认真思考过生活,那时她只需生活,无需思考。而今,她在一年的时间里,经历了婚姻,经历了爱情,她是孙悟空在八卦炉里炼得了火眼金睛,她的生活里,反而没了爱情和婚姻,爱情和婚姻是云海雾山,她已经一眼便能穿透它们。没有了它们,作为一个乡下女子,她还有什么呢?没有了,什么都没有了,她嫁出去了,她又离婚了,她没了家,没有了生活的位置,这不重要,现在重要的是,她没有了活着的方向和目标。

月月在月子里,默默地流了许多眼泪,那眼泪不是因为想起具体的什么,她常常不知不觉地就感到眼角冰凉,她特别想就这么永远躺下去不再起来,她特别害怕起来的日子向她挨近,因为她不知道起来之后该做什么,向何处去。

这是月月躺在炕上第十二天的日子,按朱琴的要求,说不躺一个月绝不让起炕。这一天,朱琴告诉月月一个可怕的消息,虎爪子就要执行枪决,说虎爪子正赶上严打,上边要求从严从快。朱琴将这个消息告诉月月属万不得已,虎爪子传回话来,说死前谁也不见,就想见见父母和月月。虎爪子的愿望把月月从炕上拽起来。

去往县城与虎爪子诀别的有他的父亲、母亲、买子、金水和月月。买子通过王书记在镇政府要的五十铃。虎爪子父母听到儿子死讯再也爬不起来,一直声张虎爪子死了才好的父亲,几次往车厢上撞着,要自个先死。买子和金水一路护着二位老人,眼窝一直潮湿。月月则一个人静静地坐在最边的位子上,冷冷地看着飞速而过的窗外的树木、田野,心一阵阵乱翻乱搅的难受。月月的心情很不平静,她回忆着刚结婚时,虎爪子在小树林里跟自己说的话,是那场大火毁掉了她的婚姻,导演了她的悲剧。虎爪子是这场大火的制造者,她曾经刻骨铭心地恨他,不管他如何表示爱她,她都只有恨他。现在,虎爪子要走了,要离开这个世界了,却提出要见自己,月月心底的恨一下子就变成了另外一种说不清楚的东西,一种揪心的疼痛和难过。在这疼痛和难过持久地揪住自己时,月月开始痛恨"严打"。

坐落在翁古城西北沟的监狱一派肃穆,阴暗冰冷。有了一些初春气息的日光在泥土斑驳的土墙上跃动着、欢腾着,不知趣的孩子似的。或许由于在屋子里呆得太久,月月对日光在监狱大墙上的跃跳很不适应,仿佛在一个有着光天化日的恶梦里看魔鬼跳舞。虎爪子父亲母亲被买子金水抱了下来,门口栅栏通着一个长长的泥墙甬道,他们由司机在门口登了记,而后被狱警领着朝甬道深处走去。月月跟在搀扶着虎爪子父亲母亲的买子金水后边,每迈一步,心都缩紧一下。冰冷的阴森的气息在甬道四周弥漫着,不时地敲打着月月的脸皮和脖颈。穿出甬道,又见了阳光,魔鬼又开始跳舞。再转一个胡同的时候,月月看到一排洁白的长房出现在眼前。一间小小的屋子里,狱警说,在这待着。于是,买子、金水、虎爪子父亲、母亲一同坐到一条掉了油漆的长条木椅上,月月没有坐下,她背着大家朝狱警出去的门口凝望着,她不知道是不是可以一同见到虎爪子,她希望是那样的,她为虎爪子的遭遇痛惜和难过,可是却不希望与他单独见面,她害怕与他单独见面。这时,只听身后扑通一声,买子喊道,大妈,大妈。月月转回身,只见虎爪子的母亲昏倒在长椅上,口吐白沫,两眼发直。月月跑过去跟着买子喊大妈,大妈……金水、买子、月月三个年轻人慌在那里,只知喊不知动作。这时,虎爪子父亲赶紧脱掉老伴脚上的布鞋,一把撸掉袜子,在黑糊糊的脚后跟上狠劲啃下去。少许，老人嘴里不冒白沫，发直的眼神缓和下来，她身子猛烈地哆嗦着，而后呜呜哭出来。狱警不知什么时候站在他们身后，粗声粗气地说，谁是李学朋爹妈？买子金水月月朝二位老人看着，买子说，同志，稍等一会好吗？稍等一会。狱警说，好，谁叫翁月月？月月转过身，惊慌地看着狱警，说我，我是。狱警说，跟我来。

　　狱警说完转身朝外边走去。月月在后边跟着，心噗噗跳个不停，月月浑身发冷，嘴唇不住地打着牙帮，肩膀不住地瑟缩着。进到白墙外一个低矮的小屋的时候，狱警消失了，只剩月月自己。狱警在她推门的一刹那消失了，月月不知该向何处去，就只有停下脚步，在一面墙壁上倚靠着、镇定着自己。这时，只见对面一扇铁门打开了，一张白生生的，方正得见出棱角的脸出现在月月面前，当这张陌生且熟悉的面孔出现在月月面前，她瑟缩着的肩膀终于平稳下来。这个害怕着的场面一旦真正面对，月月反倒意想不到地平稳下来。虎爪子的手脚全戴着长长的铁链，鹅卵石一样光光的头皮上露着黑黑的发楂，他的体格还是那么魁梧高大，胳膊和腿还是那么粗壮有力，但他的眼神却不是原来那样凶神恶煞，他看月月的眼神充满了祥和和亲切。这时，月月才知道，她的害怕，她的寒冷，并不是因为害怕一个熟悉的人就要被执行枪毙，而是害怕见到一个就要枪毙的熟悉的人对死亡的恐惧——她害怕虎爪子因怕死而颤抖哆嗦或者委顿，她害怕对方害怕，她不敢亲眼看到一个人面对死神的恐惧。虎爪子没有颤抖哆嗦没有害怕，她便在瞬间里恢复正常。

　　虎爪子在走到离月月有两米远的距离停下了，狱警把他送到外边，便溜进旁边的屋子。那里一定是长有许多双眼睛的监视室，月月想。月月直视着虎爪子，脸上溢出一丝笑意。其实虎爪子很难知道，这样的笑月月也是好久不曾有了，现在她不想笑也不能笑，可是她知道虎爪子想见自己绝不是要看自己哭。月月没有说话,她不知此时此刻说什么,她压根就没想到,她的生命里会有这样的时刻,就像她想不到她如今会没有了生活的目标。虎爪子亲切地看着月月,仿佛一个分别已久的哥哥看到妹妹,他干裂的嘴唇动了动,想说话,却一直没有说出来……许久,他看了看自己挂有铁链的大手,抬起头来,说翁老师——他以为月月还是老师,他说翁老师谢谢你来看我。

月月依然露出一丝笑意,那笑因为太惨淡有些像哭。月月说,谢什么,我想知道,我能帮你做什么?

虎爪子脸腮肌肉动了动,目光一瞬间由亲切变为激动,他的眼睛里闪出激动,这样一种激动是月月从没见过的,他留给她的所有印象都是凶神恶煞,这激动里有善意的东西。虎爪子说,什么都不用做,我只是想告诉你,我对不起你,我那么……对你……他好像想说我那么爱你,或者我对你那么好,可是说到一半又咽了回去,似乎一个要死的人不配说这样的话,似乎不愿再给月月留下什么阴影。他支吾一会儿接着说,其实不怨我,老百姓为什么不信我们,为什么不信?老百姓就以为锡有毒,就以为上边向着我们,其实我们是符合要求的……见月月不知所云的样子,他停了下来,思谋一会,说不说这些吧,我想告诉你,其实我都已经不是原来的我了,我都变好了……说到我都变好了,虎爪子痛悔地摇摇头,而后接着说我离开了邪道走黑道,我离开了黑道走白道,这一年我是想体体面面回山庄去,可是我什么都没来得及……虎爪子目光再次移到自己手上。

月月说,我相信,我相信。月月的目光是做妹妹的亲切和真诚。

虎爪子说,我对不起你翁老师,国军他对你好吗?

月月收回那丝惨淡的笑,想摇头,但脖子刚欲摆动又改为用力的点头。这时,就在一种比哭还难受的笑收起来的时候,虎爪子慌忙地改变了一种姿态,他脸子突然变得严肃起来,他好像早已有所准备,他是故意朝着预期的目标来的,又好像遇到突发事件,临时改变了主意。他说你记着,翁老师,你一定记着,李学朋除了坏过你,对你没有一点好事……他停了一会,接着说,他说过他爱你,其实他根本不爱你! 我要见你也是想当面收回这句话。我永远对不起你。

虎爪子的脸色很难看,整个肌肉都是扭曲的。虎爪子说着,看了一眼月月,转过身子毅然推开铁门,朝里走去,他在推门时嘴里嘟噜说了句什么,好像是翁老师,谢谢你啦。月月没有听清。因为他离开得太陡然,月月没有听清他的话,也没有留下半点别离的回味。月月一下子呆在那里。她原以为,他会一如既往地告诉她,他如何如何爱着她,对她印象如何如何永远不忘。她这么想不是她需要这种表白,而是因为如果不是这样,他没有必要非得见她一面……虎爪子突然地用另外一种方式和她告别,使月月呆若木鸡。她还有许多安慰的话没有说出,比如人生一世草木一秋,比如我会帮你照顾你的父母……可是,什么都没有说狱警就关紧了铁门。

月月不知自己怎么走出来的,她也不知虎爪子父母是怎么被狱警搀扶到探监室的,她只知道,狱警坚决不让金水和买子随二位老人进去,她只知道二位老人出来时,已经瘫成一摊烂泥。回去的车上,虎爪子的父亲呜呜哭着,边哭边说,看他那熊样,都堆萎了,堆萎了。

显而易见,虎爪子在见到父母时,硬撑着的架子垮倒了,他给了父母堆萎的印象,这无异使父母格外难过。和月月一样,他们不愿看到他们的儿子堆萎了,害怕了,这让他们格外心疼。他们心疼着儿子的害怕。月月自从听到虎爪子父亲说出"他都堆萎了",她的心就刀搅一样难受,她不想听到那样的话,尤其从父母口中说出的那样的话。她一路上,两手捧在胸口,闷闷地掉着眼泪。

回到山庄,月月跟到虎爪子家中,她想帮二位老人烧火做饭陪他们过夜,可是虎爪子家院子里已经涌满了街坊邻居,几个女人早已在锅上锅下忙活开来,月月根本无法插手。见无法插手,月月便悄悄溜出院子向自己家中走去。

好久了,自从正月初四离开,她再也没有回家,不是她不想家,不是她不牵挂母亲哥嫂,是她手中无钱无法面对老母。可是,从县城回来的路上,一个最强烈的念头是要回家看看母亲。虎爪子长这么大从没为父母想想,从没想到孝敬父母,而今他的父母却要因他要死要活。血脉里的深情在月月跟前的呈示,让月月一路上那么急不可待地想见到母亲。

因为心情过于急切,月月一时对自己的两手空空失去感觉,她急匆匆走进院子来到门口,她在走进门口时,脚踝崴了一下,一个石子差点将她绊倒,当她直起腰身将手伸向门栓,一只生了锈的锁头呈现在她眼前。

仿佛撞在一面未被发现的墙上,月月脑门被实实碰了一下。她在那里伫立不动,她想,三嫂可能也在虎爪子家,自己没有发现。可是,母亲哪去了呢? 母亲怎么会不在家呢? 母亲难道也去了虎爪子家? 月月转过身来,朝院子外边望着,院子外边一派寂静,所有的声音都集中在后街那块并不遥远的空间里,当月月的思维从自家门口走向后街,一个灵感突然闪在月月脑际——母亲又轮着养了?

不知为什么,这个灵感一旦闪现,便猝不及防地在月月心中变成一个铁的事实——肯定是这样,老母肯定是在二叔走后,自动要求三家轮着养活。这时,月月觉得有一个物体在胸坎上强有力地掀动了一下,她返身向外,向门口走去,脚下的泥土一瞬间变得暄软起来。然而刚刚走了几步,就见门口西侧的大棚里闪出一个人影,那人影揭开棚门慌张地朝院里望了一下,发现月月便缩着脑袋朝大街走去。他在向院子张望时月月并没认出他是谁,当他走到街上向西转去,给她一个侧影时,月月才认出,是厚运成。

厚运成! 毫无疑问,三嫂秀娟在大棚里,毫无疑问,他们故意选择街上所有人们都在虎爪子家看热闹的时刻到大棚里幽会……
月月身子一阵发飘,脚下暄软的泥土开始深陷。昨天早上,刚刚起
床下地时那种头重脚轻的感觉再次来到她的体内。她在大棚门口
踌躇了一下,想走进大棚看看三嫂,她想看看三嫂是想探问母亲到
底在二嫂家还是大嫂家,并非有意揭穿三嫂。可是月月踌躇一会
儿,还是走出院子,月月不想让三嫂为那瞬间的幸福背上永远的负
担,她似乎该保护这种幸福的纯洁。

月月在屯街走着,身子一直是头重脚轻,她先上大嫂家。大嫂
在西院内跷脚朝后街望着,看到月月很感意外,她先是把目光盯在
月月肚子上,而后移到月月脸上,说怎么,怎么做了?月月说做了。
大嫂说就应该做了,要不我都替你愁。大嫂脸上有一种轻松的笑
意,好像月月终于不用她替愁。月月不想纠缠在自己肚子上,她说
妈呢?大嫂说,在你二嫂家,前儿个才从我这走的。月月立即转
身,向屯东的二嫂家走去。

老母在二嫂家的院里,手里端着一瓢鸡食。老母背驼得很重,
把鸡食倒进鸡窝前的槽子时整个腰肢和背弯成一张弓的形状。月
月走近母亲,轻轻地叫了声妈。老母试着直了直腰,却并没能将业
已弯弓的腰真正直起来。月月接过母亲手中的水瓢,说妈,你又
……月月没有把话说完,伸手捋着母亲耳崖上的白发。母亲非常
懂得月月要说什么,嚅动着干瘪的嘴唇说,是俺自个提的,俺不能
卡在一份儿,端水端饭,总是要添麻烦,人老了总要添些麻烦。月
月深情地看着母亲,不知道说句什么话才能表达心中的疼爱。月
月发现,一个手中没钱的儿女,什么表达都不能使自己满意。母亲
需要钱,母亲只有有钱,才可在老屋里、在三嫂家住得心身踏实,理
直气壮。月月看着母亲干燥的,没有多少水分的脸庞,那上边的皱
纹丝缕纵横,那上边一日日加增着孤单和苍凉。母亲说,妈想你,
妈真想你……母亲正说着,才发现月月肚子已瘪了,她说你的孩子
……不待月月回答,母亲脸上飘出欣喜的光色,她说月月,妈想你

……月月手握着母亲的手，她说，妈，我一定凭自己的能力，使我们母女独立。一定。月月不知道自己会说出这样的话，在回家之前，一个真切的念头是看看生养自己的母亲，让她少些牵挂，而现在她的想法已经改变，她现在最真切的想法是设法赚钱，使自己、使母亲真正独立。只有经济的宽裕，才能使人不再依附，真正独立。

第三十六章

　　真正使古本来懂得什么叫参政议政的日子是在人代会开幕式之后的分组讨论。以县区为单位分组讨论政府工作报告，实则是让每个人对政府工作畅所欲言，好像代表们真是人民的主人，而领导真正是人民的公仆，每个组里都坐着一些列席的政府官员，什么财政局长、粮食局长、银行行长等等。古本来所在的翁古县代表共分两组，古本来分在农村组。他这组列席的官员有粮食局长、旅游局长和经委主任。大家发言特别踊跃，一些曾经当过一届代表的代表们因为早在没开会的一年就在乡下作着明察暗访，讨论伊始，就争相发言，他们往往先从报告谈起，谈今年的政府工作报告写得简短凝练，成绩总结得全面，差距找得到位，新一年工作也写得鼓舞人心，但是就是农村工作提得少了，尤其山区的发展。古本来发现大家都从报告谈起，甚至一开始就翻到某页某段，诵读几段。大家都是先作肯定，那语言就像一个技术员在检查完生产程序后的权威讲话，而后由肯定进入到农业——大家都是以报告对山区农业写得字数太少说起，而后讲到各自关心的山区的农业问题。只要引到农业，大家全可以不顾报告，漫天讲去，什么黑眼风成风，偷窃得不到惩治，什么村一级干部无恶不作，屯一级干部吊儿郎当。乡镇工业问题，化肥问题，多种经营问题，治理小流域问题。有的人善于讲故事，讲着讲着，就把发生在本村的故事添油加醋地讲出来，逗得大家一阵哄笑。然而不管大家怎么讲，书记员都会上升到一定高度,整理出简报反馈到大家手中,使大家从字面看到自己参政议政的功绩。

古本来对这种漫天讲去的参政议政方式很觉有趣,对乡下人在这堂堂皇皇的大庭广众信口讲话很受感动。但他不想信口开河,他一直在琢磨讲什么能真正起点作用,不是对政府工作起作用,而是对歇马山庄起作用,对自己起作用,因为自从县人大主任说完那番话,他脑子里装着的就全都是歇马山庄的山山水水,全都是房间里那两瓶紫色的水酒。

古本来选了一个列席官员最全的时刻发言,他先是咳了咳嗓子,他觉得嗓眼老有草屑样的东西在那横挡着,他的心还有些惶惶发颤,以致使他感到脸上的肉球也在发颤。他说报告里有句话,我听了很感动。他开门见山,但能听出来他的声音很胆怯,像一个小学生在老师目光里发言。他说那句话是大力发展北部山区的旅游业。人们纷纷把目光移转来,好像对一个农民谈旅游业有些意外。他说,我是庄稼人,可千万不要以为我不喜欢发展农业,千万不要,我是想旅游就是看光景,古人讲行万里路读万卷书,我们歇马山庄绝对是一本跟城里不一样的书。古本来发现自己音色敞亮许多,有些从容不迫,他说如今游山玩水,乡下人可以到城里去,城里人也可以到乡下去。我们歇马山庄有薛礼征东歇脚的歇马山,有唐代将军坟姑嫂石,有浇灌几万亩水田的歇马水库,我们那大水库上游山绕水水绕山,城里人根本不知道真正的山区是什么模样,搭个小舢板逆水库上去,肯定强过桂林山水。因为古本来发言的角度特别,吸引了大家,于是大家十分安静。其实他自己都没想到自己会说这番话,他在临来之前只想把自己酿的酒水找人尝尝,作个鉴定。他的这番话完全由于人大主任的启发,山庄的山山水水在他脑里上演了好几天,他都不知道这山水会有何用场,会让自己从何谈起,后来看到自己身边坐着旅游局长,又看到报告里提到发展北部山区旅游事业,又想到山庄如果有客从外地来,他的酒就可作为特产招待客人,他便突然像土话说的那样,五罐碰五罐地找到了话题。他说,将军坟是省级保护文物,可是外边人没有多少人知道,那山包上四块大石篷就是现代人也拿不到山上,那是一个怪石,我爷爷那年领来日本人……古本来说到爷爷和日本人立马住口,起了一身鸡皮疙瘩。他想说爷爷当年领小日本进了山庄,日本人就看中山庄,想在山庄建消夏宫,但他想到爷爷当年是日本人的走狗,就突然打住。他说,歇马山庄有块沙地像银子一样白,和所有地都不一样,水库两边山梁上漫山槐树,每到春天槐花开时,整个山庄都飘着香味。那年月日本人……古本来又走入歧途,他想说日本人要在山上建赏槐园,那松树繁茂的山脊远看就像雄鹰展翅。古本来发现自己意想不到的话题,竟无时无刻不在往他压在心里多年的日本人对于山庄的兴趣上走,先辈的耻辱让古家家破人亡,先辈引来的日本人对山庄的眼馋却留给古本来不灭的印象。在没想发言之前,他并不知道自己对歇马山庄的山水有这么深远的了解,尤其是对日本人衷情山庄的了解。古本来停了下来,突然觉得自己无话可说——不提日本人让他无话可说,日本人给他提供了有力的证明。这时,旅游局长发话,旅游局长的眼里突然通了电的灯泡似的豁然大亮,他盯着古本来,你说日本人喜欢那地方?

古本来心扑扑跳了两下,勉强地点着头。

你说那山庄上有各类品种的槐树?

古本来点着头。

旅游局长说太好了,怎么从来没听人讲过这地方?

古本来没吱声,心想,从来没有山庄人当人大代表呗。

旅游局长说太好了,太好了,谢谢你老古。

古本来并不知道旅游局长所说的太好了是什么意思,讨论结束时,旅游局长跟古本来来到房间。他说我们和日本搞了一个赏槐会,可是城里的槐花受沿海气候影响,不是花开客不来,就是客来花不开,每年五月,市领导都诚惶诚恐。他说他们知道山区的槐花识时节，一直想把赏槐会搬到山区，可是一直苦于山区找不到好景点，老古你给我们提供了太好的信息，会后我就随你一同进山考察。如果真像你说的那样，我们在那投资建避暑山庄，也把赏槐会引到山里。

古本来说，老汉我没有半句假话，你去看吧。古本来说着，便小心翼翼哈腰提起黑帆布包，说局长，算咱有缘分，这两瓶酒是我自个造的，托你帮我鉴定鉴定，是什么成色。古本来眼角上的肉球闪闪发光。

旅游局长迟疑了一下，定睛看着古本来，说，老古你真有点玩意，我觉得你挺有意思。

人代会像一场梦境，闹闹哄哄结束在古本来的记忆里。离开渤海酒店，古本来觉得自己仿佛刚从梦中醒来的孩子，四目茫然，因为旅游局长没有像他许诺的那样跟古本来一同进山，酒也没有鉴定出来，甚至以后几天根本就没参加讨论。古本来期望的事情一件也没有实现，那热热闹闹的让自己激动的场面就只能变成回忆。回忆使过去了的一切都变得不真实，包括他那真真实实的发言，包括旅游局长跟他来到房间那番话，包括引起旅游局长兴趣后，县代表团团长人大主任见到他时对他那种握手拍肩的鼓励。古本来坐在返回的人民代表专车上，心里有种莫名的落寞。开会之前，他不知道自己是否有什么想法和盼望，或许对背出的酒是暗存了一些希望的，可是眼下心里的落寞绝不是酒的问题，而是掺杂了别的一些更重要的东西，比如掺杂了跟面子有关的东西。酒的事外人并不知道，即使旅游局长出门就扔掉也无人知道，而自己搞了一个跟种庄稼毫无关系的发言，这发言引起震动，引起县代表和市领导的注意，却最后又无声无息是许多代表都知道的事情，于是代表们坐在车上归心似箭的无语便让古本来感到一种落寞，好似那无语都是冲着自己，好似大家都在为他的空喜一场表示同情。

回到县里，县人大有一顿欢迎代表荣归的午饭，古本来坚持不吃，要自己搭车回山庄去，谎称家里有要紧事。可是县领导说一定得吃了饭再走，每位代表都安排了专车送到家中。人事办刘主任把他推到人群里，大家向餐厅走的时候，古本来蹑手蹑脚从宾馆门口摆放的偌大的花篮后溜了出来，小偷似的，神色十分慌乱。当他绕过花篮躲过门口列成一排的轿车，融进大街上匆忙而过的人流车流，古本来额头和脖颈，满是热汗，连眼角的肉球上都湿漉漉的，他胡乱地摸一把，停下来辨别着车站的方向，而后朝车站走去，心下不停念道，这怎么搞的？

　　小青因为在各种顾客面前都能把握尺度，很快成为老板的意中人。每隔几天晚上打烊以后，小青漱洗完毕，都要被老板喊到经理室，小坐一会儿。老板的睡房在餐厅二楼，从夜总会内厅包房拾级而上的一个单间，老板把所有业务处理完毕，便会走进那间隐蔽的、不被人们知道的屋子。老板隐退之前，总是叫过小青，问一下一天来服务的感受，老板要小青尽量详细叙说顾客对餐厅服务的不同要求，比如区公安局那帮刑警点了一些什么样的菜，有没有喝啤酒，要没要小姐陪喝陪唱，天一集团那帮部主任们在包房里呆了一天，他们抽的是红塔山还是三五。小青一一作答，简单扼要，有，没有，说了什么，没说什么。老板不管问她什么，最后总要引到歇马山庄。老板问来问去，总要问想不想家。时间一长，小青便知道前边的问话只是后边问话的引子，便知道想不想家才是老板真正要了解要知道的事情。小青常常出语痛快地说不想。老板说你不是真话，你怎么能不想家？小青说我是真话，我真的不想。小青肯定真的不想，老板无话可说，便说那好，睡吧。小青起初纳闷，老板为什么关心她想不想家？为什么关心她想不想家又不直截了当？时间一长，相似的情景发生得多了，小青便像每天接待顾客一样习以为常，小青想一定是自己工作干得出色，老板怕自己因想家而走掉。于是后来,老板的关心便成了小青把握老板对自己是否满意的标尺,只要她问,小青便知道自己工作干得不错,或者说老板依然满意自己。

老板每隔几天对家乡人事的提及,使小青真的萌动了想家的念头,她想家不是想家的氛围,也不是想与家中某人亲近,而是想到父亲的身体,父亲的身体不好,不知是否做过检查和治疗。想到父亲身体不好,自己出来这么长时间也没打个电话回家,小青觉得自己很差劲儿。一天午后,老板在家的时候,小青敲开经理室,小青说陈经理我想往家打个电话。老板轮廓清晰得有些不真实的大眼睛扑闪着看看小青,说怎么样,到底想家了?小青难为情地笑笑,说不是,我走时我爸身体不好,我想问问。老板把桌上电话向小青一推,打吧。小青拿起电话,手在键盘上寻找着键码。在县城读书时,常给哥哥打电话,哥哥的电话号码她能倒背如流,可是已经近一年没打电话,那号码就在眼前却怎么也想不准确。小青手指在键盘上搜索着,好像靠感觉就能找对位置。终于,她找到了、拨通了,电话那边有了声音。小青激动得手指颤抖,小青说请找林国军接电话。那边一个家乡口音很重的男中音说,林国军请假了。小青说,我想知道他为什么请假。男中音说,他爸癌症晚期,不行了。小青说,什么?我是他妹妹,请你再说一遍,那边又说你爸病重……小青缓缓放下电话,机灵的目光刹时呆滞。老板好像听到电话里的内容,她警觉地站起来,目光中飘了一层雨雾。

歇马山庄山野地块、村庄土街,已经完全是春天的感觉了,积雪在山凹里丝丝融化,村道上一到晌午,便泥泞得无法走路,春暖在晌午的一刻暴露得最为彻底。晌午时分,你只要走出家门,在泥泞的土道向四野望去,漫山遍野便满是湿漉漉的感觉。在这湿气上升的初春的日子里,最为惊动歇马山庄村民百姓的事件是虎爪子的死刑。执行枪决这天,买子和金水替他的家人收回了尸体,他的父母已经卧床不起,平素从无畏惧的虎爪子赴刑前被两个警察架扶着已完全丢失了魂魄,他见到买子金水毫无反应。买子金水把虎爪子尸体拉回山庄时,歇马山庄后坡通往下河口的道路两旁山庄大人小孩夹道相望。虎爪子的伏法一颗平空而落的炸弹似的震动了所有山庄人,使他们在可怜惋惜解恨等复杂的情感交织在一起时,更多地思考着人间正道。虎爪子的影响盖过了林治帮的癌症,更盖过了翁凡书的走、小青的离家、月月的打胎、古本来的当选人民代表……然而虎爪子事件过去后,买子便成为山庄人谈论最多的一个人物。原因在于,除了翁凡书,无论月月还是小青还是古本来以至于林治帮,都与买子紧密相连,小青是买子的老婆,跑了,月月跟过买子,打胎了,古本来与买子关系密切,他当了人大代表,林治帮则是买子的丈人,现在什么都不是了……

　　人们议论买子,越议越觉得奇怪、玄妙,他怎么就在一年里搅和了这么多事儿?他怎么就搅和了这么多事还像没有事儿一样?他是从什么时候起开始走出东崖口那个窑洞,来到人们的眼目之中?人们思谋着、回忆着,翻箱底儿似的一件件事情翻动着。最后,人们想到庆珠的死,想到林治帮家那场大火,终于,人们翻不动了,往事在这个地方沉了下来,石沉海底似的,人们终于明白,买子是在那场大火之后开始出壳登场的,于是,人们便觉得,买子是大火的主谋,是害了庆珠的主谋,是引诱出月月又赶走小青的主谋,他的一切都是为了一个目的——走入山庄的上流社会。可是,林治帮为什么就要赏给买子这个机会呢,为什么?

　　好像上升的地气也将往事升腾出来,显现在山庄人心灵里、眼睛里,山庄人心里眼里到处都有买子的影子,人们正交口议论着、传讲着,又有人出来说,她看见买子拿了一封信上了古本来家,说是市里鉴定古本来自酿的酒是什么低度保……保健酒。说这话的是刘海的女儿刘燕燕,那封信他父亲亲眼看见,他父亲和买子一同去的古本来家,可是刘燕燕为了强调买子的能力,为了说明买子是一个多么不一般的年轻人,有意隐掉父亲专提买子。听的人不知道刘燕燕对买子早有心事,便再一次认定,买子又不知想鼓捣什么奇事。然而,前边说过,民间的议论永远是垒墙石缝间的灰碴和泥块,它们不但不能使墙壁倒塌,反倒起着铺垫和凝固作用。歇马山庄世世代代结实的、奔涌向前的生活都是以喊喊喳喳交头接耳的议论作着铺垫,它们往往呈七岔八沟的姿态横卧竖仰的形状,却能使乡下人在孤寂的生活中获得生动结实的支撑。

不待这些议论平息,买子带领乡镇多种经营办公室的人挨门挨户收起滑子蘑。崭新的蘑菇兑换崭新的老头票,给山庄人脸上涂上了崭新的颜色。这颜色颤巍着,闪动着,直到曙红一样阳光喷薄着、张扬着满天飞红烧化所有阴影里的议论、传讲。

林治帮的病一天重似一天,咳血的次数越来越频,弯腰弓背在被窝里撅着屁股的次数越来越频。农历三月初六这天早上——这是国军和月月结婚一周年的日子,他一阵咳嗽之后,突然的不省人事,潘秀英、古淑平和治亮女人一阵忙乱打开早已预备好了的送老衣服。谁知将衣服刚刚伸展开来,脱下他身上的衣服,林治帮又舒缓地、慢慢地睁开眼睛。他睁开眼睛看看大家,觉得每张脸都那么大,每张脸上的眼睛都那么大,大得吓人。他说你们都隔远点,隔远点,我不想看见你们。几个女人于是相互对看着躲开了。眼前活动着的人脸消失了,林治帮长长吁了口气,用舌头舔了舔挂有血迹的嘴唇,而后长时间地打量着纸棚,好像那里有什么好看的电影似的。就这么一直将眼睛瞪到中午。午饭古淑平端来一碗黏黏的小米稀粥,他看了看直摇头,说给点水喝,于是古淑平用两只瓷缸把开水倒凉,送到林治帮嘴边。大家一个帮忙抬肩一个帮忙转头。林治帮喝了口水,唇上有了少许亮色,他嚅动着嘴唇,用挂着粘液的牙齿在上边理了理,之后慢慢迷糊过去。几个女人见病人迷糊便赶紧忙着把做好的送老衣服的码边线拆了,她们没想到病人会这么快就又一次不省人事,几天来他们忙着准备登天的脚踏垫、枕头秧,没来及拆掉衣服上的码边线,古传规矩,不到病人垂危,那线边是不许拆的。然而三个女人正在手忙脚乱拆着,就听病人大吼一声,来了……快去看,来了……三个女人一齐抬头,见病人惊诧地瞪着布满血丝的眼睛,手指挑起被头向窗外指着。

三个女人于是惊慌地放下衣裳,凝神向窗望去,窗外什么也没有,除了日光静静地释放着春天的暖气,几只花头公鸡跳在墙头上伸着脖子斗架,什么也没有。这时,她们才发现,林治帮向外指着、叫着,其实他什么也看不见,他是躺着的,他即使瞪着眼睛,也什么都看不见。潘秀英赶紧凑上前,说大哥,你是不是做梦了?你醒醒吧你做梦了。林治帮瞅瞅潘秀英,手放到胸前,自言自语地说,来了,我看见了,来了。这回他不是吼叫,是自言自语。古淑平趴到枕边,说他爸,你看见什么了,谁来了?这时,所有人都听见,林治帮在虚弱的声息里,吐出了一个清晰的声音:火花……

放学后,火花最后一个离开学校,为了偷拿黑板下面的粉笔头,火花一连多日都是最后一个离开学校。日头油炸饼一样吊在天上,在那里看着她鼓鼓的衣兜跟她行走。火花最恨那油炸饼似的日头,火花恨它并非因为它能看见她鼓鼓的衣兜,它在天上的慢腾腾下落使她在外头的时间十分漫长。爸爸生病之后,爸妈把她当成鬼怪,一见她就一脸怒气,妈妈甚至见她连推带揪。由于爸妈厌弃自己,火花最不愿过的日子就是星期日和星期三。为了打发星期日和星期三,火花最初是追逐着山上的积雪,它们先是从屯街退到菜地,从菜地退到草垛空,又从草垛空退到凹处和丛林深处。火花追逐着它们,在那些专门躲闪阳光的积雪上划写拼音汉字。渐渐退去的积雪让她兴奋又懊恼,它施展魔法似的,一口一口吞噬了自己写在上面的字迹,又一天天融化,只剩树根部星星点点使她再也伸展不开笔触。到最后一星积雪渗进树根的草丛里,火花的懊恼便彻底赶走了兴奋。火花星期天里东走西逛心神放浪,手一会儿在外边挥舞着,一会儿插在兜里抓掏着,挥舞和抓掏是她在屯街上、山野上漫游时惟一能做的事情,因为她的手闲下来太难受了,她必须不停地动作它们。然而,奇迹就是在她抓掏衣兜时发生了,她从衣兜里掏出一只粉笔头,她不知道她的衣兜里为什么会有粉笔头,她看见粉笔头马上哈腰往地上画,当自己的笔划在屯街的地面犁出熠熠生辉的道道,她便终于找到打发时光的新的途径,懊恼便被新的兴奋赶走。火花兴奋地开始了偷拿老师粉笔头的勾当,不再追逐积雪也不再四野散逛。任意一块平整的地方都可写字——水库大坝、踩硬的泥道、合欢树的树干,当她有一天在自家院墙上划了两笔,她又不由得想起姑嫂石篷。来到姑嫂石篷,火花欢喜得嗷嗷叫了起来,平平的石壁比老师的黑板大好几倍,这里可写许多许多字不说,这里不会被学生发现。火花在外面写着写着就有些害怕,害怕学生发现告诉老师。隐蔽的石篷伸展了火花无限的想象,由于汉字学得太少,火花只写拼音不写汉字,任意组词造句,她用拼音造了许多句子,爸爸恨我,鸡鸭不恨我;妈妈恨我,锅台不恨我;学生恨我,老师不恨我。自从发现石篷是用粉笔写字的最好去处,火花放学如果不是天黑,她都要来到这里,火花并不是多么喜欢这种玩法,任何好玩的东西玩的时间长了都没有意思,关键是火花没有找到比这更能打发时间的玩法。火花将衣兜装鼓是她胆子越来越大的表现,离开学校她故意将掩盖着的书包移开来,让鼓出来的衣兜凸现在自己眼目中,让日头即使跟她走也抓不见够不着干生气。

来到姑嫂石篷火花感到很累,书包压得肩膀酸疼,火花一进石篷就丢掉书包,倚着东侧石篷大口大口喘气,一边喘着一边欣赏着自己写过的拼音。火花诵读着自己写在石壁上的拼音,刚才路上的快感在恣肆弥漫,她觉得自己很像老师,因为那些拼音的笔顺很直很大方。老师教字时一再强调大方,可是自己一往格子里写就勾勾巴巴。火花见自己写在石壁上的字很像自己的老师,就学着老师的样子,拣一条小棍当教鞭,指着石壁上的拼音拼读,ba 爸 ba 爸 hen 恨 wo 我,ji 鸡 ya 鸭 bu 不 hen 恨 wo 我……火花模仿老师念一遍再模仿学生跟着念一遍,直念到石壁上所有汉字都念完了,她停下来,粗粗喘息着。她已经停了下来,可是她听到自己的声音还在回响,那回响在石篷里的声音很尖细、很单调,既不像老师,又不像学生。这时,火花很难过,很沮丧,她倚着石篷突突滑下来,滑到地面的草须上,火花坐到草须上心想自己为什么不像老师呢?自己什么时候会像老师呢?火花想着,坐在草须上仰着脸,看着头顶的石篷,心里突然感到很闷。她觉得石篷太厚,石篷压在头上让她喘不过气。火花喘不过气的时候,就想起爸爸后来那张狰狞的脸,妈妈那张撕裂了抹布一样的脸,她想那脸为什么不会被大风刮走呢?这石篷为什么不会被风刮走呢?要是他们都被大风刮走,她心里该多亮堂啊!然而想到风,火花便想起一首儿歌,一首上学期学的儿歌:我是蒲公英的种子,有一朵毛茸茸的小花,微风轻轻一吹,我离开了亲爱的妈妈,飞呀,飞呀,飞到哪儿,哪儿就是我的家。

火花背了一遍儿歌之后,突然改变主意,她想石篷和爸妈的脸可以不被风刮走,其实再大的风也是刮不走他们的,火花想最好是自己变成一朵小花,毛茸茸的小花,微风一吹就离开了妈妈,那样最好。这么想着,火花就出声地念了出来:

> 我是蒲公英的种子
>
> 有一朵毛茸茸的小花
>
> 微风轻轻一吹
>
> 我离开了亲爱的妈妈
>
> 飞呀飞呀
>
> 飞到哪儿
>
> 哪儿就是我的家

火花念完一遍又念一遍,直念到石篷彻底黑暗下来,直念到儿歌变成一串拼音飞到石篷上去。儿歌变成一串拼音飞到了石篷上去,像一朵朵小花,灯笼似的亮晶晶地在上面闪烁,一歪一扭一摇一晃煞是好看。火花痴痴地看着,呆呆地看着,目不转睛地看着,正在火花注视着一盏盏明亮的小灯笼时,她看见了一张黑糊糊的女人的脸,她看见许许多多女人的脸,一个女人被一堆女人簇拥着,涌进石篷。这个女人上前抱住她,往自己怀里揉着,边揉边说,回家,你为什么不回家?快跟我回家……女人的声音尖锐而急切,拖着一溜哭韵。火花被揉疼了,她盯住眼前这张熟悉的面孔,使劲噘着小嘴儿。女人再次揉着她单薄的肩膀,说为什么不回家?为什么?女人紧盯着火花噘着的小嘴,好像那张小嘴一旦启开,她便会得到久久期望的一切。火花僵持着就是不说,她冷冷地打量着女人,打量着随她涌来的其他人,她觉得这些人很像是石篷上的拼音,她们是拼音从石篷上落了下来……突然,火花启动了嘴唇,火花发出了稚嫩的声音,然而,火花发出的声音不是妈妈,而是下大雪期间她用拼音写遍街头雪地上的汉字:日、月、水、火、山、石、田、土、爸、妈、哥、姐、村、庄、人。火花的声音尖细单调,但却如一阵飓风逼退着黑暗,使黑暗像一捆衰败的枯草,向石篷之外的空间倒去,石篷内外一霎间一望无际……

一九九七年十二月九日上午十点三十分初稿

一九九八年四月二十三日下午六时三十分二稿

一九九八年九月一日下午一时一刻三稿

XIEMA

SHANZHUANG